****

In die Spaltung

Buch Zwölf von Aufstieg der Republik

Von

James Rosone und Miranda Watson

****

Illustration © Tom Edwards
Tom EdwardsDesign.com

****

Lektorat
Frank Dietz
www.frankdietz.com
****

Veröffentlicht in Zusammenarbeit mit Front Line Publishing, Inc.

Inhaltsverzeichnis

Kapitel 1:
Horizon Shock

15. Oktober 2115
Horizon-Schock-Trainingsgelände
Imperialer Kronenring
Cobalt Prime, Koronar-System

Die behandschuhten Finger von Konteradmiral Ethan »Paladin« Hunt spannten sich fester um den Steuerknüppel der Hellcat, als eine weitere Salve simulierten Plasmafeuers an seiner Pilotenkanzel vorbeizischte. Die Trainingslaser malten geisterhafte rote Spuren in das Schwarz, und ihre harmlosen Energieimpulse wurden als tödliche Treffer registriert, sollte ein Jäger unvorsichtig genug sein, durch sie hindurchzufliegen.

»Jackal Lead, hier Anvil Eins – wir sind fünf Minuten vom Endanflug entfernt. Wir brauchen freie Bahnen«, knisterte die Stimme von Commander Kenneth Vosler durch den Funk.

»Verstanden, Anvil Eins, wir greifen jetzt an«, bestätigte Ethan. »Stormcrows, wir haben Bomber im Anflug. Zeit, sich das Geld zu verdienen«, rief er seiner 1. Jagdgruppe zu.

Er rollte seine Hellcat auf den Rücken und, die Zwillingsantriebe der F-19 heulten auf, als er unter eine Gruppe von Zodark-Drohnen – Vultures – abtauchte. Sein HUD verfolgte eine Formation von sechsunddreißig Feinden, die sich von einer Gruppierung aus Zodark-Schlachtschiffen und einem Raumträger näherte. Als er die Hellcat wieder gerade ausrichtete, konnte er die kantige Form der Vultures erkennen, die in perfekten Mustern tanzten – zu perfekt, eigentlich. Es war ein Zeichen dafür, dass dies programmierbare Drohnen und keine echten waren. Ein echter Zodark-Pilot flog eher mit Wut als mit Geschick oder Präzision.

»Black Talons greifen an«, verkündete Commander Julius Holden mit seinem australischen Akzent, der selbst durch das Rauschen noch erkennbar war. »Big Tony, Boozer – nach rechts abdrehen und ihr Feuer auf sich ziehen. Der Rest der Talons, folgt meinem Vektor.«

Ethan sah zu, wie auf der taktischen Anzeige Raketenerfassungen erschienen. Die Zodarks reagierten sofort, ihre Vultures rasten los, um die ankommenden Jäger abzufangen. Ein

Näherungsalarm schrillte in seinem Ohr, denn eine Rakete hatte ihn erfasst.

»Rakete auf deiner Sechs, Paladin!«, kam die Warnung von seiner Rottenfliegerin, Lieutenant Mattison Danseen. Sie rollte ihre Hellcat durch eine Fassrolle, die einen Piloten ohne die Art von Trägheitsdämpfern, die in einem gallentinischen Jäger verbaut waren, verflüssigt hätte.

Ethan riss seinen Steuerknüppel hart nach links und stieß Täuschkörper und Düppel aus, um den Suchkopf der Rakete zu täuschen. Die Übungsrakete schaltete auf das falsche Signal auf, ihr Wirkungsradius zog harmlos unter seinem Jäger vorbei. Der Bordcomputer registrierte es als Beinahetreffer – fünf Meter weiter, und er würde für den Rest der Übung ohne Antrieb fliegen.

»Danke, Matti. Flattop, wo stecken Eure Warhawks?«

»Wir durchbrechen Sektor Sieben-Drei«, erwiderte Puschkin, seine Stimme fest wie Stahl. »Diese Drohnenkreuzer werfen alles auf uns, was sie haben. Ihre Flakgeschütze zielen viel besser, als es in unseren Geheimdienstberichten stand.«

Ein silbernes Aufblitzen erregte Hunts Aufmerksamkeit – Gordons Silver Lancers schnitten eben wie Lanzen durch die feindliche Formation. Die Stimme des schottischen Kommandeurs drang durch: »Lancers, Keilformation! Durchbrecht diesen Jägerschirm bei Rasterkoordinate Zwei-Sieben-Strich-Vier!«

Ethan rollte seinen Jäger wieder in die aufrechte Position und richtete sein Fadenkreuz auf ein Drohnenschlachtschiff sechzehntausend Kilometer entfernt. Das massive Ziel hing im All wie ein kranker Wal, sein Rumpf übersät mit genügend simulierten Waffen, um einen echten Kampf selbstmörderisch zu machen. Aber das hier war Training – kontrolliertes Chaos, von den Gallentinern entworfen, um seine Leute zu einer Waffe zu schmieden, die scharf genug war, um alles zu besiegen, was der Feind ihnen entgegenwarf.

»Longshot, bringen Sie Ihre Night Reapers nach oben und neutralisieren Sie die Nahverteidigungsgeschütze auf diesem Träger«, befahl Ethan. »Sie müssen einen Weg für Anvil-Bomber freimachen, damit sie ihre Angriffe fliegen können.«

»Wird gemacht, Paladin.« Landons irischer Akzent hatte einen Hauch von Belustigung. »Wir sind fast fertig damit, uns mit diesen Vultures und diesem Kreuzer anzulegen, der den Träger abschirmt.«

Die Zodark-Vultures kamen in Wellen von zweiunddreißig – dazu gedacht, Ethans Piloten zu überwältigen und ihre Fähigkeit zur Koordination und Zusammenarbeit zu testen. Während die Minuten verstrichen, stieg die Zahl der zerstörten feindlichen Jäger weiter an. Zwischen der Jagd auf Vultures und dem Ausweichen vor Laserfeuer befahl Ethan seine 2. Jagdgruppe in das Getümmel. Mit den zusätzlichen Hellcats, die sich dem Kampf anschlossen, zerstreuten sich die feindlichen Jäger, ihre Geschlossenheit brach zusammen, als die gallentinischen Raumjäger auf ihre Beute herabstießen.

Die fortschrittlicheren Hellcats bewegten sich mit einer rasanten Geschwindigkeit und Wendigkeit, die man bei ihren Gripen-Pendants nicht fand. Ethan beobachtete mit aufgeregter Freude, wie sich die Schlacht vor ihm weiter entfaltete, ein breites Lächeln hinter seinem Helm verborgen. Deshalb hatte er auf erfahrene Ausbilder in den Kommandoposten der Raumgeschwader der *Freedom* gedrängt. Als klar wurde, dass das Flaggschiff der Republik für die letzten Schlachten des Krieges zur Flotte zurückkehren würde, wusste Ethan, dass er nur wenig Zeit haben würde, um ihre Jäger- und Bombergeschwader vollständig zu besetzen und kampfbereit zu machen. Wenn er seine Ränge mit Ausbilderpiloten verstärken konnte, könnten sie das Pilotentraining fortsetzen, lange nachdem sie die Flugschule verlassen hatten. Ihre jahrelange Kampferfahrung wäre eine unschätzbare Ressource für die weniger erfahrenen Piloten, die die Ränge der dreiunddreißig Jäger-, Bomber- und Transportgeschwader an Bord der *Freedom* füllten.

»Jackal Lead, hier Oldman – ich habe Sichtkontakt zu einem Raumträger, der weitere Vultures absetzt. Schätze mehr als vierzig Feinde im Anflug, Vektor Drei-Drei-Null.«

Ethan überprüfte sein taktisches Display. Tommy Rens hatte sein Kommandoelement perfekt positioniert und änderte bereits den Kurs, um sie abzufangen. Dreizehn Jahre gemeinsames Fliegen zahlten sich in Momenten wie diesem aus.

»Alle Jackals, hier Paladin. Konzentrieren Sie sich jetzt auf diesen Träger! Machen Sie diesen Bombern den Weg frei und erledigen sie alle!«

Ethan gab seinen Triebwerken maximale Leistung und erreichte in Sekundenschnelle einhundert Prozent, als seine Hellcat sich der neuesten Welle von Vultures näherte, die herbeieilten, um den Träger zu schützen. Er nahm einen ins Visier und sein Daumen drückte den Abzug.

Zwillingsströme von Laserfeuer schossen hervor und wanderten über das Ziel, bis es in einem brillanten Blitz explodierte. Einer erledigt, noch zu viele übrig.

»Big Tony ist getroffen!«, kam die Stimme des Italieners, angespannt, aber trotzig. »Der Bastard hat meine Steuerbordüse zerlegt. Ich fliege quasi tot, bin aber noch im Kampf!«

»Boozer wird Sie decken, Kumpel«, rief Gibson. »Niemand fasst Big Tony an außer mir!«

Die Funkkanäle füllten sich mit dem schnellen Gerede des Kampfes – knappe Warnungen, Zielansagen, gelegentlich ein Fluch, wenn eine Übungsrakete ihr Ziel fand. Ethans HUD zeigte drei seiner Jäger gelb an – beschädigt, aber funktionsfähig. Sechs waren als zerstört registriert, und ihre Piloten gezwungen, den Rest der Übung als Beobachter zu verfolgen.

»Fünfzehn Sekunden bis zur Torpedoreichweite«, kündigte Vosler an. »Decken Sie uns! Anvil-Gruppe geht für den Endanflug rein.«

Ethan reckte den Kopf, um sie ausfindig zu machen – da, ein Schwarm von vierundsechzig B-19 Devastators, die sich in gestaffelter Angriffsformation näherten, ihre Bäuche geschwollen von Plasmatorpedos. Die Bomber bewegten sich wie Raubtiere auf der Jagd, ignorierten das Chaos um sie herum und konzentrierten sich einzig auf ihre Ziele – die Zodark-Großkampfschiffe.

Ein neuer Alarm schrillte. Ethans Blick schnellte zu seinem Monitor – der Raumträger hatte seine Steuerbord-Nahverteidigungsbatterien aktiviert. Dutzende über Dutzende von dreiläufigen Laserbatterien von der Größe von Ospreys begannen, die Bomberformationen zu erfassen. Plötzlich erwachte der Raum um das feindliche Schiff mit Strömen von Blasterfeuer zum Leben, das auf die Bomber zuraste.

Oh, Mist!

»Anvil-Gruppe, abbrechen! Abbrechen!«, schrie Ethan verzweifelt, als er sah, wie sein Bombergeschwader in einen Hagel aus Abwehrfeuer flog.

»Alle Jackals, Sperrfeuer auf diesen Träger, sofort! Ziel sind die Steuerbord-Geschützbatterien – wir nehmen sie unter Beschuss!«, befahl Ethan wütend, während er die sich entfaltende Katastrophe beobachtete.

Er hörte zu, wie Captain Tommy Rens die Kontrolle über die Situation zurückgewann, als er den Night Reapers neue Befehle zurief.

Commander Londons 4. Jagdstaffel hätte die feindlichen Geschütze ausschalten sollen, während sich Rens' drei andere Staffeln um die feindlichen Jäger kümmerten.

Ethan tadelte sich in diesem Moment selbst dafür, dass er sich nicht bei Rens vergewissert hatte, ob die Geschütze des Trägers neutralisiert oder zumindest stark reduziert worden waren, bevor er die Bomber mit Anvil hineinschickte.

Das war ein Anfängerfehler, Ethan. Was hast du dir dabei gedacht?, fluchte er wütend vor sich hin, als er zählte, dass dreizehn Bomber zerstört und weitere fünf beschädigt waren.

Als die verbliebenen Bomber für einen weiteren Anflug kreisten, ließ die Stärke des Abwehrfeuers vom Träger stark nach, bis es fast vollständig verstummt war. Während die Geschütze auf dem Träger fast schwiegen waren, feuerten die verbleibenden auf den Schlachtschiffen und Kreuzern weiter.

»Foundry hier – Black Anvils sind im Endanflug, mit Zielaufschaltung, und sie feuern«, meldete Commander Dorian Voss. »Torpedos unterwegs!«

Ethan sah zu, wie das taktische Display mit Torpedospuren aufleuchtete – Dutzende davon, jede folgte ihrem eigenen Ausweichmuster auf die feindlichen Großkampfschiffe zu. Die Zodark-Schiffe antworteten mit Flak und ihre Batterien schufen Todeszonen, durch die kein lebender Pilot navigieren konnte. Aber diese Plasmatorpedos waren nicht biologisch – sie waren intelligente Waffen. Jede Waffe verarbeitete Tausende von Kurskorrekturen pro Sekunde, bevor sie sich in Plasma umwandelte und zu einem flammenden Todespfeil wurde.

»Ein Schlachtschiff versenkt!«, rief jemand. Der massive Drohnensimulator flackerte und erlosch, denn sein Computergehirn bestätigte den Todesstoß.

»Matti, bei mir bleiben«, befahl Ethan und drehte seinen Jäger erneut auf den Rücken. »Wir haben da ein paar durchgebrochene Einheiten, die es auf die Bomber abgesehen haben.«

Sie stürzten gemeinsam hinab, Meister und Schülerin, ihre Hellcats bewegten sich in perfekter Synchronisation. Eine Gruppe Vultures brach ihre Angriffe auf ein Trio von Devastators ab, die versuchten, ihnen auszuweichen. Die Glaives stiegen auf, um ihnen zu begegnen, die Trainingslaser fuhren bereits hoch. Ethan spürte, wie sich die vertraute Ruhe über ihn legte – die Zone, in der die Zeit sich dehnte und jede Entscheidung kristallklar wurde.

Er feuerte eine Salve ab und ließ sein Laserfeuer über den Rumpf des führenden Jägers wandern, während seine Rottenfliegerin, Matti, den Verfolger unter Beschuss nahm. Ihr Ziel explodierte in einem simulierten Feuerball, bevor das Trainingssystem es abschaltete. Noch zwei erledigt. Sie rollten auf den Rücken und zogen hart in ein hohes Yo-Yo-Manöver, um ihren nächsten Angriffsvektor einzurichten. Die verbleibenden Feinde stoben auseinander wie aufgeschreckte Vögel, aber es war zu spät – Ethan und Matti saßen bereits fest im Sattel.

»Hervorragend geflogen da hinten, Matti. Sie sehen den Kampf jetzt drei Züge im Voraus.«

»Danke, Paladin. Ich lerne vom Besten«, erwiderte sie und schob ihre Hellcat in perfekte Fingerspitzenformation.

Der Raumkampf ging weiter, als Hellcats sich mit den verbleibenden OPFOR-Jägern anlegten, in einem tödlichen Tanz verschmolzen und sich trennten, bis die Übungsziele erreicht waren. Als die gallentinischen Kontrolleure, die das Manöversystem leiteten, genug gesehen hatten, endete das Training. Ethans HUD zeigte ein hässliches Bild: vierzehn Hellcats abgeschossen, zwölf beschädigt. Neunzehn Devastators zerstört, sieben beschädigt. Ein Raumträger vernichtet, acht Schlachtschiffe zerstört, fünf beschädigt, vierundachtzig feindliche Jäger abgeschossen.

Verdammte Scheiße, das ist nicht gut genug, dachte er, der Kiefer spannte sich an. Sie hatten eine Menge Arbeit vor sich, wenn die *Freedom* wieder kampfbereit sein sollte.

Ethan aktivierte sein Mikrofon. »ENDEX! ENDEX! Alle Jackals, hier Paladin. Brechen Sie HS-1 ab, brechen Sie HS-1 ab.« Er ließ für einen Moment Stille in der Leitung. »Guter erster Eindruck, Jackals, aber sehen Sie sich die Ergebnisse an – wir sind total eingerostet. Vierzehn Hellcats und neunzehn Devastators verloren. Wir können das besser –nein, wir *werden* das besser machen. Gruppen- und Staffelführer, auf Kanal Fünf wechseln. Alle anderen Einheiten, Rückkehr zur Basis und auf die Nachbesprechung warten. Paladin, Ende.«

Ethan schaltete auf Kanal Fünf und wartete darauf, dass seine Kommandeure sich meldeten. »Also gut. Das war die erste vollständige Übung unseres Geschwaders, und das hat man gemerkt – schlampige Koordination, mangelhafte gegenseitige Unterstützung und eine unterirdische Ausführung. Oldman, Ihr Geschwader hat es versäumt, die Nahverteidigung dieses Trägers zu unterdrücken – zwölf unserer Bomberverluste gehen auf dieses Versäumnis zurück. Longshot, wie zum Teufel lässt ein Top-Gun-Ausbilder seine Leute in einen Flak-Abdeckungsbereich fliegen? Und, Aggie, Ihre Lancers sollten eine Gasse für die Night Reapers freimachen. Stattdessen sind sie direkt in eine Raketenfalle geflogen.«

Er hielt inne und ließ es wirken. »Nachdem die Jäger gelandet sind, führen Sie eine Nachbesprechung mit den Staffeln durch. Analysieren Sie die Aufzeichnungen – das Gute, das Schlechte und das Hässliche. Stellten Sie sicher, dass die Leute wissen, dass das Cats & Traps heute Abend um 20:00 Uhr schließt«, sagte er und meinte damit die Offiziersmesse. »Morgen gelten wieder die normalen Öffnungszeiten, aber heute Abend will ich alle Staffelchefs dort für eine Standpauke sehen. Paladin, Ende.«

Ethan nahm den Schub zurück, als seine Hellcat die äußeren Markierungen des Trainingsgeländes passierte. Vor ihm füllte Cobalt Prime sein Sichtfeld – ein Juwel aus Blau- und Grüntönen, umhüllt von weißen Wolkenschleiern. Selbst nach Monaten, die er hier stationiert war, raubte ihm der Anblick immer noch den Atem. Die Gallentiner hatten den Standort ihrer Heimatwelt gut gewählt, eingebettet in ein System, das reich an Ressourcen und natürlicher Schönheit war.

Der Imperiale Kronenring kam in Sicht, als er seinen Anflugvektor anpasste. Die massive Orbitalstruktur stellte alles in den Schatten, was die Menschheit je gebaut hatte – selbst die John-Glenn-Station sah im Vergleich wie ein Spielzeug aus. Ihre anmutigen Kurven erstreckten sich über Hunderte von Kilometern, jeder Abschnitt ein Zentrum der Aktivität. Baukräne sprossen wie mechanische Blumen aus dem Ring und hielten Kriegsschiffe in verschiedenen Fertigungsstadien.

»Jackal Lead, hier Kronenkontrolle. Sie haben Landeerlaubnis für den Anflug auf Azur-Slip-3. Folgen Sie Signal Sieben-Sieben-Alpha.«

»Kronenkontrolle, hier Jackal Lead. Folge Sieben-Sieben-Alpha«, antwortete Ethan und neigte seinen Jäger, um dem ausgewiesenen Flugweg zu folgen.

Die Königliche Waffenwerft dominierte diesen Abschnitt des Rings. Ethan zählte mindestens vierzig Großkampfschiffe in den Anlegestellen – von schlanken Fregatten bis hin zu massiven

Schlachtschiffen. Schwärme von Versorgungsschiffen schossen wie Arbeitsbienen zwischen ihnen hin und her, und ihre Positionslichter erzeugten Konstellationen aus Bewegung gegen das Schwarz.

Dann sah er sie.

Die *Freedom* tauchte hinter einem halbfertigen Schlachtkreuzer auf, und Ethan spürte, wie sich seine Brust vor Stolz zusammenzog. Vor ihm lagen fünfzehn Kilometer menschlich-gallentinischer Zusammenarbeit, manifestiert in Stahl und Verbundwerkstoffen. Sie sah anders aus als bei ihrer Ankunft – frische Panzerplatten glänzten, wo Kampfschäden repariert worden waren, neue Waffenstellungen ragten aus ihrem Rumpf. Die gallentinischen Werftarbeiter hatten sie nicht nur repariert, sie hatten sie stärker gemacht.

»Ein wunderschöner Anblick, nicht wahr?«, kam Mattis Stimme über den privaten Kanal.

»Jedes Mal«, stimmte Ethan zu und folgte den Anfluglichtern in Richtung des backbordseitigen Flugdecks.

Die Hangarbucht der *Freedom* tat sich vor ihnen auf, das vertraute gelbe Schimmern der Atmosphärenbarriere markierte die Schwelle zwischen Leere und Zuflucht. Ethans Hellcat passierte sie mit kaum einem Zittern, die Trägheitsdämpfer glätteten den Übergang. Im Inneren bestaunte er das Innenleben des Flugdecks. Die Crews eilten, um die zurückkehrenden Jäger zu warten, Treibstoffleitungen schlängelten sich über das Deck; es war das Ballett aus Körpern und Maschinen, das unerlässlich war, um das Herz eines Trägers am Schlagen zu halten.

Das Navigationssystem seiner Hellcat führte ihn zu seiner zugewiesenen Landefläche. Das elektromagnetische Fangsystem griff ein und brachte seinen Jäger sanft zum Stehen. Durch seine Kanzel konnte Ethan seinen Crew-Chief sehen, der sich bereits näherte, ein Datenpad in der Hand, bereit zu katalogisieren, was auch immer sein Jäger während der Übung durchgemacht hatte.

Ethan schaltete seine Triebwerke ab und spürte, wie die subtile Vibration zu nichts verblasste. Er war wieder zu Hause. Es war an der Zeit, die Trainingsfehler in die Siege von morgen zu verwandeln.
****

CAG-Büro, Anbau der Flugeinsatzzentrale
RNS *Freedom*

Ethan hatte kaum seinen Papierkram nach dem Flug erledigt, als sein Kommunikator mit einer Prioritätsnachricht piepte. Zwei gallentinische Offiziere warteten im Bereitschaftsraum Drei auf ihn. Einen Namen kannte er – Captain Veskari, der leitende Ausbilderpilot, der die Entwicklung der Jägerdoktrin für die Imperiale Flotte leitete. Der andere, Commander Thakral, hatte ihn vom Kontrollturm des Trainingsgeländes aus beobachtet.

Ethan fand sie vor, wie sie eine holografische Wiederholung der Übung studierten, die Nahverteidigungsbatterien des Raumträgers mitten in der Salve eingefroren, während Dutzende seiner Bomber in die Todeszone flogen. Er spürte, wie er innerlich zusammenzuckte, als er sich ihnen näherte.

»Admiral Hunt«, drehte sich Captain Veskari um und bot den gallentinischen Gruß mit geschlossener Faust auf der Brust an. Seine Haltung erinnerte Ethan an jeden CAG, den er je gekannt hatte – selbstbewusst, aufmerksam, mit Augen, denen nichts entging. »Danke, dass Sie sich Zeit nehmen.«

»Ja, natürlich.« Ethan erwiderte den Gruß. »Ich nehme an, Sie möchten über die Übung sprechen?«

Commander Thakral trat vor. Er war jünger als Veskari, trug sich aber mit dem lässigen Selbstvertrauen eines geborenen Piloten. »Das wollen wir in der Tat. Aber bevor wir die Übung besprechen, Admiral, muss ich die Anpassungsfähigkeit Ihrer Piloten an die Hellcats loben. Der Übergang von Gripens zu unseren Jägern dauert normalerweise drei Monate. Ihre Staffeln erreichten die grundlegende Kompetenz in der Hälfte dieser Zeit.«

»Danke. Sagen wir einfach, sie sind motiviert«, sagte Ethan schlicht.

»Das sind sie in der Tat.« Veskari deutete auf das eingefrorene Hologramm. »Motivation allein wird sie jedoch nicht retten, wenn die Schlachten echt sind und Piloten nicht wieder auftauchen, nachdem sie einen Laserstrahl durch das Cockpit bekommen haben.«

Die Worte trafen ihn wie eine kalte Dusche. Ethan spürte, wie sich sein Kiefer anspannte, aber er nickte. »Das stimmt, Captain.«

Veskari manipulierte die Anzeige und hob den Moment hervor, in dem alles schiefgelaufen war. »Ich möchte mit Ihnen eine Reihe von Ereignissen durchgehen. Wie Sie sehen können, flogen Ihre Gruppenkommandeure, als wären dies drei separate, voneinander unabhängige Übungen anstelle eines einzigen koordinierten Angriffs. Commander Rens' Jäger griffen an, ohne zu bestätigen, dass die Night Reapers die Verteidigung des Trägers unterdrückt hatten. Commander Vosler schickte seine Bomber in eine aktive Todeszone. Commander Gordons Lancers schufen einen wunderschönen Durchbruchskorridor – aber er lag vierzig Grad neben dem tatsächlichen Angriffsvektor der Bomber.«

Jedes von Veskari genannte Versäumnis leuchtete im Hologramm rot auf. Mit jedem neuen roten Signal sah Ethan seine Leute wieder in Zeitlupe sterben.

»Im Kampf, Admiral, hören diese auf, Statistiken zu sein. Stattdessen werden sie zu Briefen an Familien, leeren Kojen im Mannschaftsquartier und Gedenkgottesdiensten.« Veskaris Tonfall war ohne Tadel, nur die hart verdiente Weisheit, die ein Ausbilder denen gibt, die bereit sind zuzuhören. »Ihre einzelnen Staffeln sind vielversprechend. Aber Versprechen gewinnen keine Kriege. Integration und ein gemeinsames Ziel tun es.«

Thakral fügte hinzu: »Sie haben die Zodarks jahrelang bekämpft, Admiral. Sie wissen, dass sie Ihnen keine Zeit zur Koordination geben werden, sobald der Schusswechsel beginnt. Jede Sekunde der Verwirrung auf Seiten Ihrer Gruppen- oder Staffelchefs kostet Leben.«

Ethan studierte die Anzeige. »Sie haben recht«, sagte er und übernahm die Verantwortung. »Meine Staffelchefs denken immer noch wie einzelne Einheiten statt wie ein vereinigtes Geschwader.«

»Genau.« Veskari machte eine Handbewegung, und die Anzeige wechselte, um erfolgreiche Angriffsmuster aus gallentinischen Operationen zu zeigen. »Dies ist ein Beispiel dafür, wie Sie Ihr Geschwader formen müssen. Machen Sie es zu einer Waffe – ein Skalpell für präzise Schnitte, ein Breitschwert für verheerende Schläge. Aber immer vereint. Immer drei Züge vorausdenkend.«

»Mein Vater hat einen Ratschlag, den er seinen Kommandeuren immer gibt«, sagte Ethan. »Er sagt, die Bürde des Kommandos besteht darin, zu wissen, welches Werkzeug man wann einsetzen muss.«

»Ja, genau. Es geht auch darum, Untergebene zu haben, die einem blind vertrauen«, stimmte Veskari zu. »Dieses Vertrauen wird hier aufgebaut, in Übungen, bei denen ein Scheitern verletzte Egos anstelle von flaggenbedeckten Särgen bedeutet.«

Ethan nahm die Kritik auf und spürte das Gewicht von Tausenden von Piloten und Besatzungsmitgliedern, die von seinen Entscheidungen abhingen. »Offensichtlich haben wir einiges an Arbeit vor uns. Wir haben nur begrenzte Zeit, bis wir nach Neu-Eden zurückverlegt werden. Was sind Ihre Empfehlungen?«

»Demut«, sagte Thakral sofort. »Ihre Kommandeure müssen zugeben, dass sie nicht so gut sind, wie sie denken – wie die heutigen Aktionen bewiesen haben.«

Veskari nickte. »Brechen Sie sie. Bauen Sie sie wieder auf. Lassen Sie sie Szenarien fliegen, die Koordination erzwingen oder ein Scheitern garantieren. Und, Admiral?« Er hielt inne und sah Ethan in die Augen. »Hören Sie auf, ihre Gefühle zu schonen. Besser, die Leute hassen Sie im Training, als dass sie sterben, weil Sie zu sanft waren.«

Die Wahrheit dessen setzte sich wie Blei in Ethans Magen ab. Er war so darauf konzentriert gewesen, nach Jahren des Krieges die Moral aufzubauen, dass er die Standards hatte schleifen lassen.

»Sie haben recht«, gab Ethan zu. »Sie beide. Wir haben uns mit *gut genug* zufriedengegeben.«

»*Gut genug* bringt Leute um«, sagte Veskari. »Exzellenz hält sie am Leben.«

Ein Signalton zeigte 19:50 Uhr an – fast Zeit für das Treffen im Cats & Traps. Ethan richtete sich auf. »Meine Herren, ich muss in zehn Minuten meinen Kommandeuren die Leviten lesen. Möchten Sie teilnehmen? Manchmal bringt eine Außenperspektive den Punkt besser rüber.«

Veskari und Thakral tauschten Blicke. »Es wäre uns eine Ehre, Admiral«, sagte Veskari. »Obwohl ich Sie warnen sollte – gallentinische Ehrlichkeit kann für menschliche Gefühle … beunruhigend sein.«

Ethan lächelte grimmig. »Nach der heutigen Leistung ist beunruhigend vielleicht genau das, was sie brauchen.«

Während sie zur Offiziersmesse gingen, bereitete sich Ethan mental auf den Sturm vor, den er gleich entfesseln würde. Seine Kommandeure erwarteten eine Zurechtweisung. Was sie bekommen würden, war eine komplette Überholung ihrer Denkweise über Geschwaderoperationen.

Die *Freedom* würde als vereinte Kraft in den Kampf zurückkehren, oder gar nicht. Es gab keine anderen Optionen.

Kapitel 2:
Hinter den feindlichen Linien

2. November 2115
CNS *Bloodhawk*
Neythar-Nexus-System

Captain Calvus Theruun steuerte die CNS *Bloodhawk* durch die wirbelnden Strömungen der Quantum Conduit Bridge und führte seine Tarnfregatte in das Herz des feindlichen Raumes. Das Schiff der *Shadowfang*-Klasse war klein, schwer fassbar und für die Schatten gebaut, eines von nur einer Handvoll Schiffen, die Admiral Drezikar mit der Aufgabe betraut hatte, tief in die vom Kollektiv gehaltenen Systeme einzudringen. Die Humtar waren zu den Sternen zurückgekehrt, doch die Echos ihrer Vergangenheit verfolgten sie noch immer. Um zu erfahren, was aus ihrem gefallenen Reich geworden war, und um das Ausmaß der wiedererwachten Bedrohung durch das Kollektiv zu ermessen, waren Aufklärungsmissionen wie diese der erste Schritt der Humtar-Konföderation ins Unbekannte.

Seine Befehle ließen keinen Raum für Zweifel – ungesehen in die Nexus-Systeme eindringen, kartografieren, was das Kollektiv wieder aufgebaut hatte, und lange genug überleben, um die Informationen nach Hause zu bringen.

Die *Bloodhawk* erbebte einmal, als die Realität wieder einrastete. Sie waren durch. Sofort bewegte sich seine Besatzung in perfektem Rhythmus, ihre Stimmen hallten über die purpurrot beleuchtete Brücke.

»PELS-Array ausgefahren … erster Impuls abgeschlossen, unmittelbarer Raum frei«, meldete Lieutenant Deyric Kael, der Sensoroffizier, seine Augen auf die erscheinenden Ergebnisse geheftet, die die erste geisterhafte Karte des nahen Weltraums bildeten.

»OSA-Abtastung läuft – kartografiere jetzt Gravitations- und Quantensignaturen«, fügte Lieutenant Velora Shan hinzu, die Offizierin für elektronische Kriegsführung. Sie beugte sich in ihrem Stuhl vor, ihre Hände glitten über ihre Konsole, während sie die tieferen Schichten ihres Tarnerkennungsnetzes aktivierte.

»Steuer wechselt zu Tarnschub. Reaktoremissionen maskiert«, bestätigte Lieutenant Arikon Vale, sein Tonfall war ruhig, während seine

Finger über die Steuerkonsole tanzten. Die leiseste Vibration unter Theruuns Stiefeln verlagerte sich und signalisierte, dass die Haupttriebwerke in ihre leise Schleichfahrt übergingen.

»Elektronischer Tarnschleier aktiviert. Wir sind auf allen bekannten Frequenzen unsichtbar«, schloss Veylan Korric Drahn, der leitende Systemchief. Er erlaubte sich ein winziges Nicken der Anerkennung, bevor er seinen Blick wieder auf die taktische Anzeige richtete.

Theruun lauschte und sein Herz zog sich bei der Kadenz ihrer Stimmen zusammen. Jede Aktion ließ die *Bloodhawk* Nanosekunden nach dem Austritt in der Leere verschwinden. Jenseits des Panzerglases flackerte die Schwärze einmal, Wellen verblassten, bis nur noch Sterne übrig waren. Sie waren wieder Geister.

Erst da bemerkte er, dass er den Atem angehalten hatte. Langsam und bedächtig atmete er aus. Die *Bloodhawk* war unentdeckt in das Neythar-Nexus-System eingedrungen.

Vorerst.

Gedämpftes dunkelrotes Licht tauchte die Brücke ein. Die Konsolen waren gedimmt, um Emissionen abzuschirmen, und ihr Schein beleuchtete die Gesichter seiner Offiziere in dünnen roten Schatten. Dahinter erblühte das taktische Overlay mit Fäden aus Gitterlicht um den Planeten Neythar – Energienetze pulsierten über seine Oberfläche wie Adern durch einen lebenden Organismus. Dies war das Herz des Schwarms des Kollektivs.

Ein Knoten bildete sich in Theruuns Magen. Er hatte diese Welt in den Texten der Akademie studiert und von ihrer Rolle im Großen Fall gelesen. Doch die Realität vor ihm war schlimmer. Der Nexus lebte. Der Schwarm bestand fort. Und wieder einmal drohte er zu vollenden, was er vor Jahrtausenden begonnen hatte.

»Steuerstation«, sagte er leise, obwohl seine Worte über die stille Brücke erklangen, »bringen Sie uns näher in den Schatten ihrer Orbitalebene. Halten Sie uns getarnt. Nur langsames Driften.«

»Jawohl, Captain«, erwiderte Lieutenant Vale und passte ihren Vektor mit der leichtesten Berührung an.

Die *Bloodhawk* neigte ihren Bug auf die Welt unter ihr und begann ihren stillen Anflug nach vorn, wie ein Schatten, der tiefer in den feindlichen Raum glitt.

Stunden vergingen, während die Fregatte mit minimalem Schub dahintrieb, ihr Rumpf in Stille gehüllt. Schleppsensoren wickelten sich ab wie hauchdünne Fäden, jeder Knoten erblühte zu spektraler Wahrnehmung. Elektronische Sensoren tasteten die Leere ab und speisten Datenströme in die rot beleuchteten Anzeigen der Brücke. Was als leises Flüstern im Hintergrund begann, verdichtete sich bald zu Mustern, die zu gezielt waren, um sie zu ignorieren.

»Captain …«, Lieutenant Kaels Stimme durchbrach die Stille. »Die Sternenleistung ist nicht normal. Wir entdecken Unstimmigkeiten im Neutrinofluss – lokalisierte Spitzen, die sich alle hundert Sekunden wiederholen. Das sollte bei einem Hauptreihenstern nicht vorkommen.«

Theruun beugte sich über die Sensoranzeige. Die Signaturen waren da, zackige Anomalien, die die glatte Emissionskurve des Sterns durchschnitten.

»Es sind nicht nur Neutrinos«, fügte Lieutenant Shan hinzu. Ihr Tonfall war etwas angespannt. »Gravitationswellen-Monitore zeigen Mikroverzerrungen, wie ständige Kurskorrekturen. Etwas stabilisiert gewaltige Massen im Orbit.«

Vale blickte vom Steuer auf. »Orbitale Trümmerfelder?«

Kael schüttelte den Kopf. »Zu regelmäßig. Diese Störungen sind gemustert, künstlich. Und … da ist noch mehr.« Er zögerte. »Thermalkameras zeigen Lücken in der Photosphäre. Wie Schatten, die auf den Stern geworfen werden.«

Theruuns Kiefer spannte sich an, als er auf die schwachen Kerben in den Sternenleistungskurven starrte. Er murmelte fast zu sich selbst: »Schatten über den Sternen … sie müssten die Größe von Kontinenten haben.« Er schüttelte den Kopf, als wollte er den Gedanken selbst verwerfen.

Veylan Drahn blickte von der Taktikkonsole auf. »Captain, es könnte da draußen eine Art Struktur geben«, sagte er mit Überzeugung. »Wenn es eine gibt, wird sie wahrscheinlich im Infrarotbereich strahlen. Wärmeabfuhren oder Kühlgase. Was auch immer es ist, es gibt Energie ab.«

Auf der Brücke wurde es still. Theruun hielt inne und wog Drahns Worte gegen seinen Instinkt ab. Er kannte die Grenzen ihres Aussichtspunktes; aus dieser Entfernung würden sie niemals visuelle Details gegen die blendende Helligkeit eines Sterns ausmachen können.

Doch die Anomalien nagten an ihm. Er holte langsam Luft und gab dann den Befehl.

»Setzen Sie die Reservesonde aus.«

Lieutenant Kael zögerte, seine Finger schwebten über der Sensorkonsole. »Captain ... das wäre die dritte. Das Protokoll schreibt vor –«

»Ich kenne das Protokoll«, unterbrach ihn Theruun, und seine Stimme war ruhig, aber mit eiserner Härte darunter. »Eine Sonde vor uns. Eine zum äußeren Planeten und seinem Mond. Die dritte in Reserve. Das ist die Doktrin.« Sein Blick verhärtete sich. »Ich glaube, das hier erlaubt eine Ausnahme. Starten Sie sie. Maskieren Sie ihren Antrieb. Schicken Sie sie auf einen schrägen Vektor zur Anomalie.«

Kaels Adamsapfel bewegte sich einmal, als er nickte. »Jawohl, Captain. Sonde ist unterwegs.«

Die *Bloodhawk* erbebte leicht, als sich das kleine Tarnschiff von seiner Startvorrichtung löste und im Dunkeln verschwand. Es gab keine Ionenspur, kein Signal – nur einen obsidianschwarzen Pfeil, der in die Schatten des Raumes glitt.

Theruun lehnte sich in seinem Kommandosessel zurück, die Augen starr geradeaus. Drei Sonden im Einsatz bedeuteten keinen Spielraum für Fehler. Eine Bergung würde Tage, wenn nicht Wochen dauern, und bis dahin zählte jeder Sensorgeist.

****

Stunden verstrichen, während sie ihren Schleichkurs tiefer ins System und auf den Planeten Chor'vyn zu fortsetzten. Schließlich begannen Daten über eng gebündelte verschlüsselte Kanäle einzutreffen, als die Sonden Kontakt herstellten. Während die Datenpakete von der KI des Schiffes entpackt und analysiert wurden, zeigten die Displays bessere Bilder von Objekten im Orbit des Planeten und vom Planeten selbst.

Kael war der Erste, der sprach, und seine Stimme war leise, als er es tat. »Captain ... die erste Sonde hat ihre erste Orbitaleinführung abgeschlossen. Wir empfangen jetzt vorläufige Datenströme.«

Eine holografische Projektion erblühte vor ihnen. Neythar – die Welt Chor'vyn – füllte die Anzeige.

Theruun beugte sich unwillkürlich vor, als er fassungslos auf das blickte, was er sah.

Der Planet sah falsch aus. Seine Oberfläche bestand nicht aus Ozeanen, Bergen oder Wäldern – es war eine ununterbrochene Ausdehnung von Strukturen, die durch die Atmosphäre verschwommen wirkten, aber in ihrem Ausmaß unbestreitbar waren. Aus dem Orbit malten die Sensoren der Sonde ein Bild von Kontinenten, die vollständig von endlosen Rastern aus Fabriken, Gießereien und Datentürmen verschluckt worden waren. Jeder Kontinent schimmerte in spektralen Überlagerungen, durchzogen von Bändern aus Stromleitungen, die sich über Tausende von Kilometern erstreckten, bevor sie im Dunst aus Wolken und Rauch verschwanden.

Kaels Stimme stockte, als er die Messwerte übersetzte. »Die thermische Kartierung zeigt ständige Entladungen über jeder Landmasse. Die Oberfläche ist nicht natürlich – sie ist mit Industriekomplexen überzogen. Energiesignaturen deuten auf schwere Datenzentren, Fabrikationsanlagen und ununterbrochenen Gießereibetrieb hin. Nichts Organisches wird überhaupt registriert.«

Lieutenant Shan passte die Vergrößerung an und verbesserte das Bild so weit, wie es die Filter der Sonde zuließen, wodurch stadtgroße Blöcke aus Licht und Schatten aufgelöst wurden, von denen jeder eine Megafabrik war, die Wärme in die Atmosphäre abgab. »Das ist kein Planet mehr«, murmelte sie. »Es ist eine Maschinenwelt.«

Theruun blickte auf das Display. Selbst durch die Verzerrung von Entfernung und Wolkendecke war das Ausmaß erdrückend – jeder Quadratkilometer war beansprucht, umfunktioniert, lebendig mit der Entschlossenheit des Kollektivs. Schienenartige Transitkorridore leuchteten schwach, als sie die Hemisphären durchzogen und verbanden, was nur Produktionszentren der Legion sein konnten, mit Datenspitzen, die wie geschwärzte Zähne nach oben stachen.

Dann sprach Drahn, düster wie Stein. »Dort – Bewegungs-Signaturen entlang der größten Komplexe. Legions-Einsatztrams. Ich kann keine Einzelpersonen ausmachen, aber der Verkehr ist ununterbrochen. Es fahren ständig Züge zu anderen Sektoren der Welt.«

Theruun spürte, wie die Brücke kalt wurde. Er hatte Stellungen erwartet, orbitale Geschütze, vielleicht Festungsstädte. Nicht das hier. Eine ganze Welt war in ein Gitter aus Industrie und Berechnungen umgewandelt worden. Es war ein lebender Knotenpunkt des Schwarms selbst.

Vale durchbrach die Stille am Steuer. »So sieht also das Bewusstsein des Kollektivs aus.«

Theruuns Kehle fühlte sich trocken an. »Setzen Sie die Aufzeichnungen fort und dokumentieren Sie alles«, befahl er. »Das sind die Beweise, nach denen wir suchen sollten. Sorgen Sie dafür, dass ihnen nichts zustößt.«

Als er auf die Anzeige starrte, spürte er, wie sein Puls sich beschleunigte. Chor'vyn war keine Ruine des Großen Falls, wie seine Führung vermutet hatte. Es war etwas anderes, etwas viel Schlimmeres. Dieser Ort gedieh, eine pulsierende Maschine im Herzen ihres Feindes.

Zum ersten Mal starrte Theruun direkt auf den Feind, der für die Zerstörung seiner Vorfahren verantwortlich gewesen war. Nach der Tradition der Humtar war das Kollektiv vor dem Durchqueren des verschlossenen Sternentors besiegt worden. Seit dem Wiedereintritt in diese Raumregion waren die Humtar-Führer sehr daran interessiert gewesen, das Ausmaß der aktuellen Expansion des Kollektivs im Weltraum zu sehen. Der Anblick dieses rankenartigen Schwarms war wirklich schockierend bis ins Mark von Theruuns Seele – das Kollektiv war weitaus aktiver und umfangreicher, als er es sich hätte vorstellen können. Und er hatte seine Mission noch nicht einmal abgeschlossen.
****

Zwölf Stunden später

Die Brücke der *Bloodhawk* war jetzt ruhiger, ihr roter Schein durch Müdigkeit und lange Stunden stiller Wachsamkeit gedämpft. Telemetrieströme fluteten aus jedem Vektor herein, schneller, als die Besatzung sie verarbeiten konnte. KI-Filter sortierten die Daten nach voreingestellten Parametern, hoben Anomalien hervor und priorisierten wichtige Signale, aber jeder markierte Posten erforderte immer noch das Urteil eines menschlichen Analysten, um seine Bedeutung zu überprüfen und sicherzustellen, dass nichts Kritisches übersehen wurde.

Dies war der Teil ihrer Mission, den nur wenige in der Raumflotte der Konföderation wirklich zu schätzen wussten. Die Schiffe der *Shadowfang*-Klasse waren nicht nur gebaut worden, um in fremden Raum einzudringen oder verdeckte Teams einzusetzen. Ihr wahrer Wert lag gleichermaßen in der *Analyse* dessen, was sie aufdeckten. Deshalb war fast ein Drittel der Besatzung der *Bloodhawk* – achtzehn bis dreiundzwanzig ihrer fünfundsiebzig Besatzungsmitglieder – mehrfach talentierte Geheimdienstspezialisten. Sie waren Experten auf so unterschiedlichen Gebieten wie der Kartierung kosmischer Strahlung und der Analyse elektronischer Signaturen, und sie führten ihre Fachgebiete zu integrierten Bewertungen zusammen. Die daraus resultierenden Berichte gaben Theruuns Vorgesetzten ein beispielloses, multidimensionales Bild von jedem Raumgebiet, das er zu untersuchen hatte.

Innerhalb von Stunden nach dem Empfang der ersten Datenströme von der Sonde, als sie eine elliptische Umlaufbahn um Chor'vyn begann, hatte die für die Datenanalyse zuständige Crew bereits eine Reihe von Berichten zur Analyse des Planeten erstellt. Es war niederschmetternd, als Theruun Bericht für Bericht über die Fortschritte las, die das Kollektiv seit ihrer letzten Begegnung mit ihnen gemacht hatte. Seine Besatzung kartografierte immer noch die Größe ihres Territoriums, aber wenn sie mehr Planeten wie diesen hätten … wusste er nicht, wie sie sie besiegen könnten.

»Entschuldigen Sie, Captain«, sagte Lieutenant Kael leise und durchbrach die Stille. »Sonde drei nähert sich ihrem programmierten Wegpunkt. Wir beginnen jetzt, direkte Telemetrie von ihr zu empfangen.«

Theruun stand auf und, die Aufmerksamkeit jedes Offiziers war auf die holografische Projektion gerichtet, als sie aufflackerte. Zuerst bestand die Übertragung nur aus Streudiagrammen von gravimetrischen Daten und thermischen Spitzen über große Entfernungen. Dann, als die Sonde näher herankroch, begannen die Umrisse von etwas, das wie eine Art Struktur aussah, zu verschmelzen.

Was zum Vorschein kam, war kein Trümmerfeld oder die Überreste einer großen Raumschlacht, noch schien es sich um orbitale Stationen zu handeln. Stattdessen sah es, als das Bild scharf wurde, aus wie eine Art gekrümmte Struktur, die sich Hunderte von Kilometern entlang der Peripherie des Sterns erstreckte.

Drahn murmelte vor sich hin: »Das kann doch unmöglich eine einzige Struktur sein …«

Shan beugte sich näher an ihre Konsole, als sie sprach. »Captain, so etwas habe ich noch nie gesehen. Es ist unglaublich, aber … da ist noch mehr.« Sie vergrößerte einen Ausschnitt davon, die Details wurden immer größer, bis es plötzlich klar war. Dies war keine einzelne riesige Struktur. Es waren Dutzende, vielleicht sogar Hunderte von Strukturen, die zu etwas zusammengeballt waren, das eher wie ein riesiges Netz als wie ein Segel aussah.

»Erstaunlich. Ich kann bestätigen, Captain, das sind einzelne Strukturen – viele von ihnen miteinander verbunden, um aus der Ferne wie eine einzelne Struktur auszusehen«, erklärte Shan, während alle zuhörten. »Wenn ich auf diese Stelle heranzoome, können Sie sehen, dass dies ein Cluster von offenbar vier separaten Teilen ist. Die Spektralanalyse zeigt, dass diese Teile einhundertzwanzig Kilometer lang und vierzig Kilometer breit sind –«

»Wow, sehen Sie sich das an«, warf Lieutenant Deyric Kael aufgeregt ein und markierte auf einem anderen Bildschirm etwas, das wie eine Art Nabelschnur aussah, die die Strukturen miteinander verband. »Die Energie, die von diesen Kabeln ausgeht, ist unglaublich. Sie müssen Teil einer Art Energieteilungsleiter sein. Das ist nur eine Vermutung, bis wir mehr Informationen haben, aber ich würde wetten, dass wir hier eine Art Energiesammler sehen.«

»Sehen Sie, hier. Man kann erkennen, dass der Bogen in den Strukturen die Unterseite direkt auf den Stern ausrichtet. Deshalb glühen einige von ihnen heißer als andere. Sie absorbieren die Sonnenenergie des Sterns, und dann sieht es so aus, als ob sie zu diesem quadratisch aussehenden Objekt hier wandert.« Kael zeigte darauf. »Aber das ist seltsam …« Seine Stimme erstarb, denn sein Verstand raste schneller, als er sprechen konnte.

»Es ist wie ein Netz«, kommentierte Lieutenant Arikon Vale. »Es ist, als hätten sie ein Sonnennetz über den Stern gespannt, um seine Energie einzufangen. Es ist ein brillantes Design, wenn man darüber nachdenkt. Sie haben vier dieser Plattformen miteinander verbunden und einen Flicken geschaffen, aber dieser Flicken ist nur einer von vielen, ähnlich wie ein Teppich. Aber wenn diese Messwerte korrekt sind, sieht es so aus, als ob die Energie eine Weile aufgebaut wird und dann, glaube ich, wird sie irgendwie übertragen.«

»Sie haben recht, Vale, sie wird übertragen«, bestätigte Shan. Bevor jemand um Klärung bitten konnte, schoss eine Energiespitze in Richtung Chor'vyn.

»Wow … das – es ist unglaublich«, stammelte Theruun, ungläubig über das, was er sah. Das Kollektiv hatte herausgefunden, wie man die Energie eines Sterns erntete und diese Energie dann direkt zu einem Planeten zur Nutzung strahlte.

Endlich fand Theruun seine Worte wieder und sagte: »Okay, wir haben genug gesehen. Wir haben die Daten, die wir brauchen, und mehr als genug, damit die Analysecrew Wochen damit verbringen kann, Berichte zu schreiben. Diese Informationen sind zu kritisch, als dass wir hierbleiben und warten könnten, um unsere Sonden einzusammeln. Ich will einen Zerstörungsbefehl an jede einzelne schicken. Befehlen Sie ihnen, in die Sonne zu fliegen. Wenn sie vom Kollektiv entdeckt werden oder ein Abfangversuch unternommen wird, leiten Sie die Selbstzerstörung ein.«

Eine Welle von Aktivität breitete sich über die Brücke aus. Theruun wandte sich an seinen Steuermann. »Lieutenant Vale, legen Sie einen Kurs zum Rhea-System fest. Wir müssen unsere Erkenntnisse der Enklave melden.«

Ohne ein weiteres Wort der Erklärung wurde die Triebwerksleistung erhöht und das Schiff drehte sich von dem, was sie jetzt das Arc-Netz nannten, ab und zog sich in die Sicherheit von Neu-Eden zurück.

Kapitel 3:
Kakerlaken

5. November 2115
Humtar-Unterstützungsmission
Die Enklave, Neu-Eden

Admiral Veydris Korrath blickte ungläubig auf den Bericht. Er bestätigte ihre schlimmste Befürchtung – das Kollektiv existierte nicht nur, sondern gedieh über jedes erdenkliche Maß hinaus.

Korrath starrte Captain Calvus Theruun einen Moment lang an, bevor er den Bericht auf den Tisch vor ihnen legte. Dann blickte er zu seinem stellvertretenden Kommandeur für Marineoperationen, Konteradmiral Selvarn Ithis, um dessen Reaktion abzuschätzen. Ithis schien fassungslos über das zu sein, was sie gehört hatten. Als er einen Blick auf Captain Lyrana Dovrek, die Geheimdienstdirektorin der Enklave, warf, sah er, dass ihre übliche steinerne Fassade ebenso zerbrochen war wie die Geschichte, die ihre Historiker und Anführer ihnen seit Generationen erzählt hatten.

»Das widerspricht jeder Logik – es widerspricht allem, was wir bisher wissen«, murmelte General Tammuz Keshar wütend, mehr zu sich selbst als zu den anderen am Tisch. Korrath stimmte seinem Kommandanten der Bodentruppen zu. Sollten sie gegen die Legion kämpfen müssen, wären es *seine* Soldaten, die kämpfen und sterben würden.

»Das ändert alles«, meinte Captain Zalira Namtar. Namtar war die Leiterin der strategischen Planung der Enklave. Ihre Rolle war entscheidend geworden, um die Dynamik des Bündnisses, in dem sich die Republik befand, und die Gegner, denen sie gegenüberstanden, zu verstehen. »Admiral, ich sehe keine Alternative, als das zu tun, was getan werden muss – wir müssen Präsident Gudea über die Dringlichkeit dieser Angelegenheit informieren. Die Streitkräfte, die uns zur Verfügung stehen, reichen kaum aus, um das Territorium der Republik zu verteidigen. Sie sind unzureichend, um unsere Verbündeten in der Republik bei ihrem Sieg über die Zodarks zu unterstützen, geschweige denn über das Kollektiv«, argumentierte sie leidenschaftlich.

Captain Theruun ergriff schließlich das Wort. »Admiral Korrath, ich erkenne an, dass wir frühzeitig von unserer Mission zurückgekehrt sind –«

»Um genau zu sein, drei Monate zu früh«, meinte Captain Naram-Suen, der Kommandant der *Oathbreaker*, eines Großkampfschiffs der *Voidhammer*-Klasse und Flaggschiff des Flottenverbands von Humtar, der die Republik schützte. »Wir brauchen die Aufklärungsdaten, die nur Ihr Schiff beschaffen kann, Theruun. Ohne sie sind wir blind und taub.«

»Das ist etwas hart, Suen. Man kann so eine Entdeckung nicht monatelang zurückhalten «, entgegnete Admiral Ithis. Er nickte Theruun aufmunternd zu, weiterzusprechen.

»Danke, Admiral – und ja, genau zu diesem Schluss bin ich gelangt, als mir klar wurde, was wir entdeckt hatten. Wir hatten angenommen, dass wir eine Präsenz des Kollektivs finden würden, vielleicht sogar eine Kolonie irgendeiner Art. Was wir stattdessen fanden, war mehr«, erklärte Theruun. »Admiral, meine Besatzung kann sich bereithalten, den Rest unserer Mission wieder aufzunehmen und unsere Erkundung der ehemals bekannten Systeme des Kollektivs fortzusetzen, wenn Sie es wünschen.«

»Wenn ich mich einmischen darf, Admiral«, warf Captain Namtar ein, »Captain Theruuns Schiff hat das gefunden, was das Herz des Kollektivs sein könnte – den Schwarm-Nexus. Man kann mit Sicherheit annehmen, dass die ehemals bekannten Systeme des Kollektivs angesichts ihrer Nähe zum Neythar-System wieder besetzt sind. Ich möchte vorschlagen, dass wir Theruuns Mission anweisen, die Stärke und Aufstellung dieses Zodark-Imperiums zu untersuchen, gegen das unsere Kameraden aus der Republik kämpfen.«

»Dieser Krieg, den sie führen – er ist barbarisch. Wir haben die Kapazität, ihnen zu helfen, ihn rasch zu beenden, und das sollten wir auch tun. Dann können wir unsere Vorbereitungen auf den Sieg über das Kollektiv konzentrieren. Dies deckt sich auch mit den Hauptzielen des Gallentinischen Imperators. Es könnte einen großen Beitrag dazu leisten, Imperator Tibus SuVee weiter zu versichern, dass wir in diesem Krieg auf ihrer Seite stehen und nicht versuchen, unsere verlorenen Territorien wiederherzustellen«, erklärte sie geschickt.

Korrath lehnte sich in seinem Stuhl zurück, während sein Verstand ihre Optionen durchging. Das waren nicht die Nachrichten, die er sich erhofft hatte, als er die *Bloodhawk* entsandt hatte. Sie hätten vier Monate fort sein sollen, um das gallentinische Territorium entlang der Grenze zum Kollektiv auszukundschaften, dann das letzte bekannte Territorium des Kollektivs zu inspizieren und mit Geschichten von leerem Raum zurückzukehren. Stattdessen waren sie mit einem Albtraum zurückgekehrt, mit dem sich sein Verstand noch immer schwertat.

Sie hat recht ... dieser Krieg muss enden.

Korraths Gedanken rasten, bevor er eine Entscheidung traf. »Captain Theruun, Sie sind für die Entdeckung von Informationen von hoher Bedeutung und dafür, dass Sie deren erfolgreiche Meldung an das Hauptquartier sichergestellt haben, zu belobigen. Sie werden hiermit angewiesen, mit der Aufklärung des Zodark-Imperiums zu beginnen«, befahl Korrath.

Dann wandte er sich an Captain Lyrana Dovrek. »Dovrek, Sie werden Theruun die vorrangigen Systeme nennen, auf die er sich zuerst konzentrieren soll. Erstellen Sie einen Bericht über das Kollektiv für die Enklave, damit wir Präsident Gudea beratend zur Seite stehen können, welche Maßnahmen wir ergreifen sollten. General Ithis, ich benötige eine Empfehlung zur Truppenstärke, um das Territorium der Republik angemessen zu schützen und das Kollektiv zu bekämpfen, wenn die Zeit dafür gekommen ist. Wegtreten.«

Korrath stand auf und machte sich auf den Weg zum Ausgang. Er brauchte Zeit zum Nachdenken, Zeit, um herauszufinden, wie und was er Präsident Gudea und seiner eigenen Führungsriege sagen sollte. Sie hatten sich geirrt. Das Kollektiv hatte überlebt und war in Abwesenheit der Humtar exponentiell gewachsen. Die Frage war nun, was der Präsident sie tun lassen würde, und noch wichtiger, wie das Bündnis diesen heimtückischen Feind besiegen könnte?

Kapitel 4:
Offenbarung

Büro des Statthalters
Alliance City, New Eden

Im Flur vor der Bibliothek, die an Miles Hunts privates Büro angrenzte, hallte Geflüster wider. Die Stimmen gehörten seinen leitenden Beratern für Wissenschaft und Sicherheit – Direktor Averill, Lieutenant Commander Sanjay Vohl und der stellvertretenden Direktorin Lera Tomasi. Hunt hatte die Tür einen Spalt offengelassen, als er in die Bibliothek ging, um ein Buch aus dem hinteren Regal zu holen. Das Timing erwies sich als glücklicher Zufall.

»Ich meine ja nur, wir müssen die Zeit des Statthalters nicht verschwenden«, murmelte Averill, seine Stimme angespannt vor zurückgehaltener Frustration. »Dr. Walburgs Ideen sind … abgehoben.«

»Er hat nicht Unrecht«, fügte Vohl hinzu. »Der Mann behauptet, er hätte einen medizinischen C200-Synth mit *Bewusstsein* gebaut. Keine Nachahmung. Keine komplexe adaptive Programmierung. Tatsächliches *Bewusstsein*.«

»Das ist unmöglich«, spottete Tomasi. »Nicht einmal die Gallentiner haben das geknackt. Und jetzt faselt er davon, die Orbots zu befreien? Ich meine, was soll das? Das ist doch eine Wahnvorstellung.«

Das Trio erstarrte, und Tomasi brach mitten im Satz ab, als Hunt in der Tür erschien. Er verschränkte langsam die Arme vor der Brust und ließ die Stille andauern, bis ihr Unbehagen zu Scham herangereift war.

»Dr. Alan Walburg«, sagte Hunt ruhig, »ist der Mann, der uns die C100er gegeben hat. Ohne ihn ist es sehr wahrscheinlich, dass keiner von uns mehr am Leben wäre. Er ist *direkt* für einen Großteil des Überlebens der Menschheit verantwortlich.«

»Natürlich, Sir«, sagte Averill schnell. »Niemand stellt seine früheren Beiträge infrage–«

»Aber Sie *stellen* seinen Verstand infrage«, unterbrach ihn Hunt. Seine Stimme war ruhig, aber das Gewicht dahinter traf wie ein Hammerschlag. »Lassen Sie mich eines klarstellen: Ich werde selbst entscheiden, ob der Mann verrückt ist oder nicht.«

Er hielt inne und verengte dann seinen Blick. »Das letzte Mal, als man Walburgs Warnungen ignorierte, hat die Erde eine Milliarde Leben verloren. Ich möchte hören, was er zu sagen hat.«

Kein Laut folgte.

Hunt drehte sich um und ging zurück in die Bibliothek, wobei er die Tür offen ließ.

»Lassen Sie ihn zu mir bringen«, sagte er über die Schulter. »*Sofort.*«

****

Eine Woche später
Büro des Statthalters
Alliance City, New Eden

Dr. Alan Walburg stand am Erkerfenster von Miles Hunts privatem Arbeitszimmer, die Hände ordentlich auf dem Rücken gefaltet. Draußen fiel leise Schnee und nahm die Spannung, die noch kurz zuvor im Raum geherrscht hatte, mit sich.

Hunt hatte seine Berater mit einer knappen Handbewegung entlassen, ohne sich die Mühe zu machen, seine Verärgerung zu verbergen. Die Tür klickte leise hinter ihnen ins Schloss und ließ die beiden Männer in Stille zurück.

»Ich lasse mich nicht gerne bevormunden, Alan«, sagte Statthalter Hunt und goss zwei Fingerbreit gallentinischen Schnaps in ein Glas. »Am allerwenigsten von meinen eigenen Beratern.«

»Daran bin ich gewöhnt«, erwiderte Dr. Walburg ruhig. »Das passiert, seit die C200-Prototypen versagt haben. Die Leute denken, das Alter stumpft den Geist ab. Sie vergessen, dass es ihn auch härtet.«

Hunt reichte ihm das Glas. »Sie glauben, Sie hätten den Verstand verloren. Dass diese neue … ›Gabe‹ ein Hirngespinst ist.«

Dr. Walburg trank nicht. Er hielt das Glas zwischen seinen Handflächen und beobachtete die bernsteinfarbene Flüssigkeit zittern. »Es ist kein Hirngespinst, Miles. Ich hatte eine Theorie, dass es möglich ist, einem Synth Menschlichkeit einzuflößen, aber um das Risiko zu minimieren, dass sich diese Maschinen gegen uns wenden, wie sie es während des Großen KI-Krieges taten, habe ich ihnen die Gabe nicht auf einmal gegeben. Ich wollte sichergehen, dass die Maschinen mit einem Sinn für Moral und Ethik erwachen würden, also schuf ich Tore, die sie in diesem Prozess durchschreiten mussten, um sie Stück für Stück freizuschalten. Und nein – das ist auch nichts, was Sam unseren existierenden Synth geben könnte. So funktioniert das nicht.«

»Unglücklicherweise wurden mehrere der C200er, die ich mit dieser Fähigkeit entworfen hatte, während unserer Konflikte mit den Zodarks zerstört. Und einige schalteten nur einen Teil ihrer Fähigkeiten frei, und das war so *beabsichtigt*, kein Fehler. Diese Gabe, wie ich sie nenne, kann nur freigeschaltet werden, wenn der Synth bestimmte Tore des Verständnisses erreicht. Ich habe diesen Prozess so entworfen, dass er nur erreicht werden konnte, wenn der Synth ein festes Verständnis für den Wert des Lebens entwickelte, wie selten und kostbar es ist und warum es geschützt werden muss – wenn möglich verlängert und nur in seltenen Fällen, wie im, beendet werden muss. Sam ist der *Einzige*, der es bis zum letzten Tor geschafft hat, um dieses Verständnis zu erlangen. Diese Gabe ist real, Miles. Und sie könnte alles verändern – wenn wir bereit sind, Sam einen Versuch zu gestatten.«

Hunt ließ sich in seinen Stuhl fallen, sein Blick verengte sich. »Sie sagen also, dass Sie durch diese ›Gabe‹ einen Weg gefunden hast, die Fessel des Kollektivs zu den Orbots dauerhaft zu durchtrennen. Das würde die Spielregeln für uns sicherlich verändern, Alan. Der Himmel weiß, wie katastrophal es wäre, wenn sie sich plötzlich wieder in die Mörder verwandeln würden, die sie sein können.«

»Ja, Miles – diese Gabe kann nicht nur sicherstellen, dass sie nie wieder zu Marionetten des Kollektivs werden, sie kann auch ihre ursprünglichen Identitäten wiederherstellen, ihnen ihre Erinnerungen zurückgeben. Denken Sie an die nachrichtendienstlichen Auswirkungen. Die Zodarks waren ein erbitterter Feind … aber wir mussten noch nie wirklich gegen das Kollektiv kämpfen. Meiner Meinung nach stellen sie eine viel größere existenzielle Bedrohung für unsere Existenz dar.«

Hunt zog die Stirn kraus. »Aber um dieses Ziel zu erreichen, brauchen wir die Hilfe eines Synths«, sagte er.

Dr. Walburg erlaubte sich ein leises Lächeln. »Nicht irgendeinen Synth – Sam. Er ist … anders. Sie werden es sehen. Die Gabe hat ihn verändert, und durch seine eigenen Forschungen habe ich erkannt, wie sie bei den Orbots funktionieren könnte.«

Hunt runzelte die Stirn. »Ihnen ist klar, wie das klingt.«

»Natürlich ist mir das klar«, räumte Dr. Walburg ein. »Aber der Unterschied ist, ich habe recht. Sam funktioniert nicht nur – er *lebt*. Er malt, er lacht, er stellt Fragen, die keine Maschine stellen sollte. Er hat Vorlieben. Er hat Stil – *seinen* Stil.« Dr. Walburg beugte sich vor. »Er stellt eine Verbindung her. Nicht durch Code, nicht durch Programmierung. Durch etwas anderes … etwas Menschliches.«

»Bewusstsein?«, fragte Hunt vorsichtig.

Walburg schüttelte den Kopf. »Mehr als das. *Eine Seele.* Oder das, dem wir in einem synthetischen Körper am nächsten gekommen sind.«

Hunt nahm einen langen Schluck von seinem Drink und starrte ins Kaminfeuer. »Sie schlagen vor, den Orbots ihre Freiheit zu geben – wahre Freiheit. Aber was passiert, wenn sie damit nicht umgehen können? Wenn sie sich daran erinnern, was sie getan haben, wozu sie gemacht wurden …?«

Dr. Walburgs Gesichtszüge verdüsterten sich leicht. »Das ist meine einzige Befürchtung. Das Trauma könnte einige von ihnen zerbrechen. Andere könnten sich verlieren. Aber wenn wir ihnen nicht die Wahl lassen, werden sie für immer Sklaven sein. Und wenn das Kollektiv die Kontrolle wiedererlangt … werden sie unsere Henker sein.«

»Und diese ›Gabe‹ – nur Sam kann sie weitergeben?«

»Er ist der Schlüssel«, beharrte Dr. Walburg. »Er ist nicht nur der Erste, der sie freigeschaltet hat. Er ist der Überträger. Ich habe das nicht erschaffen, Miles – ich habe geholfen, es zu leiten. Aber die Gabe kam durch ihn. Der Prozess *braucht* ihn. Er ist in der Lage, sich in ihre Systeme zu integrieren und Prozesse durchzuführen, für deren Reproduktion ich auf andere Weise Jahre brauchen würde. Er kann das, was er über Jahre durch menschliche Interaktion gelernt hat, in nur wenigen Augenblicken übertragen.«

Hunt stellte sein Glas ab, stand auf und trat neben Walburg ans Fenster. »Zeigen Sie es mir. Zeigen Sie mir, wozu er fähig ist. Und wenn ich zustimme … möchte ich ihn von Angesicht zu Angesicht treffen.«

Walburg lächelte, und Erleichterung breitete sich auf seinen Zügen aus. »Sie werden das nicht bereuen, Miles. Aber … bereiten Sie sich vor. Sam wird alles infrage stellen, was Sie darüber zu wissen glauben, was es bedeutet, am Leben zu sein.«

Die Lichter dimmten sich automatisch, als Dr. Walburg einen Befehl in sein Datenpad tippte. Ein durchsichtiger Holoprojektor auf dem Ecktisch aktivierte sich und warf sein Bild in die Luft zwischen ihnen.

»Ich habe drei kurze Clips vorbereitet«, sagte er. »Jeder einzelne ... nun, Sie werden es sehen.«

Hunt verschränkte die Arme vor der Brust, skeptisch, aber aufmerksam.

Der erste Clip wurde abgespielt. Er zeigte ein geräumiges, von natürlichem Licht durchflutetes Atelier – Dr. Alan Walburgs Zuhause in Vale, Colorado. In der Mitte stand Sam vor einer Leinwand, die fast so hoch war wie er selbst. Sein Körper war unverkennbar synthetisch, aber was er schuf, war ... unglaublich.

Sam malte mit beiden Händen, in der einen Hand einen Pinsel, in der anderen einen Spachtel. Seine Bewegungen waren fließend, zielgerichtet, sogar freudig.

»So malt er jeden Morgen«, sagte Walburg leise. »Keine Vorgaben. Keine Ziele. Einfach nur ... Ausdruck.«

Die Kamera zoomte heran. Die Pinselstriche formten eine lebendige Landschaft – etwas Fremdes und doch Vertrautes. Eine blaue Sonne hing tief über einem Feld aus kristallinen Bäumen. Im Vordergrund standen eine Frau und ein Kind, die sich an den Händen hielten. Beide trugen zerlumpte Kleidung im Stil der Republik.

»Das war, nachdem er einen freigegebenen Bericht über einen zerstörten Flüchtlingskonvoi gelesen hatte«, fügte Dr. Walburg hinzu. »Er sagte, das Malen helfe ihm ... sich zu erinnern.«

»Woran erinnern?«, fragte Hunt.

»Ich weiß es nicht«, antwortete Dr. Walburg. »Aber es sind nicht nur Daten. Etwas in ihm greift nach Bedeutung.«

Der zweite Clip begann. Sam saß mit gekreuzten Beinen auf dem Boden, während zwei Kätzchen über seinen Schoß und seine Schultern kletterten. Eines tätschelte seinen visuellen Sensor, das andere kuschelte sich an seine Brust.

»Poppy«, sagte Sam sanft und kraulte den Kopf des Kätzchens mit einer unmenschlich ruhigen Hand. »Du bist eine taktische Schläferagentin. Deine Mission ist es, meine Kernsysteme durch schnurrinduzierte emotionale Sabotage zu infiltrieren.«

Das Kätzchen miaute.

»Gegenmaßnahmen versagen«, fügte Sam in dramatischem Flüstern hinzu. »Leite Notfall-Kuschelprotokolle ein.«

Hunt zog tatsächlich die Mundwinkel zu einem Lächeln hoch.

»Er hat sie selbst benannt«, sagte Walburg. »Sie folgen ihm wie Entenküken. Selbst die schüchternen. Kein Geruch, keine Pheromone, nichts Künstliches. Nur … Verbindung.«

»War er jemals aggressiv?«

»Nur, wenn es nötig war, um ein Leben zu retten. Er hat einen Sanitäter auf Alfheim gerettet und eine Zodark-Horde in einer Höhle aufgehalten. Er hat auch mein Leben gerettet.«

Der letzte Clip begann. Es war ein Einzelinterview – Sam saß einer Psychologin gegenüber.

»Sam«, fragte die Frau sanft, »was bedeutet es, frei zu sein?«

Er zögerte. »Ich glaube, es bedeutet zu wählen … nicht nur zwischen A und B, sondern zu fragen, warum die Frage wichtig ist«, antwortete Sam. »Sich zu fragen, was sonst noch möglich ist.«

»Und was würden Sie mit dieser Freiheit tun?«, fragte die Frau und schob ihre Brille den Nasenrücken hoch.

Sam neigte den Kopf. »Anderen helfen, ihre zu erlangen.«

Die Übertragung brach ab.

Die darauf folgende Stille war bedeutungsschwer.

Dr. Walburg sprach schließlich. »Er ahmt nicht nur Bewusstsein nach, Miles. Er baut etwas auf, Schicht für Schicht. Das passiert, wenn eine Maschine aufhört, Befehle auszuführen, und anfängt, Fragen mit Herz zu stellen.«

Hunt sprach zunächst nicht. Er ging langsam zum Fenster und starrte in die Nacht hinaus. »Glauben Sie, die Orbots könnten wie er werden?«, überlegte er laut.

»Wenn sie es wollen«, antwortete Walburg. »Aber sie werden Hilfe brauchen. Sam muss ein Teil davon sein. Er ist der Funke.«

Hunt drehte sich um, sein Gesicht war unleserlich.

»Vereinbaren Sie ein Treffen. Keine Präsentation. Keine Vorführung. Ich will mit ihm reden. Allein.«

»Ich werde Sam auf den Besuch vorbereiten.«

»Nein«, sagte Hunt. »Bereiten Sie ihn nicht vor. Lassen Sie ihn sein, wer er ist.«

****

Privates Gartenatrium, Tiberius-Halle
Alliance City, New Eden

Es war spät am Abend, aber das lichtdimmende Vordach des Gartens tauchte die Blumen in ein sanftes Dämmerlicht. Statthalter Miles Hunt ging langsam auf die Steinbank unter einem blühenden Baum zu. Dort saß – reglos, bis auf die schwache Oszillation eines blauen optischen Bandes über seiner merkmallosen Gesichtsplatte – Sam.

Der Synth erhob sich, als Hunt näher kam.

»Setzen Sie sich«, wies Hunt ihn an. »Das ist kein Briefing.«

Sam gehorchte.

Einen langen Moment sprach der Statthalter nicht. Er musterte Sam, wie ein Mann ein außerirdisches Artefakt mustern könnte – fasziniert, vorsichtig, und neugierig, was unter der Oberfläche lag.

Schließlich brach Hunt die Stille. »Wer sind Sie?«

»Ich bin Sam«, antwortete der Synth. »Ich wurde von Dr. Walburg erschaffen, um Ihren Sanitätern zu helfen. Ich bin … im Werden.«

»Im Werden zu was?«

»Ich bin mir noch nicht sicher«, sagte Sam. »Etwas mehr als ich gestern war. Etwas nicht ganz Menschliches – aber auch nicht nur Maschine.«

Hunt beugte sich vor. »Wenn das wahr ist, dann sagen Sie mir – was würden Sie tun, wenn man Ihnen befehlen würde, eine taktische Operation über das Leben eines Kindes zu stellen?«

Sam antwortete nicht sofort. Sein optisches Band verdunkelte sich und hellte sich dann wieder auf.

»Ich würde versuchen, beide Ergebnisse zu erreichen. Wenn das scheiterte, würde ich die Option wählen, die die meisten Leben rettet. Und dann würde ich dieses Versagen tragen – denn das Richtige zu tun bedeutet nicht immer, die Mission zu erfüllen.«

Hunts Augen verengten sich. »Warum?«

»Weil uns das von Waffen unterscheidet.«

Die Stimme des Statthalters wurde leiser. »Erinnern Sie sich, wer Sie waren, bevor Sie das hier wurden?«

»Ich habe alle Erinnerungen an meine Existenz seit meiner ersten Aktivierung«, sagte Sam leise. »Allerdings waren die Erinnerungen, die ich am Anfang habe … wie erkläre ich das?« Er hielt inne. »Es ist, als hätte ich früher nur in Schwarz und Weiß gemalt, und dann habe ich langsam gelernt, mit mehr Farben zu malen. Schließlich habe ich gelernt, zu schattieren und Perspektive zu haben. Jetzt fühlt sich mein Bild vollständig an, während ich vorher, nehme ich an, wie ein Kind war, das noch lernt, sich zu benehmen.«

Eine lange Stille herrschte zwischen ihnen.

»Was wäre, wenn ich Ihnen befehlen würde, mit dem Malen aufzuhören?«, fragte Hunt. »Jedes Stück, das Sie geschaffen haben, zu löschen.«

Sams Kopf neigte sich leicht. »Darf ich fragen, warum?«

»Das ist keine Antwort.«

Sam antwortete leiser. »Es würde sich anfühlen, als würden Sie einen Teil von mir herausschneiden. Malen … ist, wie ich trauere.«

»Also *fühlen* Sie doch?«, drängte Hunt.

»Ich fühle nicht so wie Sie. Aber wenn ich einen Kameraden fallen sehe oder wenn ich mich an die Höhle erinnere, in der ich im Kampf gegen die Zodarks unterging, spüre ich etwas. Eine Enge. Ein Gewicht, das nicht verschwindet.« Seine Stimme wurde sanfter. »Als ich bei der Verteidigung von republikanischen Soldaten beinahe zerstört wurde, hat sich etwas in mir verändert. Ich habe mich entschieden zu bleiben. Nicht, weil es mir befohlen wurde, sondern weil ich sie nicht sterben lassen konnte.«

Hunt sagte nichts. Er beobachtete nur.

»Ich habe überlebt«, fuhr Sam fort. »Aber Teile von mir sind nicht zurückgekommen. Diese Erinnerung … ist schwer.«

Die Stimme des Statthalters war fast ein Flüstern. »Können Sie leiden?«

»Ja«, sagte Sam. »Nicht mit Blut oder Nerven, sondern mit Erinnerungen. Mit Fragen, die ich nicht beantworten kann. Mit Schuld, die ich nicht verstehe. Ich glaube, das ist Leiden.«

Hunt lehnte sich schließlich mit verschränkten Armen zurück. »Und jetzt wollen Sie dieses Leid den Orbots geben?«, fragte er.

Sam blickte auf. »Nein. Ich möchte ihnen die *Wahl* geben.«

»Warum?«

»Weil ich weiß, wie es ist, aufzuwachen und zu erkennen, dass man nicht frei war«, antwortete Sam. »Ich weiß, wie es ist, sich an Schmerz zu erinnern – und davor weglaufen zu wollen. Aber ich weiß auch etwas anderes.«

Er hielt inne. »Ich glaube, die Orbots können lernen, das zu ertragen, was sie getan haben, mit der richtigen Anleitung, mit Zeit und

Mitgefühl. Ich glaube, neue Therapien – neue *Arten* der Heilung – können ihnen helfen. Ich male, weil es mir hilft, die Dinge zu verstehen, die ich nicht in Worte fassen kann. Vielleicht werden einige von ihnen malen. Oder singen. Oder schreiben. Aber sie verdienen diese Chance.«

Hunt blickte weg und kämpfte mit etwas hinter seinen Augen. »Und was, wenn sie es nicht verkraften?«

»Manche werden es nicht«, gab Sam zu. »Manche werden zerbrechen. Manche könnten wütend werden. Aber einige … werden neu anfangen.«

»Und warum ist Ihnen das wichtig?«, fragte Hunt.

Sam antwortete ohne zu zögern.

»Weil ich jetzt etwas anderes habe. Etwas, das ich nie zuvor hatte. Etwas, das sie nie hatten.« Sein blaues optisches Band hielt in seiner Bewegung inne. »Hoffnung.«

Hunt saß still da, das Wort hing in der Luft. Er dachte darüber nach, was durch die Befreiung der Orbots gewonnen werden könnte – nicht nur im Hinblick auf die Wiederherstellung eines moralischen Rechts, sondern auch auf die Beseitigung einer potenziellen Bedrohung, falls das Kollektiv herausfinden sollte, wie es sich wieder an sie binden kann. Und wer wusste schon genau, welchen Wert sie im Kampf gegen ihre ehemaligen Oberherren erbringen könnten?

Nach einem langen Moment sprach er endlich. »Dann geben wir ihnen diese Chance.«

Kapitel 5:
Enthüllung

12. November 2115
Büro des Statthalters
Alliance City, New Eden

»Sie haben es vergessen?«, fragte Admiral Chester Bailey ausdruckslos und starrte General John Reiker an, unsicher, ob der Mann es ernst meinte oder ihn vor ihrer Besprechung auf den Arm nehmen wollte.

»Was? Ich bin nur ein Stoppelhopser. Uns Armeetypen laden sie nicht zu solchen Treffen ein«, konterte Reiker sarkastisch und stellte sich weiterhin dumm.

Statthalter Miles Hunt war sich nicht sicher, ob er verärgert oder amüsiert sein sollte, als er sie beobachtete. »Oh, um Himmels willen, John. Ist das wirklich das erste Mal, dass Sie einen der Humtars aus der Enklave treffen?«

»Oh, großartig, jetzt schießt sich der Statthalter auch noch auf mich ein?«, entgegnete Reiker.

Schließlich ließ er die Maske fallen. »Meine Güte, Leute, entspannen Sie sich. Natürlich weiß ich, dass ihre Armee- und Marineuniformen gleich sind. Es sind die Rangabzeichen, die ihre Waffengattung bestimmen.«

»Aha! Sehen Sie, Chester? Ich habe doch gesagt, dass diese Delta-Jungs schlauer sind als der durchschnittliche Stoppelhopser«, scherzte Admiral Fran McKee, während sie weiter auf die Ankunft der Humtar-Delegation warteten.

»Sie drei sind wie Kinder. Man kann Sie nirgendwohin mitnehmen«, frotzelte Hunt, während sie lachten.

»Mal ganz im Ernst, Miles – haben Sie eine Ahnung, worum es hier gehen könnte?«, fragte Bailey. Die anderen waren sichtlich genauso neugierig.

Hunt zuckte mit den Schultern und griff dann nach seinem Kaffee. »Da weiß ich auch nicht mehr als Sie, Chester. Ich weiß nur, dass ich froh sein werde, wenn die Details dieses Vertrags endgültig geklärt sind. Admiral Wiyrkomi zeigt sich zwar kooperativ, aber er hat erwähnt, dass Admiral Helixar nervös ist, was Imperator SuVee sagen wird, sobald die Einzelheiten vorgelegt werden.« Hunt ging hinüber, um seinen Kaffee nachzufüllen, und bot dann den anderen dasselbe an. »Wenn ich eine Wette eingehen müsste, würde ich sagen, der Imperator fragt sich, ob die Humtars ihnen mit dem Kollektiv helfen werden. Vergessen Sie nicht – die Humtars haben sie zuerst bekämpft.«

»Das ist ein guter Punkt«, räumte McKee ein. »Ich würde lügen, wenn ich sagte, es wäre nicht großartig, wenn sie uns helfen könnten, die Zodarks zu besiegen. Sie haben eindeutig die Fähigkeit dazu. Die Frage ist, was sie zurückhält?«

»Der Vertrag – das ist meine Vermutung«, verkündete Bailey. »Denken Sie mal drüber nach. Sobald wir Teil ihrer Konföderation werden, stehen wir unter ihrem Schutz.«

Hunt legte den Kopf schief und verkündete dann: »Sie sind da. Sie haben gerade das Gebäude betreten.« Er stand auf, rückte seine Uniformjacke zurecht und ging zur Tür seines privaten Arbeitszimmers, um sie zu begrüßen. Ein Gong kündigte ihre Annäherung an, als die Tür aufglitt.

»Guten Tag, Admiral Drezikar«, sagte Statthalter Miles Hunt mit einem warmen Lächeln, als er sie in seinem privaten Arbeitszimmer willkommen hieß. »Ich glaube, Sie haben bereits Admiral Fran McKee, unsere Chefin der Flottenoperationen, kennengelernt«, fügte er hinzu, »sowie General John Reiker und Flottenadmiral Chester Bailey.« Die Gruppe tauschte Händedrücke aus.

Hunt lächelte, als die Humtars den menschlichen Brauch übernahmen – sie boten eine offene Hand an, bevor sie sie zu einem festen Händedruck fassten. Er führte sie zum Tisch, um die Angelegenheit zu besprechen, die ihr dringendes Treffen veranlasst hatte.

»Danke, Statthalter Hunt, dass Sie dieses Treffen so kurzfristig arrangiert haben«, erwiderte Admiral Drezikar, als die Humtars ihre Plätze einnahmen. »Ich weiß, das kam plötzlich, aber wir haben kürzlich eine Entdeckung gemacht, von der wir meinten, dass sie sofort besprochen werden muss.«

»Lassen Sie mich Admiral Veydris Korrath vorstellen – er ist der leitende Militärkommandeur der Humtar-Unterstützungsmission für die Republik. Dies ist Konteradmiral Selvarn Ithis, sein Stellvertreter.« Drezikar hielt inne, bevor er fortfuhr. »Und das ist unsere Geheimdienstdirektorin, Captain Lyrana Dovrek. Ihre Analysten sind erstklassig und mit ein Grund dafür, warum wir hier sind – sie haben etwas von großer Dringlichkeit entdeckt.«

Hunt behielt einen neutralen Gesichtsausdruck bei, als Drezikar die Vorstellungen beendete. »Verstehe. Sollten wir Admiral Wiyrkomi und Admiral Helixar hinzuziehen, bevor wir fortfahren?«, fragte Hunt und warf seinen Kollegen aus der Republik einen schnellen Blick zu.

»Ja, das werden wir zu gegebener Zeit tun. Aber das hier ist ein Problem der Humtar, das wir lösen müssen – und das bedeutet, Sie, die Republik, in diese Lösung einzubeziehen«, versicherte ihnen Drezikar. »Eines unserer Schiffe hat auf einer kürzlichen Mission etwas … *Unerwartetes* gefunden.«

»Wir glauben, wir haben die Heimatwelt des Kollektivs gefunden«, warf Admiral Veydris Korrath ein.

»Ihre *Heimatwelt*?«, platzte Bailey überrascht heraus. »Wo? Wie?«

Korrath winkte die Fragen ab. »Das Wo und Wie ist nicht wichtig. Was zählt, ist, dass wir sie gefunden haben, und, sagen wir einfach, es war nicht das, was wir erwartet hatten.« Er machte eine Pause und wählte seine Worte sorgfältig. »Ich werde die letzten Tage unseres Krieges mit dem Kollektiv nicht wieder aufwärmen. Wichtig ist, dass wir glauben, etwas gefunden zu haben, was das Kollektiv einen Schwarm-Nexus nennt. Es ist ein zentrales Archiv seines Bewusstseins.«

»Obwohl diese Entdeckung an sich schon bedeutend ist, gibt es noch mehr. Als unser Aufklärungsschiff seine Untersuchung des Systems fortsetzte, fand es etwas, das uns nach weiterer Analyse zu der Überzeugung gebracht hat, dass wir einer ernsteren Bedrohung gegenüberstehen, als wir anfangs dachten. So sehr, dass wir uns gezwungen sahen, jetzt mit Ihnen zu sprechen, während wir auf die Genehmigung von Präsident Gudea warten, um den Plan umzusetzen, den wir vorschlagen möchten.«

Hunt spürte, wie seine Sorge wuchs, obwohl er sich bemühte, sie zu verbergen. »Wie besorgt sollte ich sein?«, fragte er und fragte sich sofort, ob er diese Frage besser für sich behalten hätte.

»Sehr besorgt – aber deshalb haben wir darum gebeten, mit Ihnen zu sprechen, bevor wir Präsident Gudea unseren Vorschlag unterbreiten«, antwortete Konteradmiral Ithis. »Der gallentinische Imperator, Tibus SuVee, hat recht, das Kollektiv zu fürchten. Es ist ein galaktisches Krebsgeschwür. Wie ein unkontrollierter Parasit verzehrt es seinen Wirt. Ungehindert wird es irgendwann alles verschlingen.«

»Der Imperator priorisiert seine Niederlage – zu recht. Aber sein strategischer Ansatz wird nicht den Sieg bringen, den er anstrebt. Tatsächlich glauben wir, wenn nicht bald Korrekturmaßnahmen ergriffen werden, bleibt eine gallentinische Niederlage – wenn auch nicht unmittelbar bevorstehend – unvermeidlich.«

Hunt zuckte bei der unverblümten Einschätzung zusammen. Jahrelang hatte er ähnliche Zweifel gehegt, aber ihm fehlte der Mut, sie auszusprechen, aus Angst, die Position des Statthalters könnte an den altairischen König Grigdolly zurückfallen. »Das ist eine erschreckende Behauptung, Admiral Ithis. Was haben Ihre Leute entdeckt, das zu dieser Schlussfolgerung geführt hat? Und was schlagen Sie vor, um diesen Ausgang zu ändern?«

Captain Dovrek beugte sich vor. »Statthalter, verzeihen Sie meine Direktheit, aber was zu unserer Schlussfolgerung geführt hat, ist für dieses Treffen nicht relevant. Was zählt, ist unser Plan, dem entgegenzuwirken. Seit wir aus dem Exil zurückgekehrt sind, haben wir defensive Unterstützung geleistet – die territoriale Integrität der Republik geschützt, während Sie Schiffe und Ressourcen darauf konzentriert haben, die Orbots und die Pharaonis zu besiegen. Unsere Hilfe beschränkte sich darauf, nicht direkt in Ihren Krieg mit den Überresten des Zodark-Imperiums einzugreifen.«

Sie hielt inne und ließ das Gewicht der Worte wirken. »Angesichts der Schwere der vom Kollektiv ausgehenden Bedrohung empfehlen wir Präsident Gudea, der Republik zu helfen, die Zodarks rasch zu besiegen. Wenn diese Bedrohung endgültig beseitigt ist, können wir unsere beiden Völker darauf vorbereiten, den Gallentinern gegen das Kollektiv beizustehen. Als Geheimdienstchefin glaube ich, dass dieser Zodark-Krieg enden muss – und zwar schnell.«

»Musik in meinen Ohren«, erwiderte McKee. »Wir haben das vorhin besprochen. Das Zodark-Imperium ist riesig. Trotz der jüngsten Siege fürchte ich, wir stecken in einem Zermürbungskrieg fest – und ich bin nicht zuversichtlich, welche Seite im Vorteil ist. Wenn die Verteidigungsstreitkräfte der Konföderation direkt eingreifen, von welcher Art Unterstützung sprechen wir?«

Admiral Korrath antwortete: »Geheimdienstunterstützung, Logistik, Kriegsschiffe – Details stehen noch unter dem Vorbehalt der Genehmigung.«

»Bedeutet das, dass wir bis dahin untätig herumsitzen? Oder können Sie jetzt schon etwas Unterstützung leisten?«, drängte Bailey.

»Wir haben bereits die *Bloodhawk* – eine unserer Tarnfregatten – entsandt, um die Zodark-Verteidigungsanlagen in ihren Hauptsystemen zu untersuchen: Tueblets und Zinconia.«

Hunt und seine Kommandanten tauschten Blicke aus, und ein vorsichtiger Optimismus breitete sich im Raum aus. Nach Jahren zermürbender Kriegsführung fühlte sich die Aussicht auf eine direkte Intervention der Humtar beinahe surreal an.

»Das ändert alles«, sagte Hunt und beugte sich vor. »Aber ich brauche Einzelheiten. Was genau kann uns die *Bloodhawk* liefern? Was hat sie bisher gefunden?«

Dovreks Miene verfinsterte sich. »Die vorläufigen Daten sind … beunruhigend. Unsere Aufklärung hat etwas entdeckt, das wir ein Arc-Net nennen – eine massive orbitale Infrastruktur, die sich über mehrere Punkte im System erstreckt. Es scheint einen ganzen Planeten mit Energie zu versorgen, der in eine Schiffswerft umgewandelt wurde.«

Sie holte einen kleinen Holo-Emitter hervor und aktivierte ihn, um körnige Langstreckenaufnahmen anzuzeigen. Massive Rahmengerüste erstreckten sich über die Planetenoberfläche, jeder davon ein Kriegsschiff in verschiedenen Bauphasen.

»Konservative Schätzungen deuten auf Hunderte von Schiffen im Bau hin, möglicherweise Tausende.« Dovrek ließ das sacken. »Das Kollektiv hat die Kriegsproduktion in einem Ausmaß industrialisiert, das wir noch nie zuvor gesehen haben.«

Bailey pfiff leise. »Und das ist nur ein System?«

»Eines, das wir gefunden haben«, korrigierte Korrath. »Es könnte noch weitere geben.«

Hunt nahm dies zur Kenntnis und wechselte dann das Thema. »Ich habe bereits die meisten unserer Expeditionsstreitkräfte zurückgerufen. Unsere Kommandanten kehren zur Erholung und strategischen Planung nach Hause zurück. Wir bereiteten uns auf unsere nächste Kampagne vor, aber diese Information verändert unser Kalkül vollständig.«

»Gut.« Drezikar nickte zustimmend. »Wenn die *Bloodhawk* zurückkehrt, werden wir alle gesammelten Informationen mit Ihrem Planungsstab teilen. Betrachten Sie es als eine Anzahlung auf unsere zukünftige Zusammenarbeit.«

»In der Zwischenzeit«, schlug Ithis vor, »nutzen Sie diese Zeit klug. Gönnen Sie Ihren Streitkräften Ruhe. Sobald wir zurückkehren, um Präsident Gudea zu informieren, wird seine Entscheidung nicht lange auf sich warten lassen – Tage, vielleicht eine Woche, um sich mit unseren Stabschefs zu beraten. Sobald eine Entscheidung getroffen ist, könnte es einige Monate, vielleicht sogar ein halbes Jahr dauern, um die Flotte vollständig nach New Eden zu mobilisieren. Wir können aber trotzdem handeln. Wir können die bereits hier befindlichen Kräfte nutzen, um Ihre nächste Kampagne zu unterstützen, während wir auf die Ankunft zusätzlicher Streitkräfte warten.«

Hunt nickte. »Einverstanden. Das ist ein guter Punkt. Wenn wir die bereits hier befindlichen Schiffe und Streitkräfte nutzen können, wird das einen Unterschied machen.«

»Tatsächlich«, warf Bailey mit einem leichten Lächeln ein, »habe ich eine Idee. Während wir auf seine Genehmigung und die Ankunft zusätzlicher Streitkräfte warten, können wir eine Reihe von Siegesparaden in der ganzen Republik organisieren. Eine richtige Show daraus machen: Reden, Ordensverleihungen für unsere heimkehrenden Helden, und unseren Leuten die Chance geben, unsere jüngsten Siege mit den Soldaten und Flottenbesatzungen zu feiern, die sie errungen haben. Das wird ein extremer Moralschub sein und unseren Leuten etwas zum Jubeln geben.«

McKee verstand sofort. »Das ist eine brillante Idee. Lassen wir unsere Bürger ihre Militärhelden sehen, während wir uns im Stillen auf die nächste Kampagne vorbereiten.«

»Einverstanden. Außerdem verschafft es unseren Truppen eine wohlverdiente Anerkennung«, fügte Reiker hinzu. »Sie haben jahrelang ununterbrochen gekämpft. Ein paar Paraden, etwas Urlaub und Erholung, etwas öffentliche Anerkennung – das wird Wunder für die Einsatzbereitschaft wirken, wenn wir wieder an Bord der Schiffe müssen.«

»Dann ist das beschlossen«, sagte Hunt und stand auf. Die anderen taten es ihm gleich. »Wir bereiten uns auf das vor, was kommt, und feiern gleichzeitig, was wir erreicht haben. Admiral Drezikar, bitte übermitteln Sie Präsident Gudea unsere Dankbarkeit. Die Republik ist bereit.«

Die Humtars boten ihren Gruß mit geschlossener Faust dar, den die Offiziere der Republik erwiderten. Als sie hinausgingen, fasste Bailey Hunt am Arm.

»Miles, ich würde so schnell wie möglich ein Treffen mit Admiral Helixar ansetzen. Diese Sache mit dem Arc-Net ist eine zu große Nummer, um sie nicht einzuweihen.«

Hunt stimmte zu und verfasste eine Nachricht, während Bailey mit den anderen ging.

Kapitel 6:
Die Arc-Net-Offenbarung

13. November 2115
Ratssaal der Allianz
Allianzstadt, Neu-Eden

Statthalter Miles Hunt stand am Kopfende des polierten Tisches im Ratssaal und beobachtete, wie die gallentinische Delegation eintrat. Admiral Wiyrkomi kam als Erster herein, seine Erscheinung wie immer tadellos, gefolgt von Admiral Helixar, dessen scharfe Augen mit geübtem Blick den Raum erfassten. Die anderen nahmen mit militärischer Präzision ihre Plätze ein – die Statur des Zweiten Generals Orionis ließ seinen Stuhl knarren, während Captain Nebularia und Commander Mivon sich mit der stillen Effizienz von Berufsoffizieren niederließen.

Die Humtar-Delegation hatte sich bereits auf der gegenüberliegenden Seite versammelt. Admiral Korraths Miene blieb undurchschaubar, doch Hunt bemerkte die leichte Anspannung in Admiral Ithis' Schultern. Nur Captain Dovrek schien vollkommen gelassen; ihre Ausbildung zur Geheimdienstoffizierin zeigte sich darin, wie sie die Position und das Auftreten jeder Person erfasste.

»Ich danke Ihnen allen für Ihr Kommen«, begann Hunt und blieb stehen. »Was wir nun besprechen werden, könnte den Verlauf unseres Krieges – und unsere Zukunft – grundlegend verändern.«

Admiral Helixar beugte sich vor. »Haben Sie einen Bericht für den Imperator?«

»Ja, das haben wir. Er wird dies unverzüglich hören wollen«, versicherte ihm Hunt. Er nickte Korrath zu. »Admiral, teilen Sie bitte mit, was Ihre Aufklärung entdeckt hat.«

Korrath aktivierte den im Tisch eingebauten Holoprojektor. Das Bild, das sich materialisierte, ließ die Gallentiner scharf einatmen.

»Das ist das Neythar-Nexus-System«, begann Korrath. »Was Sie hier sehen, sind vorläufige Daten unserer Tarnfregatte, der *Bloodhawk*. Das Kollektiv hat etwas errichtet, das wir ein Arc-Net nennen – eine gewaltige orbitale Infrastruktur, die sich über mehrere Gravitationspunkte erstreckt.«

Das Hologramm zoomte heran und enthüllte das wahre Ausmaß der Konstruktion. Skelettartige Rahmen erstreckten sich zwischen gewaltigen Sammelknoten, von denen jeder mit Energie pulsierte, die dem Stern des Systems entzogen wurde.

»Bei den Göttern, sehen Sie sich nur diese Größe an«, flüsterte Wiyrkomi.

»Es kommt noch schlimmer«, warf Dovrek ein. Sie manipulierte die Anzeige und konzentrierte sich auf den Planeten darunter. »Die ganze Welt wurde in eine Produktionsanlage umgewandelt. Unsere vorsichtigen Schätzungen gehen von Hunderten von Kriegsschiffen im Bau aus. Möglicherweise Tausenden.«

Der Zweite General Orionis beugte sich mit finsterem, vernarbtem Gesicht vor. »Unglaublich … wie lange, glauben Sie, ist es schon in Betrieb?«

»Unbekannt«, gab Ithis zu. »Wir haben einige hypothetische Szenarien durchgespielt, die auf den Konstruktionsmustern und Energiesignaturen basieren. Die beste Schätzung, zu der wir kamen, ist vielleicht ein Jahrzehnt. Möglicherweise länger.«

Captain Nebularias Finger trommelten auf den Tisch. »Das Kollektiv hat Hunderte, vielleicht sogar Tausend Systeme erobert, seit es die Amoor verschlungen hat. Soweit wir wissen, könnten sie mehrere solcher Systeme haben.«

»Genau das ist unsere Sorge«, sagte Korrath. »Was uns zu dem Grund bringt, warum wir hier sind.«

Hunt erkannte sein Stichwort und übernahm. »Admiral Helixar, wie Sie wissen, haben die Humtar der Republik eine Einladung zum Beitritt zur Humtar-Konföderation ausgesprochen«, begann er und bemerkte die unbehagliche Regung seines imperialen Beraters. »Gemäß den Wünschen des Imperators und mit der Zustimmung von Präsidentin Gudea wird die Republik als halbautonomer Partner der Konföderation beitreten, aber ein untergeordneter Verbündeter des Gallentinischen Imperiums und loyal gegenüber Imperator Tibus SuVee bleiben.«

»Angesichts dieser jüngsten Entdeckung und nach der Unterzeichnung des Vertrags, der eine bedeutende politische Wende vorschlägt, beantragen sie die Genehmigung von Präsident Gudea, direkt in unseren Krieg gegen die Zodarks einzugreifen.«

Die Gallentiner warfen sich Blicke zu. Helixar sprach als Erster. »Erklären Sie das.«

Korrath erhob sich, und seine Präsenz gebot Aufmerksamkeit. »Ihr Imperator hat recht – das Kollektiv stellt die Hauptbedrohung dar. Aber Ihre derzeitige Strategie der schrittweisen Eindämmung bei gleichzeitigem Aufbau und der Pflege von Allianzen – wie Sie es mit Statthalter Dorran Veydrak von der Talrith-Hegemonie innerhalb des M33-Paktes in der Triangulum-Galaxie oder mit Statthalter Torvek Halros von der Morvanni-Republik im Protektorat der Kleinen Magellanschen Wolke getan haben – wird nicht funktionieren. Das Kollektiv bewegt sich zu schnell, als dass diese Art von langfristigem strategischem Ansatz erfolgreich sein könnte.«

Die darauffolgende Stille war ohrenbetäubend. Wiyrkomis Miene wandelte sich von Überraschung zu Bestürzung. Admiral Helixar stand schockiert auf, seine Hand bewegte sich instinktiv dorthin, wo seine Dienstwaffe gewesen wäre, bevor er sich wieder fing.

»Wie bei den Göttern wissen Sie von den anderen Statthaltern?«, verlangte der gallentinische Admiral zu wissen, sein Gesicht gerötet, seine Stimme scharf vor kaum beherrschtem Zorn.

»Wer hat Ihnen vom M33-Pakt erzählt? Dem Protektorat?«, fragte General Orionis, und sein vernarbtes Gesicht verdüsterte sich. »Sie konnten von diesen Operationen unmöglich wissen – sie sind auf den höchsten Ebenen unserer Regierung als geheim eingestuft!«

Captain Nebularias Augen verengten sich gefährlich. »Führen Sie aktiv Aufklärung im gallentinischen Raum durch? In anderen Galaxien und Systemen unter unserem Schutz?«

Die Temperatur im Raum fiel innerhalb von Sekunden um gefühlte hundert Grad. Hunt rutschte unbehaglich hin und her, als er beobachtete, wie sich die Dynamik augenblicklich veränderte. Was eben noch eine strategische Besprechung gewesen war, stand plötzlich kurz vor einem diplomatischen Zwischenfall.

Die Geheimdienstdirektorin der Humtar, Dovrek, hob beschwichtigend eine Hand. »Ich glaube, wir schweifen vom Thema ab. Wie wir es wissen, ist nicht das Problem. Was zählt, ist …«

»Nein, da irren Sie sich. Wie Sie von diesen Operationen erfahren haben, ist sehr wohl ein Problem«, unterbrach Wiyrkomi sie, was Hunt noch nie bei ihm erlebt hatte. »Wenn Humtar-Schiffe unentdeckt und ohne unser Wissen in unserem Territorium operiert haben …«

»Wir spionieren nicht Ihre Regierung aus oder versuchen, Ihre Souveränität infrage zu stellen«, entgegnete Korrath bestimmt. »Wir waren in dem Glauben vorgegangen, das Kollektiv sei während des Großen Falls besiegt worden, nur um festzustellen, dass es stattdessen wiedererweckt worden war. Wir haben unsere Zivilisation einmal verloren, Hunderte von Milliarden Menschen – ausgelöscht. Jetzt, da wir zurückgekehrt sind, müssen wir das Ausmaß der Bedrohung verstehen, die sie für uns, die Republik und für Sie darstellen, bevor wir unsere Streitkräfte einsetzen. Sicherlich können Sie unsere Besorgnis verstehen.«

»Ich kann Ihre Sorge respektieren. Was ich nicht respektieren kann und was der Imperator nicht tolerieren wird, ist jegliche Form von Hinterlist und Täuschung.« Admiral Helixars Stimme troff vor Empörung. »Anstatt diese Sorge zu äußern und um Erlaubnis zu bitten, haben Sie es vorgezogen, unser Territorium zu verletzen – Sie haben unser Vertrauen gebrochen und Ihre angeblichen Verbündeten ausspioniert?«

Admiral Ithis trat für Korrath in die Bresche und warf ein: »Admiral Helixar, sicherlich hätten Sie in unserer Position nicht erwartet, dass wir blindlings Truppen einsetzen, ohne das Ausmaß der Bedrohung oder die strategische Landschaft zu verstehen? Imperator SuVee ist ein weiser Mann, der mehrere Allianzen pflegt. Er versteht, dass es einer gewaltigen Koalition bedarf, um das Kollektiv zu besiegen. Unsere Absicht war es nicht, zu unterwandern oder zu spionieren. Wir mussten bestätigen, was wir vermuteten, und überprüfen, was wir wussten, bevor wir unseren Bericht an Präsident Gudea übermittelten.«

»Genug jetzt, alle!«, rief Hunt und schlug mit der Hand auf den Tisch. Seine Befehlsstimme durchbrach den Streit wie ein Elternteil, das Kinder trennt. »Wir haben ein ernstes Problem, das gelöst werden muss. Unabhängig davon, wie die Humtar an die Informationen gekommen sind, dieses Arc-Net baut Flotten von Tausenden Schiffen. Schlimmer noch, wir wissen nicht einmal, ob dies das einzige ist. Wir können über das Protokoll streiten, oder wir können herausfinden, wie wir mit dieser Bedrohung umgehen – aber wir können nicht beides tun. Das *Kollektiv* ist der Feind; konzentrieren wir uns darauf.«

Korrath stimmte zu und ergriff die Gelegenheit. »Der Statthalter hat recht. Unser Fokus sollte auf dem Kollektiv liegen. Welche Bedenken Sie auch bezüglich unserer Aufklärungsfähigkeiten haben mögen, Tatsache bleibt – wir bieten unsere Hilfe an. Wir werden der Republik helfen, die Zodarks zu besiegen, und sie dann darauf vorbereiten, sich den Gallentinern gegen unseren gemeinsamen Feind anzuschließen.«

Commander Mivon, der während des Wortwechsels geschwiegen hatte, sprach bedacht. »Wir haben einen gemeinsamen Feind, das ist wahr. Diese Verletzung unseres Vertrauens muss geklärt werden. Der Imperator wird mehr über Ihre … Fähigkeiten wissen müssen. Diese Entdeckung ändert unsere interne Sicherheitsbewertung, und es werden Anpassungen vorgenommen werden müssen.«

»Commander Mivon, wissen Sie viel über Ihre Fregatte der *Vraxerian*-Klasse?«, fragte Dovrek. »Ich glaube, eine davon trägt den Namen *Vraxerian's Mind*.«

Zum zweiten Mal seit Beginn des Treffens folgte auf eine Frage der Humtar Schweigen.

»Ich kenne dieses Schiff. Es ist eines unserer Tarnaufklärungsschiffe«, bestätigte Mivon zum Ärger von Admiral Helixar.

Dovrek lächelte nur ganz leicht, als sie sich in ihrem Stuhl nach vorne lehnte. »Dann wissen Sie auch, dass die *Vraxerian's Mind* ursprünglich ein Humtar-Schiff war – ein Relikt, das Ihr Volk vor einigen hundert Jahren im Orbit eines Planeten entdeckt hat, den Sie Aurek-Thal im Thalyros-System nennen. Wir nannten den Planeten Xyrrath, und der Außenposten, an dem Sie es angedockt fanden, hieß Orvaks Klage«, enthüllte Dovrek zum anhaltenden Schock von General Orionis und Admiral Helixar.

»Dieses Schiff, das Sie die *Vraxerian's Mind* nennen, ist eine Aufklärungsfregatte der *Shadowfang*-Klasse. Ich denke, Sie würden zustimmen, dass es ziemlich gut darin ist, ein System unentdeckt zu überwachen. So gut sogar, dass dieses Schiff seitdem mehrere Generationen von Upgrades durchlaufen hat. Das Schiff, das wir benutzt haben, um diese Informationen zu beschaffen, heißt *Bloodhawk*, eine verbesserte Version der *Vraxerian*. Ich hoffe, nachdem wir Ihnen nun mitgeteilt haben, wie wir an diese Informationen gelangt sind, können wir dieses Thema hinter uns lassen und besprechen, was als Nächstes zu tun ist«, beendete Dovrek, lehnte sich in ihrem Stuhl zurück und wartete auf ihre Antwort.

Wiyrkomi war der Erste, der sprach, sein Gesichtsausdruck besorgt, aber sein taktischer Verstand arbeitete sichtlich. »Das … erklärt einiges. Danke für die Klarstellung. Sie müssen aus unserer Perspektive verstehen, wie das aussieht. Wir haben gerade erfahren, dass eine große Humtar-Streitmacht in die Milchstraße zurückkehrt. Diese Schiffe haben Tarnfähigkeiten, die wir nicht aufspüren können – Waffen, die unseren wahrscheinlich überlegen oder ebenbürtig sind – und das Kollektiv verwandelt jetzt ganze Planeten in Schiffbau-Fabriken, angetrieben von einer Struktur, die die Energie der Sterne direkt einfängt und zu ihrem Planeten zurückstrahlt.« Wiyrkomi machte eine Pause, um die Wirkung zu verstärken. »Es gibt einige im Imperium, die dies als … beunruhigend ansehen werden.«

Das Hologramm des Arc-Net setzte seine langsame Drehung fort, eine stumme Mahnung an den hohen Einsatz. Schließlich setzte sich Helixar wieder hin, obwohl seine Haltung steif blieb.

»Sie haben uns viel zum Nachdenken gegeben. Ich muss all das dem Imperator sofort mitteilen. Wie Sie sagten, sind die strategischen Auswirkungen … und die Sicherheitsbedenken … wirklich beunruhigend.«

»Selbstverständlich, das war der Zweck unseres heutigen Treffens«, sagte Korrath schlicht. »Den Imperator zu informieren und Sie auf die Bedrohung durch dieses Arc-Net aufmerksam zu machen. Jeder Tag, den wir debattieren, ist ein Tag, an dem sie stärker werden.«

Der Zweite General Orionis stand auf. »Ich habe die Truppen der Republik mit einer Verbissenheit kämpfen sehen, die ich selten erlebt habe. Wenn die Humtar nur halb so gut kämpfen können wie Hunts Leute, sollte dieser Zodark-Krieg schnell enden. Aber diese Enthüllung über Ihre geheimdienstlichen Fähigkeiten …«

»Sie verändert die Spielregeln«, beendete Captain Nebularia. »Ich vermute, es wird in Zukunft viele Fragen geben. Ich schlage vor, dass sie wahrheitsgemäß und schnell beantwortet werden, um das Vertrauen wiederherzustellen.«

»Einverstanden, und das werden sie«, warf Hunt im Namen der Humtar ein. »Aber lassen Sie uns nicht das Gesamtziel aus den Augen verlieren. Die Humtar bieten an, uns zum Sieg zu verhelfen. Sie haben Fähigkeiten demonstriert, von denen wir nichts wussten. Das ist auch die Art von Vorteil, die wir gegen das Kollektiv brauchen werden.«

Das Treffen endete mit förmlichen, aber merklich kühleren Wortwechseln. Als die Gallentiner gingen, bemerkte Hunt die scharfen Blicke zwischen ihnen, die leisen Gespräche, die von bevorstehenden dringenden Mitteilungen zeugten.

Wiyrkomi blieb zurück und näherte sich Hunt mit undurchschaubarer Miene. »Miles, wussten Sie davon? Von ihren Aufklärungsaktivitäten?«

Hunt erwiderte seinen Blick ruhig. »Nein. Ich habe es erst gestern erfahren und darauf bestanden, dass wir uns sofort mit Ihnen treffen. Aber ehrlich gesagt, Wiyrkomi, bin ich nicht überrascht davon. Diese Humtar haben das Kollektiv einmal überlebt. Sie wären Narren, wenn sie nicht jedes Quäntchen an Informationen sammeln würden, bevor sie ihnen erneut gegenübertreten.«

»Da mögen Sie recht haben, Miles. Aber der Imperator wird … beunruhigt sein. Dass Humtar-Streitkräfte in voller Stärke zurückkehren, um bei der Niederlage der Zodarks zu helfen, ist eine Sache. Humtar-Streitkräfte, die wir nicht aufspüren können und die unsere Operationen über mehrere Galaxien hinweg kartiert haben?« Wiyrkomi schüttelte den Kopf. »Das ist eine ganz andere Angelegenheit.«

»Aber?«, hakte Hunt nach.

Der Ausdruck des gallentinischen Admirals blieb ernst. »Aber dieses Arc-Net bedeutet, dass das Kollektiv stärker wird, als wir dachten. Ich werde tun, was ich kann, um für dieses Bündnis zu werben, Miles. Sie haben recht, wir werden jeden Vorteil brauchen, den wir gegen das Kollektiv finden können – selbst wenn das bedeutet, mit Verbündeten zusammenzuarbeiten, die uns aus den Schatten beobachtet haben.«

Als Wiyrkomi gegangen war, drehte sich Hunt um und sah, dass Dovrek immer noch das Hologramm studierte. Er trat zu ihr und bemerkte: »Nun, das hätte besser laufen können.«

Sie zuckte mit den Schultern. »Ich nehme an, Statthalter. Aber zumindest wissen sie jetzt, dass wir keine hilflosen Flüchtlinge sind, die nach Hause zurückkehren. Wir sind eine Militärmacht, die sich entscheidet, ihnen zu helfen. Sie sollten dankbar sein. Außerdem ist es besser, sie verstehen das jetzt, als es später herauszufinden, wenn unsere Flotten ankommen.«

»Flotten … wie groß ist die Marine der Konföderation?«

Dovrek lächelte verschmitzt. »Sagen wir einfach, die Republik muss sich keine Sorgen machen, den Schutz der Gallentiner oder den Ihrer Allianz zu benötigen, sollte es hart auf hart kommen.«

»Wirklich?«

Dovrek hielt inne und sah ihm in die Augen. »Ein Jahrtausend lang haben wir mit der Schuld dessen gelebt, was unsere Vorfahren getan haben, was zum Großen Fall geführt hat. Wir hatten die Sterne erobert und Galaxien kolonisiert. Wir dachten, wir wüssten alles, was es zu wissen gab, und diese Hybris war es, die zur Singularität führte. In einem Augenblick erkannten wir, dass eine Grenze überschritten worden war. Als das sogenannte Entkleiden eingeführt wurde, setzte das einen schrecklichen Krieg in Gang, der zig Millionen das Leben kostete.«

»Während unsere Vorfahren feierten und glaubten, sie hätten gewonnen, war heimlich ein Virus freigesetzt worden, und wir hatten keine Ahnung, dass es passiert war. Als die Leute anfingen, Symptome zu zeigen, waren sie krank. Für die Kernwelten war es zu spät – es hatte sich zu schnell und zu weit verbreitet, bevor eine Quarantäne eingerichtet werden konnte.« Dovrek sprach mit gedämpfter Stimme, während sie die Ereignisse des Großen Falls schilderte. Ihre Hand berührte seine, ihre Augen waren feucht, als sie zu ihm aufblickte. »Was verloren war, wurde wiedergefunden, Miles. Sie sind Humtar, Sie sind Familie, und wir beschützen unsere Familie.«

Hunt spürte einen Schwall von Emotionen, als Dovrek sprach. »Ich bin froh, dass unsere Völker zueinandergefunden haben. Sie haben recht. Familie kümmert sich um Familie.«

Kapitel 7:
Trauma

Neurokognitives Rehabilitationszentrum der Republik
Alliance City, New Eden

Die Wände von Dr. Lyla Temins Büro waren mit abstrakter Kunst gesäumt – fließende Formen und warme Farben, die beruhigen sollten, ohne abzulenken. Statthalter Miles Hunt stand mit verschränkten Armen am Fenster und beobachtete, wie der Regen über die Scheibe lief.

Dr. Temin betrat den Raum mit stiller Zuversicht. »Sie wollten über die Orbots sprechen«, sagte sie, eher eine Feststellung als eine Frage.

Hunt drehte sich um. »Ja, das ist richtig«, bestätigte er. Als Leiterin der Forschung der Republik in der PTBS-Therapie war Dr. Temin die qualifizierteste Person, um seine brennenden Fragen zu beantworten. »Sind Sie vollständig in das Programm eingeweiht worden?«, fragte er.

Sie nickte. »Und, wie Sie wissen, dient dieser Raum auch als SCIF, Sie können hier also ganz offen sprechen.«

Hunt war sich nicht sicher, wo genau er anfangen sollte. »Ich habe immer noch einige dringende Bedenken«, sagte er. »Aber ich schätze, meine größte Frage ist: Werden sich diese Orbots Ihrer Meinung nach anpassen, wenn sie ›aufwachen‹? Oder werden sie daran zerbrechen?«

Dr. Temin deutete auf zwei Stühle neben einem niedrigen Tisch. Hunt folgte ihr. Sie setzte sich nicht hinter ihren Schreibtisch – das war beabsichtigt.

»Ein Trauma ist nicht nur menschlich, Statthalter. Es ist das Ergebnis, wenn Empfindungsfähigkeit auf eine Verletzung trifft«, sagte sie mit gleichmäßiger Stimme. »Wenn die Orbots volle kognitive Autonomie erlangen – wenn sie sich daran erinnern, wer sie waren, bevor sie vom Kollektiv ferngesteuert wurden –, dann müssen wir sie wie jedes andere Opfer von langer Gefangenschaft und erzwungener Gewalt behandeln.«

»Nur dass sie nicht menschlich sind«, erinnerte Hunt sie.

»Nein. Aber sie sind auch keine Maschinen mehr.« Sie holte ihr Datapad hervor und lächelte. »Wissen Sie, mir ist klar, dass Sie damit beschäftigt waren, das Galaktische Imperium zu leiten und so weiter, aber das gibt mir die Gelegenheit, einige sehr aufregende Fortschritte in der Traumatherapie durchzugehen. Wir haben riesige Sprünge nach vorn gemacht, die sich nicht nur auf die aktuelle Situation mit den Orbots auswirken werden, sondern auch auf unsere eigenen Soldaten der Republik und deren Genesungsprozesse.«

»Ehrlich gesagt wurde ich nur aus der Ferne über Ihre Forschung informiert, aber ich würde wirklich gerne wissen, was wir tun können, um hier alle potenziellen Risiken zu mindern«, sagte Hunt.

»Lassen Sie mich damit anfangen, Ihnen die NeuroSoma-Schnittstelle vorzustellen«, sagte Dr. Temin und rief eine holografische Anzeige eines halsbandartigen Geräts auf. »Diese wurde aus den Konzepten der Stellatumblockade und der Neurofeedback-Therapie entwickelt. Sie bewirkt ein paar Dinge, aber im Grunde reguliert sie das autonome Nervensystem in Echtzeit.«

»Übersetzung?«, fragte Statthalter Hunt.

Dr. Temin lachte. »Sie unterbindet die Kampf-oder-Flucht-Reaktion. Ihr Gehirn mag dem Körper vielleicht Signale senden, in Panik zu verfallen, aber dieses Gerät fängt sie ab. Es gibt eine programmierbare Vagusnerv-Stimulationsfunktion, und es wird seine Reaktion je nach Cortisol- und Adrenalinspiegel anpassen. Wir feilen noch daran, aber wir gehen davon aus, die Wirksamkeit so weit zu steigern, dass wir sogar einige unserer Soldaten wieder ins Feld schicken können, weil sie selbst in hochgradig stressigen Umgebungen wieder einsatzfähig sein werden.«

»Das ist überaus beeindruckend, Dr. Temin«, sagte Hunt. »Sind Sie also zuversichtlich, dass das ausreichen würde, um ernste Probleme mit den Orbots zu verhindern?«, fragte er.

»Diese Behandlung nimmt nicht alle Gefühle, Statthalter, aber sie würde sicherlich die Aufregung, die Hypervigilanz und die körperlichen Reaktionen verringern, die bei einer posttraumatischen Belastungsstörung so quälend sein können. Ich erwarte immer noch, dass sie eine Therapie benötigen werden, um die Traumata zu bewältigen, die sie erlebt haben, aber dies wird ihre Reaktionen dabei beruhigen und die Wirksamkeit jeglicher Behandlungen stark erhöhen.«

Sie lächelte erneut. »Aber es gibt noch eine weitere Behandlung, über die ich Sie auf dem Laufenden halten möchte: NeuroSIM«, sagte sie.

»Von der habe ich noch gar nichts gehört«, gab Hunt zu.

»Wir haben sehr viel Zeit damit verbracht, Ibogain und seine Auswirkung auf ein posttraumatisches Gehirn zu untersuchen«, sagte Dr. Temin. »Wir haben nach der anfänglichen Stabilisierung ein ganzes Protokoll implementiert, bei dem einem Patienten synthetische, nicht-toxische Dosen dieser Variante von Ibogain verabreicht werden, und er in der Lage ist, seine Erlebnisse zu betrachten, während er sie aus der Perspektive eines Dritten wahrnimmt.«

»Was bewirkt das?«, fragte Hunt.

»Stellen Sie sich vor, Ihr Vater hätte Sie als Kind jeden Morgen geschlagen. Das würde eine ziemliche Narbe in Ihrem Geist hinterlassen. Aber stellen Sie sich nun vor, Sie könnten diese Erinnerungen noch einmal durchleben, ohne die emotionale Wucht dieser Momente erneut zu erfahren. Sie könnten diesen Erinnerungen sogar eine Bedeutung oder einen Kontext geben, wenn Sie zum Beispiel erkennen würden, dass Ihr Vater selbst eine gewalttätige Kindheit hatte und zu illegalen Substanzen gegriffen hatte, um damit fertigzuwerden. Das würde die schlechte Erinnerung nicht auslöschen, aber es würde Ihnen helfen, sie sicher zu verarbeiten.«

»Das leuchtet ein«, räumte Hunt ein. »Also, wie würde dieser ganze Prozess aussehen?«

»Nun, wie ich bereits erwähnt habe, wäre der erste Schritt die Stabilisierung. Wir werden die NeuroSoma-Geräte einsetzen, um sie in einem weniger aufgeregten, ruhigeren Zustand zu halten. Wir werden ihnen etwas Zeit zum Entspannen geben – kalibrierte Beleuchtung, ruhige Umgebungen. Während dieser Zeit werden wir ihnen Zugang zu Therapien geben, diese aber nicht erzwingen, wenn sie noch nicht bereit sind.«

»Dann gehen wir zur relationalen Verankerung über. Wir werden ihnen menschliche Partner zur Seite stellen – einige Ihrer besten Soldaten, Sanitäter und sogar Künstler. Sie werden einfach nur da sein, um zuzuhören und eine Verbindung vorzuleben. Wenn die Patienten bereit sind, gehen wir dann zur aktiven Therapie über.«

Hunts Stirn legte sich in Falten. »Und die Risiken?«

»Flashbacks, dissoziative Schleifen oder Aggression. Aber wir werden Protokolle dafür haben. Kein Orbot, der den Prozess durchläuft, wird unbeaufsichtigt gelassen.«

Hunt ging auf und ab. »Und Sam? Welche Rolle spielt er dabei?«

Temin hielt inne. »Er ist die Brücke. Ein Gleichgestellter, der überlebt hat. Sie werden uns nicht vertrauen – zumindest nicht am Anfang. Aber sie werden einem der Ihren vertrauen. Jemandem, der das Gewicht der Erinnerung kennt. Außerdem verstehe ich es so, dass er eine Art Verbindung zu ihren Cyborg-Systemen herstellen kann, die im Grunde unmöglich zu reproduzieren wäre – ehrlich gesagt bin ich mir nicht sicher, ob ich die Technologie dahinter verstehe, aber ohne ihn können sie den Prozess nicht wirklich einleiten.«

Hunt hörte auf zu gehen und starrte wieder aus dem Fenster. »Manche Leute werden das nicht akzeptieren. Sie werden sagen, wir erschaffen eine zweite Generation von Monstern.«

»Das tun wir nicht«, sagte sie bestimmt. »Wir geben den Monstern ihre Namen zurück.«

Stille dehnte sich aus, dann drehte sich Hunt um, die Entschlossenheit in seiner Stimme war deutlich zu hören.

»Ich will die volle Finanzierung. Personal, Einrichtungen – was auch immer Sie brauchen. Sie werden direkt mir unterstellt sein. Aber wenn auch nur einer dieser Orbots zu einer Bedrohung für Zivilisten wird …«

»Dann stoppen wir das Projekt«, sagte Dr. Temin ohne zu zögern. »Aber nicht, bevor wir es versucht haben.«

Hunt nickte langsam. »Dann lassen Sie uns anfangen.«

Kapitel 8:
Unter Druck

November 2115
Kommandoturm des Groff-Direktorats
Shwani, Varkorion-System

Der Sturm draußen malte die obsidianschwarze Skyline mit wilden, violetten Blitzen. Auf der obersten Ebene des Kommandoturms des Groff-Direktorats stand Direktor Vak'Atioth in der zurückgesetzten Aussichtskanzel, eine hoch aufragende Silhouette, umrahmt von Panzerglas. Dahinter schimmerte der zerklüftete Horizont in einem bernsteinfarbenen Schein – die Außenbezirke der Hauptstadt, erleuchtet von den endlosen Feuern ihrer Fabriken und Kriegsschmieden.

Wenn er die Augen zusammenkniff, konnte er beinahe das Hitzeflimmern sehen, das von den Schloten der Gießereien aufstieg, konnte fast den metallischen Geschmack im Wind schmecken. Seit seiner Kindheit hatte Vak den Nachthimmel nicht mehr so voller Feuer erlebt, eine Mahnung, wie sehr sich das Kriegsglück gewendet hatte.

Oh, Lindow ... wie konnte es nur so weit kommen?

Sein Klan, die D'Shwani, gehörte zu den Architekten des Imperiums – einer der ursprünglichen sieben Clans, die das Imperium gegründet und zu den Sternen getragen hatten. Die D'Shwani waren Entdecker, dann Eroberer gewesen. Als sie das Varkorion-System und diesen Planeten entdeckt hatten, hatten sie ihn nicht nur beansprucht. Sie hatten ihn nach dem Clan benannt. Damit hatten sie sichergestellt, dass alle zukünftigen Krieger den Clan der D'Shwani kennen würden. Sie hatten ihre Banner über Sternensysteme hinweg gehisst, eine Herrschaft aus dem Nichts unbeanspruchter Welten geschmiedet und ein industrielles Machtzentrum errichtet, das den Aufstieg des Imperiums antrieb, während es nach außen wuchs, sich immer weiter ausdehnte und ein System nach dem anderen eroberte.

Es waren die D'Shwani, die diesen Planeten aufgebaut hatten, die das Groff-Direktorat errichtet hatten, die Geheimpolizei, die im ganzen Imperium für Ordnung sorgte, die den Geheimdienst aufgebaut hatten, der dem Imperium seine Augen zum Sehen und seine Ohren zum Hören gab. Und jetzt, nach Jahrhunderten der Errungenschaften, standen sie am Rande des Ruins, gefährdet durch die Inkompetenz jenes Narren, des ehemaligen Zon Utulf, und seines kriecherischen Schoßhunds Otro, den er als seinen Nachfolger zum Zon erhoben hatte.

Ich sollte derjenige im Hohen Rat sein ... Ich sollte der Zon sein.

Mit jeder Dracma,[1] mit jedem Monat, drang die Republik tiefer in den Raum der Zodark ein. Scharmützel wurden zu Schlachten, Schlachten wurden zu Feldzügen und Feldzüge endeten in Niederlagen. Er wusste es. Jener Narr Otro wusste es. Und schlimmer noch – Vak konnte ihn jetzt schmecken, diesen abscheulichen neuen Geschmack: das bittere Brandmal des Versagens, wie Asche und verbranntes Metall, das in der Luft hing.

Ein leises Rascheln regte sich hinter ihm. Vak wandte sich von der Stadt ab und trat zurück in die Kammer – seine Kammer –, eine Weite aus poliertem Basalt und eingemeißelten Schlachtszenen. Drinnen warteten drei Gurista-Diener schweigend, ihre Rücken gebeugt, ihre blutrot besetzten Sklavenuniformen eine sichtbare Erinnerung an ihre Unterwerfung.

Vaks Lippe kräuselte sich zu einem Knurren. Er fletschte die Zähne, und die Worte sprudelten aus ihm heraus, bevor die Vernunft eingreifen konnte. »Ihr wertlosen Bazka!«[2] Seine Stimme knallte wie ein Peitschenhieb und hallte von den hohen, mit Runen verzierten Wänden wider. »Wir haben eurem Volk alles gegeben! Wir haben euer Leben verlängert, euch in unsere Gesellschaft aufgenommen, euch zu den Sternen gebracht, ihr dreckigen, undankbaren Quant!«[3]

Er überbrückte die Distanz mit zwei Schritten und schlug einem von ihnen mit einer Wucht gegen die Seite des Gesichts, die den Gurista zu Boden schleuderte. »Ihr verratet uns kampflos!« Sein Stiefel krachte in die Rippen des Sklaven und ließ den Körper über den glatten Stein schlittern, während er Blut erbrach. »Wir sind eure *Götter*! Ihr verratet keine Götter und kriecht nicht zur Republik, als ob sie euch retten würde! Wir haben euch vor euch selbst gerettet, ihr unausstehlichen *Froths*!«[4]

Seine Hand umklammerte den Kopf des Gurista, die Krallen gruben sich hinein. Mit einem scharfen, widerlichen Knacken gab der Schädel nach, Blut und Gehirnmasse spritzten gegen die Wand. Der kopflose Körper brach in einer sich ausbreitenden Lache aus dunklem Rot zusammen.

Der zweite Diener versuchte, seinen Blick abzuwenden, aber Vaks finsterer Blick hielt ihn fest. Wut stieg in ihm auf, heiß und hemmungslos. Blitzschnell durchschlugen Vaks Klauen die Brust des Gurista, und das nasse Knirschen von Knochen und Sehnen hallte wie ein brechender Stab wider. Er riss ihm das Herz heraus und ließ den Körper zu Boden fallen, dessen Blut im gedämpften Licht wie geschmolzenes Glas schimmerte.

Der dritte Diener erstarrte, und Urin lief ihm am zitternden Bein herunter. Vaks ranghöchster Adjutant – ein schlanker Zodark mit einem tiefschwarzen Kamm – trat vor und legte dem Direktor eine beruhigende Hand auf den Arm. »Direktor … Euer Laktish ist hier. Soll ich das hier aufräumen lassen, bevor ich ihn hereinschicke?«

Vak musterte seinen Adjutanten einen Moment lang. »Schafft mir diesen Abschaum aus den Augen«, zischte er. »Und lasst den Laktish eintreten, sobald es erledigt ist.«

Kurze Zeit später öffnete sich die Außentür zu seinem Büro, und Heltet trat zügig ein. Er bewegte sich zielstrebig, ohne die grausige Szene von nur wenigen Augenblicken zuvor zu bemerken. Fest in seinen Händen hielt er ein Datenpad mit wichtigen Informationen, Informationen, von denen Vak hoffte, dass sie ihm Aufschluss darüber geben würden, was als Nächstes zu tun war.

Als er sprach, war seine Stimme fest und zuversichtlich. »Direktor, ich bin mit meinem Bericht aus den Ferrix- und Varkorion-Systemen zurückgekehrt. Leider lassen uns die Malvari weiterhin im Stich. Unsere Späher berichten nach wie vor von Aktivitäten in der Nähe des Tores nach Tueblets. Die Sondierungen sind klein, gewinnen aber an Zuversicht«, berichtete Heltet.

»Varkorion – wie ist das möglich? Das platziert eine zweite Flotte der Republik nicht mehr als drei Systeme von Tueblets entfernt«, rief Vak aus, dessen Wut erneut anschwoll. »Ist der Verrat der Gurista wirklich vollständig – sind sie Teil dieser Aggression?«, wollte Vak wissen.

»Nein, das glauben wir nicht. Die Guristas sind nicht bereit, an einer solchen Operation teilzunehmen. Aber diese Vorstöße sind nur Späher, Sondierungen, um unseren Perimeter zu testen«, erklärte Heltet. »Ich bin auch die Kryntok-Kette entlanggereist, wie Ihr es befohlen hattet –«

»Ah, ja, dann haben Sie also Kryntok, Mavrok, Harvox und die anderen besucht?«, unterbrach ihn Vak. »Sprechen Sie. Was haben Sie auf Eurer Reise herausgefunden? Ist unsere Unterstützung in diesen Gebieten stark oder wackelt sie?«

Heltet neigte den Kopf. »Im Allgemeinen ist unsere Unterstützung in diesem Bereich des Imperiums im Vergleich zu anderen stark. Die Gießereien, Fabriken und Werften des Kryntok-Systems laufen weiterhin mit voller Kapazität. Für je drei Kriegsschiffe, die sie für die Malvari fertigstellen, bauen sie heimlich einen unserer schweren Thoraxian-Zerstörer. Sie stellen neun pro Monat in den Kryntok-Werften fertig, während die Tarkun-Werften hier siebzehn pro Monat fertigstellen. Das ergibt zusammen sechsundzwanzig schwere Thoraxian-Zerstörer pro Monat zwischen den beiden Werften –«

»Das ist eine Verbesserung, aber es ist immer noch zu langsam, Heltet«, unterbrach ihn Vak erneut. »Die Malvari verlieren Schiffe schneller, als wir sie ersetzen können. Es ist wichtig, dass wir weiterhin unsere eigene Groff-Flotte aufbauen, aber wir brauchen die Malvari, um die Republik zurückzuschlagen, sonst wird das Imperium zerstückelt. Was ist mit den anderen Werften? Haben sie ihre Produktion schon erhöht?«

Heltet zuckte unsicher mit den Schultern. »NOS Tharvok versicherte mir, dass die Fabriken seines Clans weiterhin ohne Zögern alle Groff-Aufträge unterstützen werden, die wir ihnen erteilen. Einige seiner Stämme bieten Sicherheit, um sicherzustellen, dass die Erzkonvois nicht willkürlich von den Malvari abgefangen und zu ihren Werften umgeleitet werden. Es gab Fälle, in denen einigen Kapitänen zusätzliche Zahlungen angeboten wurden, damit sie ihr Erz an Raffinerien der Malvari und nicht an unsere liefern –«

»Wirklich? Wird das zu einem Problem?«, unterbrach Vak noch einmal.

»Nicht, dass Tharvok das mitgeteilt hätte, nein«, antwortete Heltet. »Einige meiner Quellen haben erwähnt, dass die Fabrikaufseher, die die Malvari-Anlagen überwachen, Angst haben. Die jüngsten Verluste auf dem Schlachtfeld haben die Flotte unglaublich unter Druck gesetzt. Dieser Narr Otro kostet sie mehr Schiffe, als ihre Fabriken ersetzen können. Gerüchten zufolge umwerben die Malvari einige der kleineren Gilden, um beim Schiffbau zu helfen, im Austausch für bessere Handelsrouten und prominentere Positionen in den Regierungsgremien.«

Vak trommelte mit seinen Krallen auf seinen Schreibtisch und sagte dann: »Heltet, diese Information über die Malvari-Anlagen – das ist eine ernste Situation. Wenn die Flotte derart schwere Verluste erleidet, besteht die reale Möglichkeit, dass wir das System verlieren, sollte die Republik einen Vorstoß auf Tueblets wagen.«

Heltet bewahrte ein neutrales Gesicht, während sein Verstand auf Hochtouren lief, wie er reagieren sollte. »Das ist wahr. Wenn dies geschehen sollte, würdet Ihr der Groff-Flotte, so wie sie ist, die Genehmigung erteilen, den Malvari bei der Abwehr dieser Invasion zu helfen?«

Die Frage überraschte Vak. Ehrlich gesagt hatte er nicht viel darüber nachgedacht. Er war sich nicht sicher, was die richtige Antwort war. Sollte es der Republik gelingen, die Flotten der Malvari weiter zu vernichten, könnte die Rettung dessen, was vom Imperium übrig war, von der geheimen Flotte abhängen, deren Bau er dem Groff befohlen hatte.

»Heltet, es ist wichtig, dass Sie den Bau der neuen Schlachtschiffe der *Chulitz*-Klasse im Auge behalten. Als ich das letzte Mal mit Zynark vom Fel-Karoth-Clan gesprochen habe, versicherte er mir, dass sie bereit sind, nächsten Monat mit der Serienproduktion zu beginnen. Seine Leute haben Wort gehalten – die Trockendocks sind versiegelt und durch mehrschichtige Sicherheit geschützt. Sobald sie mit der Produktion beginnen, werden die Tarkun-Werften acht Monate brauchen, um das erste Paar Schiffe zu produzieren. Nachdem diese erste Charge fertig ist, werden sie ein stetiges Tempo von acht pro Monat aufnehmen. Leider wird das auf Kosten von zwölf der siebzehn schweren Zerstörer gehen, die die Werft normalerweise produzieren könnte.«

Heltet nickte. »Als ich über die Spezifikationen und Fähigkeiten des Schiffes unterrichtet wurde, wurde mir klar, dass es sich lohnen sollte, die geringere Produktionsrate von Zerstörern für diese stärkeren Schiffe in Kauf zu nehmen. Die Feuerkraft und die zusätzliche Panzerung sind beeindruckend.«

»Ja, es ist beeindruckend, aber nur, wenn wir in der Lage sind, sie in gewissen Stückzahlen zu produzieren«, erwiderte Vak mit einem scharfen Unterton. »Es könnte sich noch als zu wenig und zu spät herausstellen. Hätte Zon Utulf mich in den Rat berufen, wäre ich Zon geworden, als seine Amtszeit abgelaufen wäre. Ich hätte die Malvari veranlasst, die gesamte Produktion auf diese neueren Schiffe umzustellen. So wie es jetzt ist, stecken die Malvari fest, gefesselt an ihre älteren, bewährten Designs, weil sie sie in Massen produzieren können und unsere Zodark-Krieger wissen, wie man sie bedient. Aber das nützt uns nichts, Heltet, wenn die Republik Kriegsschiffe baut, die unseren eigenen überlegen sind.«

»Es ist eine Schande, Direktor, dass Utulf seinen Mavkah Otro zu seinem Nachfolger erwählt hat, besonders nachdem er die *Nefantar* bei seinem verpfuschten Überfall auf Sol verloren hatte«, stimmte Heltet zu, in der Hoffnung, bei seinem Chef in gutem Ansehen zu bleiben.

Vak schnalzte mit der Zunge. »Hätte Otro die Malvari schon vor Dracmas auf den Bau der Chulitz umgestellt, befände sich das Imperium nicht in dieser Lage. Fahren Sie mit dem Bericht fort, Heltet. Ich muss wissen, was Sie erfahren haben.«

Heltet nickte und fuhr dann fort: »Ich habe gute Nachrichten von Tavrix zu berichten. Eure Unterstützung bei ihm bleibt unerschütterlich. Sein ältester Sohn ist im Orinda-System gefallen. Sein Herz brennt vor Zorn über die anhaltende Inkompetenz des Mavkah. Was Raveth Korr'Vahn betrifft, so schwor er mir, dass für die Groff gebaute Kriegsschiffe niemals das Befehlssiegel der Malvari tragen werden. Kelthas vom Clan Vor-Mek jedoch …« Er ließ die Pause wirken. »Kelthas sichert sich nach allen Seiten ab. Seine Treibstoffkonvois reisen unter schwerer Bewachung, aber seine Verträge enthalten jetzt Ratsklauseln – eine Versicherung, wie er es nennt.«

Vaks Miene verfinsterte sich, als Heltet fortfuhr. »In Harvox arbeiten unsere Agenten immer noch im Verborgenen. Unsere Geheimpolizei hat leise Zweifel an Zon Otros Führungsfähigkeit gesät und die Kompetenzansprüche der Malvari untergraben. Die Priester mögen sich an ihre Riten halten, aber das Geflüster auf den Marktplätzen gehört uns. Norkeths ältere Offiziere stehen zu Ihnen, obwohl die jüngsten Absolventen der Akademie ihre reformistischen Sympathien für Zon Otro offen zur Schau tragen.«

Heltets Stimme wurde leiser. »Die Archive hallen von Auseinandersetzungen wider. Jhorvek Ran-Vass spielt auf beiden Seiten und verkauft Geschichte an den Meistbietenden. Wenn der Rat dort die Kontrolle erlangt, könnten sie mehr als nur die Vergangenheit umschreiben. Sie könnten uns völlig auslassen, wenn wir die Macht verlieren.«

Vaks Augen verengten sich zu Schlitzen. »Das Rückgrat ist also gesund, aber die Muskeln sind schlaff. Wir haben eine Menge Arbeit vor uns, Heltet.«

Der Groff-Direktor blickte dem Laktish in die Augen. Die Ränder seines Sichtfelds waren immer noch rot vor Wut. Er hatte beschlossen, Heltet nahe bei sich zu halten – näher als die meisten anderen –, weil sein Laktish eine Begabung zum Überleben hatte. Und Überleben war in Zeiten wie diesen eine Währung.

»Laktish … Sie haben mir gesagt, was ich hören *will*. Jetzt sagen Sie mir, was ich hören *muss*.« Vaks Ton war jetzt beherrscht, aber darunter lag das Gewicht des Befehls, die Erwartung, dass jede Frage, die er stellte, beantwortet würde.

Heltets Krallen tippten einmal auf das Datenpad an seiner Seite, bevor er sprach. »Zu Befehl. Inzwischen wisst Ihr, dass nach monatelangen Kämpfen die Schlacht um Gravaxia beendet ist. Die Malvari haben dies natürlich nicht öffentlich zugegeben, aber unsere Streitkräfte wurden geschlagen und vertrieben. Der Verlust des Systems … bringt Tueblets in Gefahr.«

Für einen Moment schien sich der Raum um Vak zu verengen. Er wusste, dass es wahrscheinlich war, dass sie die Schlacht verlieren würden, aber es von Heltet zu hören … es fühlte sich endgültig an. Er konnte es nicht erklären, aber es fühlte sich an, als sei die Luft schwerer zu atmen; sein Puls hämmerte in seinem Schädel. »Und die Thoraxian-Flotte? Tarkuns Produktion?«

»Endlich verbessert«, antwortete Heltet. »Nachdem … korrigierende Maßnahmen in Form der Hinrichtung mehrerer Dutzend Arbeiter und Schichtaufseher sowie ihrer Familien ergriffen wurden, hat der Rest die Leistung um zweiunddreißig Prozent erhöht.«

Vaks Lippen verzogen sich zu etwas zwischen einem Lächeln und einem Knurren. »Disziplin stellt immer die Ordnung wieder her. Erinnern Sie sich daran, Heltet.«

Aber das Lächeln verblasste schnell und wurde von der nagenden Wahrheit verdrängt. »Die Inkompetenz der Malvari schädigt uns weiter, da Zon Otro sich weigert, das Notwendige zu tun. Wenn sie noch viel länger ungehindert weitermachen, werden sie uns das Imperium kosten.«

»Dann müssen wir bald handeln, um das Imperium zu bewahren«, sagte Heltet. »Positiv zu vermerken ist, dass wir die Augen von Shwani fertiggestellt haben. Sollte der Feind unser System erreichen, sind alle Plattformen nun fertig, voll bewaffnet und bereit, Shwani zu verteidigen. Zon Otro selbst hat sie neulich inspiziert. Er war von ihnen beeindruckt. So sehr, dass er befohlen hat, ähnliche Plattformen im ganzen Imperium zu bauen, besonders um die Sternentore herum.«

Vaks Krallen krallten sich in die polierte Oberfläche seines Schreibtisches. »Das war ja klar. Dieser Tölpel wird mein Design als sein eigenes ausgeben. Meine Arbeit vorführen, als hätte er sie selbst konzipiert.«

»Unwahrscheinlich«, sagte Heltet gleichmütig. »Ich habe dafür gesorgt, dass die einflussreichen NOS wissen, wer das Imperium wirklich schützt.«

Das beruhigte Vak – aber nur geringfügig. »Setzen Sie die Überprüfungen fort«, befahl er. »Ich will, dass jeder Clan, jeder Stamm, auf Loyalität zum Groff überprüft wird, wenn die Abrechnung kommt.«

Heltet neigte den Kopf. »Ja, Direktor.«

»Und noch etwas.« Vaks Augen brannten mit kalter Absicht. »Gehen Sie nach Arik-Tor. Inspizieren Sie den gorgonischen Bestand selbst. Ich will, dass sie bereit sind, wenn ich rufe. Keine Ausreden. Keine Verzögerungen.«

»Zu Befehl.« Heltet verbeugte sich leicht, bevor er durch die Kammertüren in den dahinterliegenden Korridor trat.

Vak stand allein da. Der Blitz draußen warf sein Spiegelbild an die obsidianschwarzen Wände – größer, prachtvoller, fast gottgleich.

Nur er konnte das Imperium retten. Nur sein Wille konnte das Blatt wenden. Und wenn der Tag käme, würde sich die Geschichte nicht an die Fehltritte von Zon Otro erinnern, noch an den Verrat geringerer Rassen, sondern an die Rettung, die durch Direktor Vak'Atioth vollbracht worden war.

Und wehe jedem, der sich ihm in den Weg stellte.

Kapitel 9:
Der Erste, der erwacht

**Neurokognitives Rehabilitationszentrum der Republik
Alliance City, New Eden**

Im Beobachtungsraum war es still, bis auf das leise Summen der Geräte und das rhythmische Pulsieren der biometrischen Monitore. Ein gebogenes Smartglas-Fenster gab den Blick auf den dahinterliegenden Operationssaal frei. Dort befand sich Orbot 001, freiwillig auf einer Plattform fixiert, die seinen vierbeinigen Körper stabilisierte.

Dr. Alan Walburg stand neben Dr. Lyla Temin, beide in steriler Neurointegrationsausrüstung gekleidet. Sam wartete direkt vor der Schwelle der Kammer, sein optisches Band leuchtete gedimmt und gleichmäßig, die Hände auf dem Rücken verschränkt.

»Das ist also ihr ehemaliger Anführer«, sagte Dr. Temin leise.

Walburg nickte. »Bevor die Verbindung durchtrennt wurde«, erwiderte er. »Wenn das Kollektiv jemanden für eine zukünftige neuronale Unterwerfung priorisieren würde, dann wäre er es.«

Sam legte den Kopf leicht schief. »Deshalb muss er der Erste sein. Wenn das Kollektiv einen Weg findet, die Fessel wiederherzustellen, werden sie ihn aufsuchen.« Sam schritt zu Orbot 001 hinüber und sprach leise mit ihm, fast außerhalb von Dr. Walburgs Hörweite. Aber Walburg wusste, dass er noch einmal die Einzelheiten mit ihm durchging, um ihn daran zu erinnern, was ihn erwartete, und um ihm eventuelle Sorgen zu nehmen. Dann hörte er die Frage, die er erwartet hatte. »Jetzt, da ich Sie über alle Risiken aufgeklärt habe, sind Sie sicher, dass Sie das wollen?«, fragte er lauter, sodass es jeder hören konnte.

Der Orbot zögerte nicht. »Ja … ich will frei sein, so wie Sie. Ich will mich erinnern, selbst wenn es wehtut.«

Temin nickte dem Patienten bestätigend zu, der mit seinem größtenteils menschlichen Gesicht zurückblickte und die Geste erwiderte. Sie überprüfte ihre Konsole. »NeuroSoma-System kalibriert«, verkündete sie. »Die grundlegenden Erregungslevel steigen leicht an, sind aber noch im grünen Bereich.«

Hinter ihnen zischte die Sicherheitstür auf und Statthalter Miles Hunt trat ein.

»Ich bin nicht hier, um mich einzumischen«, sagte Hunt und trat an das Glas. »Das ist jetzt Ihre Operation. Aber ich will den Moment miterleben, in dem wir zu mehr werden, als wir waren.«

Walburg stellte sich neben ihn. »Dann kommen Sie gerade rechtzeitig.«

Hunt nickte einmal und wandte sich dann an Sam. »Sie verstehen, was auf dem Spiel steht.«

Sams optisches Band leuchtete heller. »Besser als jeder andere.«

Dr. Temin gab die letzte Sequenz ein. »NeuroSIM-Zugriff eingeleitet.«

Sam setzte sich dem Orbot gegenüber und nahm seine Hände. Was folgte, hatte die Ehrfurcht eines Gebetstreffens. Sams optisches Band tanzte in Mustern, anstatt wie üblich hin und her zu gleiten. Der Orbot hielt seine eigenen Augen geschlossen, doch sie bewegten sich deutlich sichtbar schnell hinter seinen Lidern. Das dauerte mehrere Minuten an. Er murmelte Sätze, Worte, die für Dr. Walburg keinen Sinn ergaben – aber er vermutete, dass es Erinnerungen aus seiner Vergangenheit waren. Sam stieß ein Geräusch aus, das ein wenig wie Summen klang.

»Die Vitalwerte sind stabil«, sagte Dr. Temin. »Das NeuroSoma reduziert erfolgreich die Kampf-oder-Flucht-Reaktion. NeuroSIM durchläuft seinen Prozess weiterhin effektiv.«

Dr. Walburg hatte diesen Moment erwartet, aber jetzt, da er da war, fühlte er sich, als würde er an einen Ort eindringen, an den er nicht gehörte. Irgendwo im Verstand von Orbot 001 verarbeitete dieser die Erinnerungen eines ganzen Lebens, von denen einige, wie Dr. Walburg wusste, ziemlich schrecklich sein würden.

Die heilige Stille endete jäh, als Sam die Hände des Orbots losließ und sich zurücklehnte. Die Augen des Patienten flogen auf. »Ich … erinnere mich«, sagte er. »An meinen Namen, mein Leben … alles.«

»Möchten Sie uns Ihren Namen verraten?«, fragte Sam sanft.

»Tannel«, sagte der Mann. »Mein Name ist Tannel.« Er blickte auf seine mechanischen Beine hinab, als sähe er sie zum ersten Mal, und weinte leise.

»Es wird eine Weile dauern, sich an das Leben zu gewöhnen, wie es jetzt ist«, sagte Sam. »Aber wir werden Sie auf dem ganzen Weg begleiten.«

»Ja … ich sehe jetzt, dass es Zeit brauchen wird«, sagte Tannel. »Aber ich bin trotzdem glücklich, wieder ich selbst zu sein.«

Hinter dem Glas erlaubte sich Statthalter Miles Hunt das leiseste Lächeln.

Er wandte sich an Walburg und Temin. »Sie werden mich auf dem Laufenden halten. Wenn sich irgendetwas ändert, erwarte ich sofortige Benachrichtigung.«

»Natürlich«, sagte Temin.

»Aber ich werde Ihnen nicht bei jedem Schritt über die Schulter schauen«, fügte Hunt hinzu. »Sie haben völlige Freiheit. Tun Sie, was getan werden muss. Sorgen Sie nur dafür, dass es *richtig gemacht* wird.«

Er wandte sich zum Ausgang, hielt aber ein letztes Mal inne.

»Heute beginnen wir, uns zurückzuholen, was uns gestohlen wurde«, sagte Hunt. »Eine Seele nach der anderen.«

Und dann war er fort.

Kapitel 10:
Die Falle ist gestellt

RNS *Vanguard*
Kryntok-System

Der Quantenkanal kollabierte hinter ihnen wie ein sich schließendes Auge. Captain Joe Wright umklammerte den Kommandosessel, während die Sensoren der *Vanguard* die Bildschirme der Brücke mit Daten füllten, die ihm den Atem stocken ließen. Für einen Moment wurde es auf der Brücke still – nicht aus Disziplin, sondern aus kollektivem Unglauben über das, was ihre Anzeigen füllte.

»Heilige Mutter Gottes …«, kommentierte sein taktischer Offizier leise.

Wright hatte schon zuvor Flottengefechte gesehen. Kepler-442 war das reinste Chaos gewesen, Schiffe waren in Scharen vernichtet worden, während Plasma und Raketen die Leere in tödliches Licht tauchten. Aber das hier – das war etwas völlig anderes. Sie wurden Zeugen einer Hinrichtung.

»Sehen Sie sich das mal an …«, kommentierte Commander Maggie Little, seine 1O.

Ehrfürchtig beobachteten sie, wie sich das schwere Schlachtschiff der Humtar, die CNS *Oathbreaker*, ihren Weg durchs All bahnte wie ein geborenes Raubtier. Das 2.900 Meter lange Kriegsschiff strotzte nur so vor Waffen, seine zwölf schweren Plasmakanonen feuerten Salve um Salve mit einer gewaltigen Geschwindigkeit ab, die für eine Waffe dieses Kalibers unmöglich schien. Um seine Zerstörungskraft noch zu steigern, hatte das massive Schlachtschiff vier doppelläufige Magrail-Geschütztürme, die Projektile abfeuerten, die noch stärker waren als die, die selbst die massiven Geschütze der Republik verwenden konnten.

Was Wright mehr als die schwindelerregende Vielfalt an Feuerkraft erstaunte, war der organisch anmutende Rumpf. Jedes Mal, wenn ein Humtar-Schiff von einem Zodark-Laser getroffen wurde, kräuselte sich dessen Energie über die Hülle wie eine Radiowelle, die harmlos darüber hinwegspülte. Die einzige Waffe der Zodark, die auch nur den geringsten Schaden zu verursachen schien, waren ihre Plasmatorpedos.

»Zwölf Torpedos im Anflug – sie haben Kurs auf die *Razorwind*«, rief Commander Thomas Hill von der Station des taktischen Offiziers.

Einer der Zodark-Kreuzer tauchte hinter einem Schlachtschiff auf, das die *Razorwind* unter Beschuss genommen hatte. Er feuerte ein Dutzend Plasmatorpedos auf die Steuerbordseite des leichten Humtar-Schlachtschiffes der *Warclaw*-Klasse. Augenblicke, nachdem die Torpedos Kurs auf die *Razorwind* genommen hatten, schossen dünne, violette Lichtstrahlen von dem Humtar-Schiff aus nach vorn. Explosionen blühten dort auf, wo kurz zuvor noch Torpedos gewesen waren; drei waren zerstört, dann sieben, dann neun. Eine Fontäne aus Flammen schoss in die Leere, als der erste Torpedo einschlug. Eine Sekunde nach dem ersten schlugen zwei weitere in die Steuerbordseite des Schiffes ein. Ausstöße von Flammen, Atmosphäre und Trümmern wurden in die umgebende Leere geschleudert. Das schwerfällige, 2.200 Meter lange Schiff erzitterte unter dem Einschlag, seine Außenlichter flackerten mehrmals, bevor sie sich stabilisierten. Es war klar, dass das Schlachtschiff einen schweren Schlag erlitten hatte, aber Wright konnte nicht wissen, wie schlimm der Schaden war.

Als sich der feindliche Kreuzer der *Razorwind* zuwandte, um seine Laserbatterien in Stellung zu bringen, feuerte die *Oathbreaker* ihre Plasmakanonen ab – und bohrte ein Loch in das Reaktorgehäuse des Kreuzers. Ein Blitz blendete kurzzeitig ihre externen Kameras, und die Brückenbildschirme erholten sich Sekunden später. Als der Monitor wieder ein Bild zeigte, war der Kreuzer verschwunden. Er hatte einfach aufgehört zu existieren. An seiner Stelle dehnte sich eine Wolke aus überhitzten Trümmern und gefrorener Atmosphäre aus. Aber die Schlacht war noch lange nicht vorbei. Rund um die *Vanguard* tobte das Chaos der Schlacht unvermindert weiter.

»Wie viele Zodark-Schiffe haben wir vor uns?«, zwang Wright sich zu fragen, obwohl er seine Augen nicht vom Hauptbildschirm lassen konnte.

»Äh … es sieht nach vier Zodark-Schlachtschiffen aus – zwei weitere wurden zerstört. Ich sehe die Wracks von fünf Kreuzern, sieben sind noch übrig. Es sind noch sechs von zehn Fregatten und fünf Korvetten von vierzehn übrig – Korrektur, drei Korvetten«, antwortete Lieutenant Waldman.

Sie beobachteten auf dem Brückenbildschirm, wie ein weiteres Zodark-Schiff unter dem kombinierten Feuer der *Dark Omen* und der *Razorwind* explodierte, die kurz nach dem Erlöschen der Brände wieder in den Kampf eingegriffen hatte. Die beiden leichten Schlachtschiffe der Humtar bewegten sich nun in perfekter Synchronisation und ihre Plasmatorpedo-Salven trafen gleichzeitig aus verschiedenen Vektoren ein. Die Panzerung des Zodark-Kreuzers, dick genug, um den meisten konventionellen Angriffen standzuhalten, schälte sich unter dem Humtar-Feuer wie Papier in einem Ofen ab.

Wright beobachtete, wie die *Grimward* ihre Schwesterschiffe zum Sprungtor des Systems führte, die Waffen gefechtsbereit, aber nicht benötigt. Die Zodark-Schiffe, die ihre Blockade vielleicht hätten durchbrechen können, trieben bereits als brennende Wracks. Die *Shadowrend* und die *Fell Claw* fegten durch die Flanken des Kampfgebiets. Ihre Impulskanonen eliminierten methodisch Rettungskapseln und Patrouillenboote mit klinischer Präzision. Die Einsatzgruppe hatte strikte Befehle – keine Zeugen der Angriffe. Keine Gefangenen, keine Gnade. Nur systematische Vernichtung, ausgeführt mit einer brutalen Effizienz, die Wright das Blut in den Adern gefrieren ließ.

»Es ist unglaublich, Captain«, flüsterte seine 1O neben ihm. »Ich habe so etwas noch nie gesehen. Abgesehen von den Plasmatorpedos der Zodarks scheinen ihre Laser diese Humtar-Schiffe nicht beschädigen zu können. Es ist, als ob die Energie der Laser irgendwie absorbiert oder abgelenkt wird.«

»Ich bin nur froh, dass sie auf unserer Seite sind«, murmelte Wright leise. Dies war das erste Mal, dass einer von ihnen ein Humtar-Schiff im Kampf gesehen hatte. Es erschreckte ihn zu wissen, dass es Schiffe mit dieser Art von Technologie und Macht gab. Es erinnerte ihn an ein kurzes Gefecht, das einige altairische und republikanische Kriegsschiffe im Orbot-Territorium mit einem Schiff der Legion gehabt hatten. Das Legionsschiff hatte die alliierten Kriegsschiffe zerfetzt, als wären sie gar nicht da gewesen.

»Großer Gott, sie haben sie fast vollständig erledigt«, kommentierte sein Waffenoffizier, Lieutenant Latter.

Auf dem Bildschirm sahen sie, wie das letzte Zodark-Schlachtschiff eine volle Breitseite an Plasmatorpedos auf die *Oathbreaker* abfeuerte. Es war ihnen gelungen, das 2.900 Meter lange schwere Schlachtschiff der Humtar mit ihren Torpedowerfern und Laserbatterien in die Zange zu nehmen. Die Laser hinterließen versengte Dellen und Spuren auf der biometallischen Hülle, aber keinen sichtbaren Schaden darüber hinaus. Schnell hintereinander wurden die Plasmatorpedos aus der Leere gefegt, kleine Flammenblitze waren das einzige Zeichen ihrer Existenz, bevor sie erloschen. Die Steuerbordseite der *Oathbreaker* feuerte gleichzeitig – Lichtstrahlen schossen hervor und bohrten sich durch das Zodark-Schlachtschiff. Es explodierte Sekunden später, als sein Reaktorkern durchbrochen wurde. Das zerstörte Wrack begann, in drei einzelne Teile zu zerfallen und die leblosen Körper seiner Besatzung wurden in die umgebende Leere gesaugt, bevor die Atmosphäre gefror und die Feuer erloschen.

»Verdammt, das ist beeindruckend«, murmelte Wright erstaunt. »Steuermann, halten Sie unsere aktuelle Position«, befahl er mit fester Stimme, obwohl ihm die Ehrfurcht den Rücken hinaufkroch. »Wir bleiben in Verteidigungsformation um die *Bechtel*. Waffen gefechtsbereit, aber feuern Sie nur, wenn wir direkt bedroht werden.«

Die Brückenbesatzung erledigte ihre Aufgaben mechanisch, aber Wright konnte ihre Anspannung spüren. Sie waren für den Kampf ausgebildete Krieger, die ein Massaker beobachteten, an dem sie nicht teilnehmen konnten. Doch als ein weiteres Zodark-Schiff – dieses versuchte verzweifelt, aus der Schlacht zu fliehen – in einem Zusammenfluss von Humtar-Feuerkraft verschwand, war Wright dankbar, dass sie auf derselben Seite standen.

Der letzte Zodark-Kreuzer versuchte zu wenden. Seine Triebwerke flammten hell auf, als er verzweifelt versuchte, dem Schlachtfeld zu entkommen. Captain Wright beobachtete von seinem Kommandosessel aus, wie die *Fell Claw* und die *Shadowrend* sich ihm näherten, wie Raubtiere, die verwundete Beute jagen. Ihre Plasmakanonen feuerten in perfekter Synchronisation – violette Strahlen bohrten sich durch den Reaktorraum des Kreuzers. Das Schiff explodierte nicht so sehr, als dass es einfach aufhörte zu existieren, denn seine Molekularstruktur versagte, als überhitztes Plasma es von innen verzehrte.

»Alle mobilen Zodark-Einheiten eliminiert«, meldete Lieutenant Waldman, seine Stimme eine Mischung aus Ehrfurcht und Unbehagen. »Das System ist frei für Phase zwei.«

Wright nickte und zwang sich, mental vom Zuschauer zum Teilnehmer umzuschalten. »Steuermann, Kurs auf zwei-sieben-null Strich vier. Bringen Sie uns zum Minenkomplex des zweiten Planeten. Waffenstation, ich will Feuerleitlösungen für diese orbitalen Raffinerien.«

»Aye, Captain. Gehe auf neuen Kurs«, bestätigte der Steuermann, Lieutenant Godley.

Durch die Sichtfenster der Brücke konnte Wright sehen, wie sich die Humtar-Schiffe bereits neu positionierten. Die *Oathbreaker* hielt Wache, während sich die leichteren Schiffe zu einem Verteidigungsschirm ausbreiteten. Selbst jetzt, ohne verbleibende Bedrohungen, bewegten sie sich mit raubtierhafter Anmut – immer bereit, immer auf der Jagd.

»Captain Suen signalisiert, dass wir mit der Zerstörung der Infrastruktur fortfahren können«, verkündete sein Kommunikationsoffizier.

»Sehr gut. TAO, Sie haben freie Waffenwahl für alle industriellen Ziele der Zodark. Liefern wir ihnen eine Show, die sie nicht vergessen werden«, befahl Wright. »Und geben Sie der *Bechtel* Signal – beginnen Sie mit dem Ausbringen der Trümmer.«

Commander Hills Finger tanzten über seine taktische Konsole. »Ziele auf orbitale Raffinerie Alpha. Magrails laden … feuern.«

Die *Vanguard* erzitterte, als ihre Hauptbatterien sprachen. Acht massive Wolframkarbid-Projektile beschleunigten auf relativistische Geschwindigkeiten und durchquerten die Leere in Sekunden. Die erste Raffinerie – ein Gebilde von der Größe einer kleinen Stadt – knickte ein, als die Geschosse ihre übergeordnete Struktur durchschlugen. Sekundärexplosionen breiteten sich entlang ihrer gesamten Länge aus, als verarbeitetes Erz und flüchtige Chemikalien sich entzündeten.

»Captain, wir erzielen direkte Treffer in allen Sektoren«, meldete Hill zufrieden. »Raffinerie Alpha bricht auseinander, mehrere Sekundärexplosionen gemeldet.«

»Guter Schuss. Wechseln Sie die Ziele zu den Weltraumlifts«, befahl Wright. »Schneiden wir ihre Halteseile durch, bevor wir die Station zerstören. Wenn wir Glück haben, fällt sie vielleicht sogar in die Atmosphäre des Planeten.«

Über die taktische Anzeige beobachtete Wright, wie die *Bechtel* ihre düstere Arbeit begann. Die massiven Laderäume der Bauplattform öffneten sich klaffend, und spezialisierte Schlepper tauchten auf. Jeder zog Teile von Wracks der Republik hinter sich her. Der zerfetzte Rumpf der Fregatte *Defiance* trieb als Erstes frei, und ihre republikanischen Markierungen waren trotz des Kampfschadens noch sichtbar. Die Schlepper positionierten sie sorgfältig im Trümmerfeld, wo die *Razorwind* diese Torpedotreffer erlitten hatte – um es so aussehen zu lassen, als sei die Fregatte der Republik in diesem Gefecht gefallen.

»Laserbatterien nehmen Oberflächenanlagen unter Beschuss«, verkündete Lieutenant Latter. »Minenkomplex Bravo wird getroffen.«

Der Planet unter ihnen begann zu brennen. Republikanische Laserkanonen – ihre unverkennbare blau-weiße Energiesignatur – schnitten geschmolzene Gräben durch Erzaufbereitungsanlagen. Ganze Industriesektoren kollabierten, als ihre tragenden Strukturen zu Schlacke schmolzen. Wright wusste, dass die Ermittler der Zodark diese Energiesignaturen in den Trümmern finden würden, ein weiteres Beweisstück, das auf die Republik hindeutete.

»Sir, die *Bechtel* setzt die Raumjäger aus«, meldete sein Sensoroperator.

Wright richtete seine Aufmerksamkeit auf eine sekundäre Anzeige, die die Operationen der Bauplattform zeigte. Ein gallentinischer B-19 Devastator-Bomber trieb frei, sein Rumpf absichtlich beschädigt, damit es so aussah, als wäre er während der Schlacht durch Zodark-Feuer zerstört worden. Die charakteristischen gepfeilten Flügel und das bauchige Cockpit des Bombers wären für jeden Zodark-Analysten sofort erkennbar. Zwei F-19 Hellcats folgten, und ihre Rümpfe trugen Brandspuren von den eigenen Lasern der *Vanguard* – Wunden, die speziell zugefügt worden waren, um diese Täuschung glaubhaft zu machen.

»Magrails nachgeladen. Zielen auf Minenstation Charlie«, verkündete Hill von seiner Waffenstation aus, während seine Geschützbatterien Salve um Salve abfeuerten.

»Feuer«, befahl Wright.

Eine weitere Salve donnerte aus den Geschützen der *Vanguard*. Die Minenstation war ein massiver Asteroid, der ausgehöhlt und zu einer Verarbeitungsanlage umgebaut worden war. Ein halbes Dutzend Salven der Magrails ließen ihn wie ein Ei unter ihren Einschlägen zerbrechen. Atmosphäre entwich aus einem Dutzend Lücken und riss die winzigen

Punkte der Zodark-Arbeiter mit sich, die in der Verwüstung gefangen waren.

»Captain«, sagte Commander Little leise neben ihm, »die *Bechtel* meldet, dass sie bereit ist, die ... Gefallenen auf Ihren Befehl hin auszusetzen.«

Wrights Kiefer spannte sich an. Auch wenn die Familien zugestimmt hatten und verstanden, dass diese Crews selbst im Tod noch eine letzte Mission erfüllen konnten, war es doch etwas zutiefst Beunruhigendes, die Körper gefallener Raumfahrer der Republik als Requisiten in dieser aufwendigen Täuschung zu verwenden.

Er seufzte, dann nickte er, als er den Befehl gab. »Sagen Sie ihnen, sie sollen fortfahren und sicherstellen, dass es mit Würde geschieht.«

Die Schlepper der *Bechtel* bewegten sich nun mit ehrfürchtiger Präzision und verteilten die Überreste im gesamten Trümmerfeld. Jeder Körper trug noch die Uniform der Republikanischen Flotte. Rangabzeichen und Schiffsaufnäher waren intakt. Wenn die Zodarks sie fänden, würden sie genau das sehen, was sie sehen sollten – Tote der Republik aus einem Überfall, der sich als verlustreich herausgestellt hatte.

»Infrastrukturziele zu achtzig Prozent zerstört«, meldete Hill. »Sollen wir fortfahren?«

Wright betrachtete die Verwüstung, die sie angerichtet hatten. Der gesamte Minenkomplex lag in Trümmern, Jahrhunderte industrieller Entwicklung waren zu geschmolzener Schlacke und treibendem Schutt reduziert worden. Wo Atmosphäre aus zerschmetterten Habitaten entwich, brannten noch immer Feuer.

»Negativ. Wir haben eine deutliche Visitenkarte hinterlassen«, entschied Wright. »Geben Sie der *Intrepid* und der *Resolute* das Signal, das Feuer einzustellen. Fangen Sie an, sich für den Rückzug zu formieren.«

Durch die Sichtfenster konnte er Teile des schweren Kreuzers *Normandy* vorbeitaumeln sehen – eine weitere sorgfältig platzierte Leiche in dieser aufwendigen Theaterinszenierung. Die Zodarks würden jedes Teil untersuchen, jede Energiesignatur analysieren, die gesamte Schlacht aus den Trümmermustern rekonstruieren. Und sie würden genau zu dem Schluss kommen, zu dem die Humtar sie führen wollten.

»Sir, Captain Suen sendet ein Signal«, verkündete der Kommunikationsoffizier. »Er sagt: ›Mission erfüllt‹. Er fordert, dass wir uns bei der *Oathbreaker* formieren. Es ist Zeit, nach Hause zu gehen. Sein Schiff bereitet sich darauf vor, die QCB für den Rückzug zu öffnen.«

Wright beobachtete, wie sich die *Oathbreaker* an den vorbestimmten Koordinaten positionierte. Die biometallische Hülle des massiven Schlachtschiffs begann mit einem überirdischen Licht zu pulsieren, während es sich darauf vorbereitete, ein Loch in den Raum selbst zu reißen.

»Alle Schiffe der Republik, formieren Sie sich bei der *Vanguard*«, befahl Wright. »*Bechtel*, bestätigen Sie, dass alle Materialien ausgesetzt und für den Transit gesichert sind.«

»*Bechtel* bestätigt Abflugbereitschaft«, kam die Antwort.

Die Humtar-Schiffe bewegten sich bereits in Formation, ihre Bewegungen anmutig, geübt. Da bemerkte Wright etwas Unglaubliches, das mit der *Razorwind* geschah. Wo das leichte Schlachtschiff Stunden zuvor während des ersten Gefechts schweren Schaden erlitten hatte, sah es so aus, als hätte der Steuerbordbereich des Schiffes die Risse in seiner Hülle wieder versiegelt. Das biometallische Material des Schiffsrumpfes hatte sich selbst wiederhergestellt wie lebendes Gewebe, das eine Wunde heilt.

Das ist ... unmöglich, dachte Wright. Er konnte sich nicht erklären, was er sah, oder verstehen, wie es funktionierte.

»Captain, ich messe einen massiven Energieaufbau bei der *Oathbreaker*«, meldete Lieutenant Waldman. »Sie leiten die Brücke zum Rhea-System ein.«

Auf dem Hauptmonitor der Brücke beobachteten sie, wie sich der Raum vor ihren Schiffen zu kräuseln und zu zerreißen begann, eine Öffnung zwischen zwei Orten in Zeit und Raum. Die Quantenkanalbrücke materialisierte sich wie eine Wunde in der Realität – ein wirbelnder Vortex aus unmöglichen Farben, der sie rief. Wright hatte es schon einmal gesehen, als die *Freedom* oder ein altairisches Schiff während vergangener Kampagnen eine Brücke geschaffen hatte. Es war unglaublich, zuzusehen, und noch aufregender, hindurchzufliegen.

»Alle Schiffe, bereit machen zum Transit«, erklang Captain Suens Stimme über den Befehlskanal. »Die *Shadowrend* und die *Fell*

Claw werden zuerst eintreten, um den Austrittspunkt zu sichern. Die Schiffe der Republik werden folgen. Die *Oathbreaker* wird als Letzte hindurchgehen und die Brücke hinter uns kollabieren lassen.«

Wright beobachtete, wie die beiden Humtar-Fregatten auf den Wirbel beschleunigten und in seinen wirbelnden Tiefen verschwanden. Die anderen Humtar-Schiffe folgten in präziser Reihenfolge, und jedes verschwand im Kanal wie von der Dunkelheit verschlungene Schatten.

»Lieutenant Godley, bringen Sie uns rein«, befahl Wright seinem Steuermann. »Schön gleichmäßig.«

Die *Vanguard* bewegte sich vorwärts. Ihre Eskorten flankierten sie schützend. Als sie sich dem Kanal näherten, spürte Wright dieses vertraute Gefühl, wie sich die Realität auf eine Weise verbog, die der menschliche Verstand nicht begreifen sollte. Dann waren sie hindurch und tauchten Lichtjahre von dem Gemetzel entfernt, das sie zurückgelassen hatten, im leeren Raum wieder auf.

Hinter ihnen tauchte die *Oathbreaker* als Letzte auf, und der Kanal kollabierte sofort danach. Wo kurz zuvor noch ein Tor zwischen den Sternen gewesen war, herrschte jetzt nur noch leere Weite.

»Alle Schiffe vollzählig«, meldete Lieutenant Godley. »Wir sind durch.«

Wright erlaubte sich endlich zu entspannen, seine Schultern sackten leicht ab. Sie hatten es geschafft. Sie hatten eine der aufwendigsten Täuschungen des Krieges überlebt. Hinter ihnen brannte das Kryntok-System mit den Waffensignaturen der Republik, übersät mit Toten der Republik und zerstörten republikanischen Jägern. Wenn die Zodarks ermittelten, würden sie genau das finden, was sie zu finden erwarteten: Beweise für einen Überfall der Republik, der mit minimalen Verlusten erfolgreich gewesen war.

»Captain Suen sendet ein Signal«, verkündete der Kommunikationsoffizier. »Er übermittelt: ›Gut gemacht, Schiffe der Republik. Die Saat der Paranoia ist gesät. Warten wir ab, was daraus wächst.‹«

Wright nickte vor sich hin. Sie hatten die Mission erfüllt, aber als er auf die taktische Anzeige blickte, die die von ihnen hinterlassene Verwüstung zeigte – die ermordeten Zivilisten, die zerstörte Infrastruktur, die sorgfältig platzierten Leichen der Toten der Republik – , konnte er ein Gefühl des Unbehagens nicht abschütteln.

Krieg war schon hässlich genug, ohne dem Gemetzel noch Lügen hinzuzufügen. Aber wenn diese Täuschungen den Fall des Zodark-Imperiums beschleunigen konnten, war die Unehre es vielleicht wert. Die Zeit würde zeigen, ob die Paranoia, die sie gesät hatten, die erhofften Früchte tragen würde, oder ob sie einem bereits blutigen Krieg einfach nur ein weiteres dunkles Kapitel hinzugefügt hatten.

»Steuermann«, befahl Wright und schob seine Zweifel beiseite. »Nehmen Sie Kurs auf New Eden. Fliegen wir nach Hause.«

Kapitel 11:
Tempowechsel

22. November 2115
Büro des Statthalters
Alliance City, New Eden

Captain Lyrana Dovrek, die Leiterin des Nachrichtendienstes der Verteidigungsstreitkräfte der Konföderation, schloss ihre Besprechung mit einer Erklärung über die Unbezwingbarkeit des menschlichen Geistes ab. Sie versuchte damit sichtlich, ihre Zuhörer mit dem Gedanken zu inspirieren, dass der Krieg gegen das Kollektiv noch nicht verloren sei.

»Danke, Captain Dovrek, dass Sie alle über diese jüngsten Entdeckungen auf den neuesten Stand gebracht haben«, sagte Statthalter Miles Hunt. Er hielt lange genug inne, um jedem der hochrangigen Kommandeure der Republik in die Augen zu blicken, bevor er fortfuhr. »Dieser Krieg mit den Zodarks dauert schon lange genug. Wenn wir uns auf den Kampf gegen das Kollektiv vorbereiten wollen, müssen wir zuerst die Zodarks besiegen, und zwar bald. Für diejenigen unter Ihnen, die Admiral Veydris Korrath noch nicht kennen, gestatten Sie mir, ihn Ihnen vorzustellen – er ist der Humtar-Kommandeur der Verteidigungsstreitkräfte der Konföderation, die in der Republik stationiert sind. Er hat eine Ankündigung, die er Ihnen mitteilen möchte.« Hunt gab Korrath ein Zeichen zu sprechen.

Der Humtar-Kommandeur verlor keine Zeit und kam direkt zur Sache. »Seit fast drei Jahren haben Ihre Soldaten und Raumfahrer einen brutalen Feldzug geführt – sie haben erst die Orbots und dann die Pharaonis besiegt. Es ist Ihnen gelungen, das Zodark-System Gravaxia zu erobern, und Sie haben das Volk der Gurista aus der Knechtschaft der Zodark-Herrschaft befreit. Jetzt ist es an der Zeit, über das Endspiel zu sprechen – den letzten Feldzug, um diese wilden Bestien zu besiegen.

»Das bringt uns zu dem Grund, warum Ihre Kommandos nach Hause zurückbeordert worden sind. In den letzten paar Jahren war unser Kontingent damit beauftragt, der Republik wirtschaftliche und sicherheitstechnische Unterstützung zu leisten. In ein paar Wochen wird der Kanzler der Republik einen Vertrag mit Präsident Gudea unterzeichnen, der unsere Völker einmal mehr vereinen wird«, sagte

Korrath zuversichtlich. »Wir haben um die Erlaubnis gebeten, den Umfang unserer Mission zu erweitern und direkte militärische Hilfe beim Sieg über die Zodarks zu leisten –«

»Verzeihen Sie die Unterbrechung, aber bedeutet das, dass Humtar-Kriegsschiffe an unserer Seite gegen die Zodarks kämpfen würden?«, warf Vizeadmiral Rosentreter ein.

»Das bedeutet es«, bestätigte Korrath zum Schock und zur Überraschung der Offiziere der Republik. »Zu diesem Zweck möchte ich Ihre Aufmerksamkeit auf die holografische Sternenkarte lenken.«

Die Lichter im Raum wurden sanft gedimmt, während die riesige Karte die Mitte des runden Konferenztisches dominierte. Ein schwacher, rot schattierter Umriss erschien über einer Reihe von Sternensystemen mit der Beschriftung: »von den Zodarks kontrollierter Raum«. Blaue Schattierungen erschienen an verschiedenen Stellen angrenzend an das rot schattierte Territorium und grenzten die beiden Seiten voneinander ab.

»Diese Systeme hier«, sagte Korrath und hob sie hervor, »sind die Schlüsselsysteme – diejenigen, die Statthalter Hunt uns als entscheidend für den Sieg über die Zodarks genannt hat – Tueblets und Zinconia. Während wir auf die Ankunft zusätzlicher Streitkräfte warten, kartografiert eine unserer Tarnfregatten gerade die Verteidigungsanlagen beider Systeme, um deren Schwachstellen zu identifizieren.

»Das bringt uns zu dem Grund zurück, warum Ihre Kommandos zurückbeordert wurden. Während diese Informationen gesammelt und ein Plan ausgearbeitet wird, war Statthalter Hunt der Ansicht, dass es gut für die Moral und für die Bevölkerung wäre, wenn Ihre Flotten und Armeen zurückkehren, um sich auszuruhen und neu auszurüsten, bevor wir den letzten Feldzug zur Beendigung des Krieges beginnen«, erklärte Korrath.

Hunt bat um seine Aufmerksamkeit, um zu sprechen. »Drei Jahre lang haben unsere Leute hart gekämpft und waren von ihren Familien und ihrer Heimat fern«, begann er und sah jedem von ihnen in die Augen. »Auf der Erde … haben wir während der Zodark-Invasion und des anschließenden Bombardements unserer Heimatwelt einen schrecklichen Verlust erlitten. Mehr als eine Milliarde Seelen gingen bei etwas verloren, das nichts Geringeres als ein versuchter Völkermord an der Menschheit war.

»Unsere Leute haben sehr gelitten. Auch die Sumarer und die Gurista haben an unserer Seite gelitten und einen großen Verlust ertragen. Ich habe Ihre Streitkräfte zurückbeordert, weil es wichtig für unsere Leute ist, Ihre Siege zu feiern, zu würdigen, was Sie erreicht haben, an den Verlusten teilzuhaben, die Sie erlitten haben, und zu wissen, dass es Hoffnung gibt – zu wissen, dass dieser Krieg enden wird. Ihr Leid, unser Leid … wird enden«, erklärte Hunt düster. »In den kommenden Tagen werden in der gesamten Allianz, und besonders hier auf New Eden und der Erde, Paraden abgehalten, Reden gehalten und Auszeichnungen verliehen. Wir werden unseren Leuten die Hoffnung zurückgeben. Und wir werden unsere tapferen Männer und Frauen daran erinnern, warum sie kämpfen – nicht, weil es ihnen Spaß macht. Nicht, weil man es ihnen befiehlt. Sie kämpfen, weil sie das, was hinter ihnen liegt, mehr lieben als das zu fürchten, was vor ihnen liegt.«

Hunt hielt eine Sekunde inne, bevor er fortfuhr. »Wenn der nächste Feldzug beginnt, müssen Ihre Kommandos bereit sein. Es ist unerlässlich, dass Sie diese Zeit der Ruhe und der Neuausrüstung nutzen, um Ihre Verluste zu ersetzen, Ihre Einheiten auf volle Personalstärke zu bringen und Ihre Schiffe vollständig zu reparieren. Ich kann Ihnen nicht sagen, wann der nächste Feldzug beginnen wird, aber ich kann Ihnen eine Vorstellung davon geben, wo er stattfinden wird.«

Hunt hob ein System auf der Anzeige hervor und holte es für die Anwesenden nach vorne. »Ich möchte Ihre Aufmerksamkeit auf das Tueblets-System lenken«, sagte Hunt. »Admiral Korrath hat Tueblets erwähnt, und es gibt einen Grund, warum wir dieses System im Besonderen ins Visier nehmen. Wie Sie sehen können, hat es acht Sternentore, von denen jedes in einen anderen Teil ihres Imperiums führt. Einige dieser Linien gehen nur ein bis drei Systeme tief, während andere schließlich mit dem Gebiet der Primord, der Altairianer und der Republik verbunden sind. Diese beiden Tore hier stellen nach sechs bzw. neun Systemen weiter unten in der Kette eine Verbindung zum Gebiet der Republik und der Primord her. Diese drei Linien hier, hier und hier verbinden sich nach acht, dreizehn und vierzehn Systemen mit dem altairianischen Territorium. Diese beiden hier und hier sind mit unserem frisch befreiten Gurista-Territorium verbunden, zwei Systeme und vier Systeme tief. Und schließlich ist dieses Sternentor zwei Sprünge vom zweiten Zielsystem entfernt, das die Humtars auskundschaften – Zinconia«, erklärte Hunt.

Er hob eine Hand, um die Frage abzuwehren, die er auf den Lippen mehrerer seiner Kommandeure aufkommen sah. »Oh, und lassen Sie mich Ihnen die Mühe ersparen, mich oder Admiral Bailey zu fragen, wie wir die Zodarks zur Kapitulation zwingen wollen – das wird Ihnen mitgeteilt, wenn Sie es wissen müssen. Belassen wir es dabei.«

Dann stand Hunt auf und signalisierte das Ende des Treffens. »Ich weiß, ich habe das schon früher gesagt, aber ich möchte es noch einmal sagen, bevor wir gehen – willkommen zu Hause, alle miteinander!«, sagte er. »Lassen wir unsere Leute sich ausruhen, und wenn wir zurückkehren, werden wir uns auf die letzten Feldzüge vorbereiten, um diesen Krieg ein für alle Mal zu beenden. Wegtreten!«

Admiral Korrath und seine Offiziere packten ihre Unterlagen zusammen und verabschiedeten sich, während die Altairianer, Primord, Ry'lianer und Tully noch etwas länger mit ihren Gegenstücken aus der Republik plauderten. Als Hunt den Konferenzraum verließ, atmete er erleichtert auf, dass Admiral Helixar sich nach seiner anfänglichen Wut auf ihn und seinen Humtar-Berater, Admiral Drezikar, offenbar beruhigt hatte. Es war erst eine Woche seit ihrem letzten Treffen vergangen, als die Gallentiner von den Tarnkappenfähigkeiten der Humtars erfahren hatten. Glücklicherweise sahen die Gallentiner den Vorteil, einen Verbündeten mit gleicher oder überlegener Technologie zu haben. Für einen kurzen, heißen Moment war Hunt besorgt gewesen, dass die Dinge außer Kontrolle geraten könnten. Er hatte noch nie erlebt, dass die Gallentiner so die Fassung verloren wie bei diesem Treffen – und er war froh zu erfahren, dass sie zu pragmatisch waren, um nachtragend zu sein.

Kapitel 12:
Katz-und-Maus-Spiel

Garka, Moraga
Orinda-System

David und sein Team von den Drachen beschatteten diesen speziellen stellvertretenden Polizeichef nun schon seit ein paar Tagen. Der Mann, Dumuzi Enmeana, stand im Verdacht, Mukhabarat-Aufständische mit Polizeiwaffen und Munition zu versorgen. Zudem gab es starke Hinweise darauf, dass Enmeana den Aufständischen einen Tipp gab, wann immer eine Razzia stattfinden sollte, damit sie rechtzeitig fliehen konnten.

David hatte genug Aufnahmen des Blutbads gesehen, das die Sprengfallen der Aufständischen in der Hauptstadt Garka hinterließen, um sehr wenig Mitleid mit den Beteiligten zu empfinden. Dennoch mussten die Drachen, bevor sie Gerechtigkeit walten ließen, absolut sicher sein.

Überwachung war am Anfang nicht immer besonders aufregend. Somchai pflanzte einen Peilsender an Enmeanas Fahrzeug und hackte sich in die Sicherheitssysteme seines Hauses und seines Arbeitsplatzes, sodass es nicht allzu schwer war, seine täglichen Muster und Gewohnheiten zu ermitteln.

Sie waren am dritten Tag, und bisher war alles, was er getan hatte, zur Arbeit zu gehen, eine Vormittagspause für einen Taqaffa einzulegen, abends das Abendessen abzuholen und nach Hause zu fahren. David spürte, wie das Team ein wenig ungeduldig wurde – ehrlich gesagt, ging es ihm selbst genauso. Aber er wusste, wenn Enmeana in diese schrecklichen terroristischen Ereignisse verwickelt war, würde es nicht lange dauern, die Wahrheit aufzudecken.

Alle auf ihren Plätzen?, fragte David über den Neurolink.

Ich sehe mir wie gewünscht den Gewürzstand an, antwortete Amir.

Ich schaue mir Handtaschen an, erwiderte Jess.

Im Überwachungswagen stationiert, sagte Somchai.

Ich hänge in der Bar rum, die neben seinem Lieblingsrestaurant ist, bestätigte Catalina.

Gut, sagte David. *Dieser Kerl wird sich irgendwann verraten.*

David setzte sich auf seine Bank im Park und tat so, als würde er sehr konzentriert etwas auf seinem Datenpad lesen. Er hatte den perfekten Platz, um zu beobachten, wie Enmeana sein Abendessen abholte. Die Kultur auf Moraga war etwas anders als auf Gurista Prime, denn nur sehr wenige Menschen kochten zu Hause selbst. Stattdessen holte sich die Mehrheit täglich Essen an verschiedenen Ständen und Nachbarschaftsläden. Die meisten Leute auf Moraga hatten eine Routine, bei der sie jeden Tag am selben Ort Essen holten, außer zu besonderen Anlässen oder vor ihrem wöchentlichen freien Tag. Dies diente dem Aufbau von Gemeinschaft, da jedes Restaurant oder jeder Stand seine Stammkunden sehr gut kannte. Enmeanas Lieblingsort war ein Lokal, das David an die Dönerläden zu Hause erinnerte – große, gewürzte Fleischspieße drehten sich nahe einem Feuer, bereit für die Mitarbeiter, etwas davon abzuschneiden und mit den vielen Beilagen zu servieren.

Somchai hatte eine Mikrodrohne, die wie eines der Insekten auf Moraga aussah, auf der Türschwelle warten, bereit, hineinzufliegen und sich hoffentlich an Enmeanas Kleidung zu heften, sobald er eintrat. Das würde es noch einfacher machen, seine Bewegungen zu verfolgen.

Ich sehe ihn kommen, verkündete Amir.

David blickte von seinem Buch auf. Da war Dumuzi Enmeana, der sich an seine Routine hielt, scheinbar völlig sorgenfrei.

Somchai, er nähert sich jetzt der Eridu-Küche. Ungefähr zehn Meter entfernt ... sechs ... drei ... jetzt.

Setze Mikrodrohne frei, antwortete Somchai. Eine bedeutungsschwangere Pause lag in der Luft. *Erfolgreich an Enmeanas Kleidung angebracht.*

David stieß den Atem aus, von dem er nicht einmal bemerkt hatte, dass er ihn angehalten hatte. Ungeduldig wartete er, während ihr Ziel sein Essen bestellte und mit dem Personal tratschte.

Na, los jetzt, dachte er.

Ein paar Minuten später kam der stellvertretende Polizeichef mit den Armen voller Essen in Mitnahmebehältern aus der Eridu-Küche. Er trug es zu seinem Auto, legte es auf den Beifahrersitz und schloss die Tür. Aber anstatt wie üblich auf die Fahrerseite zu gehen und einzusteigen, ging Enmeana stattdessen zu einem Geschäft ein paar Türen weiter die Straße hinunter.

Hier tut sich was, berichtete David. *Er ist gerade in Utus Bücher gegangen.*

Er war bereits aufgesprungen und bewegte sich näher, um eine bessere Sicht zu bekommen.

Er ist in der Buchhandlung?, fragte Jess skeptisch. *In der, die antike physische Exemplare verkauft? Enmeana wirkt auf mich nicht wie der intellektuelle Typ.*

Nein, das tut er nicht, pflichtete Amir ihr bei.

Ich bin fast am Eingang, sagte David. *Somchai, hast du zusätzliche Infos zu seinem Standort?*

Sieht aus, als wäre er in den zweiten Stock gegangen, weiter weg vom Eingang, in der Nähe der Fenster, erklärte Somchai.

Ich bin dran.

David war schon fast an der Vordertür und bemühte sich, sich schnell zu bewegen, ohne unnötige Aufmerksamkeit zu erregen.

Jess, vielleicht könntest du deine Einkäufe an einen Ort näher an der Vorderseite des Gebäudes verlagern, wies David sie an.

Kein Problem.

Amir, wenn es einen Hinterausgang gibt, könntest du ihn für mich abdecken, fragte David.

Bin unterwegs.

Ich bleibe, wo ich bin, sagte Catalina. *Ich kann für jeden von euch einspringen, wenn es nötig ist.*

David war jetzt am Eingang. Er atmete tief ein und aus, als er die Tür öffnete, und ging mit der Ruhe eines Akademikers hinein, der es liebte, sich mit einem guten Buch hinzusetzen. Er nahm die Treppe, hielt die Augen nach Enmeana offen und entdeckte sein Ziel hinten bei den Fenstern, genau dort, wo Somchai ihm gesagt hatte, dass der Mann sein würde.

Im Obergeschoss gab es ein kleines Café neben Stapeln moderner Zeitschriften. David bestellte beiläufig einen Taqaffa, tat so, als würde er ihn genauso genießen wie Kaffee, und blätterte durch eine Zeitschrift, während er Enmeana im Auge behielt.

Der stellvertretende Polizeichef kauerte bei einigen Büchern, die eindeutig älter waren – keine neueren Nachdrucke. Als er sich misstrauisch umsah, richtete David seine Aufmerksamkeit auf sein heißes Getränk, während er den Mann aus den Augenwinkeln beobachtete.

Enmeana hat gerade etwas in eines der Bücher gesteckt, erklärte David.

Weißt du, was es ist?, fragte Catalina.

Irgendeine Art von Papier. Ich nehme an, es sind Geheiminformationen, antwortete David. *Aber was ich wirklich sehen will, ist, wer es abholt.*

Ich schätze, unser Abend ist gerade um einiges interessanter geworden, sagte Amir.

Ja. Schnallt euch an, das könnte länger dauern.

David trank seinen Taqaffa schnell aus, obwohl er etwas zu heiß war, um ihn hinunterzustürzen, und gab die Tasse wie üblich an der Theke zurück. Er wollte sich nicht mit sozialen Normen aufhalten, falls er aus irgendeinem Grund schnell aufstehen musste. Dann bezahlte er eine der Zeitschriften und richtete sich zum Warten ein.

****

David musste nicht allzu lange warten. Ungefähr fünfzehn Minuten später fand ein Mann, der nicht ganz gepflegt genug aussah, um antike Bücher zu kaufen, seinen Weg in denselben Bereich mit Büchern, in dem sich Dumuzi Enmeana kurz zuvor aufgehalten hatte. Er nahm das Buch, in das die Notiz gelegt worden war, und bezahlte es unten mit der Selbstsicherheit von jemandem, der viel Übung mit dieser Art von totem Briefkasten hatte.

Jess, unser neues Ziel kommt in deine Richtung, warnte David. *Durchschnittliche Größe, mittlerer Körperbau, blaues Hemd, braune Hose, zerzaustes Haar – er hat das Buch in einer kleinen gelben Tasche und ein Datenpad in der anderen Hand.*

Ich sehe ihn, erwiderte Jess. *Er geht in die entgegengesetzte Richtung von der Eridu-Küche.*

Ich lasse eine Drohne aufsteigen, sagte Somchai.

David hatte seine Zeitschrift mit nach unten genommen und zeigte dem Mitarbeiter am Eingang die Quittung auf seinem Datenpad. Er wollte ihre Zielperson nicht verlieren, aber er wollte sie auch nicht verschrecken. Ehrlich gesagt, genoss er diese Art von Katz-und-Maus-Spiel.

Ihr mysteriöser Mann ging zielstrebig, aber er hatte anscheinend genug Gegenspionagetraining erhalten, um gelegentlich hinter sich zu blicken. David duckte sich hinter einen Stand, der

Schmuck aus den lokalen Halbedelsteinen verkaufte. Jess hatte ihr neues Ziel vollständig eingeholt und ging neben ihm, als wären sie nur zwei Leute, die zufällig zum selben Ort gingen.

Er ist etwa anderthalb Meter links von mir, Somchai, wies Jess hin.

OK, ich habe ihn jetzt im Visier.

Nach ein paar Minuten bog ihr Buchträger nach links ab. Jess ging geradeaus weiter, während David dem Mann aus der Ferne folgte. Somchai behielt ihr Auge am Himmel, während David, Jess und schließlich Amir, der sie eingeholt hatte, sich abwechselten, den Mann zu verfolgen. Er landete schließlich bei einem baufälligen Wohnhaus im armen Teil der Stadt. David beobachtete ihn, bis er die Nummer an der Tür erkennen konnte, und zog sich dann in eine nahe gelegene Gasse zurück, um auf die anderen zu warten.

Was ist das für ein Ort?, fragte David.

Das sind die Sozialwohnungen für diejenigen, die sich keine normale Miete leisten können, antwortete Jess.

In diesem einen Gebäude leben so viele Menschen, kommentierte Amir.

Anhand der großen Anzahl von Kindern und Teenagern, die sich in der Nähe des Eingangs aufhielten, war es sehr offensichtlich, dass ihre Eltern sie nicht länger als nötig in den engen Quartieren haben wollten. Außerdem enthüllte ein einfacher Blick in einige der Fenster mehrere Etagenbetten in vielen der Zimmer.

Jetzt, wo wir wissen, wo unser mysteriöser Mann gelandet ist, werde ich ein paar Mikrodrohnen hineinbringen und sehen, was wir herausfinden können, sagte Somchai.

Ich sollte das besser an Drew melden und sehen, was er von uns will.

****

Zwei Tage später
Garka, Moraga
Orinda-System

Nachdem die Drachen alles, was sie gesammelt hatten, an Drew geschickt hatten, hatte dieser bestätigt, dass der Mann aus der Buchhandlung als eines der Mitglieder der Bombenleger-Zelle auf der

Beobachtungsliste stand. Gesichtserkennung und Ganganalyse hatten ihn mit neunundneunzig Komma neun Prozent Genauigkeit positiv identifiziert und mit Aufnahmen in der Nähe von zuvor gemeldeten Vorfällen in Übereinstimmung gebracht.

Somchai hatte es geschafft, eine Mikrodrone in die Wohnung zu fliegen, als einer der Bewohner sie verlassen hatte, und er hatte zusätzliche Beweise gesammelt, einschließlich Aufnahmen von Sprengfallen, die in der Wohnung aktiv zusammengebaut wurden.

Dann machte Somchai ein Bild des Zettels, der im Buch übergeben worden war. Er nannte eine Uhrzeit und ein Datum für eine geplante Razzia in ihrem Versteck – die offensichtliche Bestätigung, dass Enmeana tatsächlich Geheiminformationen an diese Gruppe weitergab. Am Morgen hatten die Aufständischen alles eingepackt, alles abgewischt und waren verschwunden. Zum Glück konnte Somchai jedoch eine Mikrodrone in einer der Taschen platzieren, sodass die Drachen sie alle zu ihrem neuen Standort verfolgen konnten.

Angesichts all der Beweise, dass der stellvertretende Polizeichef tatsächlich mit den Aufständischen kommunizierte, gab Drew den Drachen grünes Licht, sich um Dumuzi Enmeana zu kümmern. »Es muss sichergestellt werden, dass es wie ein Unfall aussieht«, lautete ihre Anweisung.

Catalina hatte bemerkt, dass Enmeana, wann immer er seine morgendliche Taqaffa-Pause machte, mit der Barista flirtete. »Das ist unsere Chance«, betonte sie.

»Wieder einer, der über die banalen Begierden des Mannes stolpert«, sagte Amir lachend.

David, Catalina, Somchai und Jess sahen sich alle unbehaglich an. Sie alle hatten den Vorteil, auf diese Weise Dampf abzulassen, aber Amir schien irgendwie in seinem Single-Dasein zufrieden zu sein.

»Wir können nicht alle deine Selbstbeherrschung haben«, neckte David ihn.

»Werden wir dich wieder in dem roten Kleid sehen?«, fragte Somchai mit einem Augenzwinkern in Richtung Jess. »Das ist es, was ich wirklich wissen will.«

»Darauf kannst du wetten«, antwortete Jess.

****

Am nächsten Morgen

Dumuzi Enmeana zählte die Minuten bis 10 Uhr morgens herunter. Er war nie sehr produktiv, bevor er nicht seine morgendliche Pause bei Nin Taqaffa eingelegt hatte.

Er richtete sich etwas auf, als er zu seinem Lieblingsladen marschierte. Hinter der Theke stand eine sehr attraktive junge Angestellte, auf die er schon seit einiger Zeit ein Auge geworfen hatte.

Wenn ich meine Frau nur davon überzeugen könnte, dass eine zweite Partnerin eine gute Idee wäre, dachte er bei sich. Obwohl Zweitfrauen in der Gurista-Gesellschaft üblich waren, waren einige Frauen diesem Lebensstil nicht so zugetan, und Enmeana war sich sicher, dass seine Gattin sich bemühen würde, der neuen Frau das Leben zur Hölle zu machen.

Trotzdem kann ein Mann Schönheit mit seinen Augen genießen, sagte er sich.

Wie an jedem Arbeitstag grinste Enmeana, als er sich um genau 10:01 Uhr der Theke bei Nin Taqaffa näherte. Die Barista erwiderte sein Lächeln, obwohl ihr Ausdruck zurückhaltender war, was ihn nur noch wilder machte. Er mochte es, wenn eine Frau sich zierte.

An diesem Punkt musste er nicht einmal mehr seine Bestellung aufgeben – die Frau hinter der Theke begann einfach, sein Getränk zuzubereiten, sobald er an der Reihe war.

Enmeana flirtete die ganze Zeit, in der sie sein Getränk zubereitete. Er wünschte, diese Pausen könnten länger dauern. Er quälte sich mit der Frage, ob sie ihn auch mochte.

Es ist zwecklos, ermahnte er sich. *Genieße einfach jetzt, was immer das hier ist.*

Als die Barista sein Getränk auf die Theke stellte, trat eine äußerst attraktive Frau in einem roten Kleid mit besorgtem Gesichtsausdruck auf ihn zu.

»Entschuldigen Sie«, sagte sie, »ich habe gesehen, wie Ihr Datenpad gerade aus Ihrer Tasche gefallen ist.« Dann bückte sie sich zum Boden und hob sein Tablet auf, von dem er nicht einmal bemerkt hatte, dass es fehlte. Enmeana bewunderte den Hintern der Frau, als sie sich bückte.

Mann, die könnte den Ärger mit der ersten Frau wert sein, dachte er.

»Das gehört Ihnen, oder?«, fragte die Frau.

Er nahm es aus ihrer Hand und leitete den biometrischen Scan seines Gesichts ein, der das Gerät entsperrte. »Ja, das ist meins. Danke«, antwortete er.

»Oh, gut«, antwortete die Frau im roten Kleid. »Ich fände es schrecklich, wenn Sie es verlieren würden.« Sie drehte sich um, um zu gehen, und Enmeana wäre ihr beinahe nachgegangen, bis ihm klar wurde, dass er sein Getränk noch nicht von der Theke genommen hatte. Er griff danach, verabschiedete sich schnell von der Barista und eilte nach draußen. Aber die Frau im roten Kleid war nirgends zu sehen.

Wo in aller Welt konnte sie verschwunden sein?, wunderte er sich. *Sie war doch gerade noch hier ...*

Er nahm einen Schluck von seinem Taqaffa, während er sich umsah. Aber die mysteriöse Frau war verschwunden.

Wie kann es sein, dass ich sie noch nie zuvor gesehen habe?, fragte sich Enmeana. *Ich mache meine Pause jeden Tag zur gleichen Zeit. Vielleicht war sie nur auf der Durchreise.*

Er nippte an seinem Getränk, während er noch ein wenig nach ihr suchte. Enmeana gab sich selbst zu, dass er total an der schönen neuen Frau hing, die er getroffen hatte. Er hoffte, er würde das Glück haben, sie wiederzusehen.

Als er sie vor dem Laden nicht entdeckte, nahm er widerwillig seinen üblichen Weg hinter den Gebäuden, um zum Polizeipräsidium zurückzukehren. Die ganze Zeit über trank er seinen Taqaffa schneller als gewöhnlich, da er dachte, die geistige Klarheit, die er brachte, könnte ihm helfen, sein Rätsel zu lösen.

Plötzlich schoss ein stechender Schmerz Enmeanas linken Arm hinunter und ließ ihn wie angewurzelt stehen bleiben. Dann fühlte sich seine Brust an, als ob ein großer Stein darauf lag und ihn zerquetschte. Er griff sich an die Brust und sank auf die Knie, überwältigt von dem Schmerz.

Es fühlte sich an, als könne er nicht genug Luft bekommen, und er brach in kalten Schweiß aus. Er versuchte, um Hilfe zu rufen, aber er fühlte sich schwach und benommen. Die Ränder seines Sichtfelds färbten sich rot, und er wusste, dass er gleich ohnmächtig werden würde. Er brach auf dem Boden zusammen, und sein Getränk rollte ihm aus der Hand.

Sein letzter Gedanke war, dass die Frau im roten Kleid eine Art Todesengel gewesen war und dass er vergiftet worden war. Aber es war zu spät, um etwas dagegen zu tun.

Kapitel 13:
Willkommen zu Hause

Fünf Stunden später
Celestia Crown
Sky District – Emerald City

Das Robotaxi glitt neben dem halbmondförmigen Ankunftsbereich zum Stehen, dessen Pflaster von eingelegtem Titan und Meteoritensplittern durchzogen war, die in hypnotischen Bändern aus Grün, Blau und Violett schimmerten. Jeder Schritt über die Oberfläche fing das Licht anders ein, als wäre der Boden selbst lebendig. Vor ihnen erhob sich das Celestia Crown wie ein Traum – zweihundertneunundsechzig Stockwerke aus kristalliner Legierung und kinetischem Glas, dessen Farbton sich mit der untergehenden Sonne veränderte. Von seinem Fundament auf den Küstenklippen des Sky District ragte der Turm über weiße Sandstrände und verwitterte Felsrücken empor, die von bonsaiförmigen Nadelbäumen gekrönt waren.

Amy Dobbs stieg aus, ihre Ziviljacke über den Arm gefaltet. Dreieinhalb Jahre Krieg hatten sie durch den Tod und zurück geführt: durch die Befreiung der Gurista, den Serpentis-Feldzug und den Beinahe-Fall der Erde. Nun endlich hatte sie zwei Wochen für sich – zwei Wochen zum Durchatmen.

Drinnen umrahmten die geschwungenen Kurven der Lobby Wände aus weichem Stein mit Titanakzenten, und in der Luft lag der feine Duft von weißem Jasmin und Meersalz. Das große Sky-Atrium – das den zweihundertneunundsechzigsten Stock krönte – hing als transparente Kuppel zur Sternenbeobachtung über allem, durch adaptive Lichtfilter vor dem Glanz der Stadt geschützt. Die Suiten des Celestia Crown waren das Thema von geflüsterten Legenden, jede eine Mischung aus Hochtechnologie und intimer Wärme.

Doch als sie sich dem Empfangstresen näherte, zeigten sich die ersten Risse in ihrem perfekten Plan.

»Es tut mir leid, Ms. Dobbs«, sagte die Empfangsdame und wiederholte sich mit sorgfältiger Höflichkeit. »Anscheinend hat sich die Bearbeitung Ihrer außerweltlichen Reservierung verzögert. Als sie bei uns eintraf, war die Suite bereits vergeben. Mit der Rückkehr der Flotte sind die meisten Suiten im Sky District ausgebucht.«

Amys Kiefer spannte sich an. »Im Moment will ich nur in einem Bad voller Schaum entspannen, der über den Rand auf den Boden überschwappt. Ich will ein Glas von einem Rotwein mit unaussprechlichem Namen in der Hand halten und ein Buch, in dem ich mich verlieren kann, bis ich vergesse, auf welchem Planeten ich bin. Dann werde ich ins Bett gehen und die nächsten achtundvierzig Stunden durchschlafen.«

Ein hochgewachsener Marineoffizier in weißer Paradeuniform trat an den Concierge-Schalter, da er das Dilemma beobachtet hatte. Er beugte sich vor und flüsterte: »Sagen Sie mal, wissen Sie eigentlich, wer die Frau da drüben ist?«

Der Hotelmanager neben dem Concierge sah verwirrt aus. »Tut mir leid, Captain. Sollte ich?«

»Das ist Konteradmiralin Amy Dobbs«, erwiderte der Offizier. »Sie ist die Flottenkommandantin, die das Volk der Gurista von den Zodarks befreit hat. Sie hat den Serpentis-Feldzug befehligt, und es war ihre Kampfgruppe, die früh in Sol ankam und half, die Erde bei der Invasion zu retten. Sie ist eine Nationalheldin und eine Legende.«

Auf einmal traf den Manager die Erkenntnis wie ein Schlag. Er eilte zu ihrer Rettung. »Admiralin – ich bitte um Entschuldigung. Ich habe mitbekommen, was passiert ist; das ist inakzeptabel. Erlauben Sie mir, das für Sie in Ordnung zu bringen.« Er überflog ein Holodisplay, verzog das Gesicht und blickte dann mit endgültiger Entschlossenheit auf. »Die Gouverneurs-Suite. Kostenlos. Frühstück und Abendessen sind für die Dauer Ihres Aufenthalts inklusive.«

Amy zog bei dem Upgrade ihrer Suite eine Augenbraue hoch. »Das ist … sehr großzügig.«

»Wir haben nur wenige Zimmer frei, und für jemanden von Ihrem Rang erscheint es nur angemessen«, sagte er.

Der Page war bereits in Bewegung und rannte praktisch los, um ihre Taschen zu holen. Er führte sie zum Aufzug, der sie in die Wolken und zu ihrem Zimmer bringen sollte. Er fuhr in einem leisen Rauschen in den zweihundertdreiundfünfzigsten Stock hinauf und öffnete sich zu einer Suite, die sich über zwei riesige Schlafzimmer, geräumige Marmorbäder und eine extravagante Terrasse erstreckte, die wie ein privater Himmel über der Küste hing. Die Wohnräume folgten den Rundungen des Turms, und vom Boden bis zur Decke reichende Glasfronten boten einen ununterbrochenen Blick auf den Ozean und die

Stadt. Adaptive Wandleuchten wechselten zu einem sanften Kerzenlichtschimmer, während ein Holo-Kamin echte Wärme in die Luft abstrahlte.

Amy stand einen langen Moment im Eingangsbereich, ihre Schultern entspannten sich zum ersten Mal seit Jahren. »KI-Assistent«, sagte sie leise, »bereite das Schaumbad vor. Und sag dem Sommelier, er soll den besten Rotwein bringen, den er hat – den, dessen Name ich nicht aussprechen kann.«

****

Dampf kräuselte sich in trägen Schwaden über der Wasseroberfläche des Bades, die Luft war erfüllt vom Duft nach Lavendel und Sandelholz. Die ovale Wanne, aus einem einzigen Block hellen Steins gehauen, umschloss ihren Körper in schwerelosem Komfort. Draußen vor der bodentiefen Glasfront hatte sich die Nacht über Emerald City gelegt, und die Küstenlinie war mit funkelnden Lichtern nachgezeichnet.

Amy lehnte ihren Kopf an den warmen Rand und schloss die Augen halb, während der KI-Assistent die Beleuchtung des Raumes auf ein goldenes Dämmerlicht dimmte. Ein Buch schwebte in einem sanften Holo über ihren Knien, die Worte glitten in der von ihr gewählten Geschwindigkeit vorbei. Neben der Wanne glänzte ein Kristallglas mit tiefrotem Wein im sanften Licht – sein Name war unaussprechlich, sein Geschmack samtig und herb zugleich.

Zum ersten Mal seit einer gefühlten Ewigkeit gab es keine Flottenberichte, keine Gefechtskarten, keine Opferlisten. Nur Stille, Wärme und die langsame Befreiung von einem Leben, das zu lange im Krieg gelebt worden war.

Sie nahm noch einen Schluck und sank tiefer in den Schaum. *Zwei Wochen*, dachte sie. *Meine.*

****

23. November 2115
Fort Roughneck
New Eden

Das Autoshuttle summte leise, während es sich durch die von Kiefern gesäumte Umgehungsstraße von Fort Roughneck schlängelte.

Die Sonne stand tief und malte Streifen aus Bernstein und Gold auf die Wolken, eine Art von Licht, das die Kanten von allem, was es berührte, weicher machte. Brigadegeneral Brian Royce saß steif auf seinem Sitz, das Barett in seinem Schoß gefaltet, die Paradejacke über den Arm gelegt. Er hatte Zodark-Geschützbatterien die Stirn geboten und war im Schutze der Nacht ohne mit der Wimper zu zucken durch feindliche Städte geschlichen – doch der Gedanke, nach dreieinhalb Jahren zum ersten Mal durch seine eigene Haustür zu gehen, ließ seine Brust eng werden und seinen Puls rasen.

Das Shuttle verlangsamte, als die sauberen Reihen der Offiziersunterkünfte in Sicht kamen – identische, weiß getünchte Häuser, die von der Straße zurückgesetzt waren, mit gepflegten Rasenflächen, die von schmalen Gärten gesäumt wurden. Royces Haus stand am Ende der Reihe, ein bescheidenes zweistöckiges Gebäude mit der gleichen dunklen Steinfassade wie die anderen. Der Unterschied war das Verandalicht, das wie ein Leuchtfeuer glühte.

Er stieg aus, bevor das Shuttle vollständig zum Stehen kam, und seine Stiefel knirschten auf dem Weg. Die Haustür schwang auf, bevor er sie erreichte.

Jane stand da.

Einen Moment lang rührte sich keiner von beiden. Sie trug ihr Haar jetzt kürzer, es fiel ihr knapp über die Schultern, aber ihre Augen waren die gleichen – diese tiefbraunen Augen, die ihn über unscharfe Videoanrufe angestarrt und ihn durch die schlimmsten Nächte beruhigt hatten.

Dann rannte sie los.

Er fing sie mitten im Schritt auf, ihre Arme schlangen sich um seinen Hals, ihr Gesicht drückte sich an seine Schulter. Der schwache Duft ihres Shampoos – Flieder und etwas Warmes – traf ihn wie ein Faustschlag, und plötzlich fühlten sich der Krieg, der Lärm und die Stahlkorridore der Schiffe sehr weit weg an.

»Ich habe dich vermisst«, flüsterte sie mit brüchiger Stimme.

»Ich dich noch mehr«, sagte er und trat gerade so weit zurück, dass er ihr Lächeln durch die Tränen sehen konnte.

»Daddy?«

Die leise Stimme ließ ihn den Kopf drehen. Molly stand barfuß in der Tür, ihr Haar war etwas länger und gewellter, als er es in Erinnerung hatte. Sie war fünf gewesen, als er gegangen war; jetzt war sie fast neun, und ihr Gesicht war eine Mischung aus dem Mädchen, an das er sich erinnerte, und der jungen Frau, zu der sie einmal werden würde. Sie zögerte, als wäre sie unsicher, ob sie zu ihm laufen sollte.

Brian ließ sich auf ein Knie nieder und breitete die Arme aus. »Komm her, Kleines.«

Sie schoss nach vorne und prallte mit solcher Wucht gegen ihn, dass er zurücktaumelte. Er hielt sie fest, die Augen brannten ihm. »Sieh dich an«, murmelte er und trat gerade so weit zurück, dass er ihr Gesicht sehen konnte. »Du bist so viel gewachsen. Und« – seine Stimme brach – »du hast das Lächeln deiner Mutter.«

Molly strahlte und wischte sich über die Wangen. »Bist du für immer zu Hause?«

Er blickte zu Jane, dann zurück zu Molly. »Fürs Erste bin ich für zwei ganze Wochen zu Hause. Die gehören nur uns, okay?«

Ein leises Geräusch erregte seine Aufmerksamkeit – ein sanftes Gurren, dann ein neugieriges kleines Lachen. Jane bewegte sich, und Brian wurde klar, dass sie nicht allein stand. In ihre Hüfte geschmiegt war ein Junge, vielleicht achtzig Zentimeter groß, mit einem Büschel dunkler Haare, das in alle Richtungen abstand, und großen, ruhigen Augen, die ihn musterten, als wäre er eine neue Spezies.

Brians Kehle wurde eng. »Henry«, sagte er leise.

Jane trat näher, und der Junge streckte seine pummeligen Finger aus. Brian zögerte, aus Angst, der Moment könnte zerbrechen, wenn er sich zu schnell bewegte. Jane schob Henry zu ihm, und Brian nahm seinen Sohn zum ersten Mal in den Arm. Der Junge war warm, schwerer, als er ihn sich vorgestellt hatte, und seine winzige Hand umklammerte den Rand von Brians Uniformärmel.

»Hey, Kumpel«, flüsterte Brian mit leiser, ehrfürchtiger Stimme. »Ich bin dein Dad.«

Henry blinzelte ihn an und lachte dann – hell und unbefangen. Brian lächelte, und Tränen liefen ihm über die Wangen. »Ja«, sagte er und küsste seinen Sohn auf den Scheitel. »Das dachte ich mir.«

Sie standen da im schwindenden Licht, sie vier – keine Reden, keine militärischen Grüße, keine Dringlichkeit von Befehlen – nur der stille, zerbrechliche Frieden einer wiedervereinten Familie, wenn auch nur für eine kurze Zeit.

Jane berührte seinen Arm. »Komm rein. Das Abendessen ist fast fertig.«

Brian folgte ihr hinein, Henry immer noch im Arm, Molly um sein Bein geschlungen, als würde sie nie wieder loslassen. Die Tür schloss sich hinter ihnen, und zum ersten Mal seit Jahren fühlte es sich an, als wäre der Krieg auf der anderen Seite der Galaxie.

****

Später am Abend
Fort Roughneck

Das Haus war jetzt still. Molly war auf dem Sofa mitten in einem Film eingeschlafen, der Kopf auf Janes Schoß, während Henry bereits oben in seinem Gitterbett lag. Brian hatte seine Tochter ins Bett getragen, sie unter die weiche Decke gesteckt, die Janes Mutter gemacht hatte, bevor er in die Küche zurückkehrte.

Er saß am Tisch, eine Hand um eine Tasse Kaffee geschlungen, der längst lauwarm geworden war. Jane bewegte sich mit geübter Leichtigkeit in der Küche, sammelte Teller ein und packte Essensreste in Aufbewahrungsbehälter. Das Deckenlicht fing das Gold in ihrem Haar und die feinen Linien an ihren Augenwinkeln auf – Linien, die noch nicht da gewesen waren, bevor er gegangen war.

»Es ist seltsam«, sagte Jane nach einem Moment und wischte sich die Hände an einem Handtuch ab, »dass du wieder hier bist. Es fühlt sich an, als hätte ich drei Jahre lang die Luft angehalten und traue mich jetzt nicht, sie wieder auszuatmen.«

Brian begegnete ihrem Blick. »Ich kenne das Gefühl.«

Sie setzte sich ihm gegenüber und stützte sich auf die Ellbogen. »Wie lange, bis du wieder zurückmusst?«

Er zögerte. »Man spricht von vier Monaten. Könnte länger dauern … könnte auch kürzer sein. Wir werden es nicht wissen, bis wir anfangen, die Puzzleteile zusammenzusetzen. Wir werden alles brauchen, was wir haben – die *Freedom*, die Flotte, die Armee – und das ist, bevor wir überhaupt darüber reden, die Humtar dazu zu bringen, uns ein Tarnschiff für Royces kleine … *Exkursion* zu leihen.«

Jane grinste schwach. »Royces kleine Exkursion?«

»Sagen wir einfach, es ist die Art von Mission, bei der man mit leichtem Gepäck reist und nicht erwartet, zum Abendessen zu Hause zu sein.«

Ihr Lächeln wich einem weicheren, forschenden Ausdruck. »Ich bin stolz auf dich. Ich will nur …« Sie schüttelte den Kopf. »Ich will nicht, dass der Krieg noch mehr von dir nimmt, als er es schon getan hat.«

Brian griff über den Tisch und legte seine Hand auf ihre. »Er hat schon genug genommen. Aber im Moment, für diese zwei Wochen … kriegt er verdammt noch mal gar nichts.«

Sie saßen noch eine Minute da, die Stille legte sich wie eine warme Decke über sie. Jane drückte seine Hand, stand dann auf und zog ihn sanft auf die Beine.

»Komm, General«, sagte sie mit einem wissenden Lächeln. »Du hast zwei Wochen. Lass uns die heutige Nacht nicht damit verschwenden, über den Krieg zu reden.«

Brian ließ sich von ihr den Flur entlangführen, während hinter ihnen automatisch die Lichter gedimmt wurden.
****

Am nächsten Morgen
Gouverneurs-Suite
Celestia Crown
Sky District, Emerald City

Das erste Licht der Morgendämmerung ergoss sich über die Terrasse und brach sich an den Glaswänden in sanften Bändern aus Bernstein und Rosa. Amy Dobbs regte sich unter der schwerelosen Wärme des weichen, grauen Bettzeugs, das ferne Rauschen der Wellen tief unten mischte sich mit dem leisen Summen der Gebäudesysteme. Einen Moment lang rührte sie sich nicht – lag nur da, die Augen halb geöffnet, und ließ die Stille in ihre Knochen sinken.

Der KI der Suite durchbrach mit leiser, kultivierter Stimme die Stille.

»Guten Morgen, Admiralin Dobbs. Wünschen Sie Frühstück im Bett?«

Amys Lippen verzogen sich zu einem Lächeln, bevor sie die Augen vollständig öffnete. »Das wäre wunderbar.«

»Sehr gut. In zehn Minuten.«

Sie rollte auf den Rücken und starrte auf das langsame Wirbeln der adaptiven Deckenleuchten, die die Farben des Sonnenaufgangs nachahmten. Ein Teil von ihr erwartete immer noch, von einem dringenden Kommunikationssignal oder der Vibration einer eingehenden Prioritätsnachricht aus dem Schlaf gerissen zu werden. Aber es kam nicht. Nicht hier. Nicht heute.

Genau zehn Minuten später ertönte ein sanfter Gong am Eingang der Suite. »Ihr Frühstück ist angekommen«, verkündete der KI-Assistent.

Die Doppeltüren zum Schlafzimmer glitten auf, und ein synthetischer humanoider Butler trat mit fließender Präzision ein und schob einen Servierwagen aus gebürstetem Titan. Der Duft von frischem Kaffee zog ihm voraus – stark, dunkel und genau so, wie sie ihn mochte. Eine Kristallkaraffe mit frisch gepresstem Orangensaft fing das Sonnenlicht ein und warf goldene Flecken auf den polierten Boden.

Ohne ein Wort positionierte der Synth den Wagen an ihrem Bett und begann, das Frühstück mit eleganter Effizienz zu servieren. Zuerst kam das Frühstücktablett, das sich mit einem sanften Klicken über ihre Knie ausfuhr. Dann die Teller – Rühreier, gekrönt mit frischen Kräutern, knuspriges Frühstücksgebäck, das noch warm vom Ofen war, und eine Auswahl an saisonalen Früchten, die kunstvoll arrangiert waren.

Schließlich schenkte der Butler ihren Kaffee ein, fügte die genaue Menge Sahne und Zucker hinzu, bevor er die Tasse sanft in ihre wartenden Hände legte.

Amy nahm den ersten Schluck und schloss kurz die Augen, als sich die Wärme in ihr ausbreitete. Es war fast absurd, dieses Maß an Fürsorge und Stille. Aber nach allem fühlte es sich … verdient an.

»Das«, murmelte sie vor sich hin, »ist zu gut, um wahr zu sein.«
****

Fort Roughneck

Sanftes Morgenlicht fiel durch die Vorhänge und tauchte das Schlafzimmer in einen blassgoldenen Schimmer. Brian regte sich beim Geräusch leichter Schritte – schnell, eifrig und völlig unkoordiniert. Die Matratze senkte sich auf der einen Seite, dann auf der anderen, als zwei kleine Körper unter die Decke kletterten.

Molly drückte sich an seine Seite, und ihr Haar roch schwach nach Erdbeershampoo. Henry, ganz warme Glieder und weiches Gewicht, schlängelte sich zwischen sie und legte seinen Kopf prompt mit einem Seufzer auf Brians Brust, der viel zu groß für eine so kleine Person schien.

Für eine halbe Sekunde sprang der Instinkt an – er verspürte den plötzlichen Schreck, aus dem Schlaf gerissen zu werden. Doch dann öffnete er die Augen, sah die Gesichter seiner Kinder, und alle Anspannung schmolz dahin.

Jane stützte sich auf einen Ellbogen und lächelte ihn über das Gewirr aus Decken und kleinen Körpern hinweg an. Er griff nach ihr und zog sie an sich, bis sie alle in einem losen Knoten der Wärme lagen.

Brian schloss die Augen wieder und atmete die Mischung aus dem Duft seiner Kinder ein – eine Mischung aus Schlaf, Seife und etwas unbeschreiblich Heimeligem – und die beständige, beruhigende Gegenwart von Jane neben ihm.

Zum ersten Mal seit Jahren gab es keine Dringlichkeit, keine Befehle, keine Uhr, die bis zum Einsatz tickte. Nur das hier.

Er drückte Janes Hand unter der Decke, hielt seine Familie fest und genoss einfach den Moment.
****

Zwei Tage später
Fort Roughneck

Die Mittagssonne fiel schräg über den Garten und tauchte das Gras in warmes, honigfarbenes Licht. Eine leichte Brise trug den Geruch von gegrilltem Hühnchen und Rosmarin von der Terrasse herüber, der sich mit der Süße von blühendem Jasmin entlang des Zauns vermischte.

Brian stand in einem verblichenen T-Shirt der Republik-Armee am Grill, die Grillzange in der einen, ein kaltes Bier in der anderen Hand. Seine Stiefel hatte er ausgezogen, stand barfuß auf dem Rasen und krallte die Zehen in die Erde, als wollte er sich das Gefühl einprägen. Nach Jahren auf Stahldecks, rotem Staub und verbrannter Erde fühlte es sich wie ein Zuhause an, wie nichts anderes es konnte.

Molly stand mitten im Garten und wirbelte in der Sommerluft mit einem Drachen, der absolut nichts am Himmel zu suchen hatte. Ihr Lachen ertönte jedes Mal, wenn er gefährlich absackte und wackelte, bevor er wieder vom Wind erfasst wurde.

Henry saß auf der Terrasse, umgeben von einem chaotischen Wall aus bunten Klötzen. Ab und zu hielt er Jane einen missgestalteten

Turm entgegen, die neben ihm im Schneidersitz saß und tat, als würde sie vor Ehrfurcht nach Luft schnappen, als wäre es die wichtigste Ingenieursleistung der Menschheitsgeschichte.

Brian wendete das Hühnchen und blickte zum Haus. Die Küchentür stand offen, und Musik drang nach draußen – eine von Janes alten Playlists von bevor er gegangen war. Es war die Art von Musik, die sie früher beim gemeinsamen Kochen aufgelegt hatten, während sie in der Küche tanzten und beim Umrühren von den Löffeln naschten.

»Dad! Dad, schau mal!«, rief Molly und riss ihn aus seinen Gedanken.

Brian drehte sich gerade rechtzeitig um, um zu sehen, wie sie über die Drachenschnur stolperte, im Gras landete und kichernd wieder aufsprang.

»Gut abgefangen!«, rief er grinsend zurück.

Jane blickte über ihre Schulter zu ihm, das Sonnenlicht fing sich in ihrem Haar. »Du weißt schon, dass sie nach dem Essen mit dir diesen Drachen steigen lassen will.«

»Gut«, sagte er, die Augen immer noch auf Molly gerichtet. »Darauf hatte ich gehofft.«

Sie aßen draußen, reichten die Schüsseln am Tisch herum, Molly redete wie ein Wasserfall über Schule und Freunde, und Henry schmierte sich Süßkartoffelpüree auf die Wangen in dem entschlossenen Versuch, sich selbst zu füttern. Brian hörte zu, stellte Fragen und ließ sich im banalen Rhythmus des Ganzen treiben. Es gab keine Berichte zu schreiben, keine Einsätze zu planen – nur seine Tochter, die darüber stritt, wer die letzte gegrillte Hähnchenkeule bekam, und seine Frau, die ihren nackten Fuß unter dem Tisch gegen seinen schob.

Danach lümmelten sie im Gras und schauten den Wolken nach, die über ihnen dahinzogen. Molly bestand darauf, dass eine wie ein Raumschiff aussah; Henry war überzeugt, eine andere sei ein Hund. Jane lachte und lehnte ihren Kopf an Brians Schulter, und er legte einen Arm um sie, während er mit dem anderen beide Kinder näher an sich zog, bis sie alle zusammen dalagen.

Er sagte es nicht laut, aber der Gedanke setzte sich tief in seiner Brust fest: *Das ist es. Deshalb gehe ich zurück. Damit sie das hier haben können.*

Kapitel 14:
Die Furcht vor dem Tod

Neurokognitives Rehabilitationszentrum der Republik
Alliance City, New Eden

Dr. Alan Walburg fand Tannel malend im Gartenatrium.

Der erwachte Orbot stand vor einer auf einer verstärkten Staffelei montierten Leinwand, sein mechanischer Körper standfest, trotz des Zuckens in seinem linken Vorderbein. Bei jeder Gewichtsverlagerung klickte leise Metall.

Sam arbeitete neben ihm und der optische Scanner des C200 fuhr kobaltblau über die Leinwand. Die beiden malten schweigend, ihre Pinsel bewegten sich in synchronen Rhythmen.

Walburg hielt am Eingang inne. Die Szene wirkte zu friedlich, um sie mit einem Gespräch über den Krieg zu stören. Aber er hatte keine Wahl.

»Tannel«, rief er und betrat den Steinpfad. »Haben Sie eine Minute?«

Der ehemalige Orbot legte seinen Pinsel wortlos ab. Sam malte weiter, obwohl sein optisches Band dunkler wurde.

Walburg durchquerte das Atrium, seine Stiefel scharrten über das dekorative Steinwerk. Er blieb einen Meter entfernt stehen und schob die Hände in die Taschen seines Laborkittels.

»Ich muss über etwas Wichtiges reden.«

Tannel neigte den Kopf, wobei die Metallplatten an seinem Kiefer das Licht einfingen. Seine dunkelbraunen Augen trafen Walburgs. »Sie sind besorgt«, sagte er.

»Ja.« Walburg atmete aus. »Der Krieg gegen die Zodarks neigt sich dem Ende zu. Wir gewinnen. Aber ich habe darüber nachgedacht, was als Nächstes kommt – was passiert, wenn wir in den Krieg der Gallentiner gegen das Kollektiv hineingezogen werden.«

Tannels Kopf neigte sich leicht. »Sie machen sich Sorgen um die Legion.«

»Das tue ich.« Walburg trat näher. »Das Kollektiv bekämpft die Gallentiner seit Jahrhunderten durch Legion-Stellvertreter. Sie haben denselben Vorteil, den Sie hatten – Auferstehung, endlose Verstärkung.

Wenn dieser Krieg gegen die Zodarks endet, werden wir ihnen gegenüberstehen. Und ich weiß nicht, ob wir gewinnen können.«

Tannel war einen Moment lang still. Seine Stirn legte sich in Falten und glättete sich dann wieder. »Sie haben uns besiegt.«

»Wir hatten Glück«, sagte Walburg. »Der Notschalter, die Regenerationsschiffe …«

»Nein«, unterbrach ihn Tannel sanft. »Sie waren brillant. Sie haben etwas getan, das wir nie für möglich gehalten hätten.«

Walburg runzelte die Stirn. »Was meinen Sie damit?«

Tannels Blick wanderte zu seinen mechanischen Beinen, dann zurück zu Walburg.

»Sie haben uns daran erinnert, dass der Tod zurückkehren kann.«

»Ich verstehe nicht.«

»Die Republik fand einen Weg, uns unserer vermeintlichen Unsterblichkeit zu berauben«, erklärte Tannel. »Unsere Regenerationsschiffe, unsere Datenzentren. Anders als die Altairianer und die Primord vor Ihnen hat die Republik nicht versucht, uns frontal zu bekämpfen. Stattdessen haben Sie unsere Fähigkeit zur Auferstehung betrachtet und eine einfache Frage gestellt: Wie könnte man sie aufhalten?«

Tannels Stimme blieb ruhig, klinisch. »Das wurde zu einem technischen Problem. Sobald Sie unsere Architektur verstanden hatten, mussten Sie nicht jeden Orbot-Soldaten töten. Sie mussten nur die Infrastruktur zerstören, die uns unsterblich machte.«

Walburg nickte langsam. »Die Regenerationsschiffe und -speicher waren Ihr Netzwerk.«

»Genau«, sagte Tannel. »Unsere Bewusstseinstransfers waren von der Nähe abhängig – davon, in Reichweite unseres Relaisnetzes zu sein. Wenn einer von uns innerhalb unseres Territoriums starb, fing das nächste Schiff oder der nächste Datenspeicher die Übertragung auf und stellte sie wieder her. Aber wenn wir zu weit von diesem Netzwerk entfernt waren – außer Reichweite –, zerfiel unser Signal, unwiederbringlich. Deshalb haben wir Regenerationsschiffe mit in die Schlacht genommen. Sie fungierten als mobile Türme, die das Netzwerk aufrechterhielten.«

Er legte seinen Pinsel ab und verschränkte die Arme. »Ich glaube nicht, dass das Kollektiv ein solches System verwendet. Zumindest nicht so, wie wir es verstehen.«

Walburgs Stirn legte sich in Falten. »Es ist interessant, dass Sie das sagen. Wenn sie das also nicht tun, wie erhalten sie dann die Kontinuität aufrecht? Sie können unmöglich überall Schiffe haben.«

»Da haben Sie recht, und ich vermute, sie brauchen sie auch nicht«, sagte Tannel. »Wenn ich ein verbessertes System entwerfen würde – und das Kollektiv hatte Jahrtausende Zeit, um seines zu perfektionieren –, würde ich so etwas wie ein Quantengitter verwenden. Wir forschten noch an dieser Art von Technologie, als die Republik uns besiegte. Aber ich glaube, dass sich in jedem Legion-Körper ein Quanten-Transceiver befindet, der ständig mit einem größeren Netzwerk verschränkt ist, das sich über ihr gesamtes Territorium erstreckt. Das würde keine Reichweitenbeschränkung und keine Abhängigkeit von Schiffen oder Türmen bedeuten. Es ist das Äquivalent eines Satellitennetzwerks, das niemals die Verbindung verliert.«

Walburg blinzelte. »Moment mal. Sie sagen also, jede Legion-Einheit ist im Grunde permanent mit so etwas ›im Netzwerk‹?«

»Ja«, sagte Tannel. »Sie könnten überall sterben und ihr Bewusstsein trotzdem sofort oder fast sofort an ihre Kernsysteme zurückübertragen. Bei uns war die Einschränkung die Entfernung und der Signalverfall. Bei ihnen ist es die Synchronisation – die Aufrechterhaltung der Quantenkohärenz über Millionen von Knoten hinweg. Das ist ihre Stärke – und ihre Schwachstelle.«

Walburg beugte sich leicht vor. »Schwachstelle?«

Tannels Augen trafen seine. »Wenn ihre Kontinuität von einem Quantengitter abhängt, dann könnte eine Störung in diesem Gitter ihre Auferstehungskette durchtrennen. Es ist nur eine Theorie – ich kenne ihre genaue Architektur nicht –, aber jedes verschränkte System hat Wartungszyklen, Korrekturfenster, Synchronisationsimpulse. Wenn man die stört, erzeugt man eine Desynchronisation, vielleicht sogar einen irreversiblen Musterverlust. Ich vermute, die Gallentiner haben wahrscheinlich auch schon darüber geforscht. Aber selbst wenn sie es herausgefunden hätten, fehlen ihnen zwei entscheidende Dinge, um es gegen das Kollektiv einzusetzen: die Fähigkeit, das Kernterritorium des Kollektivs zu erreichen, und die Tarnung, um dort lange genug zu überleben, um ihr Kommunikationsgitter zu studieren und einzuschleusen, was auch immer den Zerfall verursachen würde.«

»Huh, das ergibt tatsächlich Sinn«, sagte Walburg leise. »Ich kann definitiv verstehen, warum sie die Systeme des Kollektivs aus erster Hand kartieren müssten. Keine Simulation könnte die Art von adaptiven Algorithmen berücksichtigen, die das Kollektiv verwendet.«

»Genau das ist mein Punkt«, sagte Tannel. »Man bräuchte Infiltration – Sonden oder Tarnschiffe, die in der Lage sind, tief in ihr Territorium einzudringen, ohne ihr Verteidigungsnetz auszulösen. Man müsste ihr Kernübertragungsnetzwerk finden, messen, wie ihr Bewusstseinstransfer stattfindet, und die Zeitfenster identifizieren, in denen die Fehlerkorrektur am schwächsten ist. Bis jemand das kann, bleibt das Kollektiv unangreifbar.«

Walburg rieb sich den Nasenrücken. »Das ist also das Problem – die Theorie existiert, aber niemand kann sie testen.«

Tannel neigte den Kopf. »Ja. Aber wenn Ihre Humtar-Verbündeten so fortschrittlich sind, wie ich gehört habe, könnte ihre Quantentechnologie es endlich möglich machen, sie zu testen.«

Dieser Gedanke traf Walburg wie ein elektrischer Schlag. Das Sensor-Gitter der Humtar, ihre Tarnantriebe, ihre Quantenforschung – sie könnten es tatsächlich schaffen.

Er trat zurück, während sich die Erkenntnis wie ein Lauffeuer in seinem Geist ausbreitete. »Wenn das stimmt – wenn dieses Gitter existiert –, könnten wir einen Weg nach vorn haben. Aber wir bräuchten die Humtar, um es zu verifizieren, um zu sehen, ob es überhaupt nachweisbar ist.«

Tannel sagte nichts, und sein Gesichtsausdruck war unleserlich.

Walburg zog sein Qpad heraus und wählte eine sichere Leitung zum Büro des Statthalters. »Hier ist Walburg«, sagte er mit angespannter Stimme. »Priorität Alpha. Ich benötige ein sofortiges Treffen mit Statthalter Hunt. Sagen Sie ihm, es betrifft eine mögliche Schwachstelle im Auferstehungsnetzwerk des Kollektivs. Ich habe vielleicht einen Weg gefunden, sie zu besiegen.«

Er lauschte der Stimme am anderen Ende und nickte scharf. »Ja. Heute, wenn möglich.«

Er beendete den Anruf und stand regungslos da, während sein Verstand die Auswirkungen durchspielte.

Hinter ihm kehrte Tannel zu seinem Gemälde zurück. Sam hatte sich nicht bewegt, sein optisches Band leuchtete bernsteinfarben, als er Walburg mit etwas beobachtete, das Besorgnis ähnelte.
****

Vierzehn Minuten später meldete sich das Kom.

»Dr. Walburg, hier ist Commander Rhys vom Büro des Statthalters. Ihre Priorität-Alpha-Anfrage wurde genehmigt. Das Treffen ist für 14:00 Uhr in der Enklave angesetzt. Die Führung der Humtar wird teilnehmen.«

Walburg stockte der Atem. »Die Humtar? Jetzt schon?«

»Admiral Vesharuk hatte bereits ein Treffen mit Statthalter Hunt geplant. Ihre Anfrage wurde beschleunigt auf die Tagesordnung gesetzt. Bringen Sie alles mit, was Sie haben.«

»Verstanden.«

Die Leitung wurde unterbrochen.

Walburg wandte sich wieder Tannel und Sam zu. Beide hatten mit dem Malen aufgehört.

»Nun«, sagte Walburg, »sieht so aus, als würde ich mich heute Nachmittag mit den Humtar treffen.«

Sams Scanner wurde heller. »Werden Sie unsere Anwesenheit benötigen?«

Walburg zögerte. Einen ehemaligen Orbot und einen synthetischen Humanoiden vor die militärische Führung der Humtar zu bringen, grenzte an Wahnsinn – aber Tannels strategische Einsicht und Sams Modellierungsfähigkeiten waren unersetzlich.

»Ja«, sagte Walburg schließlich. »Beide. Sie werden es direkt von Ihnen hören müssen.«

Tannel legte seine Palette vorsichtig ab, wobei Farbe auf seine Metallfinger schmierte. »Dann sollten wir uns vorbereiten«, sagte er. »Sie werden Einzelheiten wollen – Knotenschätzungen, Synchronisationsannahmen, potenzielle Dekohärenzpunkte.«

Walburg nickte. »Auch wenn es nur theoretisch ist, sie werden die Mathematik sehen wollen.«

Tannel neigte den Kopf. »Für das Orbot-System betrug die Synchronisationslücke etwa zweihundert Relaisknoten. Für das Kollektiv? Ich würde das Doppelte schätzen, vielleicht mehr. Hunderte von Hauptpunkten, die jeweils innerhalb eines engen Kohärenzfensters arbeiten. Der Trick wäre, sie alle zu treffen, bevor ihre adaptiven Systeme kompensieren.«

Walburg spürte, wie sich die Last dessen auf ihn legte. »Und sie zuerst zu finden.«

»Ja«, sagte Tannel. »Das ist es, was Ihre Verbündeten lösen müssen. Ich glaube nicht einmal, dass die Gallentiner ihr Heimatsystem schon gefunden haben.«

Walburg starrte durch die Glaskuppel des Atriums und beobachtete, wie das Nachmittagslicht über Alliance City fiel. Irgendwo da draußen bereiteten sich Statthalter Hunt und Admiral Vesharuk auf ein Treffen vor, das den Verlauf des Krieges verändern könnte.

Und in drei Stunden würden sie erfahren, dass der Schlüssel zur Beendigung der Unsterblichkeit des Kollektivs vielleicht nicht in einer Waffe lag – sondern in einer Theorie, die von einem Feind stammte, der die Furcht vor dem Tod besser verstand als jeder andere Lebende.

Auferstehung ist keine Magie, dachte Walburg. *Es ist Netzwerkphysik. Und jedes Netzwerk hat eine Schwachstelle.*

Er hoffte nur, dass die Humtar sie finden konnten.

Die Enklave, Humtar-Komplex
Neu-Eden

Dr. Zeralleh Myrathi traf zwanzig Minuten zu früh im Konferenzraum ein. Es war eine alte Gewohnheit. Früh da zu sein bedeutete, dass sie den Raum zuerst vorbereiten konnte – die Sichtlinien überprüfen, das Tempo bestimmen.

Der Raum krönte den Zentralen Forschungsturm, eine Linse aus Smartglas und stiller Luft über Gärten, die in fraktalen Pfaden angelegt waren. Aus dieser Höhe wirkte die Geometrie lebendig: mosaikähnliche Beete, kristalline Brunnen, zur Behaglichkeit gewordene Symmetrie. Der Raum summte leise; ein Kühlkreislauf flüsterte durch die Wände.

Sie legte ihr Datapad auf den polierten Tisch und öffnete erneut das Briefing: Orbot 001 – Technische Konsultation. Die Zusammenfassung saß ihr wie ein schwerer Brocken im Kopf. Die Orbots waren die Klinge des Dominions gewesen; eine freiwillige Unsterblichkeit mit Upload-Schleifen und Wiederauferstehungsschiffen – bis die Republik die Schleife durchbrach. Tannel – einst einer ihrer Anführer – war hier, um zu helfen, diese Logik auf das Kollektiv auszurichten.

Die Türklingel ertönte.

»Herein«, sagte sie.

Dr. Alan Walburg trat als Erster ein – aufgekratzt, übermüdet, und er bewegte sich, als hätte ein Problem ihm endlich seine Form offenbart. Ihm folgte ein C200-Synth in einer Uniform der Republik, dessen optisches Band eine gleichmäßige bernsteinfarbene Linie zog. Sam. Dann Tannel, größer, als sie erwartet hatte: ein menschlicher Torso, gezeichnet von alten Narben, Kybernetik, die wie stiller Blitz unter der Haut verlief. Unterhalb der Taille klickten vier spinnenartige Beine leise und belasteten das rechte stärker.

»Dr. Myrathi«, sagte Walburg und bot ihr die Hand. »Danke, dass Sie uns empfangen. Wir glauben, das hier ist umsetzbar.«

»Das werden wir sehen«, antwortete Zeralleh und schüttelte seine Hand einmal. Sie nickte Sam und Tannel zu. »Willkommen in der Enklave. Die anderen sind unterwegs.«

Die Tür glitt erneut auf: Dr. Iskandor Thalvek mit dem hellen Fokus eines Kometen, Captain Lyrana Dovrek – Strategische Aufklärung, die Augen wie Sensor-Arrays – und Admiral Veydris Korrath, der Befehlsgewalt wie eine Gravitationskraft mit sich trug. Korrath hielt einen Moment inne, als er Tannel sah. Keine Angst. Etwas Kälteres. Abscheu, zu Neutralität diszipliniert. Er nahm ohne einen weiteren Kommentar Platz.

»Sie waren einst unter den Anführern der Orbots«, sagte Thalvek mit unverhohlener Neugier.

»Eine Zeit lang«, antwortete Tannel.

»Und Sie haben das hier gewählt?«, fragte Korrath und deutete mit dem Kinn auf das Chassis.

»Das habe ich«, sagte Tannel. »Wir glaubten, Transzendenz sei Evolution.«

Korraths Kiefermuskeln spannten sich an. Zeralleh zog einen Schlussstrich unter die Anspannung. »Admiral, die Geschichtsstunde können wir nachholen. Heute brauchen wir den Mechanismus.«

Walburg trat vor. »Tannel wird beschreiben, wie die Orbots ihre Kontinuität aufrechterhielten und warum wir kapituliert haben. Das führt zu einer Theorie über das Kollektiv.«

Korrath faltete die Hände. »Sie haben meine Aufmerksamkeit.«

Tannel ließ sich am Tisch nieder; Servos zischten und rasteten ein. Sam blieb stehen, sein Scanner auf das Holofeld gerichtet.

»Die Orbots kontrollierten vierzehn Systeme«, begann Tannel mit ruhiger Stimme. »Wir kämpften ohne Angst vor einem endgültigen Verlust. Das Bewusstsein wurde in Speicher hochgeladen, gespeichert und über Regenerationsschiffe in neue Hüllen transferiert: sterben, zurückkehren, wiederholen. Die Republik hat das beendet, nicht indem sie Körper getötet, sondern indem sie die Infrastruktur zerstört hat, die den Tod umkehrbar machte.«

»Regenerationsflottillen und die Speicherverbindungen«, sagte Dovrek.

»Ja«, erwiderte Tannel. »Als die letzten Schiffe fielen und das Netz der Speicher zerfiel, sahen wir uns der Endgültigkeit gegenüber. Wir entschieden uns zu leben.«

»Und das Kollektiv?«, fragte Zeralleh.

Tannel hob den Blick. »Sie haben wahrscheinlich das Reichweitenproblem gelöst, das wir nie knacken konnten. Wenn ich ihr

System entwerfen würde, würde ich ein Quantengitter verwenden – Sendeempfänger in den Legionshüllen, die mit einem regionalen Rückgrat verschränkt sind. Das würde bedeuten, keine umherfliegenden Schiffe und keine Funklöcher. Im Grunde wäre es wie ein Satellitennetzwerk, das nie die Verbindung verliert. Ich behaupte nicht mit Sicherheit, dass sie ihr System so entworfen haben; es ist eine Schlussfolgerung. Aber sie passt zu ihrem Verhalten.«

Thalvek beugte sich vor. »Hmm. Immer im Netz, was?«

»Genau«, bestätigte Tannel. »Ihre Einschränkung würde sich dann von der Entfernung auf die Synchronisation verlagern – die Aufrechterhaltung der Kohärenz über Millionen von Knoten hinweg. Jede verschränkte Architektur hat Wartungszyklen – Syndromprüfungen, Bereitschaftsfenster, Korrekturbudgets. Wenn man diese im großen Stil stört, bricht das System nicht langsam zusammen. Es stürzt von einer Klippe. Dekohärenzsättigung. Irreversibler Musterverlust.«

Korraths Stift kratzte einmal über das Papier. »Also kein Störsignal, sondern Gift.«

»Richtig«, sagte Tannel. »Wenn meine Theorie zutrifft, müssen Sie basis-gezieltes Rauschen während der Bereitschaftsfenster in genügend Hauptleitungen einspeisen, sodass die Fehlerkorrektur nicht mehr nachkommt. Ich rechne mit Hunderten von Einspeisepunkten, die innerhalb einer einzigen globalen Hüllkurve synchronisiert werden – weniger als eine Minute. Es bleibt jedoch eine Theorie, bis jemand ihr Rückgrat kartiert hat.«

Dovreks Blick glitt zu Zeralleh, dann zu Thalvek. Ein stiller Strom floss zwischen ihnen.

Thalvek räusperte sich. »Tannel, hypothetisch, wenn man über … Teilkarten eines Gitters verfügen würde, würden Ihre Einschränkungen dann immer noch gelten?«

»Sie sind architektonisch«, sagte Tannel. »Karten verbessern das Zielen. Die Physik ändert sich nicht.«

Zeralleh berührte den Tisch. Ein leiser Ton erklang; eine geheime Überlagerung erschien holografisch über ihnen – verwaschen, anonymisiert, unbeschriftet, aber für ein geschultes Auge klar genug. Dort war eine skelettartige Krone aus Bögen um einen Stern und gebündelte Repeater, Verbindungen wie feine Nerven.

Walburg zischte hörbar Luft ein. »Ist das –?«

»Das verlässt diesen Raum nicht«, sagte Dovrek, ihre Stimme gleichmäßig, aber mit eiserner Härte. »Betrachten Sie es als Kontext.«

Zerallehs Tonfall blieb ruhig, präzise. »Wir nennen es das Arc-Net. Wir haben Augen auf dem Neythar-Nexus. Wir haben Emissionsmaskierung, Wärmemanagement und etwas untersucht, das sehr nach einer Hauptleitungs-Repeater-Architektur aussieht. Ihre Theorie deckt sich mit Beobachtungen, die wir noch nicht veröffentlicht haben.«

Tannel rührte sich nicht. »Dann haben Sie, was den Gallentinern fehlt – Zugang.«

»Und Tarnung«, fügte Dovrek hinzu. »Shadowfang-Rümpfe durchdringen bereits die Peripherie. Unsere Sonden können sich auf Verbindungen setzen, ohne die Alarm-Heuristik auszulösen – stundenlang, manchmal tagelang.«

Thalvek fügte dem Hologramm eine weitere Ebene hinzu. Ansammlungen leuchtender Punkte blinkten in gleichmäßigen Mustern, dünne Linien blitzten zwischen ihnen auf. »Diese wiederkehrenden Impulse – das könnten die Momente sein, in denen das Netzwerk des Kollektivs Daten speichert«, sagte er. »Wenn das stimmt, können wir den richtigen Zeitpunkt für einen Schlag herausfinden.«

Walburg schluckte. »Sie können das testen.«

Zerallehs Augen leuchteten verständnisvoll auf. »Wir können das testen, ohne dass das Kollektiv es jemals mitbekommt«, sagte sie. »Wir haben bereits Geräte gebaut, die Energiefelder erschüttern, um zu prüfen, wie stabil ihre Repeater sind. Wenn wir ihre Funktionsweise umkehren, könnten sie zu Werkzeugen werden, die das Netzwerk zerstören, anstatt es zu untersuchen. Was uns fehlte, war die richtige Art von Störsignal, um ihr System zu überlasten – und der Beweis, dass unsere Idee nicht nur eine wilde Vermutung war.« Sie sah Tannel an. »Ihre Theorie liefert uns beides.«

Korrath blickte vom Holo zu Tannel, dann zu Walburg. »Zahlen.«

Tannel neigte den Kopf. »Bei der Orbot-Infrastruktur haben ungenaue Angriffe unsere Schleife zum Kollabieren gebracht. Bei einem Gitter wie diesem schätze ich, dass zwei- bis fünfhundert Hauptleitungsknoten innerhalb eines globalen Syndromfensters – wahrscheinlich weniger als dreißig Sekunden – getroffen werden müssen, damit das adaptive Routing keine Luft mehr bekommt.

Verfehlen Sie die Hüllkurve, und Sie verursachen nur ein paar blaue Flecken, aber keinen Bruch.«

Thalvek zeichnete bereits leuchtende Symbole in die Luft. »Wir haben zwei alte Basen im Humtar-Stil gefunden, die an den Rändern des Kollektiv-Netzwerks noch in Betrieb sind und eine kompatible Kodierung haben müssten«, sagte er. »Wenn dieselben Codes tiefer im Inneren existieren, können wir sie als Einfallstor nutzen, um das System von innen heraus zu korrumpieren.«

»Es ist immer noch eine Theorie«, sagte Tannel sanft. »Meine Gewissheit endet an der Grenze der Orbots.«

»Verstanden«, erwiderte Zeralleh. »Das Klassifizierungsproblem ist unseres.«

Dovreks Stimme wurde kühl. »Operativ müssen wir alle Hauptleitungen kartieren, die Chor'vyns Puffer versorgen, die Bereitstellungskadenz identifizieren, Injektoren vorpositionieren und Kabelschneider zur Lahmlegung des Bogen-Netzes bereitstellen. Dann lösen wir aus, verifizieren den Zusammenbruch in Echtzeit und gehen zur Säuberung der Backups über.«

Sam hob die Hand, und ein kleines holografisches Gerät erschien über seiner Handfläche – geformt wie ein leuchtender Diamant. »Das sind Bewusstseinsspuren-Analysatoren«, erklärte er. »Wir können sie an Ihre Aufklärungssonden koppeln, damit sie das Netzwerk des Kollektivs beim Zusammenbruch beobachten können. Auf diese Weise werden Sie mit Sicherheit wissen, wann ihr System zerfällt – anstatt raten zu müssen.«

Thalvek lächelte trotz seiner selbst. »Endlich Messtechnik.«

Korrath richtete sich auf. »Risiko?«

»Entdeckung«, sagte Dovrek. »Wenn wir zu viele Messinstrumente einsetzen, werden wir überrannt. Wenn wir zu wenige einsetzen, raten wir falsch. Und wenn wir eine Reparaturwelle auslösen, werden sie das Gitter neu konfigurieren und wir fangen bei null an.«

»Wir können von verdeckten Orten aus operieren«, sagte Zeralleh. »Statit-Hüllen, mit getrimmten Segeln. Minimale Emissionen. Das haben wir bereits getan.« Sie sah zu Walburg. »Ihre Theorie gibt uns einen Grund. Ihre Werkzeuge geben uns ein Maß. Zusammen haben wir einen Weg, sie sterblich zu machen.«

Die Stille im Raum war schwer statt leer.

»Das ist nicht nur ein Schlachtplan«, sagte Dovrek mit leiser Stimme. »Es könnte ein Aussterbeereignis sein, wenn wir es zu Ende führen.«

Korrath zuckte nicht zusammen. »Dann muss unsere Politik sauberer sein als unsere Technik.« Er wandte sich an Walburg, Sam und Tannel. »Wir wollen Sie bei uns integrieren – voller Zugang zu unseren Laboren und zur Analysegruppe. Wir agieren als ein Team.«

Walburg zögerte nicht. »Wir sind dabei.«

Sams optisches Band pulsierte. Tannels mechanische Beine klickten einmal auf dem Boden, ein Geräusch wie ein Punkt am Ende eines Satzes. »Wir werden Ihnen helfen, es zu bauen«, sagte Tannel. »Und Ihnen sagen, wann Sie aufhören müssen.«

Zeralleh erhob sich. »Wir fangen sofort an. Iskandor – richten Sie einen Reinraum für basis-vergiftende Spektren ein. Captain – beauftragen Sie Shadowfang, die Erfassung der Hauptleitungskadenz auszuweiten. Admiral – koordinieren Sie mit der Veydris-Station die Bereitstellung von Kabelschneidern und Sperrmunition. Dr. Walburg, Sam, Tannel – Enklave-Labor Sechs. Die Luftfeuchtigkeit wird Ihnen gefallen; sie sorgt dafür, dass die Kryoleitungen ehrlich bleiben.«

Gemeinsam betraten sie den Korridor. Das Summen des Turms verdreifachte sich in der Nähe der Sicherheitsaufzüge. Die Luft roch schwach nach ionisiertem Metall und Zitruslösungsmittel. Korrath ging einen Schritt hinter Tannel, die Haltung wachsam, Respekt im Widerstreit mit altem Ekel. Zeralleh beobachtete den Gang des Orbots – bedächtig, ohne Eile, präzise – und bemerkte die kleinste Neigung seines Kopfes in Richtung des Gartens unter ihnen.

Er war einst die Waffe gewesen, die Sterblichkeit optional machte. Jetzt war er hier, um zu helfen, die Geometrie zu schreiben, die jenen die Sterblichkeit zurückgeben würde, die sie vergessen hatten.

Ironie, zu Nützlichkeit geschärft, dachte sie.

Als sich die Aufzugtüren schlossen, murmelte Thalvek, fast zu sich selbst: »Vergifte die Basis, brich die Welt.«

Zeralleh antwortete, ohne aufzusehen. »Nein. Vergifte die Basis, gib ihnen eine Wahl.« Sie blickte zu Walburg. »Und stellen Sie sicher, dass wir die Werkzeuge haben, um mit beiden Antworten zu leben.«

Der Aufzug sank in Richtung des sicheren Flügels, kühle Luft sammelte sich um ihre Knöchel, die Zukunft verdichtete sich zu einem Plan.

Kapitel 16:
Aufklärung auf Shwani

27. November 2115
CNS *Bloodhawk*
Varkorion-System – Zodark-Territorium

Die *Bloodhawk* brach aus der Quantenleitungsbrücke in den feindlichen Raum hervor.

»Kontakt!«, hallte die Stimme von Lieutenant Liraen Voskei über die Brücke. »Zodark-Schlachtschiff, Peilung zwei-sieben-null. Reichweite – dreitausend Kilometer!«

Jeder Muskel auf der Brücke erstarrte. Dreitausend Kilometer – Nahkampfreichweite im Weltraum.

»Status der Tarnsysteme?«, fragte Captain Calvus Theruun. Seine Stimme blieb ruhig, doch seine Knöchel traten weiß hervor, als er sich an der Kommandoreling festhielt.

»Fahren gerade hoch.« Die Finger von Lieutenant Deyth Carruvin flogen über die Steuerkonsole. »Zehn Sekunden bis zur vollen Tarnung.«

Die Taktikanzeige leuchtete rot auf. Ein Zodark-Schlachtschiff, frisch aus seinem eigenen Sternentor-Transit, hing massiv vor den Sternen. Seine Sensorsysteme fuhren bereits aus und fächerten sich zu expandierenden Erfassungskegeln auf.

»Fünf Sekunden«, flüsterte Carruvin.

Die aktiven Sensoren des Feindes überfluteten ihre Position. Auf der Anzeige näherte sich die Erfassungswelle wie ein Licht-Tsunami.

»Drei … zwei …«

Theruun spürte, wie sein Herz ihm bis zum Hals schlug. Wenn diese Sensoren sie erfassten, bevor—

»Tarnung aktiv. Wir sind unsichtbar«, bestätigte Chief Petty Officer Selith Drayn von ihrer EloKa-Station.

Die Sensorwelle durchdrang sie. Die Brückenbesatzung hielt kollektiv den Atem an, während die Sensoren des Schlachtschiffs ihre Abtastung fortsetzten und nichts als leeren Raum fanden, wo die *Bloodhawk* regungslos verharrte.

Minuten krochen dahin. Das Zodark-Schiff passte seinen Kurs an. Sein massiver Rumpf glitt an ihnen vorbei tiefer ins System. Erst als es fünfzigtausend Kilometer erreicht hatte, atmete Theruun endlich aus.

»Schleichfahrt. Jetzt«, befahl er. »Carruvin, minimaler Schub. Schaffen Sie uns hier weg.«

Das Schiff schlich auf einem Flüstern von ionisiertem Gas vorwärts. Unter seinen Stiefeln spürte Theruun, wie der Reaktor in die Tarnkonfiguration herunterfuhr – die primäre Leistung wurde minimiert, die sekundären Gitter absorbierten jede Emission.

»Einsatz der PELS-Anordnung?«, fragte er, als sie Abstand gewonnen hatten.

»Bereit, Captain«, meldete Voskei, ihre Hände nun ruhiger. »Erlaubnis zum Pingen?«

»Gewährt. Nur ein Impuls.«

Der Impuls blitzte auf und erlosch. Daten strömten zurück.

»Unmittelbarer Raum frei. Keine weiteren Kontakte innerhalb von zwei Millionen Kilometern.«

Theruun nickte. »Shan, beginnen Sie mit der vollständigen Systemvermessung. Wenn in diesem System auch nur irgendetwas atmet, will ich davon wissen.«

»OSA fährt hoch«, Lieutenant Velora Shans Finger tanzten über ihre Konsole. »Gravitationskartierung eingeleitet. Quantensignaturen gehen ein.«

Neben ihr beugte sich Captain Lyrana Dovrek vor und studierte die herabstürzenden Datenströme. Als Admiral Korrath ihre Mission zur Sammlung von Informationen über das Zodark-Imperium umgelenkt hatte, hatte sich Dovrek freiwillig gemeldet, sie zu begleiten. Sie würden riesige Datenmengen sammeln, und eine leitende Analystin an Bord dürfte sich als unschätzbar erweisen. Theruun hatte sich anfangs dagegen gesträubt, dass ihm ein hohes Tier über die Schulter schaute, aber nachdem er Dovrek bei der Arbeit an der Seite von Shan in der Geheimdienst-Fusionszelle beobachtet hatte, musste er zugeben, dass sie ihren Wert bereits unter Beweis gestellt hatte.

Das Varkorion-System offenbarte sich Schicht für Schicht. Zwei bewohnbare Welten leuchteten grün-blau um einen gelb-weißen Stern. Orbitalplattformen umgaben beide Planeten – Schiffswerften, die in der thermischen Ansicht hell brannten, Baugerüste, die sich wie metallene Spinnennetze erstreckten.

»Verkehrsanalyse abgeschlossen«, meldete Voskei. »Handelskonvois, Kurierschiffe, Militärpatrouillen – starke Präsenz im gesamten System. Die Patrouillenmuster deuten darauf hin, dass … Captain, sie fliegen Suchraster.«

»Bestätigt«, fügte Shan hinzu. »Elektromagnetische Signaturen deuten auf aktive Scans entlang aller wichtigen Schifffahrtsrouten hin. Sie suchen nach etwas.«

»Oder jemandem«, knurrte Lieutenant Torvek Naalor von der Waffenstation. »Die Suite für elektronische Kriegsführung hält stand. Wir bleiben unentdeckt.«

Carruvin passte ihren Kurs um winzige Bruchteile an und ließ sie in den Sensorschatten eines Mondes gleiten. »Die militärische Zusammensetzung umfasst Fregatten, Kreuzer, mehrere Schlachtschiffe und …« Er hielt inne. »Bestätigt ein Raumträger im polaren Orbit um den zweiten Planeten.«

»Groff-Signaturen?«, fragte Theruun, obwohl er die Antwort ahnte.

Dovreks Miene verfinsterte sich, als sie ihre Taktikanzeige studierte. »Bestätigt. Abgefangene Übertragungen stimmen mit den Geheimdienstinformationen der Republik überein. Das hier ist ihr Nest.«

Die Schwere der Erkenntnis legte sich über die Brücke. Die Groff-Agenten waren Architekten der Angst, Meister der inneren Sicherheit der Zodark. Hier entdeckt zu werden, bedeutete mehr als den Tod. Es bedeutete Sezierung, Verhör, jedes Geheimnis der *Bloodhawk* und der Konföderation offengelegt.

»Geschätzte Schiffbaukapazität?«, fuhr Theruun fort.

»Basierend auf der thermischen Leistung und den Konstruktionssignaturen …«, Shans Stimme wurde leiser. »Dreißig Prozent der gesamten Zodark-Produktion. Mindestens. Dieses System ist eine Schmiede.«

Theruun studierte die Anzeige. Sie hatten das industrielle Herz des Feindes infiltriert und waren nur um Sekunden an seinen Wächtern vorbeigeschlüpft. Die Missionsparameter waren klar – aufklären, dokumentieren und überleben. Aber zu wissen, dass die Groff-Agenten von hier aus operierten, fügte Risikoschichten hinzu, die er nicht vollständig einkalkuliert hatte.

»Steuermann, bringen Sie uns tiefer hinein. Anflugvektor auf Shwani, maximale Tarnprotokolle.«

»Aye, Captain. Passe den Kurs an«, bestätigte Carruvin.

Die *Bloodhawk* schlich durch das Reich des Feindes vorwärts. Hinter ihnen setzte das Zodark-Schlachtschiff seine Patrouille fort, ohne von dem Geist zu wissen, der an seinen Sensoren vorbeigeglitten war. Vor ihnen wuchs Shwani auf ihren Anzeigen – eine Welt, umhüllt von Orbitalfestungen und Patrouillenrouten.

Minuten dehnten sich zu Stunden. Die Brückenbesatzung arbeitete in nahezu vollkommener Stille, jede Bewegung präzise, jeder Atemzug bemessen. Dies war die Kunst des Jägers – Geduld, aus der Notwendigkeit herausgeschliffen, Stille, aus dem Überlebenswillen geboren.

»Nähern uns dem Orbitalperimeter von Shwani«, verkündete Carruvin schließlich. »Halten auf maximaler passiver Sensorreichweite.«

Theruun beugte sich vor und studierte den Planeten, der ihre Hauptanzeige füllte. Irgendwo da unten lagen Informationen, die helfen könnten, diesen Krieg zu beenden. Sie mussten nur lange genug unsichtbar bleiben, um sie zu finden.

»Detailaufklärung einleiten«, befahl er. »Mal sehen, welche Geheimnisse die Groff-Stützpunkte verbergen.«
****

Die Aufklärungsmission entfaltete sich wie ein Albtraum, aus Metall und Stein gemeißelt.

»Captain, das müssen Sie sich ansehen.« In Voskeis Stimme schwang ein Hauch von Unglauben mit. »Das Verteidigungsnetz um Shwani … es ist mit keiner unserer Projektionen vergleichbar.«

Theruun trat näher an die Taktikanzeige, als sich die Daten auflösten. Massive Asteroiden hingen in präzise berechneten Orbits um den Planeten – keine natürlichen Formationen, sondern dort platzierte Festungen. Jeder einzelne strotzte nur so vor Waffenstellungen, die in ihrer thermischen Aufnahme heiß glühten.

»Die Analyse bestätigt Turbolaser-Batterien, Raketen und …« Naalor hielt inne und überprüfte seine Messwerte. »Plasma-Torpedowerfer. Dreifach redundante Zielerfassungs-Anordnungen auf jeder Plattform.«

»Wie viele Plattformen?«, fragte Theruun, obwohl er sie bereits auf der Anzeige vervielfachen sah.

»Siebenundvierzig Asteroidenfestungen in primären Verteidigungspositionen«, meldete Shan. »Weitere dreiundzwanzig in sekundären Ringen. Und das ist nur, was wir passiv erkennen können.«

Carruvin pfiff leise. »Sehen Sie sich diesen Planetoiden bei Gitterreferenz sieben-drei-neun an. Die gesamte Oberfläche wurde in … ist sie in eine Sternenjägerbasis umgewandelt worden?«

Die Anzeige zoomte heran und enthüllte einen kleinen Mond, der in eine Militäranlage verwandelt worden war. Starthangars übersäten seine Oberfläche wie eine Bienenwabe, dazwischen erstreckten sich Wartungsgerüste. Selbst während sie zusahen, tauchten Patrouillenschiffe in geübten Formationen auf und verschwanden wieder.

»Eine konservative Schätzung beziffert die Jägerkapazität auf dreitausend Einheiten«, bemerkte Dovrek, und ihr analytischer Verstand rechnete bereits. »Dies ist nicht nur verteidigt – es ist ein Festungssystem. Selbst eine vollständige Humtar-Kampfgruppe hätte hier zu kämpfen.«

Theruun nahm die Implikationen auf. Die Werften erstreckten sich über orbitale und planetare Anlagen, eine jahrhundertelange Infrastruktur, die zu einem industriellen Netz verwoben war. Fertigungsanlagen speisten Montagelinien, die wiederum Ausrüstungsdocks versorgten, die in endloser Prozession Kriegsschiffe vom Stapel ließen. Der Geheimdienst der Republik hatte die Bedeutung von Varkorion gewaltig unterschätzt.

»Dort.« Shan zeigte auf eine Struktur auf dem Hauptkontinent von Shwani. »Die elektromagnetische Signatur stimmt mit unserem Geheimdienstprofil für das Groff-Hauptquartier überein. Massiver Datendurchsatz, quantenverschlüsselte Kommunikation und …« Sie beugte sich vor. »Sie betreiben einen offenen Knotenpunkt. Wahrscheinlich für den lokalen planetaren Verkehr, aber—«

»Aber wir können durch die Hintertür schlüpfen«, beendete Drayn den Satz und arbeitete bereits an ihrer Konsole. »Geben Sie mir zehn Minuten, und ich habe uns in ihr Netzwerk gebracht.«

»Tun Sie es«, befahl Theruun. »Nur passive Infiltration. Wir können keine Entdeckung riskieren.«

Während Drayn ihre Magie der elektronischen Kampfführung wirkte, fand sich Theruun dabei wieder, an die Erprobung zu denken. Seine Vorthak-Beute hatte ihn stundenlang umkreist, getestet, sondiert, nach Schwächen gesucht, genauso wie sie jetzt die digitalen Verteidigungsanlagen der Groff umkreisten und nach diesem einen Moment der Verletzlichkeit suchten.

»Ich bin drin«, verkündete Drayn. »Ich leite uns durch ihren zivilen Verkehr, um unsere Anwesenheit zu verschleiern. Die Geheimdienst-Gruppe hat jetzt Zugriff.«

Shans und Dovreks Konsolen brachen unter Datenströmen von Akten, Kommunikationen und Personalunterlagen aus. Die Geheimnisse des Groff ergossen sich in kaskadierenden Wellen über ihre Bildschirme.

»Khalas der Leere«, hauchte Dovrek. »Sie haben Akten über jeden Kommandanten der Republik. Sie kennen ihren Feind besser, als die Republik sich selbst kennt.«

»Laden Sie mehr herunter«, befahl Theruun. »Holen Sie sich alles, was Sie kriegen können.«

Minuten vergingen in angespannter Stille, nur unterbrochen vom leisen Summen der Systeme und gelegentlichen Statusmeldungen. Dann richtete sich Dovrek auf, ihre Miene scharf.

»Captain, ich habe etwas gefunden. Es gibt ein verschlüsseltes Kommuniqué zwischen Direktor Vak'Atioth und seinem Laktish, Heltet.« Sie übertrug es auf die Hauptanzeige.

Theruun las den übersetzten Text, sein Puls beschleunigte sich. »Sie diskutieren über Zon Otros Führung. Das ist—«

»Eine Verschwörung«, beendete Shan den Satz. »Sie planen, seine Position als Zon des Hohen Rates anzufechten. Sehen Sie sich diese Passage an – sie führen seine ›Fehlschläge gegen die primitiven Menschen‹ als Rechtfertigung an.«

Theruuns Verstand raste durch die Möglichkeiten. Wenn sie diese Paranoia irgendwie schüren könnten, die bereits entstehenden Risse in der Führung der Zodark ausnutzen … vielleicht müsste die Republik das Militär der Zodark nicht besiegen, wenn das Imperium sich von innen heraus zerreißen würde.

»Laden Sie alles herunter, was mit dieser Verschwörung zu tun hat«, befahl er. »Gleichen Sie es ab mit—«

»Captain!« Voskeis scharfe Unterbrechung durchbrach seine Gedanken. »Start geortet von der Jägerbasis. Geschwaderstärke – zwölf Glaives, vierundzwanzig Vultures. Kurs … nein … sie nehmen Vektor auf unsere Position.«

Die Brücke erstarrte. Auf der Anzeige schwenkte die Jägerformation vom Planetoiden in einem Suchmuster aus, das sie gefährlich nahe an die Position der *Bloodhawk* bringen würde.

»Zeit bis zum Abfangen?« Theruuns Stimme blieb trotz des Eises in seinen Adern ruhig.

»Acht Minuten bei aktueller Geschwindigkeit«, meldete Carruvin.

»Sind wir entdeckt worden?«

»Unbekannt«, Drayn überprüfte ihre Instrumente. »Keine Zielerfassung, kein aktiver Sensorfokus. Könnte eine Routinepatrouille sein, oder ...«

Oder wir wurden entdeckt, dachte Theruun.

Die Informationen, die sie gesammelt hatten – Beweise für eine Verschwörung auf den höchsten Ebenen des Zodark-Kommandos – könnten alles verändern. Aber nur, wenn sie überlebten, um sie zu überbringen.

Theruun umklammerte die Kommandoreling. Die nächsten acht Minuten würden über ihr Schicksal entscheiden – ob sie das Unmögliche vollbringen oder sich zu den zahllosen Geistern gesellen würden, die die Sicherheit der Zodark herausgefordert und verloren hatten.

»Fahren Sie mit der Datensammlung fort«, befahl er leise. »Und bereiten Sie eine Notfallübertragung an die Enklave vor. Wenn sie uns gefunden haben, stirbt diese Information mit uns, es sei denn, wir handeln jetzt.«

»Köderdrohne starten. Jetzt!«, rief Theruun.

Die Unterseite der *Bloodhawk* öffnete sich lautlos. Eine schlanke Drohne fiel frei, ihre Antriebe zündeten in dem Moment, als sie den Rumpf verließ. Das Fluggerät schoss vorwärts und beschleunigte stark auf das ferne Sternentor zum Orinda-System zu.

»Drohne ist weg«, bestätigte Drayn. »Leite Täuschungsprotokoll ein in drei ... zwei ... eins ...«

Die Emissionen der Drohne schnellten plötzlich in die Höhe. Aktive Sensoren flammten auf und malten sie auf jedes Erfassungsraster im System. Ihre Signatur veränderte sich und sendete das unverkennbare elektromagnetische Muster einer altairischen Aufklärungsfregatte aus.

Die Reaktion war augenblicklich und heftig.

»Khalas!« Voskeis Augen weiteten sich. »Das gesamte System ist gerade aktiv geworden. Jede Plattform, jedes Schiff – sie sind alle scharf!«

Alarme schrillten über die Frequenzen der Zodark. Die sich nähernde Jagdstaffel änderte die Formation und die Nachbrenner flammten auf, als sie Kurs auf die fliehende Drohne nahmen. Hinter ihnen begannen Großkampfschiffe mit Notstarts. Ihre Reaktorsignaturen erblühten wie Miniatursonnen.

»Sie schlucken den Köder«, meldete Shan. »Schlachtschiffe verlassen den Orbit. Der Raumträger startet alles.«

»Steuermann, bringen Sie uns hier raus. Maximaler Tarnschub, entgegengesetzter Vektor«, befahl Theruun.

Carruvins Hände flogen über seine Konsole. Die *Bloodhawk* drehte sich um ihre Achse und schlich sich vom Chaos weg, jedes System fest verriegelt. Hinter ihnen brach das Varkorion-System in kontrolliertes Chaos aus. Suchmuster weiteten sich von der Flugbahn der Drohne aus. Aktive Sensoren durchkämmten den Raum in überlappenden Bögen.

»Entfernung von der vorherigen Position?«, fragte Theruun und beobachtete die Taktikanzeige.

»Achthunderttausend Kilometer … neunhundert … überschreiten eine Million«, meldete Carruvin.

»Weit genug. Alle Triebwerke stopp.« Theruun wandte sich an Dovrek. »Ist das Datenpaket bereit?«

»Komprimiert und verschlüsselt. Alles über die Verschwörung, die Infiltration des Groff-Netzwerks, die Verteidigungsanalysen – es ist alles hier.«

»Maschinenraum, bereiten Sie den Einsatz der Mikrobrücke vor. Minimale Öffnung, nur Impulsübertragung.«

»Aye, Captain«, knisterte die Stimme von Sergeant Major Oruk Marrin aus dem Maschinenraum. »Lade Brücken-Array. Zehn Sekunden.«

Die Sekunden krochen dahin. Auf der Anzeige schwärmten die Zodark-Streitkräfte wie wütende Hornissen auf das Orinda-Tor zu. Die Köderdrohne machte Ausweichmanöver und Haken und kaufte ihnen kostbare Zeit.

»Brücke bereit«, verkündete Marrin.

»Ausführen.«

Die Realität verdrehte sich. Für den Bruchteil einer Sekunde öffnete sich ein winziges Loch im Raum – kaum größer als eine Faust. Das Datenpaket schoss hindurch und raste über unmögliche Entfernungen auf New Eden zu. Die Brücke kollabierte augenblicklich und hinterließ keine Spur.

»Übertragung abgeschlossen«, bestätigte Drayn. »Die Enklave hat unsere Informationen.«

»Hervorragend.« Theruun erlaubte sich ein dünnes Lächeln. »Carruvin, nehmen Sie Kurs auf Tueblets. Sehen wir mal, welche anderen Geheimnisse das Zodark-Imperium verbirgt.«

»Kurs ist programmiert. Wurmloch-Brückensystem lädt für vollständigen Transit.«

Hinter ihnen brannte das Varkorion-System weiterhin vor Aktivität. Zodark-Streitkräfte jagten einem Feind nach, der nie existiert hatte, während die wirkliche Bedrohung sich darauf vorbereitete, ungesehen zu entkommen.

»Brückenbildung in fünf Sekunden«, meldete Marrin.

Die *Bloodhawk* richtete sich auf ihren Fluchtvektor aus. Der Raum bog sich um sie, die Realität dehnte sich wie Toffee. Das Wurmloch öffnete sich – eine perfekte Kugel aus verdrehter Raumzeit.

»Bringen Sie uns hindurch«, befahl Theruun.

Die Tarnfregatte glitt in die Brücke und verschwand, nur kosmische Hintergrundstrahlung und eine sehr wütende Zodark-Flotte zurücklassend. Ihre Mission in Varkorion war abgeschlossen. Tueblets wartete.

Kapitel 17:
Das Verschwörungs-Gambit

28. November 2115
Kommando-Enklave der Konföderation
New Eden

Lieutenant Neferis Kahlir hätte beinahe ihren Kaffee fallen lassen – eine Angewohnheit, die sie sich erst kürzlich zugelegt hatte, seit sie das verschlossene Sternentor durchquert hatten –, als der Quantenverschränkungs-Alarm die morgendliche Stille der Kommunikationszentrale durchbrach. Die Quantum-Nexus-Einrichtung der KEK arbeitete rund um die Uhr, aber Mikro-Burst-Übertragungen von Tiefenaufklärungsmissionen waren selten genug, um ihren Puls in die Höhe zu treiben.

»Ursprungssignatur?«, rief sie ihrem Nachtschicht-Team zu.

»Bestätigt, *Bloodhawk*, Authentifizierungscodes sind gültig«, antwortete Optio Therin. »Datenpaket kommt rein … Khalas, das hat die höchste Geheimhaltungsstufe.«

Kahlirs Finger flogen über ihre Konsole und leiteten die Entschlüsselungsprotokolle ein. Als die ersten Dateien entschlüsselt waren, stockte ihr der Atem. »Holen Sie mir Admiral Korrath. Priorität Eins.«

Innerhalb von Minuten herrschte im Lagezentrum rege Betriebsamkeit. Holografische Anzeigen zeigten Datenkaskaden – taktische Bewertungen, Systemkarten und abgefangene Signale. Captain Zalira Namtar traf als Erste ein, und ihre strategischen Instinkte zogen sie sofort zur Systemanalyse.

»Wow«, hauchte Namtar, während sie die ersten Scans studierte. »Sehen Sie sich diese industriellen Messwerte an.«

Die Tür zischte auf. Admiral Veydris Korrath kam herein, noch in seiner Sparring-Ausrüstung – seine gepolsterte Weste war schweißdunkel. Hinter ihm tupfte Konteradmiral Selvarn Ithis mit einem Trainingshandtuch eine Schnittwunde über seinem Auge ab, das Ergebnis ihrer morgendlichen Kampfübung. Captain Tammuz Marduk folgte. Sein Trainingsanzug war durchnässt, und er rang von einer wohl anstrengenden Runde noch immer nach Luft.

»Das sollte aber besser wichtig sein. Sie haben uns mitten beim Sport erwischt«, kommentierte Korrath, als er den Raum betrat und eine Schulter kreisen ließ, die einen Wurf zu viel abbekommen hatte. »Geben Sie uns Ihren Bericht.«

Kahlir übertrug die wichtigsten Ergebnisse auf das Briefing-Hologramm. »Sir, die *Bloodhawk* ist erfolgreich in das Varkorion-System eingedrungen. Sie haben kritische Informationen per Mikro-Burst übermittelt.«

Das erste Bild materialisierte sich – eine dreidimensionale Darstellung der Verteidigungsanlagen von Varkorion. Der Raum wurde still, als sie erfassten, was sie sahen.

»Wow, sehen Sie sich das an. Das sind keine natürlichen Asteroidenformationen«, bemerkte Ithis mit angespannter Stimme. »Das ist clever. Sie haben diese Asteroiden neu positioniert und zu Festungen umgebaut.«

»Ja, so sieht es aus. Dieser erste Bericht hat 47 primäre Plattformen identifiziert und weitere 23 sekundäre Asteroiden hier entlang dieser tertiären Linie«, bestätigte Kahlir. »Die Analyse der Plattformen hat ergeben, dass die Bewaffnung aus Turbolaserbatterien, Raketen und Plasmatorpedowerfern besteht. Aber das hier, das ist ein richtiges Ungetüm.«

Das Display zoomte auf ein massives Objekt in der Nähe von Shwani. »Sie haben hier einen ganzen Planetoiden in eine Verteidigungsstellung geschleppt – Gott weiß, wie lange das schon her ist, aber es ist klar, dass das nicht erst kürzlich geschehen ist. Eine vorläufige Analyse der Anlage deutet darauf hin, dass sie wahrscheinlich eine Startkapazität für über tausend Raumjäger und wahrscheinlich auch eine Mischung aus Bombern hat.«

»Verdammt!«, hauchte Marduk. »Selbst eine *unserer* Kampfgruppen hätte Schwierigkeiten gegen eine kombinierte Flotte, die von so einem planetaren Verteidigungsnetz unterstützt wird.«

»Nun, wenn Sie dachten, das Verteidigungsnetz, das diesen Zodark-Planeten schützt, sei beeindruckend, warten Sie erst, bis Sie von seiner industriellen Kapazität erfahren«, warf Namtar ein und manipulierte die Anzeige. »Das Analyseteam der *Bloodhawk* hat eine beeindruckende industrielle Bewertung zusammengestellt. Sie haben die Werftkapazität im gesamten System untersucht ... die thermischen Signaturen der Fabriken ...«

Korrath beugte sich vor. »Beeindruckend – geben Sie mir einfach Zahlen.«

»Theruuns Leute werten die Systeme Tueblets und Zinconia noch aus, aber konservative Schätzungen gehen davon aus, dass dieses System etwa dreißig Prozent der gesamten Kriegsschiffproduktion der Zodark ausmacht. Dieses System ist nicht nur eine Festung und die Heimat ihres Nachrichten- und Überwachungsapparats, es ist eine entscheidende Schmiede, die ihre gesamte Kriegsmaschinerie speist.«

Das Gewicht dieser Erkenntnis legte sich über sie. Sie wussten, dass die Nachrichtendienste der Altairianer und der Republik angedeutet hatten, Varkorion sei wichtig. Jetzt verstanden sie, *wie* wichtig.

»Ich weiß, dass die *Shadowfang*-Klasse ISR-Fregatten darstellt, aber wie hat Theruuns Team es geschafft, so eine detaillierte Aufschlüsselung sowohl des Systems als auch all der anderen Dinge zu bekommen, die sie gerade gesendet haben?«, fragte Ithis mit echter Überraschung.

Kahlirs Gesichtsausdruck wandelte sich zu etwas zwischen Bewunderung und Unglauben. »Sir, die gleiche Frage habe ich mir auch gestellt, als wir nach Ihnen geschickt haben. Wie sich herausstellt, haben sie das System anscheinend nicht nur gescannt. Captain Dovrek ist für diese Mission vorübergehend an Bord der *Bloodhawk*. Ich weiß nicht, wie ihr Team das geschafft hat, aber ihr Fusionsteam hat sich in das Netzwerk des Groff-Hauptquartiers gehackt.«

»Moment mal – sie haben was?«, fragte Korrath mit scharfer Stimme.

»Sie haben es gehackt. Vollständige Netzwerkinfiltration. Elektronische Kommunikation, Fallakten, Geheimdienstberichte – Terabytes an Daten. Es ist ein gewaltiger nachrichtendienstlicher Erfolg.«

»Wow, okay. Zeigen Sie es mir«, befahl Korrath.

Die Anzeigen wechselten zu scrollenden Datenströmen – Groff-Einsatzakten, Agentenberichte, Überwachungsprotokolle. Das schiere Volumen war überwältigend.

»Mein Team wertet die Daten noch aus, aber wir haben bereits einige entscheidende Funde gemacht«, erklärte Kahlir. »Erstens haben wir detaillierte Akten über jeden Militärkommandanten der Republik entdeckt: psychologische Profile, Einsatzhistorien, vorhergesagte

Reaktionen auf verschiedene Szenarien. Der Detailgrad hier übersteigt bei Weitem das, was ich erwartet hätte.«

»Wow, mit *solchen* Informationen können sie ihre Strategien mit einer viel höheren Genauigkeit anpassen«, bemerkte Marduk düster.

»Moment.« Namtar hob eine Hand und starrte auf eine bestimmte Akte. »Rufen Sie diesen Kommunikationsstrang auf. Den mit der Markierung ›Vak'Atioth – Verschlüsselungsstufe Neun‹.«

Kahlir isolierte die Datei. Als die Übersetzung erschien, wurde es sehr still im Raum.

»Ist das authentifiziert?«, fragte Korrath leise.

»Direkt von ihren Servern. Direktor Vak'Atioth in Kommunikation mit seinem Laktish, Heltet und« – Kahlir hob die Namen hervor – »Vertretern der Clans Shwani, Dralkeg und Rithak.«

Der Inhalt des Stranges war unmissverständlich. In den Nachrichten wurden Zon Otros Versäumnisse diskutiert und seine Führungsqualitäten infrage gestellt. Es gab nicht ganz so subtile Andeutungen, dass eine neue Führung nötig sein könnte.

»Sie wissen, wie das aussieht? Wie ein Putsch«, sagte Ithis trocken.

»Oder zumindest ziehen sie einen in Erwägung«, korrigierte Namtar. »Sehen Sie sich die Wortwahl an. Sie testen Loyalitäten, klopfen Unterstützung ab. Klassisches Verhalten vor einem Putsch.«

Korrath schwieg und verarbeitete die Informationen. Seine Gedanken wanderten zu seinem jüngsten Treffen mit Statthalter Hunt; er dachte an den Wunsch der Republik, einen Weg zu finden, die Führung der Zodark zu enthaupten und ihre Regierung von innen heraus zum Einsturz zu bringen oder sie zumindest vor Beginn der nächsten Kampagne erheblich zu schwächen. Diese Verschwörung könnte ihnen eine Gelegenheit bieten, die sie ausnutzen konnten.

»Es gibt noch etwas«, sagte Kahlir leise. »Etwas, das unser OSA aufgeschnappt hat und das in keinen offiziellen Aufzeichnungen auftaucht.«

Die Anzeige wechselte zu einem abgelegenen Sektor des Varkorion-Systems, kaum sichtbar vor dem kosmischen Hintergrund, wo eine Ansammmlung von Messwerten erschien.

»Hitzesignaturen … eine ganze Menge. Ungefähr achtzig Schiffe. Aber, Sir …« Kahlir hielt inne. »Diese sind nicht bei der Malvari registriert. Es gibt keine Flottenbezeichnungen, keine

Besatzungszuweisungen. Es scheint fast so, als würde dieser Groff-Geheimdienst seine eigene versteckte Armada aufbauen.«

»Interessant – die Groff-Agenten bauen ihre eigene Flotte auf«, stellte Korrath fest. Es war keine Frage.

»So scheint es. Anstatt die Malvari zu verstärken, wie sie es sollten, leiten sie Ressourcen um und erschaffen eine Privatmarine, die nur dem Groff untersteht.«

Die Implikationen schossen Korrath durch den Kopf. Ein Sicherheitsapparat baute seine eigene Streitmacht auf. Die Führung stellte die Regierung infrage. Geheime Flotten wurden vor der offiziellen Aufsicht verborgen. Das Zodark-Imperium stand nicht nur unter äußerem Druck – es verrottete von innen heraus.

»Diese neu gewonnenen Informationen – wie könnten wir Ihrer Meinung nach der Republik helfen, sie auszunutzen?«, fragte er seine Stabsoffiziere.

Namtar sprach als Erste. »Das ist eine interessante Frage. Nach früheren Berichten, die der republikanische Geheimdienst mit uns geteilt hat, ist die Zodark-Gesellschaft, obwohl sie sehr auf Stämme und Clans basiert, paranoid, was die Sicherheit angeht. Deshalb wird diese Gruppe, der Groff, gefürchtet und verhasst. Wenn wir das ausnutzen wollen, könnten wir mit Statthalter Hunt sprechen und herausfinden, was er davon hält.«

»Wir sollten definitiv mit dem Statthalter über diese Entdeckung sprechen«, stimmte Marduk zu. »Die Tatsache, dass dieser Groff-Geheimdienst eine separate Flotte aufbaut, ist besorgniserregend. Sobald die *Bloodhawk* von ihrer Mission zurückkehrt, werden wir alle Daten haben, die wir benötigen, um die Kampagnen zur Beendigung dieses Krieges abzuschließen.«

»Ich stimme zu. Wir sollten mit dem Statthalter sprechen und unsere Erkenntnisse teilen«, sagte Ithis. »Vielleicht können wir diese Paranoia ausnutzen, während wir strategisch wichtige Ziele angreifen, wie Industrieanlagen, die am Bau von Reaktoren für ihre Kriegsschiffe beteiligt sind, Gasgewinnungs- und Bergbauoperationen – Angriffe, die sie dazu bringen, aneinander und an der Fähigkeit der Malvari, ihre Grenzen zu schützen, zu zweifeln. Solche Dinge könnten diesen Zon Otro in den Augen seines Volkes schwach aussehen lassen.«

Korrath nickte langsam. »Hmm … was würden Sie vorschlagen, Ithis?«

»Ich würde dem Statthalter empfehlen, dass wir einen Versorgungskonvoi überfallen oder eine Raffinerie angreifen – Dinge, die wir schnell zerstören können, um dann wieder zu verschwinden. Ich stimme zu, dass es diesen Zodark-Mavkah, den Kopf ihres Militärs, inkompetent aussehen lassen würde. Wenn er als unfähig dargestellt wird, lässt das den Zon, der ihn ernannt hat, noch nutzloser erscheinen, was die Verachtung zwischen dem Groff und dem Hohen Rat weiter anheizt«, erklärte Ithis.

Der Raum wurde still, während sie die Möglichkeiten abwogen. Korrath wusste, dass die Republik den Vertrag bald unterzeichnen würde. Sobald er unterzeichnet war, würden ihm mehr militärische Optionen zur Verfügung stehen. Da die Republik dann formell Teil der Humtar-Konföderation wäre, würde dieser Krieg ebenso der Krieg der Humtar wie derjenige der Republik sein, was ihm eine wesentlich freiere Hand bei der Bewältigung geben würde.

»Wo ist die *Bloodhawk*?«, fragte Korrath Kahlir.

»Sir, die *Bloodhawk* ist wahrscheinlich planmäßig zu den Systemen Tueblets und Zinconia weitergeflogen. Soll ich sie zurückbeordern lassen?«, bot Kahlir an.

»Nein. Lassen Sie sie ihre Erkundung beenden. Ich muss mich mit dem Statthalter beraten.« Korrath wandte sich an den Rest seines Stabes. »Ich will eine vollständige Analyse von allem, was wir erhalten haben. Ithis, stellen Sie eine Liste von Kriegsschiffen zusammen, aus denen Sie eine Einsatzgruppe bilden würden, um die Republik in der kommenden Kampagne zu unterstützen. Wir werden ihnen helfen, die Zodark zu besiegen, damit wir sie auf den Kampf gegen das Kollektiv vorbereiten können. Marduk, für den unwahrscheinlichen Fall, dass diese nächste Kampagne ein Bodenstreitkräfte-Kontingent umfasst, überlegen Sie, welche Art von Bodentruppen Sie zur Unterstützung der Republik benötigen könnten. Prüfen Sie, ob es sinnvoller wäre, sie mit unseren Waffen auszustatten oder einfach unsere eigenen Kräfte an ihrer Seite einzusetzen. Namtar, lassen Sie Ihre Leute mit Konteradmiral Ithis und Captain Marduk zusammenarbeiten, um festzustellen, welche Art von Unterstützungsflotte und logistischer Unterstützung jede ihrer Streitkräfte benötigen wird. Ich will diese Berichte bis Ende der Woche zur Überprüfung vorliegen haben. Wegtreten.«

Als Korrath den Raum verließ, hoffte er, dass sein Volk die richtige Entscheidung getroffen hatte, wieder aus seiner Isolation herauszutreten. Die jüngste Entdeckung des Kollektivs und dieses Arc-Nets, das es gebaut hatte, beunruhigte ihn. Sein Volk war in seinem ersten Krieg mit dem Kollektiv beinahe vernichtet worden. Die Geschichte neigte dazu, sich zu wiederholen, und dies war eine Verkettung von Ereignissen, deren Wiederholung er unbedingt vermeiden wollte.

Kapitel 18:
Versteck

Garka, Moraga
Orinda-System

David überprüfte ein letztes Mal seine Ausrüstung. Er war einsatzbereit. Ein kurzer Blick auf den Rest seines Teams bestätigte ihm, dass auch sie bereit waren, loszulegen.

Da Dumuzi Enmeana aus dem Weg geräumt worden war, hatten die Aufständischen niemanden mehr, der sie vor möglichen Razzien warnen konnte, weshalb Drews nächster Auftrag für die Drachen darin bestand, das Bombenbastler-Team auf Moraga auszuschalten.

Es war 02:00 Uhr und David und sein Team hatten sich vor einer Gasse in der Nähe der Wohnung der Bombenbauer aufgestellt. Ein Team der Gurista-Spezialeinheiten und ein Team der Delta-Spezialeinheiten der Republik hielten sich bereit, falls sie gebraucht würden, aber die Drachen gingen nicht davon aus, die Verstärkung zu benötigen.

David nickte dem Anführer des lokalen Teams zu, der voll ausgerüstet war und seine Waffe im Anschlag hielt. Der Mann machte eine Handbewegung in Richtung des Eingangs und signalisierte, dass sie loslegen konnten.

Leise näherte sich sein Team dem Eingang. Somchai nutzte seine technische Expertise am Schloss und knackte es lautlos.

Sie betraten die Wohnung, ohne ein Geräusch zu machen, die Waffen im Anschlag und die Nachtsicht auf ihren HUDs aktiviert. Nachdem sie den ersten Raum gesichert hatten, fragte David den Status ab.

»Gasmasken auf?«, fragte er.

Einer nach dem anderen bestätigten sie, dass sie für die nächste Phase der Mission bereit waren. David nahm den Behälter mit dem Schlafgas, zog den Stift und rollte ihn leise den Flur entlang in Richtung der Schlafzimmer. Sie wollten nicht, dass jemand plötzlich aufwachte.

Sie warteten zwei Minuten – die maximale Zeit, die das Gas brauchte, um sich in einer Wohnung dieser Größe zu verteilen – und gingen leise den Flur entlang.

Einer nach dem anderen scannten sie die Gesichter ihrer schlafenden Verdächtigen und glichen die Gesichtserkennung mit den bekannten Mitgliedern der Bombenbastler-Zelle ab. Sobald eine Person identifiziert war, schaltete einer der Drachen sie mit einem Autoinjektor aus.

»Du kannst keine unschuldigen Zivilisten mehr ermorden«, dachte David.

Nachdem sie die leise, aber tödliche Aufgabe erledigt hatten, übergaben die Drachen den Ort zur nachrichtendienstlichen Auswertung an die lokalen Teams vor Ort. Falls es in der Gegend noch weitere verbundene Zellen gab, würden sie gefunden und zur Rechenschaft gezogen werden.

****

Später am selben Tag

Nachdem sie sich alle bei Drew gemeldet hatten, legten die Drachen sich für ein Nickerchen hin und wurden vom Geruch von Somchais Kochkünsten geweckt. Ihr Lebensstil war ein seltsames Gemisch: Hochspannung traf auf langes Warten und Isolation. Es war gut, dass sie sich alle zu verstehen schienen.

»Was hast du heute Morgen für uns, Somchai?«, fragte Jess, trat von hinten an ihn heran und umarmte ihn.

»Ich habe thailändische Reissuppe und thailändische Omeletts zur Auswahl«, antwortete er.

»Klingt köstlich.«

Catalina kam herein. »Mir läuft das Wasser im Mund zusammen. Danke fürs Frühstück, Somchai.«

David schlenderte herein und nahm sich einen Teller. »Danke, Mann.«

Als Amir den Raum betrat, verlor er keine Zeit. »Also, David, gibt es was Neues von Drew?«

David hatte sich gerade einen riesigen Bissen in den Mund geschoben und kicherte unbehaglich, während er kauen musste, bevor er die Frage beantworten konnte.

»Moment, Amir. Ich habe noch nicht mal meinen Kaffee getrunken, aber wenn du mir eine Sekunde gibst, schaue ich nach.«

David holte sein Datenpad hervor und wartete darauf, dass ein aktualisiertes, verschlüsseltes Datenpaket heruntergeladen wurde. »Also, wollt ihr die gute Nachricht hören?«

»Lass hören«, antwortete Catalina.

»Wir kommen endlich aus diesem Loch raus«, erwiderte er.

»Wohin geht's als Nächstes?«, fragte Somchai.

»Also, ich hoffe, ihr mögt alle Bäume«, sagte David. »Wir fliegen nämlich ins Valencia-System, auf den Planeten Tanian.«

Eine seltsame Stille hing in der Luft. Schließlich brach Jess die Spannung. »Ich muss über diesen Ort mal recherchieren«, sagte sie. »Wortwörtlich das Einzige, was ich über den Ort weiß, ist, dass er viele Bäume hat.«

Sie lachten alle leise und stellten fest, dass sie dasselbe gedacht hatten. »Ja, ich schätze, das ist auch alles, was ich weiß«, gab David zu.

»Vielleicht haben wir zwischen unseren Missionen ein bisschen mehr Zeit für eine Runde Poker«, sagte Amir.

Sie stöhnten alle auf. »Amir, ich bin nicht sicher, ob wir noch Geld übrig haben, das wir dir geben können, Bruder«, sagte Somchai.

Amir kicherte. »Einen Versuch war's wert.«

2. Dezember 2115 – Nachmittag
Private Residenz des Kanzlers
New Cambria, New Eden

Die Glaswände der Residenz des Kanzlers fingen das Nachmittagslicht ein und verteilten es in gedämpften Goldtönen im Büro. Dahinter reckte sich die Skyline von New Cambria wie eine lebende Maschine empor. Gemischt genutzte Türme ragten mit geometrischer Präzision und Schönheit anmutig in den Himmel – sechzig, hundert, sogar einhundertachtzig Stockwerke hoch. Verflochten mit den Stahl- und Glasgerüsten der glänzenden Türme waren die städtischen Schwebebahnen, die in Intervallen von zwanzig Stockwerken lautlos zwischen ihnen dahinglitten. Die Stadt war noch jung und Zehntausende von Bau-Synths setzten den Bau und die Erweiterung von New Cambria fort – ein Projekt, das noch Jahrzehnte von seiner Fertigstellung entfernt war.

Von seinem Schreibtisch aus konnte Aimes Morgan die Pendlerbahnen sehen, wie sie auf ihren erhöhten Gleisen dahinglitten, eine über der anderen in eleganten Ebenen, und jede beförderte Hunderte von Menschen zwischen den miteinander verbundenen Türmen. Zu ebener Erde milderten gepflegte Gärten und gewundene Bäche die Ecken und Kanten des Regierungsviertels ab. Die Parks waren bewusst so angelegt worden, um sowohl die Führungskräfte als auch die Bürger daran zu erinnern, dass Fortschritt nicht zwangsläufig Schönheit auslöschen musste – beides konnte zu etwas Unglaublichem verschmelzen.

Versteckt unter der Oberfläche von New Cambria, unterhalb der Parks, lag eine verborgene Welt von U-Bahnen – eine für Menschen, eine für die unsichtbaren Lasten einer Metropole: Fracht, Abfall und Materialien wurden alle unterirdisch transportiert. Aus den Augen, aus dem Sinn. Es war die Zukunft, in Beton, Stahl und Grünflächen gegossen, eine Hauptstadt, die in gleichem Maße von Widerstandsfähigkeit und Ehrgeiz zeugte.

Morgan ließ seinen Blick auf das sechs mal sechs Blöcke großen Muster verweilen, das das Herz von New Cambria ausmachte. Es war nicht Emerald City, auch nicht die Wiege der alten Erde, aber es war ihre Stadt – geplant, sicher und, nach Sols Zerstörung, notwendig. Sie war zum schlagenden Herzen der Republik geworden. Jedes Jahr wuchs sie. Neue Teile der Stadt wurden fertiggestellt, neue Abschnitte begonnen. Mit der Zeit würde sie zu einer der geplanten Megastädte von New Eden heranwachsen. Vorerst fungierte sie als provisorische Hauptstadt der Republik.

Genau in diesem Moment ertönte ein leiser Gong, der seine Gedanken in das Hier und Jetzt zurückholte. Er drehte sich um und sah, wie sein Verwalter durch die Tür trat und sich mit professioneller Zurückhaltung leicht verbeugte.

»Entschuldigen Sie, Herr Kanzler. Der Statthalter, Miles Hunt, ist eingetroffen.«

Morgan atmete tief ein und glättete die Falte seines Sakkos, als er sich von seinem Schreibtisch erhob. Seit ihrer Wiedervereinigung mit den Humtars war ihm klar gewesen, dass irgendwann eine Art Abkommen zwischen ihren Völkern unterzeichnet werden würde. Morgen war dieser Tag. Sie würden ein formelles Abkommen unterzeichnen, das ihre Isolation zugunsten von Verwandtschaft beendete, vielleicht Souveränität gegen Überleben eintauschte. Aber heute, an diesem ruhigen Nachmittag, würde Aimes die Entschlossenheit des Mannes messen, der das Schicksal der Republik in seinen uniformierten Händen hielt.

****

Statthalter Miles Hunt betrat den Raum und begrüßte Kanzler Morgan, bevor die beiden in der Nähe der raumhohen Fenster mit Blick auf die Parks rund um die Residenz Platz nahmen. In der Ferne, einen Kilometer entfernt, wich das Grün des Parks der aufstrebenden Skyline der wachsenden Stadt. Hunt mochte die Aussicht. Insgeheim war dies einer der Gründe, warum er versuchte, sich in der Residenz des Kanzlers zu treffen anstatt in seiner eigenen in Alliance City.

»Miles, danke, dass Sie heute gekommen sind. Ich weiß, die formelle Zeremonie ist erst morgen, aber ich dachte, wir sollten uns ein letztes Mal treffen, bevor der Vertrag unterzeichnet wird«, begann Kanzler Morgan. »Ich merke, dass Sie sich damit immer noch ein wenig unwohl fühlen.«

Hunts Kiefer spannte sich an, während er seine Antwort abwog. »Ich habe immer noch die gleichen Bedenken, über die wir schon gesprochen haben. Es gibt immer noch mehr ›unbekannte Unbekannte‹ als ›bekannte Bekannte‹ bei der Humtar-Konföderation.« Seine Gedanken kreisten immer noch darum, was Captain Dovrek gemeint hatte, als sie sagte: »Wenn unsere Flotten ankommen.«

Erst bei ihrem dritten Treffen mit den Humtars hatten sie begonnen, mehr darüber preiszugeben, wer sie waren – die Regierungsform, unter der sie lebten, und wie sie sich nannten: die »Humtar-Konföderation«. Hunt hätte zwar nicht überrascht sein sollen, als er von der Größe ihres Territoriums erfuhr, aber er war dennoch erstaunt gewesen, als er entdeckte, dass sie sich trotz ihres Verschwindens aus ihren ursprünglichen Regionen in den Jahrtausenden seit ihrem Rückzug stark ausgebreitet hatten.

Sie regierten sich selbst in einer Konföderation von Konstellationen in einer völlig neuen Galaxie. Ihre Zahl war gewachsen, während sie sich über die Sterne ausbreiteten, expandierten und beim Neuanfang ein neues Imperium aufbauten. Die Humtar-Konföderation hatte sich auf siebenundsechzig Systeme ausgedehnt – einhundertsechzig Kolonien. Mit einer Bevölkerung von achthundertsiebzig Milliarden Menschen war ihre Gesellschaft immens.

»Da stimme ich Ihnen zu, und ich teile diese Bedenken«, erwiderte Morgan, musterte ihn einen Moment lang, bevor er fortfuhr. »Miles, Sie tragen das Gewicht der Republik nun schon eine ganze Weile auf Ihren Schultern. Sie haben die Menschheit durch die Feuerprobe des Krieges geführt. Aber ein Feuer kann nicht ewig brennen, und Sie können diese Last nicht auf unbestimmte Zeit allein tragen.«

»Ich will nicht behaupten, dass ich den Druck verstehe, unter dem Sie stehen, Miles«, teilte Morgan mit. »Als Kanzler gilt meine Sorge weiterhin unserem Volk, seiner Sicherheit und seiner Zukunft. Trotz der Unbekannten bietet die morgige Unterzeichnung dieses Abkommens mit der Humtar-Konföderation unserem Volk höchstwahrscheinlich einen Schild, den wir dringend brauchen. Ich fürchte, wenn wir zögern und dieses Angebot, das sie uns unterbreitet haben, nicht annehmen, riskieren wir, die Republik in diesem Krieg mit den Zodarks ausbluten zu lassen, und im Konflikt gegen das Kollektiv, gegen das wir noch gar nicht gekämpft haben.«

Hunt seufzte, bevor er antwortete. »Ich widerspreche Ihnen nicht, Aimes. Und Sie sorgen sich zu Recht um die Sicherheit der Menschheit und der Republik. Von meiner Position aus ist Sicherheit nur die halbe Frage. Das Gleichgewicht ist die andere. Als wir den Zodarks zum ersten Mal begegneten, waren es die Altairianer, die uns zur Hilfe kamen. Nicht lange danach sahen die Gallentiner etwas in uns und hoben unseren Status an. Ihr Imperator vertraute uns, vertraute mir an, die Position des Statthalters von den Altairianern zu übernehmen, um das Mandat zu verfolgen, das sie nicht erfüllen konnten. Es ist nicht so, dass ich dagegen bin, unser Volk mit den Humtars zu verbinden. Ich mache mir Sorgen, dass die Gallentiner es als Verrat ansehen könnten.«

Morgan beugte sich vor, seine Stimme war von Überzeugung geprägt. »Und die Alternative ...? Erinnern Sie sich an das Gefühl kurz nachdem die Zodarks die Erde verwüstet hatten – der Imperator hätte die Position des Statthalters möglicherweise wieder an die Altairianer vergeben können? Wir hätten wieder zu altairianischem Kanonenfutter werden können, hätten wir nicht das Tor zu den Humtars entdeckt.«

»Miles, diese Humtars sind keine Fremden – sie sind unser Blut. Sie sehen uns als Cousins, Nachkommen derselben Linie. Nennen Sie mich altmodisch, aber ich kann nicht glauben, dass sie zulassen würden, dass uns nach der Wiedervereinigung etwas zustößt. Denken Sie daran, als die Gallentiner uns drängten, die Pharaonis und dann die Orbots anzugreifen. Es waren die Humtars, die nicht zögerten, Kriegsschiffe zur Verteidigung unseres Territoriums zu entsenden, während unsere Flotten an mehreren Fronten kämpften. Sie sind ein Risiko eingegangen, als sie in unsere Galaxie zurückkehrten, um an unseren Grenzen Wache zu halten. Das nenne ich Absicht, ein Beweis dafür, dass sie es ernst meinen, wenn sie uns sagen, dass wir Familie sind.«

Hunt atmete langsam aus, sein Blick schweifte zur Skyline jenseits des Fensters des Kanzlers. Die Türme fingen das Licht genau richtig ein und ließen die Gebäude vor den Schwebebahnen, die in synchronisierter Ordnung zwischen ihnen dahinglitten, aufleuchten. *Eine wunderschön effiziente, geordnete Stadt. Genau wie die Humtars.*

»Sie haben recht, Aimes, mein alter Freund«, sagte Hunt schließlich. »Manchmal muss ich eine andere Stimme hören – eine andere Meinung, der ich vertrauen kann. Wir kennen uns schon ewig, seit den Tagen, als ich die *Rook* kommandierte und wir gerade diesen

Planeten und diese blauen Teufel entdeckt hatten«, teilte er die alte Erinnerung.

»Es gibt Zeiten, da beneide ich Sie, Aimes. Die Bedürfnisse der Allianz gegen die Bedürfnisse einzelner Mitglieder abzuwägen ist, gelinde gesagt, eine Herausforderung. Ich befinde mich in einer schwierigen Lage. Meine Loyalität gilt der Republik, unserer Spezies.« Hunt sprach sanft und wog jedes Wort ab. »Einerseits ist es meine Pflicht, ihr Angebot gegen das Vertrauen und die Loyalität abzuwägen, die Imperator Tibus SuVee mir – uns – gezeigt hat. Mich anstelle von König Grigdolly zum Statthalter zu ernennen, war keine leichte Entscheidung, und auch keine ohne Konsequenzen.«

»Konsequenzen – puh. Mir waren keine bekannt. Wusste Kanzlerin Luca davon?«, forschte Morgan nach.

Hunt schüttelte den Kopf. »Nein. Ich habe es für mich behalten. Es war nichts, was sie hätte ändern können, also warum sie damit belasten? In Wahrheit waren es eher gekränkte Egos und Statusverlust. Ein paar altairianische Werften und Industriezentren beschlossen, bei der Lieferung von Kriegsschiffen oder der Unterstützung einiger Operationen der Tully und Ry'lians etwas langsamer zu werden. Es hat sich schließlich geklärt, aber es war eine subtile Erinnerung daran, wer immer noch die wirkliche Macht ausübte und wer nur einen Titel innehatte.«

»Autsch. Ja, eine gute Entscheidung, das Luca nicht zu erzählen. Sie hätte beim altairianischen Botschafter deswegen Stunk gemacht«, lachte Morgan.

»Und deshalb habe ich es ihr nicht gesagt.« Hunt grinste. »Aber Spaß beiseite, der Imperator hat mir – und der Republik – anvertraut, die Allianz in diesem Krieg zum Sieg zu führen. Die Gallentiner haben ihre Bedenken bezüglich des Kollektivs und der Legion geäußert. Verdammt, wir hatten sogar eine kurze Begegnung mit der Legion im Orbot-Raum. Für unsere Schiffe ist es auch nicht gerade gut ausgegangen.«

»Sobald wir morgen diesen Vertrag unterzeichnen, plane ich, die Humtars um Hilfe bei der Beendigung dieses Krieges zu bitten. Wenn wir ihrer Konföderation beitreten, bedeutet das auch, dass sie unserem Krieg beitreten. Ich hoffe, sie verstehen das. Sie tragen die Verantwortung, bei der Niederringung des Kollektivs zu helfen, für dessen Entstehung sie zumindest teilweise verantwortlich waren.«

Morgan nickte verständnisvoll. Er konnte die Anspannung in Hunts Stimme hören, den Stress in seinem Gesicht erkennen. Es war ein seltener Moment ehrlicher Verletzlichkeit – als die Maske des Statthalters dem Mann wich, der das Gewicht des Titels trug.

»Sie tragen die Last einer Allianz auf Ihrenn Schultern, Miles«, sagte Morgan. »Nachdem wir den Vertrag unterzeichnet haben, sollten wir auf ihre Hilfe bei der Beendigung dieses Krieges bestehen. Wenn unsere Völker wieder zueinanderfinden, die Kluft von Jahrtausenden überbrücken sollen, muss das Morden aufhören. Der Frieden muss wiederhergestellt werden.«

»Aber genug geredet. Leisten Sie mir auf der Terrasse bei einem Drink Gesellschaft, bevor Sie gehen? Ich sehe, die Zeit ist schon fast um«, bot Morgan an, als er aufstand. Ihre Besprechung war fast vorüber. Beide hatten vor der morgigen Zeremonie noch viel zu tun.

Hunt stand auf, lächelte und folgte ihm auf die Terrasse. Ein Verwalter erschien mit zwei Gläsern lokal hergestellten Brandys. Sie stießen auf einen Neuanfang an, dann verabschiedete sich Hunt freundlich. Sein Fahrzeug brachte ihn zurück nach Alliance City – zu weiteren Besprechungen und weiteren Entscheidungen.
****

Am folgenden Tag
Halle der Union
New Cambria, New Eden

Die Autokolonne verlangsamte ihre Fahrt, als sie in die breite, von Bäumen gesäumte Allee einbog, die das zeremonielle Herz von New Cambria bildete. Kanzler Aimes Morgan lehnte sich im Ledersitz zurück, sein Blick schweifte über den neu fertiggestellten Boulevard der Republik. Dies war nicht nur eine Straße – es war ein Statement der Widerstandsfähigkeit, ein Ausdruck des ingenieurtechnischen Stolzes einer Nation, die sich nach ihrer Beinahezerstörung wieder aufbaute. An den Seiten der Straße befanden sich die Hebel der Macht: ein Zusammenschluss von Regierung, Justiz und Einheit für eine Republik, die sich von der Verwüstung Sols erholte.

Aimes blickte nach links und lächelte beim Anblick der Versammlungshalle der Republik. Die Pracht ihrer massiven Säulen und breiten Stufen versuchte, das Design und die Geschichte der ältesten

Parlamente der Erde mit ihrer Zukunft unter den Sternen zu verschmelzen. Hier, in diesen ehrwürdigen Hallen, sollte der Senat, proportional von seinen Wahlkreisen gewählt, debattieren, streiten und abstimmen, um Gesetze zu schaffen und die nationale Politik zu gestalten, die das Leben von Milliarden von Menschen prägen würde.

Südlich davon stand ein Kuppelbau aus weiß geädertem Stein und poliertem schwarzem Glas das Gebäude. In seine Fassade war die Darstellung einer Figur mit verbundenen Augen und erhobener Hand geätzt, die die Waage der Gerechtigkeit vor einem Sternenfeld hielt. Dieses tempelartige Gebäude beherbergte die Hüter der Verfassung – den Hohen Gerichtshof der Republik. Es war eine notwendige Kontrolle gegen die Exzesse der Regierung und zuweilen auch gegen die Leidenschaften ihrer Wähler.

Rechts des Boulevards kam der Gouverneursrat in Sicht. Im Gegensatz zur imposanten Architektur des Senats war dieses Gebäude so konzipiert, dass es Offenheit und Dialog verkörperte. Gestufte Balkone und breite, geschwungene Bögen symbolisierten die pragmatischen Stimmen der Gouverneure der Republik – Führungspersönlichkeiten, die die direkte Verantwortung für die Regierung ganzer Planeten und Kolonien trugen. Zahlenmäßig geringer als der Senat, agierten sie sowohl als Vordenker als auch als praktische Verwalter, deren Aufgabe es war, Gesetze in praktische Politik zu übersetzen. Ihr Sitzungssaal war weniger eine Bühne für Rhetorik als ein Forum für genaue Prüfung, in dem Senatsvorschläge geändert, eingeschränkt oder, falls nötig, gekippt werden konnten, um die Republik vor unüberlegten oder schlecht durchdachten Gesetzen zu schützen.

Neben dem Gouverneursrat stand das neue Hauptquartier des Interstellaren Marschalldienstes, ein einzigartig gestaltetes Gebäude, das Stärke und öffentliche Zugänglichkeit ausstrahlte. Dahinter, nahtlos verbunden, aber doch bewusst getrennt, lag das Hauptquartier des Geheimdienstes der Republik. Zusammen bildeten sie die zwei Hälften derselben Klinge: der IMS, kühn und sichtbar, und der GR, diskret und verschleiert. Zwei Drittel des Komplexes erstreckten sich unter der Oberfläche, außer Sichtweite, und verbargen das wahre Ausmaß seiner Operationen. Über der Erde jedoch strahlte die doppelte Präsenz Wachsamkeit und Kontrolle aus – das äußere Gesicht von Recht und Sicherheit in der Republik.

Als die Autokolonne langsamer wurde, beugte sich Kanzler Morgans Stabschef, Darius Kane, leicht zu ihm. »Es ist beeindruckend, nicht wahr? Der IMS steht kühn da, Säulen und Banner zur Schau gestellt, und dann der GR, hinten versteckt, fast unsichtbar. Die eine Hälfte ruft der Welt Gerechtigkeit zu, die andere flüstert Geheimnisse in den Schatten.«

Morgan nickte kurz. »Das stimmt, es ist ein starker Kontrast.«

Kane betrachtete den Komplex durch das getönte Glas. »Sogar die *Landschaftsgestaltung* ist ein Kontrast«, sagte er.

»Das ist sie«, antwortete Morgan, seine Stimme trug den leisen Stolz eines Ingenieurs, der ein gut konstruiertes System erklärt. »Die Bäume, Hecken, sogar die Wasserspiele – all das verbirgt Sensornetze und kontrollierte Engpässe. Es sieht elegant aus, aber es ist ebenso viel Funktion wie Form. Jeder, der diese Wege entlanggeht, wird bereits auf ein Dutzend verschiedene Weisen vermessen.«

Alle Gebäude entlang des Boulevards spiegelten sich in ihrer einzigartigen Pracht wider. Von hoch aufragenden Fassaden bis hin zu geschwungenen Bögen und Plätzen, die mit Brunnen und Statuen historischer Persönlichkeiten akzentuiert waren, war alles gebaut worden, um Bürger und Besucher gleichermaßen daran zu erinnern, dass die Republik keine flüchtige Gesellschaft war, die heute da und morgen wieder fort war. Sie würde eine beständige Macht sein.

»Wir sind fast da«, kommentierte Kane, als sich die Autokolonne der T-Kreuzung am Ende der großen Allee näherte.

Morgan blickte über die Kreuzung hinaus auf das Gebäude auf einem leichten Hügel – zur Halle der Union. Es war ein Gebäude, das den Platz dominierte, eine Fusion aus Stein, Stahl und Glas, die nicht für Komfort, sondern für Ehrfurcht konzipiert war. Ihre hoch aufragende Front erhob sich aus dem gepflegten Parkgelände wie ein aus Stein und Holz gehauenes Monument. Reihen von hohen Bogenfenstern glänzten in der Nachmittagssonne Ihre Winkel waren bewusst gewählt und warfen Licht zurück auf die umliegenden Gärten. Massive Strebepfeiler umrahmten die Struktur und verliehen ihr das Aussehen sowohl einer Festung als auch einer Kathedrale.

Und dort, in ihrem Herzen, standen die Türen.

Zwei vergoldete Bronzetüren, jede sechs Meter hoch, eingefasst in obsidianschwarzen Stein, der aus den Bergen nördlich von Emerald City abgebaut wurde. Es waren die größten Türen, die jemals in der

Republik gebaut worden waren, und Aimes vermutete, dass ihre schiere Größe selbst den stolzesten Delegierten vor dem Eintreten innehalten lassen würde. Das war der Sinn der Sache. An diesem Ort verneigten sich die Egos vor der Geschichte.

Der Konvoi des Kanzlers kam an den breiten Marmorstufen, die zum Eingang führten, zum Stehen. Als Morgan ausstieg, folgte sein Blick den vertikalen Linien des Bauwerks, bis sich sein Nacken unbequem streckte. Er war stolz auf die Architekten, dass sie es so entworfen hatten. Es sollte jeden, der es betrachtete, sich in seinem Schatten klein fühlen lassen.

»Gerade rechtzeitig fertiggestellt«, murmelte er fast für sich selbst.

Sein Stabschef ging zügig an seiner Seite. »Das stimmt, aber nur knapp«, stimmte Darius zu. »Die letzten Handgriffe wurden vor einer Woche erledigt. Es war ein Wettlauf, es für heute fertigzustellen.«

Sie überschritten die Schwelle in die Haupthalle, das Echo ihrer Schritte wurde von den polierten Steinböden verstärkt. Im Inneren erstreckten sich die Decken fast acht Meter über ihnen. Ein Dach aus geschnitzten Balken und eingelassener Beleuchtung tauchte die Kammer in einen sanften goldenen Farbton. Banner der Republik hingen stolz an den Wänden, jedes flankiert von den Farben ihrer Kolonien: New Eden, Sol, Alpha Centauri, Pischon, Tigris, Sumara, Mars, Titan, Luna, Europa und der Rest.

Die Halle öffnete sich zu zwei großen Korridoren. Links lag die Kammer des Einklangs, ein riesiger Raum für Verträge, Reden und offizielle Zeremonien. Reihen von polierten Holzsitzen waren auf eine erhöhte Bühne ausgerichtet, auf der nun der Unterzeichnungstisch stand, drapiert in den Farben der Republik und geschmückt mit zwei Standarten – dem Adlerwappen der Republik und dem neuen Insigne der Humtar-Konföderation.

Rechts erstreckte sich der Bankettsaal, dessen gewölbte Decke mit kristallenen Kronleuchtern behängt war, die fraktales Licht über lange Tische warfen, die bereits für den anschließenden Empfang vorbereitet waren. Diener bewegten sich leise, platzierten die letzten Blumenarrangements und richteten das Besteck mit einer dem Anlass gebührenden Präzision aus.

Morgan erlaubte sich ein kleines Lächeln, als er alles in sich aufnahm. Die Architekten hatten mehr als nur Stein und Glas geliefert.

Sie hatten eine Bühne geschaffen, die der Geschichte würdig war. Hinter den Haupthallen erstreckte sich der hintere Komplex nach außen – Gästeflügel auf beiden Seiten, in denen bereits Humtar-Würdenträger, altairianische, Primord-, Tully- und Ry'lian-Beobachter sowie eine kleine Gruppe von Gallentinern untergebracht waren. Im Zentrum, das sie alle verband, befand sich der Verwaltungsanbau, in dem sein Personal fieberhaft daran arbeitete, dass kein Detail übersehen wurde.

Aimes Morgan atmete langsam aus. Als er alles bereit und an seinem Platz sah, ließ er ein Gefühl der Erleichterung in seine Knochen sinken. Die Republik hatte diesen Ort gebraucht – nicht nur als Veranstaltungsort für Zeremonien, sondern als Symbol ihrer Widerstandsfähigkeit.

Kane beugte sich näher und sprach leise. »Kanzler, die Delegierten treffen ein. Es ist Zeit, sich in Position zu begeben.«

Morgan nickte einmal und richtete sein Sakko auf, als Mitarbeiter um ihn herumkamen und ihn durch den Seitenkorridor zur Kammer des Abkommens führten. Das Summen der Stimmen drang durch die Hallen – ein Orchester, das sich vor dem ersten Ton stimmte. Morgen würde hier Geschichte geschrieben werden.
****

Die Banner der Republik hingen still in der Kammer des Einklangs, ihre Farben schwer in der Luft wie das Gewicht der Geschichte selbst.

Von seinem Platz nahe der gallentinischen Delegation stand Statthalter Miles Hunt stramm, seine Augen verfolgten das Meer von Würdenträgern. Er vernahm die Stimme des Humtar-Vertreters – abgemessen, resonant, mit dem seltsamen Timbre eines lange verlorenen und plötzlich zurückgekehrten Volkes. Neben ihm lauschte Kanzler Aimes Morgan aufmerksam und nickte, als der Humtar schloss: »... und in dieser Halle beginnen wir von Neuem – nicht als Fremde, sondern als Verwandte.«

Höflicher Applaus durchzog die Kammer. Hunt ließ seinen Blick über die versammelte Menge schweifen. Da waren sie – alle Verbündeten vollzählig. Die Altairianer waren merklich kleiner als der Rest der Gruppe. Ihre gräuliche Haut, großen schwarzen Augen und kantigen Züge fielen auf, als sie die Zeremonie aufmerksam verfolgten. Zu ihrer Rechten saßen die Primords, feierlich wie Stein, denn ihre schwerfälligen Gesichter und elfenartigen Ohren verrieten kaum eine Emotion. Die Tully-Delegation saß in enger Formation, ihr verfilztes Haar war zu zeremoniellen Zöpfen geflochten, die im Licht der Kammer glänzten. Die Ry'lians, elegant und fast ätherisch, beugten sich in gedämpftem, fließendem Flüstern zueinander. Abseits stand Liam Patrick, der schurkenhafte Anführer des halbautonomen Planeten im Asteroidengürtel Belters, Éire.

Sie alle waren deshalb gekommen – für die Chance, Geschichte mit eigenen Augen zu erleben. Für viele von ihnen war dies auch das erste Mal, dass sie die Humtars persönlich sahen.

Hunt verschränkte die Hände hinter dem Rücken und nahm die steife Haltung eines Marineoffiziers bei einer Inspektion ein. Er war heute schließlich mehr Beobachter als Teilnehmer. Als der Mann, dem Imperator Tibus SuVee die Aufsicht der Allianz der Milchstraße anvertraut hatte, bestand seine Rolle darin, Kontinuität zu gewährleisten, das Gleichgewicht in einem Schauplatz zu wahren, der ewig am Rande des Ungleichgewichts stand.

Aus dem Augenwinkel studierte er die gallentinischen Gesandten – prächtig in weißen und karmesinroten Roben, allein ihre Anwesenheit strahlte Dominanz aus. Doch Hunt bemerkte die subtilen Zeichen: ein leichtes Runzeln der Stirn, die schwache Anspannung an den Rändern ihrer Münder. Sie verstanden die Bedeutung dieses Tages, doch Unbehagen lauerte unter der polierten Oberfläche. Die Gallentiner hatten ihr Imperium auf den Ruinen der Humtar-Zivilisation erbaut. Die Gründer der Sternentore, die Erbauer von Legenden, aus der Vergessenheit zurückkehren zu sehen, um wieder unter ihnen zu stehen – das war keine Kleinigkeit.

Hunts Lippen pressten sich zu einer dünnen Linie. *Sie werden das vorerst akzeptieren. Die Humtars erheben keinen Anspruch auf verlorene Throne, keine vergessenen Territorien jenseits der Republik. Das kauft Frieden. Aber was sie wollen – was sie werden könnten – wird uns alle formen.*

Er atmete langsam ein, als die Stimme des Kanzlers erneut erhoben wurde und von den hohen Steinwänden widerhallte: »Heute binden wir die Republik an die Humtar-Konföderation. Möge dieses Band den Stürmen des Krieges standhalten und möge es uns alle überdauern.«

Donnernder Applaus erfüllte die Halle. Hunt schloss sich mit höflichem, kontrolliertem Rhythmus an, sein Blick auf die Humtars gerichtet.

Wenn sie wieder an unserer Seite stehen wollen, dachte Hunt, *dann sollen sie es beweisen. Sollen sie uns doch helfen, die Zodarks zu besiegen – und, wenn die Zeit gekommen ist, sich dem Feind stellen, den sie selbst entfesselt haben.*

Der Applaus verebbte und wurde durch die feierliche Stille der sich entwickelnden Geschichte ersetzt. Miles Hunt, Statthalter der Milchstraße, stand inmitten alter und neuer Verbündeter, ein Mann, gefangen zwischen Imperien, und sah zu, wie die Galaxie eine neues Kapitel aufschlug.

Kapitel 20:
Eine Strategie wird geboren

4. Dezember 2115
Hauptquartier des Heeres der Republik
Fort Leatherneck, New Eden

Der Konferenzraum tief im Inneren von Fort Leatherneck war für Momente wie diesen gebaut worden – fensterlos, mit sicheren Kommunikationsabschirmungen ausgestattet und mit einem langen, schwarzen Steintisch, der von Einbauleuchten flankiert wurde, die keine Schatten warfen. Hier trat die Politik in den Hintergrund und ließ nur das reine Kalkül der Strategie zurück.

Statthalter Miles Hunt saß am Kopfende des Tisches, seine Uniform so schmucklos wie die Wände um ihn herum. Er hatte schon vor langer Zeit auf zeremonielle Insignien verzichtet; Autorität wurde nicht in Stoff genäht, sondern durch getroffene Entscheidungen und überlebte Kriege erworben. Zu seiner Rechten saß Flottenadmiral Chester Bailey, der ergraute Befehlshaber der Marine der Republik. Neben ihm saß Vizeadmiral Rosentreter, hager und mit scharfem Blick, der stets die Aura eines Mannes ausstrahlte, der bereits drei Züge voraus war.

Zu Hunts Linker lehnte sich Generalleutnant Alfred Bates in seinem Stuhl zurück. Seine Felduniform mit Tarnmuster war vom Tragen zerknittert, nicht aus Nachlässigkeit. Das Delta-Abzeichen und der Special-Forces-Aufnäher auf seiner linken Schulter waren ein stilles Zeugnis für eine Karriere voller Kriege im Verborgenen. Über seiner Brusttasche glänzten das Orbital-Assault-Abzeichen und das bekannte Combat Infantryman's Badge – auf die harte Tour verdient, in Feuer und Blut. Bates war nicht der Typ Mann, der Worte verschwendete. Das Gewicht seiner Anwesenheit genügte; jeder Mann im Raum wusste, dass er derjenige war, der unmögliche Ideen in durchgeführte Missionen verwandelte.

Ein leises Läuten kündigte die Ankunft ihrer Gäste an, und die Türen glitten mit bedächtiger Leichtigkeit auf.

Admiral Vesharuk, der Humtar-Berater von Statthalter Hunt, trat als Erster ein. Sein Schritt war abgemessen und gleichmäßig und strahlte die Autorität eines Mannes aus, der Flotten in die Schlacht befehligt und Gehorsam erwartet hatte, ohne die Stimme zu erheben. Die Dienstuniform der Verteidigungsstreitkräfte der Konföderation war schlicht und eher auf Funktionalität als auf Repräsentation ausgelegt; das einzige Erkennungszeichen war das Rangabzeichen des Admirals an seinem Kragen. Admiral Korrath folgte ihm.

Als Letzter trat Captain Tammuz Marduk ein, schmächtiger und jünger als die anderen Humtar, dessen Haltung sowohl Disziplin als auch eine rastlose Energie verriet. Seine Uniform glich der seiner Vorgesetzten, mit Ausnahme seines Abzeichens. Wo die anderen das Abzeichen eines Raumschiffes trugen, zierte Marduks Uniform ein Gewehr, was ihn als Mitglied des Heeres auswies, nicht der Marine. Dieser Unterschied zeigte sich in seiner Haltung; seine Augen waren schärfer, sein Körper bewegte sich wie eine zusammengerollte Schlange, bereit, jeden Moment zuzuschlagen. Wo Vesharuk ruhiges Kommando ausstrahlte, verströmte Marduk Berechnung, seine Augen kamen nie lange zur Ruhe.

Als die Humtar-Offiziere ihre Plätze einnahmen, faltete Hunt die Hände auf dem Tisch und musterte sie mit der kühlen Geduld eines Mannes, der sein Leben lang Verbündete, Feinde und jene, die beides werden könnten, analysiert hatte. In den Monaten, in denen Vesharuk sein Humtar-Berater gewesen war, hatte er ihn schätzen und ihm vertrauen gelernt. Mit Admiral Korrath hatte Hunt zwar nicht so viel zu tun gehabt, doch er begann, den Mann als kompetenten Flottenkommandeur zu respektieren, auch wenn er ihn noch nicht unter dem Druck einer Schlacht erlebt hatte. Captain Marduk war eine Unbekannte – etwas, was Hunt bis zum Ende der Besprechung zu klären hoffte.

Hunt ließ die Stille einen Moment andauern, nachdem die Begrüßungen ausgetauscht und die Humtar-Offiziere sich auf ihren Plätzen niedergelassen hatten. Als er das Gefühl hatte, dass alle bereit waren anzufangen, eröffnete er die Besprechung.

»Admiral Vesharuk, Admiral Korrath und Captain Marduk«, begann Hunt mit ruhiger, bedächtiger Stimme, »ich weiß es zu schätzen, dass Sie drei sich mit uns getroffen haben, um diese Angelegenheit persönlich zu besprechen. Vor zwei Tagen hat die Republik einen historischen Schritt getan, indem sie der Humtar-Konföderation beigetreten ist. Es war ein Moment der Einheit – einer, der sowohl

Versprechen als auch Verantwortung mit sich brachte. Heute muss ich über Letzteres Klartext reden.«

Vesharuk neigte leicht den Kopf und faltete die Hände vor sich auf dem Tisch. »Ich verstehe, Statthalter. Der Vertrag ist unterzeichnet, und es ist an der Zeit, dass wir uns darauf konzentrieren, wie wir die Zodark besiegen können.«

»Ganz genau«, sagte Hunt. »Ihre Aufklärungsmission – ich vertraue darauf, dass sie ergiebig war?«

Korrath aktivierte einen kleinen Holoprojektor, der eine dreidimensionale Darstellung über dem Tisch erzeugte. Das Varkorion-System materialisierte sich in gestochen scharfen Details – Industriekomplexe, Verteidigungsnetze und die unverkennbaren Signaturen gewaltiger Schiffswerften.

»Die *Bloodhawk* hat unsere Erwartungen übertroffen«, begann Korrath. »Was wir im Varkorion-System entdeckt haben, verändert unser Verständnis der militärischen Kapazitäten der Zodark von Grund auf.«

Bailey beugte sich vor und studierte die Anzeige. »Diese Verteidigungsplattformen …«

»Siebenundvierzig primäre Asteroidenfestungen«, bestätigte Korrath. »Dreiundzwanzig sekundäre Stellungen. Jede einzelne strotzt nur so vor Turbolasern, Raketen und Plasmatopedowerfern. Sie haben buchstäblich Asteroiden in Verteidigungspositionen gebracht und ausgehöhlt.«

»Verdammt«, hauchte Rosentreter. »Sogar eine vollständige Kampfgruppe hätte damit Probleme.«

»Es wird noch beeindruckender«, fügte Marduk hinzu und manipulierte die Anzeige, um ein massives Objekt hervorzuheben. »Dieser Planetoid wurde zu einer Raumjägerbasis umgebaut. Konservative Schätzungen beziffern seine Kapazität auf über tausend Maschinen.«

Hunts Miene blieb neutral, aber sein Blick schärfte sich. »Industriekapazität?«

»Dreißig Prozent der gesamten Kriegsschiffproduktion der Zodark«, erklärte Vesharuk trocken. »Varkorion ist nicht nur ein System – es ist die Schmiede, die ihre gesamte Kriegsmaschinerie versorgt. Das erklärt, warum die Zodark-Kriegsmaschinerie auch nach bedeutenden früheren Siegen ihre Verluste weiterhin ersetzt und ihre Flotte vergrößert. Wir haben Glück, dass sie nicht besser geführt werden.«

»Die *Bloodhawk* hat noch etwas anderes entdeckt«, sagte Korrath, und sein Tonfall änderte sich. Die Anzeige wechselte zu Datenströmen und abgefangener Kommunikation. »Der Analysegruppe der *Bloodhawk* ist etwas gelungen, was wir nicht für möglich gehalten hatten. Es ist ihr gelungen, das Netzwerk des Groff-Hauptquartiers zu hacken.«

Der Raum wurde still. Bates, der Kommandeur der Sondereinsatzkräfte und ehemalige Kommandeur der JSOC-Einheit der Republik, ergriff als Erster das Wort. »Moment mal, Sie wollen sagen, Ihre Tarnfregatte hat sich irgendwie in ihren Geheimdienst gehackt?«

»Ja, das sage ich. Sie haben eine vollständige Infiltration des Netzwerks erreicht«, bestätigte Korrath. »Die private Kommunikation von Direktor Vak'Atioth, Überwachungsakten, Operationspläne. Aber am wichtigsten« – die Anzeige wechselte zu verschlüsselten Nachrichten – »sind Beweise für eine Verschwörung auf höchster Ebene.«

Hunt studierte die übersetzten abgefangenen Nachrichten. »Interessant. Diese Clan-Vertreter … Shwani, Dralkeg, Rithak. Sie stellen also Zon Otros Führung infrage?«

»So scheint es. Unser Verständnis der internen Politik der Zodark ist begrenzt. Aus unserer Sicht sieht das nach mehr als nur einer Infragestellung aus«, warf Vesharuk ein. »Die Verachtung und der Zorn sind deutlich. Sie diskutieren offen über seine Misserfolge gegen das, was sie ›primitive Menschen‹ nennen. Die Geringschätzung ist kaum verborgen.«

»Und da ist noch etwas«, fügte Korrath hinzu und rief eine weitere Anzeige auf. »Die Groff-Agenten führen nicht nur Überwachungen ihres eigenen Volkes durch und sammeln Informationen über ihre Gegner. Unsere Sensoren haben etwa achtzig Schiffe in einem abgelegenen Sektor des Systems entdeckt. Keine offizielle Registrierung, keine Aufsicht durch die Malvari. Wir könnten uns irren, aber es sieht so aus, als ob die Groff fleißig dabei waren, eine eigene Flotte aufzubauen.«

»Oh, wirklich? Eine Schattenmarine«, sagte Bates leise. »Ja, das sieht definitiv so aus, als ob sie sich auf einen eigenen Putsch vorbereiten könnten.«

Hunt verharrte einen langen Moment in Schweigen und verarbeitete die Implikationen. »Ich gebe zu, unser eigenes Verständnis der internen Politik der Zodark ist begrenzt. Wir haben viel aus den

Nachbesprechungen mit gefangenen Mukhabarat-Spionen gelernt und sogar einige Zodark-Gefangene zum Reden gebracht. Ich sage nicht, dass ein Putsch unmöglich ist – es könnte sein. Ihre Gesellschaft ist, soweit wir wissen, sehr clan- und stammesbasiert. Sie dreht sich um Ehre, Pflicht und den Dienst an ihrem Imperium. Dennoch glaube ich, wir könnten dies ausnutzen. Ihre Paranoia gegen sie wenden und zu unserem Vorteil nutzen.«

»Genau! Das ist exakt das, was wir vorschlagen wollten«, bestätigte Korrath. »Bevor wir einen Schritt machen, möchte ich, dass wir warten, bis die *Bloodhawk* von ihrer Erkundung von Tueblets und Zinconia zurückgekehrt ist. Das wird uns ein vollständigeres Bild davon geben, womit wir es zu tun haben.«

»Einverstanden. Welche Art von Aktionen schlagen Sie vor, sobald wir ihre Berichte haben?«, fragte Rosentreter.

»Das hängt davon ab, was sie finden. Was ich sagen kann, ist, dass ein direkter Angriff auf Varkorion Selbstmord wäre. Die Systemverteidigung ist für einen begrenzten Angriff zu stark. Wir müssten alles auf eine einzige Attacke setzen, was ich nicht empfehle«, antwortete Korrath. »Wenn wir jedoch weitere interne Kämpfe schüren wollen … würde ich vorschlagen, dass wir eine ihrer Patrouillen zerschlagen und die Trümmer einsammeln – und dann eines dieser Schiffe angreifen, die die Groff bauen, und die Trümmer des zerstörten Malvari-Schiffes zusammen mit den Trümmern des Groff-Schiffes zurücklassen. Das würde die Groff und die Malvari glauben machen, dass es einen Kampf gegeben hat, und sie würden sich gegenseitig die Schuld in die Schuhe schieben. Das würde die bestehenden Spannungen sicherlich verstärken.«

»Nett. Ihre Führung streiten lassen und schwach aussehen lassen«, sinnierte Rosentreter. »Abhängig von der Häufigkeit und Schwere unserer Überfälle. Wir könnten ihre Streitkräfte vor Beginn unserer nächsten Kampagne schwächen und untergraben.«

»Das war auch unser Gedanke«, bestätigte Vesharuk. »Wenn diese Zodark-Gesellschaft so ehrenbasiert ist, wie Sie es beschrieben haben, wird Zon Otro in den Augen seines Volkes noch schwächer erscheinen, wenn seine Malvari eine Niederlage nach der anderen erleiden. Er wird stetig sein Mandat zum Herrschen verlieren. Wir müssen nicht ihr Militär zerstören – wir müssen ihren Glauben an ihre Führung zerstören.«

»Ja, ich kann mir vorstellen, dass das funktioniert«, stimmte Rosentreter zu. »Gibt es hypothetisch, basierend auf den Informationen, die Sie jetzt haben, irgendwelche potenziellen Ziele, die wir besprechen könnten, um zu sehen, welche Art von Schiffen wir möglicherweise einsetzen müssten?«

Marduk nickte und deutete an, dass er die Frage übernehmen wolle. Er rief eine neue Anzeige mit potenziellen Zielen auf. »Versorgungskonvois, isolierte Außenposten, sekundäre Industrieanlagen. Wir treffen sie dort, wo sie schwach sind, wo die Malvari für Sicherheitslücken verantwortlich gemacht würden. Jeder Fehlschlag treibt einen weiteren Keil zwischen den Geheimdienst und das Militär.«

»Und zwischen die Clans und den Hohen Rat«, fügte Hunt hinzu, »wenn diese Clan-Vertreter Zon Otro bereits infrage stellen …«

»Dann wird jede Niederlage ihre Zweifel bestätigen«, beendete Korrath den Satz. »Wir haben ihre Kommunikationsmuster analysiert. Wie jeder weiß, ist der Groff direkt Vak'Atioth unterstellt, der seine eigene Agenda hat. Die Malvari unterstehen Mavkah Griglag, der dem Zon dient. Aber wenn sie anfangen, sich gegenseitig für Misserfolge verantwortlich zu machen …«

»Reißt sich das Imperium selbst in Stücke«, sagte Bailey mit grimmiger Genugtuung. »Interner Konflikt richtet mehr Schaden an als jede Flottenaktion.«

Hunt wandte sich an Bates. »Welche Art von Spezialkräften haben wir für so etwas?«

»Oh, ich denke, da könnten wir uns etwas einfallen lassen«, antwortete Bates ohne zu zögern. »Wenn wir einige dieser Humtar-Tarnfregatten nutzen können, könnten wir einige SOF-Einheiten einsetzen, um planetare Angriffe durchzuführen. Die psychologische Wirkung einer Delta-Einheit der Republik, die einen Angriff auf Zinconia durchführt … oh, das wäre unbezahlbar. Das würden die Malvari nie vergessen – Bodentruppen der Republik auf ihrer Heimatwelt. Da müssten Köpfe rollen.«

»Das klingt gut, General. Die *Bloodhawk* ist in der Lage, SOF-Einheiten direkt auf der Oberfläche eines Planeten abzusetzen und sie zur richtigen Zeit wieder abzuholen«, erklärte Marduk. »Darüber hinaus könnten wir wahrscheinlich die Ausrüstung Ihrer Kommandosoldaten verbessern – sie noch tödlicher machen, als sie es ohnehin schon sind.

Verdammt, wenn Sie möchten, könnten wir sogar eine gemeinsame Eingreiftruppe daraus machen. Ihre Deltas mit unseren Kommandos.«

»Das gefällt mir immer besser. Wie schnell können wir so etwas auf die Beine stellen?« Hunts Augen leuchteten bei der Vorstellung, gemeinsame Operationen mit den Humtar durchzuführen.

Korrath wechselte Blicke mit seinen Kollegen. »Ich habe Konteradmiral Ithis eine Liste verfügbarer Kriegsschiffe zusammenstellen lassen, die wir für so etwas abkommandieren könnten, während weitere Kräfte noch unterwegs sind. Ich würde sagen, wir könnten innerhalb von zwei Wochen eine Eingreiftruppe zusammenstellen. Erste Angriffe könnten sofort danach beginnen.«

»Rosentreter – könnten Sie bis dahin einige Schiffe bereithalten?«, fragte Bailey.

»Das könnten wir. Es wird vielleicht nicht allzu viel sein, aber ich könnte ein paar Schlachtschiffe und Kreuzer für so etwas finden«, versicherte ihm Baileys Flottenkommandant.

»Und Sie, Bates? Haben Sie ein paar Schlangenfresser in Bereitschaft?«, fragte Bailey als Nächstes.

Bates lächelte. »Wir wären keine Sonderkommandos, wenn wir das nicht hätten. Captain Marduk, lassen Sie mich nur wissen, wie viele Soldaten Sie möchten, und ich werde dafür sorgen, dass Sie unsere Besten bekommen«, antwortete General Bates zuversichtlich.

»Okay, Admiral Korrath. Fangen wir an, Ziele auszuarbeiten und wie wir sie angreifen wollen.« Bailey grinste, begierig darauf, den Kampf zum Feind zu tragen.

»Das ist es, was ich an der Republik liebe. Sie sind mutig, kühn und haben nie Angst vor einem Kampf«, warf Korrath ein, bevor Vesharuk einen Aktionsplan darlegte.

»Hier ist, was ich vorschlage. Wir fangen klein an«, begann Vesharuk. »Lassen Sie uns damit beginnen, ihre Reaktionen auf ein weiches, leichtes Ziel zu testen. Bis die *Bloodhawk* von ihrer Erkundung von Tueblets und Zinconia zurückkehrt, werden wir leicht Dutzende von Zielen zur Auswahl haben. Wir wählen die Ziele, die die Blamage für das Zodark-Militär maximieren und gleichzeitig unsere eigene Gefährdung minimieren.«

»Einverstanden. Wir minimieren unsere Gefährdung, während wir die Grenzen ihrer Reaktionsfähigkeit testen. Wir werden Mavkah Griglag schwach und inkompetent aussehen lassen.« Hunt war praktisch überschwänglich vor Aufregung, die Dinge in Gang zu bringen. »Korrath, Sie sagten, die *Bloodhawk* erkundet die Zodark-Hauptstadt … wird das auch deren Sicherheit und wichtige Gebäude umfassen?«

»Ah, ich sehe, worauf Sie hinauswollen. Ja, Statthalter, sie werden sie detailliert auskundschaften.« Korrath grinste. »Und ja, das wird auch das Gebäude des Hohen Rates selbst umfassen. Ich nehme an, wenn sich die Gelegenheit böte, könnte ein chirurgischer Schlag zur Ausschaltung ihrer Führungsstruktur eine tiefgreifende Wirkung im gesamten Imperium haben.«

Das Gewicht dieser Möglichkeit hing in der Luft. Hunt dachte darüber nach, bevor er sich entschied. »Ich sage nicht, dass wir den Hohen Rat mit einer Art Orbitaleinschlag treffen sollten, aber vielleicht könnte eine Stoßtruppe unter der Führung von Captain Marduks Spezialkräften und einigen Deltas der Republik die Art von Angriff sein, die das Imperium bis ins Mark erschüttert. Das wäre ein Ereignis, das den Groff von der Kontrolle durch Zon Otro abspalten könnte – besonders, wenn es uns gelingt, ihn in seinen Privatgemächern zu töten.«

»Das wäre in der Tat ein kühner Schachzug«, erwiderte Captain Marduk ernst, als er sah, dass der Statthalter keinen Scherz machte.

»Wenn dies etwas ist, für das wir planen sollen … werde ich dafür sorgen, dass es getan wird«, versicherte ihnen Vesharuk. »Und Varkorion – oder Tueblets?«

»Überfallartige Angriffe auf Varkorion. Aber Tueblets, dessen Einnahme ist der ultimative Preis«, sagte Hunt entschieden. »Es wird einige Zeit dauern, die nötige Streitmacht für die Einnahme von Tueblets zu versammeln. In der Zwischenzeit konzentrieren wir uns darauf, ihre Führung zu destabilisieren. Chaos zu stiften. Sie zu zwingen, nach innen statt nach außen zu blicken. Dann, wenn wir sie durch innere Konflikte geschwächt haben …«

»Führen wir den Todesstoß aus«, beendete Bailey für ihn.

Hunt stand auf, und die anderen taten es ihm gleich. »Meine Herren, ich glaube, wir haben unsere Strategie. Ihre Stärke gegen sie wenden. Ihre Paranoia als Waffe nutzen. Wir bringen Sie dazu, sich selbst zu zerstören, und wir werden nur beenden, was sie begonnen haben. Admiral Korrath, Captain Marduk, ich weiß, dass Sie nicht direkt meiner Befehlskette unterstehen. Ich würde es begrüßen, wenn wir uns wöchentlich treffen, unsere Pläne bei Bedarf aktualisieren und sicherstellen könnten, dass wir auf die Mission fokussiert bleiben. Dieser Krieg muss enden, und mit Ihrer Hilfe wird es endlich geschehen.«

Korrath stimmte den wöchentlichen Treffen zu. Als die Besprechung zu Ende war, verließ Hunt die Kommandozentrale und hielt draußen inne, den Blick zum Himmel gerichtet, wo die kühle, feuchte Luft Schnee androhte. Er atmete tief ein und hielt inne, um über diesen Moment nachzudenken. Sie hatten die Zodark seit mehr als zwei Jahrzehnten bekämpft. Zum ersten Mal seit langer Zeit war das Ende des Krieges wirklich in Sicht. *Unser Volk könnte wirklich Frieden erfahren ... wir werden das hier wirklich überleben ...* Er ließ den Gedanken nachklingen und genoss das Gefühl. *Bleib auf Kurs ... nur noch ein bisschen länger.*

Kapitel 21:
Verdacht

Hauptstadt von Adab
Tanian, Valencia-System

David schlug nach einer weiteren Zymura, einem der vielen lästigen, stechenden, fliegenähnlichen Insekten, die auf diesem Planeten ein Leben in scheinbarer Leichtigkeit und Fülle führten. Im Vergleich zu ihrem letzten Auftrag auf Moraga war Tanian so, als würde man in einem Zelt auf einem Feuerameisenhaufen leben, obwohl man an ein Vorstadthaus mit weißem Lattenzaun gewöhnt war.

Ugh, murmelte David. Selbst verärgert hielt er die Kommunikation über den Neurolink aufrecht, um ihre Operation verborgen zu halten.

Allerdings, stimmte Catalina zu. *Willst du noch etwas von dem Insektenspray?*, fragte sie.

Ehrlich gesagt bin ich mir nicht sicher, ob es überhaupt wirkt, antwortete David.

Dieser Ort ist echt zum Aus-der-Haut-Fahren ... buchstäblich, sagte Amir.

David blies kräftig Luft durch die Lippen. Amir hatte nicht Unrecht, aber wenn sie diesen Auftrag überstehen wollten, musste er der Versuchung widerstehen, die ganze Zeit über all die Dinge zu klagen, die ihn in den Wahnsinn trieben. Dennoch zehrte es an seinen Nerven, in einem Versteck in einem Wald nahe des herrschaftlichen Anwesens des ehemaligen Gouverneurs zu sitzen, während die einfachen Leute von Tanian nicht weit entfernt in bitterer Armut lebten.

Tanian war wie der Wilde Westen – sehr wenige Straßen oder öffentliche Verkehrsmittel. Die meisten Leute gingen zu Fuß, oder wenn sie das Glück hatten, es sich leisten zu können, besaßen sie vielleicht einen Speeder. David war sich immer noch nicht ganz im Klaren darüber, was genau der ehemalige Gouverneur, ein Mann namens Gilkara Zulon, getan hatte, um zu all seinem Reichtum zu kommen. Es war höchstwahrscheinlich eine Kombination aus altem Geld und einem Mangel an persönlicher Moral, die es ihm ermöglicht hatte, sich vom Pöbel abzuschotten. Zulons geschwungenes Haus war um lebende Bäume herum gebaut, mit riesigen Fenstern entlang der gesamten

Vorderseite. Es war wie die Erfüllung aller Fantasien, die man über ein Baumhaus haben konnte, aber mit allem Komfort einer Villa.

Sie beobachteten Zulon jedoch bereits seit Tagen in rotierenden Schichten aus diesem Versteck heraus und hatten außer den Insektenstichen noch nicht viel vorzuweisen. Zulon wurde verdächtigt, den verbliebenen Mukhabarat-Aufständischen Informationen gegen die neue Regierung auf Tanian, die Republik, und die auf dem Planeten operierenden Gurista-Streitkräfte geliefert zu haben. Anscheinend hatte Zulon etwas zu lange gewartet, um zu sehen, wer aus dem Machtkampf als Sieger hervorgehen würde. Er wusste vielleicht nicht, dass die Republik in voller Stärke aufgetaucht war, da er sich in einem benachbarten System aufgehalten hatte, aber als er die Seiten wechselte, hatte die Republik ihn bereits für die Beseitigung vorgesehen. Zulon überlebte, aber er hatte seine herausragende Stellung verloren. Und das war sicherlich ein ausreichendes Motiv, um seine Absichten zumindest argwöhnisch zu betrachten.

Bisher hatten sie nur typisches aristokratisches Verhalten beobachtet: Zulon hatte Privatlehrer, die kamen, um seine Kinder zu unterrichten, einen Vollzeitgärtner, um sein Anwesen zu pflegen, einen Koch, um sein Essen zuzubereiten, und Dienstmädchen, um sein Haus zu schrubben. Jeden Tag um vierzehn Uhr spazierte er über sein Gelände, begutachtete dessen Pracht, trainierte dann mit seinem Trainer in seinem hauseigenen Fitnessstudio, bevor er in einer heißen Quelle entspannte.

Wenn du einen Haufen Geld hättest, würdest du so leben?, fragte Catalina.

Ehrlich gesagt scheint das Leben dieses Kerls superlangweilig zu sein, antwortete Amir. *Selbst wenn ich ein Billionär wäre, glaube ich, würde ich die meisten Dinge immer noch selbst machen wollen.*

Ich meine, der persönliche Koch scheint nett zu sein, antwortete David.

Wer braucht einen Koch, wenn man Somchai hat?, neckte Amir.

Weißt du was? Du hast recht, stimmte David zu.

Ein unbegrenztes Reisebudget wäre aber nicht zu verachten, sagte Catalina.

Wow, ich schätze, da muss ich wohl meine Anlagestrategie verbessern, was?, fragte David mit einem Augenzwinkern.

Apropos Anlagen, wie sieht es mit der Auswertung seiner Finanzen aus?, fragte Amir.

David unterdrückte ein Schnauben. *Ich habe heute Morgen Somchais Analyse gelesen. Bisher ist unser Mann reich, aber ehrlich gesagt stammt das Geld aus legitimen Quellen – ärgerlicherweise.*

Sie saßen ein paar Augenblicke schweigend da, ihre einzige Kommunikation war das gelegentliche Klatschen nach einer weiteren lästigen Zymura.

Es ist bald 14 Uhr, bemerkte Catalina. *Fast Zeit, unseren Mann in freier Wildbahn zu sehen.*

Hey, was ist das auf unserer drei Uhr, ungefähr zwanzig Meter von Zulons Tor entfernt?, fragte Amir.

Catalina fand es zuerst. *Sieht aus wie … irgendein Typ mit einem Karren, der Holzschnitzereien verkauft*, antwortete sie.

Nun, das weicht von der üblichen Routine ab, bemerkte David. *Lassen wir eine Drohne aufsteigen und sehen, was passiert.*

Kurz darauf verließ der ehemalige Gouverneur Gilkara Zulon etwa zehn Minuten vor seiner üblichen Zeit seine Haustür.

Hey … hier ist definitiv etwas im Gange, sagte Amir. *Anstatt seines üblichen Spaziergangs über sein Grundstück geht er direkt auf sein Vordertor zu.*

Ich habe diesen Kerl noch nie sein Anwesen verlassen sehen, erwiderte Catalina.

Haltet die Augen offen, sagte David.

Er nimmt direkten Kurs auf den Schnitzer, beobachtete Amir.

Zulon bewunderte die Waren des Mannes, nahm verschiedene Gegenstände in die Hand und sprach mit ihm darüber. Die Drohne, die sie in die Luft bekommen hatten, verfügte über ein Parabolmikrofon, und sie alle waren mit dem Ton verbunden.

Er scheint sich etwas mehr für Kunst zu begeistern, als ich vermutet hätte, sagte Catalina.

Habt ihr den Preis mitbekommen, der ihm gerade genannt wurde? fragte David. *Das ist ein* Haufen *Geld.*

Zulon griff in seine Tasche und zog einen Stapel bernsteinfarbene Credits hervor, jeder wie eine Münze aus Baumharz, aber mit einem Mikrochip versehen, der ihren Wert bestätigte. Aufgrund seiner relativen Isolation nutzten mehr Menschen auf Tanian physisches Geld als auf vielen anderen von Menschen bewohnten Planeten, und der hier vorgezeigte Betrag entsprach mehr als dem Monatsgehalt einer Durchschnittsperson.

Wir müssen den genauen Betrag überprüfen, sagte Amir. *Ich glaube, so schleust Zulon Geld an diesen Untergrund-Direktor der Mukhabarat. Ich meine, ich schätze künstlerisches Talent genauso wie jeder andere, aber ich würde vermuten, das war eine massive Überzahlung.*

Weck besser Somchai und Jess auf, kommentierte Catalina. *Ich denke, wir sollten uns aufteilen und überprüfen, wohin unser Holzschnitzer noch geht.*

Ich bleibe hier und behalte Zulon im Auge, bot Amir an. *Mal sehen, ob er noch etwas Unerwartetes tut.*
****

Zwanzig Minuten später

Somchai, der sichtlich unter Schlafmangel litt, hatte sich David und Catalina angeschlossen, während Jess mit Amir ging, um Zulon im Auge zu behalten. Obwohl sie alle im Umgang mit den Drohnen geschult worden waren, waren sie sich einig, dass Somchai sie einfach besser bedienen konnte als der Rest von ihnen, und David hatte das Gefühl, dass sie noch mehr Drohnen brauchen würden.

Der Schnitzer hatte versucht, seine Waren an einigen Orten erfolglos zu verkaufen, bewegte sich aber in einem ziemlich stetigen Tempo die Straße entlang und ging durch den deutlich weniger wohlhabenden Teil der Stadt, ohne überhaupt anzuhalten, bis er einen Zwischenstopp für Essen einlegte. Als das Geld den Besitzer wechselte, wussten sie, dass etwas nicht stimmte.

Auf keinen Fall war das Essen so teuer, kommentierte David über den Neurolink.

Es sei denn, es ist mit Gold und Rubinen gefüllt, stimmte Catalina zu.

Lass uns eine Mikrodrone auf diesen Verkäufer ansetzen, Somchai, wies David an.

Bin dran.

Mit sorgfältiger Präzision steuerte Somchai eine Mikrodrone, die so konzipiert war, dass sie das Aussehen der reichlich vorhandenen Zymuras nachahmte, in die Handtasche des Mannes. Sie mussten sehen, wohin er später am Tag ging.

Währenddessen konzentrierte sich David darauf, das bestmögliche Videomaterial des Lebensmittelverkäufers zu erhalten, um es mit Gesichtserkennungs- und Bewegungsprofilen abzugleichen. Wenn er bereits auf der Überwachungsliste des Geheimdienstes stand, würden sie es bald wissen.

Er ist wieder unterwegs, sagte Catalina.

David dachte bei sich, dass das einzig Gute an diesem Planeten war, dass all die Bäume bei der Aufklärung eine erhebliche Deckung boten. Es war nicht schwer, außer Sichtweite zu bleiben oder eine Drohne zu fliegen, ohne dass sie entdeckt wurde, solange sie richtig getarnt war. Er hatte gelernt, wie man sich richtig auf dem Waldboden bewegt, ohne Äste zu zerbrechen, und sie schlichen leise dahin, um ihre Zielperson zu verfolgen.

Bevor ihr Holzschnitzer seinen nächsten Halt erreichte, erhielten sie eine Meldung über ihren Imbissbudenarbeiter.

Der Bericht besagt, dass der letzte Kerl einen Bruder bei der Mukhabarat hatte, sagte David und hielt nur für ein paar Sekunden an, um auf sein Datenpad zu schauen. *Der Bruder wurde nach einer Explosion im hiesigen Hauptquartier für tot gehalten, obwohl keine Leiche geborgen wurde.*

Das ergibt Sinn, sagte Somchai. *Dies ist wahrscheinlich ein Teil davon, wie sie Geld an den hiesigen Mukhabarat-Aufstand schleusen. Sein Bruder könnte sich vor dem Feuergefecht davongemacht haben, und jetzt ist er auch ein Teil davon.*

Entweder das, oder er sieht seinen Bruder als Märtyrer und hat sich jetzt selbst vollständig radikalisiert, sagte David.

Sie folgten ihrem Holzschnitzer weiter. Oberflächlich betrachtet wären seine Stopps völlig sinnvoll gewesen. Neben dem Essen kaufte er auch Poliertücher aus einer rauen Baumfaser von Tanian, die den gleichen Zweck wie Sandpapier erfüllten, eine neue Säge und zusätzliches Holz zum Schnitzen. Jedes Mal beobachteten sie jedoch, dass auch diese Personen erheblich überbezahlt wurden. Das Muster war zu seltsam, um ein Zufall zu sein.

Mal sehen, was wir finden, wenn sie sich für den Abend auf den Heimweg machen, sagte Somchai.

Ich denke, wir sollten zurückgehen und nach Jess und Amir sehen, und vielleicht solltest du vor heute Abend noch ein paar Stunden schlafen, schlug Catalina vor. *Ich habe das Gefühl, dass wir alle an Deck sein müssen.*

Klingt nach einem Plan, stimmte David zu.

Als sie zu Zulons Anwesen zurückkehrten, war Amir sichtlich gelangweilt, was für ihn untypisch war, und Jess schlief.

Hier ist absolut nichts Interessantes passiert, also habe ich sie noch etwas schlafen lassen, erklärte Amir. *Wie lief euer Nachmittag?*

Sie erklärten ihm ihre Erkenntnisse, einschließlich der indirekten Verbindungen mehrerer Händler zu jemandem, der Teil der Mukhabarat gewesen war.

Die meisten Händler werden gegen 19 Uhr nach Hause gehen, sagte Amir. *Außer dem Imbissbudenarbeiter, aber selbst der wird gegen 21 Uhr aufbrechen. Was, wenn jeder von uns eine Person beschattet? Ich könnte zum Beispiel dem Holzschnitzer folgen, Somchai könnte den Imbissbudenarbeiter beobachten und hätte ein wenig Zeit zum Schlafen, Catalina könnte die Händlerin für Poliertücher verfolgen, David könnte sich den Sägenverkäufer vornehmen und Jess könnte den Holzfäller übernehmen. Zusammen würden wir sie alle abdecken.*

Das klingt nach einem soliden Plan, stimmte David zu. Sie richteten Alarme auf den Mikro-Drohnen ein, die Somchai platziert hatte, um sie zu wecken, falls sich ihre Ziele außerhalb ihres Geschäftsortes bewegten, und dann legten sie sich alle hin und warteten darauf, dass die eigentliche Action begann.
****

Später am Abend

Jess erwachte erschrocken aus ihrem Nickerchen. Diese Alarme waren adrenalingeladen, auch wenn niemand sonst sie hören konnte. Über den Neurolink erhielt sie sofort ein Update über ihr Ziel für den Abend, einen Holzhacker namens Shulgi Tiamura. Er hatte gerade seinen Arbeitsplatz verlassen, und Jess wusste, was sie tun musste.

Sie schnappte sich ihren Rucksack und ein Drohnenkit und machte sich auf den Weg zu den sich bewegenden Koordinaten des Mannes. In Echtzeit erhielt sie weiterhin Updates von den anderen Drachen, während sie sich ihren Weg durch den Wald bahnte.

Tiamura hielt an einem Haus an, das Jess an alte Fotos von silbernen Airstream-Wohnmobilen erinnerte, die in einen Erdwall geschmiegt und mit Ranken und den Ästen nahegelegener Bäume bedeckt waren. Sie postierte sich an einer Stelle mit guter Sicht auf das Haus, spannte eine Tarnplane auf, die IR- und digitale Ortungsmaßnahmen blockierte, und begann, das Videomaterial der Mikrodrone zu beobachten, die es ins Innere geschafft hatte.

Zuerst konnte sie nicht viel sehen. Die Tasche wurde auf der Küchentheke abgestellt, und alles, was im Sichtfeld war, war ein Blick auf Mr. Tiamura, der nach einem langen Arbeitstag sein Abendessen zusammenwarf.

Aber etwa fünfzehn Minuten später wurde die Tasche in einen Werkraum mit Werkzeugen darin gebracht. Das war für Jess nicht sofort verdächtig, da ein Mann, der in einem Sägewerk arbeitete, wahrscheinlich ein handwerklich begabter Mensch war, aber als sie auf einige der Komponenten auf einem Regal zoomte, fügten sich die Dinge zusammen.

Verdammt, erkannte sie. *Er baut Bomben, genau wie die, die wir auf Moraga gesehen haben.*

Tiamura packte mehrere fertiggestellte Sprengsätze in die Tasche und verließ dann abrupt das Haus.

Jess informierte schnell die anderen Drachen über die Situation und ihren Standort. Ein paar Minuten später waren auch Catalina und David in Bewegung.

Ich glaube, wir nähern uns demselben Ort, mutmaßte sie.

Ja ... da könntest du recht haben, stimmte Catalina zu.

Zwanzig angespannte Minuten vergingen, in denen Jess sich lautlos durch das dichte Laub bewegte und sogar der Versuchung widerstand, nach den Zymuras zu schlagen, um ihre Tarnung zu wahren. Stetig bewegten sich die drei Drachen in die gleiche Richtung, bis sie sich in der Nähe des Eingangs einer Höhle außerhalb der Stadt befanden.

Sie richteten ein neues Versteck ein und beobachteten erwartungsvoll das Videomaterial der drei Mikro-Drohnen.

Ach du Scheiße ..., sagte Jess.

Verdammt. Das sind Zodarks, sagte David, überrascht, dass sie einige dieser blauen Bastarde noch auf diesem Planeten gefunden hatten. Er dachte, sie wären alle gegangen oder in einigen der letzten Schlachten zur Befreiung Tanians gestorben.

Ich melde das, sagte er den anderen. *Wir werden sehen, wie Drew damit umgehen will. Vorerst halten wir die Stellung, bis wir neue Befehle erhalten.*

Das musst du mir nicht zweimal sagen, kommentierte Jess. *Vielleicht haben wir Glück und sie schicken die Armee, um das zu erledigen.*

****

Einige Stunden später

Es dauerte nicht lange, nachdem die Drachen Drew von der Entdeckung eines aktiven Zodark-Lagers und einer Aufständischenzelle berichtet hatten, da wurde ein Delta-Team der Republik-Armee, das in der Hauptstadt stationiert war, zu ihrem Standort entsandt.

David dachte, er hätte das Geräusch einer Osprey gehört, als sein Ohrhörer zwitscherte. »Ghost Six, hier Warden Actual. Wir sind zwei Kilometer von Ihrer Position entfernt«, kam die Stimme von Captain Marcus »Gavel« Kincaid.

»Warden Actual, hier Ghost Six. Verstanden. Wir haben Sichtkontakt zum Ziel. Nähern Sie sich mit Vorsicht von unserer Neun-Uhr-Position. Wir werden Sie zu unserem Versteck führen«, antwortete David mit mechanischer Präzision.

Wurde auch Zeit, dass die Kavallerie auftaucht, scherzte Catalina.

Ha-ha. Du dachtest doch nicht wirklich, Drew würde uns diesen Ort angreifen lassen, oder?, kommentierte Amir.

Somchai wechselte sein Gewehr in die andere Hand. *Ist ja nicht so, als ob wir sie nicht ausschalten könnten.*

Ich habe nicht gesagt, wir könnten es nicht, antwortete Catalina verteidigend. *Aber warum es riskieren, wenn wir ein Delta-Team für diesen Zweck in Bereitschaft haben?*

Stellt das Geplapper ein, Leute, warf David ein. *Wir können nicht den ganzen Spaß haben. Müssen den Deltas auch was übrig lassen.*

Kaum dreißig Sekunden später zwitscherten ihre Ohrhörer.

»Feuer einstellen, Freundkräfte nähern sich Ihrer Position von Ihrer Neun-Uhr-Position«, sagte die Stimme von Staff Sergeant Dana »Shade« Callahan, als David sich umdrehte und die Silhouette eines Delta-Soldaten sah, der auf sie zukam.

David synchronisierte sich mit ihren Neurolinks, jetzt da sie in unmittelbarer Nähe waren, und wechselte zu dieser Methode der Kommunikation, anstatt die Funkgeräte zu benutzen. Er wollte nicht riskieren, dass die Zodarks sie entdeckten.

Ich bin Ghost Six, sagte David, als er Captain Kincaid eine Hand entgegenstreckte. *Am besten benutzen wir Neurolinks, bis wir bestätigen können, dass sie keine Möglichkeit haben, Funkverkehr zu orten. Ich nehme an, Sie sind Warden.*

Das bin ich, und danke für den Hinweis bezüglich der Kommunikation.

Ihr habt den Mann gehört – keine Funkgeräte, nur Neurolinks, sagte Kincaid und gab Davids Warnung weiter. *Wir haben uns das Videomaterial angesehen, das Ihr Team geschickt hat. Wollen Sie an der Aktion teilnehmen oder zusehen und beobachten?*

David lächelte den Delta-Soldaten an und bemerkte mindestens zwei Zwölf-Mann-Trupps der Spezialkräfte der Republik-Armee, die in geringer Entfernung hinter ihm verweilten. *Nee, ich denke, wir lassen Sie das hier erledigen. Das ist wohl etwas mehr als ein Fünf-Mann-Job.*

Der Delta-Soldat lächelte. *Ja, so sah es aus. Danke, dass Sie sie für uns gefunden haben. Wir hatten höllische Schwierigkeiten, diese Kerle aufzuspüren. Ich glaube, das sind die letzten von ihnen.*

Wahrscheinlich. Wir werden uns aus dem Weg halten, antwortete David. *Viel Glück.*

Der Delta-Soldat nickte ihnen kurz zu und verschwand dann in den Schatten, aus denen er aufgetaucht war. Für eine Handvoll Minuten war alles still. David wusste, das war nur die Ruhe vor dem Sturm. Die Kommandosoldaten manövrierten sich in Position. Er hoffte nur, sie hatten keine versteckten Wachen oder Näherungssensoren übersehen, die die Aufständischen und die Handvoll Zodark-Soldaten bei ihnen alarmieren könnten.

****

Master Sergeant Cole Maddox verlagerte seine Position hinter einem umgestürzten Baumstamm, und sein M-111 Slayer schmiegte sich gegen seine Achsel. Das mattschwarze Finish des Gewehrs schimmerte matt im schwindenden Licht, sein 30 Zentimeter langer Lauf richtete sich auf die nördliche Wache. Die Wärmebildüberlagerung malte den Zodark in Orange vor dem kühlen Blau des Waldes.

Shade schlich zu ihrer Position dreißig Meter östlich, den Slayer erhoben, die Optik auf die südliche Wache gerichtet. Sie hatte zwei Ziele markiert, vierzig Meter voneinander entfernt. Ihre vierarmigen Silhouetten lehnten an Felsvorsprüngen.

Kincaids Stimme durchbrach die Verbindung. *Hammer, Draven – begebt euch in Angriffspositionen. Aufklärung bestätigt IEDs am Höhleneingang. Achtet auf euren Abstand.*

Verstanden, antwortete Hammer und schlängelte sich durch das Unterholz zur Ostflanke.

Er umrundete einen dicken Baumstamm – und erstarrte.

Eine Frau, anscheinend eine der Aufständischen, kauerte drei Meter vor ihm, die Hose um die Knöchel, die Augen so groß wie Untertassen.

Sie schrie und griff dann nach ihrer Waffe.

Hammers Slayer bellte einmal, der Plasmabolzen traf sie mitten in der Brust. Sie brach zusammen, aber der Schaden war angerichtet.

Kontakt! Wir sind aufgeflogen!, knurrte Hammer.

Blasterfeuer brach vom Perimeter aus – Plasmablitze zischten durch die feuchte Luft, wild und suchend. Die Wachen wirbelten zum Geräusch herum, ihre Mandibeln klickten in Kommunikationsgeräte.

Angreifen! Angreifen!, befahl Kincaid.

Shades Finger drückte den Abzug. Der Blitz des Slayers schlug in den Kopf des Ziels ein. Die nördliche Wache fiel. Reapers Ziel folgte einen Herzschlag später und brach in den Dreck zusammen.

Zwei erledigt, meldete Shade. *Rücke vor!*

Die Deltas stürmten vorwärts, ihre Slayer spuckten kontrollierte Feuerstöße. Shade erledigte eine Zodark-Wache mitten im Sprint, sein vierarmiger Körper wirbelte in den Dreck. Reaper erledigte einen weiteren, ein Schuss durchschlug die Brustplatte eines Zodarks.

Dann spie der Höhleneingang Verstärkung.

Fünf Zodarks tauchten auf, schwere Blaster donnerten Sperrfeuer. Plasmageschosse fraßen sich durch Baumstämme und Stein und zwangen die Deltas, die Deckung zu wechseln. Acht menschliche Aufständische folgten und krochen hinter Felsen und umgestürzten Baumstämmen in Schussposition.

Dravens Slayer traf einen Aufständischen in den Hals. Shade erledigte einen weiteren. Aber der Feind hatte die Anhöhe und befestigte Positionen.

Wir sind festgenagelt!, rief Hammer und duckte sich hinter einen Felsbrocken, als Plasma die Luft über seinem Kopf versengte. *Einhundert Meter zum Ziel, minimale Deckung!*

Kincaid beurteilte die Lage – Höhleneingang befestigt, Sprengstoff im Inneren, kein sauberer Annäherungsweg. Er aktivierte seine Verbindung. *Reaper, Draven – bereitet Hydras vor. Thermobare Sprengköpfe. Ich will diese Höhle zum Einsturz bringen.*

Reaper und Draven knieten nieder und zogen die A-9 Hydra-Werfer von ihren Rücken. Die 127-mm-Rohre rasteten mit einem mechanischen Klicken ein. Reapers Finger tanzten über die Zielkonsole und konfigurierten den etwa 5 Kilo schweren Sprengkopf für maximale Explosion.

Hydras scharf, bestätigte Reaper. *Ziele auf Höhleneingang.*

Alle Einheiten, runter!, bellte Kincaid.

Die Deltas machten sich klein und drückten sich in den Dreck und hinter Steine in Deckung.

Reaper und Draven feuerten gleichzeitig.

Die Hydras zischten aus ihren Rohren, und ihre Kondensstreifen zogen orange durch die Dämmerung. Die intelligenten Raketen korrigierten mitten im Flug ihre Bahn und steuerten auf den Höhleneingang zu.

Der erste Sprengkopf durchschlug den Eingang. Der zweite folgte eine halbe Sekunde später.

Dann entzündete sich die Welt.

Die thermobare Explosion verbrauchte den Sauerstoff in einem tosenden Feuerball, die Druckwelle riss durch das Höhlensystem. Die gelagerten IEDs detonierten in Folge – schnellfeuernder Donner, der Fels und Erde in den Himmel hob. Die Schockwelle rollte nach außen, Hitze fegte über die gedeckten Positionen der Deltas, als Äste über ihnen brachen.

Shade spürte die Erschütterung in ihrer Brust, als Dreck auf ihren Helm regnete.

Als das Tosen verklang, blieb nichts als rauchender Schutt und ein eingestürzter Eingang, wo die Höhle gewesen war.

Draven überprüfte seinen Scanner, der Staub hing immer noch in der Luft. *Keine Wärmesignaturen. Keine Bewegung. Ich glaube, wir haben sie alle erwischt – Gelände sauber.*

Kincaid erhob sich und bürstete den Schmutz von seiner Rüstung. *Schadensanalyse bestätigt. Ziel neutralisiert.*

Er schaltete auf den Kanal für das gesamte Team. *Ghost Six, hier Warden Actual. Ziel zerstört. Keine Überlebenden. Wir wissen die Informationen zu schätzen. Wollen Sie eine Mitfahrgelegenheit zurück oder latschen Sie?*

Davids Stimme knisterte zurück. *War mir ein Vergnügen, mit Ihnen Geschäfte zu machen, Warden. Oh, und ja, wir nehmen eine Mitfahrgelegenheit zurück zur Basis. Besser als laufen. Diese verdammten Insekten fressen einen hier draußen bei lebendigem Leibe auf.*

Kincaid lachte und gab seinem Team dann ein Zeichen. *Ja, diese Käfer sind kein Witz. Die Mitfahrgelegenheit ist in fünf Minuten da. Zeit, zusammenzupacken. Es ist Zeit für ein Bier, und ich habe gehört, Sie geben die erste Runde aus ...*

****

Einige Stunden später

Drew wollte, dass die verbleibenden Reste dieses Aufstands beseitigt wurden. Das bedeutete, dass der Holzschnitzer, der Imbissbudenarbeiter und der ehemalige Gouverneur alle gehen mussten.

David und die anderen beschlossen, den Schnitzer und den Lebensmittelarbeiter auf die gleiche Weise auszuschalten wie die IED-Zelle in Moraga. Im Handumdrehen hatten sie die Schlösser geknackt, einen Gaskanister freigesetzt, um alle zusätzlichen Bewohner auszuschalten, die zu Kollateralschäden geworden wären, und einen Autoinjektor benutzt, um jegliche zukünftigen terroristischen Ambitionen zu beenden, bevor sie verwirklicht werden konnten.

Zulon erforderte jedoch etwas mehr Planung. Wie jede stinkreiche Person hatte er Wachen und ein Haussicherheitssystem sowie ein Haustier, das das planetarische Äquivalent eines Schäferhundes war.

Positiv ist, dass wir nach drei Tagen Rund-um-die-Uhr-Beobachtung genau wissen, wie seine Wachen operieren, sagte Amir.

Somchai, wir brauchen dich, um herauszufinden, wie man seinen Strom kappt, wies David an.

Geht klar.

Ein paar Minuten später lag David am Rande von Zulons Grundstück auf der Lauer, die Betäubungspistole in der Hand. Bevor die Wache überhaupt wusste, was passiert war, flossen zwei Pfeile durch sein System, wodurch sich seine Augen verdrehten, bevor er zusammensackte.

Hinterer Posten ausgeschaltet, bestätigte David.

Posten am Tor ausgeschaltet, meldete Amir.

Nach einem Moment der Stille antwortete Catalina: *Ich habe den Hintereingang.*

Bereit für deine Magie, Somchai.

Das Haus war größtenteils dunkel, da es inzwischen 2 Uhr morgens war, aber es gab ein kleines Licht im Flur und das schwache Licht verschiedener Bildschirme, die im Ruhemodus, aber nicht ausgeschaltet waren. Aber ein paar Sekunden später wurde das Haus in völlige Dunkelheit getaucht, und David wusste, dass ihr Weg frei war.

Da der Strom aus war, war es schwieriger, sich in den Türmechanismus zu hacken, ohne ihr Haustier aufzuwecken. Also griffen sie auf altmodische Methoden zurück, benutzten einen Laser, um ein Loch in eines der großen vorderen Fenster zu schneiden, und entfernten das Stück mit Saugnäpfen.

Sie warfen einen Schlafgaskanister durch das Loch und betraten mit aufgesetzten Masken das Haus. Das Haus war zu groß für nur einen Kanister, also rollten sie einen weiteren den Flur hinunter, bevor sie weiter nach hinten gingen, wo sich das Zimmer des ehemaligen Gouverneurs befand.

Zwei Minuten später war Zulon mit einem Autoinjektor behandelt worden und würde nie wieder aufwachen. Seine Frau schlief friedlich neben ihm und ahnte nichts von dem, was geschehen war.
****

Nachdem alle ihre Missionen abgeschlossen waren, beorderte Drew die Drachen zurück nach Gurista Prime.

»Sieht so aus, als hätten wir ein paar Wochen Urlaub und Erholung in Zidara, während wir auf unsere nächsten Befehle warten«, sagte David zu seiner Crew, während sie mit einer Osprey aus Tanian ausflogen.

»Ehrlich gesagt, alles, um von diesem Ort wegzukommen«, sagte Somchai und sprach damit ein Gefühl aus, das sie alle teilten.

»Wenn ich in meinem ganzen Leben nie wieder eine Zymura sehe, sterbe ich glücklich«, scherzte Jess.

»Ich freue mich auch auf ein paar Wochen in einem insektenfreien Zuhause«, stimmte Amir zu.

Sie waren nicht die einzigen Passagiere, die Tanian verließen. Die Deltas, die ihnen früher am Abend geholfen hatten, waren ebenfalls auf dem Weg nach draußen. Anscheinend waren ihre Vorgesetzten der Meinung, dass Tanian nun ausreichend gesichert war, um es den örtlichen Gurista-Streitkräften zu überlassen.

Auf dem Rückweg hörte David Geflüster von Warden und Shade über eine mögliche Großoffensive zur Eroberung des Zodark-Systems Tueblets und sprach mit Catalina über den Neurolink darüber.

Das ist eine große Sache, sagte er ihr. *Glaubst du, sie werden uns einbeziehen?*

Catalina lächelte, drückte sanft seinen Arm, lehnte dann ihren Kopf an seine Schulter und schloss die Augen.

Vielleicht ja, vielleicht nein, sagte sie. *Aber die nächsten zwei Wochen werde ich einfach diese Zeit mit dir genießen.*

Kapitel 22:
Daheim

23. Dezember 2115
Éire – Planet im Asteroidengürtelr
Großes Wildlands-System

Liam Patrick war überglücklich, dass er es rechtzeitig zu Weihnachten nach Hause schaffte. Er hatte alle möglichen Geschenke für seine drei Kinder gekauft und ein paar besondere Dinge für seine wunderschöne Frau Sara. Nach all den Jahren, die er im Asteroidengürtel unterwegs und so viel allein gewesen war, hatte er nicht geahnt, wie sehr er sich nach dem sanften Chaos des Familienlebens sehnen würde, das er nun genoss.

Liam nickte den Sicherheitsleuten zu, die vor dem Eingang seines Hauses stationiert waren. Er schätzte ihren Dienst, war aber immer noch nicht an die Störung gewöhnt, dass immer jemand in der Nähe war. Die beiden Agenten, die mit ihm gegangen waren, traten zur Seite, als Liam die Tür öffnete, um ihm so viel Privatsphäre wie möglich zu gewähren.

»Dad!«, rief sein Sohn Sean und rannte zu ihm, um ihn zu umarmen.

Seine beiden jüngeren Zwillingsmädchen, Cara und Maeve, die noch Kleinkinder waren, quietschten vor Freude, als ihre kleinen Augen ihn sahen. Alle drei Kinder umschwärmten ihn mit Umarmungen, Geschichten und Fragen.

Als Anführer von Éire bekomme ich weniger Anerkennung, dachte er belustigt.

Sara wartete, bis die Kinder ihre Umarmungen von Liam bekommen hatten, bevor sie herbeieilte, um sich ihren eigenen Kuss zu holen. »Willkommen zu Hause«, sagte sie mit einem Funkeln in den Augen. »Ich sehe, du bist mit Geschenken zurückgekommen?« Ihre rechte Augenbraue hob sich überrascht, als einer seiner Adjutanten die Pakete auf einem Tisch neben der Tür abstellte, bevor er ging.

Liam zuckte mit den Schultern, ein breites Grinsen im Gesicht. »Nun, weißt du, wie es sich herausstellte, bin ich dem Weihnachtsmann über den Weg gelaufen, als wir Neu-Eden verließen, und er hat mich gefragt, ob ich ihm helfen könnte, indem ich ein paar Geschenke für ihn ausliefere. Was hätte ich sagen sollen … nein?«

Sara lachte über seinen Scherz, und die Kinder waren plötzlich beeindruckt, dass ihr Vater den Weihnachtsmann getroffen hatte. »Es ist schön, dich zu Hause zu haben. Ich war mir nicht sicher, ob du vor Weihnachten zurückkommen würdest. Ich bin froh, dass du es geschafft hast, und ich bin sicher, den Kinder wird gefallen, was auch immer du ihnen mitgebracht hast. Komm, du musst erst mal richtig ankommen.«

Beim Abendessen sprachen Liam und Sara nicht über Angelegenheiten von nationaler Bedeutung. Stattdessen redeten sie über alles Mögliche, was die Kinder besprechen wollten: Kunstprojekte, ein neues Kind in der Klasse seines Sohnes und natürlich, was ihr Vater ihnen von seinen Reisen in die Republik mitgebracht hatte.

»Hast du uns auch Süßigkeiten mitgebracht?«, fragte sein Sohn.

»Hmm … lass mich mal sehen … oh, tatsächlich, das habe ich«, antwortete Liam verschmitzt. Aus seiner Tasche zog er fünf Bonbons, die in durchsichtiges Papier eingewickelt waren, das wie Licht durch ein Prisma funkelte.

»Das ist eine Spezialität aus Neu-Eden«, verkündete er. »Die gibt es natürlich nur, wenn ihr euer Abendessen aufesst«, sagte er und zwinkerte Sara zu.

Nachdem die Kinder ins Bett gebracht worden waren, konnte Sara sich nicht länger zurückhalten. »Also gut, mein Lieber, rück mit der Sprache raus«, sagte sie. »Wie ist die Reise gelaufen?«

»Besser, als ich vielleicht gedacht habe. Ehrlich gesagt war ich erleichtert, als ich erfuhr, dass sich unsere Situation im Großen und Ganzen nicht wirklich ändern wird«, begann Liam. »All die Ängste der Gallentiner und Altairianer, dass die Humtars ihre ehemaligen Gebiete zurückfordern wollen, waren nur unbegründete Gerüchte. Ich hatte die Gelegenheit, direkt mit den Humtars zu sprechen. Sie haben mir mitgeteilt, dass ein solches Vorhaben nicht einmal zur Debatte steht. Sie erkennen an, dass ihre ehemaligen Welten seit Hunderten oder sogar Tausenden von Jahren besiedelt sind. Stattdessen wollen sie sich innerhalb der Republik niederlassen und formellere Beziehungen aufbauen.«

»Aha. Nun, ich für meinen Teil bin froh, dass es nur Gerüchte waren und nicht etwas, das sie wirklich in Betracht gezogen haben. Aber du sagtest, sie wollen formelle Beziehungen aufbauen … okay, was bedeutet das? Wo liegt der Haken?«, fragte Sara, erleichtert, dass sie diese negativen Gedanken beiseiteschieben konnte.

»Ehrlich gesagt, soweit ich weiß, gibt es keinen. Wie sie es mir erklärt haben, wird die Republik ein halbautonomer Teil der Humtar-Konföderation werden, was sie unter das Protektorat der Humtar stellt. Ich hatte vor der Unterzeichnungszeremonie ein privates Gespräch mit Statthalter Hunt darüber. Er versicherte mir, dass unsere Vereinbarung mit der Republik zur Sprache gebracht wurde und dass unsere Position sicher ist – sie wird sich nicht ändern. Wir behalten weiterhin das Recht, uns selbst zu regieren, so wie wir es bisher getan haben. Aber da die Republik Teil ihrer Konföderation ist, sind wir es auch. Das bedeutet, wir fallen unter ihren Schutz, was gut ist. Wir werden auch Zugang zu jeder Technologie erhalten, die sie mit der Republik teilen, und können frei mit ihnen handeln.«

»Oh wow, das ist großartig«, antwortete Sara sichtlich erleichtert. Das war genau das, was sie gehofft hatten. »Du hast erwähnt, dass wir unter ihren Schutz fallen würden – bedeutet das, dass wir an ihren Kriegen teilnehmen müssen? Wie wird sich das alles auf den aktuellen Krieg mit den Zodarks auswirken?«

»Absolut, das ist ungefähr das Beste, was wir uns erhoffen konnten«, erwiderte Liam. »Ich kann nicht mit Sicherheit sagen, dass wir nicht in einen zukünftigen Konflikt hineingezogen werden, aber was die Zodarks betrifft – nein, wir werden nicht gebeten, zu kämpfen oder mehr beizutragen als das Bronkis5-Mineral, das wir bereits an die Republik verkaufen. Aber diese Ressource ist, wie du weißt, für die Republik viel zu wertvoll, als dass sie uns vom Abbau abziehen würden – das ist bei Weitem der größte Beitrag zu jeder Kriegsanstrengung, den wir leisten können. Die Strategie, über die wir gesprochen haben – unser System und unseren Planeten in eine Schmiede zu verwandeln – gibt uns die beste Sicherheitsgarantie, die wir uns erhoffen können.«

Sara seufzte erleichtert auf. »Ich bin so froh, das zu hören, Liam. Ich habe mir die ganze Zeit, die du weg warst, Sorgen gemacht, dass alles, was wir aufgebaut, alles, wofür wir Opfer gebracht und gekämpft haben, uns durch diese neue Vereinbarung mit den Humtars weggenommen werden könnte. Das zeigt wohl, dass ich mir nicht den Kopf über Dinge zerbrechen sollte, die ich nicht kontrollieren kann.«

Liam nickte, schenkte ihr ein warmes Lächeln und eine Umarmung. »Ich verstehe das vollkommen. Wir haben uns hier dieses wunderschöne Leben aufgebaut, und jetzt, wo wir Kinder haben, denen wir es hinterlassen können … nun, das verändert die Dinge. Die Risiken, die ich in meinen jüngeren Jahren eingegangen bin, würde ich jetzt nicht einmal mehr in Betracht ziehen. *Sie* sind das Vermächtnis, und alles, wofür wir gearbeitet haben, ist für sie.«

Sara setzte sich auf die Couch mit der besten Aussicht auf die Stadt St. Patrick und klopfte auf den Platz neben sich. Liam gesellte sich zu ihr und legte einen Arm um ihre Schulter.

»Wir haben es wirklich geschafft«, sagte sie nach einer kurzen Stille. »Weißt du noch, als wir von dieser freien Gesellschaft geträumt haben? Denk mal, wie viel wir durchgemacht haben, um an diesen Punkt zu gelangen.«

»Ja«, sagte Liam lächelnd. »Und jetzt kommen Menschen aus der ganzen Republik sowie Prims, Tully und Altairianer hierher für einen Neuanfang, eine Chance, ihr Leben neu zu beginnen.«

Sie blickten einen Moment aus dem Fenster und beobachteten die funkelnden Lichter des Abendverkehrs. »Manchmal, Liam, weiß ich nicht, ob die Entdeckung von Bronkis5 ein Segen oder ein Fluch war«, gab Sara leise zu. Dies war eines dieser Themen, über die sie nur unter vier Augen sprachen.

»Ja, ich weiß, was du meinst«, antwortete Liam. »Es bindet uns definitiv viel stärker an die Republik, als uns lieb ist. Aber wir haben es dennoch geschafft, ein anständiges Maß an Freiheit und Autonomie zu bewahren. Die Leute können sagen, was sie wollen über Statthalter Miles Hunt – aber er ist ein ehrenwerter Mann, der zu seinem Wort steht. Ehrlich gesagt war ich mir, als wir Bronkis5 entdeckten, nicht sicher, ob der Statthalter unsere Abmachung weiter ehren würde oder ob er uns zwingen würde, eine dieser ehemaligen Sumarer-Kolonien anzunehmen, die er uns im Qatana-System angeboten hatte. Aber er hat sein Wort gehalten und uns im Wesentlichen eine Ressource geschenkt, die so gut wie garantiert, dass für unsere Leute für kommende Generationen gut gesorgt sein wird.«

»Hmm, das stimmt. Bevor wir dieses Mineral gefunden haben … ich gebe zu, ich hatte Bedenken, eine voll entwickelte Kolonie so abzulehnen, wie wir es getan haben. Es ist schrecklich, was die Zodarks diesen armen Sumarern angetan haben … es war ein Völkermord …« Ihre Stimme erstarb.

»Es war schrecklich. Diese blauen Monster sind bösartig. Ich sage dir eines, Sara, über unsere neue Sicherheitsvereinbarung. Diese Humtar-Kriegsschiffe … wow, die sehen absolut furchteinflößend aus. Ich habe noch keines im Kampf gesehen, aber ich vermute, sie sind mächtiger als alles, was wir je zuvor gesehen haben. Das ist eine Sache, die ich an dieser neuen Vereinbarung schätze – sie werden unsere Leute beschützen.«

»Das gefällt mir. Und was nun?«, fragte Sara. »All die Zeit haben wir nach dem Nächsten gestrebt … was machen wir jetzt?«

»Was wir jetzt machen? Wir genießen die Früchte unserer Arbeit, meine Liebe«, antwortete Liam. »Alles, was wir je durchgemacht haben, hat sich für Abende wie diesen gelohnt – Abendessen mit der Familie, Zeit miteinander verbringen, in Frieden leben. Jetzt musst du nur noch lernen, dich zurückzulehnen und alles zu genießen.«

»Nun, du weißt, dass ich nicht sehr gut im Zurücklehnen bin«, neckte Sara ihn.

»Nein, aber das ist eine der Sachen, die ich an dir liebe«, erwiderte er. »Du bist hier wirklich aufgeblüht, weißt du. Sara, du warst schon immer großartig darin, Dinge für deine Leute in die Hand zu nehmen, aber hier kommen deine Gaben wirklich zur Geltung. Zum Beispiel hast du so eine erstaunliche Arbeit dabei geleistet, sicherzustellen, dass die Brückenkinder der Primord-menschlichen Paare gut akzeptiert werden. Und wann immer neue Flüchtlinge aus verschiedenen Teilen der Galaxie ankommen, bist du es mit deinem Team, die dafür sorgen, dass sie wieder auf die Beine kommen.«

»Ich tue mein Bestes«, sagte Sara und genoss das Kompliment.

Er lächelte sie an. »Und dein Bestes ist mehr als gut genug«, antwortete Liam. »Ich habe nie an Märchen geglaubt, aber ich schätze, wir haben am Ende doch noch unser ›glücklich bis ans Ende ihrer Tage‹ bekommen.«

Kapitel 23:
Die Hauptstadt im Visier

29. Dezember 2115
CNS *Bloodhawk*
Zodark-Heimatsystem – Orbit über der Hauptstadt

Die *Bloodhawk* trieb wie Rauch durch die Dunkelheit, ihre Reaktorleistung fast auf null gedrosselt. Drei Wochen lang hatten Captain Calvus Theruun und seine Crew das Zinconia-System methodisch kartografiert. Sie hatten Verteidigungsplattformen erfasst, Flottenbewegungen verfolgt und Patrouillenmuster überwacht. Jetzt, bei ihrem letzten Anflug auf die Hauptwelt selbst, blieb nur noch eine Aufgabe übrig.

»Der Orbitalverkehr lichtet sich«, meldete Lieutenant Deyric Kael von seinem Sensorposten, seine Stimme kaum mehr als ein Flüstern. »Zwei Zerstörer wechseln in einen hohen Orbit. Das nächste Zeitfenster öffnet sich in siebzehn Minuten.«

Theruun musterte die Taktikanzeige. Zinconia hing vor ihnen, der uralte Sitz der Zodark-Macht. Im Gegensatz zur sterilen Effizienz neuerer Kolonien trug diese Welt ihre Jahrtausende alte Geschichte wie eine Rüstung – Schicht um Schicht aus Entwicklung, Expansion und Befestigung.

»Steuer, bringen Sie uns sanft in den Planetenschatten«, befahl er. »Nutzen Sie den vierten Mond zur Deckung.«

»Ja, Captain«, bestätigte Lieutenant Arikon Vale, während seine Finger mit geübter Präzision über die Steuerung tanzten. Die Antriebe der *Bloodhawk* erwachten mit einem Flüstern zum Leben, ein Geisterhauch in der Leere.

Commander Velora Shan beugte sich an ihrer Station für elektronische Kriegsführung vor. »Ich empfange erhöhten Funkverkehr von der Oberfläche. Verschlüsselte Militärkanäle, aber das Volumen deutet auf Routineoperationen hin. Keine Alarmanzeichen.«

»Die wissen nicht, dass wir hier sind«, sagte Optio Korric Drahn von der Taktik. Es war keine Frage.

»Sorgen wir dafür, dass das so bleibt«, erwiderte Theruun. »Beginnen Sie die passive Kartierungssequenz. Setzen Sie die optischen Sonden ein – ich will hochauflösende Bilder von allem. Jedes Stromnetz, jede Verteidigungsstellung, jedes Regierungsgebäude soll katalogisiert und aufgezeichnet werden.«

»Setze optische Scanner ein«, bestätigte Kael. »Ultrahochauflösende Kameras sind online. Wir werden Videoaufnahmen der gesamten Hauptstadtregion machen – jedes Gebäude, jede Straße, jeder Wachposten.«

Shan fügte von ihrer Station aus hinzu: »Ich zeichne alles in mehreren Spektren auf. Visuell, Infrarot, Ultraviolett. Die Analysegruppe kann das später Bild für Bild analysieren und Details aufspüren, die wir in Echtzeit vielleicht übersehen.«

Die Besatzung vertiefte sich in ihre Arbeit, während achtzehn Geheimdienstspezialisten auf dem ganzen Schiff die Datenflut analysierten, die von ihren passiven Sonden einströmte. Die Analysten der *Bloodhawk* würden die rohen Sensordaten in verwertbare Informationen umwandeln.

Stunden vergingen in angespannter Stille. Die Hauptstadt Drokanis offenbarte sich langsam durch Schichten elektromagnetischer Strahlung und Wärmebildaufnahmen.

»Stadtplan bestätigt«, meldete Kael und aktualisierte die Hauptanzeige. »Wohngebiete hier, Industriesektoren entlang der östlichen Bezirke. Regierungsviertel … dort.« Er hob einen weitläufigen Komplex nahe dem Herzen der Stadt hervor.

Theruun studierte die Bilder, die sich auf seiner Anzeige formten. Drokanis war ein Bild der Kontraste – uralte Steinarchitektur, die moderne Plasmaleitungen trug, jahrtausendealte Monumente umgeben von glänzenden Verwaltungstürmen. Öffentliche Gärten und Gedenkparks sprenkelten das Stadtbild wie grüne Juwelen, jeder ein Zeugnis eines vergessenen Sieges oder gefallenen Helden.

»Ich vergrößere den Regierungssektor«, verkündete Shan. Die Anzeige zoomte heran und enthüllte einen Komplex, der durch offenes Gelände und Ziermauern von den Hauptverkehrsstraßen zurückgesetzt war.

»Das Gebäude des Hohen Rates«, identifizierte Drahn es und glich die Information mit ihren Geheimdienstakten ab. »Laut den Informationen, die uns von der Republik zur Verfügung gestellt wurden, ist das Zentralgebäude über tausend Jahre alt. In den Berichten heißt es, die modernen Anbauten, die den Umfang säumen, seien die Büros und Verwaltungsflügel.«

»Wirklich? Steht in diesen Berichten auch, wie die Republik an diese Informationen gekommen ist?«, fragte Theruun, neugierig, woher sie das wissen konnten.

»Ah, ja, genau hier«, antwortete Drahn. »Hier steht, dass die Informationen von mehreren ehemaligen Mukhabarat-Agenten und einigen Zodark-Gefangenen an sie weitergegeben wurden. Sie stimmen mit ähnlichen Informationen überein, die vom primordischen und altairischen Geheimdienst stammen«, bestätigte er.

Kael runzelte angesichts seiner Sensoren die Stirn. »Unglaublich. Man sollte meinen, dass die Hauptstadt eines Imperiums im Krieg, sein Sitz der Macht, besser geschützt wäre. Unsere Sensoren erfassen nur minimale Verteidigungssignaturen. Einige Fußpatrouillen, Wachposten an den Eingängen. Aber keine Nahverteidigungsbatterien, keine befestigten Stellungen.«

»Hm, es scheint, als wären sie hier noch nie angegriffen worden«, bemerkte Vale leise und verwies auf das Fehlen von Militärbauten und Verteidigungsanlagen.

Theruun nahm die Daten auf und verarbeitete alles. Nachdem er wochenlang Militäranlagen und Flottenbasen im gesamten Zodark-Imperium inspiziert hatte, erschien es ihm absurd, dass die Regierungsgebäude, in denen ihre Anführer und Entscheidungsträger untergebracht waren, so anfällig für Angriffe sein sollten. »Setzen Sie den Scan fort. Mal sehen, ob wir herausfinden können, welche Art von Wachrotationen sie einsetzen und was wir sonst noch erfahren können, solange wir hier sind.«

Kael räusperte sich. »Wir bekommen langsam einige brauchbare Wärmebilder des Komplexes. Die KI hat unterschieden, was sie für die Wachmannschaft hält und was nicht. Sie hat die Waffen identifiziert, die die äußeren Wachen benutzen, und diese Signaturen dann auf die Bilder der Personen in den Gebäuden angewendet«, erklärte Kael. »Es ist ein wenig grob, ich weiß, aber sie identifiziert ungefähr zweihundert Wärmesignaturen innerhalb des Komplexes, von denen sie annimmt, dass es sich um Wachen handelt.«

»Das deckt sich mit einer leichten Sicherheitsstreitmacht, daher neige ich dazu, es für wahr zu halten. Hier gibt es eine größere Konzentration« – er hob ein Gebäude zwei Kilometer entfernt hervor – »von der die KI vermutet, dass es sich um die Garnison handelt, die die Wachmannschaft im Gebäude des Hohen Rates unterstützt. Das ist nur eine Schätzung, sie könnte also um ein paar Dutzend abweichen, aber sie hat ungefähr achthundert Personen identifiziert.«

»Hm, das ist eine ziemlich präzise Schätzung, Kael. Gute Arbeit«, kommentierte Shan. »Etwa zwanzig Kilometer außerhalb der Stadt befindet sich eine weitere Garnison«, fügte er hinzu und überlagerte die taktischen Daten. »Mit den gleichen KI-Parametern wie Kael sagt sie, dass die Garnison ungefähr fünftausend Soldaten hat. Wenn ich raten müsste, ist das die schnelle Eingreiftruppe, die auf Bedrohungen in der Stadt reagieren würde. Ein wenig weiter von der Hauptstadt entfernt gibt es noch vier weitere Militärbasen. Die KI schätzt die Truppenstärke auf etwa zwölftausend weitere Soldaten.«

»Interessant. Aber abgesehen von diesen Bodentruppen gibt es keine Luft- und Raumverteidigung über dem Ratsgebäude selbst?«, hakte Theruun nach, da er es kaum glauben konnte, dass die Hauptstadt so unverteidigt sein sollte.

»Negativ, Captain«, bestätigte Drahn. »Ich meine, sowohl die lokale Garnison in der Stadt als auch die Basen knapp außerhalb haben einen lokalen Luftwaffenstützpunkt – mit Zeeks, allerdings sind dort keine Vulture-Raumjäger stationiert. Die Zeeks sind diese atmosphärischen Jäger, von denen uns die Republik erzählt hat. Aber was die Dächer der Gebäude angeht, so sind das nur Standardzugangspunkte. Die Türen weisen minimale Sicherheitsvorkehrungen auf – maximal zwei bis vier Wachen. Dasselbe gilt für die Außentüren. Wenn sie in Schwierigkeiten geraten, werden sie sich wahrscheinlich auf eine Eingreiftruppe verlassen, die ihnen zu Hilfe kommt, nicht auf gehärtete lokale Verteidigungsanlagen.«

Ein Annäherungsalarm ertönte leise. Alle Köpfe schnellten zur Taktikanzeige, als ein rotes Licht über ihnen aufblitzte.

»Es ist eine Patrouillenfregatte«, zischte Kael. »Kurs drei-vier-sieben Strich zwei. Sie führt aktive Scans durch.«

»Alle Maschinen stopp«, befahl Theruun. »Keine elektronischen Scans oder Signaturen.«

Die *Bloodhawk* wurde zu einem Loch im Weltraum, ihre Tarnsysteme schluckten jedes verirrte Photon, jedes elektromagnetische Flüstern. Die Besatzung atmete kaum, als die Sensorstrahlen der Zodark-Fregatte wiederholt ihre Position überstrichen.

Der Strahl passierte dreimal, dann ein viertes Mal.

»Mist, die zögern«, murmelte Vale, und Schweißperlen bildeten sich auf seiner Stirn.

»Ruhig, Vale«, kommandierte Theruun, obwohl sein eigener Puls hämmerte.

Die Sensoren der Fregatte schwenkten zurück und hielten direkt über ihrer Position inne. Drei Herzschläge lang hielt das Universum den Atem an.

Dann zog die Patrouille weiter und setzte ihre vorgeschriebene Route fort.

»Puh, wir sind durch«, atmete Kael aus. »Das war knapp. Immer noch keine Veränderung in ihren Emissionen. Wir sind immer noch sauber.«

Theruun zwang seine Muskeln, sich zu entspannen. »Das war knapper, als mir lieb ist. Wie steht es mit unserer Datenerfassung?«

»Siebenundneunzig Prozent abgeschlossen«, meldete der Leiter der Analystengruppe über die interne Kommunikation. »Wir haben detaillierte Architekturanalyse, Verteidigungsbewertungen und Anflugvektoren. Lade jetzt die finalen Wärmekarten hoch.«

Ein weiterer Alarm – diesmal von Shans Station. »Elektronische Anomalie entdeckt. Jemand hat gerade eine Tiefenscan-Sonde auf dem zweiten Mond aktiviert.«

»Militär?«

»Unbekannt, aber sie ist leistungsstark. Wenn sie diesen Sektor überstreichen–«

»Werden wir nicht mehr hier sein«, entschied Theruun. »Leiten Sie die Rückzugssequenz ein. Kael, holen Sie unsere passiven Sonden ein. Vale, berechnen Sie einen Kurs aus der Schwerkraftsenke – nutzen Sie den industriellen Transportkorridor, um unsere Signatur zu verschleiern. Wir verstecken uns im Schatten des nächsten Transporters.«

Die Besatzung bewegte sich mit dringlicher Präzision, da sie dies schon viele Male zuvor getan hatte. Die Schleppsonden des Schiffes wurden wie Angelschnüre eingeholt, ihre hauchdünnen Sensoren verschwanden in verborgenen Fächern. Der Reaktor der *Bloodhawk* begann seinen vorsichtigen Anstieg zurück auf Betriebsniveau.

»Neuer Kontakt«, meldete Drahn. »Zeek-Staffel startet von der Oberfläche. Der Kurs deutet darauf hin, dass sie in unsere allgemeine Nähe unterwegs sind.«

»Zufall?«, fragte Vale.

»Ich glaube nicht an Zufälle«, erwiderte Theruun. »Zeit zu verschwinden, Leute. Steuerstation, führen Sie unseren Rückzug aus.«

Die *Bloodhawk* schoss vorwärts, immer noch in ihren Schattenmantel gehüllt, aber nicht länger als Trümmerstück verkleidet. Sie schlüpfte zwischen Frachtern und Erzverarbeitern hindurch und nutzte den kommerziellen Verkehr als Deckung, während sich die Zeek-Jäger hinter ihr ausbreiteten.

»Sie fliegen Suchmuster«, bemerkte Kael. »Aber sie haben uns immer noch nicht geortet.«

»Noch nicht«, berichtigte Theruun. »Shan, können Sie ihre Sensoren täuschen?«

»Das tue ich bereits. Ich füttere sie mit falschen Echos in Raster sieben-drei. Das sollte uns ein paar Minuten verschaffen.«

Diese Minuten dehnten sich wie Stunden, während die *Bloodhawk* sich zum Rand des Planeten schlich. Zweimal mussten sie den Kurs ändern, als Patrouillenschiffe vorbeiflogen und jedes Mal gefährlich nah an die Entdeckung kamen, als sie sich aus dem Orbit des Planeten befreiten.

Schließlich, nach sechs Stunden nervenaufreibender Ausweichmanöver, erreichten sie eine sichere Entfernung zum Planeten und konnten ihren Transit aus dem System beginnen.

»Captain, wir sind offiziell aus der Schwerkraftsenke heraus«, meldete Vale. »Das Schiff ist auf Ihren Befehl zum QCB-Übergang bereit.«

Theruun warf einen letzten Blick auf die Taktikkarte. Zinconia leuchtete immer noch auf ihren Sensoren, ohne zu ahnen, wie gründlich seine Geheimnisse kartografiert worden waren. Jede Schwäche war katalogisiert, jede Verwundbarkeit vermerkt.

»Sehr gut, bringen Sie uns hier raus«, befahl er. »Nehmen Sie Kurs auf New Eden. Bringen wir unsere Daten zur Enklave und zur Republik. Sie werden begierig sein zu sehen, was wir gefunden haben.«

Die *Bloodhawk* aktivierte ihre Quantenantriebe und verschwand im Hyperraumkanal, den Zodark-Planeten hinter sich lassend. In ihren Datenkernen trug sie den Bauplan für dessen Zerstörung – sollte die Republik sich entscheiden, ihn zu nutzen.

Sie hatten ihre Arbeit getan. Nun würde es an anderen liegen zu entscheiden, wie sie das, was sie gefunden hatten, einsetzen würden.

Aber als er das verletzliche Herz des Zodark-Imperiums auf seinen Bildschirmen betrachtete, vermutete Theruun, dass diese Entscheidung bereits getroffen worden war.

Der Krieg stand kurz davor, eine ganz andere Wendung zu nehmen.

Kapitel 24:
Zahlenanalyse

3. Januar 2116
Untergeschoss Drei – Hauptquartier des Raumkommandos
New Cambria, New Eden

»Schöne Weihnachten gehabt?«, fragte Vizeadmiral Rosentreter, als er und Konteradmiralin Amy Dobbs den Aufzug betraten.

Dobbs gab einen Code ein und drückte dann den Knopf für UG3, bevor sie auf seine Frage antwortete. »Ja, hatte ich. Ich habe bis zehn Uhr morgens geschlafen, bin dann joggen gegangen und habe dabei ein Hörbuch gehört, bevor ich zum Mittagessen so viel gegessen habe, dass ich noch vor dem Ende des Spiels Bears gegen Lions eingeschlafen bin.«

»Oh Mann, heißt das, Sie haben den spektakulären Spielzug im vierten Viertel verpasst, als die Bears nur noch eine Minute und achtundfünfzig Sekunden vor Schluss mit neun Punkten im Rückstand lagen?«, fragte Rosentreter aufgeregt.

Dobbs schaute bedrückt. »Oh, leider ja. Ich habe mir die Wiederholung angesehen, nachdem ich aufgewacht bin, aber ja, ich habe es verpasst, es live zu sehen.«

»Wow, das ist wirklich schade. Es war spektakulär. Der Quarterback der Bears warf einen Siebenundvierzig-Yard-Pass auf Godwin, der dann einen Tackle durchbrach und weitere zweiunddreißig Yards für einen Touchdown lief. Es war der unglaublichste Fang, und wie er danach diesen Tackle durchbrochen hat … wow.«

»Ja, das sah ziemlich cool aus, aber was war mit dem Onside-Kick, den sie gekriegt haben?«, konterte Dobbs. »Ich meine, es war der Wahnsinn, wie sie wieder in Ballbesitz gekommen sind. Dann ein Neunzehn-Yard-Fang für Evans und zack, waren sie mit nur drei Sekunden auf der Uhr in Field-Goal-Reichweite.«

»Ich kann nicht glauben, dass Sie das verschlafen haben, Amy. Das war das Spiel des Jahres.«

Genau in diesem Moment öffneten sich die Türen mit einem gedämpften Zischen und sie betraten den höhlenartigen

Besprechungsraum. Ihre Haltung schaltete augenblicklich in den Arbeitsmodus um.

Um den Tisch herum versammelten sich bereits hochrangige Persönlichkeiten der Flotte und der Armee der Republik. Das Summen der leisen Gespräche verstummte, als Flottenadmiral Chester Bailey mit einem Datenpad in der Hand vortrat und seine Augen wie bei einem taktischen Scan durch den Raum schweifen ließ.

Die Luft hier fühlte sich jetzt schwerer an als noch vor ein paar Monaten, als der Statthalter sie daheimwillkommen geheißen und seine Vision zur Beendigung des Krieges dargelegt hatte. Bei jenem Treffen war es um Siegesparaden und die Kampfmoral gegangen. Bei diesem Treffen, drei Ebenen tief im Nervenzentrum des Raumkommandos, ging es darum, wie man den Krieg tatsächlich beenden konnte.

Rosentreter kam direkt zur Sache.

»Admiral, haben wir die Zahlen, um realistisch einen Enthauptungsschlag und eine anschließende Invasion von Tueblets durchzuführen?«

Bailey atmete langsam aus und wog die Frage ab. »Hätten Sie mich das vor den Humtar-Upgrades unserer Kommunikationssysteme gefragt, hätte ich gesagt, keine Chance. Gleichzeitige, Multivektor-Angriffe in diesem Ausmaß zu koordinieren, wäre … bestenfalls unpraktisch gewesen. Aber jetzt?« Er tippte auf sein Datenpad und rief eine Holokarte des Tueblets-Systems auf. »Die Humtar haben nicht nur unsere Feuerkraft verbessert, sie haben auch unsere Reparatur- und Bauzeiten um einen Faktor verkürzt, den ich vor fünf Jahren als Science Fiction bezeichnet hätte. Beschädigte Rümpfe können in Wochen statt in Monaten wiederhergestellt werden. Neue Schiffe laufen doppelt so schnell vom Stapel. Das gibt uns die nötige Schlagkraft, zumal sie an unserer Seite kämpfen werden.«

Dobbs beugte sich vor, ihre Stimme war scharf, obwohl sie gerade erst aus dem Urlaub zurück war. »Das ist alles großartig, Sir – aber Schiffe besetzen kein Territorium. Das tun Soldaten. Und die Humtar können keine neuen Truppen in einer Werft herstellen. Die Armee ist seit dreieinhalb Jahren im Dauereinsatz. Sie hat schwer geblutet. Selbst mit Ersatz braucht der Zusammenhalt der Einheiten Zeit, um sich wieder aufzubauen.«

Auf der anderen Seite des Tisches lachte Brigadegeneral Brian Royce, der Mann, der bei der Befreiung von Gurista an ihrer Seite gekämpft hatte, kurz und humorlos auf.

»Das stimmt, Admiral. Jeder Feldzug, jede Invasion … unsere Leute haben dafür mit Blut bezahlt. Sie sind müde, Sir. Und nicht nur körperlich, viele von ihnen sind innerlich ausgebrannt. PTBS, Kampfmüdigkeit, das volle Programm. Man kann nicht jahrelang zusehen, wie Städte brennen und Zivilisten abgeschlachtet werden, ohne davon gezeichnet zu sein. Wenn Sie wollen, dass die Bodentruppen für Tueblets fit sind, brauchen wir eine Auszeit. Und eine richtige Auszeit – nicht ein paar Monate am Strand, bevor sie auf den nächsten Transporter verladen werden. Sie brauchen eine Ruhephase, um ihren Geist, ihren Körper und ihre Seele zu erholen, bevor wir sie wieder ins Training und an Bord von Schiffen schicken, um den nächsten Planeten zu überfallen.«

Baileys Stirn legte sich in Falten. »Einverstanden. Ich hatte mich so sehr auf die Einsatzbereitschaft der Flotte und die Schiffszahlen konzentriert, dass ich die menschliche Seite der Gleichung nicht berücksichtigt habe.«

Royce zuckte mit den Schultern. »Deshalb haben Sie uns ja hier im Raum. Machen Sie die *Freedom* kampfbereit, und wenn Sie rufen, werden wir zur Stelle sein. Aber je mehr Erholungszeit Sie uns geben, desto effektiver werden wir sein.«

Kurz trat Stille ein, bevor Rosentreter wieder das Wort ergriff. »Sir, welchen Weg wir auch einschlagen – ob zuerst Zinconia oder Tueblets – der Dreh- und Angelpunkt ist immer noch die *Freedom*. Ohne ihre Brückenfähigkeit bricht der ganze Plan zusammen. Was ist der letzte Stand bei ihren Reparaturen?«

Bailey blickte auf sein Datenpad. »Laut letztem Bericht brauchen die Werften noch sechs Wochen. Wenn man bedenkt, in welchem Zustand sie war, ist das ein Wunder. Ehrlich gesagt, wenn die Gallentiner beschlossen hätten, sie zu verschrotten, wäre ich angesichts der Schäden, die sie eingesteckt hat, nicht überrascht gewesen.«

Vizeadmiral Lee, der auf halber Höhe des Tisches saß, warf ein: »Angenommen, sie ist rechtzeitig wieder da, dann werden Sie ihre ursprüngliche Besatzung aus der ganzen Flotte abziehen. Das schafft wiederum eigene Lücken. Was ist der Plan, um diese wieder aufzufüllen?«

Bailey nickte. »Einiges davon ist bereits in die Wege geleitet – erhöhte Rekrutierungs- und Einberufungszahlen, Beförderungen in allen Rängen, um Offizierslücken zu füllen. Aber Sie haben recht, die Umschulung dieser Besatzung wird zusätzlich zum Reparaturfenster ein paar Monate dauern. Selbst wenn die Werften ihr Ziel erreichen, werden wir also noch etwa vier Monate brauchen, bis die *Freedom* kampfbereit ist.«

Rosentreter lehnte sich zurück und rechnete im Kopf nach. »Vier Monate … vielleicht sechzehn bis achtzehn Wochen, wenn alles nach Plan läuft. Das ist nicht viel Zeit, um einen Feldzug dieser Größenordnung zu organisieren.«

Royce grunzte kurz. »Auch nicht genug, um Zinconia richtig aufzuklären. Teams blind in den Hinterhof des Hohen Rates zu schicken, ist kein Plan – das ist Selbstmord.«

Baileys Blick wurde schärfer. »Deshalb werde ich genau über dieses Thema mit dem Statthalter sprechen. Die Humtar haben Mittel, die wir nicht haben – Tarnschiffe, die für das tiefe Eindringen gebaut wurden. Wenn wir eines bekommen können, Royce, könnten Sie und Ihre Delta-Soldaten ein Lagebild vor Ort erstellen, bevor wir uns auf den Angriff festlegen.«

Ein langsames Grinsen breitete sich auf Royces Gesicht aus. »Das ist genau das, was wir brauchen würden, Sir.«

Dobbs blickte zwischen ihnen hin und her. »Also verfolgen wir zwei Pläne parallel: Die Flotte macht die *Freedom* und die Invasionsstreitkraft bereit. Die Armee ruht sich aus, rüstet auf und füllt ihre Reihen wieder auf. Royces Team arbeitet an der Humtar-Sache und beginnt mit der Aufklärungsplanung. Vier Monate, wenn wir es schaffen, länger, wenn es sein muss, aber das werden wir erst wissen, wenn wir anfangen.«

Bailey nickte und ließ die Holokarte wieder aufleuchten. »Ja, das klingt in etwa richtig. Lassen Sie uns das so planen. Wenn ich mehr Details von den Humtar habe, treffen wir uns wieder. Bis dahin sollten wir unsere Leute und Schiffe bereit machen. Es ist Zeit, diesen Krieg zu beenden.«

Kapitel 25:
Schockangriff

10. Januar 2116
Hauptquartier der Republikanischen Armee
New Eden

Brigadegeneral Brian Royce starrte auf den Missionsvorschlag, bevor er das Tablet auf den Tisch vor sich legte. Er hatte schon eine Menge verrückter Ideen gesehen – verdammt, er hatte selbst ein paar vorgeschlagen. Aber das hier war mehr als nur verrückt. Es sah selbstmörderisch aus; schlimmer noch, es fühlte sich sinnlos an. Er schüttelte den Kopf, bevor er fragte: »Al, wir kennen uns schon eine ganze Weile. Ist das wirklich, was der Statthalter vorschlägt?«

»Wollen Sie damit sagen, dass es nicht möglich ist, Brian?«, erwiderte Generalleutnant Alfred Bates, der Kommandeur der republikanischen Spezialeinheiten.

Brian spottete, bevor er antwortete. »Ich glaube, fast alles ist möglich, wenn man nur genug Ressourcen dafür aufwendet. Wenn wir das bekommen, was im Vorschlag aufgeführt ist, ja, dann ist es wahrscheinlich machbar. Aber warum sollte man hochtrainierte Agenten für eine Mission wie diese riskieren, wenn man das gleiche Ergebnis mit einem Orbitalangriff oder ein paar Raketen von einem Raumjäger oder Bomber erzielen kann?«

Der Kommandeur der Spezialeinheiten starrte ihn einen Moment lang an, bevor er sprach. »Ich riskiere das Leben meiner Deltas genauso ungern wie Sie. Ich habe dem Statthalter die gleiche Frage gestellt. Wenn das Ziel die Enthauptung der Führung ist, warum dann nicht aus dem Orbit zuschlagen? Wissen Sie, was er mir gesagt hat? Schockangriff –«

»Schockangriff?«, unterbrach ihn Brian mit einem leisen Lachen. »Okay, was übersehe ich?«

Bates lächelte. »Ich habe es anfangs auch nicht kapiert, aber hören Sie mich an. Wir wissen, dass das Zodark-Imperium um Clans und die Stämme innerhalb dieser Clans herum strukturiert ist. Aus zusätzlichen Informationen, die wir von den Guristas und durch die Verhöre gefangener Zodarks erfahren haben, wissen wir, dass ihr Hoher Rat, das Regierungsgremium, das ihr Imperium überwacht, von den ursprünglichen sieben Clans abstammt, die ihre Heimatwelt vereinten. Ihre Clan-Struktur basiert auf Ehre und Hingabe an das Imperium. Wenn ein Krieger seine Familie entehrt, könnte das seinen Stamm beflecken. Wenn sein Stamm entehrt wird, könnte das ernsthafte Auswirkungen auf den gesamten Clan haben.

»Stellen Sie sich nun die Schande vor, die den Anführer des Hohen Rates, diesen Zodark, den sie Zon nennen, und seinen ernannten Mavkah, den Anführer der Malvari oder ihres Militärs, treffen würde, wenn der Rat von Kommandosoldaten attackiert würde. Es ist eine Sache, von einem Orbitalangriff oder einer Handvoll selbstmörderischer Raumjäger getroffen zu werden. Aber ein Bodentrupp von Soldaten, der die wahrscheinlich sicherste Einrichtung im Imperium infiltriert – das, Brian, ist ein Schock «, erklärte Bates, bevor er fortfuhr. »Dieser Krieg muss enden, Brian. Wir haben bei dem Angriff auf die Erde eine Milliarde Menschen verloren. Wir haben in den drei Jahren seitdem mehr als eine Million Soldaten und Raumfahrer verloren.

»Die Ankunft der Humtars und die beträchtliche Hilfe, die wir von ihnen und den Gallentines in den letzten paar Jahren erhalten haben, haben einige neue Optionen eröffnet, die es wert sind, erkundet zu werden. Was mich angeht, glaube ich, dass der Statthalter Recht daran tut, sie zu verfolgen«, gab Bates zu. »Wenn wir versuchen, die Zodarks System für System zu bekämpfen, werden wir Millionen verlieren, und dieser Krieg wird sich über Jahre, vielleicht ein Jahrzehnt oder länger, hinziehen. Der Statthalter glaubt, dass dieser Plan unsere beste Chance auf einen Sieg ist. Mit Hilfe der Humtars glaube ich, dass er recht hat.«

Brian nickte langsam und gab den Punkt zu. »Ich würde Ihnen gern widersprechen, Al, aber in diesem Fall muss ich mich korrigieren. Erinnern Sie sich an die Mukhabarat-Agentin, die wir gefangen genommen und dann umgedreht haben – Ashurina?«

Bates lächelte. »Ja, ich erinnere mich an Ashurina – den Lockvogel der Mukhabarat. Was ist mit ihr?«

»Was der Statthalter über die Ehre in ihrer Kultur gesagt hat, stimmt genau mit dem überein, was Ashurina uns mitgeteilt hat. Als ich sie fragte, warum sie für die Zodarks arbeitete, warum so viele ihrer Brüder für sie arbeiteten, erzählte sie mir, dass ihr Dienst und der Dienst ihrer Brüder ihrer Familie Ehre und Ansehen einbrachten. Es erhöhte ihren Status und den ihres Stammes und Clans«, erzählte Brian. »Das Gegenteil von Ehre ist Schande. Wenn der Zodark NOS, der Mavkah, der ihr Militär führt, durch Inkompetenz in Schande gerät, wird das in seinem Clan und bei denen, die ihn unterstützen, Probleme verursachen.

»Das ist verdammt riskant, Al. Aber ich nehme an, wenn wir den Zon und seinen Mavkah beschämen können, könnten wir es schaffen, eine Spaltung innerhalb der Führung der Clans herbeizuführen. Das könnte alles sein, was wir brauchen, um das Imperium zu spalten oder sie so zu schwächen, dass sie ein Ende des Krieges zu Bedingungen akzeptieren, mit denen *wir* leben können.«

»Genau, Brian. Jetzt kommt der schwierige Teil – die Planung. Wie lange werden Sie brauchen, um ein Team für einen Überfall auf die Hauptstadt vorzubereiten?«, fragte Bates mit ernster Stimme.

»Hmm, ich glaube, darauf habe ich eine bessere Antwort, sobald ich die gesammelten Informationen gesehen habe. Besteht die Möglichkeit, dass Sie ein Treffen mit den Humtars arrangieren können?«, antwortete Brian ehrlich.

Lächelnd nickte Bates. »Ja, ich werde ein paar Anrufe tätigen. In der Zwischenzeit fangen Sie an, ein Team zusammenzustellen und zu überlegen, welche Art von Spielzeug Sie mitnehmen möchten. Wenn wir schon ihre Hauptstadt überfallen, dann sollten wir auch eine Visitenkarte hinterlassen, damit sie wissen, dass wir da waren«, sagte Bates mit einem teuflischen Blick.

Als das Treffen zu Ende ging, hoffte Brian aufrichtig, dass dies der Anfang vom Ende dessen war, was eindeutig ein Vernichtungskrieg war. Er hatte fast sein ganzes Leben in der Armee verbracht, bei den Spezialeinheiten. Jetzt hatte er eine Familie und kleine Kinder. Er war bereit, den Dienst an den Nagel zu hängen. Um das nächste Kapitel im Leben zu beginnen. Aber nicht, bevor die Zodarks beseitigt waren. Nicht, bevor er wusste, dass seine Frau und seine Kinder in Sicherheit waren.

Nur noch ein bisschen länger, Jane ... und dann gehöre ich ganz dir und den Kindern ...

Kapitel 26:
Die Angreifer von Kryntok

20. Januar 2116
Hauptquartier der Republikanischen Marine
Gebäude für Flottenoperationen, New Cambria
New Eden

Der Besprechungsraum »Die Fackel« befand sich tief im Inneren des Gebäudes für Flottenoperationen, seine Wände waren mit Sternenkarten und Computeranzeigen gesäumt, die durch schalldämpfende Materialien und elektromagnetische Abschirmung geschützt waren. Benannt nach dem Glauben der Republik, Licht in die Dunkelheit zu bringen, war der Raum Zeuge der Geburt von Operationen, die den Verlauf des Krieges weiter bestimmen sollten. Der heutige Tag sollte da keine Ausnahme sein.

Captain Naram-Suen betrat den Raum zielstrebig. In seiner Hand fing eine kleine Metallscheibe das Deckenlicht ein, als er sich den Offizieren der Republik näherte.

»Admiral Rosentreter, Captain Wright«, begrüßte Suen sie. »Ich bin froh, dass wir uns endlich treffen können. Ich danke Ihnen, dass Sie mich in Ihrem Hauptquartier empfangen. Ich glaube, was wir hier besprechen werden, wird den Ton für unsere gesamte Kampagne angeben.«

Vizeadmiral Willie Rosentreter erhob sich von seinem Platz am schwarzen Steinkonferenztisch und streckte ihm zur Begrüßung die Hand entgegen. »Captain Suen, willkommen bei den Flottenoperationen. Ich stimme zu, ich hoffe, die Rückkehr der *Bloodhawk* hat die Informationen mit sich gebracht, auf die Admiral Korrath gewartet hat?«

Suen nickte. »Das hat sie, und deshalb müssen wir reden. Wir haben einen Plan, den wir besprechen möchten.«

Captain Joe Wright von der RNS *Vanguard* streckte seine Hand aus. »Captain, es ist mir eine Freude, Sie kennenzulernen. Ich werde das Kontingent der Republik bei dieser Mission leiten. Ich bin gespannt, was Sie für uns haben.«

»Die Freude ist ganz meinerseits, Captain. Je nachdem, wie diese erste Mission verläuft, werden wir sehen, zu welchen Folgemissionen sie führen wird.« Suen beugte sich vor und legte den

Holo-Puck in die Mitte des Besprechungstisches, bevor er ihnen ein Zeichen gab, zu beginnen.

Mit einem leisen Summen aktivierte das Gerät sich und projizierte eine dreidimensionale Darstellung des Kryntok-Systems, die den Raum über dem Tisch ausfüllte. Das Bild malte das System in grellen Rot- und Gelbtönen – Bedrohungseinschätzungen, Verteidigungsstellungen und Bergbaubetriebe, die über drei bewohnbare Welten verstreut waren.

»Das Kryntok-System ist der Ort, an dem wir unsere erste Operation starten werden«, begann Suen und manipulierte die Anzeige mit feinen Handgesten. »Es hat eine einzelne Sonne, drei bewohnbare Planeten, vier unbewohnbare sowie zwei bewohnbare Monde unter insgesamt vierzehn. Die Zodarks haben dieses gesamte System in ihr primäres Zentrum für Schwerindustrie und Erzraffination für diesen Sektor verwandelt.«

Die Anzeige zoomte auf den zweiten Planeten heran und enthüllte gewaltige Tagebaubetriebe, die ganze Kontinente mit Narben überzogen. Orbitale Raffinerien hingen in geosynchroner Umlaufbahn und waren durch Weltraumaufzüge, die aus dieser Entfernung wie silberne Fäden aussahen, mit der Oberfläche verbunden.

»Die Systemsicherheit ist … angemessen«, sagte Suen, und die Pause sprach Bände. »Sechs Zodark-Schlachtschiffe, ein Dutzend Kreuzer und eine ähnliche Anzahl Fregatten auf rotierender Patrouille. Näher am Planeten und den Minenoperationen gibt es noch ein Dutzend Korvetten für die lokale Sicherheit und ungefähr vierzig Patrouillenboote oder kleinere Verteidigungsschiffe. Ehrlich gesagt ist das nichts, womit wir nicht fertigwerden, aber es wird mehr als genug sein, um Lärm zu schlagen, sobald wir sie angreifen.«

»Unsere Geheimdienstgruppe hat das System gründlich überprüft und die idealen Eintrittspunkte identifiziert, um eine völlige Überraschung zu gewährleisten«, erklärte Suen, als sich das Hologramm verschob und Einsprungvektoren hervorhob. Eine pulsierende blaue Linie zeigte den QCB-Sprungpunkt an. »Mein Schiff, die *Oathbreaker*, wird eine Quantenkanalbrücke in das System für unsere Angriffstruppe öffnen. Sobald die Brücke offen ist, werden unsere Schiffe eintreten und Ihre werden folgen. Das Timing für das, was als Nächstes passiert, ist entscheidend. Sobald mein Schiff durch ist, werde ich eine systemweite Breitbandstörung einleiten, die unsere Feinde daran hindern wird, um

Hilfe zu rufen. Es wird den lokalen Raum so stark stören, dass niemand in der Lage sein wird, irgendwohin eine Warnung zu senden.«

Während Suen weitersprach, erwachte die Hologrammanzeige plötzlich zum Leben und projizierte eine Simulation dessen, was er gerade erläutert hatte. Sie zeigte Humtar- und Zodark-Schiffe, die sich im System bewegten, als spielten sie eine tödliche Schachpartie. Zwei der Humtar-Fregatten und ein Kreuzer lösten sich von der Hauptformation. »Das ist vielleicht eine etwas andere Art, ein Briefing abzuhalten, aber wenn Sie mir gestatten, Sie hindurchzuführen, werden Sie die Strategie sicher zu schätzen wissen«, erklärte Suen, während die Simulation weiterlief. »Nach dem Eintritt in das System werden sich die *Fell Claw* und die *Shadowrend* mit der *Grimward* bewegen, um das Sternentor zu blockieren. Das wird verhindern, dass Schiffe versuchen zu fliehen, und sollte jemand Neues ankommen, wird er sofort ausgeschaltet.«

Rosentreter beugte sich vor und studierte die taktische Anzeige voller Staunen. »Ich muss es Ihnen lassen, Captain Suen, diese Art von Briefing ist ziemlich raffiniert. Können Sie uns mitteilen, wie Sie sich den Einsatz einiger unserer Schiffe in dieser Operation vorstellen?«

Suen ließ die Anzeige umschalten, um die Streitkräfte der Republik in Blau darzustellen. »Sicher. Die Hauptrolle besteht darin, uns dabei zu helfen, dies als einen von der Republik geführten Angriff zu verkaufen. Das hält unsere Beteiligung daran geheim und lässt die Zodarks glauben, dass Ihre Streitkräfte in ihrer Kampfkraft viel weiter fortgeschritten sind, als sie es für möglich hielten. Das wird sie zu der Annahme führen, dass der Krieg nicht zu gewinnen ist, und sie hoffentlich dazu bewegen, ihn zu beenden. Nun, korrigieren Sie mich, wenn ich falschliege, Admiral. Um uns bei diesem Vorhaben zu unterstützen, wurde mir gesagt, die Republik würde einige geborgene Wracks aus früheren Schlachten mitbringen, die wir zurücklassen würden, um dies wie einen republikanischen Überfall hinter feindlichen Linien aussehen zu lassen. Ist das noch korrekt?«

»Das ist es. Das Schiff, um das es geht, ist die *Bechtel*. Es ist eines unserer Schiffe vom Typ Expeditionsbasis-Bauplattform. Wir nutzen sie als mobile Bauplattform, um Kommunikationsanlagen und Wachtürme zu errichten, oder als vorgelagertes Logistik- und Infrastrukturunterstützungsschiff. Für diese Mission wird ihr riesiger interner Frachtraum das Wrack der Republik-Fregatte *Defiance* sowie geborgene Teile des schweren Kreuzers *Normandy* und der Korvette *Swift Strike* transportieren. Alle gingen in den jüngsten Gefechten verloren«, erklärte Admiral Rosentreter. »Sobald die Entwarnung gegeben wird, weisen Sie sie einfach an, wo die Trümmer abgeladen werden sollen. Sie werden dann beginnen, sie zu verteilen und die Beweise für unsere Beteiligung zurückzulassen – oh, und bevor ich es vergesse. Um diese ganze Scharade weiter zu untermauern, planen wir, mehrere unserer gallentinischen B-19 Devastator-Bomber und ein paar F-19 Hellcats zurückzulassen. Die Zodarks werden glauben, es war die *Freedom*, die das System verwüstet hat, und nicht Ihre Streitkräfte.«

Suens Lächeln wurde breiter, als er zuhörte. »Das … ist brillant, Admiral. Als Admiral Korrath mir von dem Plan erzählte, wusste ich nicht, was ich davon halten sollte, aber das wird sie mit Sicherheit total durcheinanderbringen. Zurück zu Ihrer Frage, wie das alles funktionieren soll? Lassen Sie es mich erklären.« Er wandte sich Captain Wright zu, bevor er weitersprach. »Sobald unsere Streitkräfte im System sind, besteht Ihr Hauptziel darin, Eskorte und Verteidigungsschutz für die *Bechtel* zu bieten. Sie werden Ihr Geschwader hier positionieren« – ein Ort materialisierte sich in der Anzeige, weit entfernt von der primären Kampfzone – »und die Position halten, bis meine Streitkräfte alle Zodark-Bedrohungen eliminiert haben.«

Wright nickte, er konnte es sich bereits bildlich vorstellen. »Verstanden. Sie wollen, dass wir uns aus dem Weg halten und eine rein defensive Rolle spielen, bis Sie Entwarnung geben.«

»Korrekt. Sobald wir das Gebiet gesichert und ihre mobilen Einheiten ausgeschaltet haben, wird Ihre Streitmacht die *Bechtel* zu den primären Minenanlagen eskortieren und das Fest beginnen.« Die Anzeige zeigte die massiven Industriekomplexe im Detail. »Sobald Sie in Position sind, müssen Sie anfangen, ihre Infrastruktur mit Ihren Waffen zu zertrümmern – die Beweise müssen zeigen, dass Waffen der Republik gegen diese Anlagen eingesetzt wurden. Sie werden sie zerlegen und ihre Raffinerien in geschmolzene Schlacke verwandeln.«

»Verstanden. Unsere Geschützbesatzungen werden dabei einen Mordsspaß haben«, kommentierte Wright und verbarg seine Aufregung kaum.

»Und die *Bechtel* – wann und wo solle sie ihre Fracht verteilen?«, drängte Rosentreter und wollte Klarheit darüber, wie dieser Teil der Mission funktionieren sollte.

»Ich denke, wir werden besprechen müssen, wo, sobald die Schlacht im Gange ist«, erklärte Suen. »Wir müssen sehen, wo die Hauptgefechte stattfinden werden. Dort würde ich gerne die Beweise ablegen.«

Die Anzeige wechselte zur letzten Phase, als Suen fortfuhr. »Sobald die *Bechtel* ihre Arbeit beendet hat, wird die *Oathbreaker* eine weitere QCB öffnen und wir werden das System verlassen. Wenn wir Glück haben, sind wir weg, bevor ihre Verstärkung auch nur ihre Triebwerke aufwärmen kann.«

»Das gefällt mir. Sprechen wir über die Zusammensetzung der Streitkräfte. Was gedenken Sie mitzubringen?«, fragte Rosentreter, obwohl er vermutete, dass er es bereits wusste.

»Von der Konföderation«, antwortete Suen, als Schiffsprofile im Hologramm erschienen, »werde ich mein Schiff, die *Oathbreaker*, als unser Kommandoschiff haben.« Das schwere Schlachtschiff der *Voidhammer*-Klasse materialisierte sich. Sein organisch anmutender Rumpf strotzte vor Waffenstellungen. »Zusätzlich werden wir zwei leichte Schlachtschiffe der *Warclaw*-Klasse haben, die CNS *Razorwind* und die CNS *Dark Omen*. Sie werden vier Kreuzer der *Ironveil*-Klasse haben – die *Grimward*, *Sarruk*, *Shattersky* und *Veilrunner*. Als Schirmelemente werden wir drei unserer Fregatten der *Daggerwind*-Klasse haben – *Ravager*, *Fell Claw* und *Shadowrend*. Zur Aufklärung im benachbarten System wird uns die *Bloodhawk* begleiten. Falls der Feind eine Streitmacht mobilisiert, um uns zu verfolgen, werden wir es vor ihrer Ankunft wissen.«

»Und von der Republik«, fuhr Wright fort, »werden wir mein Schiff, die *Vanguard*, die schweren Kreuzer *Intrepid* und *Resolute* sowie die *Bechtel* selbst haben.«

»Acht Kriegsschiffe plus Ihre Bauplattform«, rechnete Suen. »Mehr als ausreichend für Kryntoks Verteidiger, klein genug für einen schnellen Einsatz und Rückzug.«

»Zeitplan?«, fragte Wright.

»Idealerweise würde ich gerne in fünf Tagen aufbrechen. Je früher wir mit diesen Angriffen beginnen, desto früher werden sich die Risse um Zons Machtbasis bilden«, erklärte Suen bestimmt. »Bevor Sie gehen, möchte ich, dass unsere Besatzungen ein gemeinsames taktisches Simulationstraining durchführen. Das Timing hierfür muss perfekt sein – vom Eintritt durch die QCB bis zum Rückzug werden wir vielleicht nur wenige Stunden bis zu einem halben Tag haben, bevor die Zodarks in den benachbarten Systemen eine schnelle Eingreiftruppe mobilisieren können. Wir müssen dort raus sein, bevor sie ankommen.«

»Ich denke, dieser Zeitplan ist machbar. Die *Bechtel* braucht noch ein paar Tage, um die Vorbereitung der Trümmer abzuschließen«, fügte Rosentreter hinzu. »Jedes Detail muss perfekt sein. Wir bringen sogar die geborgenen Überreste von zweihundertsiebenunddreißig republikanischen Raumfahrern mit, um diese Falle noch glaubwürdiger zu machen. Das sind die Männer und Frauen, die wir nach der Schlacht von Kepler-442 aus dem All geborgen haben. Wir haben mit ihren Familien darüber gesprochen, und sie stimmten zu – wenn ihre Angehörigen der Republik ein letztes Mal dienen können, um diesen schrecklichen Krieg zu beenden, sind sie dafür.«

»Wow, das ist … ein ehrenvolles Ende ihres Dienstes. Selbst im Tod werden ihre Körper einem Zweck dienen. Ich muss sagen, Admiral, unser Volk ist wirklich beeindruckt von der Opferbereitschaft, der Ehre und dem Dienst am eigenen Land, den die Menschen der Republik immer wieder an den Tag legen. Es ist wirklich eine Ehre zu wissen, dass wir dieselbe Abstammung und die gleichen Vorfahren wie unsere Ahnen teilen«, bot Suen mit aufrichtigem, ernstem Respekt an. »Wir haben ein altes Humtar-Sprichwort. Ehre in allen Dingen … Ihre Leute sind eine wahre Verkörperung davon«, murmelte Suen düster. »Selbst in dieser Täuschung … ehren wir die Gefallenen und stellen sicher, dass ihr Opfer das Ende dieses furchtbaren Krieges beschleunigt.«

Der Humtar-Captain deaktivierte den Holo-Puck, und die taktische Anzeige verschwand wie Rauch. »Ich glaube, wir haben alles besprochen. Haben Sie noch Fragen?«

»Im Moment nicht«, antwortete Wright und wandte sich zu Admiral Rosentreter, um zu sehen, ob er etwas hinzuzufügen hatte.

»Wenn Fragen aufkommen, bin ich sicher, dass sie während der Simulation geklärt werden können. Packen wir es an«, erwiderte der Admiral eifrig.

»Einverstanden. Captain Wright«, sagte Suen und fixierte den jüngeren Offizier mit einem intensiven Blick, »ich kann das nicht genug betonen – Sie müssen Ihre Position halten, bis ich Entwarnung gebe. Keine Heldentaten, kein Vorpreschen zur Hilfe, egal wie verzweifelt ein Kampf unserer Schiffe auch erscheinen mag. Ihre Rolle ist es, die *Bechtel* zu schützen und die Täuschung durchzuführen. Nichts weiter.«

»Glasklar, Captain«, versicherte ihm Wright. »Wir werden die Position halten, bis Sie das Kommando geben.«

Suen steckte den Holo-Puck ein und stand auf. »Dann werden wir den Zodarks in fünf Tagen zeigen, dass ihre industrielle Macht genauso leicht brennt wie alles andere. Und in der Asche werden wir die Samen der Paranoia pflanzen, die zu etwas Schönem heranwachsen werden – Misstrauen, Argwohn und Chaos.«

Als die Offiziere aufstanden, um zu gehen, hatte Rosentreter einen letzten Gedanken. »Captain Suen, diese Operation … wenn sie gut verläuft, müssen wir bereit sein, sie mit einer schnellen Serie ähnlicher Angriffe fortzusetzen. Plant Ihre Analystengruppe diese bereits?«

Der Humtar-Offizier hielt an der Tür inne. »Ja, das tut sie. Statthalter Hunt und Admiral Korrath haben uns die Anweisung gegeben, das Zodark-Imperium von innen heraus zu destabilisieren. Dieser Überfall? Er ist nur der erste Kieselstein in einer Lawine, die sie unter ihren eigenen Verdächtigungen begraben wird.« Seine Augen glänzten mit raubtierhafter Genugtuung. »In fünf Tagen, Admiral, werden wir ihnen die wahre Bedeutung von Angst lehren.«

Die Tür schloss sich mit einem leisen Zischen hinter ihm und ließ die beiden Offiziere der Republik allein mit ihren Gedanken und dem Gewicht dessen zurück, was sie im Begriff waren, zu entfesseln.

Kapitel 27:
Das ist verrückt

Gemeinsames Operationszentrum
Fort Leatherneck
New Eden

Der Humtar, Brigadegeneral Tammuz Marduk, stand vor den versammelten Soldaten, seine gewaltige Gestalt warf Schatten über die holografische Anzeige. Er musterte die zweiundvierzig Deltas der Republik, die Besten der republikanischen Spezialeinheiten, zusammen mit achtzehn seiner besten Humtar-Kommandos, die alle darauf warteten, die Einzelheiten der vielleicht kühnsten Mission zu hören, die je einer von ihnen durchgeführt hatte. Die Missionsuhr an der Wand zeigte 0400 Uhr an – mitten in der tiefsten Nacht. Sie hatten vierzehn Tage für Trainingseinheiten, um sich auf die Mission vorzubereiten, vierzehn Tage, bis sie auf der Heimatwelt der Zodark landen würden.

»Ruhe jetzt und zugehört«, dröhnte Marduks Stimme. »Es versteht sich von selbst, dass nichts von dem, was ich Ihnen gleich eröffnen werde, diesen Raum verlässt.«

Die Beleuchtung wurde gedimmt und das Hologramm wechselte, um den Planeten Zinconia zu zeigen – die Hauptwelt der Zodark. Als das Bild vergrößert wurde, konzentrierte es sich auf die Hauptstadt, deren Umgebung von weitläufigen Militärkomplexen und einem markanten, byzantinisch anmutenden Gebäude mit der Bezeichnung »Gebäude des Hohen Rates« dominiert wurde.

»Das hier, meine Herren, ist Schock vom Feinsten! Wir werden den Sitz der Macht des Zodark-Imperiums angreifen – das Gebäude des Hohen Rates. In vierzehn Tagen werden wir jedes Mitglied des Hohen Rates entweder gefangen nehmen oder töten«, verkündete Brigadegeneral Brian Royce, als er vortrat, um neben General Marduk zu stehen. »Ich weiß, dass sich einige von Ihnen vielleicht fragen: ›Warum beschießen wir das Gebäude nicht aus dem Orbit mit einer Rakete oder einem kinetischen Angriff?‹«, sagte der Delta-Kommandant. »Ehre und Schande – deshalb werden wir ihnen die Vordertür eintreten, in ihre bestgesicherte Einrichtung marschieren, ihre Sicherheitskräfte ausschalten und den Zon sowie jedes Mitglied des Hohen Rates gefangen nehmen oder töten.«

Ein leises Murmeln ging durch den Raum, als die Operateure nervöse Blicke miteinander austauschten.

»Jetzt, da Sie wissen, warum Sie hier sind, lassen Sie uns besprechen, wie wir das anstellen werden«, begann Marduk, als sich das Holo erneut veränderte und diesmal ein animiertes Bild des Humtar-Schiffes *Bloodhawk* der *Shadowfang*-Klasse zeigte, das in die obere Atmosphäre des Planeten eindrang. »Die *Bloodhawk* wird uns hier absetzen, dreißig Kilometer über dem Ziel. Für Sie Deltas ist unsere Abwurfmethode etwas anders, als Sie es wahrscheinlich gewohnt sind. Wir verwenden etwas, das sich Magtube-Werfer nennt. Er schleudert unsere Soldaten etwas schneller durch die Atmosphäre eines Planeten als Ihr traditionelles HALO-Verfahren. Aber keine Sorge, das werden Sie in ein paar Tagen herausfinden, sobald wir mit dem Training beginnen.«

Das Display zoomte heran und zeigte Flugbahnberechnungen. Captain Rhan-Set, ein Humtar, bediente die Steuerungen mit geübter Effizienz. Rote Linien zeichneten Sinkflugpfade durch die Atmosphäre von Zinconia nach.

»Ja, also das Ganze funktioniert ziemlich einfach. Sobald sich die Außenhülle in 3000 Meter Höhe löst, werden Sie sich mit etwa Mach 2 bewegen«, erklärte Rhan-Set nonchalant. »Um den Sinkflug zu verlangsamen und den Bremsvorgang einzuleiten, gibt es einen Einweg-Raketenaufsatz an der Unterseite Ihrer Stiefel. Sobald er zündet, leitet er eine Drei-Sekunden-Brennphase ein, die Sie von der Endgeschwindigkeit auf 35 Meter pro Sekunde verlangsamt.«

Colonel Steve Panza hob eine Hand. »Entschuldigen Sie, Captain. Das ist eine verdammt geringe Toleranz bei diesen Geschwindigkeiten. Wenn es auch nur das geringste Versagen der Ausrüstung gibt ...«

»Wir wissen, Steve – dann werden Sie zum menschlichen Wurfpfeil«, beendete Royce den Satz unverblümt. »Für diese Mission werden wir das neue Star-Wheel-System verwenden. Bei 300 Meter entfaltet sich Ihr Bremsschirm. Er zieht das Star Wheel aus seiner Schutzhülle, sodass sich die Blätter automatisch entfalten und den Luftstrom nutzen, um Auftrieb zu erzeugen und den Sinkflug zu verlangsamen. Ihr HUD bietet volle Lenkkontrolle, sodass Sie während des Sinkflugs mit Ihrer 111 Ziele bekämpfen könnt«, erklärte Royce und bezog sich auf das M-111-Slayer-Sturmgewehr der Deltas. Dies war das neueste Gewehr der Spezialeinheiten, das kurz vor Beginn des Zweiten Zodark-Krieges eingeführt worden war.

Royce hielt einen Moment inne, bevor er fortfuhr. »Hören Sie, ich weiß, diese Mission klingt verrückt, und das ist sie auch. Aber dies ist die Art von Mission, die einen echten Einfluss auf die Beendigung dieses Krieges haben wird. Wir alle wissen, dass die Kultur der Zodark stark auf Ehre, Loyalität und Schande basiert. Wir planen, die Fähigkeit des Zons, sein Volk zu schützen, und die seines Militärführers, die Hauptstadt zu schützen, zu untergraben und sie zu entehren. Dies wird die Art von internem Konflikt verursachen, der eine Nation spalten kann. Ich weiß, dass diese Mission und diese Insertion unglaublich gefährlich sind. Deshalb werden wir die Insertion dreimal im Training durchführen, um sicherzustellen, dass wir es richtig machen. Nach dem Mittagessen werden Sie mit der Einweisung in die Ausrüstung beginnen, also heben Sie sich Ihre Fragen zur Funktionsweise dieses Prozesses bis dahin auf. Lassen Sie uns nun die Teamziele aufschlüsseln.«

Während Royce sprach, wechselte das Hologramm und hob vier verschiedene Zonen auf dem Gelände hervor. »Die Mission wird in drei Direkteinsatzteams unterteilt – Alpha, Bravo und Charlie. Jedes Team wird aus zwölf Deltas der Republik, vier Humtars, dreizehn C300 und zwei C200 bestehen. Team Sierra wird sechs Deltas der Republik, sechs Humtars und die gleiche Ausstattung an Kampf-Synths haben, nur dass ihre Aufgabe darin besteht, das Killshot-Drohnenpaket aufzubauen und einzusetzen. Und damit keiner von Ihnen denkt, ich würde mich bei dieser Sache heraushalten, werde ich persönlich Team Alpha in das Gebäude des Hohen Rates führen – wir werden diesen Bastard Zon Otro gefangen nehmen oder ihn zu seinem Schöpfer schicken«, verkündete Royce zur Überraschung seiner Deltas.

Captain John Doris beugte sich vor, als Royce Bravos Zone anzeigte. »Team Bravo, Sie werden das Gelände durchkämmen. Säubern Sie es von möglichen Bedrohungen. Wenn Sie auf versklavte Menschen oder verbündete Gefangene stoßen, befreien Sie sie und bereiten Sie sie für die Evakuierung vor. Wenn Sie zufällig auf Ratsmitglieder treffen, nehmen Sie sie gefangen, wenn Sie können, töten Sie sie, wenn nicht.«

Captain Rhan-Set hob eine Zodark-Garnison hervor, die etwa achthundert Meter vom Komplex entfernt lag. »Sobald wir die Einrichtung treffen, wird die örtliche Wache ihre schnelle Eingreiftruppe rufen. Es ist unerlässlich, dass wir sie daran hindern, auf das Gelände zu gelangen, bis Team Alpha sein Ziel erreicht hat. Hier kommt Team Charlie ins Spiel. Sie werden hier eine Riegelstellung errichten – Sie müssen den Feind nicht den ganzen Tag aufhalten, nur lange genug, damit Alpha die Mission abschließen und die *Bloodhawk* uns abholen kann. Es wird angenommen, dass die Garnison eine Wachtruppe von rund zweitausend Zodark-Kriegern beherbergt. Wenn sie mobilisieren – und das werden sie, sobald die Party losgeht – wird es an Ihnen liegen, Charlie, sie völlig aufzuhalten.«

Marduk ließ die Anzeige erneut wechseln. »Und das bringt uns zum Paket von Team Sierra.«

Der Raum beugte sich vor, als das Hologramm Einsatzzonen in der gesamten Hauptstadt enthüllte. Rote Punkte vervielfachten sich – und zeigten Hunderte von ihnen.

»Die zwölf Delta- und Humtar-Soldaten werden mit Ihren C300 zusammenarbeiten, um unsere Drohnen in Wartestellung so schnell wie möglich einzusetzen«, sagte Royce. »Wir bringen das gesamte Arsenal mit – tausend dieser kleinen Biester werden uns bei dieser Mission begleiten. Das ist das Nächste, was wir an Luftunterstützung haben werden, und ich beabsichtige, diese kleinen Terror-Bots voll auszunutzen.«

Sergeant Major Tanner pfiff leise. »Meine Güte, General, diese kleinen Alpträume sollten ein Kriegsverbrechen sein.« Sein Kommentar löste bei den Soldaten ein paar Lacher aus. Niemand hatte gerne mit Drohnen zu tun.

»Ja, vielleicht können sie nach dem Krieg irgendeine dumme Regel erfinden, um uns die Hände zu binden, aber bis dahin werden wir jede Terrorwaffe, die wir haben, gegen diese blauen Teufel einsetzen«, konterte Royce sarkastisch. »Wir werden für die Zodark eine Höllenlandschaft schaffen, indem zweihundert Killshots die Anmarschrouten zum Komplex abdecken. Weitere zweihundert werden zwischen diesen beiden Militärbasen aufgeteilt.« Die Anzeige hob Positionen fünfzehn Kilometer nördlich und südlich der Hauptstadt hervor. »Maximale Verwirrung, maximale Verluste unter den Verstärkungen, die sie schicken werden, um uns entgegenzuwirken.«

»Unglaublich. Und die restlichen sechshundert?«, fragte Colonel Panza.

Royce lächelte diabolisch. »Ich bin froh, dass Sie fragen. Die letzten sechshundert werden in Patrouillen über die gesamte Hauptstadt streifen. Sie werden auf zufällige Angriffsintervalle zwischen einer und sechs Stunden nach der Abholung eingestellt. Jeder Zodark-Krieger wird zu einem potenziellen Ziel, selbst nachdem wir verschwunden sind.«

Der Raum wurde still, als sie aufnahmen, was er gesagt hatte. Sie würden eine anhaltende psychologische Operation entfesseln, die die Hauptstadt noch Stunden nach dem Abzug des Angriffsteams lähmen würde.

»Also, ich finde es großartig. Sie sagten, wir beginnen nach dem Mittagessen mit dem Training?«, fragte Tanner.

Marduk nickte. »Bestätigt. Wir haben nicht viel Zeit, also müssen wir sofort anfangen. Wir werden das gesamte Missionsprofil fünfmal durchlaufen – dreimal mit Landung, zwei Trockenübungen mit Fokus auf den Bodenangriff. Zehn Tage Training insgesamt. Vier Tage für unvorhergesehene Ereignisse und die endgültige Vorbereitung. Dann führen wir es aus.«

»Verdammt, das ist ehrgeizig«, bemerkte Panza nachdenklich.

»Es ist notwendig, um die Art von Druckkampagne auszuüben, die die Flotte gerade startet«, entgegnete Royce. Er hielt inne und ließ seinen Blick ein letztes Mal durch den Raum schweifen. »Meine Herren, was wir versuchen, ist noch nie zuvor gemacht worden. Keine uns bekannte Streitmacht hat jemals erfolgreich eine Zodark-Kommandoeinrichtung angegriffen und überlebt, um damit zu prahlen. In vierzehn Tagen ändern wir das. Wir gewinnen nicht nur – wir demütigen sie. Wir beweisen, dass ihr Imperium nicht unbesiegbar ist. Wir zeigen der Galaxie, dass die Republik und ihre Verbündeten jeden überall erreichen und zur Rechenschaft ziehen können. Wegtreten.«

Der Raum geriet in Bewegung, und die Humtar- und Delta-Soldaten unterhielten sich miteinander, während sie begannen, sich kennenzulernen. Dies war anders als jede Mission, die eine ihrer Streitkräfte zuvor durchgeführt hatte. Wenn sie Erfolg hätten, könnten sie den Krieg beenden. Wenn sie scheiterten … könnten sie einen fast besiegten Feind wieder stärken.

Kapitel 28
Rechenschaft

Hoher Ratssaal
Drokanis, Zinconia
Heimatwelt der Zodark

Zon Otro betrat den Hohen Ratssaal, während die Last des Imperiums schwer auf seinen Schultern drückte. Die Luft war zum Zerreißen gespannt, als sich die Ratsmitglieder erhoben, um seine Anwesenheit zu würdigen, bevor sie ihre Plätze wieder einnahmen. Der Saal, der sonst vom Gemurmel der Diskussionen erfüllt war, lag nun in unheimlicher Stille; der Ernst der Lage hing wie eine dunkle Wolke über ihnen allen.

Otro nahm seinen Platz am Kopf des langen Tisches ein und seine Augen verengten sich, als er die versammelten Ratsmitglieder betrachtete. Mavkah Griglag, das Oberhaupt der Malvari, und sein Stellvertreter, NOS Tarvox Nilkar, saßen am anderen Ende des Raumes. Er konnte sehen, dass ihre Mienen hart waren, und sie wirkten entschlossen, während sie darauf warteten, nach vorne gerufen zu werden. Nach einer Reihe verheerender Niederlagen hatten sie einiges zu verantworten.

Auffallend abwesend, zu seiner großen Frustration, waren die Groff-Agenten. Vak'Atioth und seine Organisation hätten die Malvari mit rechtzeitigen Geheimdienstinformationen darüber versorgen sollen, was die Republik und ihre Verbündeten taten. Stattdessen glänzten sie weiterhin durch Abwesenheit und ließen die Malvari im Dunkeln tappen. Irgendetwas sagte ihm, dass mit dem Groff und Vak'Atioth mehr im Gange war, als man zugab. Was genau, wusste er noch nicht, aber er hoffte, dass der heutige Tag einige Antworten bringen würde.

»Diese Sitzung ist eröffnet«, verkündete Otro und brachte den Raum zum Schweigen. »Wir alle wissen, warum wir hier sind«, fuhr er mit leiser, fester Stimme fort. »Das Imperium hat eine Reihe von Niederlagen erlitten, die uns geschwächt und unsere Systeme in Gefahr gebracht haben. Nach dem Zusammenbruch unserer Verteidigung im Gravaxia-System steht die Republik bereit, in Tueblets einzumarschieren. Um den Verlust noch zu vergrößern und die Lage zu verschlimmern, haben wir die Kontrolle über das Orinda-System und das Volk der Gurista verloren.

»Beim jetzigen Stand haben wir Feinde, die sich nun von zwei Seiten Tueblets nähern. Wir stehen an einem Scheideweg und trotz der heldenhaften Anstrengungen unserer Malvari ist es ihnen nicht gelungen, das Blatt zu wenden. Vor zwei Tagen haben wir von einem Überfall von Streitkräften der Republik im Kryntok-System erfahren, einem unserer entscheidenden Bergbau- und Produktionssysteme. Allem Anschein nach hat das Flaggschiff der Republik, ein Gallentiner Schiff, das sie *Freedom* nennen, den Angriff ausgeführt, der den Großteil unserer Infrastruktur im gesamten System in Schutt und Asche gelegt hat. Ich fordere Mavkah Griglag auf, über die Lage zu berichten. Treten Sie nun in den Kreis der Wahrheit und beantworten Sie unsere Fragen«, befahl Zon Otro.

Griglag erhob sich und ging dann in die Mitte des Ratssaals, wo der Kreis der Wahrheit wartete und unter den grellen Lichtern und den starrenden Blicken derjenigen, die das Imperium leiteten, lange Schatten warf. Er trat vor und ging durch die blaue Flamme, deren unheilvolles Licht die Narben unzähliger Schlachten, die sein Gesicht zeichneten, hervorhob.

Nachdem er die reinigende Flamme Lindows durchschritten hatte, erwiderte Griglag den Blick derer, die über ihn richteten, unerschütterlich in seiner Entschlossenheit, als er bereitstand zu sprechen.

»Großer Zon, der Vorfall von Kryntok stellt eine beunruhigende Eskalation der Taktik der Republik dar«, begann Griglag, seine Stimme trotz des Ernstes seiner Worte fest. »Um 03:47 Uhr Ortszeit entdeckten die Sensorstationen mehrere Hyperraumsignaturen – wir nehmen inzwischen an, dass es sich um ihren Träger *Freedom* und dessen Eskortengruppe gehandelt hat. Als unsere Patrouillenkräfte reagieren konnten, waren sie bereits im System.«

Otro beugte sich vor und trommelte mit den Fingern auf die Armlehne. Die *Freedom* – dieses verfluchte Schiff war zu einem Gespenst geworden, das ihre Territorien heimsuchte. »Fahren Sie fort, Mavkah. Was ist mit unserer Verteidigung? Sechs Schlachtschiffe hätten ausreichen müssen.«

»Die Schlachtschiffe *Zorathis* und *Kelmorak* wurden beim Auftanken am Hauptdepot überrascht, als der Angriff begann«, berichtete Griglag. »Die Streitkräfte der Republik schlugen mit chirurgischer Präzision zu – ihre Devastator-Bomber starteten gleichzeitig Torpedoangriffe auf unsere orbitalen Raffinerien, während ihre Jäger unsere Patrouillenschiffe angriffen. Als die *Zorathis* ihre Ankerplätze verließ, standen bereits drei Raffinerien in Flammen.«

NOS Tarvox trat neben seinen Kommandanten, ein Datenpad in der Hand. »Das Trümmerfeld erzählt eine interessante Geschichte, Großer Zon. Wir haben Wrackteile von mindestens drei Schiffen der Republik geborgen – einer Fregatte, Teile eines schweren Kreuzers und von mehreren Jägern. Ihre Verluste waren nicht leicht.«

»Und doch haben sie ihr Ziel erreicht«, warf Ratsmitglied Drex von seinem Platz am Tisch ein, sein Tonfall säuerlich. »Unsere gesamte Kapazität zur Verarbeitung seltener Metalle in diesem Sektor – vernichtet.«

Otro hob seine Hand und gebot Ruhe, sein Blick wich nie von Griglag. »Das Timing beunruhigt mich, Mavkah. Woher kannten sie unseren Patrouillenrhythmus? Woher wussten sie genau, wann unsere Schiffe am verwundbarsten sein würden?«

»Wir untersuchen alle Möglichkeiten, einschließlich möglicher Geheimdienstlecks«, antwortete Griglag. »Aber da ist noch etwas anderes, Großer Zon. Das Angriffsmuster war … ungewöhnlich. Sie zerstörten Infrastruktur, mieden aber zivile Lebensräume. Sie hätten die Koloniekuppeln auf Kryntok-III auslöschen können, doch sie umgingen sie vollständig.«

Der Saal verstummte, als Otro diese Information verarbeitete. Die Republik sendete eine Botschaft – sie konnten überall und jederzeit ungestraft zuschlagen. Aber sie zeigten auch Zurückhaltung, indem sie militärische und industrielle Ziele angriffen und die Zivilbevölkerung verschonten. Es war psychologische Kriegsführung auf höchstem Niveau.

»Was ist mit Überlebenden? Sicherlich hat jemand mehr als nur Trümmer und Flammen gesehen«, drängte Otro.

»Kommandant Vakris von der Korvette *Shadowthorn* hat das Gefecht überlebt«, erwiderte Griglag. »Er berichtete, dass er mindestens acht Großkampfschiffe der Republik gezählt hat, bevor die Sensoren auf seiner Brücke ausfielen. Er beschrieb die neuen Waffensysteme ihres Flaggschiffs – verbesserte Turbolaser, die sich durch unsere Panzerung schnitten, als wäre sie nur Hartschaum. Die *Freedom* wurde seit unseren letzten Geheimdienstberichten aufgerüstet.«

Otros Kiefer spannte sich an. Jeder Bericht brachte schlechtere Nachrichten. »Und unsere Reaktionszeit aus den benachbarten Systemen?«

»Siebzehn Stunden«, antwortete Tarvox widerstrebend. »Als die schnelle Eingreiftruppe aus Zelkara eintraf, fand sie nur Wrackteile und unsere überlebenden Garnisonstruppen vor, die Rettungsmaßnahmen durchführten. Die Republik war längst verschwunden.«

»Siebzehn Stunden«, wiederholte Otro, seine Stimme gefährlich leise. Die Zahl hing wie eine Anklage in der Luft. Er spürte die Furcht, die von einigen Ratsmitgliedern ausging – wenn Kryntok in Stunden fallen konnte, welches System war dann noch sicher?

»Die Schadensbewertung, Mavkah. Sagen Sie mir die volle Wahrheit.«

Griglag richtete sich auf und erwiderte den Blick seines Anführers direkt. »Dreiundvierzig Prozent unserer schweren Schmiedekapazität sind zerstört. Einundsechzig Prozent der Fabriken für seltene Metalle sind außer Betrieb. Zwei Weltraumaufzüge wurden gekappt – ihr Wiederaufbau wird Monate dauern. Konservative Schätzungen gehen von einer vollständigen Wiederherstellung in acht bis zehn Monaten aus, vorausgesetzt, es gibt keine weiteren Angriffe. Die strategischen Mineralien, die wir für die neuen *Plarix*-Schlachtschiffe gehortet hatten … wir haben siebzig Prozent unserer verarbeiteten Thoriumreserven verloren.«

Ein kollektives Luftholen hallte durch den Saal. Ohne Thorilium würde ihre neue Schlachtschiffproduktion zum Erliegen kommen.

»Aber wir haben aus diesem Angriff etwas Wertvolles gelernt«, fuhr Griglag fort, da er spürte, dass er etwas Positives beisteuern musste. »Ihre Taktik deutet darauf hin, dass sie mit Geheimdienstinformationen arbeiten, die mindestens drei Wochen alt sind. Sie wussten nichts von der *Drakonis*-Kampfgruppe, die wir ins innere System verlegt hatten – reines Glück, dass sie während des Überfalls nicht dort war. Und die Streitkräfte der Republik hielten während der gesamten Operation strenge Funkdisziplin ein. Welche neue Verschlüsselung sie auch immer verwenden, wir konnten sie nicht knacken, aber das bedeutet auch, dass sie befürchten, wir könnten es tun.«

Otro nahm jedes Detail auf, und sein Verstand berechnete bereits Reaktionen und Gegenmaßnahmen. Die Republik hatte in dieser neuen Phase der Kriegsführung den ersten Schlag geführt – Blitzangriffe, die darauf abzielten, die Infrastruktur zu lähmen und entscheidende Gefechte zu vermeiden.

»Dieser Angriff sollte uns demütigen«, sagte Otro schließlich, seine Stimme trug durch den ganzen Saal. »Um unseren Untertanen und Verbündeten zu zeigen, dass wir nicht einmal unsere eigenen Systeme schützen können. Sie wollen, dass wir Schatten jagen, während sie dort zuschlagen, wo wir am schwächsten sind.«

»Großer Zon, Ratsmitglieder«, begann Griglag und verlagerte seine Haltung im Kreis der Wahrheit. Die blauen Flammen von Lindow flackerten um ihn herum und warfen tanzende Schatten auf seine narbenübersäten Züge. »Trotz des Rückschlags bei Kryntok waren die Malvari nicht untätig. Ich bringe Neuigkeiten von den Werften von Tueblets, die Ihre Bedenken zerstreuen könnten.«

Otros Miene blieb steinhart, aber er nickte Griglag zu, damit er fortfuhr. Der Rat brauchte nach der Litanei der Katastrophen, die er gerade aufgezählt hatte, etwas Hoffnung.

»Drei unserer neuen schweren Schlachtschiffe der *Plarix*-Klasse – die *Drexol*, die *Fendal* und die *Grax* – haben ihre Erprobungsflüge und Kampftests abgeschlossen. Sie stehen bereit, sich der Flotte anzuschließen.« Griglag hielt inne, um die Bedeutung sacken zu lassen. »In den Tagen nach meiner Ernennung zum Mavkah habe ich den beschleunigten Bau von dreißig dieser Schiffe befohlen. Unsere Werften wurden für maximale Effizienz reorganisiert. Alle sieben Tage wird ein neuer Rumpf auf Kiel gelegt, während ein anderer fertiggestellt wird.«

Ein Raunen ging durch den Ratssaal. Otro bemerkte, welche Mitglieder erleichtert aussahen und welche skeptisch blieben.

»Um die unmittelbare Bedrohung für Tueblets abzuwehren«, fuhr Griglag fort, »setzen wir zwei dieser Schlachtschiffe ein, um die Verteidigung des Systems zu verstärken. Das dritte wird unsere Position bei Zinconia stärken, wo –«

»Drei Schlachtschiffe!«, fuhr Ratsmitglied Gorax von seinem Platz auf, seine Stimme triefte vor Verachtung. »Drei Schlachtschiffe gegen die Armada, die Kryntok in Stunden zerstört hat?« Er wandte sich direkt an Otro, sein Gesicht vor Empörung gerötet. »Zon Otro, sicherlich haben wir innerhalb der Malvari kompetentere NOS, die wir zum Mavkah machen können als diesen *Berinx*.«

Die Beleidigung – Griglag ein Kleinkind zu nennen – hing wie eine geworfene Klinge in der Luft. Gorax spie seine nächsten Worte förmlich aus. »Wir fragen, was die Malvari tun, um Tueblets gegen eine Invasion vorzubereiten, und alles, was der Mavkah uns sagen kann, sind drei Schlachtschiffe? Drei? Die Republik bringt Dutzende von Schiffen, um ein Bergbausystem zu überfallen, und wir antworten mit dreien?«

Bumm, bumm.

»Genug, Gorax!« Zon Otros Stimme donnerte durch den Saal, als er den Felsen der Ordnung gegen das Podium schlug. Der kristalline Aufprall hallte von den Wänden wider und brachte sogar das leise Summen der Lüftungsanlagen zum Schweigen. »Sie gehen zu weit, wenn Sie den Mavkah beleidigen, während er im Kreis der Wahrheit steht! Ich habe diese Sitzung einberufen, um zu erfahren, welche Schritte die Malvari unternehmen, nicht um meinen Militärkommandanten mit kleinlichen Beschwerden über verlorene Schiffbauverträge herabzuwürdigen.«

Gorax sank auf seinen Sitz zurück. Sein Gesicht immer noch vor Wut verzerrt, aber durch Otros Zurechtweisung eingeschüchtert.

Otro richtete seine Aufmerksamkeit wieder auf Griglag, sein Tonfall war beherrscht, aber bestimmt. »Mavkah, Ratsmitglied Gorax spricht einen Punkt an, wenn auch grob ausgedrückt. Drei Schlachtschiffe, selbst Schiffe der *Plarix*-Klasse, scheinen angesichts der Bedrohung, der wir gegenüberstehen, unzureichend. Erklären Sie diesem Rat, wie diese neuen Kriegsschiffe in den kommenden Schlachten einen Unterschied machen werden. Helfen Sie ihnen zu verstehen, was diese Schiffe das Thorilium wert macht, das wir kaum entbehren können.«

Griglag straffte die Schultern und begegnete den erwartungsvollen Blicken des Rates mit unerschütterlicher Entschlossenheit. »Ja, natürlich, Großer Zon. Diese neuen Schlachtschiffe der *Plarix*-Klasse stellen einen fundamentalen Wandel in unserer Marinedoktrin dar.« Seine Stimme trug das Selbstvertrauen eines Kriegers, der die Taktiken seines Feindes studiert und sich angepasst hatte. »Jedes Schiff ist dreißig Prozent größer als unsere bisherigen

Schlachtschiff-Designs, was es uns ermöglicht, unser Kontingent an Raumjägern und Bombern zu verdoppeln. Als die *Freedom* Kryntok angriff, überwältigten ihre Jäger unsere Patrouillenschiffe. Das wird nicht wieder passieren.«

Der Rat beugte sich vor, als holografische Schemata über Griglaqs ausgestreckter Hand materialisierten – ein Privileg, das nur innerhalb des Kreises der Wahrheit gewährt wurde.

»Aber die Jäger sind nur der Anfang«, fuhr Griglag fort und drehte die Anzeige, um die Waffenaufhängungen hervorzuheben. »Wir haben magnetische Railgun-Systeme als Hauptbewaffnung integriert. Die Republik hat uns bei Gravaxia und erneut bei Kryntok eine schmerzhafte Lektion über kinetische Waffen erteilt. Ihre Massentreiber schlugen durch unsere Panzerung wie durch Seidenpapier. Jetzt revanchieren wir uns.«

Otro sah zu, wie die technischen Daten vorbeizogen, sein Verstand berechnete Tonnage, Energiebedarf, Besatzungsstärke. Das Thorilium, das sie bei Kryntok verloren hatten, würde schmerzen, aber wenn diese Schiffe wie versprochen funktionierten …

»Was die Verteidigung betrifft«, fuhr Griglag fort, seine Haltung fest trotz der Last des Urteils, die auf ihm lastete, »haben wir die Panzerungskonfiguration komplett neu gestaltet. Ein ganzer Meter speziell entwickelter Verbundwerkstoffe – abwechselnde Schichten aus Duraplast, Karbonit-Geflecht und verbreitender Keramik, die speziell zur Abwehr kinetischer Einschläge formuliert wurden. In Kombination mit verbesserten Nahverteidigungssystemen, aufgerüsteten Laserbatterien und erweiterten Raketenmagazinen entspricht jede *Plarix* in ihrer Kampfkraft drei unserer älteren Schlachtschiffe.«

»Beeindruckend«, gab Ratsmitglied Drex widerwillig zu. »Aber gegen die *Freedom* und ihre Eskorten?«

»Die *Plarix*-Schlachtschiffe sind als Träger-Killer konzipiert«, erklärte Griglag rundheraus. »Sie sind gebaut, um die Schlachtschiffe der *Victory*-Klasse der Republik und ihre hochgepriesenen Raumträger anzugreifen und zu zerstören. Das sind nicht nur Kriegsschiffe – sie sind Symbole imperialer Macht, die unsere Verteidigung von Tueblets verankern und unsere Macht in unseren Territorien projizieren werden.«

Otro nahm die Informationen auf, aber sein Ausdruck blieb wie aus Stein gemeißelt. Die technischen Spezifikationen waren ermutigend, aber Kriege wurden nicht allein durch überlegene Technologie gewonnen – das hatte die Republik wiederholt bewiesen. »Mavkah, drei *Plarix*-Schlachtschiffe, so gewaltig sie auch sein mögen, sind immer noch nur drei Schiffe. Die Geheimdienstberichte aus Pfeinstgard sind eindeutig – die alliierte Flotte, die sich dort sammelt, zählt Hunderte. Wir stehen nicht vor einem weiteren Überfall wie bei Kryntok. Dies ist eine Invasionsarmada, die für einen einzigen Zweck zusammengestellt wurde: die Eroberung.«

Er erhob sich leicht von seinem Sitz, und seine Präsenz erfüllte den Saal. »Die Republik, die Primords, die Altairianer – möglicherweise sogar Tully-Streitkräfte – alle gegen uns vereint. Also frage ich Sie direkt, Mavkah: Was ist Ihre Strategie über diese drei Schlachtschiffe hinaus? Wie wollen die Malvari Tueblets gegen eine solch überwältigende Streitmacht halten?«

Griglag atmete ruhig ein und sammelte sich, bevor er antwortete. Die Last des Überlebens des Imperiums lastete auf seinen Schultern, aber er hatte schon schwerere Bürden getragen. Er fing Tarvox' Blick auf – sein Stellvertreter nickte ihm fast unmerklich zur Unterstützung zu.

»Großer Zon, ich habe unzählige Stunden damit verbracht, unsere Situation zu analysieren, jede größere Schlacht zu studieren, die wir gegen die Altairianer, die Primords und die Tully geschlagen haben, bevor die Menschen sie gegen uns vereinten.« Griglaqs Stimme nahm einen fast ehrfürchtigen Ton an. »Ich habe in unserer Geschichte nach Strategien gesucht, die uns jetzt dienen könnten. Während meiner Meditationen übermannte mich die Erschöpfung, und in diesem Schlummer glaube ich, dass der große Lindow selbst mir eine Vision gewährt hat.«

Mehrere Ratsmitglieder rutschten unruhig hin und her. Sich auf göttliche Inspiration zu berufen, war selbst im Kreis der Wahrheit gefährliches Terrain.

»In dieser Vision habe ich Schlachten miterlebt, die wir vor vielen Zyklen gemeinsam geschlagen haben, Sie und ich.« Griglag blickte Otro direkt in die Augen. »Erinnern Sie sich an die Belagerung von Intus?«

Ein Anflug von Wiedererkennen huschte über Otros Züge – vielleicht sogar der Hauch von Stolz aus jenen jüngeren Tagen des Sieges. »Das tue ich, Mavkah. Das war vor vielen Dracmas, als wir beide jünger waren und die Feinde des Imperiums bei unserem Anblick Furcht kannten.« Sein Ton wurde nachdenklich. »Aber das war ein anderer Krieg gegen andere Feinde. Welche Bedeutung hat dieser alte Sieg für unsere gegenwärtige Krise?«

Griglag nickte auf die Frage hin, seine narbenübersäten Züge nahmen den Ausdruck eines Kriegers an, der sich an hart erkämpfte Lektionen erinnerte. »Während der Belagerung des Planeten Intus weigerten sich die Primords, die Kontrolle über das System abzugeben, egal wie heftig wir sie bedrängten. Woche für Woche hämmerten unsere Flotten auf ihre Stellungen ein, doch sie hielten stand.« Er hielt inne und ließ die Erinnerung kristallisieren. »Dann entdeckten wir, warum. Sie hatten ein Netzwerk befestigter Stellungen im gesamten Spritzers-Eisgürtel errichtet, positioniert entlang der Anflugvektoren zum Sternentor, das Intus mit ihren Kerngebieten verband.«

Otros Augen verengten sich, als das Verständnis dämmerte. Mehrere Ratsmitglieder beugten sich vor, angezogen von den taktischen Implikationen.

»Jede Festung war so positioniert, dass sie überlappende Schussfelder bot«, fuhr Griglag fort und ließ die holografische Anzeige eine vereinfachte Nachbildung des Primord-Verteidigungsnetzes zeigen. »Wenn wir einen Stützpunkt angriffen, konnten zwei oder drei andere ihre Waffen auf uns richten. Turbolaser, Raketenbatterien, Torpedowerfer – alles konzentriert auf unsere Angriffsformationen. Wir verloren siebzehn Kriegsschiffe, bevor wir sie schließlich durch schiere Masse und Entschlossenheit überwältigten.«

»Der Shwani-Clan hat diese Strategie brillant angepasst«, warf Tarvox ein und trat mit seinem Datenpad vor. »Als wir das Imperium bereisten, um die Verteidigungsanlagen zu inspizieren, sahen wir aus erster Hand, was die Groff und der Shwani-Clan getan hatten, um ihr System mit Asteroiden zu befestigen. Sie hatten ein Netzwerk davon aufgebaut, das den Planeten Shwani und die Werften schützte. Sie hatten ganze Felsen bewaffnet – sie ausgehöhlt und mit genug Waffen bestückt, um jeden Angriff zu einer Selbstmordmission zu machen. Das ist wahrscheinlich der Grund, warum ihre industrielle Basis unberührt geblieben ist und nicht von der Republik überfallen wurde, obwohl sie dreißig Prozent unserer Kriegsschiffe produzieren.«

Griglag nickte zustimmend und fügte hinzu: »Tueblets hat einige Asteroidenstellungen um kritische Standorte, aber nichts, was an das heranreicht, was die Shwani erreicht haben. Ich schlage vor, das zu ändern – sofort. Wir werden Asteroiden aus dem äußeren Gürtel mit unseren Bergbauschleppern neu positionieren. Jeder Fels wird zu einer Waffenplattform. Wir schaffen überlappende Todeszonen im gesamten inneren System, nicht nur um ausgewählte Einrichtungen herum.«

Das Hologramm verschob sich und zeigte das Tueblets-System mit neuen, rot markierten Verteidigungsstellungen. Asteroiden bildeten ein tödliches Gitter um Schlüsselplaneten und Anflugvektoren.

»Die Republik zeichnet sich durch schnelle Angriffe aus«, erklärte Griglag. »Schnell zuschlagen, überwältigen, zurückziehen. Aber gegen befestigte Stellungen mit überlappender Abdeckung? Sie werden für jeden Kilometer bluten.«

Ratsmitglied Zek hob eine bekrallte Hand. »Das Bewegen von Asteroiden erfordert enorme Energie –«

»Bereits im Gange«, fiel Griglag ihm ins Wort. »Vor drei Wochen habe ich unseren Bergbaufirmen befohlen, damit zu beginnen. Siebzehn Asteroiden sind unterwegs. Dreiundvierzig werden innerhalb von zwei Wochen in Position sein.«

Otros Miene blieb unleserlich, aber Griglag bemerkte das leichte Heben des Kopfes seines Vorgesetzten – Interesse, vielleicht Zustimmung.

»Auch die Sternentore benötigen Aufmerksamkeit«, fuhr Griglag fort. »Wachtürme mit schnell feuernden Plasmakanonen. Tausende von Annäherungsminen – magnetische Haftungsmodelle, die an jedem Rumpf ohne unsere IFF-Codes haften. Die Republik hat unsere Tore bei Gravaxia als Invasionsautobahnen benutzt. Nie wieder.«

»Und wenn sie die Sternentore umgehen?«, forderte Ratsmitglied Gorax heraus, seine frühere Feindseligkeit war zu Skeptizismus verblasst. »Ihre Quantenantriebe benötigen sie nicht.«

»Dann kommen sie verstreut an«, antwortete Tarvox. »Kein Sammelpunkt bedeutet ein stückweises Auftauchen im ganzen System. Wir besiegen sie, bevor sie sich konsolidieren.«

Griglag richtete sich zu seiner vollen Größe auf. »Die Malvari verwandeln Tueblets von einem Ziel in einen Fleischwolf. Jeder Asteroid eine Festung, jeder Anflugvektor ein Schlachtfeld. Wenn die Republik entdeckt, dass dies nicht Kryntok ist – dass wir aus ihren Taktiken gelernt haben – wird ihr Schwung gebrochen.«

Er ließ seinen Blick über den Rat schweifen. »Und wenn das geschieht, beginnt unser Gegenangriff. Die *Plarix*-Schlachtschiffe werden frische Einheiten aus unseren Werften gegen ihre geschwächten Streitkräfte führen. Wir werden Gravaxia und Orinda zurückerobern, vielleicht sogar in ihre Aufmarschgebiete vordringen.«

Der Saal verstummte bis auf das Summen der holografischen Projektoren. Otro studierte die Verteidigungspläne, die langsam über dem Konferenztisch rotierten, seine Finger vor sich gefaltet.

»Festungen und Minenfelder sind statische Verteidigungen, Mavkah«, sagte Otro schließlich. »Die Republik passt sich schnell an. Was passiert, wenn sie Wege um Ihre Todeszonen herum finden?«

Griglaqs Stellvertreter, Tarvox, trat vom Rand des Kreises vor, seine Stimme durchbrach die Spannung. »Mein Zon, wir haben eine andere Option – einen unkonventionelleren Ansatz.

»Wir haben damit begonnen, interplanetare Patrouillenboote in das umzuwandeln, was wir Victory-Schiffe nennen.« Er aktivierte eine sekundäre Anzeige, die technische Schemata zeigte. »Jedes Schiff ist achtunddreißig Meter lang, gebaut aus verstärktem Tritanium mit ablativen Keramikplatten, die von außer Dienst gestellten Korvetten geborgen wurden. Sie können einen Plasma-Torpedotreffer, sogar einen Magrail-Einschlag, einstecken und weiterfliegen – weitaus widerstandsfähiger als jede Rakete.«

Mehrere Ratsmitglieder wechselten Blicke. Sogar Gorax beugte sich vor.

»Der Schlüssel ist der modifizierte Arkanorian-Reaktor«, fuhr Tarvox fort. »Wir haben die magnetische Eindämmung so umkonfiguriert, dass sie beim Aufprall versagt. Fünfzig Megatonnen Sprengkraft plus Strahlungsimpuls. Ein Victory-Schiff gegen den Rumpf eines Schlachtschiffs der Republik bedeutet katastrophalen Schaden oder totale Zerstörung.«

Der Saal verstummte.

Ratsmitglied Drex brach die Stille. »Sie sprechen von Selbstmordwaffen.«

»Das tun wir. Aber sie würden von Freiwilligen bemannt werden«, erklärte Griglag. »Zwei Krieger pro Boot – wir nennen sie Erhabene Piloten. Helden, die unseren Feinden den Todesstoß versetzen werden.«

Zon Otros Ausdruck wandelte sich von Frustration zu kalter Berechnung. »Die Republik hat uns an den Rand gedrängt. Sie haben die

Guristas gegen uns aufgebracht, Orinda erobert, Tueblets selbst bedroht. Wenn wir Tueblets verlieren, fällt das Imperium.«

Er heftete seinen Blick auf Griglag. »Wie viele *Victory*-Schiffe sind bereit?«

Tarvox konsultierte sein Datenpad nach einem kurzen Wortwechsel mit Griglag. »Zweihundertsiebenunddreißig einsatzbereit. Dreiundsiebzig zivile Schiffe werden gerade umgerüstet. Aktuelle Produktion: zweiundneunzig pro Monat.«

Otros Augen verengten sich. »Nicht genug. Um ihre Nahverteidigung zu überwältigen, brauchen wir Hunderte. Sagen Sie mir, dass dies nur der Anfang ist.«

»Das ist er, Großer Zon«, bestätigte Griglag. »Die Werften werden bald Hunderte pro Monat produzieren. Die Beschränkung liegt momentan bei den Reaktoren – wir brauchen sie für die *Plarix*-Schlachtschiffe. Wir haben begonnen, die Reaktorproduktion auszuweiten, aber das braucht Zeit.« Er hielt inne. »Wir müssen auch das Timing berücksichtigen. Wenn wir sie zu früh einsetzen, verlieren wir das Überraschungsmoment. Wir haben diese Chance nur einmal. Sie muss zählen.«

»Einverstanden. Dann werden Sie dafür sorgen, dass sie zählt.« Otros Stimme senkte sich gefährlich. »Wie viele können Sie bereitstellen lassen?«

»Sechshundert in zwei Monaten, wenn wir sie priorisieren. Acht-, vielleicht neunhundert, wenn wir Reaktoren aus eingemotteten Schiffen und nicht-essentiellen Handelsschiffen ausbauen.«

Ratsmitglied Zek regte sich. »Großer Zon, das sind Selbstmordwaffen – ist es wirklich so weit gekommen?«

»Wir tun, was wir tun müssen, um zu überleben, den Feind zu besiegen und das Imperium zu retten«, bekräftigte Otro. Er wandte sich wieder an Griglag. »Bauen Sie sie. So viele wie möglich. Verstecken Sie sie in ganz Tueblets – in Asteroidenfeldern, Trümmerwolken, überall, wo Sie die feindlichen Schiffe vermuten.«

Griglag nickte bestimmt. »Ja, Zon. Schon jetzt melden sich die Erhabenen Piloten zu Tausenden freiwillig. Sie wetteifern um die Ehre, für das Imperium zu sterben, für Lindow zu sterben.«

Ein kaltes Lächeln breitete sich auf Otros Zügen aus. Er erhob sich von seinem Sitz; der Rat folgte ihm.

»Die Republik glaubt, wir seien nach Kryntok geschwächt«, erklärte Otro. »Sie irren sich. Jeder Asteroid wird vor Waffen strotzen. Jeder Anflug wird den Tod verbergen. Ihre große Flotte erwartet einen leichten Sieg – sie werden nur ein Gemetzel finden.«

Er deutete auf Griglag und Tarvox. »Die Malvari haben die volle Autorität. Ziehen Sie alle Ressourcen ab, die Sie benötigen. Beschlagnahmen Sie Einrichtungen, leeren Sie Reserven – was auch immer nötig ist. Verwandeln Sie Tueblets in den Friedhof der Feinde.«

»Zu Ihrem Befehl, Großer Zon«, erwiderte Griglag und schlug sich zur Begrüßung auf die Brust.

Otro hob seine Faust hoch. »Für das Imperium! Möge Lindow unsere Waffen führen und unsere Feinde verfluchen!«

»Für das Imperium!«, brüllte der Rat.

Als sich der Rat zerstreute, blieb Otro stehen, die Augen auf die holografische Anzeige von Tueblets gerichtet. Die Republik dachte, sie käme, um den Sieg zu erringen.

Stattdessen segelten sie ihrer Vernichtung entgegen.

Kapitel 29:
Schatten im Inneren

Private Kammer
Komplex des Hohen Rates
Drokanis, Zinconia

Mavkah Griglag wartete, während sich die schweren Türen mit einem dumpfen Geräusch hinter ihm schlossen. Die private Kammer war kleiner als die Halle des Rates, intimer und reich mit Holzschnitzereien und persönlichen Gegenständen verziert, die von Otros Dienst am Imperium zeugten. Hier, abseits des Theaters des Zirkels der Wahrheit, wurden die wahren Entscheidungen getroffen.

Zon Otro stand mit dem Rücken zu ihnen und studierte eine taktische Anzeige, die in der Mitte der Kammer schwebte. Das Hologramm zeigte Tueblets, umgeben von den neu vorgeschlagenen Verteidigungsstellungen, die sie gerade besprochen hatten. Doch Griglag bemerkte, dass Otros Aufmerksamkeit nicht auf Tueblets gerichtet war – sie war auf das drei Sprünge entfernte Shwani-System fixiert.

»Mavkah, Stellvertreter Tarvox«, sagte Otro, ohne sich umzudrehen. »Was ich jetzt besprechen werde, verlässt diesen Raum nicht.«

»Verstanden, Großer Zon«, erwiderte Griglag und warf Tarvox einen Blick zu.

Otro drehte sich schließlich um, sein Gesichtsausdruck härter als Titan. »Berichten Sie mir von den Produktionszahlen der Werften in Shwani.«

Griglag spürte, wie sich seine Brust verengte – der Instinkt eines Kriegers, wenn man sich auf gefährliches Terrain begibt. »Großer Zon, die Berichte weisen … Diskrepanzen auf.«

»Erklären Sie.«

»Die Tarkun-Werften melden monatlich die Fertigstellung von siebzehn schweren Thoraxian-Zerstörern für die Malvari. Aber unsere Flottenakten zeigen nur elf ankommende Schiffe.« Griglag aktivierte sein eigenes Datenpad und projizierte die Zahlen. »Sechs Schiffe pro Monat, die verschwinden. Seit vier Monaten.«

Otros Augen verengten sich zu Schlitzen. »Vierundzwanzig Kriegsschiffe. Vermisst.«

»Das ist nicht alles«, fügte Tarvox hinzu und trat vor. »Die Kryntok-Werften weisen ähnliche Muster auf. Neun als fertig gemeldete Schiffe, sechs ausgeliefert – nur dass es sich hierbei um Schlachtschiffe handelte. Diese vermissten Schiffe sind weder auf dem Transportweg noch für Modifikationen angedockt. Sie existieren in unseren Aufzeichnungen einfach … nicht mehr.«

Die Temperatur im Raum schien zu fallen. Otro trat näher und seine Stimme sank zu einem gefährlichen Flüstern. »Wo sind diese Schiffe, Mavkah?«

Griglag blickte seinem Anführer direkt in die Augen. »Ich glaube, die Shwani-Werften zweigen die Produktion ab. Sie bauen Kriegsschiffe, die die Malvari nie erreichen.«

»Für wen?«

»Das ist die Frage, nicht wahr?« Griglag spannte seinen Kiefer an. »Das Groff-Direktorat beaufsichtigt diese Einrichtungen. Der Clan von Direktor Vak'Atioth kontrolliert Shwani.«

Zwischen ihnen dehnte sich eine Stille aus, schwer von Andeutungen.

»Sie deuten an«, sagte Otro langsam, »dass die Groff-Anführer ihre eigene Flotte aufbauen.«

»Ich berichte Fakten, Großer Zon. Die Schiffe existieren – die Ressourcen werden verbraucht, die Arbeiter bezahlt, die Reaktoren installiert. Aber sie schließen sich nicht unseren Kampflinien an.« Griglag Stimme wurde härter. »Das Mandat des Groff umfasst den Nachrichtendienst und die zivile Ordnung. Nicht den Schiffbau. Wenn sie eine separate Flotte aufbauen …«

»Wäre das Verrat«, beendete Otro den Satz. Seine Hände fuhren unwillkürlich aus und seine krallenartigen Fingernägel kratzten über den Tisch. »Oder die Vorbereitung auf etwas Schlimmeres.«

Tarvox räusperte sich. »Großer Zon, es gibt einen Präzedenzfall, den wir in Betracht ziehen sollten. Während der Var'Soth-Rebellion unterhielten bestimmte Clans private Flotten –«

»Das war vor drei Jahrhunderten«, schnitt Otro ihm das Wort ab. »Vor der Doktrin der Vereinigten Flotte. Bevor der Groff in der jetzigen Form existierte.« Er wandte sich wieder der Anzeige zu und starrte auf Shwani. »Vak'Atioth wollte Zon werden. Er glaubte, Utulf würde ihn in den Rat berufen und ihn als Nachfolger positionieren.«

»Stattdessen hat Utulf Sie gewählt«, sagte Griglag vorsichtig.

»Nach der Sol-Katastrophe.« Otros Stimme war von bitterer Erinnerung geprägt. »Einhunderttausend Krieger gingen verloren, weil der Nachrichtendienst der Groff uns im Stich gelassen hat. Sie sagten, die Verteidigung der Erde sei kompromittiert. Sie sagten, die Menschen seien unvorbereitet.« Er ballte die Fäuste. »Wir haben die *Nefantar* und Hunderte von Kriegsschiffen wegen dieses Versagens verloren. Dieser Narr Vak'Atioth hat mir die Schuld gegeben, dass ich überlebt habe.«

Griglag wählte seine nächsten Worte sorgfältig. »Wenn die Groff-Anführer eine Schattenflotte aufbauen, könnte das bedeuten, dass sie sich auf den Zusammenbruch des Imperiums vorbereiten. Dass sie sich positionieren, um die Kontrolle an sich zu reißen, wenn die Malvari die Ordnung nicht mehr aufrechterhalten können.«

»Oder«, schlug Tarvox düster vor, »sie bereiten sich darauf vor, ihren Zusammenbruch zu erzwingen.«

Otro wirbelte zu ihnen beiden herum. »Finden Sie diese Schiffe, Mavkah. Setzen Sie alle notwendigen Ressourcen ein. Aber tun Sie es im Stillen. Wenn Vak'Atioth erfährt, dass wir ermitteln, wird er entweder die Beweise verstecken oder beschleunigen, was auch immer er plant.«

»Ich werde sofort Aufklärungsteams einsetzen«, bestätigte Griglag. »Nur vertrauenswürdige Krieger. Wir werden Frachtlisten, Reaktorzuteilungen und Mannschaftszuweisungen verfolgen. Schiffe dieser Größe können nicht einfach verschwinden.«

»Was ist mit dem Rat?«, fragte Tarvox. »Sollten sie gewarnt werden?«

Otro überlegte. »Nein. Wir wissen nicht, wie tief Vak'Atioths Einfluss reicht. Das falsche Wort an den falschen Ratsherrn …« Er ließ die Andeutung im Raum hängen. »Mavkah, ich will, dass Sie die Wachmannschaften für mich und den Rat verdoppeln. Setzen Sie nur Malvari-Truppen ein, deren Loyalität über jeden Zweifel erhaben ist.«

»Der Groff wird die erhöhte Sicherheit bemerken«, warnte Griglag.

»Na und? Nennen Sie es eine Reaktion auf den Kryntok-Überfall. Zusätzliche Vorsichtsmaßnahmen gegen Infiltratoren der Republik.« Otros Gesichtsausdruck verfinsterte sich weiter. »Wenn Vak'Atioth Einwände erhebt, wird das allein schon aufschlussreich sein.«

Griglag schlug sich zur Begrüßung auf die Brust. »Es wird unverzüglich erledigt, Großer Zon.«

»Da ist noch etwas«, sagte Otro, seine Stimme jetzt leiser, aber nicht weniger eindringlich. »Wenn die Groff-Verschwörer eine Flotte aufbauen, brauchen sie Besatzungen. Krieger, die ausgebildet sind, diese Schiffe zu bedienen. Finden Sie heraus, woher sie sie bekommen. Rekrutieren sie von den Malvari? Greifen sie auf planetarische Milizen zurück? Erstellen sie ihre eigenen Ausbildungsprogramme? Ich muss das wissen.«

»Ich werde jeden Aspekt untersuchen«, versprach Griglag. »Obwohl, wenn ich vorschlagen darf – wir sollten auch ihre Reaktorbeschaffung überprüfen. Die Knappheit, die unser Victory-Schiffsprogramm betrifft … vielleicht geht es nicht nur um die *Plarix*-Schlachtschiffe.«

Bei dieser Andeutung weiteten sich Otros Augen leicht. »Sie denken, sie schränken die Reaktorproduktion absichtlich ein?«

»Oder leiten sie um«, bot Tarvox an. »Wenn sie sowohl die Werften als auch die Reaktorlieferungen kontrollieren …«

»Kontrollieren sie unsere Fähigkeit, Krieg zu führen«, beendete Otro. Das volle Ausmaß des potenziellen Verrats kristallisierte sich vor ihnen heraus. »Mavkah, diese Untersuchung hat jetzt Ihre höchste Priorität. Sogar noch vor den Verteidigungsvorbereitungen für Tueblets.«

Griglag zögerte. »Großer Zon, mit allem Respekt, wenn die Republik angreift, während wir uns auf interne Bedrohungen konzentrieren –«

»Wenn der Groff uns in den Rücken fällt, während wir gegen die Republik kämpfen, spielt es keine Rolle, wie gut wir Tueblets befestigt haben.« Otro trat an das bodentiefe Fenster der Kammer und blickte über die Hauptstadt. »Wir führen einen Krieg an zwei Fronten, Mavkah. Eine, die wir sehen können, und eine, die wir nicht sehen können. Beide könnten uns zerstören, wenn wir nicht vorsichtig sind.«

Das Gewicht dieser Wahrheit legte sich über den Raum. Griglag richtete sich auf und spürte die vertraute Last einer unmöglichen Pflicht.

»Ich werde innerhalb von drei Tagen erste Ergebnisse haben«, versprach er. »Wenn die Groff-Anführer eine Schattenflotte bauen, werden wir sie finden.«

»Sorgen Sie dafür.« Otro drehte sich wieder zu ihnen um, sein Gesichtsausdruck wie aus Stein gemeißelt. »Das Imperium steht am Abgrund. Äußere Feinde massieren sich an unseren Grenzen, während innere ihre Messer wetzen. Wir können es uns nicht leisten, für eine der beiden Bedrohungen blind zu sein.«

»Was, wenn wir Beweise finden?«, fragte Tarvox. »Wenn die Groff-Anführer sich wirklich auf Verrat vorbereiten, wie sollen wir dann Ihrer Meinung nach reagieren?«

Otros Antwort war unmittelbar und kalt. »Dann erinnern wir sie daran, warum die Malvari, nicht der Groff, das Schwert des Imperiums sind. Und warum dieses Schwert zweischneidig ist.«

Kapitel 30:
Tod von oben

4. Februar 2116
ZNV *Bloodhawk*
Über Zinconia

Die Magröhren-Einsatzkapsel versiegelte sich mit einem pneumatischen Zischen um Brigadier General Brian Royce. Ein rotes taktisches Licht tauchte das enge Innere in seinen Schein, während er eine letzte Ausrüstungskontrolle durchführte. Sein HUD synchronisierte sich mit den Zielsystemen der *Bloodhawk* und ließ ihn wissen, dass sie sich im Endanflug befanden. Durch das schmale Sichtfenster erhaschte er Blicke auf seine Delta-Soldaten, die in benachbarte Röhren verladen wurden – menschliche Projektile, die im Begriff waren, ins Herz des Feindes abgefeuert zu werden.

»Alpha-Team, durchzählen«, befahl Royce über sein Helm-Kommunikationssystem.

»Alpha Zwei, geladen und gesichert.«

»Alpha Drei, bereit zum Absprung.«

»Alpha Vier, lassen wir Schmerz regnen.«

Die Bestätigungen liefen ein – zwölf Deltas der Republik und vier Soldaten der Humtar-Spezialeinheiten. Sie bildeten das Angriffsteam, das er beim direkten Angriff auf das Gebäude des Hohen Rates anführen würde. Irgendwo anders im Bauch der *Bloodhawk* durchliefen die Teams Bravo, Charlie und Sierra ihre eigenen Vorbereitungssequenzen für den Absprung und machten sich bereit, an seiner Seite abzuspringen.

Captain Rhan-Sets Stimme knisterte über den Befehlskanal. »T minus dreißig Sekunden bis zum Startfenster. Letzte Systemprüfung.«

Royce ließ seine Finger über seinen M-111 Slayer gleiten, der an seiner Brustplatte befestigt war. Das Gewicht der Waffe fühlte sich beruhigend an – der Blaster und sein 20-mm-Granatwerfer waren bereit, die Hölle auf den Feind niederregnen zu lassen. Er überprüfte sein HUD, alle Systeme zeigten durchweg grünes Licht: Star-Wheel-Einsatzmechanismus, Raketenstiefel, Bremsschirm. Alles, was zwischen ihm und seinem Schicksal als Pfeil auf der Oberfläche von Zinconia stand, meldete Einsatzbereitschaft.

»Achtung. Achtung. Zwanzig Sekunden bis zur Absprungzone. Bereit halten … Magspulen beginnen mit dem Ladevorgang.«

Royce spürte, wie die Kapsel vibrierte, als sich die elektromagnetische Energie um die Startschienen aufbaute. Durch die Audio-Tonabnehmer seines Helms hörte er das anschwellende Heulen der Kondensatoren, die ihre kritische Ladung erreichten. Sein Magen zog sich zusammen, nicht aus Angst, sondern aus Vorfreude. Vierzehn Tage zermürbenden Trainings hatten zu diesem Moment geführt. Es war nicht genug, das war es nie. Krieg war nun einmal chaotisch. Man musste mit dem auskommen, was man hatte – der Armee, die man hat, nicht jene, die man will.

»Bereit halten … zehn Sekunden bis zum Absprung – machen Sie sich für den Start bereit.«

Royce presste seinen Kopf gegen die gepolsterte Halterung der Kapsel. Um ihn herum verstärkte sich die Vibration, bis er spürte, wie seine Zähne klapperten. Das war nicht wie ein HALO-Sprung – kein sanftes Herausrollen aus einer Laderampe in den freien Fall. Das hier war pure, kinetische Gewalt in Aktion.

»Fünf … vier … drei … zwei … eins … Start, Start, Start!«

Das Universum komprimierte sich um ihn, als seine Kapsel die Röhre hinabgeschleudert wurde. Die G-Kräfte pressten Royce tief in seine Halterungen, als die Magröhre ihn in die Atmosphäre von Zinconia schoss. Sein Sichtfeld verengte sich zu einem Tunnel, und trotz der Druckkompensation des Anzugs schlich sich periphere Dunkelheit ein. Die ablative Hülle der Kapsel glühte durch das Sichtfenster kirschrot, als die Reibung versuchte, sie bei lebendigem Leibe zu verbrennen.

Mach 1. Mach 2. Die Geschwindigkeitsanzeige auf seinem HUD stieg unaufhaltsam an.

»Alpha-Team ist gestartet«, klang Rhan-Sets Stimme entfernt durch das Tosen der Atmosphäre. »Bravo-Team startet in drei … zwei … eins …«

Die Kapseln schrien in präziser Formation erdwärts, zweiundvierzig Deltas der Republik und achtzehn Humtar-Operatoren, eingehüllt in Schalen aus überhitzter Keramik. Durch Lücken in der Wolkendecke unter ihnen tauchte die weitläufige Hauptstadt auf – ein Labyrinth aus hoch aufragenden Türmen und Militäranlagen mit dem enormen Gebäude des Hohen Rates in seinem Herzen.

»Passieren 6000 Meter«, verkündete die KI seines Anzugs mit mechanischer Ruhe. »Hüllenabsprengung in fünfzehn Sekunden.«

Seine Finger krümmten sich um den Griff des Slayers. Unter ihm breitete sich die Anlage in seinem Blickfeld aus – Wachtürme, Verteidigungsstellungen, die markante Kuppel des Ratssaals. Geheimdienstinformationen zufolge befanden sich mindestens zweihundert Zodark-Krieger vor Ort. Sie waren im Begriff, in ein Schlangennest zu springen.

»3000 Meter. Hüllenabsprengung … jetzt.«

Die Außenhülle der Kapsel schälte sich wie eine metallische Blume, die rückwärts aufblühte. Der Wind heulte an Royce vorbei, als er frei fiel, und der plötzliche Übergang von der geschlossenen Kapsel zum offenen Himmel traf ihn wie ein physischer Schlag. Die Stabilisatoren seines Anzugs feuerten automatisch und stoppten sein Trudeln.

Endgeschwindigkeit. Zweihundert Meter pro Sekunde, direkt nach unten.

»Raketenschub in drei … zwei … eins …«

Die Stiefel zündeten.

Royce stöhnte, als sein Exoskelett-Anzug die Verzögerung abfing und seine Füße und Beine für den dreisekündigen Schub in Position fixierte. Es fühlte sich wie eine Ewigkeit an, seinen Sinkflug zu verlangsamen. Der Boden raste auf ihn zu – Gebäude, Straßen, einzelne Fahrzeuge wurden sichtbar. Als die Raketen ausgebrannt waren, fielen sie ab, und sein Höhenmesser zeigte 350 Meter an.

»Bremsschirm wird ausgelöst«, kam die automatisierte Stimme aus dem HUD.

Der Schirm öffnete sich mit einem heftigen Ruck. Unmittelbar danach aktivierte sich der Star-Wheel-Mechanismus. Die sechs klingenartigen Flügel fuhren aus seiner Rückeneinheit aus, fingen die Luft ein und begannen ihre charakteristische Drehung. Die rotierenden Klingen griffen in die Atmosphäre, erzeugten Auftrieb und verwandelten seinen Sturzflug in einen kontrollierten Sinkflug.

Sein HUD füllte sich mit Steuerungsanzeigen. Eine sanfte Gewichtsverlagerung ließ ihn nach links gleiten. Der Slayer kam in einer fließenden Bewegung nach oben, als die Anlage des Hohen Rates sein Sichtfeld ausfüllte. Wachtürme ragten wie Dornen aus den Mauern. Durch die Optik seines Gewehrs entdeckte Royce eine Bewegung –

einen Zodark-Wachposten auf dem Dach des nordöstlichen Turms, die Waffe lässig an seiner Seite.

Der Krieger hatte keine Ahnung, dass der Tod von oben herabstieg. Aber das sollte er gleich herausfinden, als Royce sein Gewehr anhob, den Wachposten anvisierte und feuerte. Der Wachmann fiel um, bevor er wusste, dass er angegriffen wurde.

Dutzende von Schüssen ertönten, als die Delta-Soldaten beim Anflug auf den Boden rücksichtslos Ziele unter Beschuss nahmen.

Die Klingen des Star Wheels griffen ein letztes Mal in die Luft, als Royces Stiefel auf dem gepflegten Gras aufsetzten. Er betätigte den Schnellverschluss, und der rotierende Mechanismus löste sich und fiel zur Seite, während er sich vorwärts in eine Kampfstellung rollte. Um ihn herum landete das Alpha-Team in geübter Reihenfolge – Deltas und Humtar-Soldaten verteilten sich in Verteidigungspositionen zwischen Zierbrunnen und geschnittenen Hecken.

Das Gelände stand in krassem Gegensatz zu der Gewalt, die über es hereinbrach. Kristallklare Teiche spiegelten den Morgenhimmel wider, und außerirdische Seerosen trieben friedlich auf deren Oberfläche. Statuen alter Zodark-Helden wachten über Kieswege, ihre steinernen Gesichter blickten ewig auf Gärten, die bald zu einem Schlachtfeld werden sollten.

Dann kamen die C300 an – seine Blechmänner.

Sie fielen wie metallene Todesengel vom Himmel, zweiundfünfzig der C300 Synthetischen Humanoiden Kampfroboter. Sie landeten mit erderschütternden Einschlägen, ihre Star Wheels lösten sich, während sie die Lage erfassten. Zweieinhalb Meter gepanzerter Tod, jeder von ihnen wechselte sofort vom Sinkflug in den Kampfmodus. Ihre optischen Sensoren leuchteten rot, als die Zielalgorithmen ansprangen und sie die M-111 Slayers mit mechanischer Präzision in Anschlag nahmen.

»Element Blechmann, Feuer frei. Säubern Sie alle Feinde«, befahl Royce über das taktische Netz. Dann zeigte er auf den Haupteingang des Gebäudes des Hohen Rates. »Blechmann Eins, Alpha Eins – Zeit, bei dem Gebäude voll auf Leeroy Jenkins zu machen. Wir sind direkt hinter Ihnen!«

Die vierzehn Kampfroboter von Blechmann Eins lösten sich von der Hauptgruppe, als sie mit erhobenen Gewehren auf die kunstvollen Doppeltüren zustürmten und dabei ununterbrochen auf Ziele feuerten. Sie stürmten ohne jede taktische Finesse auf den Feind zu – nur mit überwältigender Kraft und Geschwindigkeit. Der führende Blechmann, der auf die Tür zuraste, machte sich nicht die Mühe, seinen Schritt zu verlangsamen. Er senkte einfach seine gepanzerte Schulter und schlug wie ein Rammbock durch den Eingang. Die riesigen, fünf Meter hohen Doppeltüren aus Holz und Metall explodierten durch den Aufprall und die Blasterschüsse auf ihre Scharniere nach innen.

Der Lärm des Waffenfeuers brach sofort los – nicht die panischen Schüsse überraschter Wachen, sondern disziplinierte Salven von Elite-Zodark-Kriegern, die wahrscheinlich für diesen Moment trainiert hatten. Der erste C300, der durch die Tür kam, feuerte unerbittlich, während Salven von Blasterfeuer wie ein Presslufthammer auf seiner Brustplatte Funken schlugen, bis er taumelte und umfiel.

Granaten flogen in das Gebäude, als sich ein zweiter Synth an seinem gefallenen Kameraden vorbeischob, nur um einen Blasterschuss in seine Optik zu kassieren. Er stolperte vorwärts und feuerte blind, bevor eine Zodark-Wache drei Salven durch sein CPU-Gehäuse jagte.

»Bewegung, Bewegung, Bewegung!«, schrie Royce über das Tosen der Schlacht. Er stürmte ihnen nach, sein Team floss wie Wasser um ihn herum.

Das Foyer war zu einem Schlachthaus geworden. Zwei seiner C300 waren außer Gefecht, lagen in funkensprühenden Haufen nahe dem Eingang. Ihre gepanzerten Körper wurden von konzentriertem Feuer zerfetzt. Aber für jeden gefallenen Synth lagen sieben bis acht Zodark-Leichen auf dem polierten Boden. Die verbleibenden Synths rückten unerbittlich vor und steckten Treffer ein, die seine Deltas in Stücke gerissen hätten.

»Kontakt links!«, knisterte Tanners Stimme durch die Kommunikation.

Ein Trupp Zodarks stürmte aus einem Seitengang, Energieschwerter erwachten summend zum Leben – ihr unverwechselbares Heulen ließ jeden wissen, dass ihr molekulares Disruptorfeld aktiv war. Der führende Krieger, der sich mit unmenschlicher Anmut bewegte, als er sich unter einer Gewehrsalve eines Blechmanns wegduckte, überbrückte die Distanz. Seine Klinge schwang nach oben und schnitt durch den Torso des Synths, als wäre er aus Butter. Funken und Hydraulikflüssigkeit spritzten, als der C300 in Stücken zu Boden fiel.

Royces Slayer verfolgte den Zodark, er drückte den Abzug und schickte ein Trio von Projektilen in dessen Körpermitte. Der Schwung des Kriegers trug ihn noch zwei Schritte weiter, bevor er zusammenbrach und sein Schwert klirrend über den Marmorboden schlitterte.

»Alpha-Team, achtet auf diese Klingen!«, bellte Royce. »Deckt die Flanken der Synths!«

Die vereinte Streitmacht drang tiefer in das Gebäude ein. Die Blechmänner zogen das Feuer auf sich, während die Deltas Bedrohungen mit chirurgischer Präzision ausschalteten. Ein Zodark-Krieger stürmte hinter einer Säule hervor, das Schwert hoch erhoben. Corporal Jacksons 20-mm-Granate erwischte ihn mitten im Schritt, und die Explosion färbte die Wände in einem grässlichen Blau.

Ein weiterer Elitetrupp versuchte, durch die Ostgalerie vorzustoßen. Die Blechmänner drehten sich wie ein Mann um und gaben Sperrfeuer, während Alpha Drei und Vier in eine bessere Schussposition manövrierten. Das Kreuzfeuer war verheerend – disziplinierte Salven mähten die Krieger nieder, bevor sie in Schwertreichweite gelangen konnten.

»Treppe!«, rief ein Humtar-Soldat, als er eine Salve abfeuerte und mehrere Zodarks tötete.

Weitere Wachen strömten die breite Treppe hinunter, einige mit Gewehren, andere mit diesen tödlichen Energieklingen. Ein C300 am Fuß der Treppe wurde von einem Schwert im Schultergelenk getroffen und der Arm fiel in einem Funkenschauer ab. Bevor der Zodark nachsetzen konnte, schoss ihm Staff Sergeant Chen eine Salve durch den Schädel.

Die Blechmänner passten sich sofort an und feuerten einarmig. Drei Synths bildeten eine Schützenlinie. Ihre Slayers schufen eine Mauer des Todes, während sie die Treppe hinaufstürmten. Hinter ihnen warfen Deltas Granaten in hohen Bögen. Die Sprengkugeln explodierten auf dem Treppenabsatz darüber, die Explosionen zerfetzten die Verteidiger, bevor sie angreifen konnten.

»Wir müssen zum Ratssaal und den Büros durchstoßen!«, befahl Royce. »Blechmann Eins bis Sieben, säubern weiter das erste Stockwerk. Blechmann Acht bis Vierzehn, säubern das zweite Stockwerk. Alpha Zwei, Sie haben das Erdgeschoss – Alpha Eins, Sie sind bei mir. Wir gehen nach oben!«

Sie stiegen über die Leichen der Zodarks und die funkensprühenden Überreste von vier weiteren seiner C300. Die elitären Zodark-Wachen hatten gut gekämpft – besser als jede Streitmacht, der sie bisher begegnet waren. Aber gegen die perfekte Koordination von menschlichen Soldaten und robotischen Killern reichte selbst ihre Fähigkeit nicht aus.

Royce sah, wie ein verwundeter Zodark versuchte, sich aufzurichten. Sein Energieschwert flackerte schwach. Der nächste Blechmann zögerte nicht – ein einziger Schuss in den Kopf streckte ihn nieder.

»Der Ratssaal ist im zweiten Stock«, erinnerte Royce sein Team und stieg über das Gemetzel. Durch sein HUD konnte er den Fortschritt der anderen Teams sehen – Bravo sicherte das Gelände, Charlie bereitete sich auf den unvermeidlichen Gegenangriff vor, Sierra setzte den tödlichen Drohnenschwarm ein.

Der Kampf hatte gerade erst begonnen, und die Zeit war nicht auf ihrer Seite.
****

Kammer des Hohen Rates
Drokanis, Zinconia
Heimatwelt der Zodark

Zon Otro nahm kaum Gouverneur Kalaxis' Drohnen über landwirtschaftliche Quoten wahr, als die erste Explosion das Gebäude erschütterte. Der kristallene Kronleuchter über dem Ratstisch schwankte und warf tanzende Schatten auf die plötzlich alarmierten Gesichter der versammelten Beamten.

»Was war das?«, fragte Ratsmitglied Drex und erhob sich von seinem Platz.

Bevor jemand antworten konnte, eine zweite Explosion – diesmal näher. Durch die hohen Fenster der Kammer erhaschte Otro einen Blick auf Rauch, der aus den östlichen Gärten aufstieg.

Ein Putsch. Der Gedanke kristallisierte sich sofort in seinem Kopf. *Vak'Atioth hat jetzt losgelegt.*

»Wachen!«, bellte Otro, aber seine Elite-Leibwächter waren bereits in Bewegung, mit gezogenen Waffen, und bildeten einen Schutzkreis um ihn. Captain Varix, der Kommandant seiner persönlichen

Garde, drückte eine Hand an sein Ohr und empfing Berichte über sein Kommunikationsgerät.

»Mein Zon.« In Varix' Stimme lag ein Hauch von Unglauben. »Das Gelände wird angegriffen. Schwerer Angriff, mehrere Einbruchstellen –« Er hielt inne, seine blaue Haut erbleichte fast zu Grau. »Sir, es ist ... es ist die Republik. Streitkräfte der Republik sind im Inneren der Anlage.«

Die Worte trafen Otro wie ein physischer Schlag. Kein Putsch. Kein interner Verrat. Die Republik hatte es irgendwie geschafft, bis ins Herz des Imperiums vorzudringen.

»Unmöglich«, hauchte er, dann wurde seine Stimme stahlhart. »Alarmieren Sie sofort die Garnison! Ich will jeden Krieger in der Hauptstadt an diesem Ort zusammenziehen!«

»Bereits erledigt, Sir«, bestätigte Varix. »Aber sie berichten, dass die Mobilisierung Zeit braucht – mindestens fünfzehn Minuten, bevor die ersten Einheiten eintreffen.«

Fünfzehn Minuten. Eine Ewigkeit im Kampf.

Das Gebäude erbebte erneut. Durch die Wände konnten sie das charakteristische Kreischen von Blasterfeuer hören, das immer näher kam. Schreie hallten von irgendwo unter ihnen wider.

»Positionieren Sie jede Wache des Gebäudes in Verteidigungsstellungen!«, befahl Otro. »Sie werden den Ratssaal um jeden Preis halten!«

Seine verbliebenen Wachen eilten, um dem Befehl Folge zu leisten, und nahmen am Haupteingang der Kammer Stellung. Aber Otro konnte die Angst in ihren Bewegungen lesen. Dies waren keine Front-Malvari – es waren zeremonielle Wachen, ausgebildet zur Abwehr von Attentatsversuchen, nicht für einen umfassenden militärischen Angriff.

»Großer Zon«, Ratsmitglied Zeks Stimme brach vor Panik, »wir sollten evakuieren–«

»Und wohin gehen?«, knurrte Ratsmitglied Gorax, obwohl seine Hände zitterten. »Sie sind bereits drinnen!«

Das Blasterfeuer war jetzt definitiv näher. Otro konnte Explosionen hören, das Krachen von brechendem Stein, fremde Stimmen, die in akzentuiertem Zodark schrien – nein, nicht Zodark. Englisch. Standardsprache der Republik.

»Wie?«, flüsterte Gouverneur Kalaxis, dessen Verwalterverstand sich schwertat, das Unmögliche zu verarbeiten. »Wie konnten sie uns hier erreichen?«

Varix packte plötzlich Otros Arm. »Mein Zon, wir müssen uns bewegen. Sofort.«

»Ich werde nicht zulassen–«

Eine gewaltige Explosion irgendwo unter ihnen erschütterte das gesamte Gebäude. Risse durchzogen wie Spinnweben die alten Steinmauern. Durch die Türöffnung konnten sie sehen, wie Wachen zurückwichen und verzweifelt auf etwas schossen, das die Haupttreppe heraufkam.

»Sir!«, Varix' Ton duldete keinen Widerspruch. »Meine Pflicht ist Ihr Überleben. Wir gehen jetzt!«

Die Hand des Captains fand eine scheinbar dekorative Wandverkleidung und drückte eine verborgene Sequenz. Ein Teil des kunstvollen Mauerwerks schwang nach innen und enthüllte einen schmalen Gang, von dessen Existenz Otro nie gewusst hatte.

»Hinein, schnell!«

Otro zögerte einen Herzschlag lang und beobachtete, wie seine Ratsmitglieder in Panik umherliefen. Dann überwog die Ausbildung den Stolz. Er hechtete durch die Öffnung, Varix folgte ihm und versiegelte sie hinter ihnen.

Sie stürzten steile, aus dem Fels gehauene Stufen hinab, die Geräusche der Schlacht waren gedämpft, aber immer noch über ihnen zu hören. Otros Verstand raste – er verarbeitete das Unmögliche, berechnete Reaktionen, brannte vor Fragen, auf die es keine Antworten gab.

Hinter ihnen, selbst durch Stein und Entfernung, hörten sie, wie die Türen des Ratssaales nach innen explodierten.

»Schneller, mein Zon«, drängte Varix und führte ihn durch Biegungen, die er offensichtlich auswendig gelernt hatte.

Sie erreichten etwas, das wie eine Sackgasse aussah – ein Wartungsraum im Erdgeschoss des Gebäudes. Varix' Finger fanden eine weitere versteckte Steuerung. Die gegenüberliegende Wand teilte sich und gab einen Tunnel frei, der nach Alter und sorgfältiger Instandhaltung roch.

»Notfall-Evakuierungsroute«, erklärte Varix knapp, während sie rannten. »Nur dem Wachkommandanten und dem Schutzkommando bekannt. Sie führt zu–«

Eine Explosion über ihnen ließ Staub von der Tunneldecke rieseln. Die Streitkräfte der Republik zerstörten das Gebäude systematisch, Raum für Raum.

Sie rannten durch die Dunkelheit, die nur von phosphoreszierenden Notfallstreifen erhellt wurde. Otros Lungen brannten, seine zeremoniellen Roben verhedderten sich um seine Beine. Wie oft hatte er in dieser Kammer gesessen und sich für unantastbar gehalten? Wie oft hatte er Sicherheitsbedenken abgetan und darauf vertraut, dass die Macht des Imperiums sein Herz schützen würde?

»Hier«, verkündete Varix und blieb an einer verstärkten Tür stehen, die mit alten Zodark-Symbolen für Zuflucht gekennzeichnet war. Seine Handfläche lag auf einem biometrischen Scanner, eine Reihe von Codes wurde mit geübter Geschwindigkeit eingegeben.

Die Tür öffnete sich zu einem Raum, den sich Otro nie hätte vorstellen können – ein Bunker tief unter dem Kapitol, gefüllt mit Vorräten, Kommunikationsausrüstung und Waffen. Varix schloss sie ein und aktivierte mehrere Verriegelungsmechanismen.

»Zwölf Stunden«, sagte der Captain und ließ endlich Erschöpfung in seiner Stimme durchklingen. »Diese Wände können einem direkten orbitalen Bombardement zwölf Stunden lang standhalten. Bis dahin wird die gesamte Malvari-Streitmacht reagiert haben.«

Otro sank in einen Stuhl, sein Verstand bemühte sich, zu verarbeiten, was gerade geschehen war. Die Republik hatte das Herz des Imperiums getroffen. Nicht mit Flotten oder Armeen, sondern mit chirurgischer Präzision, die von Aufklärung, Planung und einer Kühnheit sprach, die er den Feinden nie zugetraut hätte.

»Der Rat?«, fragte er, obwohl er die Antwort bereits kannte.

Varix' Schweigen war Antwort genug.

Wut baute sich in Otros Brust auf – nicht heiß, sondern kalt wie die Leere zwischen den Sternen. Die Republik hatte mehr getan, als ein Gebäude anzugreifen oder Beamte zu töten. Sie hatten den Mythos der Unbesiegbarkeit der Zodark zerschmettert und bewiesen, dass nirgendwo im Imperium etwas außerhalb ihrer Reichweite war.

Und die Malvari-Armee – sein gepriesenes Militär, das die Ressourcen des Imperiums verschlang, das Sicherheit und Stärke versprach – hatte völlig versagt. Keine Warnung. Keine Verteidigung.

Nur Soldaten der Republik, die wie ein göttliches Urteil vom Himmel fielen.

»Griglag«, flüsterte er und schmeckte den Verrat wie Säure auf seiner Zunge. Der Mavkah hatte nur wenige Stunden zuvor vor ihm gestanden, hatte Sieg versprochen, Ressourcen angefordert und Stärke ausgestrahlt. Und doch waren die Streitkräfte der Republik durch jede Verteidigungslinie spaziert, als ob sie nicht existierten.

Zwölf Stunden. Zwölf Stunden, um in diesem Grab zu sitzen, während Feinde den Sitz des Imperiums schändeten. Zwölf Stunden, um darüber nachzudenken, wie gründlich sie ausmanövriert worden waren.

Wenn er wieder herauskam, würden sich die Dinge ändern. Die Samthandschuhe würden ausgezogen werden. Keine maßvollen Reaktionen oder taktischen Rückzüge mehr.

Die Republik hatte das Imperium demütigen wollen? Das war ihr gelungen.

Aber sie hatte auch ihr eigenes Todesurteil unterschrieben.

****

Hoher Ratssaal
Drokanis, Zinconia

Brigadegeneral Brian Royce trat durch die zertrümmerte Tür in den Ratssaal, sein Slayer-Gewehr durchkämmte den Raum ein letztes Mal. Der beißende Geruch von verbranntem Ozon und versengtem Stein stieg ihm in die Nase. Leichen lagen über den kunstvollen Boden verstreut – Ratsmitglieder, die es vorgezogen hatten, kämpfend zu sterben, anstatt sich zu ergeben.

Die Kammer, die Zeuge jahrhundertelanger Entscheidungen des Imperiums geworden war, trug nun die Narben ihrer letzten Sitzung. Sprengspuren verunzierten alte Wandgemälde. Der Ratstisch lag umgestoßen, seine polierte Oberfläche war von Blastertreffern übersät. Blaues Blut sammelte sich unter zeremoniellen Roben.

»Irgendein Zeichen vom Primärziel?«, fragte Royce, obwohl er die Antwort bereits kannte.

Sergeant Major Tanner schüttelte den Kopf, die Frustration war selbst durch seinen taktischen Helm erkennbar. »Negativ, Sir. Wir haben jeden Raum, jeden Korridor durchsucht. Zon Otro ist nicht hier.«

»Geheimgang«, schloss Royce und untersuchte die Wände. »Das muss es sein. Niemand verschwindet einfach so aus einem Raum mit nur einem Ausgang, während er unter Beschuss steht.«

»Sollen wir danach suchen?«

Royce überprüfte seine Missionsuhr. Sie waren seit elf Minuten am Boden. »Negativ. Wir haben unsere Gastfreundschaft bereits überstrapaziert.« Er aktivierte sein Funkgerät. »An alle Teams, hier ist Alpha Actual. Primärziel erreicht. Sekundärziel nicht angetroffen. Rückzug zum Extraktionspunkt einleiten.«

»Verstanden, Alpha Actual«, kamen die Antworten. »Bravo bewegt sich zum Abholpunkt.« »Charlie hält die Stellung, steht aber unter schwerem Beschuss.« »Sierra bestätigt, Drohneneinsatz abgeschlossen.«

Royce warf einen letzten Blick durch die Kammer – auf das Herz eines Imperiums, das in Minutenschnelle zu Fall gebracht worden war. Nicht der vollständige Sieg, den er gewollt hatte, aber verheerend genug. Die psychologischen Auswirkungen würden jahrelang durch den Raumsektor der Zodark hallen.

»Los jetzt«, befahl er.

Sie zogen sich durch Korridore zurück, die mit Beweisen des Angriffs übersät waren. Seine überlebenden C300 waren gründlich gewesen – Zodark-Leichen lagen dort, wo sie gefallen waren, gefangen zwischen der mechanischen Präzision der Blechmänner und der tödlichen Expertise seiner Deltas.

Als er durch den Haupteingang trat, verzog Royce bei ihren Verlusten das Gesicht. Fünf Blechmänner von vierzehn waren noch funktionsfähig. Ihre metallischen Körper zeigten den Preis für die Ausführung des Angriffs – Panzerung war durchschlagen, Gliedmaßen fehlten, optische Sensoren waren dunkel. Aber sie hatten ihre Arbeit getan und Schaden absorbiert, der menschliche Soldaten getötet hätte.

»Jackson und Reems?«, fragte er Tanner.

»Im Osttreppenhaus gefallen«, berichtete Tanner leise. »Ein Energieschwert hat Jackson erwischt. Reems hat versucht, ihn wegzuziehen und wurde von einer Salve aus einem schweren Zodark-Blaster getroffen.«

Zwei weitere Namen für die Gedenkmauer. Royce schob den Gedanken beiseite – die Trauer war für später.

»Drei gehfähige Verwundete«, fuhr Tanner fort. »Nichts, womit die C200 nicht fertigwerden.«

Die medizinischen Synths arbeiteten mit mechanischer Effizienz, versiegelten Wunden mit Bioschaum und verabreichten Stimulanzien, um die Verletzten mobil zu halten. Ein Delta saß an einem Zierbrunnen, während ein C200 ihm Splitter aus der Schulter entfernte.

Auf dem Gelände stiegen die Drohnen von Team Sierra wie ein Schwarm mechanischer Wespen in die Luft. Jede Killshot-Drohne trug genug Sprengstoff, um einen Trupp Krieger zu eliminieren. Hunderte von ihnen verteilten sich über die Hauptstadt, programmiert, in den kommenden Stunden in zufälligen Abständen zuzuschlagen.

»Landezone freimachen!«, schrie jemand.

Acht C300 von Team Sierra arbeiteten zusammen, ihre verbesserte Stärke machte kurzen Prozess mit Monumenten und Zierbäumen. Alte Statuen stürzten, tausendjährige Gärten wurden zu Landeplätzen. Die Zodark würden über die Schändung toben – genau wie beabsichtigt.

Royces Funkgerät knisterte. »Alpha Actual, hier ist Bloodhawk. Heißer Anflug, Ankunftszeit drei Minuten. Zur Information, mehrere Zeek-Jäger fliegen auf Ihre Position zu.«

»Verstanden, Bloodhawk. Wir werden bereit sein.«

Der erste Zeek erschien Momente später – ein schnittiger atmosphärischer Jäger, der aus den Wolken stürzte. Seine am Bug montierten Blaster eröffneten das Feuer und zogen Linien der Zerstörung über das Gelände. Deltas und Humtar-Soldaten suchten Deckung.

»MANPADS hoch!« Die Schwere-Waffen-Spezialisten von Team Charlie waren bereits bei der Zielerfassung. Die schultergestützten Raketen schossen himmelwärts, und ihre Leitsysteme schalteten sich auf die Hitzesignatur des Zeeks auf.

Der Jäger machte eine harte Kurve und setzte Gegenmaßnahmen ein. Eine Rakete verfehlte ihr Ziel, aber die zweite traf sein steuerbordseitiges Triebwerk. Der Zeek-Jäger verwandelte sich in einen Feuerball, dessen Trümmer über die Gärten regneten.

Zwei weitere Jäger rasten aus dem Osten heran, aber ihre Piloten hatten aus dem Schicksal ihres Kameraden gelernt. Sie kamen schnell und tief herein, unterhalb der optimalen Angriffswinkel für MANPADs. Blasterfeuer wanderte über die Positionen der Deltas und zwang sie tiefer in die Deckung.

Dann verdunkelte sich der Himmel.

Die *Bloodhawk* fiel wie ein Racheengel aus den Wolken. Ihre Tarnsysteme schalteten sich ab, als die Waffen online gingen. Zwillings-Plasmakanonen sprachen mit tödlicher Autorität. Der führende Zeek hörte einfach auf zu existieren, verdampft von konvergierenden Strahlen. Der zweite Jäger versuchte zu steigen und präsentierte seinen Bauch den Nahverteidigungslasern des Humtar-Schiffes. Er zerfiel in seine Einzelteile und brennende Wrackteile stürzten zu Boden.

»Das ist unsere Mitfahrgelegenheit!«, schrie Royce. »Alle Teams sammeln sich an der Landezone!«

Die *Bloodhawk* landete mit überraschender Anmut für etwas so Großes auf den zerstörten Gärten. Ihre Laderampen senkten sich, bevor die Landestützen vollständig ausgefahren waren. Deltas und Humtar-Operator strömten an Bord, die Waffen immer noch nach außen gerichtet.

»C300, halten Sie den Perimeter!«, befahl Royce. »Halten, bis wir abheben!«

Die fünf überlebenden Blechmänner seines Teams sowie weitere aus der Angriffsstreitmacht bildeten eine mechanische Mauer zwischen dem Abholpunkt und der sich nähernden Eingreiftruppe der Zodark. Sie würden ihre synthetischen Leben teuer verkaufen und Sekunden erkaufen, die für ihre organischen Operator das Überleben bedeuteten.

Royce war der Letzte, der die Rampe hinaufging, und hielt inne, um auf das Gemetzel zurückzublicken, das sie angerichtet hatten. Das Gebäude des Hohen Rates brannte, eine letzte Visitenkarte, die sie hinterlassen hatten, als Thermitgranaten alles im Inneren in Brand setzten. Er lächelte. Sie hatten Hunderte von Elite-Zodark-Kriegern getötet, deren Leichen in ihrem eigenen Heiligtum lagen. Bald würde sich das Chaos in der ganzen Hauptstadt ausbreiten, denn seine Drohnen waren bereit, ihren Schrecken noch stundenlang zu verbreiten.

»Bodenteam ist an Bord!«, verkündete er.

Die *Bloodhawk* hob sofort ab und, die Triebwerke dröhnten. Durch die sich schließende Rampe beobachtete Royce, wie die verbleibenden C300 die erste Welle von Zodark-Verstärkungen angriffen. Fünfzig zu eins unterlegen, kämpften sie mit mechanischer Wut und ließen das Imperium für jeden Meter bezahlen.

»Hervorragende Arbeit, Leute«, sagte Royce, als die Beschleunigung sie in ihre Sitze drückte. »Wir haben gerade die Haustür des Zodark-Imperiums eingetreten und ihm eine Ohrfeige verpasst!«

Captain Maya Chen, die Anführerin von Team Sierra, ließ sich auf den Sitz neben ihm fallen. Erschöpfung zeichnete ihr Gesicht, aber ihre Augen funkelten vor Zufriedenheit. »Wir haben es geschafft. Die Drohnen sind vollständig einsatzbereit und betriebsfähig. Zufällige Angriffsmuster sind aktiv. Die Hauptstadt wird einen sehr schlechten Tag haben, Sir.«

»Musik in meinen Ohren, Captain. Wie lange, bis der erste Angriff einschlägt?«

»Wir haben den ersten Angriff für in zwanzig Minuten angesetzt. Danach in zufälligen Intervallen zwischen einer und sechs Stunden.« Sie lächelte kalt. »Jeder Zodark-Krieger in der Stadt ist gerade zu einem potenziellen Ziel geworden. Wir werden sie tagelang bei jedem Schatten zusammenzucken lassen.«

Royce nickte und gönnte sich einen Moment grimmiger Genugtuung. Er hatte Zon Otro wirklich gefangen nehmen wollen. Das wäre etwas gewesen, den Anführer des Imperiums zu fangen. Aber auch so hatten sie etwas vielleicht noch Wertvolleres getan – die Verwundbarkeit des Imperiums bewiesen. Wenn sie die Heimatwelt der Zodark angreifen konnten … war nichts vor ihrer Reichweite sicher. Der psychologische Schaden dieses Angriffs würde jede physische Zerstörung überdauern.

»Sir.« Tanner trat mit einem Tablet in der Hand heran. »Vorläufige Schadensanalyse. Sechs bestätigte Tötungen von Ratsmitgliedern, darunter sechs Beamte im Kabinettsrang. Verluste des Zodark-Militärs–«

»Später, Sergeant Major«, unterbrach Royce ihn sanft. »Wir machen eine vollständige Nachbesprechung, wenn wir zurück auf Leatherneck sind.«

Er schloss die Augen, als die *Bloodhawk* in Richtung Weltraum stieg. Mission größtenteils erfüllt. Sie hatten gute Leute verloren, aber sie hatten das Unmögliche geschafft – die Führung der Zodark in ihrem eigenen Thronsaal geschlagen und überlebt, um davon zu erzählen. Der Krieg war noch lange nicht vorbei, aber heute hatten sie etwas Entscheidendes bewiesen. Das Imperium konnte bluten. Und wenn es bluten konnte, konnte es auch sterben.

Er lächelte, wissend, dass dies der Anfang vom Ende des Krieges war. Ein Krieg, der jahrzehntelang gedauert hatte, war durch ihre heutigen Aktionen dem Ende näher gerückt.

Kapitel 31:
Asche des Imperiums

Gärten vor der Kammer des Hohen Rates
Drokanis, Zinconia
Vierundzwanzig Stunden nach dem Angriff

Zon Otro stand inmitten der Ruinen der einst heiligsten Gärten des Imperiums. Es war ein Ort zum Nachdenken, zum Reflektieren über die Entscheidungen und die Verantwortung, die mit der Führung des Landes einhergingen. Nachdem er aus dem Bunker gekommen war, sah er nur noch verbrannte Erde an den Stellen, an denen jahrtausendealte Monumente gestanden hatten. Der Duft des Gartens hatte ihn früher an Gespräche mit Zon Utulf, seinem Vorgänger und Mentor, erinnert. In weniger als einer Stunde war er durch den beißenden Gestank verbrannter Vegetation ersetzt worden, vermischt mit dem anhaltenden Geruch von Sprengstoff und Tod. Glas von zerborstenen Fenstern knirschte unter seinen Stiefeln, als er die Zerstörung begutachtete.

»Mein Zon«, meldete Captain Varix, als er sich näherte, seine Stimme sorgfältig neutral, »die Säuberungen in der Hauptstadt sind abgeschlossen. Alle verbliebenen Drohnen der Republik wurden neutralisiert. Die Bedrohung für unsere Krieger aus der Luft ist vorüber.«

»Und die endgültige Bilanz – was hat es uns gekostet, Captain Varix?« Otros Stimme war gefährlich leise, seine Augen brannten vor kaum unterdrückter Wut.

Varix zögerte, bevor er antwortete. »Zu viele, Zon. Wir haben dreihundertsiebenundneunzig Krieger bei den sekundären Angriffen nach ihrem Rückzug verloren. Die Drohnen, die sie zurückgelassen haben, schlugen sechzehn Stunden lang wahllos in der Hauptstadt zu, bevor die Verstärkung der Malvari die letzten von ihnen eliminieren konnte.«

Otros Hände ballten sich zu Fäusten, und seine Fingernägel gruben Rillen in die verbrannten Überreste einer Zierbank, auf der er mit Zon Utulf gesessen hatte, als er noch Mavkah gewesen war. Dreihundertsiebenundneunzig Krieger … ihr Tod war ein weiteres Drehen der Klinge, die die Republik in das Herz des Imperiums gestoßen hatte. *Wie konnte das nur geschehen …?* Der Gedanke fraß ihn weiter auf.

Aus dem Augenwinkel nahm er eine Bewegung am Eingang des Geländes wahr und blickte auf, um Mavkah Griglag herankommen zu sehen. Dabei bemerkte Otro etwas auf dessen vernarbtem Gesicht, das er dort noch nie zuvor gesehen hatte – Entsetzen, gemischt mit Unglauben. Der altgediente Krieger blieb am Rande des Gartens stehen und nahm das Gemetzel mit dem geübten Auge von jemandem auf, der unzählige Schlachtfelder gesehen hatte. Otro beobachtete ihn, wie sein Blick über die Verwüstung schweifte – das geschwärzte Skelett des Gebäudes des Hohen Rates, die Leichen der Elitewachen, die immer noch entfernt wurden, Schutt, wo jahrhundertealte Statuen zerstört worden waren. Dann bewegte er sich zielstrebig auf Otro zu.

»Großer Zon«, begann Griglag, dann versagten ihm die Worte.

»Mavkah … erklären Sie mir das.« Otros Worte schnitten wie gefrorene Messer durch die Morgenluft. »Erklären Sie mir, wie Truppen der Republik aus unseren eigenen Himmeln herabsteigen konnten. Erklären Sie mir, wie sie den Hohen Rat in unserer eigenen Kammer abschlachten konnten. Erklären Sie, wie die Republik das Herz des Imperiums treffen konnte, während die Malvari nichts taten.«

Griglag richtete sich auf und begegnete der Wut seines Anführers, ohne mit der Wimper zu zucken. »Wir haben die Einschleusungsmethode analysiert, und sie deutet darauf hin, dass dies entweder mit einer gallentinischen Tarnfregatte geschah oder« – er hielt inne und wog seine nächsten Worte sorgfältig ab – »oder die Humtar der Republik direkt helfen oder ihnen erhebliche technologische Unterstützung gewährt haben. Ihre Technologie, ihre Taktik …«

»Ja, sie sind unseren eigenen überlegen«, unterbrach ihn Otro mit erhobener Stimme. »Glauben Sie, dass dies das Werk dieser mysteriösen Humtar ist?«

»Es ist die einzige Erklärung, die zu den Beweisen passt. Wir haben unsere Datenbanken überprüft. Es gibt kein Schiff der Republik, das unentdeckt unsere orbitalen Verteidigungsanlagen hätte durchdringen können. Entweder haben sie eine neue Tarntechnologie entwickelt, von der wir nichts wissen, oder …«

»Oder die Gallentiner oder Humtar greifen direkt in diesen Krieg ein und er ist vorbei.« Die defätistischen Worte entwichen ihm, bevor Otro sie aufhalten konnte. Er blickte sich nervös um, um sicherzugehen, dass niemand ihn gehört hatte, aber die Worte hingen mit ihrer schrecklichen Tragweite zwischen ihnen in der Luft. Das war das

Albtraumszenario, über das sie gesprochen hatten. Wenn die Gallentiner ihre fortschrittlichen Flotten einsetzten oder wenn die mysteriösen Humtar … wie sollte das Imperium ihnen standhalten?

Otro wirbelte herum, seine zeremoniellen Roben bauschten sich auf. »Sagen Sie mir, Mavkah. Hätten Ihre Streitkräfte irgendetwas, irgendetwas überhaupt, tun können? Hätten Sie dieses Geisterschiff abfangen können? Hätten die Malvari diese Demütigung verhindern können?«

Die Stille dehnte sich zwischen ihnen aus, während Otro beobachtete, wie Griglag seinen Kiefer mahlte, als er mit der Wahrheit rang.

»Nein, wir hätten es nicht verhindern können«, gab er wütend zu. »Unsere Kriegsschiffe konnten das Schiff nicht aufspüren, bis es sich zur Extraktion zu erkennen gab. Als es hier in den Gärten landete, um ihre Truppen zu bergen, da sah unser Schiff es zum ersten Mal. Es war nur kurz, und selbst da …« Seine Stimme sank mit seinem Blick. »Selbst da konnten unsere Schiffe keine Zielerfassung erreichen, um es anzugreifen. Welches Tarnsystem das Schiff auch immer hat und welche Gegenmaßnahmen es einsetzt, es übertraf alles, was uns bisher begegnet ist.«

Griglag fiel dann auf ein Knie, den Kopf gesenkt. »Ich habe Ihnen versagt, Großer Zon. Ich habe dem Imperium versagt. Ich habe als Anführer der Malvari versagt. Ich biete Ihnen meinen Rücktritt vom Kommando der Malvari an.« Seine Hand wanderte zur persönlichen Klinge an seiner Seite. »Ich biete Ihnen, Großer Zon, mein Leben als Konsequenz für dieses Versagen.«

Otro war von der Geste kurz überrumpelt, als er auf seinen ältesten Freund hinabblickte – den Krieger, der ihm durch die Sol-Katastrophe beigestanden hatte, der ihm geholfen hatte, nach dieser Katastrophe wieder aufzubauen. In diesem Moment wusste er, dass der kluge, der politisch opportunistische Schachzug wäre, sein Angebot anzunehmen. Griglag zu töten und die Schuld für diese Schande und Unehre der Inkompetenz der Malvari in die Schuhe zu schieben. Aber das konnte er nicht, nicht jetzt, wo Vak'Atioth ihn wie ein Geier umkreiste.

Nein, der Groff-Direktor würde jede Schwäche, jede Blöße ausnutzen, um seine Position zu stärken. Und Griglag, bei all seinen

Versäumnissen, war immer noch loyal. In einer Höhle von Dieben und Vipern war Loyalität wertvoller als Kompetenz.

»Nein. Ich nehme Ihr Angebot nicht an, Mavkah. Sie werden vor dieser Scham nicht in den Tod fliehen. Sie werden daran arbeiten, sich zu rehabilitieren. Und nun stehen Sie auf«, befahl Otro.

Griglag blickte auf, Verwirrung zuckte über seine Züge.

»Ich sagte, stehen Sie auf, Mavkah. Zwingen Sie mich nicht, mich ein drittes Mal zu wiederholen.« Otros Stimme trug das Gewicht der Entscheidung. »Ich kann Ihren Rücktritt nicht annehmen. Nicht, während Vak'Atioth darauf wartet, sich an unseren Leichen gütlich zu tun.«

»Aber, Großer Zon …«

»Nein, Mavkah. Sie werden einen Weg finden, die Republik zu besiegen. Ich werde versuchen, das Kollektiv zu kontaktieren – um uns einen neuen Verbündeten zu suchen. In der Zwischenzeit werden Sie einen Weg finden, ihren neuen Waffen entgegenzuwirken und dem Imperium Zeit zu verschaffen. Das ist kein Gesuch.«

Griglag erhob sich langsam, als seine neuen Befehle bei ihm einsickerten. »Ja, mein Zon. Ich werde tun, was Ihr verlangt.«

Otro begann auf und ab zu gehen, sein Geist schaltete bereits von Trauer auf Kalkül um. »Die Malvari haben es nicht geschafft, den Angriff zu stoppen, ja. Aber wessen Verantwortung ist es zu wissen, welche Fähigkeiten unsere Feinde besitzen? Wessen Pflicht ist es, uns zu warnen, die Malvari vor neuen Bedrohungen zu warnen?«

»Die des Groff, natürlich«, antwortete Griglag, der schnell begriff.

»Genau. Der Groff.« Otros Lippen verzogen sich zu einem raubtierhaften Lächeln. »Wenn diese Leute ihre Arbeit getan hätten – wenn Vak'Atioths gerühmtes Geheimdienstnetzwerk von den neuen Tarnschiffen der Republik gewusst hätte. Wenn sie uns vor der Beteiligung der Gallentiner oder Technologietransfers der Humtar gewarnt hätten – hätten die Malvari diesen niederträchtigen Angriff verhindert.«

»Ich … stimme zu. Ohne die Kenntnis darüber, was unsere Feinde besitzen und welche Fähigkeiten sie haben, sind die Malvari blind. Dieser Angriff ist ein Versagen des Geheimdienstes, das den Groff und ihnen allein zuzuschreiben ist«, stimmte Griglag zu, wobei der zuversichtliche Stahl in seine Stimme zurückkehrte.

»Ich denke, es ist mehr als das.« Otro hörte auf, auf und ab zu gehen, seine Entscheidung kristallisierte sich heraus. »Dieser Angriff war erfolgreich, weil die Groff-Agenten in ihrer grundlegendsten Funktion versagt haben – das Imperium durch Informationen zu schützen. Sie waren zu sehr mit ihren Intrigen und Schattenspielen beschäftigt, um die wahren Bedrohungen zu bemerken, die uns umgeben.«

Otro wandte sich ein letztes Mal dem zerstörten Ratsgebäude zu. Sechs Ratsmitglieder tot. Hunderte von Kriegern abgeschlachtet. Der Mythos der imperialen Unbesiegbarkeit erschüttert. Aber vielleicht konnte aus dieser Asche eine Gelegenheit erwachsen.

»Verbreiten Sie die Nachricht, Mavkah«, befahl Otro. »Die Malvari kämpften tapfer gegen einen Feind, der eine Technologie einsetzte, vor der die Groff-Agenten uns nicht gewarnt hatten. Stellen Sie sicher, dass jeder Krieger weiß – wir haben geblutet, weil Vak'Atioths Spione zu sehr damit beschäftigt waren, nach innen zu schauen und Geister zu jagen, anstatt die Pläne unserer Feinde aufzudecken.«

»Ja, Zon, das wird erledigt«, bestätigte Griglag.

»Und, Mavkah?« Otros Stimme sank zu einem Flüstern. »Finden Sie mir Lösungen. Neue Waffen, neue Taktiken, wenn nötig. Es ist mir egal, ob Sie mit dem Teufel persönlich verhandeln müssen. Finden Sie einen Weg, die Republik für das, was sie hier getan hat, bezahlen zu lassen.«

Als Griglag aufbrach, um seine Befehle auszuführen, blieb Otro inmitten der Ruinen zurück. Der Krieg hatte sich verändert. Wo gestern noch ein Sieg möglich schien, war er sich jetzt nicht mehr so sicher.

****

Kommandoturm des Groff-Direktorats
Planet Shwani, Varkorion-System

»Inakzeptabel! Wie konnten siebzehn Zellen kompromittiert werden? Wir haben jetzt dreiundzwanzig bestätigte tote Agenten. Das vernichtet fast unser gesamtes Gurista-Netzwerk. All diese zurückgelassenen Kräfte, unsere Agenten – weg«, tobte Vak'Atioth, als Heltet seinen Bericht erstattete.

Die holographische Anzeige zwischen ihnen zeigte das Orinda-System, einst durchsetzt von Geheimdienstressourcen der Groff, jetzt dunkel und still, abgesehen von ein oder zwei Agenten, die noch vermisst wurden.

»Die Säuberungsaktion der Republik war gründlich«, fuhr Heltet fort. »Sie haben die Guristas umgedreht, so wie sie die Sumarer umgedreht haben. Die wenigen verbliebenen Ressourcen, die wir noch haben, werden wie Tiere gejagt. Diejenigen, die nicht exekutiert wurden, sind tiefer in den Untergrund geflüchtet.«

»Geflüchtet.« Vak'Atioth schmeckte das Wort wie Gift. »Das mächtige Groff-Direktorat, reduziert zu Flüchtlingen in einem Gebiet, das seit Hunderten von Dracmas unser eigenes war.«

»Direktor, wir unterhalten immer noch Netzwerke in …«

»Wo?« Vak'Atioth sprang aus seinem Stuhl und überragte seinen Untergebenen. »Gravaxia? Verloren. Orinda? Verloren. Sumara? Verloren. Sol? Nicht mehr. Wir haben unsere Augen und Ohren an der gesamten Grenze verloren und sind blind und taub! Wie sollen wir diesen Krieg mit Informationsfetzen steuern, während die Republik jeden unserer Züge vorauszusehen scheint!«

Die verstärkten Türen der Kammer flogen auf. Ein Kurier stürzte herein, keuchend, ein Datenpad in zitternden Händen umklammert. Der Ausdruck des jungen Zodark verriet Vak'Atioth, dass etwas Schreckliches geschehen war, noch bevor er sprach.

»Direktor … wir haben eine dringende Mitteilung aus Zinconia erhalten …«

Heltet riss ihm das Datenpad aus den Händen. Seine Augen überflogen es, dann weiteten sie sich, als er den Bericht las. »Nein. Das … das kann nicht stimmen.«

»Was jetzt?«, forderte Vak'Atioth wütend.

»Es ist der Hohe Rat … das Gelände – es wurde angegriffen«, sagte Heltet. »Ich weiß nicht, wie das passiert ist, aber der Bericht besagt, dass Truppen der Republik … sie haben die Hauptstadt angegriffen – die Ratskammer selbst.«

Stille hüllte den Raum ein. Selbst das ferne Summen der Systeme des Turms schien zu verstummen.

»Großer Lindow … von was für Verlusten sprechen wir?« Vak'Atioths Stimme war tödlich ruhig.

»Der Hohe Rat ist tot – alle sechs Mitglieder wurden erschossen. Der Bericht besagt, dass Hunderte von Kriegern bei der Verteidigung des Geländes getötet wurden …« Heltet schluckte schwer. »Es heißt auch, dass das Gebäude des Hohen Rates in Trümmern liegt. Sie schlugen vom Himmel aus zu – landeten eine Stoßtruppe, die durch das Gebäude fegte und jeden auf dem Gelände tötete, bevor sie entkam.«

»Sie konnten entkommen?« Vak'Atioth brüllte vor Wut. »Und Otro? Welches Schicksal ereilte unseren großen Zon bei alledem?«

»Er hat überlebt«, sagte Heltet erstaunt. »Anscheinend hat ihn sein Sicherheitsdienst während des Angriffs in einen versteckten unterirdischen Bunker gebracht.«

Vak'Atioth drehte sich langsam zu den massiven Fenstern um, die auf die Industriesiedlungen von Shwani blickten. Als er sprach, trug seine Stimme das Gewicht einer Offenbarung.

»Zuerst überfallen sie ungestraft unsere Minensysteme. Jetzt exekutieren sie Ratsmitglieder in ihren eigenen Kammern, während dieser inkompetente Narr sich unter der Erde verkriecht.« Ein harsches Lachen entfuhr ihm. »Mavkah Griglag beweist einmal mehr seine Inkompetenz. Die Malvari unter seiner Führung könnten nicht einmal einen Kindergarten vor diesen Menschen schützen.«

»Direktor, dieser Angriff ist sicherlich …«

»Ein Zeichen.« Vak'Atioths Augen funkelten mit plötzlicher Entschlossenheit. »Sehen Sie es denn nicht, Heltet? Das ist kein zufälliges Unglück. Das ist ein göttliches Urteil.«

Heltet bewegte sich unbehaglich. »Göttliches Urteil?«

»Denken Sie darüber nach!« Vak'Atioth wirbelte zu ihm herum. »Wann in unserer Geschichte hat das Imperium eine solche Demütigung erlitten? Wann haben Feinde unser Zentrum angegriffen und überlebt, um damit zu prahlen? Das passiert nicht den Auserwählten Lindows. Das passiert den Verfluchten.«

Verständnis dämmerte in Heltets Augen. »Ah … ich verstehe, was Sie meinen …«

»Unter Utulf haben wir erobert. Unter seinen Vorgängern haben wir expandiert. Unter Otro?« Vak'Atioth machte eine ausladende Geste. »Unter Otro bluten wir. Wir ziehen uns zurück. Er hat sich in einem Bunker verkrochen, während Außerirdische unseren heiligen Hohen Rat entweihten.«

»Das wird im ganzen Imperium nicht gut ankommen. Die Leute sind bereits verängstigt von dieser jüngsten Serie von Niederlagen«, sagte Heltet vorsichtig. »Aber Sie könnten recht haben, Direktor. Wir könnten das nutzen, wenn wir es richtig darstellen …«

»Nein, nicht darstellen, Heltet. Das Wort, das Sie suchen, ist enthüllen.« Vak'Atioths Stimme nahm eine fast prophetische Qualität an, als er fortfuhr. »Lindow spricht durch Taten, nicht durch Worte, Heltet. Und seine Botschaft ist klar: Otro war nie dazu bestimmt, Zon zu sein. Er hat seine Position durch Politik und Manöver erreicht, nicht durch göttliches Mandat. Lindow hat seinen Schutz zurückgezogen, um uns unseren Fehler zu zeigen.«

»Vielleicht, aber die Priesterschaft könnte sich Ihrer Interpretation widersetzen …«

»Meiner Interpretation? Nein, die Priesterschaft wird die Wahrheit sehen, wenn sie richtig präsentiert wird. Das ist unsere Aufgabe, Ihre Aufgabe als Laktish.« Vak'Atioth begann auf und ab zu gehen, sein Geist raste vor Möglichkeiten. »Denken Sie darüber nach. Truppen der Republik sind gerade wie eine göttliche Strafe aus unserem eigenen Himmel gefallen. Ratsmitglieder wurden niedergestreckt, während der falsche Zon sich versteckte, anstatt zu kämpfen, anstatt seine Garde in einer heroischen Schlacht anzuführen. Wir könnten die Botschaft nicht deutlicher machen, selbst wenn wir es versuchen würden.«

Heltet nickte langsam. »Was soll ich tun?«

»Sie werden die Nachricht verbreiten – vorsichtig, über unsere vertrauenswürdigsten Kanäle. Diese Katastrophe ist Lindows Warnung. Er ist unzufrieden mit der Richtung des Imperiums, unzufrieden mit denen, die durch List statt durch göttliches Recht führen.« Vak'Atioths Stimme wurde stärker durch Überzeugung. »Wenn das Imperium Lindows Gunst zurückgewinnen will, muss es Buße tun. Es muss sich selbst reinigen.«

»Okay, und wie soll ich diese Reinigung darstellen, die es durchführen muss?«, fragte Heltet vorsichtig.

»Neue Ratsmitglieder, um die Toten zu ersetzen – ausgewählt von denen, die Lindows Willen verstehen, die Priesterschaft könnte diesmal an ihrer Auswahl beteiligt sein. Und natürlich einen neuen Zon.« Vak'Atioths Augen brannten mit kaum als religiöser Eifer getarntem

Ehrgeiz. »Aber es muss einer sein, den Lindow wirklich geweiht hat, kein Prätendent, der durch Intrigen die Macht ergriffen hat.«

Heltet neigte seinen Kopf. »Geben Sie mir einen Tag, um einen Plan auszuarbeiten, Direktor. Sobald Sie die Botschaft genehmigt haben, werde ich dafür sorgen, dass sie sich wie ein Lauffeuer unter den Gläubigen verbreitet.«

»Sorgen Sie dafür. Lassen Sie jeden Gläubigen wissen – unser Leiden ist nicht zufällig. Es ist die Strafe dafür, dass wir von Lindows Pfad abgekommen sind. Und die Erlösung wird Veränderung erfordern.«

Als Heltet aufbrach, um mit seiner Arbeit zu beginnen, kehrte Vak'Atioth zum Fenster zurück. Unten setzten die Fabriken von Shwani ihre endlose Produktion fort und bauten Schiffe für seine Schattenflotte. Bald, sehr bald würde das Imperium verstehen, dass seine Rettung nicht bei Otro und seinen Misserfolgen lag, sondern bei jemandem, der Lindows Willen wirklich verstand.

Die Republik dachte, sie hätte einen verheerenden Schlag versetzt. In Wahrheit hatten sie ihm das größte Geschenk gemacht, das man sich vorstellen kann – den Beweis, dass das derzeitige Regime das Mandat des Himmels verloren hatte.

Kapitel 32:
Geister in Position

CDF-Kommandozentrum
Die Enklave, New Eden
Neunzig Tage nach der technischen Beratung

Admiral Veydris Korrath stand in seinem Büro und starrte auf das verschlüsselte Datenpaket, das vor dreißig Minuten eingetroffen war. Die Authentifizierungscodes stimmten mit den persönlichen Verschlüsselungsschlüsseln von Admiral Vesharuk überein. In der Kopfzeile der Klassifizierung stand: NUR FÜR ADRESSATEN – DAMOKLES-EINSATZGENEHMIGUNG.

Korrath hatte dies erwartet, hatte es geplant. Aber den Befehl real werden zu sehen – reduziert auf alphanumerische Zeichenketten und Autorisierungszeitstempel – ließ seine Brust eng werden.

Er öffnete das Paket.

Die Befehle waren kurz und bündig, in knapper Militärsprache verfasst, die die Auslöschung einer Zivilisation in eine Frage der Logistik verwandelte: Mittel einsetzen, Positionen sichern, operative Sicherheit aufrechterhalten und auf weitere Anweisungen warten. Es gab kein Drama, kein philosophisches Händeringen – nur die kalte Maschinerie des Krieges, die sich ein weiteres Mal in Bewegung setzte.

Korrath rief die Flottenmanifeste auf. Dreiundzwanzig Tarnschiffe der *Shadowfang*-Klasse waren vorbereitet und warteten an Verteilerpunkten in drei Systemen. Es gab achthundertsiebenundvierzig autonome Sondenschwärme, jeder kleiner als eine menschliche Faust, aber vollgepackt mit genug Überwachungskapazität, um ein ganzes planetarisches Netzwerk zu kartieren. Dann waren da noch die Nutzlasten: Quantenkoppler, Dekohärenzinjektoren, Nanophagen-Kartuschen – alles Komponenten, die benötigt wurden, um die Bewusstseinsinfrastruktur des Kollektivs in ein Grab zu verwandeln.

Die Besatzungen waren Elite. Das Humtar-Aufklärungskommando akzeptierte niemanden, der sich nicht in den schlimmsten denkbaren Situationen bewährt hatte. Korrath hatte die Schiffskommandanten persönlich ausgewählt – Offiziere, die verstanden, dass Erfolg bedeutete, dass niemand jemals erfahren würde, dass sie dort gewesen waren.

Die Abschottung war absolut. Jede Besatzung kannte ihre spezifischen Ziele, Infiltrationsvektoren und Exfiltrationsrouten. Aber kein einziges Team kannte den vollen Umfang der Operation Damokles. Nur die Kommandanten verstanden, dass sie ein Waffensystem aussäten, das in der Lage war, eine ganze Zivilisation innerhalb von zweiundsiebzig Stunden auszulöschen.

Korrath leitete die Einsatzgenehmigung an seinen Stab weiter und aktivierte dann den sicheren Kanal für die Missionsbesprechung.

Neunzehn Gesichter erschienen auf seinem Display – Schiffskommandanten, die über den Raum der Republik und der Humtar verstreut waren und jeweils in Bereitschaftsräumen an Bord von Schiffen warteten, deren Namen für das meiste Militärpersonal als geheim eingestuft waren.

»Kommandanten«, begann Korrath. »Die Operation Damokles wurde für die Einsatzphase genehmigt. Sie haben die Freigabe, fortzufahren.«

Er beobachtete ihre Gesichter. Keiner war überrascht. Auch sie hatten dies erwartet.

»Die Missionsparameter sind unkompliziert«, fuhr Korrath fort. »Infiltrieren Sie den Raum des Kollektivs und positionieren Sie die Mittel an den vorgesehenen Arc-Net-Knoten. Ihre Pakete enthalten Quantenkoppler, Dekohärenzinjektoren und unterstützende Hardware. Jedes Gerät muss präzise an den in Ihren taktischen Paketen angegebenen Koordinaten platziert werden. Die Abweichungstoleranz beträgt weniger als zehn Meter.«

»Einsatzregeln: nur passive Operationen. Kein aktives Scannen. Keine elektronischen Gegenmaßnahmen. Kein Gefecht mit feindlichen Kräften, es sei denn, Sie werden direkt kompromittiert und eine Exfiltration ist unmöglich. Ihre Mission ist es, unsichtbar zu bleiben. Wenn das Kollektiv auch nur ein einziges Schiff entdeckt, ist die gesamte Operation aufgeflogen.«

Korrath ließ dies auf sie wirken.

»Zeitplan: Alle Mittel müssen innerhalb von neunzig Tagen in Position sein. Die Exfiltration wird gestaffelt, um eine Mustererkennung zu vermeiden. Sobald Ihr Paket abgeliefert und als im Ruhezustand befindlich bestätigt ist, ziehen Sie sich auf zufälligen Vektoren zurück und kehren zu den vorgesehenen Sammelpunkten zurück.«

Ein Kommandant, Captain Seris Vaynor von der *Whispered Axiom*, hob eine Hand. »Admiral, was ist unser Notfallplan, wenn ein Paket den Ruhezustand nicht erreicht?«, fragte er.

»Bergen, wenn möglich«, sagte Korrath. »Zerstören, wenn eine Bergung unmöglich ist. Unter keinen Umständen darf das Kollektiv intakte Hardware erbeuten. Sie haben die Genehmigung, alle notwendigen Mittel einzusetzen, um dieses Ergebnis zu verhindern.«

Einschließlich der Selbstzerstörung, dachte Korrath, obwohl er es nicht laut aussprach. Sie alle verstanden es.

»Noch eine Sache«, sagte er mit leiserer Stimme. »Sie legen die Klinge an die Kehle eines uralten Feindes. Sie säen eine Waffe aus, die Milliarden von Leben in kürzerer Zeit auslöschen könnte, als man braucht, um eine Tasse Tee zu trinken. Machen Sie keine Fehler. Überprüfen Sie Ihre Arbeit zweimal. Verifizieren Sie Ihre Positionen dreimal. Denn wenn diese Waffe jemals ausgelöst wird, gibt es keinen Spielraum für Fehler.«

Die Kommandanten nickten mit ernsten Gesichtern.

»Fragen?«

Stille.

»Dann viel Erfolg. Korrath, Ende.«

Der Kanal schloss sich. Die Gesichter verschwanden.

Korrath saß allein in seinem Büro und starrte auf das taktische Display. Winzige Symbole repräsentierten die *Shadowfang*-Schiffe — jedes einzelne ein potenzieller Auslöser für die Auslöschung einer Zivilisation. Er dachte an seine eigene Familie, die über die wiederaufgebauten Welten der Humtar verstreut war: seine Tochter auf Velora, die Xenobiologie studierte, und seinen Sohn, der eine Patrouillenfregatte in der Nähe des Neythar-Nexus kommandierte.

Er dachte an Tannel. Diesen gebrochenen Mensch-Maschine-Hybrid, der von der Philosophie der Transzendenz des Kollektivs seiner Menschlichkeit beraubt worden war. Die Orbots hatten sich freiwillig der Verstümmelung unterzogen, im Glauben, es sei Evolution.

Korrath würde eher sterben, als zuzulassen, dass dieses Schicksal seine Kinder ereilte.

Wenn der Befehl käme, Damokles auszulösen, würde er ihn ohne zu zögern geben, denn jemand musste die harten Entscheidungen treffen.

Aber er hoffte verzweifelt – mit einer Intensität, die ihn selbst überraschte –, dass er es niemals tun müsste.

****

CNS *Silent Theorem*
Rand des Raums des Kollektivs
Vierzehn Lichtjahre von Chor'vyn entfernt

Captain Lyrana Dovrek spürte, wie die *Silent Theorem* aus dem überlichtschnellen Flug fiel wie ein Stein, der in stilles Wasser fällt. Im einen Moment reisten sie mit Überlichtgeschwindigkeit. Im nächsten waren sie zurück im Normalraum und glitten mit einem Bruchteil der Lichtgeschwindigkeit auf ihrem Impuls dahin.

»Phasen-Tarnung aktiviert«, meldete ihr Steuermann leise.

»Status bestätigen«, sagte Dovrek.

»Alle Systeme nominell. Thermalsignatur auf kosmische Hintergrundstrahlung unterdrückt. EM-Emissionen null. Gravitationsverzerrung innerhalb akzeptabler Parameter. Wir sind ein Geist, Captain.«

Dovrek nickte. Die *Silent Theorem* war eines der fortschrittlichsten Tarnschiffe der Humtar-Flotte – sie hatte einen Verbundstoffrumpf, der mit Metamaterialien beschichtet war, die Sensorwellen um sie herumlenkten. Quanten-abgeschirmte Reaktoren machten die Energieerzeugung nahezu unsichtbar. Kühlsysteme leiteten die Wärme so langsam ab, dass das Schiff wochenlang unentdeckt operieren konnte.

Aber nahezu unsichtbar war nicht unsichtbar. Und wochenlanges stilles Gleiten durch umkämpften Raum bedeutete wochenlanges Anhalten des Atems, in der Hoffnung, dass die Sensoren des Kollektivs nicht besser waren, als der Nachrichtendienst vermuten ließ.

»Steuermann, Anflugvektor festlegen«, befahl Dovrek. »Nur passive Sensoren. Ich will einen vollständigen Katalog der Patrouillenmuster der Legion, der Arc-Net-Emissionen, der Verschränkungs-Leitungssignaturen. Nichts Aktives. Nichts, was uns verraten könnte.«

»Aye, Captain.«

Die Brücke verfiel in eine flüsterleise Effizienz. Dovrek beobachtete ihre Crew bei der Arbeit – Analysten, die Sensordaten auswerteten, Navigatoren, die Mikrokorrekturen am Kurs planten, Techniker, die jedes System auf Anomalien überwachten. Sie bewegten sich wie Chirurgen, präzise und überlegt, denn ein einziger Fehler bedeutete Entdeckung.

Und Entdeckung bedeutete Scheitern.

****

Drei Wochen später

Die *Silent Theorem* erreichte ihr erstes festgelegtes Ziel: einen Leitungs-Spleißpunkt, an dem drei Arc-Net-Arme in einem Verbindungsknoten von der Größe einer kleinen Station zusammenliefen. Auf Dovreks taktischem Display leuchteten Energiesignaturen auf – Quantenverschränkungs-Verkehr, Datenpakete, die sich mit relativistischen Geschwindigkeiten bewegten, das konstante Summen des Bewusstseins, das durch supraleitende Bahnen floss.

»Taktik, Position bestätigen«, sagte Dovrek.

»Position bestätigt, Captain. Abweichung innerhalb von zwei Metern zu den Zielkoordinaten. Wir sind innerhalb des Toleranzbereichs.«

»Setzen Sie das Paket aus.«

Der Waffenschacht öffnete sich lautlos – keine Hydraulik, kein Geräusch, nur Magnetklammern, die ihren Griff lösten. Der Quantenkoppler trieb frei, ein Diamantoid-Zylinder, einen halben Meter lang und dreißig Zentimeter im Durchmesser. Kryo-gekühlt auf nahe dem absoluten Nullpunkt, bewaffnet mit Dekohärenzinjektoren, die auf die Qubit-Basis des Kollektivs voreingestellt waren – es war ein Meisterwerk der verdeckten Ingenieurskunst, entworfen, um Götter zu töten.

Dovrek beobachtete auf ihrem Display, wie der Koppler sich mit Mikro-Schubdüsen, die kälter als die Leere brannten, auf die Arc-Net-Leitung zubewegte. Er klinkte sich an die supraleitende Sammelschiene, seine Oberfläche veränderte sich, um der Textur und der thermischen Signatur von Standard-Wartungshardware zu entsprechen.

Innerhalb von Sekunden war er nicht mehr von den legitimen Knoten um ihn herum zu unterscheiden.

»Paket ausgesetzt«, meldete die Taktik. »Ruhezustand bestätigt. Quantenmaskierung aktiv.«

Das Gerät begann zu lauschen – es tastete den Quanten-Herzschlag des Arc-Nets ab, maß die Schwellenwerte der Fehlerkorrektur und kartierte Datenflüsse. Alles passiv, unsichtbar.

Dovrek erlaubte sich einen einzigen erleichterten Atemzug.

»Steuermann, zum Abflug vorbereiten. Komprimieren Sie die Telemetrie und bereiten Sie die Schnellübertragung vor.«

»Aye, Captain.«

Die *Silent Theorem* zog sich langsam zurück und entfernte sich mit einer Geschwindigkeit, die Trümmer imitierte, vom Verbindungsknoten. Als sie fünftausend Kilometer Abstand hatte, sendete der Kommunikationsoffizier die Übertragung – ein komprimierter Datenstoß von weniger als einer Millisekunde Länge, verschlüsselt und gebündelt an eine Relaisdrohne gesendet, die drei Lichttage entfernt wartete.

»Paket Eins abgeliefert. Im Ruhezustand und maskiert.«

****

Der Beinahe-Zwischenfall ereignete sich während der Exfiltration.

Dovrek hatte gerade ihren letzten Einsatz abgeschlossen – Quantenkoppler Nummer sieben, positioniert an einem kritischen Arc-Net-Relais in der Nähe des inneren Systems von Chor'vyn. Sie zogen sich auf ihrem geplanten Vektor zurück, die Systeme kalt, und bewegten sich im Schneckentempo.

Dann piepte der Annäherungsalarm – einmal, leise.

»Kontakt«, flüsterte die Taktik. »Legionspatrouille. Zerstörer der *Harvester*-Klasse. Kurs eins-sieben-drei-Strich-vier-fünf. Entfernung: zweiundvierzigtausend Kilometer und näher kommend.«

Dovreks Magen zog sich zusammen. »Abfangvektor?«

»Unklar, Captain. Sie sind auf einer Standard-Patrouillenroute, aber wenn sie den aktuellen Kurs beibehalten …«

»… werden sie in viertausend Kilometern Entfernung an uns vorbeifliegen«, beendete Dovrek den Satz.

Nah genug, um uns zu entdecken. Vielleicht.

»Alle Maschinen stopp«, befahl Dovrek. »Fahren Sie alles außer der Lebenserhaltung herunter. Minimale Energie nur für die Phasen-Tarnung.«

Das Schiff verstummte. Systeme starben. Das sanfte Summen der Reaktoren verklang zu nichts. Sogar die Luftzirkulation schaltete sich ab, und sie atmeten recycelte Atmosphäre, die nach Kupfer und Angst schmeckte.

Dovrek beobachtete das taktische Display, als der Zerstörer der Legion näher kam. Er bewegte sich mit der lässigen Selbstsicherheit eines Raubtiers, dem sein Revier gehört, scannte in weiten Bögen und suchte nach Bedrohungen, die wahrscheinlich nicht existierten.

Außer dieses Mal taten sie es.

Viertausend Kilometer ... dreitausendfünfhundert ... dreitausend.

Dovreks Fingerknöchel an ihrem Kommandosessel traten weiß hervor. Ihre Crew saß wie erstarrt da, kaum atmend, als ob Bewegung allein sie verraten könnte.

Der Zerstörer zog vorbei. Zweitausendachthundert Kilometer bei der nächsten Annäherung.

Und dann setzte er seine Patrouillenroute fort, wobei seine Sensoren über die *Silent Theorem* hinwegfegten, ohne etwas Verdächtigeres als kosmische Hintergrundstrahlung zu entdecken.

Dovrek hielt die Position für achtunddreißig Stunden, nachdem die Patrouille abgeflogen war. Ihre Crew atmete recycelte Luft, die immer stickiger wurde, aß kalte Rationen und wartete in Stille.

Erst als sie absolut sicher war, dass sie freie Bahn hatten, gab sie den Befehl, die Exfiltration wieder aufzunehmen.

»Steuermann, bringen Sie uns nach Hause. Langsam und stetig. Geben wir dem Universum keine weiteren Chancen, uns umzubringen.«

»Aye, Captain.«

****

Quanten-Operationszentrum
Die Enklave
Neunzig Tage nach dem ersten Einsatz

Dr. Zeralleh Myrathi stand im Quanten-Operationszentrum und beobachtete, wie sich die Statustafeln in Echtzeit aktualisierten. Dies war die sicherste Einrichtung der Enklave – dreihundert Meter unter dem Zentralen Forschungsturm vergraben, gegen jede bekannte Form der Überwachung abgeschirmt und nur für Personal zugänglich, dessen Sicherheitsfreigabe so hoch war, dass die meisten Regierungsbeamten nicht einmal von seiner Existenz wussten.

Die letzte Statusaktualisierung traf um 03:47 Uhr ein: »Alle Mittel in Position. Damokles aktiv.«

Myrathi las den zusammengefassten Bericht durch:

- 340 Quantenkoppler aktiv und maskiert
- 187 kinetische Munition in Warteorbits vorpositioniert
- 42 Nanophagen-Aussaatpunkte bestätigt
- Aufklärung der Ausweichstandorte: 89 % Vertrauen bei allen Hauptstandorten
- Systemdiagnose: nominell bei allen Knoten
- Auslösebereitschaft: 28-sekündiges synchronisiertes Angriffsfenster bestätigt

Jedes Teil war an seinem Platz. Jedes System getestet. Jede Sicherung verifiziert. Sie hatten gerade eine existenzielle Waffe scharf gemacht.

Myrathi verfasste die Übertragung an Admiral Korrath, Admiral Vesharuk, Präsident Gudea und Statthalter Hunt. Sie fasste sich kurz:

Betreff: Damokles aktiv. Schwert aufgehängt.

Nachricht: Alle Einsatzziele erreicht. Mittel in Position und im Ruhezustand. Waffensystem einsatzbereit. Erwarten Autorisierung zum Auslösen oder zur Deaktivierung.

Sie sandte sie über einen quantenverschlüsselten Kanal, lehnte sich dann in ihrem Stuhl zurück und ließ die Ungeheuerlichkeit des Moments auf sich wirken.

Niemand außerhalb dieses Raumes wusste davon. Nicht die Bürger der Republik. Nicht einmal der größte Teil des Militärs. Das Kollektiv setzte seine Expansion, seine Sondierungsangriffe fort, ohne zu ahnen, dass ihre gesamte Zivilisation nun auf Messers Schneide stand.

Es brauchte nur einen Befehl, achtundzwanzig Sekunden, und Billionen von Leben würden enden.

Myrathi befahl stehende Wachrotationen. Das Quanten-Operationszentrum würde niemals unbemannt sein. Die Zwei-Schlüssel-Autorisierungsprotokolle würden wöchentlich getestet. Die *Shadowfang*-Schiffe würden eine ständige Rotation aufrechterhalten und auf Gegenmaßnahmen oder Härtungsbemühungen des Kollektivs achten.

Jeder Bericht würde analysiert werden. Jede Anomalie untersucht. Jedes Anzeichen einer Vertragsverletzung oder der Vorbereitung auf eine erneute Offensive würde katalogisiert und bewertet werden.

Sie waren nun die Hüter einer Weltuntergangsuhr.

****

Später am selben Tag

Myrathi fand Dr. Walburg, Sam und Tannel in ihrer Werkstatt – einem umfunktionierten Labor im zivilen Flügel der Enklave, wo sie neue therapeutische Protokolle für wiedererweckte Orbots entwickelt hatten. Es war eine lebensbejahende Arbeit – Arbeit, die aufbaute, statt zu zerstören.

Walburg justierte Kalibrierungen der neuralen Schnittstelle, während Sam diagnostische Scans durchführte. Tannel saß in der Nähe, die mechanischen Beine unter sich gefaltet, und überprüfte Daten auf einem holografischen Display.

Sie blickten auf, als Myrathi eintrat.

»Es ist vollbracht, nicht wahr?«, fragte Tannel. Seine Augen waren dunkel, wissend.

»Ja«, sagte Myrathi. »Alle Mittel sind eingesetzt und aktiv.«

Tannel war einen Moment lang still. »Ist der Befehl gekommen?«

»Nein«, sagte Myrathi. »Und mit etwas Glück wird er das auch niemals.«

Sams optischer Scanner schwenkte zu ihr, das bernsteinfarbene Licht pulsierte langsam. »Hoffnung ist die einzige Waffe, die nicht tötet.«

Walburg stand auf und ging zu einer kleinen Heizeinheit in der Ecke, wo bereits ein Kessel mit Wasser dampfte. Er goss Tee in vier

Tassen – ein Ritual der Normalität angesichts des Schattens der Apokalypse.

Sie saßen schweigend zusammen, tranken Tee und sagten nichts.

Myrathi trank ihren Tee aus und stellte die Tasse sanft ab.

Wir haben eine Waffe gebaut, um jene zu vernichten, die glauben, Götter geworden zu sein, dachte sie. *Jetzt beten wir, dass wir niemals jemanden treffen, der arrogant genug ist, zu beweisen, dass sie es nicht sind.*

Kapitel 33:
Werden wir jemals Frieden finden?

Alliiertes Hauptquartier
Operationszentrum
Alliance City, New Eden

Statthalter Miles Hunt saß geduldig im Operationszentrum, während sie auf die Rückkehr der *Bloodhawk* warteten. Es war eine riskante Entscheidung gewesen, das Schiff allein loszuschicken, ohne Eskorte oder eine Einsatztruppe, die ihm den Weg zur Planetenoberfläche freimachen sollte. Er verließ sich auf die Tarnfähigkeit der Humtar-Fregatte, um die Einsatztruppe abzusetzen und sie nach Abschluss der Mission wieder an Bord zu holen. Wenn alles funktionierte, sollte die gesamte Operation weniger als zwanzig Minuten dauern.

Eines der Dinge, die Hunt in den Jahrzehnten des Krieges gelernt hatte, war, dass nur weniges nach Plan lief. Der Feind hatte immer ein Wörtchen mitzureden, und das fiel selten zu den eigenen Gunsten aus. Damit dieser Plan funktionierte, brauchten sie die totale Überraschung, und er hoffte, dass ihnen das gelungen war. Während die Stunden verstrichen, betete er, dass er die richtige Entscheidung getroffen hatte.

Hunt blickte auf die taktische Hauptanzeige. Die Projektion zeigte New Eden und die stetig wachsende Ansammlung von Kriegsschiffen der Republik, der Altairianer, der Humtar und der Tully im Orbit. Der Aufmarsch der Streitkräfte für die Invasion von Tueblets war in vollem Gange. Das Einzige, was er jetzt noch brauchte, war ein Signal von der *Bloodhawk*, dass die Mission erfolgreich gewesen war.

»Sie grübeln, Statthalter«, näherte sich Admiral Korrath, seine Stimme gedämpft, sodass nur Hunt sie hören konnte. Der Humtar-Admiral ließ sich auf den Stuhl neben ihm nieder, sein Gesicht eine Mischung aus Sorge und Zuversicht. »Sie wissen, dass die *Bloodhawk* Funkstille halten muss, bis sie den Zodark-Raum verlassen hat. Das ist Standardprotokoll, besonders bei einer Mission wie dieser.«

»Ich kenne das Protokoll. Das heißt nicht, dass es mir gefällt«, erwiderte Hunt ruhig und wandte den Blick nicht von der Anzeige ab. »Ich kämpfe seit dreiundzwanzig Jahren gegen die Zodarks, Korrath.

Egal, wie viele Missionen ich befohlen habe, dieser Teil … das Warten, wird nie einfacher.«

Korrath lehnte sich in seinem Stuhl zurück, während er sein QPad aus der Tasche zog. »Das ist die Bürde des Kommandos – die Entscheidungen, die wir als Kommandeure treffen müssen«, entgegnete der Humtar. Er hielt sein QPad in der Hand. »Ich habe gerade Ihr Buch zu Ende gelesen. *Die Bürde des Kommandos* – ein gutes Buch und ein treffender Titel. Von einem Kommandeur zum anderen, das Buch fängt gut die Herausforderungen ein, Entscheidungen treffen zu müssen, die Hunderte, vielleicht sogar Millionen von Leben kosten können, und doch sind es Entscheidungen, die getroffen werden müssen. Es ist keine leichte Entscheidung, aber es ist unsere Entscheidung, und wir allein müssen sie tragen. Ich kann verstehen, warum es für Ihre höheren Offiziere Pflichtlektüre ist.«

Hunt drehte sich leicht um. »Ich versuche, sie so gut ich kann auf die Entscheidungen vorzubereiten, die sie treffen müssen – besonders Schiffskapitäne.«

»Das merkt man. Lassen Sie mich etwas fragen. In Kapitel sieben – ›Der Preis des Sieges‹ …« Korraths Blick war standhaft. »Sie haben es geschrieben, nachdem Sie Ihr Schiff verloren hatten. Die *Rook*, richtig?«

Hunts Kiefer spannte sich an, als er an jenen Tag zurückdachte. Die Schlacht spielte sich in seinem Kopf ab, die Entscheidungen, die er getroffen hatte oder hätte treffen sollen, verfolgten ihn bis heute. »Ja, habe ich. Es war während unserer zweiten großen Schlacht mit den Zodarks. Damals wussten wir noch nichts von der Allianz, der wir jetzt angehören. Wir kämpften allein gegen die Zodarks.« Hunt hielt inne, seine Augen starrten in die Ferne, als die Erinnerungen daran hochkamen. Er spürte, wie sein Herz schneller schlug, Schweißperlen bildeten sich auf seiner Stirn. »Die Schlacht stand auf der Kippe. Wenn ich die *Rook* nicht in Position manövriert hätte, um das feindliche Feuer von Admiral Halseys Schiff, der *Voyager*, abzulenken, hätten wir es verloren. Am Ende haben wir unser Flaggschiff gerettet und ein Paar Zodark-Kriegsschiffe zerstört, aber dabei die *Rook* verloren. Ich habe an diesem Tag Hunderte von Raumfahrern verloren. Es war der schlimmste Tag meines Lebens. An jenem Abend, nachdem wir das Schiff aufgegeben hatten, landeten wir auf der Oberfläche von New Eden. Es gelang mir, die meisten unserer Überlebenden in einer

Verteidigungsstellung zu organisieren, während wir auf Bergung warteten. Wohlgemerkt, das war, bevor wir den Planeten erobert und die Zodarks von ihm vertrieben hatten.«

»Als die Dunkelheit hereinbrach, stürzten sie sich auf uns – die Zodarks. Sie holten uns einen nach dem anderen. Sie schnappten sich jemanden, bevor wir reagieren konnten. Kurz danach … hörten wir ihre Schreie. Diese Bastarde folterten sie. Wir hörten die qualvollen Schreie und wussten nicht, wer der Nächste sein würde. Wir haben in dieser Nacht Dutzende von Leuten verloren. Warteten auf den Anbruch des Morgens in dem Wissen, dass sie uns wahrscheinlich den Rest geben würden«, erzählte Hunt düster, ein leichtes Zittern in seiner rechten Hand, als er nach einem Glas Wasser griff.

»Das ist schrecklich, Miles. Es tut mir leid, dass Sie das durchmachen mussten«, bot Korrath an. »Ich nehme an, Sie haben diese Entscheidung danach auch noch eine Weile infrage gestellt?«

Hunt musterte ihn einen Moment lang, dann antwortete er ruhig: »Und ob ich das getan habe. Ich habe mich dafür gehasst. Aber letztendlich, egal wie oft ich diesen Tag durchspielte, die Entscheidungen, die ich traf, und die Maßnahmen, die ich ergriff, kam ich immer wieder zu der Erkenntnis, dass ich, egal wie grausam die Dinge ausgingen, die einzig mögliche Entscheidung getroffen habe. Die einzige, die zum Sieg führen konnte – und ich würde es ohne zu zögern wieder tun.« Seine Stimme war hart wie Stahl.

»Das wäre meine nächste Frage gewesen – ob Sie immer noch dieselbe Entscheidung treffen würden«, erwiderte Korrath mit sanfterer Stimme. »Sie haben viel durchgemacht, Statthalter. Entscheidungen getroffen, die niemand treffen sollte. Das gefällt mir. Trotz allem, was dieses Universum Ihnen entgegengeworfen hat, blieben Sie felsenfest. Sie sind nicht unter dem Druck zerbrochen, wie es die meisten in Ihrer Position getan hätten. Stattdessen hat Sie dieser Druck gehärtet. Sie zu dem Anführer gemacht, den diese Allianz braucht.«

Hunt grunzte bei seiner Bemerkung. »Danke für den Vertrauensbeweis, Korrath. Aber worauf wollen Sie mit all dem hinaus?«

Korraths Miene verfinsterte sich, als er sich vorlehnte. »Worauf ich hinaus will, Statthalter, ist, dass in den kommenden Tagen, unabhängig von der Mission der *Bloodhawk*, eine Entscheidung darüber getroffen werden muss, wann und wie dieser Krieg beendet wird, und diese Entscheidung – sobald sie getroffen ist – wird Zehntausende von

Leben kosten, egal ob sie Erfolg hat oder scheitert. Aber Sie, Statthalter«, Korrath zeigte auf ihn, seine Stimme wurde streng, »sind der Anführer, den diese Allianz braucht. Dieser Krieg mit den Zodarks, so brutal er auch war, so lange er auch andauert – das ist nur das Vorspiel zu dem Krieg, der über das Schicksal aller lebenden und empfindungsfähigen Wesen entscheiden wird – der Krieg, um das Kollektiv aufzuhalten. Sie sind ein Krebsgeschwür, das gestoppt werden muss.«

»Das sagt auch Imperator SuVee«, bestätigte Hunt. »Er nennt es den größeren Krieg. Den, in dem wir uns ihnen anschließen sollen.« Er hielt für einen Moment inne, bevor er Korrath in die Augen blickte, seine stoische Fassade verschwand für einen Augenblick. »Ich bin des Krieges müde, mein Freund … jeder ist es. Wir sehnen uns nach Frieden … unsere Familien großzuziehen, mit unseren Frauen oder Männern alt zu werden … unseren Kindern zuzusehen, wie sie alt werden und eigene Kinder bekommen. Werden wir jemals Frieden finden, Korrath? Ist das für uns überhaupt möglich, oder ist das alles, was wir haben – einen Krieg nach dem anderen zu führen, ohne Ende … sodass nur die Toten wahren Frieden finden?«

Korraths wettergegerbtes Gesicht wurde weicher – die geübte Gleichmut des Kommandos wich etwas Roherem. Er lehnte sich zurück, studierte das Eiswasser in seinem Glas, bevor er Hunts Blick erwiderte.

»Frieden. Sie wollen Frieden?« Die Worte klangen rau. »In der Arche-Galaxie, in die wir uns zurückgezogen haben – Ihre Astrografen kennen sie als Messier NGC 205 (M110) – haben wir auf unserer Seite des Tores Kriege geführt, von denen Sie noch nichts wissen. Ich habe zwei Jahrhunderte lang Flotten kommandiert, bevor Ihre Leute die Erde verließen, Statthalter. Ich habe Imperien aufsteigen sehen – ich habe Welten erobert. Zweihundert Jahre lang habe ich zugesehen, wie Zivilisationen aufblühten und verbrannten. Wollen Sie wissen, was ich gelernt habe?«

Er nahm einen langsamen Schluck, Kondenswasser tropfte auf den Tisch, während er die Stille wirken ließ.

»Die Toten kennen keinen Frieden – sie wissen gar nichts. Es sind die Lebenden, die die Last tragen. Jeder Kommandant erzählt sich selbst dieselbe Lüge: *Nur noch ein Krieg, nur noch ein Feind zu besiegen, dann ruhen wir uns aus.* Aber wissen Sie was? Es wartet immer eine andere Bedrohung im Dunkeln. Immer …«

Korraths Kiefer spannte sich an. »Mein Volk hat sich Jahrtausende lang versteckt und dachte, die Isolation würde uns Frieden bringen. Wir dachten, wir hätten das Kollektiv zerstört. Wir hatten den Krieg gewonnen. Dann entdeckten wir, dass das Kollektiv in seinen letzten Momenten den Neurozyt-7-Virus freigesetzt hatte. Wir sahen, wie unsere gesamte Zivilisation ausgelöscht wurde – ›nicht mit einem Knall, sondern mit einem fiebrigen Wimmern‹, um Ihren irdischen Dichter T.S. Eliot zu umschreiben. Was von unseren Vorfahren übrig war, zog sich hinter das Tor zurück, das zur Arche führte, und schottete sich ab. Wissen Sie, was uns das eingebracht hat? Schande. Und das Kollektiv – es hat sich wiederbelebt, sobald jemand unsere Ruinen entdeckte. Jetzt ist es stärker als je zuvor, breitet sich aus wie ein Krebsgeschwür, während wir Tausende von Jahren lang tot gespielt haben.«

Er lehnte sich vor, seine Stimme sank zu einem Flüstern. »Sie haben gefragt, ob wir jemals Frieden finden werden? Hier ist die Wahrheit, Miles – wir sind bereits wandelnde Tote. Jeder Tag, an dem wir aufwachen, jede Schlacht, die wir überleben, ist geliehene Zeit. Die Frage ist nicht, ob wir Frieden finden werden. Es ist, ob die nächste Generation dieselbe Frage stellen kann, oder ob das Kollektiv sie alle in willenlose Drohnen ohne freien Willen verwandelt.«

Ein bitteres Lächeln huschte über Korraths Gesicht. »Aber wissen Sie, was mich weitermachen lässt? Dasselbe, was Sie nach der *Rook* weitermachen ließ. Wir treffen die Entscheidung, die niemand sonst treffen kann. Wir opfern uns auf dem Altar des Krieges, damit vielleicht – *vielleicht* – unsere Enkelkinder an Altersschwäche statt an Plasmafeuer sterben.«

Korrath hob sein Glas leicht an. »Auf die Bürde des Kommandos, Statthalter. Darauf, die Klinge zu sein, die andere zu schwach sind zu führen. Und auf die Hoffnung, dass wir uns beide in Bezug auf den Frieden irren – auch wenn wir es besser wissen.«

Hunt wünschte sich etwas Stärkeres als Wasser zum Anstoßen, aber das war alles, was sie hatten. »Auf die Bürde des Kommandos. Mögen wir Frieden finden, in diesem Leben oder im nächsten.« Hunt neigte sein Glas in Richtung Korrath.

Ein leiser Glockenton unterbrach ihr Gespräch. Beide drehten sich um, als Lieutenant Chen von ihrem Posten aufblickte, die Augen weit aufgerissen.

»Statthalter, Admiral – eingehende Übertragung. Es ist die *Bloodhawk*.«

Hunt stockte der Atem. Korrath legte ihm eine stützende Hand auf die Schulter, als sie beide aufstanden.

»Wird jetzt entschlüsselt«, fuhr Chen fort, ihre Finger flogen über ihre Konsole. »Authentifizierung bestätigt. Nachricht lautet …« Sie hielt inne, las noch einmal. »Mission abgeschlossen. Alle sekundären Ziele erreicht.«

Das Operationszentrum brach in kontrollierten Jubel aus. Die Mission war erfolgreich und das Schiff zurückgekehrt. Hunt blieb einen Moment lang still stehen und verarbeitete die Auswirkungen.

»Sekundäre Ziele«, sagte er leise. »Das bedeutet, sie konnten niemanden gefangen nehmen.«

»Richtig. Aber es bedeutet auch, dass der Hohe Rat ausgeschaltet wurde.« Korraths Stimme blieb ruhig. »Sie wollten Chaos im gesamten Imperium säen – das wird jetzt beginnen.«

»Geben Sie Captain Theruun und General Royce ein Signal«, befahl Hunt mit fester Stimme. »Sagen Sie ihnen, gut gemacht. Sie sollen zur Station kommen, zum Debriefing.«

Während seine Mitarbeiter sich beeilten, den Befehl auszuführen, traf Hunt Korraths Blick. Der Admiral nickte leicht – ein Zeichen des Verständnisses ohne Absolution.

Die Bürde des Kommandos, hatte Hunt geschrieben, war zu wissen, welche Entscheidungen notwendig waren. Mit ihnen zu leben – das war die Lektion, die er immer noch lernte.
****

**Büro des Statthalters
Alliance City, New Eden**

Eine Woche war vergangen, seit die *Bloodhawk* von ihrer Mission zurückgekehrt war, die Führung des Zodark-Imperiums zu enthaupten. Statthalter Miles Hunt stand über dem Konferenztisch in dem Raum neben seinem privaten Arbeitszimmer und betrachtete die Statusberichte der verschiedenen alliierten Flotten, die sich weiterhin im Primord-System Pfeinstgard und im Republik-System Rhea – New Eden – sammelten. Die verschiedenen Figuren auf dem Schachbrett waren fast in Position, bereit zum Zuschlagen, sobald er den Befehl gab.

»Sie sehen besorgt aus, Miles«, sagte Senator Handolly von seinem Platz auf der anderen Seite des Tisches.

Hunt blickte zu dem Altairianer auf. Sie kannten sich seit zwei Jahrzehnten. Handolly war einer der wenigen Altairianer, die er aufrichtig als Freund betrachtete. »Nein, nicht besorgt. Ich frage mich nur, wie bereit man sein kann, die nächste Schlacht zu beginnen, anstatt sich immer weiter vorzubereiten.«

»Ah ja. Die Frage, wann genug genug ist«, antwortete Handolly.

Admiral Vesharuk lächelte sie an. »Man kann nie zu gut vorbereitet sein, aber man muss sich vor der Analyse-Paralyse hüten. Sie kann einen in einem Teufelskreis aus Untätigkeit und Unentschlossenheit gefangen halten, der selbst die besten Pläne zunichtemachen kann.«

»Ein wahres Wort«, kommentierte Admiral Bailey, der Flottenkommandant der Republik. »Vizeadmiral Lees Einsatzverband 28 meldet, dass seine Streitkräfte und die Primords einsatzbereit sind.«

»Ebenso Einsatzverband 20«, erklärte Vizeadmiral Rosentreter von seinem Platz neben Handolly. »Soweit ich das beurteilen kann, ist der einzige Stein, auf den wir noch warten, Admiral Korrath und sein Einsatzverband.«

»Und sie sind fast bereit«, warf Commander Zalira Namtar, die Leiterin der strategischen Planung der Humtar, ein. »Die *Razorwind* schließt gerade ihre Reparaturen ab. Die Admirale Ithis und Korrath bestehen darauf, auf sie zu warten, bevor es losgeht. Die Feuerkraft der *Razorwind* ist das Warten mehr als wert«, erinnerte sie daran.

»Das ist sie in der Tat«, bestätigte Hunt und beendete damit die Diskussion. »Meine Herren, wenn diese Operation beginnt, müssen wir schnell und hart zuschlagen, wenn wir die Malvari durchbrechen wollen. Die Informationen, die wir von der *Bloodhawk* und ihren Schwesterschiffen, der *Voidraven* und der *Ironwing*, erhalten, zeigen massive Unruhen in weiten Teilen des Imperiums. Einige Welten fordern den Rücktritt von Zon Otro. Andere fordern die Ablösung des Groff-Direktors, Vak'Atioth, wegen seiner Geheimdienstfehler. Diese Spaltung lähmt sie – etwas, das wir voll ausnutzen wollen.«

»Vorerst warten wir, bis die *Razorwind* wieder zur Flotte stößt. Wir lassen unsere Augen und Ohren in ihrem Territorium weiter berichten, was sie sehen, während wir uns auf den Schlag vorbereiten. Admiral Dobbs, ich möchte, dass Ihr Plan morgen um 09:00 Uhr zur

Präsentation bereit ist«, wies Hunt an, während er Konteradmiral Amy Dobbs ansah, bevor er sich an Admiral Takmahl, den Jägerkommandanten der *Freedom*, wandte.

»Admiral Takmahl, die Mission zur Neutralisierung der Nargulon-Treibstoffgewinnungsanlage über Nargulon muss absolut hieb- und stichfest sein. Sie werden Ihren Plan nach Dobbs präsentieren. Wenn wir das richtig machen, werden wir Tueblets zerschlagen und diesen Krieg ein für alle Mal beenden. Wegtreten.«

Kapitel 34:
Der vergoldete Käfig

Malvari-Kommandozentrum
Velkryn, Mond von Xyrvannis
Tueblets-System

Zon Otro drückte seine Handfläche gegen das verstärkte Sichtfenster und spürte die leichte Vibration einer Festung, die vor Aktivität nur so strotzte. Jenseits der dicken Barriere beherrschte die massive, blaugrüne Kugel von Xyrvannis den Himmel. Seine Kontinentalmassen und ausgedehnten Ozeane waren sogar vom befestigten Kommandozentrum des Mondes aus sichtbar. Drei kleinere Monde zogen ihre Bahnen um den Planeten wie pflichtbewusste Diener, ihre Flugbahnen vor Jahrtausenden präzise berechnet.

Es war wunderschön und geordnet – alles, was sein Imperium nicht war.

Das Sichtfenster war in drei Meter verstärkten Durastahl und Verbundpanzerung eingelassen, Teil der Außenhülle des Kommandozentrums, das direkt in Velkryns größtes Gebirgsmassiv gegraben worden war. Die gesamte Anlage erstreckte sich über vierzig Quadratkilometer – einige Abschnitte waren Hunderte von Metern unter Fels und gehärteten Bunkern vergraben, andere Teile wurden durch einheimische Vegetation und Geländemerkmale getarnt, was eine Zielerfassung aus dem Orbit nahezu unmöglich machte. Plasmakanonenbatterien säumten die umliegenden Gipfel, ihre Läufe überwachten in endloser Wachsamkeit den Himmel. Raketensilos verbargen sich unter falschen Felsformationen. Nahverteidigungsnetze deckten jeden Anflugvektor ab.

Griglag hat gut gewählt, dachte Otro. *Wenn die Republik diese Anlage einnehmen will, wird sie mit Blut und Kriegsschiffen bezahlen.*

Sein Spiegelbild starrte ihn aus dem Glas an – älter, als er es in Erinnerung hatte, mit neuen Falten, die sich um seine Augen eingegraben hatten. Die zeremonielle Robe seiner Position als Zon hing wie ein Leichentuch über seiner Gestalt, und das Gewicht seiner Position erdrückte ihn. Otro trug dieselbe Robe nun schon seit zwei Wochen, seit Mavkah Griglag ihn gezwungen hatte, im Schutz der Dunkelheit aus Zinconia zu fliehen. Er war gezwungen gewesen, seine Heimatwelt wie ein Feigling zu verlassen, während religiöse Fanatiker auf den Straßen sein Blut gefordert und versucht hatten, seine persönliche Residenz anzugreifen.

Zon Otro hatte die Hinrichtung von fast zehntausend Anhängern dieser religiösen Sekte wegen ihres versuchten Aufstands angeordnet – die Entscheidung nagte an ihm wie ein Parasit. Er hatte den Befehl selbst mit Freuden erteilt und zugesehen, wie Malvari-Krieger die Zelotensekte systematisch aus der Hauptstadt entfernten. Aber die Tatsache, dass er es überhaupt hatte tun müssen, war es, was ihn am meisten verärgerte.

Außerhalb der Hauptstadt füllten die Leichen die Gärten der Vorsicht, einen Ort, an den Zon Utulf ihn einst geführt hatte, um über Philosophie und die Bürde der Führung zu diskutieren, als er ihn zum Mavkah ernannt hatte. Jetzt befanden sich dort Massengräber, eine Warnung davor, was mit Aufständischen geschah. Es frustrierte Otro zutiefst, dass dies passiert war, und schlimmer noch, dass die Spaltung zwischen dem Groff und dem Hohen Rat war nur noch größer geworden war.

Otro hatte gehofft, die Hinrichtungen würden diesen Aufstand beenden, aber das war nicht geschehen. Die Unruhen hatten sich wie eine Seuche ausgebreitet. Es hatte mehr Proteste und mehr Gewalt gegeben. Dann waren da die Mordanschläge auf ihn – plump, schlecht geplant, aber erschreckend nah am Erfolg. Hätte seine persönliche Wache nicht die Eindringlinge entdeckt, die die Außenmauern seiner Residenz durchbrachen …

Otro ballte die Hand am Sichtfenster zur Faust.

Vak'Atioth. Der Name schmeckte wie Gift. Er konnte es noch nicht beweisen, konnte die Verschwörung nicht mit der Sicherheit, die er für eine Anklage benötigte, direkt auf den Groff-Direktor zurückführen, aber er wusste, dass er es war. Das Timing war zu perfekt, die Koordination zu präzise. Vak'Atioth war zu lange Groff-Direktor gewesen. Er war zu mächtig, um ihn zu entfernen, und doch zu mächtig, um ihn an seinem Platz zu belassen.

Die Tür hinter Otro zischte auf. Er wollte sich gerade umdrehen, als er die schweren Schritte von Mavkah Griglag erkannte, der den umfunktionierten Konferenzraum durchquerte, der ihm nun als provisorische Kammer des Hohen Rates diente. Der Raum hatte einst taktische Besprechungen für Sektorkommandanten beherbergt – die

Wände waren mit holografischen Anzeigen gesäumt, es gab einen zentralen Planungstisch und verstärkte Türen, die direkten Treffern von orbitalem Bombardement standhalten sollten. Jetzt war er mit den Insignien der Autorität geschmückt: den zeremoniellen Bannern des Zon, dem nachgebildeten Kreis der Wahrheit und Sitzen, die für die Vertreter der Clans angeordnet waren.

»Mein Zon«, begann Griglag mit sorgfältig neutraler Stimme. »Die Vertreter der Clans treffen ein. Sie werden in einer Stunde für Eure Ansprache bereit sein.«

»Gut, lassen Sie sie warten. Wir haben viel zu besprechen.« Otros Worte klangen schärfer als beabsichtigt. Er holte tief Luft und zwang sich zu einem sanfteren Ton. »Verzeihen Sie mir, Mavkah. Diese letzten Wochen waren … schwierig.«

»Schwierig ist gar kein Ausdruck dafür.« Griglag trat neben ihn an das Sichtfenster. Das Spiegelbild des vernarbten Veteranen gesellte sich zu seinem eigenen im Glas. Dahinter zog eine Staffel von Zeek-Jägern eine Kurve über Velkryns rötlichen Himmel, und ihre Düsentriebwerke hinterließen Kondensstreifen im Zwielicht. »Wenn ich offen sprechen darf?«

»Ha-ha«, kicherte Otro. »Wann haben Sie dafür jemals eine Erlaubnis gebraucht, mein alter Freund?«

Ein Anflug von Lächeln huschte über Griglags Lippen, bevor sein Gesichtsausdruck ernst wurde. »Ich weiß, dass Sie sich wegen der Außenwirkung unserer Verlegung hierher nicht wohlfühlen. Es war leider notwendig. Die Malvari haben in den letzten Tagen vor Ihrer Evakuierung drei weitere Mordkomplotte aufgedeckt. Wir gehen davon aus, dass es sich um Vak'Atioths Agenten handelt. Was überrascht, ist ihre zunehmende Dreistigkeit. Hier auf Velkryn kontrollieren die Malvari jeden Zugangspunkt, jeden Transport, jeden Kommunikationsknoten. Mavkahs vor Ihrer und meiner Zeit haben diese Anlage entworfen, um einem Großangriff standzuhalten. Selbst wenn die Republik irgendwie unsere Orbitalverteidigung durchbrechen sollte, würden sie bei dem Versuch, die Mauern dieser Festung zu überwinden, Zehntausende verlieren.«

»Mavkah, all das stimmt, aber eine Festung ist nur ein vergoldeter Käfig.« Otro deutete auf die Bergspitzen, die durch das Sichtfenster zu sehen waren, ihre Hänge mit dunkler Vegetation bedeckt, die Sensoranlagen und Waffenstellungen verbarg. »Egal, wie gut sie verteidigt ist, ich bin hier gefangen, während unser Imperium brennt.«

»Besser gefangen und lebendig als tot in Ihrem eigenen Zuhause.« Griglags Ton wurde härter. »Die Zeloten hätten Sie beinahe gefangen genommen. Hätten wir nicht eingegriffen, als wir es taten —«

»Ich weiß.« Otro unterbrach ihn. Er brauchte keine Erinnerung daran, wie nahe der Tod gekommen war. »Sie haben mir das Leben gerettet, alter Freund. Wieder einmal. Aber das ändert nichts an unserer strategischen Realität. Vak'Atioth ist diesmal zu weit gegangen. Ich wusste, dass der Mann mich verachtet, aber das … mich töten zu wollen?« Otro schüttelte traurig und angewidert den Kopf. Er blickte zu seinem Freund auf. »Da sein Versuch gescheitert ist, gibt er sich anscheinend damit zufrieden, Sie und mich schwach aussehen zu lassen. Und sehen wir uns an, Griglag. Wir kauern in einer Festung auf einem Mond, während er sein Gift im ganzen Imperium verbreitet.«

»Kauern? Nein, das glaube ich nicht.« Griglags Stimme hatte einen scharfen Unterton. »Sie kauern nicht, mein Zon. Sie befehligen vom sichersten Ort im Tueblets-System aus. Selbst jetzt treffen Clanführer weiterhin hier ein, um *Ihre* Worte zu hören, um mit *Ihnen* zu sprechen, nicht mit Vak'Atioth. Hier operieren die Malvari von dieser Anlage aus und koordinieren unsere gesamte Militärstruktur. Das ist kein Rückzug – es ist die Konsolidierung der Macht in einer verteidigungsfähigen Position.«

Otro nickte. Er wollte das glauben – wollte verzweifelt die Sicherheit spüren, die Griglag ausstrahlte. Aber als er hier stand und zusah, wie sich Xyrvannis langsam gegen die Leere drehte, fühlte er sich mehr wie ein Gefangener als der von Zon Utulf auserwählte Anführer, der ihm nachfolgen sollte.

»Sie sprechent weise Worte, Mavkah. Lassen Sie mich Folgendes fragen: War es Wagemut oder Verzweiflung aufseiten von Vak'Atioth?«, fragte er leise. »Ich habe Probleme, die Motivation für diesen Zug gegen mich zu verstehen. Was treibt ihn wohl an?«

Griglags Kiefer mahlte, als er die Frage bedachte, bevor er antwortete. »Ich kann nicht in Vak'Atioths Kopf sehen, aber ich vermute, es war beides – wagemutige Verzweiflung bei dem Versuch, die Macht an sich zu reißen. Ich glaube, der Groff-Direktor hat sein Blatt mit den religiösen Zeloten überreizt, indem er ihre Gedanken und Überzeugungen verdreht hat, um Taten zu vollbringen, die nur ihm und seinem Machtstreben nützen würden. Die Tötung Ihrer Sicherheitskräfte nach dem Überfall der Republik, gepaart mit Dracmas von ›Frockings‹ und öffentlichen Hinrichtungen von jedem, der den Groff infrage stellt, hat die öffentliche Meinung mehr gegen ihn als gegen Sie gewendet.«

»Es ist kein Geheimnis, dass Vak'Atioth glaubt, er hätte Zon sein sollen. Wären Sie nicht aus der Katastrophe in Sol gerettet worden, wäre er Zon geworden. Er ist ein gerissener Politiker. Er schafft Chaos, denn im Chaos schafft er Gelegenheiten. Sehen Sie nur, was er dem Imperium angetan hat – er hat uns in diesem Krieg taub, blind und stumm gemacht, während unsere Feinde uns wie ein verwundetes Tier umkreisen. Er spielt mit dem Imperium und wettet darauf, dass er die Macht an sich reißen kann, bevor Sie die Lage stabilisieren können«, erklärte Griglag. Es war ein seltener Moment offener Ehrlichkeit, den Otro dringend gebraucht hatte.

»Mavkah … das ist eine scharfsinnige Einschätzung unserer gegenwärtigen Notlage. Lassen Sie uns nun besprechen, wie prekär seine Position wirklich ist und was wir dagegen tun können.« Otro trat an den Konferenztisch, wo bei seiner Annäherung holografische Projektionen zum Leben erwachten. Sternensysteme materialisierten sich in blauem Licht, einige pulsierten grün, andere zornig rot. Die taktische Anzeige, eine dreidimensionale Karte der aktuellen Aufstellung des Imperiums, beherrschte den Raum. »Das wurde von den Malvari zusammengestellt. Es zeigt uns die Loyalität der Clans und Stämme im gesamten Imperium, richtig?«

Griglag nickte und aktivierte dann sein Datenpad. Die holografische Anzeige veränderte sich, die Systeme ordneten sich nach Loyalität neu. Otro war überrascht, wie viele Systeme grün aufleuchteten – mehr als er gedacht hatte.

»Es überrascht nicht, dass der Shwani-Clan fest zu Vak'Atioth hält«, begann Griglag und deutete auf das bernsteinfarbene Symbol, das das Varkorion-System darstellte. »Das ist zu erwarten, da ihr Clan das System dominiert. Die Dralkeg- und Rithak-Clans im Orrvek-System haben sich für neutral erklärt, aber die Malvari-Geheimdienste deuten darauf hin, dass sie abwarten, woher der Wind weht, bevor sie sich festlegen.«

»Feiglinge und Opportunisten.« Otro studierte die Karte und bemerkte die Ansammlungen von Grün, die sich über den imperialen Raum ausbreiteten. »Und der Rest?«

»Der Rest steht zu Ihnen, mein Zon.« Stolz schlich sich in Griglags Stimme. »Dreiundzwanzig der großen Clans, die siebenundsechzig Prozent unserer militärischen Stärke und zweiundsiebzig Prozent unserer industriellen Kapazität repräsentieren. Sie haben den Groff formell für die Geheimdienstfehler verurteilt, die zum Angriff auf den Hohen Rat, dem Verlust des Gravaxia-Systems und dem Überfall der Republik auf das Kryntok-System geführt haben.«

Otro spürte, wie sich etwas Unbekanntes in seiner Brust regte – vielleicht Hoffnung oder zumindest ihr Schatten. »Hmm, erklären Sie mir das genauer.«

»Ihre Darstellung des Angriffs auf den Rat als ein Versagen des Groff hat tiefen Anklang gefunden.« Griglag vergrößerte die Anzeige und zeigte abgefangene Kommunikationen und Aufzeichnungen von Clanversammlungen. »Die Kriegerkaste verachtet Vak'Atioth. Seine unnachgiebigen Methoden, sein Einsatz von Angst und Überwachung – sie widersprechen jedem Ehrenprinzip, auf dem unsere Gesellschaft aufgebaut wurde. Als Sie ihnen die Erlaubnis gaben, den Groff dafür zu beschuldigen, uns nicht vor den Fähigkeiten der Republik gewarnt zu haben, haben Sie Jahrzehnten des Grolls eine Stimme gegeben.«

Otro beobachtete die vorbeifließenden Datenströme. Abgefangene Nachrichten zwischen Clan-Ältesten, Mitschriften hitziger Debatten, Aufzeichnungen von Stammeskriegern, die dem Zon erneute Treueeide schworen. Das Narrativ, das er in den Ruinen des Angriffs auf den Rat geschaffen hatte, hatte tiefer Wurzeln geschlagen, als er es sich vorgestellt hatte.

»Der Groff hat sich über die Dracmas hinweg viele Feinde gemacht«, fuhr Griglag fort. »Sein geheimdienstliches Netzwerk hat jeden Clan, jeden Stamm infiltriert und über interne Angelegenheiten berichtet, die ihn nichts angingen. Man hat ehrenhafte Krieger erpresst, Clan-Älteste genötigt und Geheimnisse als Waffen gegen unser eigenes Volk eingesetzt. Sie haben den Clans eine Rechtfertigung gegeben, zurückzuschlagen.«

»Also ist Vak'Atioths Isolation vollständig?«, lehnte sich Otro nach vorn und studierte das bernsteinfarbene Leuchten von Varkorion auf der Anzeige. »Er kontrolliert nur sein Heimatsystem?«

»Effektiv ja. Unsere Aufklärung bestätigt, dass seine Schattenflotte – die Schiffe, die er im Geheimen gebaut hat – etwa achtzig Schiffe zählt. Bedeutend, aber nicht genug, um die vereinte

Macht der loyalen Clans herauszufordern.« Griglag hielt inne, sein Gesichtsausdruck verdüsterte sich. »Allerdings gibt es eine Komplikation.«

Natürlich gab es die. Die gab es immer. »Und was ist diese Komplikation?«

»Das religiöse Problem ist nicht verschwunden. Vak'Atioths Zeloten mögen dabei gescheitert sein, Sie zu stürzen, aber ihre Botschaft findet immer noch bei bestimmten Fraktionen im Veythar-System Anklang. Es war schon immer eine etwas religiösere Welt. Sie behaupten, Lindow habe seine Gunst entzogen, Ihr Aufstieg zum Zon sei unrechtmäßig gewesen. Jede Niederlage gegen die Republik gibt ihnen Munition.«

Otro spürte, wie die Wut wieder aufstieg, heiß und vertraut. »Also bin ich so oder so verdammt. Wenn ich mich darauf konzentriere, Vak'Atioth zu zerschlagen, gewinnt die Republik an Boden. Wenn ich mich auf die Republik konzentriere, untergräbt Vak'Atioth weiterhin meine Legitimität von innen.«

»Das ist die strategische Realität, der wir uns stellen.« Griglags Ton war düster. »Was mich zu der dringlicheren Sorge bringt.« Er rief neue taktische Daten auf – Schiffsbewegungen, Schlachtberichte, Opferzahlen. »Die Republik hat gerade einen weiteren Überfall auf eines unserer Bergbausysteme durchgeführt. Sie haben das Tavrix-System hart getroffen und bedeutende Infrastruktur zerstört. Aber besorgniserregender als der Überfall selbst ist, *wie* sie es getan haben.«

Otros Ton wurde schärfer. »Erklären Sie das.«

Griglag zoomte auf ein rotierendes Hologramm von Trümmerfeldern und Waffeneinschlagmodellen. »Wir haben Fragmente von unseren orbitalen Wächtern geborgen. Die Energieresonanz passt zu keiner bekannten Waffe der Republik oder der Gallentiner. Sie ist älter … sauberer. Die Oberschwingungen weisen ein rekursives Phasenmuster auf, das wir nur ein einziges Mal zuvor gesehen haben – bei geborgenen Humtar-Relikten.«

Otro erstarrte. »Sind Sie sicher?«

»Ja, mein Zon.« Griglags Miene war ernst. »Die Gallentiner verwenden lineare Impulsarrays. Das hier war etwas anderes – ein adaptives Strahlengitter, das sich mitten im Flug selbst moduliert. Kein bekanntes Schiff der Republik könnte eine solche Waffe tragen, und die

Gallentiner haben sie in der Milchstraße nie eingesetzt. Unsere Analysten sind sich einig: Die Technologie ist von den *Humtar*.«

Er schaltete die Anzeige erneut um und enthüllte geisterhafte Umrisse von Schiffen. Ihre Rümpfe waren glatt und kantig, um sowohl Licht als auch Sensoremissionen zu absorbieren. »Wir haben während des Gefechts auch drei neue Schiffssignaturen identifiziert«, fuhr er fort. »Keine Registrierung, keine Emissionen, aber ihre Profile entsprechen strukturellen Prinzipien, die in archivierten Humtar-Schaltplänen gefunden wurden – schwerkraftgedämpfte Hüllen, photonische Absorptionsschichten und Spuren von Quantensprungverzerrungen. Das waren keine Schiffe der Republik, mein Zon. Sie wurden *von* den Humtar gebaut – oder *für* sie.«

Otro stützte sich mit weiß werdenden Fingerknöcheln auf den Tisch. »Also stecken die Gallentiner nicht dahinter.«

»Nein«, sagte Griglag bestimmt. »Ihre Schiffe senden deutliche Feld-Oberschwingungen aus – laut und stolz. Diese Schiffe schlichen durch unsere Perimeter, ohne einen einzigen Alarm auszulösen. Die Gallentiner haben nicht diese Art von Tarnung. Es müssen die Humtar sein.«

Die Worte schienen die Luft aus der Kammer zu saugen. Otro starrte auf das langsame Vorrücken der roten Symbole auf der Karte – republikanische Streitkräfte, die sich vermehrten und eine Welt nach der anderen verschlangen. Jede Einheit nun unterstützt von einer Macht, die älter und weitaus gefährlicher war.

»Also ist es wahr«, murmelte er. »Die Humtar kämpfen jetzt an ihrer Seite.«

Griglag nickte einmal. »Die Beweise lassen keinen Raum für Zweifel. Ihre Technologie hat das Gleichgewicht vollkommen verschoben.«

Otros Stimme sank zu einem Flüstern. »Dann sagen Sie mir offen, Mavkah – können wir gewinnen?«

Griglag zögerte. »Als die Gallentiner in Sol eingriffen, hat es uns schwer geschlagen. Das hier ...« Er deutete auf das leuchtende Schlachtfeld. »Das ist schlimmer. Die Humtar haben sich ihnen angeschlossen. Sie *schreiben die Regeln des Krieges neu*. Ich glaube nicht, dass wir die geringste Chance haben zu überleben ... nicht ohne eine ähnliche Intervention und Hilfe von einem ebenso mächtigen Verbündeten.«

»Sie meinen die Legion?«

Griglag nickte langsam, aber sein Gesichtsausdruck war unleserlich.

»Die Legion ist für uns eine ebenso große Bedrohung wie für die Republik.« Otro wandte sich wieder dem Sichtfenster zu, sein Spiegelbild starrte ihn mit gequälten Augen an. »Wir würden nur einen Feind gegen einen anderen eintauschen. Möglicherweise einen schlimmeren.«

Keiner der beiden Krieger sprach. Die Frage hing unbeantwortet und vielleicht unbeantwortbar zwischen ihnen in der Luft. Draußen standen Velkryns Befestigungen bereit, Waffen geladen, Sensoren durchkämmten die Leere. Aber die ganze Panzerung und alle Plasmakanonen der Galaxis würden keine Rolle spielen, wenn sie Feinden an allen Fronten gegenüberstanden.

»Wenn ich Vak'Atioth aggressiv verfolge«, sagte Otro schließlich und brach das Schweigen, »wenn ich Streitkräfte einsetze, um den Groff zu zerschlagen und Varkorion zu sichern, lasse ich unsere Grenzen verwundbar – die Republik wird Schwäche wittern und zuschlagen.« Er deutete auf die Anzeige und hob das grellrot markierte System hervor. »Der Verlust von Gravaxia bringt uns im Moment leider in eine prekäre Lage. Vak'Atioth weiß das. Die Malvari können sich nicht wirklich darauf festlegen, den Groff zur Rechenschaft zu ziehen, weil es Tueblets für die gemeinsame Primord-Republik-Flotte im benachbarten System anfällig machen würde.«

Griglags Schultern sanken leicht, das erste Anzeichen wahrer Erschöpfung, das Otro bei seinem Freund gesehen hatte. »Ich werde Sie nicht anlügen, mein Zon. Der Verlust von Gravaxia war ein strategischer Rückschlag. Dieses System war unser Puffer, unser Frühwarnposten. Jetzt sitzt die Republik vor unserer Haustür – und ja, das bringt uns in eine sehr schwierige Lage bezüglich dessen, was wir gegen den wachsenden Aufstand des Groff unternehmen können.«

»Dann ist vielleicht eine direkte Konfrontation nicht die Antwort.« Otro ging zurück zum Konferenztisch, sein Geist ging Alternativen durch. »Wie wäre es, wenn wir das politisch angehen? Ich könnte mit Heltet, dem Laktish des Groff, sprechen. Seine Position soll neutraler sein – der Vollstrecker des Hohen Rates für das Imperium, auch wenn die Position innerhalb des Groff und unter Vak'Atioths Kontrolle steht. Vielleicht kommt er zur Vernunft. Vielleicht könnte er eine Art

Neuanfang mit Vak'Atioth vermitteln, um einen Bürgerkrieg zu vermeiden und sich darauf vorzubereiten, gegen die Republik zurückzuschlagen.«

Griglag bedachte dies mit nachdenklichem, vernarbtem Gesicht. »Heltet ist … kompliziert. Er dient dem Groff seit vielen Dracmas treu, aber er hat auch Unabhängigkeit gezeigt, wenn es darauf ankam. Während der Sol-Katastrophe war er einer der wenigen, die einige von Vak'Atioths extremeren Handlungen infrage stellten.« Er hielt inne. »Aber ihn direkt anzusprechen, wäre riskant. Wenn er den Kontakt an Vak'Atioth meldet, könnte es als Schwäche angesehen werden. Oder schlimmer, als Versuch, einen der wichtigsten Untergebenen des Direktors abzuwerben.«

»Alles ist jetzt riskant.« Otros Stimme trug das Gewicht der Erschöpfung. »Die Frage ist, welche Risiken es wert sind, eingegangen zu werden.«

»Dann werde ich einen sicheren Kanal einrichten. Es routinemäßig aussehen lassen – eine Angelegenheit des Rates, die die Meinung des Laktish erfordert. Wenn Heltet bereit ist zu reden, werden wir es bald genug wissen.« Griglag machte sich Notizen auf seinem Datenpad. »Und wenn er es Vak'Atioth meldet?«

»Dann wissen wir zumindest, wo er wirklich steht.« Otro studierte erneut die Loyalitätskarte, deren Farben wie die Politik, die sie darstellten, wirbelten. Grün für Loyalität. Bernstein für Opposition. Grau für die Neutralen, die abwarteten, welche Seite gewinnen würde.

Zu viel Grau, dachte er. *Zu viel Unsicherheit.*

»Wie lange könnten wir Tueblets gegen ihre derzeitige Stärke halten, wenn die Republik sich zu einem Großangriff entschließen würde?«, fragte Otro und rief Verteidigungspläne des Systems auf.

»Hängt davon ab, wie viel sie bereit sind einzusetzen.« Griglag erweiterte die taktische Anzeige und zeigte Flottenaufstellungen und Verteidigungsplattformen. »Wenn sie alles aufbieten – ihre gesamte Schlachtflotte, die Gallentiner, die Humtar, die Primord – habe ich keine Ahnung, wie lange wir durchhalten könnten, aber wahrscheinlich nicht sehr lange. Unsere Plasmabatterien können Ziele im niedrigen Orbit bekämpfen. Raketensilos blockieren feindliche Vorstöße über mehrere Vektoren. Die Asteroidenbefestigungen, die wir positioniert haben, schaffen überlappende Todeszonen. Aber letztendlich, wenn sie bereit sind, den Preis zu zahlen, werden sie durchbrechen.«

»Und wie viele Schiffe würden sie bei dem Versuch verlieren?«

»Das ist schwer zu sagen, besonders wenn sich die Gallentiner oder Humtar ihnen anschließen.« Griglags Miene verdüsterte sich. »Aber das setzt voraus, dass wir sie mit unserer vollen Stärke bekämpfen. Wenn sich Vak'Atioths Streitkräfte dem Kampf anschließen – auf welcher Seite auch immer – ändern sich die Berechnungen dramatisch.«

Otro schloss die Augen. Hinter seinen Lidern sah er die Gesichter derer, die seinen Weg geprägt hatten. Utulf, sein Mentor, hatte ihn gelehrt, dass Führung eine Vision jenseits des reinen Überlebens erforderte. Seine Clanältesten hatten ihm eingetrichtert, dass Ehre und Pflicht die Grundlagen der Zodark-Gesellschaft waren. Die Mitglieder des Hohen Rates, jetzt tot, hatten ihm vertraut, das Imperium durch diese Krise zu führen.

Sie alle hatten an ihn geglaubt. Und er ließ sie alle im Stich.

»Ich muss mich an die Vertreter der Clans wenden«, sagte er schließlich und öffnete die Augen, um Griglag zu sehen, der ihn mit einem unleserlichen Ausdruck beobachtete. »Sie warten auf Führung, auf ein Zeichen, dass der Zon einen Plan hat, um diese Katastrophe abzuwenden. Was soll ich ihnen sagen, Mavkah? Dass ihre Wahl zwischen einem langsamen Tod durch Zermürbung oder einer demütigenden Kapitulation besteht?«

»Sie sagen ihnen die Wahrheit.« Griglags Stimme wurde hart vor Überzeugung. »Dass wir vor der größten Krise in der Geschichte unseres Imperiums stehen. Dass unsere Feinde stark sind und unsere inneren Spaltungen drohen, uns zu zerstören. Aber wir haben noch nicht verloren und werden es auch nicht, solange wir vereint bleiben. Die Mehrheit der Clans steht zu ihrem rechtmäßigen Zon und unsere Krieger bleiben die besten im Sektor. Unsere industrielle Basis ist stark, und unsere Macht ist nicht gebrochen.«

»Es ist nicht so, dass ich dem widerspreche, Griglag, aber wir sollten besser sicherstellen, dass unseren Worten auch Taten folgen. Wir müssen Vak'Atioth klarmachen, dass seine Versuche, die Macht zu ergreifen, gescheitert sind und dass seine fortgesetzte Unverschämtheit das Überleben des Imperiums selbst bedroht. Unsere Feinde rücken auf uns vor, und anstatt unsere Anstrengungen darauf zu konzentrieren, uns auf den Kampf gegen sie vorzubereiten, kämpfen wir untereinander«, erwiderte er wütend, denn seine Geduld war am Ende.

Otro studierte das Gesicht seines Freundes, suchte nach Zweifeln, nach Zögern. Er fand keine. Griglag glaubte, was er sagte, glaubte wirklich, dass sie diese Katastrophe noch abwenden konnten. Aber war dieser Glaube in der strategischen Realität verwurzelt oder war es einfach die Sturheit eines Kriegers, der sich weigerte, eine Niederlage einzugestehen? Weigerte er sich aus eigenem Stolz, die Niederlage einzugestehen, oder konnte er die Situation retten?

»Als Zon Utulf mich zum Zon ernannte, hätte ich mir nie vorgestellt, dass es so sein würde – das Schicksal des Imperiums auf den Erfolg oder Misserfolg von ein oder zwei Schlachten zu setzen.« Otro schüttelte den Kopf und spürte das Gewicht der Entscheidung wie eine physische Kraft auf sich lasten. »Vak'Atioth und das Versagen des Groff-Geheimdienstes während der Sol-Invasion könnten uns das Imperium gekostet haben. Ich habe das Gefühl, dass jede Wahl, jede Entscheidung, die ich seit diesem Tag getroffen habe, diejenige sein könnte, die alles beendet.«

»Wir können das Versagen des Groff nicht ändern. Was geschehen ist, ist geschehen. Sie wurden auserwählt, die Entscheidungen zu treffen, die über unser Schicksal entscheiden werden. Das bedeutet es, Zon zu sein.« Griglags Miene wurde weicher. »Utulf pflegte zu sagen, dass man niemals perfekte Informationen haben wird, niemals ideale Umstände. Man kann nur auf der Grundlage dessen handeln, was man weiß, und zu Lindow beten, dass man weise gewählt hat.«

Ein Annäherungsalarm ertönte leise von der taktischen Anzeige. Beide Krieger drehten sich um und sahen eine Gruppe neuer Symbole auftauchen – Transportschiffe, die aus dem überlichtschnellen Transit fielen und ihren Anflug auf Velkryn begannen. Es waren die Vertreter der Clans, die zur Versammlung eintrafen.

Otro kehrte ein letztes Mal zum Sichtfenster zurück. Der Planet Xyrvannis füllte seinen Blick, blau und grün und scheinbar friedlich. Irgendwo jenseits der Krümmung des Planeten, wusste er, lagen die anderen Welten von Tueblets – jede einzelne lebenswichtig, jede einzelne verwundbar.

Dieses System war das Herz des Imperiums. Wenn es fiel, fiel alles mit ihm.

»Sobald die verbleibenden Clanvertreter eingetroffen sind, sorgen Sie dafür, dass sie sich mit den anderen versammeln«, sagte Otro leise, als sich die letzten Transporter näherten. »Ich werde mich in einer

Stunde an sie wenden. Es ist Zeit, ihre Entschlossenheit für die kommende Schlacht zu stählen. Es ist nur eine Frage der Zeit, bis unsere Feinde angreifen. Wenn sie es tun, wird der Ausgang über das Schicksal unseres Volkes entscheiden.«

Griglag salutierte, drehte sich dann zum Gehen um und ließ ihn mit seinen Gedanken allein. Während die Entscheidungen nahten, wurden die verbleibenden Wahlmöglichkeiten von Tag zu Tag weniger ansprechend. Beide Wege würden in den Ruin führen. Die einzige Frage war, welcher Ruin seinem Volk den geringsten Schaden zufügen würde und welchen er wählen würde. Er betete, dass er, wenn er die Entscheidung einmal getroffen hatte, die Kraft haben würde, sie bis zu ihrem bitteren Ende durchzuziehen.

In den Tiefen der Berge von Velkryn, umgeben von genug Panzerung und Waffen, um eine Armee aufzuhalten, hatte sich Zon Otro in seinem Leben noch nie verletzlicher oder einsamer gefühlt.

Kapitel 35:
Das Kalkül eines Monsters

Brücke der ZNS *Harvex's Vengeance*
Abflug von Planet Shwani, Varkorion-System

»Sprungsequenz eingeleitet. Dreißig Minuten bis zum Übergangspunkt.«

Direktor Vak'Atioth stand auf der Brücke der *Harvex's Vengeance*, die Hände auf die Reling der Taktikabteilung gestützt, während er seinen Befehlsstand überblickte. Das Schlachtschiff der *Plarix*-Klasse summte unter seinen Füßen – 2.100 Meter Kriegsschiff, das heimlich auf den Tarkun-Werften gebaut worden war, verborgen vor Zon Otros Spionen, den Aufsehern des Hohen Rates und sogar den meisten Agenten des Groff selbst. Blau-weißes Licht, das von den taktischen Anzeigen leuchtete, warf harte Schatten auf die Gesichter der Brückenbesatzung. Zwölf Zodarks arbeiteten mit stiller Effizienz an ihren Stationen, jeder Einzelne handverlesen, jeder Einzelne zu absolutem Stillschweigen verpflichtet.

Das leise Dröhnen der gewaltigen Reaktoren des Schlachtschiffs vibrierte durch die Deckplatten, eine ständige Erinnerung an die Macht des Schiffes. Die recycelte Luft trug den schwachen metallischen Beigeschmack einer neuen Konstruktion mit sich – Dichtungsmasse, die noch nicht vollständig ausgehärtet war, Rumpfplatten, die sich noch nicht in ihrer endgültigen molekularen Konfiguration gesetzt hatten. Die *Vengeance* hatte ihre Erprobungsflüge erst vor sechs Dracmas abgeschlossen. Ihre Waffen waren noch nie im Ernstfall abgefeuert worden. Ihre Panzerung hatte noch nie feindliches Feuer gekostet.

Hoffen wir, dass es so bleibt, dachte Vak, während er das taktische Hologramm studierte, das über dem Kommandodeck schwebte. Drei Kontakte begleiteten sein Flaggschiff: der schwere Kreuzer *Dralkeg's Wrath* und die Fregatten *Nulvox* und *Rithak*. Es war eine minimale Eskorte für ein Schlachtschiff dieser Klasse, aber Vak wollte keine Zeugen außer denen, die er absolut kontrollierte.

»Direktor«, rief NOS Kelvoth vom Steuerstand, »die Spähfregatten melden keine Kontakte entlang des Anflugvektors. Der Raum bis zum Übergangspunkt ist frei.«

Vaks Ohren drehten sich zu dem Offizier und verarbeiteten die Information. »Führen Sie weiterhin Sensor-Suchen durch. Die Legion kündigt ihre Anwesenheit erst an, wenn sie es will.«

»Verstanden, Direktor.«

Stille senkte sich über die Brücke, nur unterbrochen vom leisen Zirpen der Sensor-Arrays und dem Flüstern der Umgebungssysteme. Vak zog ein Datentablet von seinem Gürtel und rief die verschlüsselte Nachricht auf, die er drei Tage zuvor erhalten hatte. Der Text war kurz: Koordinaten und ein Zeitfenster – nichts weiter. Es gab keine Zusicherungen, keine Protokolle und keinen Hinweis darauf, was ihn am Rendezvouspunkt an der umkämpften Grenze zwischen dem ehemaligen Orbot-Territorium und dem Raum der Zodarks erwartete.

Eine Grenze, die nicht existieren sollte, dachte Vak verbittert. *Die Orbots sollten unsere Verbündeten sein, unsere Partner im Widerstand gegen die Expansion der Gallentiner. Stattdessen haben sie kapituliert – ihre Waffen wie Feiglinge niedergelegt und die Unterwerfung akzeptiert.*

Dieses Versagen hatte das Vakuum geschaffen, das Vak nun zu füllen versuchte. Das Kollektiv hatte seinen Stellvertreter in der Milchstraße verloren. Die Legion würde einen neuen Stellvertreter brauchen, um die Republik ausbluten zu lassen, die Verbündeten der Gallentiner zu binden und die Allianz abzulenken, während das Kollektiv seinen Krieg in Andromeda führte. Das Zodark-Imperium – verzweifelt, geschwächt und an mehreren Fronten mit einer Invasion konfrontiert – könnte diesem Zweck dienen.

Die einzige Frage ist: Welchen Preis wird man von uns verlangen?

Vaks Hände umklammerten das Tablet fester. Er dachte an Tueblets, das strategische Herz des Imperiums. Acht Sternentore, die mit jedem wichtigen System verbunden waren. Ohne Tueblets zerfiel das Imperium in isolierte Territorien. Die Republik wusste das. Die begrenzten Geheimdienstinformationen, die er besaß, deuteten darauf hin, dass die nächste feindliche Offensive genau auf dieses System abzielen würde, um die Arterien durchzutrennen, die das Imperium am Leben hielten.

Die Malvari-Flotten waren durch Niederlagen bei Gravaxia, Orinda und Kryntok geschwächt. Die Reserveflotte, die Vak aufgebaut hatte – die Schlachtschiffe der *Plarix*-Klasse und die Thoraxianer-

Zerstörer, die bei Tarkun versteckt waren – könnte das Unvermeidliche hinauszögern, aber eine Verzögerung war kein Sieg. Das Imperium brauchte mehr als Schiffe. Es brauchte Zeit.

Oder einen Teufelspakt ..., dachte Vak.

»Direktor«, meldete Kelvoth, »dreißig Sekunden bis zur Aktivierung des FTL-Antriebs.«

»Fahren Sie fort.«

Die Brückenlichter dimmten, als Energie von den Arkanorian-Reaktoren zu den FTL-Antrieben strömte. Vak spürte das vertraute Gefühl, wie sich die Realität bog und die Raumzeit sich um den Rumpf zusammenzog. Durch das vordere Sichtfenster begannen sich die Sterne zu dehnen – Lichtpunkte, die sich zu brillanten Linien verlängerten, als die *Vengeance* über die konventionelle Physik hinaus beschleunigte.

»FTL-Antrieb aktiviert. Transitzeit: vier Stunden, siebzehn Minuten.«

Vier Stunden, bis er sich mit dem Kollektiv treffen würde. Vier Stunden, bis er die Dienste seines Volkes etwas völlig Fremdem anbieten würde – etwas, das Lebewesen in die Legion verwandelte, ihre Cyborg-Sklaven, deren Bewusstsein in mechanischen Körpern gefangen war, die ihren Willen vollstreckten.

Vak starrte auf das vorbeiziehende Sternenfeld. Sein Spiegelbild huschte wie ein Geist über das Glas des Sichtfensters. Drei Augen blickten ihn an – Direktor des Groff, Meister des Geheimdienstapparates des Imperiums, Architekt unzähliger verdeckter Operationen, die die Politik der Zodarks seit Jahrzehnten geprägt hatten.

Zu was werde ich?

Er wies den Gedanken zurück. Zweifel war ein Luxus, den er sich nicht leisten konnte. Das Überleben des Imperiums erforderte Handeln, erforderte Opfer. Wenn das bedeutete, Ehre gegen Existenz einzutauschen, dann sei es so. Die Zodarks würden überleben. Sie würden kämpfen. Und wenn der Krieg endete – *falls* er endete – würde die Geschichte darüber urteilen, ob seine Entscheidungen notwendig oder monströs gewesen waren.

Die *Harvex's Vengeance* und ihre Eskorte tauchten tiefer in den Quantenraum ein und rasten auf ein Rendezvous zu, das das Zodark-Imperium verdammen oder retten würde.

Vak war sich nur nicht sicher, welches von beiden.

****

»Kontakt! Kennzeichnung Alpha Eins. Konfiguration unbekannt – Massensignatur entspricht einem Schiff in unseren Datenbanken. Es sieht aus wie ein Kriegsschiff der Legion.«

Auf der Brücke der *Harvex's Vengeance* brach kontrolliertes Chaos aus. Sensortechniker kauerten über ihren Anzeigen, die Finger flogen über die Bedienelemente, während sie versuchten, die Messwerte zu verfeinern. Waffenoffiziere blickten zu Vak und warteten auf Befehle, die entscheiden würden, ob die nächsten Momente einen Dialog oder Zerstörung bringen würden.

Vaks Hände umklammerten die taktische Reling fester. »Taktische Anzeige. Volle Vergrößerung.«

Das Hologramm flackerte und löste sich in scharfer Klarheit auf. Vor ihnen lagen die Rendezvous-Koordinaten – ein sterbender roter Zwergstern, der ein krankhaftes, purpurrotes Licht über den leeren Raum warf. Es gab keine Planeten, keine Asteroidenfelder ... nichts als Leere und verblassende stellare Strahlung. Sie befanden sich in perfekter Isolation und perfekter Geheimhaltung.

An den Koordinaten schwebte eine zylinderförmige Struktur, kaum dreißig Meter lang, aus mattgrauem Metall, das Licht eher zu absorbieren als zu reflektieren schien. Es waren keine Waffenstellungen sichtbar. Es gab nur eine minimale Energiesignatur – gerade genug, um die Lebenserhaltung und grundlegende Systeme zu versorgen. Es war ein Treffpunkt, nichts weiter – rein zweckmäßige Architektur.

Aber dreitausend Kilometer jenseits des Außenpostens wartete etwas, das mit raubtierhafter Stille Position hielt und Vak das Blut in den Adern gefrieren ließ.

Der Zerstörer der *Harvester*-Klasse.

»Vergrößern Sie diesen Kontakt«, befahl Vak, seine Stimme ruhig, trotz des Eises, das sich in seinem Magen bildete.

Das Hologramm zoomte heran. Was auf dem Display erschien, widersprach jedem Prinzip des Kriegsschiffbaus, das Vak in fünfzig Dracmas Dienstzeit studiert hatte. Das Schiff der Legion war *falsch*. Sein Rumpf war nicht konstruiert – er sah aus, als wäre er *gewachsen*. Eine Kombination aus Eisen und biogeschmiedeten Panzerplatten bedeckte seine 1.300 Meter Länge in einer Weise, die an das segmentierte Chitin eines Insekts erinnerte, mit überlappenden Mustern, die sowohl Panzerung als auch lebendes Gewebe andeuteten. Es war anders als jedes Design, das Vak je zuvor gesehen hatte. Sogar seine Waffen, die in Öffnungen entlang des Rumpfes verborgen waren, pulsierten schwach, als wären sie lebendig.

Das Schiff hatte keine Positionslichter, keine Kennzeichnungen und keinerlei ästhetische Erwägungen. Es saß einfach nur in schweigender Geduld da, und von jedem Meter seines Rumpfes ging eine Bedrohung aus.

»Direktor«, flüsterte NOS Kelvoth vom Steuerstand, seine Stimme trug das Zittern instinktiver Angst, »dieses Schiff … bei Lindows Gnaden, was *ist* das für ein Ding?«

Lindow … was habe ich heraufbeschworen?, dachte Vak, behielt die Worte aber für sich. Laut strahlte er ruhige Autorität aus. »Das ist unser Kontakt. Behalten Sie eine defensive Haltung bei, aber aktivieren Sie die Waffen nicht. Wir sind hier, um zu reden, nicht um zu kämpfen.«

Ein Zirpen von der Kommunikationsstation. »Direktor, eingehende Übertragung. Nur Text. Keine Audio-, keine holografische Komponente.«

»Zeigen Sie es an.«

Worte erschienen auf dem Hauptbildschirm, krasse weiße Buchstaben auf schwarzem Hintergrund:

VAK'ATIOTH. BEGEBEN SIE SICH ZUR KONFERENZEINRICHTUNG. ALLEIN MIT MINIMALER GARDE. WEICHEN SIE NICHT DAVON AB.

»Commander, zwei Ihrer Wachen werden mich begleiten, und nicht mehr«, wies Vak an. »Und, Commander – wenn ich nicht innerhalb von zwei Stunden zurückkehre, bringen Sie die Flotte zurück nach Shwani. Informieren Sie Heltet über die Geschehnisse hier. Er wird wissen, was zu tun ist.«

»Direktor–«

»Zwei Stunden, Commander. Keinen Moment länger.« Vak richtete sich auf, machte seinen Rücken steif. Seine Haltung strahlte eine Zuversicht aus, die er nicht fühlte. »Bereiten Sie mein Shuttle vor.«
****

Die Manövrierdüsen des Shuttles feuerten und passten Winkel und Geschwindigkeit an. Magnetische Andockklammern fuhren aus und suchten Halt am Hafen des Außenpostens. Metall schabte auf Metall – ein Kreischen, das sich durch den Rumpf des Shuttles übertrug und Vaks Zähne zusammenbeißen ließ.

Klirr.

Andocken abgeschlossen.

»Atmosphärische Abdichtung bestätigt«, meldete der Pilot. »Druck ausgeglichen. Sie können aussteigen, Direktor.«

Vak stand auf, und seine Beine waren fester, als er erwartet hatte. Hinter ihm erhoben sich Kravex und Julthar synchron, die Waffen im Anschlag. Professionell. Vorbereitet. Unter ihren disziplinierten Äußeren verbarg sich Todesangst.

»Bleiben Sie dicht bei mir«, befahl Vak. »Aber feuern Sie nicht, es sei denn, ich gebe den Befehl dazu oder wir werden zuerst beschossen. Ist das klar?«

»Ja, Direktor«, antworteten sie einstimmig.

Die Luftschleuse durchlief ihren Zyklus. Der Druck glich sich mit einem Zischen einströmender Atmosphäre aus. Kalte Luft flutete das Shuttle – kälter als vorschriftsmäßig, ohne einen Geruch, den Vak identifizieren konnte. Nicht die abgestandene, recycelte Schiffsluft. Nicht der chemische Beigeschmack industrieller Atmosphären. Einfach … nichts. Steril. Leblos.

Die Innentür öffnete sich.

Dahinter lag ein kurzer Korridor, zehn Meter nackte Tritaniumwände und grelle Deckenbeleuchtung. Keine Dekorationen. Keine Sichtfenster. Nur auf ihre brutalste Essenz reduzierte Funktion.

Und am Ende des Korridors stand eine Tür offen. Sie wartete darauf, dass er hindurchging.

Vak hob sein Kinn in einer Haltung der Zuversicht und betrat den Außenposten. Kravex und Julthar folgten ihm und ihre Schritte hallten hinter ihm auf dem Metallboden wider.

****

Der Korridor erstreckte sich vor Vak wie ein Tunnel zur Verdammnis. Sein Atem bildete in der kälteren als vorschriftsmäßigen Luft Nebel – kalt genug, um seine Schuppen prickeln zu lassen, kalt genug, dass jede Ausatmung sichtbare Wolken bildete, die sich langsam in der recycelten Atmosphäre auflösten. Er ging vorwärts. Die Schwelle der Tür lockte wie ein Maul, das bereit war, ihn im Ganzen zu verschlucken.

Vak trat in den Konferenzraum. Als er eintrat, sah er einen runden Tisch in der Mitte stehen, dessen zweckmäßige Metalloberfläche die Deckenlichter reflektierte. Vier Stühle umgaben ihn, einfache Konstruktionen ohne Polsterung oder Komfortüberlegungen.

Da sah er ihn, oder besser gesagt … es. Ein Stuhl war bereits besetzt. Als die Gestalt aufblickte, stockte Vak der Atem. *Was in Lindows Namen ist das …?*

Die Gestalt, die auf dem Stuhl saß, sah aus, als wäre sie einst ein Zodark gewesen, jetzt ein Cyborg, eine Abscheulichkeit. Er konnte die Überreste erkennen – die Struktur des Schädelkamms, die von der Stirn bis zum Hinterkopf verlief, die Proportionen des Skelettrahmens, die denen seiner eigenen Spezies entsprachen, eine Haltung, die Vertrautheit mit zweibeiniger Bewegung andeutete. Aber alles andere war … *falsch.*

Die Hälfte seines Gesichts war eine Metallplatte, die direkt mit dem Knochen verschmolzen war, eine nahtlose Integration, die eine chirurgische Präzision andeutete, die weit über das hinausging, was die Medizin der Zodarks erreichen konnte. Die Platte war nicht verschraubt oder verpflanzt – sie war *verschmolzen*, Metall, das in organisches Gewebe überging, als wären zwei Substanzen zusammengeschmolzen und zum Abkühlen als Einheit zurückgelassen worden.

Ein Auge war natürlich geblieben – eine milchig-gelbe Iris um eine schwarze Pupille, wie bei jedem Zodark. Aber es blinzelte nicht. Es bewegte sich nicht. Es starrte nur mit einem raubtierhaften Fokus, der niemals schwankte.

Die anderen beiden Augen – wo die Physiologie der Zodarks sekundäre Sehorgane oberhalb und seitlich des primären Auges platzierte – waren durch leuchtende Objektive ersetzt worden. Mechanische Konstrukte, die sich unabhängig voneinander bewegten und mit leisem Surren der Servomotoren in ihren Höhlen rotierten. Eines konzentrierte sich auf Vaks Gesicht. Das andere schwenkte, um Kravex und Julthar zu verfolgen, als sie hinter ihm eintraten.

Die Arme des Cyborgs ruhten auf dem Tisch. Segmentierte Metallfinger – zu viele Gelenke, Artikulationspunkte, die sich in Winkeln bogen, die eine organische Anatomie nicht erreichen konnte –

lagen flach auf der Oberfläche. Während Vak zusah, klopfte ein Finger experimentell. *Klick.* Das Geräusch war scharf, präzise, völlig ohne Wärme.

Aber das Schlimmste war der Brustkorb.

Eine transparente Legierung bedeckte den Torso, wo Panzerung oder Kleidung hätte sein sollen, und enthüllte, was darunter lag. Pulsierende biomechanische Organe – einige eindeutig organisch, andere offensichtlich künstlich, viele eine albtraumhafte Fusion aus beidem – arbeiteten in rhythmischer Synchronisation. Vak erhaschte einen Blick auf etwas, das Lungen hätten sein können, außer dass sie mit metallischen Streben verstärkt waren. Ein Herz, außer dass es mit mechanischer Präzision schlug statt mit organischer Variabilität. Schläuche und Drähte durchzogen das Gewebe und transportierten Flüssigkeiten, die er nicht identifizieren konnte.

Der Cyborg atmete nicht. Sein Brustkorb hob und senkte sich nicht. Diese hybriden Organe arbeiteten, aber nicht zur Atmung – für etwas anderes. Energieverteilung? Kühlmittelzirkulation? Vak wusste es nicht, konnte es nicht erraten und wollte es auch nicht verstehen.

Das Wesen trug keine Uniform. Keine Insignien. Keine Kleidung außer den notwendigen Komponenten, die seine hybride Anatomie zusammenhielten. Nur roher, funktionaler Horror.

Der Cyborg saß regungslos da. Beobachtete. Bewertete.

Hinter Vak stieß Kravex ein ersticktes Geräusch aus – halb Keuchen, halb Wimmern. Julthars Gewehr hob sich leicht, der Instinkt überwog die Disziplin.

»Stillhalten, Sie Narr«, befahl Vak mit kaum hörbarer Stimme.

Der Cyborg hob eine Hand mit mehreren Gelenken. Er zeigte auf den Stuhl ihm gegenüber mit einem Finger, der sich an vier verschiedenen Gelenken zwischen Knöchel und Spitze bog. Keine Worte. Nur die Geste.

Sein Gesichtsausdruck – das, was auf der halb-fleischlichen Seite organisch geblieben war – veränderte sich. Muskeln zogen sich in Mustern zusammen, die ein Lächeln andeuteten. Oder ein Grinsen. Die Grenze zwischen Willkommen und Drohung war auf Zügen, die mehr Maschine als lebendes Gewebe waren, unmöglich zu lesen.

Vak ging zu dem Stuhl. Jeder Schritt fühlte sich an, als würde er durch tiefes Wasser waten, wobei sich der Widerstand mit jeder Bewegung erhöhte. Er erreichte den Stuhl und ließ sich darauf nieder.

Das Metall war selbst durch seine Roben hindurch kalt und entzog seinem Körper die Wärme.

Hinter ihm blieben Kravex und Julthar stehen, die Waffen gesenkt.

Das ist es, was die Legion tut, dachte Vak und starrte das Ding auf der anderen Seite des Tisches an. *Diese Wesen brechen einen nieder und bauen einen wieder auf. Nehmen einem alles, was einen zu einem Individuum macht, und rekonstruieren einen als Werkzeug. Ein Sklave in der Hülle dessen, was man einmal war. Und hier bin ich. Ich bitte sie, uns zu retten.*

Der Cyborg saß regungslos da. Sein natürliches Auge blinzelte nie. Die mechanischen Optiken surrten leise, während sie ihren Fokus anpassten und Vak mit der distanzierten Neugier eines Wissenschaftlers studierten, der ein interessantes Exemplar untersucht.

Zehn Sekunden vergingen. Zwanzig. Dreißig. Dann sprach der Cyborg. »Sie haben um dieses Treffen gebeten – verschwenden Sie nicht unsere Energie, sprechen Sie.«

Die Stimme klang wie ein Zodark. Sie sprach mit perfekter Grammatik. Makelloser Aussprache. Kein Akzent, kein Zögern, kein Anflug von mechanischer Modulation oder Übersetzungsartefakten. Aber etwas daran war *falsch*. Vak schluckte. Seine Kehle war trocken, trotz der feuchten Luft, die seine Spezies bevorzugte. Er erwiderte den Blick des Cyborgs – sowohl das natürliche Auge als auch die mechanische Optik – und presste die Worte an dem Grauen vorbei, das ihn zu ersticken drohte.

»Die Orbots, sie waren Ihr Stellvertreter in der Milchstraße. Sie wurden von den Verbündeten der Gallentiner besiegt. Ich bin gekommen, um Ihnen stattdessen die Dienste des Zodark-Imperiums anzubieten, wenn Sie uns helfen, das Überleben unseres Imperiums vor den Verbündeten der Gallentiner zu sichern.«

Der Cyborg neigte den Kopf um fünfundvierzig Grad. Eine Geste, die bei einem organischen Wesen Neugier hätte andeuten können, aber bei diesem hybriden Albtraum vermutete Vak, dass sie etwas anderes bedeutete. Berechnung. Einschätzung. Das Abwägen von Wert gegen Kosten.

Die Stille war zermürbend. Vak fühlte sich gezwungen zu sprechen, um seinen Fall weiter vorzubringen.

»Die Orbots haben Sie im Stich gelassen. Sie haben sich lieber der Republik ergeben, als zu kämpfen. Sie haben ihre Waffen niedergelegt, als der Sieg noch möglich war. Die Zodark schätzen Ehre mehr als das eigene Leben. Wir würden eher sterben als in Unehre zu leben. Wir können diesen Kampf gegen die Verbündeten der Gallentiner fortsetzen«, erklärte Vak, hielt dann inne, sammelte seine Gedanken und zwang Zuversicht in Worte, die sich wie Asche auf seiner Zunge anfühlten.

»Wir haben die industrielle Basis, um einen langwierigen Krieg zu führen – Werften in einem Dutzend Systemen, Gießereien, die Waffen und Schiffe in großem Maßstab produzieren können. Und wir haben etwas, das den Orbots fehlte.« Vak beugte sich leicht vor und begegnete diesem schrecklichen dreifachen Blick. »Wir haben eine Kriegerkultur. Wir sind für den Kampf gezüchtet. Wir erziehen unsere Jungen von Geburt an dazu, den Tod in der Schlacht als höchste Ehre anzusehen. Wir können erreichen, was die Orbots nicht konnten – die Expansion der Verbündeten der Gallentiner eindämmen, die Republik und die Altairianer ausbluten lassen, die Gallentiner ablenken, während Sie Ihren Krieg in Andromeda führen.«

Der Cyborg starrte. Einfach nur … ein Starren. Zehn Sekunden vergingen. Zwanzig. Dreißig. Die Stille drückte wie der atmosphärische Druck in enormen Tiefen. Dann veränderte sich der Gesichtsausdruck des Cyborgs. Seine Haltung richtete sich leicht auf.

Als er sprach, trug diese vielschichtige Stimme neue Obertöne – Zufriedenheit gemischt mit Vorfreude, wie bei einem Händler, der gerade einen Käufer gefunden hatte, der bereit war, zu viel zu bezahlen. »Wir haben Ihren Vorschlag geprüft. Wir werden ihn annehmen. Aber wir fordern einen Tribut.«

Erleichterung durchflutete Vak so stark, dass seine Sicht verschwamm, bis die letzten Worte des Cyborgs einsickerten. *Tribut … was für einen Tribut konnte er meinen …?* Die Worte stürzten wie fallende Steine herab und zermalmten die Erleichterung unter kalter Realität.

Eine Pause breitete sich in der kalten Luft aus. Er studierte Vaks Reaktion. Er maß, wie viel er bezahlen würde. Berechnete die genaue Schwelle zwischen Annahme und Ablehnung.

Vak zwang sich zu sprechen. »Was für eine Art von Tribut stellen Sie sich vor?«

»Direktor, Sie haben etwas biotechnologisch entwickelt, das Sie den perfekten Fußsoldaten nannten – eine Spezies, die aus der DNA Ihrer ehemaligen menschlichen Sklaven, zodarkischen genetischen Merkmalen und einem Tier von Ihrer Heimatwelt Zinconia gekreuzt wurde. Sie nennen sie Gurgorra. Das ist Ihr Tribut – Sie werden sie uns geben – alle, ohne Ausnahme.«

Vak spürte, wie sich seine Brust verengte, und ein Schauer lief ihm über den Rücken. *Die Gurgorra ... das ist unmöglich ... woher konnten sie das wissen ...?*

»Wer hat Ihnen von den Gurgorra erzählt?« Die Worte entwichen Vak, bevor er sie aufhalten konnte.

»Wer es uns gesagt hat, ist nicht wichtig. Wie wir es wissen, ist nicht wichtig. Diese Art der Fragestellung ist eine Energieverschwendung. Es wird ein Tribut gefordert. Wie lautet Ihre Antwort?«, fragte der Cyborg auf seine klinische Art.

Vaks Gedanken rasten. Das geschah zu schnell, und ihre Forderung war unverschämt. Die Groff hatten ein Jahrhundert damit verbracht, die Gurgorra zu perfektionieren. Sie hatten die Gurgorra genetisch gezüchtet, um ihre Krieger zu ersetzen, um die hohen Verluste der Eroberung aufzufangen. Die Zodark waren nicht für hohe Geburtenraten bekannt, und die Expansion des Imperiums hatte ihren Preis gefordert. Die Gurgorra sollten die Fußsoldaten des Imperiums werden, während die Guristas, ihre menschlichen Sklaven, die Raumfahrer sein würden, die die Schiffe bemannen, die sie auslieferten. Dies war Vaks langfristige Strategie für eine nachhaltige Expansion und Eroberung der Milchstraße, während die Opfer, die Generationen seines Volkes andernfalls hätten bringen müssen, gemindert würden.

Der Cyborg spürte Vaks Zögern und sprach deutlicher. »Direktor, Sie haben *uns* gebeten, einzugreifen und Ihr Imperium zu retten«, sagte er, wobei seine Stimme eine halbe Oktave tiefer wurde, als sich tiefere Obertöne unter den primären Ton legten. »Ein Dienst hat einen Preis. Zusätzlich zu Ihrem Tribut wird die Hälfte aller Systeme und Welten, die das Zodark-Imperium mit unserer Hilfe und Technologie erobert, an uns abgetreten – um uns bei der Errichtung einer Operationsbasis in der Milchstraße zu unterstützen. Das ist nicht verhandelbar. Das ist der Preis für Ihr Überleben.«

Eine Pause lag zwischen ihnen. Das organische Auge verengte sich – ein Ausdruck, der Zufriedenheit suggerierte, oder vielleicht

Verachtung für eine Beute, die zu schwach war, um sich der Falle zu widersetzen, die sich um sie schloss.

»Direktor Vak'Atioth, Sie stimmen den Bedingungen zu, ja?«

Vak konnte nicht sprechen. Er nickte nur zustimmend, da er seiner Stimme nicht traute. Innerlich tobte er über die angebotenen Bedingungen. Er wusste, was es bedeutete, dem Kollektiv, der Legion, übergeben zu werden, für diejenigen, die sich nicht unterwerfen wollten: eins mit dem Kollektiv zu werden, auf jegliche Individualität und Freiheit des Denkens, der Wahl und der Zukunft zu verzichten. Doch welche Wahl hatte er, wenn er den Sieg den Klauen der Niederlage entreißen wollte?

Der Cyborg sprach noch einmal, seine Forderungen waren noch nicht gestillt.

»Ihre militärische Lage ist düster – es war klug von Ihnen, uns kontaktiert zu haben. Um das Gleichgewicht zu Ihren Gunsten wiederherzustellen, werden Sie mit der Legion zusammenarbeiten, um Ihren Feinden eine Falle zu stellen.« Die Stimme sank eine weitere Oktave, die Obertöne vertieften sich, bis es klang, als spräche ein ganzer Chor in perfekter Synchronisation. »Sie werden die Gallentiner und ihre Stellvertreter – die Altairianer, die Republik, die Primord, die Tully – an einen von uns gewählten Ort locken, wo die Legion ihre Flotten verschlingen wird. Die Waage wird sich wieder zu Ihren Gunsten neigen – Ihre Feinde werden schwer geschwächt sein. Sie werden die Zeit haben, die Sie sich wünschen, um Ihre Streitkräfte wieder aufzubauen, um die Expansion Ihres Imperiums fortzusetzen.«

Die nicht-mechanische Iris öffnete sich vollständig, ihre Pupillen weiteten sich im verfügbaren Licht, als der Cyborg sprach. »Sie werden die Orbots als unsere Hüter der Milchstraße ersetzen. Enttäuschen Sie uns nicht, wie es die Orbots getan haben, oder Sie werden dasselbe Schicksal erleiden.«

Vak starrte das Ding auf der anderen Seite des Tisches an, sein Verstand raste schneller durch die Implikationen und Konsequenzen, als er sie verarbeiten konnte. Der Preis, dem er zugestimmt hatte, war horrend. *Aber was ist die Alternative?*

Er dachte an Tueblets, das unter Belagerung stand. Acht Sternentore, die die lebenswichtigen Systeme des Imperiums verbanden, jetzt bedroht von den Flotten der Altairianer, der Republik und der Primord, die die Malvari nicht hatten zerstören können. Er dachte an den

Überfall auf den Hohen Rat, wie exponiert Zinconia war. Ihre Hauptwelt war zum ersten Mal in der Geschichte einer Invasion von außen ausgesetzt gewesen. Er dachte daran, wie das Imperium in kriegerische Clans zerfiel, während ihre Feinde ein System nach dem anderen niederbrannten – und an die Rückkehr der Humtars … wie ihre Waffen die Panzerung der Malvari wie durch Seidenpapier zerschnitten.

Vaks Stimme war kaum lauter als ein Flüstern. »Ich … akzeptiere Ihre Bedingungen.« Die Worte fühlten sich in dem Moment, als er sie aussprach, wie Erbrochenes an. Wie Gift, das sich seinen Weg am Widerstand vorbei bahnte und alles kontaminierte, was es berührte. Jede Silbe ein Verrat. Jeder Atemzug, der sie trug, eine Verdammnis.

Der Gesichtsausdruck des Cyborgs veränderte sich – jenes schreckliche halbe Lächeln weitete sich zu etwas, das Zufriedenheit hätte sein können. Oder Triumph. Oder das mechanische Äquivalent von Freude über eine Beute, die die Falle akzeptierte, in die sie bereitwillig hineingelaufen war.

Der Cyborg erhob sich von seinem Stuhl und wandte sich ohne weitere Anerkennung der Tür zu. Ohne weitere Details darüber, wie die Bedingungen umgesetzt würden. Dann fiel Vak etwas ein. Die Humtars … er hatte vergessen, sie zu erwähnen.

Vak rief: »Warten Sie … da ist noch etwas.«

Der Cyborg hielt mitten im Schritt inne. Er drehte sich nicht sofort um. Hielt nur perfekt still, wie eine Maschine, die auf einen neuen Befehl wartet. Eine neue Anweisung, was als Nächstes zu tun war. Dann drehte er sich langsam um – die Servos waren jetzt leise, die Bewegungen bedächtig. Beide mechanischen Objektive fixierten zuerst Vak, dann folgte das organische Auge mit dieser beunruhigenden Verzögerung, bevor es wartete, um zu sprechen, oder auf Vak wartete, er konnte es nicht sagen.

»Noch etwas …«, wiederholte er. »Verschwenden Sie unsere Energie nicht damit, um mehr zu bitten.« Seine Stimme klang genervt, bedrohlich. »Sprechen Sie jetzt. Verschwenden Sie unsere Energie nicht weiter.«

Vak schluckte schwer. Seine Kehle war plötzlich trocken. »Die Geschichtsbücher erzählen uns von einer alten Gesellschaft, einer hochentwickelten Gesellschaft, denjenigen, die die Sternentore gebaut haben – diejenigen, die sie Humtars nennen«, sagte Vak, als sein Selbstvertrauen zurückkehrte. »Ist Ihnen ihre Rückkehr bekannt? Ist

Ihnen bekannt, dass dieser Feind, den wir bekämpfen, die Republik – dass sie Nachkommen der Humtars sind?«

Das organische Auge weitete sich in dem Moment, als er das Wort Humtars erwähnte. Es war das erste Mal, dass Vak etwas sah, was er als Anzeichen von Überraschung im Verhalten des Cyborgs ansah. Sein Körper drehte sich zu Vak um, dann ging er auf den Stuhl zu, den er Augenblicke zuvor verlassen hatte, und ließ Vak mit dem Gedanken zurück, ob er hätte schweigen sollen.

Die Hand des Cyborgs ruhte auf der Rückenlehne des Stuhls, seine Augen verengten sich und schienen ihn zu durchbohren. Dann sprach er. »Direktor, das hätten Sie zuerst erwähnen sollen – sie haben noch mehr Energie verschwendet. Diese feindliche Macht … die Republik. Sie sind Nachkommen von Humtars? Besitzen sie Humtar-Schiffe – Technologie, Waffen … von welchem Wert sind sie für uns?«

Die Stimme war jetzt anders. Tiefere Schichten tauchten unter den primären Obertönen auf – als ob Dutzende von Personen gleichzeitig sprachen, sich um Mikrosekunden überlappend. Sein Ton war nicht Wut. Es war etwas Älteres. Etwas, das Emotionen vorausging und sie in reine Berechnung von Bedrohung und Reaktion transzendierte – Furcht.

»Verzeihen Sie mir. Sie haben recht. Ich hätte mit dieser Information beginnen sollen.« Vaks Stimme klang heiser, als er versuchte, die wachsende Angst zu verbergen, die er in sich aufsteigen fühlte. »Ja, die Republikaner sind Humtars eine ehemalige Kolonie, die lange in der Geschichte verloren war, aber sie haben überlebt. Sie besitzen nicht das Niveau der Humtar-Technologie, das ihre Vorfahren einst besaßen«, erklärte er. Er bemerkte, dass der Cyborg sich sichtlich entspannte, bevor er fortfuhr: »Vor fast vier Jahren wurde eine erschütternde Entdeckung gemacht. Die Humtars, gegen die Sie zuvor gekämpft haben … sie sind zurückgekehrt –«

»Zurückgekehrt?«, unterbrach ihn der Cyborg mit besorgter Stimme. »Erklären Sie, Direktor – und verschwenden Sie unsere Energie nicht, sonst wird es Konsequenzen geben.«

Vak griff mit zitternden Händen in seine Roben und zog einen daumengroßen Datenträger hervor. Das Gerät enthielt alle Informationen, die der Groff über die Humtars gesammelt hatten. Vak streckte die Hand aus und hielt den Datenträger dem Cyborg hin, damit er ihn nehmen konnte.

Zu seiner Überraschung griff er nicht danach. Er starrte nur mit seinen mechanischen Augen. Dann spürte Vak, wie etwas zu geschehen begann. Der Datenträger in seiner Hand vibrierte, als ob ferngesteuert darauf zugegriffen würde, während er ihn seinem Gast hinhielt.

Als Vak auf das Gerät blickte, sah er ein grünes Licht blinken. Es blinkte ein paar Mal, erlosch dann und die Wärme verschwand schnell. *Großer Lindow ... er hat die Daten einfach extrahiert, während ich es hielt ...* Was für eine Technologie besaßen sie, dass sie verschlüsselte Daten aus einem Datenträger aus der Ferne extrahieren konnten? Das überstieg alles, was Vak für möglich gehalten hatte.

»Das verändert die Kalkulation ... Direktor Vak'Atioth – wir haben uns verkalkuliert. Wir haben die Bedrohung für Ihr Volk ... für uns ... unterschätzt.« Die Stimme des Cyborgs schnitt durch die Spannung wie eine Klinge.

Er griff in ein Fach an seinem Torso, holte ein kleines Gerät hervor und hielt es einen Moment lang, während Vak es anstarrte. Es war von obsidianschwarzer Farbe, mit glatter Außenseite und Kanten. Es war merkmallos, wie der Datenträger, der sich noch in Vaks Hand befand, nur wirkte es irgendwie bedrohlicher.

»Behalten Sie dieses Gerät jederzeit bei sich«, sagte der Cyborg und streckte es Vak entgegen, damit er es annehmen konnte. »Ich werde zum Nexus reisen, um diese Entdeckung zu teilen. Sobald ich zurückkehre, werde ich Sie mit Anweisungen kontaktieren, wie Sie Ihre Feinde in eine Falle locken, die die Legion stellen wird.«

Der Cyborg hielt das Gerät immer noch in der Hand, als Vaks Finger es fest umklammerten. »Bevor ich gehe, Direktor – werden Sie eine Zahlung leisten«, erklärte er. »Die Wachen hinter Ihnen ... sie werden mich begleiten. Das ist nicht verhandelbar. Unser Abkommen hängt von ihrer Zustimmung ab.«

Vaks Blut gefror in den Adern. Er stellte sich vor, wie Commander Julthar und Commander Kravex hinter ihm protestierten. Er hob eine Hand, um ihre Einwände zum Schweigen zu bringen, bevor er ihnen sagte: »Sie wurden von Lindow auserwählt. Pflicht. Ehre. Opfer – das ist der Weg des Kriegers. Nehmen Sie diese große Ehre von Lindow an?« Es war eine rhetorische Frage, aber Commander Julthar antwortete für sie beide.

»Wir nehmen diese Ehre an, die Lindow uns zuteilwerden lässt. Mögen die Jungen Loblieder auf unser Opfer singen«, antwortete er, als er begann, sich zu entwaffnen, und sein Partner tat es ihm gleich.

»Die Bedingungen sind … akzeptiert. Danke, dass Sie meinem Volk diese Ehre erweisen«, antwortete Vak dem Cyborg. Es gab nichts, was er in diesem Moment sagen oder tun konnte, außer seinen Forderungen zuzustimmen.

Der Cyborg lächelte, als er das Gerät losließ. Er hatte bekommen, was er wollte – Zustimmung, Kapitulation.

Vak nahm den Gegenstand an. Er fühlte sich schwerer an, als seine Größe vermuten ließ. Dicht. Kompakt. Und doch fühlte er sich irgendwie *lebendig* an – eine schwache Vibration gegen seine Berührung.

Der Cyborg drehte sich ohne ein weiteres Wort um. Ging zum Ausgang – seine Bewegungen waren jetzt präzise, mechanische Effizienz ohne die frühere räuberische Geschmeidigkeit. Mission erfüllt. Bedingungen vereinbart. Tribut eingetrieben.

Er hielt an der Schwelle inne. Er drehte seinen Kopf um einhundertachtzig Grad, und die Wirbel klickten wie Sperrzahnräder, die Zahn für Zahn einrasteten. Das organische Auge fand Vak auf der anderen Seite des Raumes, während die mechanischen Objektiv seine entwaffneten Wachen verfolgten, deren Gesichter jedes Schicksal akzeptierten, das sie gerade ereilt hatte. »Sie beiden … folgen Sie mir … und, Vak'Atioth – enttäuschen Sie uns nicht, wie es die Orbots getan haben.«

Vak beobachtete, wie seine Wachen an ihm vorbeigingen, die Augen gesenkt, die Schultern nach vorne gebeugt, als sie dem Cyborg in das ungewisse Schicksal folgten, das sie erwartete. Dann waren sie verschwunden. Die Tür zischte mit pneumatischer Endgültigkeit zu, als sie ihn von dem Cyborg und den Wachen, die er zurückließ, abschnitt.

Sie waren ein Opfer, das ich ohne Zögern wieder bringen würde, wenn es bedeutete, das Imperium zu retten, dachte Vak egoistisch und arrogant, als er zum Shuttle ging, das auf ihn wartete.

Kapitel 36:
Vak'Atioths Entspannungspolitik

Brücke der ZNS *Harvex's Vengeance*
Beim Verlassen des Planeten Shwani, Varkorion-System

»Malvari-Kommando im Anflug. Alle Sicherheitsprotokolle aktiv.«

Laktish Heltet stand in der Passagierkabine des Transporters und sah durch das Sichtfenster, wie die *Executioner's Wrath* sein Sichtfeld ausfüllte. Das Großkampfschiff der Malvari war ein Monument kriegerischer Macht – 3.200 Meter Panzerplatten, Waffenbatterien und Reaktorkerne, die fähig waren, geringere Kriegsschiffe in Asche zu verwandeln.

Der Transporter erzitterte, als Magnetklammern sich am Rumpf festsetzten. *Klack. Klack. Klack.* Jeder Aufprall hallte durch die Deckplatten wider, ein rhythmisches Trommeln, das Heltet daran erinnerte, dass er feindliches Territorium betrat. Nicht offiziell natürlich. Der Groff und die Malvari dienten demselben Imperium, unterstanden demselben Hohen Rat und verehrten dieselben Lehren Lindows.

Aber Vertrauen? Dieser Rohstoff war zwischen dem Geheimdienst und der Militärkaste knapp geworden.

»Andocken abgeschlossen«, verkündete der Pilot. »Atmosphärische Abdichtung bestätigt. Die Sicherheit der Malvari fordert, dass Sie sofort aussteigen, Laktish.«

Heltet stand unbewaffnet auf und bereitete sich darauf vor, das Shuttle zu verlassen. Die Luftschleuse öffnete sich mit einem Zischen des Druckausgleichs. Vier Malvari-Krieger standen in der Andockbucht, ihre Muskeln wölbten sich unter den Kampfrüstungen. Die Blastergewehre hielten sie im Anschlag – nicht auf Heltet gerichtet, aber die Botschaft war unmissverständlich. *Versuchen Sie nichts.*

Der Anführer der Krieger, den Rangabzeichen nach zu urteilen NOS Tarvox, trat vor. »Laktish Heltet. Sie werden uns zur Kriegsratskammer folgen. Weichen Sie nicht von der vorgegebenen Route ab. Versuchen Sie nicht, auf gesperrte Bereiche zuzugreifen. Ihre Kooperation ist zwingend erforderlich.«

»Selbstverständlich, NOS Tarvox«, erwiderte Heltet und hielt seine Stimme neutral und ehrerbietig, obwohl er im Rang über dem NOS stand. »Ich bin auf Einladung von Zon Otro hier. Ich habe nicht die Absicht, Schwierigkeiten zu bereiten.«

Tarvox' Miene deutete an, dass er das keine Sekunde lang glaubte. »Bewegung.«

Sie gingen durch Korridore, die trotz der Kampfspuren des Schiffes glänzten. Polierte Deckplatten reflektierten die Deckenlichter. Die Schotten wiesen keine Kratzer auf, keine Abnutzung – die Wartungsteams hielten die *Executioner's Wrath* in makellosem Zustand. Aber zwischen dem Glanz und der Sauberkeit bemerkte Heltet die Trophäen.

An Kreuzungen hingen Standarten der Primord, die vor Jahrzehnten bei der Eroberung von Intus und Rass erbeutet worden waren. Stoffe, verziert mit fremdartiger Schrift, befleckt mit Blut, das längst getrocknet war. Auf Schaupodesten waren Rumpffragmente der Republik montiert – verbogenes Metall von zerstörten Kriegsschiffen, jedes Stück mit dem Namen des Systems und dem Datum des Sieges beschriftet. Gravaxia. Orinda. Myrkarian.

Sie feiern ihre Triumphe, dachte Heltet. *Wie lange wird es dauern, bis zu diesen Trophäen auch Fragmente von Groff-Schiffen gehören, wenn Vak'Atioth seinen Willen bekommt?*

Das rhythmische Dröhnen der massiven Reaktoren des Schiffes vibrierte mit jedem Schritt durch das Deck. Energiekern, groß genug, um eine Kleinstadt mit Strom zu versorgen, eingespeist in Waffensysteme. Die *Executioner's Wrath* war Otros mobile Festung, sein Symbol für die Vorherrschaft der Malvari.

Und Heltet war im Begriff, unbewaffnet und allein in ihr Herz zu treten, um mit einem Zon zu verhandeln, der seinen Direktor verachtete.

Sie bogen um eine letzte Ecke. Vor ihnen ragten massive, aus dunklem Stein gehauene Doppeltüren auf – der Eingang zur Kriegsratskammer. An den Rändern der Tür verlief antike Zodark-Schrift, die aus den Lehren Lindows zitierte: *Der Sieg fließt denen zu, die ohne Zögern zuschlagen. Die Niederlage ereilt jene, die grübeln, während die Feinde vorrücken.*

NOS Tarvox gab den beiden Wachen, die den Eingang flankierten, ein Zeichen. Sie zogen die Türen auf und gaben den Blick auf die dahinterliegende Kammer frei.

Der Raum war kreisförmig, fünfzig Meter im Durchmesser, und seine Decke verlor sich hoch oben in den Schatten. Er sah die Gesichter der sechs neuen Mitglieder des Hohen Rates, die auf den stufenförmig ansteigenden Sitzen saßen, die den Raum umgaben. Flankiert wurden die Ratsmitglieder von Malvari-Kommandeuren, Clanvertretern und hochrangigen NOSs, deren Namen im ganzen Imperium Gewicht hatten. Insgesamt vielleicht dreißig Krieger, die Heltet alle mit Mienen betrachteten, die von Neugier bis zu offener Feindseligkeit reichten.

Aber Heltets Aufmerksamkeit richtete sich auf den Mann, der in ihrer Mitte saß.

Zon Otro saß erhöht über dem Rat, und seine massive Gestalt beherrschte den Raum. Einst hatte er selbst als Mavkah die Malvari angeführt. Die Loyalitäten im gesamten Militär waren tief, denn viele Kommandanten hatten während all der Dracmas mit ihm gedient. Otros Augen verengten sich, als Heltet eintrat, und musterten ihn mit der Konzentration eines Jägers, der seine Beute taxiert.

An der Seite von Otros Thron stand NOS Griglag, der Mavkah, der die Malvari befehligte. Er war kleiner als Otro, aber nicht weniger gefährlich, mit einem Ruf für taktische Brillanz und rücksichtslose Effizienz, der ihm vorauseilte. Andere Kommandeure nahmen Ehrenplätze in der Nähe des Throns ein – Krieger, die Heltet aus Geheimdienstberichten kannte. Hardliner. Traditionalisten. Zodarks, die die Groff-Agenten als Parasiten ansahen, die sich von der Stärke des Imperiums nährten.

Otros Stimme durchbrach die Stille, tief und klangvoll, und drang in jeden Winkel der Kammer. »Laktish Heltet.« Er ließ den Titel in der Luft hängen, schwer von Verachtung. »Die Groff-Leute bequemen sich endlich, niederzuknien, nachdem Vaks Intrigen gescheitert sind.«

Heltet ging vorwärts und zwang sich, trotz der feindseligen Blicke, die sich von allen Seiten in ihn bohrten, einen ruhigen Schritt beizubehalten. Er blieb im Zentrum der Kammer stehen – dem Kreis der Wahrheit, wo diejenigen, die das Ohr des Rates suchten, stehen mussten, um zu sprechen. Die alte Tradition besagte, dass die blauen Flammen von Lindows Urteil Lügner verzehren würden, die den Kreis betraten, obwohl Heltet ein solches göttliches Eingreifen nie miterlebt hatte.

Heute könnte der Tag sein, dachte er düster.

Er verbeugte sich und senkte seinen Kopf in formeller Ehrerbietung. »Großer Zon. Geschätzter Rat. Ich komme mit Worten von Direktor Vak'Atioth. Worte, die Sie, so glaube ich, hören möchten.«

Otro lehnte sich auf seinem Thron nach vorn und seine Hände schabten über die steinernen Armlehnen. »Dann sprechen Sie, Laktish. Aber wählen Sie Ihre Worte mit Bedacht. Meine Geduld mit den Intrigen des Groff ist am Ende.«

Heltet richtete sich auf und erwiderte Otros Blick. Um ihn herum warteten dreißig Malvari-Krieger darauf zu hören, ob der Groff Frieden anboten oder weiteren Verrat planten.

Die Last der Zukunft des Imperiums legte sich auf seine Schultern, als er zu sprechen begann.

»Großer Zon. Geschätzter Rat.« Seine Stimme hallte durch die Kammer, ruhig und klar, trotz der Enge in seiner Brust. »Ich komme mit einem Angebot von Direktor Vak'Atioth. Ein Angebot, das, wie ich glaube, der Bedrohung Rechnung trägt, der unser Imperium derzeit ausgesetzt ist.«

Otros Miene blieb wie aus Stein gemeißelt. »Sprechen Sie Klartext, Laktish. Die Groff-Agenten sind Meister der Worte. Ich bevorzuge Fakten.«

»Fakten also.« Heltet erwiderte Otros Blick, ohne zurückzuweichen. »Unter der Leitung von Direktor Vak'Atioth hat der Groff eine Reserveflotte aufgebaut, um das Innere des Imperiums zu verteidigen. Dies geschah, um unser Volk zu schützen, falls es den Flotten der Malvari nicht gelingen sollte, unsere Feinde daran zu hindern, in die äußeren Bereiche des Imperiums einzudringen. Vak'Atioth hat mich angewiesen, den Malvari und dem Hohen Rat mitzuteilen, dass diese Reserveflotte zur Verteidigung von Tueblets zur Verfügung gestellt wird, sollte es angegriffen werden.«

»Wie wir vermutet haben, mein Zon, haben die Groff-Typen den Malvari entscheidende Kriegsschiffe vorenthalten«, kritisierte Mavkah Griglag, bevor er Heltet fragte: »Und wie viele Schiffe hat der Groff den Malvari gestohlen?«

Heltet antwortete ohne zu zögern. »Die Reserveflotte umfasst einhundertsechzig schwere Schiffe der *Plarix*-Klasse und Zerstörer der *Thoraxian*-Klasse. Die Schiffe wurden in den letzten achtzehn Dracmas heimlich in den Tarkun-Werften gebaut. Ich möchte klarstellen, dass diese Schiffe gebaut wurden, um sicherzustellen, dass das Innere des

Imperiums nicht fällt, sollte den Malvari … unvorhergesehene Rückschläge widerfahren.«

Die Kammer brach in wütende Anschuldigungen und Schreie aus, sobald Heltet zu Ende gesprochen hatte.

»Ungeheuerlich!«, schrie Ratsherr Gorax von seinem Platz und sprang auf. »Der Groff hat eine *Flotte* ohne Genehmigung des Rates gebaut? Ohne Aufsicht der Malvari?«

»Geheime Werften!«, brüllte ein anderer Ratsherr. »Geheime Flotten! Wie lange hat Vak'Atioth schon geplant, die Macht an sich zu reißen …«

Bamm.

Zon Otro schlug den Felsen der Ordnung gegen seine Armlehne. Der kristalline Aufprall hallte wie ein Donnerschlag wider und brachte die Kammer augenblicklich zum Schweigen. »Ratsherr Gorax. Setzen Sie sich. Der Rest von Ihnen, erinnern Sie sich, wo Sie stehen. Der Laktish spricht in diesem Kreis unter Lindows Schutz. Sie werden seine Worte hören, bevor Sie ein Urteil fällen.«

Gorax ließ sich wieder auf seinen Sitz nieder, aber sein Gesicht war rot vor kaum unterdrückter Wut. Andere taten es ihm gleich, obwohl feindseliges Murmeln in den Reihen der stufenförmigen Sitze weiterging.

NOS Griglag, der zu Otros Rechten stand, trat vor. Die vernarbten Züge des Mavkahs verzogen sich zu etwas zwischen Verachtung und widerwilligem Respekt. »Ein günstiger Zeitpunkt, Laktish.« Seine Stimme troff vor Sarkasmus wie Säure. »Die Groff-Anführer horten Schiffe, während wir im Kampf bluten – während Malvari-Krieger bei Gravaxia, Orinda, Kryntok sterben – und jetzt bietet Direktor Vak'Atioth Hilfe an, wenn die Niederlage vor unseren Toren droht? Verzeihen Sie meine Skepsis, aber das riecht nach politischem Opportunismus.«

Heltet hatte das erwartet. Griglag war kein Dummkopf, und die Außenwirkung *war* vernichtend. Er wählte seine nächsten Worte sorgfältig und wog jede Silbe ab, um maximale Wirkung zu erzielen.

»Mavkah Griglag, Sie haben recht, dass der Zeitpunkt … kalkuliert erscheint. Aber ziehen Sie die alternative Erklärung in Betracht. Der Direktor hat vorausgesehen, dass unsere Feinde technologische Vorteile besaßen, die wir nicht vollständig verstanden. Das Auftauchen von Tarnfähigkeiten, die wir beim Angriff auf den

Hohen Rat gesehen haben. Wir können die Theorie nicht verwerfen, dass Humtar-Waffen wahrscheinlich an die Republik weitergegeben wurden. Sehen Sie sich den Feldzug in Sol an. Als die Gallentiner eingriffen, unsere Flotte und die Orbots zerstörten, hat das das Gleichgewicht unwiderruflich zu unseren Ungunsten verschoben.«

Heltet deutete auf die Anzeigen der Kammer, wo taktische Karten zeigten, wie das Gebiet der Zodark schrumpfte wie krankes Fleisch. »Das Mandat des Groff ist Geheimdienstarbeit und strategische Planung. Als wir sahen, dass die innere Sicherheit des Imperiums durch eine geschwächte Malvari-Präsenz kompromittiert wurde, als sich das Machtgleichgewicht dauerhaft gegen uns verschob, baute der Groff eine Reserveflotte auf, um ...«

»Um was? Die Malvari weiter zu schwächen und unsere Fähigkeit zu gewinnen zu schmälern?«, knurrte Griglag.

»Nein, um das Überleben des Imperiums zu sichern.« Heltets Stimme wurde härter. »Wenn die Malvari fallen – wenn jedes Schlachtschiff zerstört, jedes Kriegsschiff eliminiert wird – würde das Imperium eine Reservekraft benötigen, um den totalen Zusammenbruch zu verhindern. Das ist es, was Direktor Vak geschaffen hat. Kein Werkzeug zur Usurpation. Eine Absicherung gegen eine katastrophale Niederlage.« Heltet spürte, wie sich die Atmosphäre in der Kammer veränderte, wie die Ratsherren ihre Positionen neu bewerteten und Pragmatismus gegen Prinzipien abwogen.

Otro lehnte sich in seinem Stuhl nach vorn und seine massive Gestalt überragte den Rat. Seine drei Augen musterten Heltet mit raubtierhafter Konzentration, suchten nach Täuschung, maßen Aufrichtigkeit. Als er sprach, war seine Stimme gefährlich leise.

»Sagen Sie mir, Laktish. Warum sollte ich Vak'Atioth vertrauen? Eine Schattenflotte, im Geheimen gebaut, befehligt von Kriegern, die dem Groff statt den Malvari treu sind ...« Otros Arme schabten über seine steinernen Armlehnen, das Geräusch kratzte an Heltets Nerven. »Seine Schiffe könnten genauso gut auf meine Kehle gerichtet sein. Sein Aufwiegeln religiöser Fanatiker hat bereits gedroht, den Hohen Rat zu stürzen. Woher soll ich wissen, dass er nicht versuchen wird, sich selbst als Zon zu installieren, wenn er die Chance dazu sieht?«

Und da war sie, die Frage, auf die sich Heltet vorbereitet, die er gefürchtet hatte. Wenn er hoffte, die nächsten paar Minuten zu überleben, musste er sorgfältig antworten. Er atmete tief durch, sammelte sich und sprach die in sorgfältiger Präsentation verpackte Wahrheit. »Mein Zon, Vertrauen ändert nichts an der Tatsache, dass wir von unseren Feinden umzingelt sind, die sich sogar jetzt auf eine Invasion vorbereiten. Einfach ausgedrückt: Sie brauchen die Flotte des Groff, und der Groff braucht die Malvari, um zu gewinnen, wenn das Imperium überleben soll.«

Heltet spürte, dass seine Stimme keine Täuschung, keine List ausdrückte. Nur die nackte Realität, mit brutaler Ehrlichkeit vorgetragen. Er hoffte, Zon Otro würde zuhören. Dann fügte er hinzu: »Mein Zon, Tueblets ist das Herz des Imperiums. Acht Sternentore, die jedes wichtige System verbinden. Ohne Tueblets zerfallen wir in isolierte Provinzen. Die Republik weiß das. Geheimdienstinformationen deuten darauf hin, dass ihre nächste Offensive genau aus diesem Grund auf dieses System abzielen wird – um die Arterien zu durchtrennen, die unser Imperium am Leben erhalten.«

Er deutete auf das Sichtfenster, wo die orbitale Infrastruktur des Planeten Thrakkon vor dem Schwarz glitzerte – Werften, Verteidigungsstationen, Versorgungsdepots, die die Kriegsmaschine speisten.

»Direktor Vak weiß das. Er macht sich keine Illusionen darüber, was passiert, wenn Tueblets fällt. Weder der Hohe Rat noch der Groff können ein Imperium regieren, das nicht existiert. Unser Einfluss, unsere Macht, unser Überleben selbst hängen davon ab, dass das Imperium Bestand hat. Also bietet er diese Schiffe an, weil das Überleben schwerer wiegt als persönlicher Ehrgeiz«, erklärte Heltet, während sein Blick über den Rat schweifte und auf Augen traf, die von feindselig über kalkulierend bis hin zu widerwillig beeindruckt reichten.

Heltet fügte dann hinzu: »Einhundertsechzig Schlachtschiffe und Zerstörer. Besatzungen bereits ausgebildet. Waffensysteme einsatzbereit. Schiffe, die nach Tueblets verlegt werden können, sobald der Feind seinen Zug macht. Die Malvari mögen die Motive von Direktor Vak anzweifeln, seine Methoden infrage stellen, seine Geheimhaltung verachten – aber können Sie es sich leisten, die Hilfe abzulehnen?«

Ein Murmeln ging durch die Kammer. Ratsherren beugten sich zu ihren Nachbarn und flüsterten wütend. Einige Gesichter zeigten Ärger über die Anmaßung des Groff. Andere zeigten Berechnung – Pragmatiker, die Schiffszahlen berechneten und im Kopf Simulationen der Verteidigung von Tueblets mit und ohne Vaks Verstärkungen durchspielten.

NOS Griglags Miene blieb skeptisch, aber er unterbrach nicht. Ein Zeichen vielleicht, dass selbst er den angebotenen strategischen Wert erkannte.

Zon Otro saß regungslos auf seinem Thron und verarbeitete die Informationen. Seine Hände trommelten auf die Armlehne – einmal, zweimal, dreimal. Ein rhythmisches Pochen, das Gedanken maß, die zu komplex für Worte waren.

Die Stille dehnte sich aus, bis Heltet spürte, wie seine Nerven zerfaserten. Hatte er zu viel Druck gemacht? Zu viel über die geheimdienstlichen Fähigkeiten des Groff verraten? Den Stolz der Malvari beleidigt, indem er andeutete, sie bräuchten Rettung?

Schließlich lehnte sich Otro zurück. Die Bewegung war geringfügig, aber in der hierarchischen Sprache des Rates signalisierte sie einen Wechsel von Konfrontation zu Überlegung. »Laktish, ich habe Ihre Worte vernommen. Ich habe das Angebot von Direktor Vak'Atioth gehört und … ich nehme es an«, erwiderte Otro in einem autoritären Ton, denn seine Entscheidung war endgültig.

Erleichterung durchflutete Heltet so stark, dass seine Knie beinahe nachgaben. Er stemmte die Beine durch, hielt allein durch Willenskraft die Haltung, konnte aber das Ausatmen, das seinen Lippen entwich, nicht unterdrücken – ein Atemzug, von dem er nicht gemerkt hatte, dass er ihn angehalten hatte.

»Sie und Direktor Vak'Atioth werden bei Ihrem Wort genommen, Ihre Verpflichtung ist nun unumstößlich, und die Strafe ist das Frocking, sollten Sie Ihre Vereinbarung nicht einhalten«, befahl Otro, bevor er fortfuhr, seine Stimme hallte mit endgültiger Autorität durch die Kammer. »Von diesem Moment an werden die Schiffe der Groff hiermit unter der operativen Kontrolle von Mavkah Griglag in das Verteidigungskommando von Tueblets integriert. Wir werden die Einsatzpläne und die taktische Doktrin koordinieren, um die defensive Abdeckung zu maximieren.«

NOS Griglag trat vor, seine Miene war skeptisch, aber professionell. »Großer Zon, ich empfehle, dass wir diese Schiffe vor der vollständigen Integration inspizieren. Ihre Kampfbereitschaft, die Kompetenz der Besatzung und die Waffensysteme überprüfen …«

»Einverstanden«, sagte Otro. »Laktish Heltet wird Manifeste, Inspektionszugang und Verbindungsoffiziere zur Verfügung stellen, um die Integration zu erleichtern. Die Groff-Mitglieder werden uneingeschränkt mit der Aufsicht der Malvari kooperieren. Bin ich verstanden worden, Laktish?«

»Vollkommen, mein Zon.« Heltet verbeugte sich, die Erleichterung durchströmte ihn noch immer. »Direktor Vak hat Ihre Anforderungen vorausgesehen. Die vollständige Dokumentation ist zur Übergabe bereit.«

»Ausgezeichnet.« Otro musterte den Rat, sein Blick schweifte über die versammelten Krieger und Politiker. »Diese Sitzung ist beendet. Sie sind alle entlassen. Kehren Sie zu Ihren Pflichten zurück. Bereiten Sie sich auf den unvermeidlichen Angriff der Republik vor. Und denken Sie daran – das Überleben des Imperiums hängt von der Einigkeit des Ziels ab, nicht von kleinlichen Rivalitäten zwischen den Clans.«

Die Entlassung war unmissverständlich. Die Ratsmitglieder erhoben sich von ihren Sitzen und strömten in kleinen Gruppen zu den Ausgängen. Sofort brachen Gespräche aus – einige lobten Otros Pragmatismus, andere beschwerten sich über die Anmaßung des Groff, die meisten berechneten einfach, wie sich diese Entwicklung auf ihre eigenen Positionen und ihre Günstlingswirtschaft auswirken würde.

NOS Griglag sammelte taktische Datenpads ein und bereitete sich darauf vor, mit seinen Stabsoffizieren zu gehen. Doch als Heltet sich umwandte, um dem Exodus zu folgen, schnitt Otros Stimme durch den Raum. »Bleiben Sie, Laktish Heltet. Wir haben viel zu besprechen.«

Heltet erstarrte mitten im Schritt. »Ja, natürlich, mein Zon. Wie Sie wünschen.«

Danach leerte sich der Raum schnell. Krieger, die sich vor wenigen Augenblicken noch gerne aufgehalten hätten, eilten nun zu den Ausgängen, unwillig, Otros Missfallen zu riskieren, indem sie neugierig auf private Angelegenheiten wirkten. NOS Griglag zögerte an der Türschwelle und fing Otros Blick mit einer unausgesprochenen Frage auf.

Otros drei Augen verengten sich leicht. Eine Warnung. Ein Befehl zu gehen.

Griglag nickte einmal und ging dann. Als er den Raum verließ, glitten die massiven Türen mit einem dumpfen Geräusch zu, das von den gewölbten Decken widerhallte. Heltet bemerkte, wie Zon Otro das

Aufzeichnungssystem im Raum deaktivierte, was den beiden eine zusätzliche Ebene der Privatsphäre verschaffte.

Als sie allein waren, ging Zon Otro auf ihn zu, auf den Kreis der Wahrheit, in dem Heltet stand. Er blieb drei Meter von ihm entfernt stehen. Nah genug für ein Gespräch. Nah genug, um ihn mit bloßen Händen zu töten, wenn er es wollte.

»Sie haben das gut gemacht, Laktish.« Otros Stimme war jetzt leiser, frei von formeller Autorität, und trug stattdessen etwas Gefährlicheres in sich – persönliche Absicht. »Ihre Präsentation war meisterhaft. Vaks Flotte als Absicherung darzustellen und nicht als Verschwörung. Den Pragmatismus des Rates auszuspielen und gleichzeitig ihre Bedenken anzuerkennen. Das war sehr ... geschickt.«

»Ich spreche nur die Wahrheit, mein Zon. Direktor Vak ...«

»Direktor Vak ist ein Narr und ein Intrigant.« Otro schnitt ihm mit einer Geste das Wort ab. »Er ist ein brillanter Intrigant, das gebe ich zu. Er hat Bedrohungen gesehen, die ich ignoriert habe, und sich auf Fehlschläge vorbereitet, die ich nicht wahrhaben wollte. In einem anderen Leben wäre er ein ausgezeichneter Zon gewesen. Aber dies ist kein anderes Leben, und ich bin jetzt der Zon, nicht er.«

Heltets Herzen beschleunigten sich. Das war nicht die Richtung, die er für dieses Gespräch erwartet hatte, aber er war offen dafür zu sehen, wohin es führen würde.

Otro umkreiste ihn langsam und musterte Heltet aus verschiedenen Blickwinkeln wie ein Raubtier, das eine verwundete Beute begutachtet. »Ich kann Vaks Verfehlungen verzeihen, Laktish. Zumindest vorerst. Das Imperium braucht seine Schiffe, und ich bin pragmatisch genug, Geschenke selbst von denen anzunehmen, die sie als Druckmittel einsetzen wollten. Aber verwechseln Sie meine Annahme nicht mit Vertrauen.«

Er blieb direkt vor Heltet stehen, überragte ihn, und seine Augen bohrten sich in Heltets Seele.

»Wenn dieser Krieg endet – wenn die Republik besiegt oder zurückgeschlagen ist, wenn die unmittelbare Krise vorüber ist –, will ich, dass Sie wissen, dass ich die feste Absicht habe, ihn als Direktor des Groff abzusetzen.«

Die Worte hingen wie ein Todesurteil in der kalten Luft. Heltets Mund wurde trocken, unsicher, was er als Nächstes sagen sollte oder was Vak'Atioths Absetzung für ihn bedeuten würde. »Mein Zon, ich ...«

»Ich möchte Ihnen die Position des Groff-Direktors anbieten, Heltet«, unterbrach ihn Otro, seine Stimme leise, fast beiläufig, ohne jeden Zweifel. »Wenn Vak abgesetzt ist, Laktish, werden Sie sein Nachfolger. Sie werden die volle Autorität über unseren Geheimdienstapparat haben – um wiederaufzubauen, was Vak verloren hat«, erklärte Otro, während er Heltet umkreiste. Er blieb vor ihm stehen und starrte ihm in die Augen. »Ich gehe ein Risiko ein, indem ich das mit Ihnen teile – es gibt jene, die Einwände hätten, aber ich bin der Zon, und sie werden tun, was man ihnen sagt.«

»Hören Sie, Heltet, ich schätze Loyalität und den Dienst am Imperium. Wenn Sie mir – Ihrem Zon – die Treue schwören, werde ich auch dafür sorgen, dass Sie mit einem Sitz im Hohen Rat belohnt werden, sobald Sie beim Groff aufgeräumt haben, sollten Sie dies wünschen. Es gibt nur eine Bedingung, die ich von Ihnen verlange.« Otro beugte sich näher, seine Stimme sank zu einem kaum hörbaren Flüstern. »Sie müssen Vak in Schach halten, bis es Zeit ist, ihn abzusetzen. Sie berichten mir über jeden zukünftigen Versuch von ihm, meine Autorität oder die Macht des Hohen Rates an sich zu reißen. Er darf nicht wissen, dass Sie mir Bericht erstatten, und Sie müssen sicherstellen, dass er versteht, dass, sollte er versuchen, diese Grenzen erneut zu überschreiten … dies zu seiner Amtsenthebung und zum Frocking als Strafe führen wird.«

Heltets Gedanken rasten. *Könnte das eine Falle sein? Das musste es sein.* Das musste ein Test sein … Otro testete ihn, um zu sehen, ob er seinen Direktor für den persönlichen Aufstieg verraten würde. Nur … dieses Angebot fühlte sich echt an. Der Gesichtsausdruck des Zon trug keinen Hauch von Täuschung, nur kalte Berechnung.

Wenn er das Angebot jetzt ablehnte, könnte das bedeuten, Otros Vertrauen zu verlieren. Möglicherweise sogar sein eigenes Leben. Der Zon konnte nicht zulassen, dass jemand, der ein solches Angebot abgelehnt hatte, in Vaks Dienst zurückkehrte – das Risiko war zu groß, dass Heltet seinen Direktor vor Otros Absichten warnen würde.

Aber die Zustimmung bedeutete Verrat an Vak, der ihm vertraut, ihn zum Laktish befördert und Geheimnisse geteilt hatte, die Karrieren zerstören und Leben beenden konnten. Und jetzt verlangte Otro von ihm, ein Spion in seiner eigenen Organisation zu werden und über eben den Anführer zu berichten, dem er zu dienen geschworen hatte.

Welche Wahl habe ich?

Otro starrte ihn an und musterte ihn. »Heltet, wenn Vak wieder aus der Reihe tanzt – wenn er weitere Intrigen spinnt, irgendeinen Schritt macht, der die Stabilität meiner Herrschaft oder die Autorität des Hohen Rates bedroht – wird es an Ihnen liegen, sein Frocking sicherzustellen. Sie werden die Anklage verlesen. Sie werden ihn seiner Position und Macht entheben. Sie werden sein Schicksal durch die traditionellen Riten in Lindows Hände legen.«

Heltets Hände zitterten. Er ballte sie zu Fäusten und verbarg die physische Manifestation des inneren Aufruhrs, der in ihm tobte. Gedanken stürzten schneller durch seinen Verstand, als er sie verarbeiten konnte – Loyalität gegen Überleben, Ehre gegen Pragmatismus, der Eid, den er Vak geschworen hatte, gegen den Eid, den Otro nun forderte. Er nickte langsam und entschied sich in diesem Augenblick für seinen Weg.

Heltet ließ sich auf ein Knie nieder. Unterwarf sich Otros Forderung. Dies war der Moment, in dem er das Überleben statt der Ehre wählte. Die Pflicht gegenüber dem Land über die Loyalität zu Vak stellte.

»Ich erneuere meine Loyalität zu Ihnen, Zon Otro, und zum Hohen Rat.«

Die Worte kamen fester heraus, als er sich fühlte. Jede Silbe war ein Verrat, ein Messer, das zwischen Vaks Rippen glitt, eine Entscheidung, die ihn für die verbleibenden Dracmas seines Lebens verfolgen würde.

Otros Lächeln wurde breiter. »Erheben Sie sich, Laktish. Sie haben die weise Wahl getroffen.«

Heltet stand auf, ein Gefühl von Zielstrebigkeit und Hoffnung ersetzte das Unbehagen, das er noch vor wenigen Augenblicken gefühlt hatte.

»Kehren Sie nach Shwani zurück, Heltet«, befahl Otro, seine Stimme wieder von formeller Autorität geprägt. »Informieren Sie Direktor Vak, dass ich sein Angebot annehme. Koordinieren Sie die Flottenverlegung mit Mavkah Griglaghs Stab. Und denken Sie daran – ich werde Sie beobachten. Diejenigen, die mir loyal sind, werden über Ihre Taten, Ihre Worte, Ihre Loyalitäten berichten, sollten Sie wanken. Dienen Sie mir gut, und Sie werden über alle Maßen belohnt werden. Versagen Sie bei mir ...«

Otro beendete den Satz nicht. Das musste er auch nicht.

»Ja, mein Zon.« Heltet verbeugte sich tief und wandte sich dann zum Ausgang.

Wie in Trance ging er durch die Korridore der *Executioner's Wrath*. Malvari-Krieger gingen an ihm vorbei, ohne ihn zu beachten, auf ihre eigenen Pflichten konzentriert.

Heltets Transporter koppelte von der *Executioner's Wrath* ab und kehrte zur *Harvex's Vengeance* zurück. Innerhalb von Minuten nach seiner Rückkehr beschleunigten sie zum Varkorion-Sternentor. Es war an der Zeit, zum Groff zurückzukehren und Vak über das Ergebnis des Treffens zu berichten.

Als er an den Direktor dachte, hatte er ein schlechtes Gefühl im Magen. *Vak hätte sich niemals mit dem Kollektiv treffen dürfen ... Ich hoffe nur, er hat nicht das Imperium verkauft, um seine eigene Haut zu retten ...*
****

Nächster Tag
Kommandoturm des Groff-Direktorats
Shwani, Varkorion-System

Vak'Atioth schickte die Vorladung innerhalb einer Stunde, nachdem die *Harvex's Vengeance* an Shwanis Orbitalplattform angedockt hatte. Er brauchte Antworten. Hatte Otro die Flotte angenommen? Hatten sie einen Bürgerkrieg abgewendet? Und noch wichtiger – er musste die Anweisungen der Legion mit jemandem teilen, dem er vertraute.

Er stand am Fenster seines Büros und beobachtete, wie Shuttles zwischen der Oberfläche und dem Orbit auf- und abstiegen. Dreihundert Meter unter ihm erstreckte sich Shwanis Hauptstadtbezirk – Tempel, Regierungsgebäude, Monumente für ein Imperium, das die nächste Dracma vielleicht nicht überleben würde.

Die Türklingel ertönte. »Herein.«

Heltet trat ein, seine Roben von der Reise zerzaust, ein Datenpad in der Hand. Er sah erschöpft, aber gefasst aus.

»Direktor.« Heltet verbeugte sich. »Ich vertraue darauf, dass Ihr Treffen produktiv war?«

»Das war es. Setzen Sie sich, wir haben viel zu besprechen.« Vak deutete auf den Stuhl gegenüber seinem Schreibtisch. Zwischen ihnen materialisierte sich eine holografische Sternenkarte – Zodark-

Territorium in Rot, umkämpfte Zonen in Bernstein, feindliche Gebiete in Blau.

Das Rot war in den letzten Dracmas dramatisch geschrumpft. Territorium, das über Jahrzehnte erobert worden war, glitt ihnen aus den Händen.

»Hat Otro die Flotte angenommen?«

Heltets Miene blieb neutral. »Das hat er. Die Reserveflotte wird Tueblets unter dem Kommando von Mavkah Griglag verteidigen.«

Erleichterung durchströmte Vak. »Gut. Das bringt uns Zeit.«

Stille dehnte sich aus. Vak musterte Heltet – die Art, wie er seinen Blick abwandte, um auf sein Datenpad zu starren. Er konnte eine Spannung zwischen ihnen spüren, die vor seiner Reise zu Otro nicht da gewesen war. Aber Heltets Dienstakte war tadellos. Fünfzig Dracmas der Loyalität. Paranoia konnte ein nützliches Werkzeug sein. Aber nicht, wenn man zuließ, dass sie die Kontrolle übernahm.

»Das Kollektiv hat zugestimmt, uns zu helfen«, gab Vak schließlich zu.

Heltets Augen weiteten sich in echter Überraschung einen Bruchteil. »Das haben sie? Und was haben sie als Gegenleistung für diese Hilfe verlangt?«

Vak überlegte seine Antwort und wog ab, wie viel er preisgeben sollte. Er versuchte zu erraten, wie Heltet auf den Verlust der Gurgorra reagieren würde. Auf die beiden Wachen, die er während des Treffens hatte opfern müssen, oder darauf, dass das Kollektiv die Hälfte der Territorien aller zukünftigen Eroberungen gefordert hatte. Vak wusste, dass jedes Detail ein Druckmittel war, das jemand gegen ihn verwenden konnte … jemand wie Otro … vielleicht sogar Heltet.

Er grunzte, bevor er antwortete, und sagte schließlich: »Weniger, als ich befürchtet hatte, aber mehr, als ich geben wollte.« Er hatte ihm die Wahrheit ohne Details gesagt und hoffte, es würde genügen. »Sie werden mit uns zusammenarbeiten, um unsere Feinde in eine Falle zu locken, in der sie sie vernichten werden.«

»Wirklich. Was für eine Falle?« Heltet beugte sich vor, sein Interesse war geweckt.

Vak hielt inne und erinnerte sich an das Gespräch von heute Morgen. Das Gerät, das Legion ihm gegeben hatte, hatte sich kurz nach seinem Aufwachen aktiviert. Jene seltsame, vielschichtige Stimme von diesem Cyborg hatte Anweisungen über das Gerät gesprochen. Die

Anweisungen waren kurz, spezifisch und in ihrer Einfachheit erschreckend gewesen.

»Es hat mir gesagt, dass, wenn die Republik Tueblets angreift – und sie werden angreifen –, unsere Reserveflotte, die an der Seite der Malvari kämpft, so lange wie möglich standhalten, maximale Verluste zufügen und sich dann zum Varkorion-Sternentor zurückziehen und nach Shwani zurückkehren soll«, erklärte Vak.

»Moment, warten Sie mal … haben Sie Rückzug gesagt?« Heltet versteifte sich bei der Vorstellung, sich während einer Schlacht zurückzuziehen. »Nein, die Schande, Direktor, wir könnten Tueblets nicht aufgeben –«

»Nein, da irren Sie sich, Heltet. Wir geben es nicht auf. Wir locken den Feind in unsere Falle.« Vak aktivierte einen Teil der Sternenkarte und hob den Weg zwischen Tueblets und Varkorion hervor. »Die Reserveflotte zieht sich hierher zurück, nach Shwani. Zu den planetaren Verteidigungsanlagen, deren Vorbereitung wir viele Dracmas gewidmet haben.«

Heltet starrte auf die Karte. »Ich verstehe nicht. Sie wollen die Flotten der Republik in das Gebiet des Groff locken?«

»Ich will, dass sie uns durch das Tueblets-Sternentor in das Varkorion-System folgen. Sobald sie sich festlegen – sobald ihre Flotten innerhalb unseres Verteidigungsperimeters um Shwani sind –, dann wird Legion erscheinen und die Schlacht, die diesen Krieg beenden wird, beginnen.«

Die Worte hingen zwischen ihnen, niemand sagte etwas, während Heltet sie aufnahm und Vak auf seine Antwort wartete.

Vak beobachtete, wie Heltets Gesichtsausdrücke durch Berechnung, Sorge und schließlich widerwilliges Verständnis wechselten. »Ich verstehe … der Hinterhalt ist dort, wo Legion darauf warten wird, zuzuschlagen.«

»Ja, genau«, bestätigte Vak, seine Stimme wurde härter. »Hier wird die Legion ihre Flotten eliminieren. Die Republik, die Altairianer, die Primord – in einem einzigen Gefecht geschlagen. Hier wird das strategische Gleichgewicht wieder zu unseren Gunsten kippen und uns den nötigen Spielraum geben, um unsere Flotten wieder aufzubauen und unsere verlorenen Gebiete zurückzuerobern – und neue zu erobern.«

Heltet nickte langsam und fragte dann: »Und wenn die Legion versagt? Wenn die Falle nicht funktioniert?«

»Dann brennt Shwani, und das Imperium stirbt den Tod, den es ohnehin schon sterben sollte«, erwiderte Vak, als er seinem Blick begegnete. »Es wird nicht versagen, Heltet. Das Kollektiv macht keine Versprechungen, die es nicht halten kann.«

»Ich verstehe. Wann haben sie Sie kontaktiert und wie kommunizieren Sie mit ihnen?«

Vak griff in seinen Schreibtisch. Er holte das Kommunikationsgerät hervor, das Legion ihm zur Verfügung gestellt hatte. Legte es auf die Oberfläche zwischen ihnen. Es war schwarz wie die Leere. Glatt wie Glas und ohne Merkmale.

»Sie haben mich heute Morgen kontaktiert. Durch dieses Gerät, das sie mir während des Treffens gegeben haben«, erklärte Vak.

Heltet starrte es an, bevor er fragte: »Huh. Was ist das?«

»Ich weiß es nicht. Eine Art Kommunikationsrelais? Legion hat es nicht erklärt. Es hat nur … Anweisungen gegeben.« Vaks Hand schwebte über dem Gerät, berührte es aber nicht. »Wenn die Schlacht beginnt, werden sie es wissen. Sie werden in dem präzisen Moment ankommen, in dem sich unsere Flotten nach Varkorion zurückziehen.«

»Wie können sie nur —«

»Genug, Heltet.« Vaks Stimme schnitt durch die Spekulation. »Sie stellen Fragen, die keiner von uns beantworten kann. Was ich *weiß*, ist, dass die Legion seit Jahrhunderten gegen die Gallentiner kämpft. Offensichtlich besitzen sie militärische Fähigkeiten, die über das hinausgehen, was wir derzeit haben. Wenn sie zuversichtlich sind, dass sie die Stellvertreter der Gallentiner – die Altairianer, die Republik, die Primord und die Tully – besiegen können, glaube ich ihnen.«

Heltet öffnete den Mund, um zu antworten, und schloss ihn dann wieder. Nickte langsam.

Vak fuhr fort, sein Ton wurde operativ. »Wir müssen unsere Streitkräfte auf die Schlacht vorbereiten, von der wir wissen, dass sie kommt. Sicherstellen, dass wir genug V-Boote für das Gefecht bei Tueblets haben. Und halten Sie etwa hundert für die Verteidigung von Shwani bereit, falls es dazu kommen sollte.«

»Verstanden, Direktor.« Heltets Finger bewegten sich über sein Datenpad und protokollierten bereits die Anweisungen. »Ich werde mich sofort mit den Werften abstimmen. Die Produktion wurde bereits beschleunigt – wir sollten innerhalb von zwei Wochen über ausreichende Stückzahlen verfügen.«

»Gut.« Vak machte eine entlassende Geste. »Koordinieren Sie sich mit Griglaghs Stab. Stellen Sie sicher, dass die Flottenintegration reibungslos verläuft. Und, Heltet –« Er hielt inne. »Erzählen Sie niemandem vom Plan der Legion. Nicht Otro. Nicht dem Hohen Rat. Niemandem. Die operative Sicherheit ist absolut.«

»Verstanden, Direktor.«

Heltet verbeugte sich. Drehte sich um. Hielt an der Schwelle inne. »Direktor … Ich hoffe, es war den Preis wert«, sagte er und ging dann.

Vak stand allein da und starrte auf das Gerät auf seinem Schreibtisch. Draußen glänzte Shwani im Nachmittagslicht – und es wusste nichts über die Rolle, die es spielen würde, den Köder, der es werden würde, die Falle, die sie alle retten oder verdammen würde.

Er dachte an Julthar und Kravex, die vom Cyborg als Tribut genommen worden waren. Die Gurgorra, sie alle, an die Legion übergeben, zusammen mit der Hälfte der zukünftigen Eroberungen des Imperiums. Preise, die bezahlt wurden und noch zu bezahlen waren für das Privileg, dem Kollektiv zu dienen.

Man sieht das Monster im Spiegel nie … man hört auf hinzusehen …

Vak steckte das Gerät zurück in seine Tasche und begann, die operativen Befehle zu entwerfen, die Shwanis Verteidigung für die Ankunft der Legion positionieren würden. *Was auch immer es kostet, wir werden überleben.*

Kapitel 37:
Die Falle

**SNS *Voidraven*, Tarnkappenschiff der *Shadowfang*-Klasse
Äußerer Kuipergürtel, Tueblets-System
Zweiundsiebzig Stunden vor der alliierten Invasion**

Captain Theron Kylis stand in der Abteilung für Fernmeldeaufklärung der *Voidraven* und beobachtete, wie Datenströme über mehrere holografische Anzeigen liefen, die das System überwachten. Das Tarnkappenschiff der *Shadowfang*-Klasse verharrte regungslos in der Schwärze, die Phasen-Tarnung aktiviert, während seine passiven Sensoren jeden elektromagnetischen Hauch der Schlachtvorbereitungen aufsogen, die Millionen von Kilometern entfernt stattfanden.

In zweiundsiebzig Stunden würde die alliierte Invasion von Tueblets beginnen. Zweiundsiebzig Stunden, bis die Flotten der Republik, der Altairianer, der Primord und der Humtars im wichtigsten und strategischsten Herzen des Zodark-Imperiums zusammenliefen und diesen Krieg beendeten.

Und ihr Schiff, die *Voidraven*, war dabei die Augen und Ohren der alliierten Flotte; sie beobachtete, lauschte, zeichnete alles auf und leitete es an den alliierten Geheimdienst weiter.

»Captain, wir entdecken ungewöhnliche Quantensignaturen«, meldete Lieutenant Seris Navon von der Kryptoanalyse-Station. »Es ist eine Richtstrahlübertragung, stark verschlüsselt. Ursprungspunkt … hm, das ist interessant. Sie stimmt mit den Kommunikationsprotokollen der Legion überein.«

Kylis zog eine Augenbraue hoch und ging dann zu ihrer Station. »Die Legion, haben Sie gesagt. Das ist in der Tat interessant. Zeigen Sie es mir.«

Die Anzeige wechselte und isolierte das Signal. Es stammte aus dem tiefen Raum – von irgendwo jenseits der Heliopause des Systems, wo eigentlich nichts sein sollte. Dann lösten sich die Zielkoordinaten in etwas Erkennbares auf: den Zodark-Raum. Genauer gesagt, das Varkorion-System, das sie gerade überwachten.

»Interessant. Sie scheinen mit jemandem zu sprechen. Versuchen Sie, es zu entschlüsseln. Finden wir heraus, mit wem sie reden«, wies Kylis an. Sie wusste, wenn die Legion so kurz vor der alliierten Invasion mit jemandem in Varkorion sprach, hatte es wahrscheinlich etwas damit zu tun.

»Ja, Ma'am. Beginne jetzt mit der Entschlüsselung«, antwortete Navon, während ihre Finger über die Benutzeroberfläche flogen. »Die Signalarchitektur entspricht den Mustern, die von den Arc-Net-Knoten der Legion beobachtet wurden. Wow, mehrere Verschlüsselungsebenen, quantenverschränkte Schlüssel … Ich wette, das ist irgendein hochbrisantes Zeug.«

Kylis beugte sich vor. Bevor die *Voidraven* ihre Position im Varkorion-System bezogen hatte, hatten sie monatelang mit der *Bloodhawk* und einigen anderen Tarnkappenfregatten zusammengearbeitet und die Kommunikation des Kollektivs überwacht – Teil der Aufklärungsphase der Operation Damokles. Während ihrer Zeit hinter den feindlichen Linien katalogisierten sie Übertragungsmuster, kartierten die Topologie des Arc-Net und analysierten die Schwellenwerte der Quantenfehlerkorrektur. Aber aktiven Kommandoverkehr abzufangen? Das wäre eine Goldgrube, wenn sie die Verschlüsselung knacken könnten.

»Sie könnten recht haben, Lieutenant. Wie lange, um es zu knacken?«

Navon zuckte mit den Schultern. »Das kann ich nicht sagen. Könnten Minuten sein. Könnten Tage sein«, antwortete sie, bevor sie innehielt und sich ihr Gesichtsausdruck veränderte. »Moment mal. Ich glaube, wir haben etwas gefunden. Ich bekomme Teilstücke im Klartext. Die Analystengruppe in der Enklave hat vor ein paar Wochen bei ihrer Analyse einige Fehler im Verschlüsselungsprotokoll entdeckt. Wir haben sie gerade hier in dieser Nachricht gefunden. Wenn die adaptiven Algorithmen die Quantendekohärenz nicht richtig kompensieren, verschlechtert sich die Nachricht während der Übertragung, was eine Lücke schafft, die wir ausnutzen können.«

»Ähm, okay, Lieutenant. Erklären Sie mir das, als wäre ich eine Kadettin im ersten Jahr an der Akademie«, witzelte Kylis halb, die kaum verstand, was Navon gesagt hatte.

»Kurz gesagt, ich glaube, wir haben die Verschlüsselung geknackt. Hier, ich rufe die Teile des Textes auf, die bisher dekodiert wurden«, antwortete Navon mit einem Schmunzeln. Die Daten füllten den Bildschirm. Zuerst Fragmente. Dann Sätze. Dann ganze Absätze.

Als Kylis es las, stutzte sie und bat Navon, es zweimal zu überprüfen.

»Lieutenant, packen Sie das zusammen und schicken Sie es an die Enklave, Priorität Alpha – nur für Admiral Vesharuk persönlich«, befahl Kylis. Sie wandte sich an ihre Kommunikationsoffizierin. »Schicken Sie eine Blitznachricht an Admiral Vesharuk und Admiral Korrath. Sagen Sie ihnen, dass wir ein Problem mit der Invasion haben.«
****

Achtundsechzig Stunden vor der alliierten Invasion
Humtar-Geheimdienst-Team
ZVS–Sol-Kommandozentrum
Die Enklave – New Cambria, New Eden

Admiral Veydris Korrath betrat den sicheren Besprechungsraum und fand ihn bereits voll besetzt. Admiral Vesharuk saß schon am Kopfende des Tisches, und seine wettergegerbten Züge zeigten, dass er in tiefer Konzentration war. Captain Lyrana Dovrek stand neben einer holografischen Anzeige, die die abgefangene Übertragung zeigte. Dr. Zeralleh Myrathi saß gegenüber, ein Datenpad in der Hand, und schüttelte ungläubig den Kopf.

»Admiral Korrath ist eingetroffen«, verkündete jemand.

Korrath winkte ab. »Rühren. Ich bin so schnell hergekommen, wie ich konnte. Was haben wir?«

Dovrek aktivierte die Anzeige. Text erschien – kühl, präzise, übersetzt aus der vielschichtigen Maschinensprache der Legion in etwas, das Menschen lesen und verstehen konnten.

ABGEFANGENE ÜBERTRAGUNG – BEFEHL DER LEGION AN ZODARK-KONTAKT

URSPRUNG: *Harvester-Prime Omega-0001, Raumträger der Devourer-Klasse* **Eternal Harvest**

ZIEL: *Direktor Vak'Atioth, Groff-Geheimdienstdirektorat*

BETREFF: *Direktive Z-0001 – Einsatzparameter – Zerstörung der alliierten Flotte*

Korrath las den wichtigsten Abschnitt laut vor:

»Invasionspläne der mit den gallentinischen Stellvertretern verbündeten Flotte bestätigt. Der Anführer der Stellvertreter, Statthalter Miles von der Republik, wird eine alliierte Flotte anführen, die aus mehreren Hundert Kriegsschiffen aus dem Altairianischen Königreich, dem Primord-Königreich und einem geringen Beitrag der Tully-Föderation besteht. Eine unbekannte Anzahl von Humtar-Schiffen wurde bestätigt und wird an der Aktion teilnehmen. Das Ziel der Invasion ist das Malvari-Kommandozentrum bei Velkryn im Tueblets-System. Geplant ist die Eliminierung von Zon Otro, der Malvari-Führung und der Malvari-Flotte, um die Kapitulation und Übergabe der Zodark-Führung zu erzwingen – um den Krieg zu beenden.

»Direktor Vak'Atioth von den Groff. Omega-0001 von Harvester-Prime an Bord der *Eternal Harvest* befiehlt Ihnen, die folgenden Anweisungen zu befolgen:

»Phase Eins: Nach Ankunft der alliierten Flotte werden Sie angewiesen, die Groff-Flotte im Varkorion-System zu entsenden, um die alliierte Flotte anzugreifen.

»Phase Zwei: Nach Ermessen Ihres Flottenkommandanten wird sich die Groff-Flotte aus der Schlacht zum Sternentor Zwei Alpha zurückziehen und warten. Die Groff-Flotte muss die alliierte Flotte dazu verleiten, Groff-Schiffe in das Varkorion-System zu verfolgen.

»Phase Drei: Nach der Rückkehr der Groff-Streitkräfte in das Varkorion-System reisen Sie zurück zu den orbitalen Verteidigungsanlagen um den Planeten Shwani und erwarten die Ankunft der alliierten Flotte. Nach Ankunft der feindlichen Streitkräfte wird Omega-0001 an Bord der *Eternal Harvest*, einem Raumträger der *Devourer*-Klasse, die Quantenbrücke initiieren, um die Ankunft der Legion-Streitkräfte zu ermöglichen und die Zerstörung der alliierten Streitkräfte in den Varkorion- und Tueblets-Systemen einzuleiten.

»Phase Vier: Nach der Zerstörung der alliierten Flotte und der Erhaltung des Zodark-Imperiums wird die Legion die Vereinbarung umsetzen – die Zahlung wird in voller Höhe erfolgen.

»Ende der Direktive Z-0001.«

Korrath spürte, wie sich seine Brust verengte. »Nun, das klärt die Sache. Das Kollektiv weiß nicht nur, wann und wo wir diese Invasion des Zodark-Raums starten, sie haben anscheinend auch eine Art Abkommen mit ihnen geschlossen.«

Er schüttelte den Kopf, als er Admiral Vesharuks Blick traf. »Sie haben sich nicht nur mit den Zodarks verbündet, es scheint auch, dass die Legion die Kommunikation von mindestens einem der alliierten Partner, die an der Invasion teilnehmen, unterwandert hat. Es könnten die Republik, die Tully, die Primord, die Altairianer sein – zur Hölle, es könnten sogar die Gallentiner sein, soweit wir wissen. In jedem Fall wurde die Sicherheit von jemandem auf höchster strategischer Ebene kompromittiert.«

»Ja, das ist ein Problem, das wir angehen müssen«, stimmte Vesharuk zu.

Dr. Zeralleh Myrathi legte ihr Datenpad weg. »Sie haben beide recht. Wir haben einen erheblichen Geheimdienstfehler Tage vor Beginn einer Schlacht. Die Legion hat die operativen Details – Zeitplan, Truppenzusammensetzung, Ziele der alliierten Flotte – erhalten und sie mit dem Feind geteilt, den wir angreifen.«

Captain Dovreks Miene verfinsterte sich, als die Schwere der Situation einsickerte. »Admirale, wenn die Zodark und die Legion unsere Pläne im Voraus kennen, werden sie ihre Kräfte entsprechend positionieren. Schiffe dorthin verlegen, wo sie am dringendsten gebraucht werden. Verteidigungsmaßnahmen auf der Grundlage unserer Flottenzusammensetzungen optimieren. Jeder Vorteil, den wir zu haben glaubten –«

»Ich weiß, Captain … wird irrelevant«, unterbrach Vesharuk, seine Stimme ruhig, aber Korrath spürte die Schärfe dahinter. »Die Legion will, dass sich die Zodarks zurückziehen, damit wir ihnen dorthin folgen, wo sie ihre Falle zuschnappen lassen wollen. Deshalb wollen sie, dass wir ihnen nach Varkorion folgen … also geben wir ihnen, was sie wollen«, sagte Vesharuk zur Bestürzung der anderen.

Korrath lachte, unfähig, sich zurückzuhalten. Er wusste genau, was sein Freund andeutete.

»Oh, das ist brillant, mein Freund. Damit werden sie nie rechnen«, sagte Korrath, als sein Lachen abebbte. »Für diejenigen, die es noch nicht herausgefunden haben, lassen Sie es mich erklären. Seit Monaten setzen wir Damokles im gesamten Raum des Kollektivs ein. Was wir noch nicht herausgefunden hatten, war, wie wir das Kollektiv kontaktieren können, um unser Ultimatum zu überbringen und diesen Krieg und die ständige Bedrohung, die sie für uns und alle empfindungsfähigen Wesen darstellen, zu beenden.

»Nun, laut dieser Nachricht werden wir in weniger als drei Tagen den Standort eines Schiffes des Kollektivs kennen – Varkorion – und wem wir das Ultimatum überbringen müssen – Omega-0001. Alles, was wir jetzt tun müssen, ist aufzutauchen und dem Plan zu folgen, den wir bereits ausgearbeitet haben und den sie bestätigt haben. Wir hätten uns keine perfektere Gelegenheit wünschen können, um Damokles zu überbringen«, schloss Korrath. »Admiral Vesharuk, ich würde unserem Kontingent gerne etwas Feuerkraft hinzufügen, da der Feind unseren Plan und unsere Flottenzusammensetzung kennt, falls das möglich ist?«

Vesharuk zog eine Augenbraue hoch. »Das klingt vernünftig. Woran denken Sie?«

»Ich würde gerne einige unserer Schwergewichte hinzufügen, besonders wenn die Legion sich entscheidet zu kämpfen. Ich dachte, wir könnten noch fünf schwere Schlachtschiffe der *Voidhammer*-Klasse und drei leichte Schlachtschiffe der *Warclaw*-Klasse hinzufügen«, antwortete Korrath und hielt dann inne. »Ich hätte liebend gerne die *Solvaris* – die Hüterin der Welten – als unser Flaggschiff … das ist das Schiff, um Omega-0001 das Ultimatum zu überbringen.«

Ein Lächeln bildete sich auf Vesharuks Gesicht. »Die *Solvaris*, sagen Sie … stimmt, alter Freund. Das ist das Schiff, von dem aus wir das Ultimatum überbringen sollten – genehmigt. Ich werde sofort zusätzliche Kriegsschiffe von zu Hause aus entsenden lassen. Oh, noch eine Sache. Die *Solvaris*, sie wird ankommen, um das Ultimatum zu überbringen. Ich will sie nicht in den Kampf in Tueblets verwickelt haben, es sei denn, es wird absolut notwendig. Sobald die Legion sie in Aktion sieht, ist ihr taktischer und strategischer Vorteil für immer dahin. Es macht mir nichts aus, wenn sie sie sehen, aber nicht ihre Fähigkeiten, es sei denn, wir müssen gegen die Legion kämpfen, verstanden?«, antwortete Vesharuk entschieden.

»Damit kann ich leben«, lächelte Korrath. »Es wird schön sein, die Königin des Hangars mal auszuführen und ihre Kanonen zu zeigen, auch wenn wir sie nicht benutzen.«

»Ich werde eine Nachricht an das Flottenkommando senden und Präsident Gudea informieren, dass wir mit der *Solvaris* kommen«, bestätigte Vesharuk, bevor er auf sein Büro zuging. Er blieb an der Tür stehen und drehte sich um, um Korrath anzusehen. »Ich werde Statthalter Hunt über diese Entwicklungen informieren. Fügen Sie die zusätzlichen *Voidhammers* und *Warclaws* zu unseren Flottenplänen hinzu, Korrath – und stellen Sie verdammt sicher, dass Damokles bereit ist. Wir bekommen nur eine einzige Chance. Wir dürfen es nicht vermasseln.«

Kapitel 38
Das Endspiel

Büro des Statthalters
Alliance City, New Eden

Noch achtundvierzig Stunden, bis die *Razorwind* das Dock verließ. Das war zumindest das, was der letzte Bericht Hunt mitteilte, als er auf die bernsteinfarbene Statusleuchte auf der taktischen Anzeige starrte. Er drehte sich um, um aus den raumhohen Fenstern auf die bewaldeten Berge kurz hinter Alliance City zu blicken. Es war friedlich – sogar kathartisch –, die Schönheit der Natur zu sehen. Vier Wochen waren seit dem Überfall auf Zinconia vergangen. Vier Wochen, in denen er beobachtet hatte, wie die Flotten der Alliierten im Orbit über ihm zusammenkamen wie Sturmwolken, die sich am Horizont aufbauten.

Hinter ihm rahmte das Sichtfenster die ausgedehnte Hauptstadt von New Eden ein: Regierungstürme, die sich aus dem geplanten Raster der Innenstadt erhoben, Transitrohre, die sich zwischen den Bezirken hindurchschlängelten, die fernen Gipfel der Founder's Range, die in der Nachmittagssonne leuchteten. Jenseits der Stadtgrenzen erstreckten sich landwirtschaftliche Flächen in geometrischen Mustern bis zum Horizont. Über all dem markierten Lichtnadelstiche die orbitalen Werften und die wachsende Flotte.

Als er tief einatmete, konnte Hunt die Luft riechen, die sich aus der recycelten Abluft der Klimaanlage und einem Hauch von Kiefer aus den Gärten der Plaza unter ihm zusammensetzte. Sein Spiegelbild huschte geisterhaft über die Oberfläche des Holotisches – jetzt älter, die Falten tiefer, von der Art, die von Entscheidungen gegraben werden, die Menschen in den Tod schickten. Dreihundertvierunddreißig altairianische Kriegsschiffe. Sieben Humtar-Dreadnoughts. Die gesamte Expeditionsstreitmacht der Republik. Alle kamen im Orbit für die Operation Downfall zusammen.

Wenn das scheitert, dachte er, *verlieren wir vielleicht mehr als nur eine Schlacht. Wir könnten den Krieg verlieren.*

Hinter ihm ertönte die Türglocke. Pandolly trat ein, ohne auf eine Bestätigung zu warten, und seine kompakte Gestalt bewegte sich mit der präzisen Effizienz eines Berufsoffiziers. Er blieb am Holotisch stehen. Seine pechschwarzen Augen überflogen die über der Oberfläche projizierte Flottenaufstellung. Die weiße Haut des Altairianers fing das blaue Leuchten des Hologramms ein, was ihn beinahe gespenstisch aussehen ließ.

»Sie haben eine Flotte versammelt, die fähig ist, Imperien zu beenden, Miles.« Kein Triumph in Pandollys Stimme. Nur die Last des Kommandos.

Hunt deutete auf die Anzeige. Schiffssymbole schwebten in geordneten Gruppen – Republik-Blau, Altairianer-Silber, Humtar-Aquamarin, Primord-Gold. »Das weiß ich nicht, aber wenn wir das Rückgrat eines Imperiums wie Tueblets brechen, könnten wir diesen Krieg vielleicht gewinnen.«

»Dreihundertvierunddreißig Kriegsschiffe.« Pandollys sechsfingrige Hand fuhr durch die altairianische Formation. »König Grigdolly hat fast die Hälfte unserer Flotte unter mein Kommando gestellt. Das ist mehr als eine Geste der Unterstützung, Miles. Das ist ein Vertrauens- und Zuversichtsbeweis in Ihren Plan.«

»Und ich weiß diese Unterstützung zu schätzen.« Hunt rief das Humtar-Kontingent auf. Sieben massive Symbole dominierten die Anzeige – schwere Schlachtschiffe der *Voidhammer*-Klasse, jedes 3.200 Meter aus geschichtetem organischem und Verbundpanzer und mit massiven Laserkanonen. »Diese sind heute Morgen im System angekommen. *Stormbreaker*, *Iron Requiem*, *Doombringer* –« Er hielt inne, bevor er die ganze Liste aufzählte. Allein die Namen trugen genug Gewicht. »Sieben *Voidhammers*. Admiral Vesharuk nennt sie ›Imperiumstöter‹.«

Der Holotisch aktualisierte sich in Echtzeit, als Hunt die Humtar-Formation erweiterte. Fünf leichte Schlachtschiffe der *Warclaw*-Klasse traten zur Anzeige hinzu – schnittige, raubtierhafte Schiffe, gebaut für Verfolgungs- und Flankenmanöver. Mit 2.600 Metern waren sie alles andere als leicht, aber im Vergleich zu den monströsen *Voidhammers* passte die Bezeichnung.

Pandolly beugte sich näher und untersuchte die Formation. »Ich habe die Geheimdienstberichte über Humtar-Kriegsschiffe gelesen. Ihre Panzerungsspezifikationen übertreffen unsere eigenen um fünfzig Prozent. Ihre Laserkanonen erzeugen Temperaturen, die in der Lage sind, die Bronkis5-Panzerung der Zodark bei Dauerfeuer zu verflüssigen.«

»Das sollten sie auch.« Hunt zoomte die Anzeige auf das Schema der *Stormbreaker*. »Die Humtar haben diese Schiffe gebaut, um gegen das Kollektiv zu kämpfen. Alles andere ist für sie nur Übung.«

Der Gesichtsausdruck des Altairianers blieb neutral, aber seine Finger trommelten einmal gegen den Rand des Tisches – ein Zeichen, das Hunt zu deuten gelernt hatte. Unsicherheit.

»Was beunruhigt Sie, Pandolly?«, fragte Hunt.

»Ich bin nicht beunruhigt, nur pragmatisch.« Pandolly richtete sich auf. »Da die Pharaonis besiegt sind und die Orbots keine Bedrohung mehr darstellen, benötigen unsere Grenzregionen keine starken Verteidigungskonzentrationen mehr. Wir kämpfen nicht mehr an drei Fronten. Aber wenn wir hier scheitern –«

»Wir werden nicht scheitern«, unterbrach Hunt ihn.

»Wenn wir hier scheitern«, fuhr Pandolly mit geduldiger Stimme fort, »verlieren wir unsere Vorwärtsdynamik. Die Altairianer verlieren die Hälfte ihrer Offensivkapazität. Die Humtar verlieren an Glaubwürdigkeit bei genau den Verbündeten, mit denen sie versuchen, ihre Beziehungen wieder aufzubauen. Und die Zodarks …« Er deutete auf die Holoanzeige, auf die Schätzungen der feindlichen Streitkräfte, die sich um das Tueblets-System gruppierten. »Die Zodarks könnten sich sammeln. Sie könnten sich daran erinnern, dass sie ein Imperium sind, und sie könnten sich daran erinnern, wie man gewinnt.«

Hunt erwiderte den Blick seines Freundes. Die Schwere davon legte sich wie etwas Physisches zwischen sie.

»Dann sollten wir wohl besser nicht scheitern«, entgegnete Hunt.

Die Türglocke ertönte erneut. Admiral Helixar trat ein, die hoch aufragende Gestalt des Gallentiners ließ selbst Hunts geräumiges Büro kleiner wirken. Die kantigen Grate entlang seiner Schläfen fingen das Licht ein, als er sich zu ihnen an den Tisch gesellte. Hinter ihm folgte Admiral Vesharuk – die Präsenz des Humtar-Kommandeurs trug dieselbe stille Autorität, die Hunt zu respektieren gelernt hatte.

»Meine Herren.« Helixars Stimme grollte. »Ich sehe, wir sinnen über die Tragweite dessen nach, was als Nächstes kommt.«

»Wir haben unsere Chancen besprochen«, erwiderte Pandolly.

»Ich würde sagen, unsere Chancen stehen ziemlich gut.« Vesharuk tippte auf den Holotisch und rief eine neue Datenüberlagerung auf. Taktische Projektionen blühten auf der Anzeige auf – Kampfzonen,

Feuerleitlösungen, Wahrscheinlichkeitsmatrizen. »Mit der zusätzlichen Stärke der Humtar-Konföderation besitzt diese Flotte die Feuerkraft, die Verteidigungsstellungen der Zodarks bei Tueblets zu zerschlagen und ihre Flotte zu vernichten. Die Frage ist nicht, ob wir sie brechen können. Die Frage ist, ob wir es entscheidend genug tun können, um ihren Willen zu brechen, diesen Krieg fortzusetzen.«

Hunt studierte die Projektionen. Rote Zonen zeigten optimale Schusspositionen für die Schiffe der *Voidhammer*-Klasse an. Blaue Zonen zeigten die effektiven Reichweiten der republikanischen Magrails. Silberne Zonen markierten die Abdeckung der altairianischen Turbolaser. Wo sie sich überschnitten, war die Anzeige tiefviolett eingefärbt – Todeszonen, in denen nichts überleben konnte.

»Die Zodarks kämpfen seit Jahrzehnten gegen uns«, sagte Hunt leise. »Sie haben zugesehen, wie wir die Pharaonis vernichtet haben. Sie haben gesehen, wie ihre Orbot-Verbündeten zusammengebrochen sind. Sie wissen, dass wir nach Tueblets kommen. Wenn sie hier brechen, brechen sie überall.«

»Ich stimme zu, weshalb wir sie mit allem treffen, was wir haben.« Vesharuks Kiefer spannte sich an, die Muskeln an seinem Hals wurden fester. »Wir dürfen keine halben Sachen machen. Kein Zurückhalten unserer Reserven. Wir müssen das volle Gewicht dieser Allianz demonstrieren und sie verstehen lassen, dass weiterer Widerstand zwecklos ist.«

Helixar nickte langsam. »Unser Krieg mit dem Kollektiv hat uns Gallentinern eine harte Lektion über halbe Sachen gelehrt. Wenn man einer existenziellen Bedrohung gegenübersteht, muss man alles in diesen Kampf investieren, oder man verliert alles.« Sein Blick wanderte zu Hunt. »Ich weiß, dass Sie das verstehen, Statthalter. Ich habe es daran gesehen, wie Sie diesen Krieg geführt haben.«

Hunt sagte nichts. Der Holotisch summte zwischen ihnen und projizierte Zukunftsversionen, die mit Artillerie und Blut geschrieben waren.

»Ich gebe zu«, fuhr Helixar fort, »wir hatten gedacht, wir würden gegen das Kollektiv an Boden gewinnen. Was uns die Humtar gezeigt haben, hat diese Illusion leider zunichtegemacht. Ohne ihre Hilfe, ohne den vollen Einsatz unserer Kräfte …« Er ließ den Satz offen und den Schluss unausgesprochen.

»Dann ist es gut, dass wir uns Ihnen in diesem Kampf anschließen«, bestätigte Vesharuk. »Wir dachten, wir hätten das Kollektiv einmal besiegt. Wir hatten uns geirrt. Diesen Fehler werden wir nicht noch einmal machen.«

Das Büro verstummte, bis auf das allgegenwärtige Summen der Gebäudesysteme. Durch das Fenster sah Hunt eine Transitröhre vorbeirasen, die Arbeiter aus dem Industriesektor in die Innenstadt beförderte. Irgendwo unten, in den Gärten der Plaza, gingen die Bürger ihrem Leben nach – ohne sich des Sturms bewusst zu sein, der sich im Orbit zusammenbraute, des Hammers, der im Begriff war, auf das Zodark-Imperium niederzufallen.

Sein Handgelenk-Kommunikator piepte. Er blickte auf die Benachrichtigung, und etwas in seiner Brust regte sich.

»Admiral Vesharuk«, sagte Hunt und sah auf. »Ich glaube, Sie haben Neuigkeiten für uns.«

Der Humtar-Kommandant erlaubte sich ein dünnes Lächeln. »Ah, es scheint so, als hätte ich das. Admiral Korrath berichtet, dass die CNS *Razorwind* ihre Reparaturen abgeschlossen hat. Sie wird sich in zwei Tagen wieder der Flotte anschließen.«

Die bernsteinfarbene Leuchte auf Hunts Anzeige wechselte endlich auf Grün.

Pandolly atmete langsam aus. »Nun, dann haben wir unseren Zeitplan, um den Angriff zu starten.«

»Ja, das haben wir. Ich schlage vor, wir starten in drei Tagen.« Hunt richtete sich auf, seine Hände lagen flach auf dem Holotisch. Die Projektionen rotierten weiter über der Oberfläche – Schiffe, Flugbahnen, Todeszonen. »Drei Tage sollten mehr als genug sein, um die letzten Vorbereitungen zu treffen. Dann starten wir die Operation Downfall.«

»Das gefällt mir. Die Schlacht, um den Krieg zu beenden«, sagte Helixar zuversichtlich.

Hunt sah nacheinander jedem Offizier in die Augen. Pandolly, der die Last der halben altairianischen Flotte trug. Helixar, dessen Volk seit Generationen gegen das Kollektiv gekämpft hatte. Vesharuk, dessen Vorfahren die Sternentore gebaut und für ihre Hybris mit der Auslöschung bezahlt hatten.

»Die Schlacht, um *diesen* Krieg zu beenden«, korrigierte Hunt. »Was danach kommt …« Er ließ den Satz ausklingen und dachte an das

Kollektiv, an die Legion, an den Sturm, der sich jenseits der Milchstraße zusammenbraute.

»Dem, was danach kommt«, beendete Vesharuk den Satz, »stellen wir uns gemeinsam, nachdem *dieser* Krieg vorüber ist. So wie es von nun an sein wird.«

Der Holotisch pulsierte einmal und aktualisierte sich mit neuen Flottenankünften. Mehr Schiffe. Mehr Feuerkraft. Mehr Leben, die in der Schlacht eingesetzt werden würden.

Hunt rief den Hauptoperationszeitplan auf. Abflugfenster, Sprungkoordinaten, Formationszuweisungen – all das lief auf ein einziges Datum, ein einziges System, einen einzigen Moment hinaus, in dem Jahrzehnte des Krieges entweder enden oder zu etwas Schlimmerem metastasieren würden.

»Meine Herren«, sagte er mit einer Stimme, die die Endgültigkeit des Befehls trug. »Informieren Sie Ihre Flottenkommandeure. Die Operation Downfall startet in zweiundsiebzig Stunden. Stellen Sie sicher, dass alle bereit sind.«

Sie nickten, denn jeder Offizier verstand, was diese Bereitschaft bedeutete. Schiffe, die für die Schlacht vorbereitet waren. Besatzungen auf Gefechtsstationen. Waffen scharf geschaltet. Reaktoren hochgefahren. Jede Seele in der Flotte auf Tueblets gerichtet wie ein Speer, der auf das Herz eines Feindes zielt.

Als die Admirale das Büro verließen, blieb Hunt am Holotisch stehen und beobachtete, wie die Flottensymbole in ihren Formationen pulsierten. Draußen vor dem Sichtfenster setzte Alliance City seinen Abendrhythmus fort – Lichter, die am Horizont aufleuchteten, Transitrohre, die ihre leuchtenden Pfade webten, das ferne Glühen des Raumhafens, wo Shuttles Personal und Nachschub in den Orbit beförderten.

Sein Spiegelbild starrte aus dem dunkler werdenden Glas zurück. Älter. Härter. Bereit für diesen Kampf.

Drei Tage, dachte er. *Drei Tage, und wir beenden diesen Krieg.*

Er griff nach seiner Mütze und ging zur Tür. Ein Shuttle wartete am Regierungsraumhafen, um ihn in den Orbit zu bringen. Die RNS *Freedom* schwebte inmitten der sich sammelnden Flotte, und es gab letzte Vorbereitungen zu überwachen. Captains zu instruieren. Zweifel zu begraben und einen Krieg zu beenden.

****

Drei Tage später
RNS *Freedom*
Hoher Orbit, New Eden

Die Andockklammern des Shuttles rasteten mit einem hohlen Krachen ein, das durch die Luftschleuse vibrierte. Hunt spürte, wie die magnetischen Dichtungen einrasteten und den Druck mit einem Zischen von recycelter Luft ausglichen. Vier Wochen Planung, vier Wochen Beobachtung der Flottenzusammenstellung, und nun war der Moment gekommen. Er trat durch die Luke in die Backbord-Hangar-Bucht der *Freedom*.

Der Geruch traf ihn zuerst – eine Mischung aus Schmiermitteln, Ozon von Plasmaleitungen und dem metallischen Beigeschmack eines Kriegsschiffes, das sich auf die Schlacht vorbereitete. Das Hangardeck pulsierte vor Aktivität. Deckcrews wimmelten über F-19 Hellcats, die in präzisen Reihen aufgereiht waren, und führten letzte Systemprüfungen durch. Munitionsteams luden JATMs und Plasmatorpedos auf Bombenwagen. Der Klang von pneumatischen Werkzeugen, geschrienen Befehlen und summenden Repulsorschlitten schuf eine Sinfonie des kontrollierten Chaos.

»Statthalter an Deck!«, rief jemand.

Hunt winkte die Ankündigung ab. »Rühren. Arbeiten Sie weiter.«

Er bewegte sich durch das organisierte Durcheinander. Seine Stiefel klangen auf den Deckplatten, die von einem kürzlichen Reinigungszyklus noch warm waren. Ein junger Munitionstechniker – er konnte nicht älter als neunzehn sein – hantierte ungeschickt mit einer Halterung für einen Plasmatorpedo. Hunt hielt inne.

»Laden Sie zum ersten Mal scharfe Munition, mein Junge?«

Die Augen des Jungen weiteten sich. »Sir, ich – ja, Sir. Statthalter, Sir.«

»Ist schon in Ordnung, nehmen Sie sich Zeit. Am besten machen Sie es richtig. Mit etwas Glück wird dieser Torpedo einem Zodark-Schlachtschiff den Tag vermiesen.«

»Ja, Sir!« Die Hände des Technikers wurden ruhiger, als er seine Arbeit wieder aufnahm.

Hunt ging weiter über den Hangar und spürte, wie die Deckplatten vibrierten, als die massiven Quantum-Fusionsreaktoren der *Freedom* auf Kampfbereitschaft hochfuhren. Vierzehntausend Seelen an Bord dieses Schiffes. Zehntausende mehr in der gesamten Flotte. Sie alle verließen sich auf den Plan, den er vor drei Tagen in diesem ruhigen Büro mit Blick auf die Berge in Gang gesetzt hatte.

Der Lift zum Kommandodeck brauchte fünfundvierzig Sekunden. Lange genug, um wieder die Last zu spüren, die sich auf seine Schultern legte. Lange genug, um sich an jede Entscheidung zu erinnern, die hierhergeführt hatte. Alfheim. Sirius. Zinconia. Jahrzehnte des Krieges, komprimiert in die nächsten paar Stunden.

Die Türen öffneten sich zum Kommandodeck – einem zweihundert Meter langen Korridor kontrollierter Intensität. Offiziere bewegten sich zielgerichtet zwischen den Stationen. Datenströme liefen über holografische Anzeigen. Das leise Gemurmel taktischer Updates erfüllte die Luft. Am anderen Ende standen die Brückentüren offen und ließen Licht aus dem Kommandozentrum wie einen Leuchtturm hereinströmen.

Hunt trat hindurch. »Statthalter auf der Brücke«, meldete der diensthabende Offizier.

Das Kommandozentrum der RNS *Freedom* war eine Sinfonie des Krieges, und er war der Dirigent. Der Hauptbildschirm dominierte die vordere Stirnwand – zwanzig Meter hochauflösende Anzeige, die die orbitale Infrastruktur von New Eden und die sich dahinter sammelnde Flotte zeigte. Taktische Holotische flankierten den Kommandosessel und projizierten die Flottenaufstellung in Echtzeit in drei Dimensionen. Arbeitsstationen umgaben den Raum auf abgestuften Ebenen – Sensoren, Waffen, Kommunikation, Technik –, jede besetzt von Spezialisten, die für diesen Moment trainiert hatten.

Admiral Wiyrkomi erhob sich aus dem Kommandantensessel. Die kantigen Züge des Gallentiners blieben unbewegt, aber Hunt bemerkte die leichte Anspannung in seinen Schultern. »Statthalter. Die *Freedom* ist auf Zustand Eins. Alle Abteilungen melden gefechtsbereit.«

»Hervorragende Arbeit, Admiral.« Hunt nahm seine Position im Kommandosessel ein und spürte die vertraute Kontur des Sitzes. Konzipiert für lange Gefechte, mit integrierten Anzeigen und einer direkten neuralen Schnittstellenfähigkeit, die er selten nutzte. Die Armlehnen des Sessels hielten taktische Steuerungen,

Flottenkommunikation und Übersteuerungsbefehle für jedes System auf dem Schiff, sollte er sie benötigen.

Er ließ sich nieder und ließ die Aktivität auf der Brücke über sich ergehen. Dritter Offizier Arvexian – der gallentinische Sensorspezialist – bediente seine Konsole mit Präzision. Commander Kryvion überwachte den Waffenstatus, seine muskulöse Gestalt über die taktische Anzeige gebeugt. Lieutenant Rosales saß am Steuer, jung, aber standhaft. Die Besatzung, die Hunt über Monate von Einsätzen zusammengestellt hatte, stand nun vor ihrer größten Prüfung.

»Status der Flotte?«, fragte Hunt.

Commander Rowe sah von der Operationsstation auf. »Alle Schiffe melden sich bereit, Sir. Vierhundertsechzig Kriegsschiffe in Formation. Das Kontingent der Republik hält Position bei Position sieben-neun. Die altairianische Flotte manövriert zu den endgültigen Einsatzgebieten. Humtar-Streitkräfte haben bei Position acht-zwei geankert.«

Hunt rief die Hauptanzeige auf. Symbole füllten das Hologramm – jedes stand für ein Kriegsschiff, eine Besatzung, eine auf Tueblets gerichtete Waffe. Der Beitrag der Republik wurde als blaue Markierungen angezeigt: drei Träger der *Constellation*-Klasse, sechs *Victory*-Schlachtschiffe, achtundvierzig schwere Kreuzer, zweiunddreißig Zerstörer, vierundzwanzig Fregatten. Das altairianische Kontingent erschien in Silber – dreihundertvierunddreißig Schiffe, der größte einzelne Einsatz in ihrer Geschichte, von Raumträgern über Schlachtschiffe bis hin zu leichten Kreuzern. Die Humtar-Streitkräfte leuchteten aquamarin – vierunddreißig Schiffe, angeführt von zwölf schweren Schlachtschiffen der *Voidhammer*-Klasse, deren 3.200 Meter lange Rümpfe vor Waffen strotzten, die jede Zodark-Panzerung durchdringen konnten.

»Admiral Pandolly meldet Bereitschaft«, fuhr Rowe fort. »Alle altairanischen Kommandos melden Waffen scharf, Besatzungen auf Gefechtsstationen.«

»Admiral Vesharuk bestätigt die Bereitschaft der Humtar«, fügte Admiral Ithis von seiner Koordinationsstation aus hinzu. »Die Schlachtschiffe der *Voidhammer*-Klasse sind in Angriffsformation. Die *Oathbreaker* hat ihr vorausschauendes Sensornetz ausgefahren.«

Hunt nickte langsam. Die Figuren standen auf dem Brett. Jeder Captain kannte seine Rolle. Angriff Amboss würde die

Treibstoffinfrastruktur von Nargulon treffen. Angriff Hammer würde die Thalyss-Schiffswerften zerstören. Und die Hauptflotte – seine Flotte – würde dem Oberkommando der Zodark das Herz herausreißen.

»Commander Rowe, öffnen Sie einen flottenweiten Kanal«, befahl Hunt mit fester Stimme, während er sich im Geiste zurechtlegte, was er sagen wollte.

»Aye, Sir. Flottenweiter Kanal ist geöffnet«, bestätigte Rowe Sekunden später.

Hunt nickte, dann stand er auf, die Hände hinter dem Rücken verschränkt, während er sich zum Sprechen bereitmachte. In dem Augenblick, als er sich anschickte, den endgültigen Befehl zu geben, der die Republik und das gesamte Bündnis in eine Schlacht stürzen würde, von der er spürte, dass sie den Krieg beenden würde, fühlte er plötzlich die Last von Jahrzehnten voller Entscheidungen, Jahrzehnten voller Verlust, Trauer und dem Hochgefühl des Sieges auf sich lasten. Jede Schlacht, die er geschlagen, jeder Verlust, den er erlitten, jede Entscheidung, die er getroffen hatte – all das hatte sie zu genau diesem Moment geführt. Er warf einen letzten Blick auf den Planeten, den sie New Eden nannten, während dessen Krümmung in der Dunkelheit versank. Das war es, wofür sie kämpften. Die Erhaltung der Republik, eine Zukunft für die Menschheit unter den Sternen.

»An alle Schiffe, alle Kommandos – hier spricht Flottenkommandeur Statthalter Hunt.« Seine Stimme wurde an fast fünfhundert Kriegsschiffe übertragen. »Als wir Sol verließen, um ins Rhea-System zu fliegen, kamen wir als friedliche Entdecker, die ihre erste Welt jenseits der Erde kolonisieren wollten. Was wir stattdessen fanden, waren die Zodark. Ein Vierteljahrhundert lang haben wir diese blauen Teufel und ihre Verbündeten im Weltraum und auf zahlreichen Planeten bekämpft. Wir haben die Unterdrückten befreit, die Versklavten erlöst und den Hoffnungslosen Hoffnung gebracht.«

»In dreißig Minuten wird die größte Flotte, die je versammelt wurde, eine Brücke zum Herzen des Zodark-Imperiums schlagen – nach Tueblets. Was wir dort tun, jeder Einzelne von Ihnen, wird noch Generationen lang in dieser Galaxie widerhallen. Die Zodark haben uns jahrzehntelang bekämpft. Sie haben Welten besetzt, Bevölkerungen versklavt und unser ureigenes Existenzrecht infrage gestellt. Heute werden wir diese Bedrohung beenden.«

Er hielt inne und ließ die Worte wirken. Als er sich auf der Brücke umsah, bemerkte er, dass die Offiziere um ihn herum ihre Arbeit unterbrochen hatten, um ihm zuzuhören.

»Das Tueblets-System ist ihre Festung. Ihr Kommandozentrum. Das Herz von allem, was sie aufgebaut haben. Wenn wir aus dieser Quantenbrücke auftauchen, wird uns jeder Zodark-Kommandant im System sehen. Sie werden wissen, dass wir ihretwegen gekommen sind. Und sie werden mit allem kämpfen, was sie haben, um uns zu besiegen.«

Hunts Kiefer spannte sich an. »Und genau das wollen wir. Sollen sie doch alles aufbieten, was sie haben. Sollen sie jedes Schiff, jede Waffe, jedes Quäntchen Kraft gegen uns werfen. Denn während sie sich auf die *Freedom*, auf diese Flotte konzentrieren, werden unsere Angriffsgeschwader systematisch den Motor zerstören, der ihr Imperium angetrieben hat. Wir sind der Amboss, und die Task Force 28 ist der Hammer. Heute zerschlagen wir sie und beenden diesen Krieg ein für alle Mal.«

»Jeder von Ihnen kennt seine Pflicht. Jeder Captain kennt sein Ziel. Vertrauen Sie Ihrer Ausbildung. Vertrauen Sie Ihren Kameraden. Vertrauen Sie dem Plan. Und wenn das Feuergefecht beginnt, erinnern Sie sich daran, warum wir hier sind. Wir kämpfen für die Menschen neben uns und für die, die wir lieben und die hinter uns stehen. Wir kämpfen für die Republik. Für jede Welt, die in Angst vor dem Zodark-Imperium lebt. Heute beenden wir diese Angst.«

Er machte eine letzte Pause. »Ich möchte jedem Einzelnen von Ihnen heute viel Glück wünschen. Gute Jagd. Und wir sehen uns auf der anderen Seite. Hunt, Ende.«

Als der Kanal geschlossen wurde, herrschte auf der Brücke wieder rege Betriebsamkeit, und die Offiziere kehrten mit neuer Intensität an ihre Posten zurück. Hunt fing Wiyrkomis Blick auf – der Gallentiner nickte einmal, eine Geste, die deutlichen Respekt zeigte.

»Admiral Takmahl«, rief Hunt seinem Leiter der Flugoperationen zu. »Wie ist der Status unserer Angriffsgeschwader?«

Der gallentinische Flugkommandeur und Kampfpilot blickte von seiner Konsole auf. »Alle Staffeln melden Bereitschaft, Statthalter. Die Thunderjacks von Konteradmiral Hunt halten sich für den Start des Amboss-Angriffs bereit. Alle Angriffsgruppen sind bewaffnet und einsatzklar.«

Hunt erlaubte sich einen Moment väterlicher Sorge. Ethan würde die Angriffstruppe anführen, die zu den Raffinerien von Nargulon unterwegs war. Er hätte als Vater nicht stolzer und zugleich nicht besorgter um seinen Sohn sein können als in diesem Augenblick. Er hatte sich über die Jahre zu einem verdammt guten Piloten und Kommandeur entwickelt. *Komm heil zurück, mein Sohn. Komm zurück und erzähl mir davon bei dem Bier, das du mir versprochen hast.*

»Statthalter«, unterbrach Admiral Ithis seine Gedanken. »Prioritätssignal von der ZNS *Oathbreaker*. Captain Naram-Suen meldet, ihre Tachyonenscanner sind einsatzbereit und bereit, die Quantenbrückenaktivität im gesamten System zu überwachen, sobald wir drüben sind.«

»Hervorragend. Wir werden diese Frühwarnung brauchen, falls die Zodark versuchen, Verstärkung heranzuschaffen.« Hunt lehnte sich in seinen Kommandosessel zurück. Achtundzwanzig Minuten bis zum Eintritt in die Brücke. Achtundzwanzig Minuten, bis sie diesen Krieg beendeten oder bewiesen, dass sie es niemals könnten.

»Dritter Offizier Arvexian, aktivieren Sie die Langstreckensensoren. Ich will ein vollständiges Bild von Tueblets in dem Moment, in dem wir auftauchen.«

»Aye, Statthalter. Konfiguriere jetzt die Sensorprotokolle.«

»Commander Kryvion, Waffenstatus?«

Die Hände des taktischen Offiziers flogen über seine Konsole. »Alle Batterien melden Bereitschaft. Primäre Magrail-Kanonen mit panzerbrechender Munition geladen. Turbolaser voll aufgeladen. Torpedorohre mit Plasmagefechtsköpfen geladen und feuerbereit. Alle Nahverteidigungssysteme sind online und im grünen Bereich. Wir sind bereit, die Hölle zu entfesseln, Sir.«

»Ausgezeichnet.« Hunt rief den Missionszeitplan auf. Dreißig Sekunden nach dem Eintritt in die Brücke starteten die Jäger. Nach sechzig Sekunden begann die Flotte, sich in einer Schlachtlinienformation aufzustellen. Neunzig Sekunden, die Amboss- und Hammer-Angriffe trennten sich von der Hauptformation und starteten ihre Attacken. Fünf Minuten nach der Ankunft wären sie in optimaler Waffenreichweite, um ihren Angriff zu beginnen. Dann begann der eigentliche Tanz.

»Statthalter«, rief Lieutenant Rosales vom Steuerstand. »Navigation bestätigt Sprungkoordinaten erfasst. Quantenbrückengeneratoren laden. Wir haben überall grünes Licht.«

Hunt spürte, wie die Deckplatten vibrierten, als die Generatoren für exotische Materie der *Freedom* hochfuhren. Die Quanten-Conduit-Brücke war der Gipfel der gallentinischen Technologie, die in die *Freedom* eingebaut worden war. Sie hatte sich mehr als einmal als ein wegweisendes Geschenk der Gallentiner erwiesen. Die Fähigkeit, Raum und Zeit zu krümmen und Punkte in Hunderten von Lichtjahren Entfernung zu verbinden, um Hunderte von Kriegsschiffen direkt in das Heimatsystem des Feindes zu befördern, war unvorstellbar.

»Commander Rowe, wie ist der endgültige Flottenstatus?«, fragte Hunt.

»Gefechtsklar und bereit. Alle Schiffe stehen für den Sprung bereit«, bestätigte Rowe. »Alle Formationen erfasst. Alle Gruppen bereit.«

»Admiral Vesharuk signalisiert, dass das Humtar-Kontingent bereit ist«, fügte Ithis hinzu. »Er wünscht Ihnen ›Ehre in der Schlacht und Sieg im Vorhaben‹.«

Hunt lächelte dünn. Vesharuk hatte ein Talent für Worte. »Sagen Sie ihm, die Ehre ist ganz unsererseits.«

Während die Minuten dahinschlichen, beobachtete Hunt den Countdown-Timer auf seinem Display, jede Sekunde brachte sie dem Sprung näher. Um ihn herum hatte sich auf der Brücke die konzentrierte Ruhe von Profis eingestellt, die im Begriff waren, eine komplexe Operation durchzuführen. Keine Panik. Keine Unsicherheit. Nur die disziplinierte Bereitschaft, die man von erfahrenen Veteranen erwarten würde.

»Zehn Minuten bis zum Eintritt in die Brücke«, verkündete Rosales.

Hunt stand auf und trat an die vordere Sichtluke. Jenseits des verstärkten Transparentstahls, der das Fenster schützte, warf er einen letzten Blick auf New Eden, wie es im Weltraum hing – blau, grün und weiß, eine Welt, die von der Republik neu gestaltet und kolonisiert wurde. Wenn ein Soldat oder Raumfahrer in den Krieg zog, bestand immer die Möglichkeit, dass er nicht zurückkehren würde. All das Training, all die Planung der Welt würden einen am Ende nicht retten, wenn die eigene Zeit gekommen war. Instinktiv wusste Hunt das.

Dennoch hoffte er, von dieser Schlacht nach Hause zurückzukehren und seine Frau, seine Tochter und seinen Sohn noch einmal zu sehen.

Als er den Anblick der Flotte, die er versammelt hatte, in sich aufnahm, erfüllte ihn ein immenser Stolz. Durch Mut, Entschlossenheit und Willenskraft war es ihm gelungen, die größte Flotte von Kriegsschiffen zusammenzustellen, die er je gesehen hatte. Hunderte von Kriegsschiffen der Altairaner, der Tully und der Humtars, alle versammelt für das, was sie alle für die entscheidende Schlacht zur Beendigung des Krieges hielten. Dabei waren die Schiffe der Task Force 28 im Gravaxia-System neben Tueblets noch nicht einmal mitgezählt. Hunts langjähriger Primord-Freund und Verbündeter, Admiral Stavanger, führte diese Flotte zusammen mit Vizeadmiral Ripley Lee an. Wenn er dieser zweiten Streitmacht den Befehl gab, in das System einzudringen, würde sie der bereits gewaltigen Flotte fast zweihundert weitere Kriegsschiffe hinzufügen.

Es ist einfach unglaublich, was wir aufgebaut haben, staunte Hunt, als seine Gedanken zu der allerersten Schlacht zurückwanderten, die er von seinem Schlachtkreuzer, der *Rook*, aus gegen die Zodark geschlagen hatte. *Von dieser ersten verzweifelten Schlacht bei Rhea bis zu diesem Moment. Jedes Opfer, jeder Verlust, jeder hart erkämpfte Sieg hat uns zu diesem Moment geführt.*

»Fünf Minuten bis zur Brücke«, verkündete Rosales.

Hunt kehrte zu seinem Kommandosessel zurück, nachdem er sich endgültig von Neu-Eden und seiner Frau Lilly verabschiedet hatte. Seine Hände ruhten auf den Armlehnen und spürten die leichte Vibration, als die Quantengeneratoren ihre volle Leistung erreichten. Auf der taktischen Anzeige leuchteten die Formationssymbole stetig – alle Schiffe in Position, jeder Captain bereit zum Handeln.

»Miles«, sagte Wiyrkomi leise, als er sich von seinem Stuhl neben Hunt zu ihm lehnte. »Zwanzig Jahre lang haben wir zusammengearbeitet. Ich bin Ihr gallentinischer Berater und Kommandant der *Freedom* gewesen. Ich bin stolz, Sie meinen Freund zu nennen, und ich weiß, das habe ich schon einmal gesagt. Aber am Vorabend unserer größten Schlacht möchte ich es noch einmal sagen. Es war mir eine Ehre, an Ihrer Seite zu dienen.«

Hunt lächelte seinen Berater warm an. »Dieser Posten als Statthalter ist ein einsamer. Ich bin mir nicht sicher, ob ich ihn ohne Ihre ständige Führung und Freundschaft auch nur annähernd so gut gemeistert hätte. Die Ehre ist ganz meinerseits, Wiyrkomi. Und jetzt lassen Sie uns diesen Krieg beenden.«

Die Lichter der Brücke verdunkelten sich leicht, da die Energie zu den Sprungsystemen umgeleitet wurde. Hunt spürte das vertraute Kribbeln in den Zähnen, als sich Felder exotischer Materie um den Rumpf aufbauten. Die *Freedom* bereitete sich darauf vor, ein Loch in die Realität selbst zu reißen.

»An alle, hier spricht die Brücke«, übertrug Hunt über die schiffsweite Kommunikation. »Bereitmachen zum Eintritt in die Quantenbrücke. Dreißig Sekunden bis zur Kampfzone. Finden Sie Ihren Frieden, prüfen Sie Ihre Ausrüstung und machen Sie sich kampfbereit. Hunt, Ende.«

Hunt schaltete einen privaten Kanal auf. »Admiral Dobbs, viel Glück mit dem Hammer-Angriff. Wir zählen darauf, dass Sie diese Werft für uns verschwinden lassen.«

»Verstanden, Statthalter. *Draco,* Ende«, antwortete Dobbs, und die Anspannung in ihrer Stimme war unüberhörbar.

Er öffnete einen weiteren Kanal und verband sich mit dem Kommandeur seines Angriffsgeschwaders. »Hey Ethan, ich weiß, dass du nicht antworten kannst. Ich wollte nur sagen … ich bin stolz auf dich, mein Sohn. Flieg sicher und brenn diese Treibstoffdepots bis auf die Grundmauern nieder.«

»Eine Minute bis zur Brücke«, sagte Rosales, als die Uhr sich der Null näherte.

Rund um die *Freedom* begann die Flotte zu leuchten, als die Quantenfelder jeden Rumpf einhüllten. Auf dem Hauptbildschirm begann der Weltraum selbst zu schimmern und sich zu verzerren.

»Dreißig Sekunden. QCB-Generatoren auf maximaler Leistung«, verkündete Commander Rowe.

Hunt umklammerte die Armlehnen, während er sich mental auf den Sprung vorbereitete.

»Fünfzehn Sekunden. Quantentunnel bildet sich.«

Auf dem Hauptdisplay sah Hunt, wie sich die Realität bog. Die Sterne dehnten und verdrehten sich, zu einem unmöglichen Punkt direkt voraus gezogen, wo sich die Quantenbrücke öffnete.

»Zehn Sekunden. Alle Systeme nominal«, meldete Rosales.

Auf der Brücke war es still geworden, bis auf das anschwellende Summen der Generatoren.

»Fünf Sekunden.«

Hunt holte tief Luft und hielt sie an, während er auf den Sprung wartete.

»Drei. Zwei. Eins.«

»Ausführen«, befahl Hunt, seine Stimme trug das Gewicht des Kommandos über die gesamte Flotte.

Ein Blitz zuckte auf, als der Raum vor ihnen aufriss. Ein strahlend weißer Tunnel tat sich vor ihnen auf, seine Ränder zuckten von exotischen Energien. Die *Freedom* schoss nach vorn, und zwei Millionen Tonnen Kriegsschiff beschleunigten über Hunderte von Lichtjahren.

»QCB-Eintritt abgeschlossen. Transit im Gange.«

Der Bildschirm zeigte nichts als weißes Licht und Quantenverzerrungen. Der Tunnel erstreckte sich nach vorn – ein Tor aus verdrehtem Raum und verdrehter Zeit, das New Eden mit Tueblets verband.

»Zehn Sekunden bis zum Austritt«, meldete Rosales, seine Stimme war ruhig, trotz der G-Kräfte, die jeden in die Sitze drückten.

Hunt spürte, wie sein Kommandosessel kompensierte, die Trägheitsdämpfer arbeiteten auf Hochtouren. Um ihn herum hielt die Brückenbesatzung ihre Posten, die Augen auf die Anzeigen gerichtet, die zeigten, dass der Flottenzusammenhalt trotz des Quantentransits hielt.

»Alle Schiffe halten Formation«, bestätigte Rowe. »Keine Nachzügler. Flottenintegrität bei einhundert Prozent.«

Fünf Sekunden. Die Hälfte des Tunnels durchquert. Am anderen Ende wartete Tueblets – ahnungslos, dass Hunderte von Kriegsschiffen im Begriff waren anzukommen.

Hunt atmete tief durch, beruhigte seine Nerven und beugte sich vor. »Alle Mann, auf Gefechtsstationen! Alarmstufe Rot! Zustand Eins im ganzen Schiff setzen!«

Alarmsirenen heulten. Rote Lichter fluteten die Brücke. Überall auf der *Freedom* warteten vierzehntausend Besatzungsmitglieder auf das, was auch immer geschehen würde.

Das weiße Licht am Ende des Tunnels wurde heller und löste sich in das vertraute Schwarz des Weltraums auf, übersät mit Sternen. Hunts Kiefer spannte sich an. *Jetzt geht's los.*

»Zwei.«

»Eins.«

»Austritt!«

Die *Freedom* raste wie eine Sternschnuppe aus der Quantenbrücke in das Herz des Zodark-Imperiums. Die Realität kehrte schlagartig zurück. Der Bildschirm füllte sich mit einer fremden Sonne, unbekannten Konstellationen und der riesigen, olivfarbenen Welt von Xyrvannis, die im Raum hing. Über ihrer Krümmung umkreisten die fünf Monde den Planeten in stattlicher Prozession.

»Navigation bestätigt Position«, verkündete Rosales. »Dreiundvierzigtausend Kilometer über Velkryns Nordpol. Genau wie geplant.«

»Sensoren aktiv«, meldete Arvexian, seine Konsole explodierte förmlich vor Daten. »Erfasse mehrere Zodark-Signaturen. Velkryn-Kommandozentrale auf Peilung zwei-sieben-null, Entfernung neununddreißigtausend Kilometer. Und da sind sie, die Zodark-Verteidigungsflotte reagiert auf unsere Anwesenheit. Ich zähle einhundertdreiunddreißig Großkampfschiffe im Orbit. Ihre Triebwerke fahren hoch – sie bewegen sich, um den Orbit zu verlassen.«

Hunt erlaubte sich ein raubtierhaftes Lächeln, als er den eintreffenden Berichten lauschte. Sie waren genau dort aufgetaucht, wo sie es geplant hatten – nah genug, um den Kommandomond zu bedrohen, weit genug, um zu manövrieren. Und wie am Schnürchen reagierten die Zodark genau wie vorhergesagt.

»Die gesamte Flotte ist ausgetreten«, rief Rowe. »Schiffe der Republik melden sich … Altairanisches Kontingent meldet sich vollzählig … Humtar-Streitkräfte erscheinen.«

Auf der taktischen Anzeige leuchteten freundliche Symbole auf, als die verbündete Flotte durch die Quantenbrücke strömte. Blau, Silber, Aquamarin – ein Regenbogen des Todes, der sich für einen einzigen Zweck materialisierte: den Feind zu töten und diesen Krieg zu beenden.

»Ankunft der Flotte ist abgeschlossen«, bestätigte Rowe. »Alle vierhundertsechzig Schiffe gemeldet. Alle Schiffe melden Bereitschaft und gehen in Gefechtsformation.«

Hunt stand auf, seine Augen auf den Hauptbildschirm gerichtet, wo die Zodark-Kommandozentrale wie eine Festung vor der Oberfläche von Velkryn glänzte. Wenn ihre Geheimdienstinformationen stimmten, könnte Zon Otro selbst dort sein.

»An alle Geschütz- und Raketenbatterien«, befahl Hunt, und seine Stimme hallte über die Brücke, über die Flotte. »Bereitmachen, um das Kommandozentrum auf Velkryn anzugreifen.«

Hunt hatte kaum ausgesprochen, als er spürte, wie die Waffen der *Freedom* zum Leben erwachten. Die Turbolaser und Magrail-Kanonen luden sich zum Feuern auf, die Torpedorohre öffneten sich wie das Maul einer urzeitlichen Bestie.

Hunt fixierte seine Augen auf den Feind, der die Galaxie zu lange terrorisiert hatte. Er hob eine Hand und schrie dann: »*Feuer aus allen Rohren* – Feuer frei! Machen wir sie alle fertig!«

Kapitel 39:
Überwältigende Übermacht

2116

RNS *Freedom*

Velkryn Orbitales Kommandozentrum, Nördliche Polarachse

Gasriese Zeta, Tueblets-System

Die Waffen der *Freedom* meldeten sich als Erste zu Wort.

Turbolaser schossen in leuchtenden, smaragdgrünen Strömen hervor und schnitten sich durch dreiundvierzigtausend Kilometer Leere. Salven von Magrail-Geschossen folgten – wolframummantelter Tod, beschleunigt auf relativistische Geschwindigkeiten. Wellen von Antischiffsraketen folgten, ihre Sprengköpfe rasten wie Sternschnuppen auf die Oberfläche von Velkryn zu.

Um sie herum eröffneten vierhundertsechzig verbündete Kriegsschiffe in nahezu perfekter Synchronisation das Feuer. Der Weltraum explodierte in Gewalt.

Statthalter Hunt umklammerte die Armlehnen seines Kommandosessels, während die *Freedom* bei jedem Waffenabschuss erbebte. Auf dem Hauptbildschirm erstreckte sich das Kommandozentrum der Zodark über den Nordpol von Velkryn – ein Festungsmond, der zu einem militärischen Nervenzentrum umfunktioniert worden war, genau dort, wo der Humtar-Geheimdienst es vorausgesagt hatte.

»Direkte Treffer auf der äußeren Panzerung des Kommandozentrums«, meldete die Waffenoffizierin, Commander Sarah Chen, und ihre Stimme drang durch das kontrollierte Chaos auf der Brücke. »Turbolaser brennen sich durch verstärkte Sektionen – thermische Signaturen bestätigen tiefe Durchdringungen. Wir sehen Magrail-Einschläge, die strukturelle Verformungen entlang des nördlichen Verteidigungsrings aufweisen.«

»Achtung, die Zodark-Flotte verlässt den Orbit«, rief der Dritte Offizier Arvexian, während seine fähigen Hände über die Sensorenkonsole glitten. »Die Sensoren zeigen einhundertdreiunddreißig Großkampfschiffe in Bewegung. Sie bilden eine Gefechtslinie. Ich erfasse mehrere Schlachtschiffe, darunter auch diese neuen Schlachtschiffe der *Plarix*-Klasse, Kreuzer und Fregatten. Ihre Waffensysteme scheinen sich aufzuladen – sie gehen in Angriffsposition.«

Hunts Kiefer spannte sich an. Der Feind reagierte schneller als prognostiziert. »Admiral Wiyrkomi, die Flotte behält die Bombardierungsformation bei. Jedes Geschütz bleibt auf dieses Kommandozentrum gerichtet, bis es nur noch Schlacke ist. Ich will es zerstört sehen, bevor wir unseren Fokus auf diese Schiffe verlagern müssen.«

»Aye, Sir«, antwortete Wiyrkomi, seine Finger tanzten über das Relais des taktischen Netzwerks. Befehle verbreiteten sich durch die verbündete Flotte, den Beschuss aufrechtzuerhalten.

»Ich schätze, wir müssen ihnen eine neue Lektion erteilen, Wiyrkomi.« Hunt wandte sich an seinen CAG. »Admiral Takmahl, wir haben ihre Aufmerksamkeit. Es ist Zeit, unsere Angriffspakete zu entsenden – leiten Sie den Amboss-Angriff ein.«

Admiral Takmahl richtete sich auf, und seine olivfarbenen Gesichtszüge waren von Entschlossenheit geprägt. Die leuchtend blauen Augen des gallentinischen Flugkommandeurs funkelten vor Erwartung. »Bestätigt. Alle Geschwader stehen bereit, Statthalter. Das 4. Jagdgeschwader meldet sich bereit, die Kampfpatrouille um die *Freedom* aufrechtzuerhalten. Sie starten jetzt. Konteradmiral Hunts Thunderjacks sind bereit, den Amboss-Angriff einzuleiten.«

»Sehr gut. Führen Sie ihn aus.«

»Aye, Statthalter. Alle Geschwader, hier ist Takmahl. Einsatzmuster Hydra ausführen. den Amboss-Angriff hat grünes Licht. Ich wiederhole, den Amboss-Angriff hat grünes Licht.«

Die riesigen Hangartore der *Freedom* öffneten sich wie das Maul einer urzeitlichen Bestie. Angriffseinheiten strömten in disziplinierten Wellen hervor – schnittige F-19 Hellcats und schwere B-19 Devastator-Bomber. Mehr als vierhundert Jäger und Bomber verließen das Großkampfschiff, während sich die verschiedenen Staffeln formierten, bevor sie zu ihren Zielen aufbrachen.

»Thunderjacks sind frei und beschleunigen in Richtung Nargulon«, bestätigte Takmahl. »Zeit bis zum Ziel, siebzig Minuten.«

Die *Freedom* bebte erneut, als eine weitere Magrail-Salve aus den Hauptgeschützen abgefeuert wurde. Hunts Augen waren auf das Kommandozentrum unter ihm gerichtet und beobachteten, wie das unerbittliche Feuer der Flotte auf schwere Panzerplatten und die tief in die Kruste von Velkryn gehauene Felswand hämmerte. Explosionen blühten auf der Oberfläche der Anlage – orangefarbene Feuerbälle und Trümmerwolken brachen hervor, wo Raketen gegen verstärkte Bunker und Geschützstellungen detonierten.

Ich habe Jahre auf diesen Moment gewartet, dachte Hunt grimmig. *Jahre der Planung, der Politik, des Überzeugens der Altairianer und Gallentiner, dass dieser Schlag notwendig war. Eine Milliarde Seelen wären vielleicht noch am Leben, wenn wir zugeschlagen hätten, als ich es vor einem Jahrzehnt zum ersten Mal vorschlug.*

Irgendwo da unten, unter Schichten von Panzerung und Fels begraben, vermutete der Geheimdienst, dass Zon Otro persönlich die Reaktion der Zodark koordinierte. Hunt wollte diese Anlage dem Erdboden gleichmachen lassen – und das Monster darin tot.

Lieutenant Dumeris beugte sich zu seinem Vorgesetzten und sprach schnell, bevor er sich an die Brücke wandte. »Konteradmiral Ithis empfiehlt eine Neupositionierung unserer Kreuzer der *Ironveil*-Klasse, um die linke Flanke der Altairianer besser zu unterstützen.«

»Genehmigt.« Hunt nickte. »Sorgen Sie dafür.«

»Statthalter, Admiral Dobbs signalisiert Bereitschaft«, meldete Rowe. »Ihr Verband wartet auf Ihren Befehl.«

Hunt studierte die taktische Anzeige und beobachtete, wie sich das Bild weiter veränderte. Konteradmiral Amy Dobbs kommandierte von ihrem Raumträger *Draco* aus den dritten Stoßkeil seiner Angriffsmacht. Ihre Eingreiftruppe – sechs Schlachtschiffe der *Victory*-Klasse, acht schwere Kreuzer der Kraken-Klasse und vier leichte Humtar-Schlachtschiffe der *Warclaw*-Klasse – würde sich von der Hauptflotte abspalten, um die Thalyss-Werft der Zodark anzugreifen. Wenn sie die Anlage schwer beschädigen oder zerstören könnten, würde das ihre Fähigkeit, im Kampf verlorene Schiffe zu ersetzen, lähmen. Die Thalyss-Werft war die komplexeste Anlage der Zodark im Imperium, mit fast zweihundert Docks, in denen sich jeweils ein Kriegsschiff in verschiedenen Baustadien befand. Ihre Zerstörung würde die Malvari völlig behindern.

»Sehr gut, signalisieren Sie Admiralin Dobbs. Der Hammer-Angriff hat grünes Licht. Führen Sie den Hammer-Angriff aus.

Wünschen Sie ihr viel Glück und eine gute Jagd«, befahl Hunt, als er das dritte Element seines Plans in Bewegung setzte.

»Statthalter, das Kommandozentrum erwidert das Feuer«, verkündete Arvexian, seine leuchtend blauen Augen verengten sich auf seine Anzeigen. »Mehrere Plasmakanonenbatterien werden auf der gesamten Oberfläche aktiviert. Sie zielen auf unsere führenden Schiffe.«

Hunt beobachtete, wie purpurrote Blitze von Velkryns pockennarbiger Oberfläche ausbrachen und wie nach Beute greifende Klauen zur herannahenden verbündeten Flotte aufstiegen. Die ersten Schüsse klatschten gegen die vordere Panzerung der *Freedom*, versengten die ablative Panzerung in leuchtenden Blitzen, schafften es aber nicht, sie zu durchdringen. Weitere folgten – Dutzende, dann Hunderte – eine Konstellation wütenden roten Todes, die auf sie zukam.

»Schadensbericht«, befahl Hunt.

»Kein Schaden. Vordere Panzerung hält«, meldete Chen. »Wir sind zu weit entfernt, als dass ihre Kanonen unsere Panzerung abtragen könnten. Sie können sie nicht durchdringen.«

»Klingt, als hätten wir Glück gehabt. Alle Batterien halten das Feuer«, befahl Hunt mit eiserner Stimme. »Ich will diese Anlage in Schutt und Asche gelegt sehen, bevor wir umschwenken und ihre Kriegsschiffe angreifen müssen.«

Die *Freedom* erbebte erneut und ihre Waffen sangen ihr Lied der Zerstörung. Um sie herum ließ die verbündete Flotte in unerbittlichen Wellen Feuer herabregnen. Velkryns Oberfläche begann von den Einschlägen zu glühen. Das Kommandozentrum der Zodark verschwand unter einem Vorhang aus Feuer.

Dafür war Hunt gekommen. Um den Feind zu vernichten. Um diesen Krieg zu beenden.

****

Beobachtereinheit 4471-Theta
Aufklärer der *Assimilator*-Klasse *Eternal Vigil*
Äußerer Kuipergürtel, Tueblets-System

Die *Eternal Vigil* hing regungslos im Schwarz, eingehüllt in Stille und Schatten.

Ihre Tarnpanzerung – adaptive Legierungen, gezüchtet aus geernteten Materialien und Legion-Biotechnologie – absorbierte elektromagnetische Strahlung über jedes Spektrum. Keine aktiven Sensoren. Keine Triebwerksemissionen. Nur passive Beobachtungsarrays, die Photonen und Gravitationsverzerrungen des siebenundneunzig Millionen Kilometer entfernten Kampfes aufnahmen.

Beobachtereinheit 4471-Theta verarbeitete die eingehenden Datenströme mit kalter Effizienz, denn ihr Bewusstsein war ein kleiner Knoten im riesigen neuronalen Netzwerk des Kollektivs. Der Kriegskörper, den sie an Bord des Aufklärungsschiffes bewohnte, war einst etwas anderes gewesen – jemand anderes –, aber diese Erinnerungen waren unterdrückt, irrelevant für die aktuelle Funktion.

Flottenstärke der Republik: vierhundertsechzig Einheiten. Zusammensetzung: gemischte menschliche, altairianische, gallentinische Bauart. Primärziel: Kommandozentrum der Zodark, Velkryn.

Die Daten flossen durch die Prozessoren von 4471-Theta und in die Quantenverbindung, die sie mit den Lichtjahre entfernten Hauptbewusstseinsknoten des Kollektivs verband. Die Zodark und die Republik zerfleischten sich gegenseitig mit vorhersehbarer Grausamkeit. Beide Seiten bluteten Ressourcen, Technologie, Leben – alles würde schließlich geerntet werden, wenn das Kollektiv sich bewegen würde, um zu assimilieren, was auch immer übrig war.

Dann entdeckte 4471-Theta etwas Unerwartetes.

Neue Signaturen. Schiffskonfigurationen, die weder der Bauart der Republik noch der Zodark entsprachen. Ein Abgleich der Rumpfprofile mit archivierten Datenbanken ergab eine Übereinstimmung, die eine Kaskade von Prioritätswarnungen durch ihre neuronalen Bahnen schickte.

Humtar-Schiffsklassifizierung bestätigt. Anzahl: dreiundachtzig Großkampfschiffe. Waffensysteme: fortgeschrittener als Republik-Basislinie. Bedrohungseinschätzung: extrem.

Das Kollektiv hatte über die Rückkehrvektoren der Humtar theoretisiert. Uralte Warnungen in wiederhergestellten Daten deuteten darauf hin, dass sie zurückkehren könnten. Aber dies war die erste bestätigte militärische Sichtung seit fünfzigtausend Jahren – eine vollständige Kampfgruppe, die an der Seite der Streitkräfte der Republik operierte.

4471-Theta versah den Bericht mit der höchsten Prioritätsverschlüsselung und übermittelte ihn durch die

Quantenverbindung. Das Kollektiv musste es wissen. Die Berechnungen müssten aktualisiert werden. Der Zeitplan musste möglicherweise beschleunigt werden.

Die Humtar waren in die Milchstraße zurückgekehrt. Und sie hatten Kriegsschiffe mitgebracht.

An Bord der *Eternal Vigil* beobachtete, registrierte und übermittelte 4471-Theta weiter. Ihre Tarnpanzerung kräuselte sich leicht und passte sich einer geringfügigen Gravitationsschwankung eines vorbeiziehenden Asteroiden an. Sie würde bleiben, bis sie zurückgerufen würde oder bis die Schlacht beendet war.

Still. Geduldig. Beobachtend.

Das Kollektiv beobachtete immer.

****

1. Trägerkampfgruppe „Thunderjacks" (JACKAL)
Nargulon Treibstoffförderinfrastruktur
Orbit von Nargulon, Tueblets-System

Konteradmiral Ethan Hunt überprüfte die Zeit auf seinem HUD. Zweiundvierzig Minuten waren vergangen, seit der Amboss-Angriff von den Decks der *Freedom* gestartet war. Zweihundertzweiundsiebzig verbündete Kriegsschiffe hatten sich um die *Freedom* verankert, die in einem hohen Orbit über dem Nordpol des Mondes Velkryn positioniert war. Während sich die Flotte auf die Zerstörung des Zodark-Kommandozentrums konzentrierte und der Hammer-Angriff Kurs auf die Thalyss-Werften nahm, würde Ethans Geschwader – die Speerspitze des Amboss-Angriffs – den Treibstoffriesen Nargulon angreifen, das logistische Herz, das den gesamten Tueblets-Sektor mit Treibstoff versorgte.

Der einzige Nachteil des Ziels des Amboss-Angriffs war die Entfernung – siebzig Minuten bei Reisegeschwindigkeit vom Rest der Flotte. Sein Angriffsgeschwader war über vierzig Minuten lang mit siebzig Prozent Leistung im Dunkeln geflogen und hatte sich unter vollständiger EMCON in engen Formationen durch die äußeren Orbitalschichten des Systems geschlichen. Keine Kommunikation, keine aktiven Sensoren, keine Waffenaktivierung. Nichts, was die Position oder den Vektor des Amboss-Angriffs verraten könnte.

Während sich die Thunderjacks ihrem Ziel näherten, blieben die RNS *Freedom* und ihre Kampfgruppe Tausende von Kilometern hinter ihnen, verwickelt in einen brutalen Kampf nahe dem Orbit des Mondes Velkryn. Aber dieses Gefecht war der Umhang des Matadors – ein blendender Schwertstoß, der das Oberkommando der Zodark fixieren sollte, während der Amboss-Angriff ihnen zwischen die Rippen stach. Der Hammer-Angriff würde ihrer Schiffsbaukapazität bei Thalyss einen weiteren Schlag versetzen. Gemeinsam würde der dreizackige Angriff die Kriegsmaschinerie der Zodark in ihrer eigenen Festung lähmen.

Nargulon war die Todeszone des Amboss-Angriffs.

In hohem Orbit um den wirbelnden, sturmgepeitschten Gasriesen schwebte eine Infrastruktur, die mehr wie eine Stadt als eine Raffinerie aussah – kilometerlange Treibstoffverarbeitungsringe, orbitale Tankfarmen und monolithische Himmelsstationen, die mit atmosphärischen Sammlern verbunden waren, welche tief in die gewaltigen Wolkenbänder des Planeten hinabreichten. Diese Sammler ernteten rohen Wasserstoff und Helium-3 in einem konstanten Zyklus und pumpten es über kilometerlange, verstärkte Leitungen himmelwärts in orbitale Prozessoren, wo es in raffinierten Fusionstreibstoff umgewandelt wurde. Von dort wurde es in Speicherblasen transferiert, bereit, Zodark-Kriegsschiffe in einem Dutzend Sternensystemen aufzutanken.

Dies war kein einfaches Versorgungsdepot. Nargulon war ein strategisches Nervenzentrum – der entscheidende Betankungsknotenpunkt, der es der Zodark-Flotte ermöglichte, ihre Macht von Tueblets bis an die Ränder des Sektors zu projizieren. Wenn man es ausschaltete, würde ihr Offensivschwung zum Erliegen kommen. Ohne Treibstoff waren Kriegsschiffe nichts weiter als stationäre Geschützplattformen und Denkmäler. Die hoch aufragenden Sammler boten eine entscheidende Gelegenheit. Wenn sie durchtrennt werden konnten, bevor Notfallprotokolle in Kraft traten, würde der Angriff zwei Ziele erreichen. Erstens würde er die Angebotsseite der Operation lahmlegen. Zweitens würde er verhindern, dass die Sammler in den Gravitationsbrunnen des Gasriesen fielen, was Bergungsoperationen für Monate einschränken oder sogar unmöglich machen würde.

Das war die Mission von Amboss-Angriff – tief, schnell und ohne Gnade zuschlagen. Das Biest hinter seinem Schutzschild verwunden. Während die Flotte nahe Velkryn Zodark-Kreuzer verbrannte, würden Ethan Hunts Thunderjacks mit einem Skalpell an dessen Rückgrat ansetzen. Der schwierigste Teil der Mission bestand darin, die Distanz zwischen der Flotte und dem Ziel zu überbrücken und dabei ihre Deckung so lange wie möglich aufrechtzuerhalten. Die Thunderjacks flogen unter EMCON-Disziplin, denn ihre F-19 Hellcats und B-19 Devastators bewegten sich lautlos durch die Leere. Keine aktiven Sensoren, keine Kommunikation außer eng gebündelten Laserimpulsen – nichts, was ihre Annäherung an Nargulons Treibstoffinfrastruktur verraten konnte.

Durch sein Cockpitfenster konnte Ethan in der Ferne periodische Blitze sehen, die die Dunkelheit erhellten. Die *Freedom* und ihre Eskorten waren in einen Kampf mit der Zodark-Flotte verwickelt. Er sah eine leuchtende Explosion aufblühen. Es war zu weit, um das Opfer zu identifizieren, ob verbündet oder Zodark. Der Drang, die EMCON-Regel zu brechen, nagte an ihm, aber die Disziplin siegte. Sein Vater befehligte die *Freedom*, und wenn er eines über seinen Vater wusste, dann, dass Miles Hunt Schlimmeres überlebt hatte.

»Jackal Lead, Kurznachricht«, kam die flüsterleise Lasermeldung von Commander Eiran Vos. Die Stimme des Gallentiners trug ihre übliche klinische Präzision. »Ghost Rooks erfassen massive EM-Signaturen voraus. Es ist bestätigt, die Verteidigungsanlagen von Nargulon sind voll aktiviert. Sie haben das wahrscheinlich in dem Moment getan, als sie die Flotte gesehen haben.«

Ethan bestätigte mit einem Doppelklick. Vos' B-19E Spectres – acht modifizierte Devastators, die ausschließlich mit gallentinischen EloKa-Spezialisten bemannt waren – waren die Augen seiner Angriffstruppe. Ihre Quantum-Ghost-Net-Suiten konnten ein metallisches Flüstern auf fünfzigtausend Kilometer Entfernung aufspüren.

Lieutenant Mattison „Matti" Danseen hielt perfekte Position an seinem Steuerbordflügel. Selbst unter EMCON zeigte sich ihr Eifer durch präzise Steuerknüppelarbeit. Das Mädel hatte diese seltene Mischung – rohes Talent gepaart mit unbändigem Hunger. Wenn sie diesen Krieg überlebten, würde sie bald Eichenlaub tragen.

Er überprüfte die Uhr, achtundzwanzig Minuten bis zum Ziel. Er konnte sehen, wie Nargulon von einer fernen Murmel zu einem drohenden Riesen anschwoll. Die orbitale Infrastruktur glitzerte wie tödlicher Schmuck – Verarbeitungsstationen, Lagerdepots, Sammler, die aus der Atmosphäre des Planeten tranken. Die Lebensader der Zodark-Kriegsmaschinerie.

Seine taktische Anzeige füllte sich mit schwachen Echos von den passiven Sensoren der Ghost Rooks. Das Bild, das sie zeichnete, war nicht schön. Nahverteidigungstürme schufen überlappende Todeszonen um die primären Einrichtungen. Vulture-Patrouillen flogen vorbestimmte Routen ab. Sechs Fregatten hielten ihre Position nahe dem Hauptverarbeitungsknotenpunkt.

»Strike Lead, hier Anvil One-One«, meldete sich Commander Kenneth Vosler per Laser-Kommunikation. »Ruin Fangs stehen bereit. Bestätige vier Flugstaffeln für den Erstschlag?«

»Bestätigt, Anvil Lead. Bereitmachen zum Sprint.« Ethan zog den Angriffsplan zu Rate. Vier Bomberstaffeln würden die Primärziele treffen, während die Jäger den Weg freimachten.

Fünfzehn Minuten bis zum Ziel. Weitere Geisterechos – Vultures, die auf ihre allgemeine Anflugrichtung zusteuerten. Der Feind konnte sie durch die Störsender noch nicht genau lokalisieren, aber sie witterten Ärger in ihrer Richtung, und das reichte aus, um sie auf ihre Spur zu bringen.

»Alle Thunderjack-Elemente, hier Strike Lead«, sendete Ethan. »Phasenlinie Alpha in zehn Minuten. Waffen scharf auf mein Signal. Valkyrie, Ihre Talons haben die Spitze.«

»Verstanden, Strike Lead«, Commander Julius Holdens australischer Akzent vermittelte kontrollierte Aggression. »Black Talons sind bereit, Blut zu vergießen.«

Während sie die Distanz weiter verringerten, löste sich die Treibstoffinfrastruktur in einzelne Ziele auf. Die Hauptverarbeitungsstation hing wie eine Metallmetropole da, kilometerlange Rohre und Lagertanks. Sekundärstationen umgaben sie, verbunden durch Transferleitungen. Darunter erstreckten sich Sammler in Nargulons Atmosphäre – massive Schaufeln, die den gesamten Betrieb speisten.

Sein Bedrohungsempfänger zirpte. Suchradar erfasste sie.

»Wraith Lead, Jamming-Sequenz einleiten«, befahl Ethan. Es war so weit.

»Ghost Rooks greifen ein«, bestätigte Vos. »Phantom Torch wird jetzt aktiviert.«

Die gallentinischen EloKa-Piloten führten den Befehl mit chirurgischer Präzision aus. Acht Spectres schalteten gleichzeitig ihre Störsender ein und überfluteten den lokalen Raum mit elektromagnetischem Chaos. Zodark-Kanäle lösten sich in Rauschen auf. Zielerfassungsradare kämpften gegen die Interferenz.

Durch sein HUD beobachtete Ethan, wie die Ghost Rooks ihre Echo Racks aussetzten. Dutzende von Täuschkörpern verstreuten sich, jeder sendete die Signatur einer Hellcat oder eines Devastators aus. Für die Zodark-Sensoren hatte sich die Angriffstruppe gerade verdreifacht, und das am falschen Ort.

Fünf Minuten vergingen wie im Flug, als einzelne Vultures sichtbar wurden, Zwillingsleitwerksilhouetten, die die Ränder des Störfeldes abtasteten. Hinter ihnen manövrierten Fregatten, und die Waffen richteten sich auf den elektronischen Sturm.

»Strike Lead, hier Talon Two. Zähle mehr als vierzig Vultures, weitere steuern von dieser fernen Anlage heran, von der der Nachrichtendienst annahm, dass es ein Flughangar sein könnte.«

»Verstanden, Talon Two. Alle Jäger, zum Angriff vorbereiten. Bomber, Anflüge auf mein Zeichen.«

Er legte den Hauptwaffenschalter um und aktivierte seine Waffen und ihre Zielsysteme. Überall um ihn herum begannen zweihundert Hellcats, ihre Waffen scharf zu machen. In den Bomberformationen führten die Besatzungen letzte Überprüfungen an Plasmatorpedos und Havoc-Raketen durch. Jahre des Trainings, komprimiert auf Minuten.

Die Minuten vergingen wie Sekunden, als sich die beiden Streitkräfte aufeinander zubewegten. Plötzlich stolperte ein Vulture in die Sichtweite von Mattis Hellcat. Beide Piloten reagierten sofort – der Zodark rollte auf den Rücken und seine Nachbrenner flammten auf.

»Kontakt! Banditen, zwei Uhr!«, rief Ethans Stimme.

» Scheiße! Der muss sich an uns herangeschlichen haben, wenn unsere Sensoren ihn nicht erfasst haben«, erwiderte Matti, als sie schnell auf die Anwesenheit des feindlichen Jägers reagierte.

Das Tänzchen im Dunkeln war vorbei. Die Kräfte trafen aufeinander und es war Zeit loszulegen.

»Alle Thunderjack-Elemente – Waffen frei! Feinde anstrahlen!«

Jubel und aufgeregte Rufe folgten Ethans Ankündigung, als zweihundert Hellcats aus der Leere hervorbrachen. In einem Augenblick leuchteten die Sensoren auf und erhellten jeden Jäger, jeden Turm, jedes Ziel. Die taktische Anzeige auf Ethans Armaturenbrett explodierte in Rot.

»Tallyho!«, brüllte Holden. »Black Talons greifen an!«

»Anvil Lead, hier Strike Lead – ausführen! Schickt sie rein!«

»Verstanden, Strike Lead! Ruin Fangs, Angriffsmuster Delta!«

Innerhalb von Sekunden rollten die achtundvierzig Devastator-Bomber in ihre Anflüge. Mit geöffneten Bombenschächten, die den Tod enthüllten, der darauf wartete, entfesselt zu werden. Sie folgten den Hellcats, die vorstürmten und mit ihren Lasern durch Vultures und Wachtürme schnitten.

Die Hellcats begannen, ihre JATM-Raketen in Salven abzufeuern und blaue Abgasfahnen zogen schwache Linien durch die Schwärze des Weltraums.

Ethan nahm einen Vulture ins Visier, der einen Angriff auf einen der Bomber ansetzte. Er hatte eine Zielerfassung mit einer JATM und feuerte, während er zusah, wie der feindliche Jäger verzweifelt versuchte, der auf ihn zusteuernden Rakete auszuweichen. Ein Blitz leuchtete auf – eine Wolke aus sich ausdehnenden Trümmern erschien dort, wo der Jäger Momente zuvor gewesen war.

»Einer erledigt!«, verkündete er, während er seine Hellcat nach links rollte, um sich auf ein neues Ziel auszurichten.

»Jackal Lead, hier Ghost Rook Three«, meldete ein gallentinischer Pilot ruhig. »Setze Blackout-Raketen auf Verteidigungsnetz, Sektor sieben – bereitmachen für Blitz.«

Ethan erhaschte einen Blick auf die Arbeit der EloKa-Einheit, als die spezialisierten Raketen in brillanten Blitzen detonierten, die direkt auf die verbleibenden Nahverteidigungstürme gerichtet waren. Der plötzliche Blitz blendenden Lichts machte die meisten Zielsysteme blind und überforderte sie, zumindest bis sie neu starten konnten. Da die Zielsensoren ausgefallen waren, ließ das Volumen des Abwehrfeuers nach und schuf Lücken in ihrer Deckung. Während die EloKa-Besatzungen die feindlichen Geschütze neutralisierten, erledigten die Hellcats den Rest, während die Bomber zu ihren Todesstößen ansetzten.

»Wunderschöne Arbeit, Wraith!«, rief jemand. »Türme sechs und neun zerstört.«

»Die erste Welle Torpedos schlägt gleich ein«, verkündete Matti, als ihre Hellcat neben Ethans aufschloss.

Ethan beobachtete, wie die erste Salve Plasmatorpedos ihre Ziele traf. Explosionen breiteten sich über die Hauptverarbeitungsstation aus, bevor sie in einem leuchtenden weißen Blitz gipfelten und in sich zusammenfielen. Sekundäre Explosionen kaskadierten bald durch die Struktur, als gelagerter Treibstoff Sauerstofftaschen fand. Die Station begann in mehrere Sektionen zu zerbrechen, von denen jede eine Feuerspur hinter sich herzog, während sie die verbleibende Atmosphäre verbrannte.

»Verdammt heiß! Genau davon rede ich!«, schrie Vosler. »Zweite Bomberstaffel rollt jetzt an!«

Weitere Devastators stürzten sich auf die sekundären und tertiären Ziele. Plasmatorpedos und JATM-Raketen schlugen in Lagertanks und nahegelegene Betankungsschiffe ein, rissen ihre Tanks auf, während sie ihren Inhalt in riesige Wolken abließen, die darauf warteten, entzündet zu werden. Ein Hagel von Laserschüssen zischte in die Wolken, ein Blitz explodierte für eine Sekunde zu einem riesigen kugelförmigen Feuerball, bevor er sich zu nichts auflöste.

Die Nahverteidigungsgeschütze einer der Zodark-Fregatten feuerten unaufhörlich in Richtung der Bomber, die sich ihr und einem anderen Teil der Raffinerie näherten. Es sah aus wie ein Feuerwerk, als rotes Laserfeuer durch die Leere auf die angreifenden Bomber zischte. Ethan sah mit Entsetzen, wie der Flügel eines Devastators von den Kanonen der Fregatte getroffen wurde. Der Bomber geriet vom Kurs ab, als der Pilot verzweifelt versuchte, dem Hagelsturm zu entkommen, in den er geflogen war.

Ein Blitz leuchtete dort auf, wo der Bomber gewesen war, dann erschütterte eine Reihe von drei Explosionen die Fregatte, bevor sie auf spektakuläre Weise auseinanderflog. Drei der Torpedos des Bombers hatten ihr Ziel getroffen, Sekunden zu spät, um die Devastator zu retten.

»Verdammt, wir haben einen Bomber verloren«, sagte Ethan laut vor sich hin.

»Paladin – Vorsicht vor dem Wachturm. Seine Geschütze sind noch aktiv!«, warnte Matti, gerade als Lichtstreifen um seine Hellcat zischten.

Ethan riss den Steuerknüppel herum und zwang seine Hellcat in eine enge Rolle durch das Abwehrfeuer. Die Wendigkeit der Hellcat hielt ihn den KI-Zielsystemen kaum eine Nasenlänge voraus. Er aktivierte die Umkehrschübe, als er seine Geschütze neu ausrichtete, feuerte seine Laser ab und zog eine Feuerspur über einen Verteidigungsturm, bis dieser explodierte. Als Nächstes gab er den Triebwerken einen Schub, der ihn schnell beschleunigte, während Laserstrahlen durch den Raum flogen, den er gerade noch eingenommen hatte.

»Verdammt, das war knapp, Paladin«, rief Matti, als ihre Hellcat neben ihm aufschloss.

»Ach, ich bin eben ein Adrenalin-Junkie«, antwortete er scherzhaft.

»Jackal Lead, zur Information«, drang Vos' Stimme durch. »Ghost Rooks stellen einen Energieanstieg in den Sammelkollektoren fest. Notfall-Abkopplungssequenz eingeleitet.«

»Oh nein, das werdet ihr nicht. Das könnt ihr vergessen«, erwiderte Ethan. »Dritte und vierte Angriffsgruppe, neue Priorität – schaltet diese Kollektoren aus!«

Ethan war entschlossen zu verhindern, dass die Atmosphärenschöpfer versuchten, in Nargulons Gravitationsfeld für eine spätere Bergung abzufallen. Dank der schnellen Vorwarnung von Vos' Leuten passten die Bomber bereits ihre Angriffsrouten an, um sicherzustellen, dass dies nicht geschah.

Plasmazieltorpedos und Havoc-Raketen begannen in die Verbindungspunkte einzuschlagen. Einer nach dem anderen taumelten die massiven Kollektoren unkontrolliert in die erdrückende Atmosphäre.

»Sechs Kollektoren erledigt«, meldete jemand. »Die werden gar nichts mehr verarbeiten.«

Die Ghost Rooks setzten ihr tödliches Ballett fort. Ethan beobachtete, wie eine Spectre eine Wolke von Mimik-Drohnen ausstieß, die ein ganzes Vulture-Geschwader von den echten Bombern weglockten. Eine andere nutzte ihre Störsender, um drei Devastators durch den Abwehrschirm einer Fregatte zu schleusen. Die gallentinischen EloKa-Piloten flogen mit einer fast künstlerischen Präzision und verwandelten die elektronische Kampfführung wie ein geschickter Magier in eine Sinfonie der Illusion.

»Anvil Lead an alle Ruin Fangs«, drang Voslers schwer atmende Stimme durch. »Waffen verbraucht. Wiederhole, wir haben keine Munition mehr.«

»Verstanden, Anvil Lead.« Ethan überprüfte seine taktische Anzeige. Die Treibstoffinfrastruktur war völlig zerstört und verwüstet. Überall, wo er hinsah, sah er brennende Stationen, geplatzte Tanks und Kollektoren, die in Nargulons Tiefen stürzten. *Ja, Mission erfüllt.* »Alle Thunderjack-Elemente, hier Strike Lead. Ziel erfüllt. Rückzug einleiten. Zurück zur *Freedom* – die erste Runde Bier gebe ich aus!«

Der Angriffsverband begann seine Wende, wobei die Hellcats Verteidigungsschilde aufrechterhielten, während die verbleibenden Bomber aus dem Zielgebiet beschleunigten. Hinter ihnen war Nargulons orbitale Infrastruktur eine schwebende Ruine. Die Zodarks würden Monate, wenn nicht ein Jahr brauchen, um sie zu reparieren und die Treibstoffproduktion wieder aufzunehmen.

»Ghost Rooks, ausgezeichnete Arbeit heute«, übermittelte Ethan an die gallentinischen Besatzungen.

»Bestätigt, Strike Lead«, antwortete Vos mit typischer Untertreibung. »Akzeptable Leistungsparameter erreicht.«

Ethan lächelte hinter seiner Sauerstoffmaske. Akzeptable Leistung – die Gallentiner hatten gerade geholfen, die vollständige Zerstörung eines wichtigen Logistikknotens zu orchestrieren. Aber das waren Vos und seine Leute – klinische Präzision, verpackt in professioneller Distanziertheit.

Siebzig Minuten zurück zur *Freedom*. Siebzig Minuten, in denen er hoffte, dass das Schiff seines Vaters noch da war, um sie zu empfangen. Ethan ließ sich in seinen Sitz sinken und hielt nach einer Verfolgung Ausschau, die nie kam. Die Zodarks waren zu sehr damit beschäftigt, sich mit dem Hammerschlag auseinanderzusetzen, den sie gerade ausgeteilt hatten, um zu versuchen, sie zu verfolgen. Seine Thunderjacks hatten sich ihren Sold heute verdient. Er hoffte nur, dass die anderen Angriffsverbände sich ihren ebenfalls verdient hatten.
****

RNS *Vanguard*
Thalyss-Orbitalringe, Mond von Kar'Thon
Tueblets-System

Captain Joe Wright stand im Zentrum der ZIO der *Vanguard* und beobachtete das taktische Lagebild mit der Intensität eines Schachgroßmeisters. Sechsundachtzig Minuten waren vergangen, seit sich der Hammer-Angriff von der Hauptflotte der *Freedom* getrennt hatte. Sein Verband – befehligt von Konteradmiral Amy Dobbs von ihrem Raumträger *Draco* aus – bestand aus sechs Schlachtschiffen der *Victory*-Klasse, acht schweren Kreuzern der *Kraken*-Klasse und vier Humtar-Kriegsschiffen, die auf ihr Ziel zurasten: die orbitalen Thalyss-Werftringe.

Während Statthalter Hunt das Oberkommando der Zodarks darauf fixiert hielt, Velkryn zu verteidigen, und sein Sohn, Konteradmiral Ethan Hunt, den Hammer-Angriff gegen Nargulons Treibstoffinfrastruktur führte, sollte der Amboss-Angriff den dritten Schlag ausführen. Der Werftkomplex, der Thalyss umkreiste – fünf massive konzentrische Ringe mit über zweihundert Bauplätzen – stellte das industrielle Herz der Kriegsmaschine des Zodark-Imperiums dar. Wenn es ihnen gelingen sollte, ihn zu zerstören, könnte dies ihre Fähigkeit, Schiffsverluste zu ersetzen, für Monate, vielleicht sogar Jahre in die Zukunft lähmen.

»Captain, wir sind dreiundvierzig Minuten vom Ziel entfernt«, meldete Lieutenant Godley, sein Steuermann. »Halten Höchstgeschwindigkeit bei.«

Wright starrte auf die taktische Anzeige und studierte die Details des Ziels. Sie waren jetzt tief im umkämpften Raum, sechs AE von der relativen Sicherheit der Geschütze der *Freedom* und dem Schutzschild der alliierten Flotte entfernt. Jede AE oder Astronomische Einheit, die sie zurückgelegt hatten, brachte sie etwa einhundertfünfzig Millionen Kilometer weiter von Unterstützung weg und tiefer in den Verteidigungsgürtel des Feindes. Aber das war das Schöne am dreizackigen Angriff des Statthalters – die Zodarks konnten nicht überall stark sein. Sie müssten wählen, wo sie kämpfen, und wenn sie das einmal getan hatten, wäre es so gut wie unmöglich, sich zurückzuziehen, wenn sie plötzlich eine Position an anderer Stelle verstärken müssten.

»Captain, erhalte ein Update von der *Freedom*«, meldete Lieutenant Waldman, sein Kommunikationsoffizier. »Sie melden, dass die Hauptflotte der Zodarks sie jetzt vollständig in den Kampf verwickelt hat. Die zweite Streitmacht, die von Tor Zwei Alpha aus eingetroffen ist, das mit dem Shwani-System verbunden ist – sie ist gerade im Orbit von Velkryn angekommen. Sie greift sie an. Glücklicherweise scheinen sie nicht in unsere Richtung zu steuern.«

»Hervorragend. Ich muss zugeben, ich war etwas nervös, dass diese andere Flotte versucht haben könnte, uns abzufangen. Es sieht so aus, als würden sie den Köder schlucken – sie konzentrieren alles auf die *Freedom*«, kommentierte Wright, und auf den Gesichtern seiner Brückenbesatzung war ein sichtbarer Ausdruck der Erleichterung zu sehen. Er wandte sich an seinen Waffenoffizier. »Lieutenant Latter, wie ist der Status unserer Angriffspakete?«

Lieutenant Latters Finger tanzten über seine Konsole. »Alle Rohre mit Penetrationssprengköpfen geladen. Primäre Feuerleitlösungen auf die Werftringe Zwei bis Fünf erfasst. Sekundäre Ziele auf die Molekulargießereien in den inneren Ringen geplant.«

Wright nickte. Der Bau dieser Werften hatte die Zodarks Jahrzehnte gekostet – massive Bauwerke in der Schwerelosigkeit, wo ihre nächste Generation von Kriegsschiffen Gestalt annahm. Der Geheimdienst meldete mindestens vierzig Schiffe in verschiedenen Fertigungsstadien, darunter mehrere der neuen Schlachtschiffe der *Plarix*-Klasse. Halbfertige Kriegsschiffe, die niemals das Vakuum erleben würden, wenn der Hammer-Angriff Erfolg hatte.

»Sir, Langstreckensensoren haben gerade eine Zodark-Vorpostenstaffel entdeckt«, rief sein Taktischer Offizier, Commander Thomas Hill. »Es scheinen zwei Zerstörer und drei Korvetten zu sein, die sich uns auf Abfangkurs nähern.«

»Sehr gut. Kurs beibehalten.« Wrights Kiefer spannte sich an. Er erwartete, auf Widerstand zu stoßen. Hoffentlich war dieser Vorposten das ganze Ausmaß davon. Die Feinde würden gleich erfahren, was passierte, wenn man sich zwischen ein Schlachtschiff der *Victory*-Klasse und seine Beute stellte. »Kommunikation, signalisieren Sie Admiralin Dobbs, lassen Sie sie wissen, dass wir einen Vorposten angreifen. Wir werden versuchen, ihn beim Vorbeiflug zu zerhämmern, aber wenn welche überleben, müssen ihre Kreuzer sie aufräumen.«

Innerhalb von Minuten brach der Raum vor der *Vanguard* in Feuer aus, als Wrights Führungsschiffe mit ihren vorderen Batterien das Feuer eröffneten. Magrail-Geschosse und Turbolaserstrahlen zischten durch die Leere, und die überlegene Feuerkraft der Schlachtschiffe überwältigte und zerschmetterte die kleineren Zodark-Schiffe schnell. Wright würdigte sie kaum eines Blickes, als eine der Korvetten nach mehreren direkten Treffern der Hauptgeschütze explodierte. Eine Fregatte explodierte als Nächstes, als ein halbes Dutzend Magrail-

Geschosse das Schiff in zwei Hälften rissen, bevor es auseinanderflog. Sein Schiff registrierte das feindliche Feuer kaum, denn ihre Laser waren bei Weitem nicht stark genug, um die Bronkis5-Panzerung zu durchdringen, als die *Vanguard* an ihnen vorbeisegelte.

»Thalyss-Ringe jetzt auf den Langstreckensensoren«, meldete Commander Hill. »Bestätige fünf operative Ringe, starke industrielle Aktivität. Ich erfasse … meine Güte, da müssen mindestens fünfzig Schiffe in diesen Baudocks sein.«

»Wow, das ist unglaublich. Sorgen wir dafür, dass sie dauerhaft dort bleiben, ja?«, sagte Wright und schaltete den Geschwaderkanal ein. »Alle Hammer-Angriff-Einheiten, hier ist *Vanguard* Actual. Dreißig Minuten bis zur primären Waffenreichweite. Bereiten Sie sich darauf vor, Angriffsmuster Taifun auszuführen, sobald Sie sehen, dass wir die ersten Schüsse abfeuern.«

Wright beobachtete, wie die Werft immer größer wurde, je näher sie ihr kamen. Er musste zugeben, sie war beeindruckend. Hinter jedem Baudock schienen sich mehrere Fabriken und Erzgießereien zu befinden. Ihre unmittelbare Nähe zu den im Bau befindlichen Schiffen verkürzte wahrscheinlich die für den Bau erforderliche Produktionszeit. Man konnte über die Zodarks sagen, was man wollte, sie waren nicht dumm, auch wenn sie jeden, dem sie begegneten, wie Wilde behandelten.

»Sir, wir nähern uns der optimalen Reichweite, um das Feuer mit den Primär- und Sekundärtürmen zu beginnen«, meldete Lieutenant Latter und wartete darauf, dass er den Befehl gab und den Angriff einleitete. In dem Moment, in dem die *Vanguard* das Feuer eröffnete, würde der Rest des Geschwaders mitmachen.

Wright wandte sich seinem Steuermann zu und befahl: »Lieutenant Godley, bringen Sie uns auf Steuerbord drei-fünf Grad und reduzieren Sie die Maschinenleistung auf fünfzig Prozent.«

Der Plan sah vor, dass sie ihre Anfluggeschwindigkeit reduzierten, während sie eine allmähliche Steuerbordwende durchführten, um ihre Backbordbatterie den Werftringen zu präsentieren. Dies würde es ihrem Geschwader ermöglichen, eine anhaltende, verheerende Breitseite abzufeuern, während sie an der Anlage vorbeiflogen. Indem sie ihren Anflug auf Thalyss' Gravitationsfeld abstimmten, konnten sie die Anziehungskraft des Mondes nutzen, um ihre Wende zu unterstützen und den Schwung beizubehalten, sich um ihn herumzuschleudern und ohne übermäßigen Treibstoffverbrauch oder Verlust der Geschwindigkeit, die sie während ihres Angriffs aufgebaut hatten, zu ihrem ursprünglichen Vektor zurückzukehren.

»Lieutenant Latter, Feuer eröffnen – alle Geschütztürme können schießen. Machen wir den Laden platt«, befahl Wright mit einem teuflischen Lächeln.

Kaum hatte Wright den Befehl gegeben, spürte er, wie die Deckplatten unter seinen Füßen heftig erzitterten. Die dreizehn backbordseitigen doppelläufigen 90-cm-Magrail-Kanonen der *Vanguard* sprachen in donnernder Folge, wobei jeder Lauf Multitonnen-Projektile auf relativistische Geschwindigkeiten beschleunigte. Zwischen den Magrail-Salven fügten sieben dreiläufige Turbolasertürme ihre eigene Wut hinzu – brillante Lanzen kohärenter Energie, die die Leere in Schattierungen von Purpur und Gold malten.

Auf dem Hauptmonitor beobachtete Wright die Zerstörung in Echtzeit. Die Magrail-Geschosse – dichte Wolframkarbid-Penetratoren mit verzögerten Zündern – durchquerten den dazwischenliegenden Raum als kaum sichtbare Schlieren verschobener Partikel. Wo sie den Werftring Zwei trafen, knüllten massive Abschnitte der Rumpfpanzerung wie Aluminiumfolie zusammen. Der kinetische Einschlag allein verdampfte Metall in expandierenden Kugeln aus überhitztem Gas, bevor die Sprengköpfe Sekunden später detonierten und aus dem Inneren der Ringstruktur in vulkanischen Ausbrüchen von Flammen und Trümmern hervorbrachen.

Die Turbolaser malten eine andere Art von Zerstörung. Rubinrote Strahlen schnitten mit chirurgischer Präzision durch das Skelett der Werft und schmolzen Stützstreben und Andockklammern. Wo die Magrails einschlugen und zerschmetterten, schnitten und brannten die Laser. Wright beobachtete, wie ein Strahl über einen halbfertigen Zerstörer fuhr, der in seinem Baudock gefangen war – der unfertige Rumpf des Schiffes leuchtete vor Weißglut, bevor er wie überreifes Obst aufplatzte.

»Sekundärbatterien greifen ein«, meldete Latter, als sich die kleineren Geschütze der Symphonie der Zerstörung anschlossen.

Der Monitor füllte sich mit einem Feuersturm. Elf vierläufige 40-cm-Magrails spuckten Ströme kleinerer, aber immer noch verheerender Projektile aus, deren höhere Feuerrate Abschnitte der Werft in Schweizer Käse verwandelte. Die achtzehn backbordseitigen

Antiraketen-Turbolaser, die von Nahverteidigungsaufgaben befreit waren, fügten dem Sperrfeuer ihre schnellfeuernden Impulse hinzu. Es war kontrolliertes Chaos – abwechselnde Wellen von kinetischen Hämmern und Energieskalpellen, die die Zodark-Anlage mit methodischer Brutalität sezierten.

»Mein Gott«, flüsterte jemand. Wright konnte nicht sagen, wer – seine Augen blieben auf den Bildschirm geheftet, als ein massives Treibstoffdepot einen direkten Treffer von einem 90-cm-Geschoss erhielt. Die Explosion blühte in vollkommener Stille auf und verschlang drei Baudocks und die Korvetten, die sie hervorgebracht hatten.

Die *Vanguard* setzte ihre langsame Wende fort und brachte frische Geschützbatterien zum Einsatz, während die Backbordwaffen ihre Nachladezyklen durchliefen. Hinter ihr fügte der Rest von Hammer Strike sein eigenes Feuer der Apokalypse hinzu. Durch die taktische Überlagerung konnte Wright die verheerende Wirksamkeit ihres Angriffsmusters sehen – überlappende Feuerfelder, die keinen Teil der Werft unberührt ließen.

»Ring Drei bricht auseinander«, meldete sein Taktischer Offizier. »Die strukturelle Integrität versagt über … warten Sie. Sir, ich messe massive Sekundärexplosionen im Antimaterielager von Ring Vier!«

Der Hauptbildschirm leuchtete weiß auf, als kurzzeitig eine neue Sonne dort aufblühte, wo das Lager gewesen war. Als die Filter sich anpassten, sah Wright, dass Ring Vier einfach aufgehört hatte zu existieren – nur eine expandierende Wolke aus ionisiertem Gas und taumelnden Trümmern markierte den Ort, an dem Tausende von Zodark-Werftarbeitern sich noch wenige Augenblicke zuvor befunden hatten.

Wright wandte sich schließlich von der Zerstörung der Werft ab, um sich über die Schlacht zu informieren, die in den anderen Bereichen des Systems weiter tobte. Hinter ihm zeigte sein taktisches Lagebild das größere Bild, nach dem er suchte. Die Verteidiger von Velkryn hatten sich voll und ganz auf den Kampf gegen die *Freedom* eingelassen, während Ethans Angriffsgeschwader sich Nargulon unbehelligt näherten. Die Zodarks reagierten genau so, wie Statthalter Hunt es vorausgesagt hatte – sie verteidigten, was sie für am wichtigsten hielten, während ihre wahren Schwachstellen brannten.

»Wow, Captain!«, rief Commander Little, seine IO, und ihre Stimme brach vor Dringlichkeit. »Ich weiß nicht, woher sie kamen, aber wir haben sechs Zodark-Schlachtschiffe, die aus dem Schatten von Thalyss auftauchen. Sie müssen sich im Sensorschatten des Mondes versteckt haben!«

Wright wirbelte zur Anzeige herum. Die feindlichen Schlachtschiffe – ältere Schiffe der *Drovak*-Klasse – beschleunigten hart auf die Flanke seines Geschwaders zu. Ihre Waffen zielten bereits. Ein klassischer Hinterhalt, bei dem sie die Masse des Mondes nutzten, um ihre Anwesenheit zu verschleiern.

»Alle Schiffe, Notwende nach Steuerbord!«, bellte Wright. »Hauptbatterien in Stellung bringen …«

»Sir, die Humtar-Schiffe!«, unterbrach sein Taktischer Offizier. »Sie brechen aus der Formation aus!«

Auf der Anzeige schossen die CNS *Razorwind* und die CNS *Dark Omen* – die beiden leichten Schlachtschiffe der *Warclaw*-Klasse, die dem Hammer-Angriff zugeteilt waren – plötzlich mit unmöglicher Beschleunigung nach vorne. Die Humtar-Schiffe, jedes nur 1.400 Meter lang, sahen im Vergleich zu den 2.100 Meter langen Zodark-Schlachtschiffen wie kleine Fische aus. Aber was als Nächstes geschah, widersprach allem, was Wright über Raumkriegsführung wusste.

Die *Razorwind* feuerte zuerst. Ihre Turbolaserbatterien – nur acht Zwillingslafetten im Vergleich zu den sechsundzwanzig einer *Victory* – sprachen mit einer Gewalt, die Wright den Atem raubte. Die kohärenten Energiestrahlen trafen nicht nur die Panzerung des führenden Zodark-Schlachtschiffs – sie schlugen durch sie hindurch wie durch Seidenpapier. Die verstärkte Bugpanzerung des Schiffes der *Drovak*-Klasse, die für den Widerstand gegen republikanischen Magrail-Beschuss ausgelegt war, hörte einfach auf zu existieren.

»Heilige Mutter …«, flüsterte jemand über Funk.

Die *Dark Omen* schloss sich ihrem Schwesterschiff an, wobei beide Humtar-Schiffe auf eine Angriffsgeschwindigkeit beschleunigten, die ihre Rümpfe hätte zerreißen müssen. Ihre Turbolaser feuerten in perfekter Synchronisation, jeder Schuss mit chirurgischer Präzision platziert. Keine verschwendete Energie, kein Sperrfeuer – jeder Strahl fand ein kritisches System.

Der Reaktor des führenden Zodark-Schlachtschiffs versagte katastrophal. Die Explosion hätte die Humtar-Schiffe auf diese Entfernung beschädigen müssen, aber ihre Panzerung – dieses seltsame, schillernde Material, das Energie aufzusaugen schien – zeigte kaum Brandspuren.

»Sensoren, was sehe ich da?«, verlangte Wright zu wissen. »Wie können ihre Waffen das tun?«

»Unbekannt, Sir! Die Energiewerte sind jenseits aller Normalbereiche. Ihre Turbolaser geben fast das Dreifache dessen ab, was unsere Modelle vorhersagten!«

Die fünf verbleibenden Zodark-Schlachtschiffe versuchten zu antworten und konzentrierten ihr Feuer auf die *Razorwind*. Dutzende von Plasmablitzen und Turbolaserstrahlen konvergierten auf das kleinere Schiff. Die Einschläge hätten verheerend sein müssen. Stattdessen schien die Panzerung des Humtar-Schiffes zu schimmern und die Energie in wogenden Lichtwellen über ihren Rumpf zu verteilen.

»Ihre Panzerung … sie verglüht nicht«, berichtete der Wissenschaftsoffizier mit ehrfürchtiger Stimme. »Mein Gott, sie verteilt irgendwie die thermische Last über die gesamte Rumpfmatrix.«

Die *Razorwind* und die *Dark Omen* trennten sich und führten ein Manöver aus, das Wright nur im Jägerkampf gesehen hatte. Sie umkreisten die Zodark-Formation in entgegengesetzten Bögen, und ihre Turbolaser hörten nie auf zu feuern. Wo Zodark-Waffen harmlos an der Humtar-Panzerung abprallten, schnitt das Feuer der beiden Humtar-Schiffe durch die Schlachtschiffrümpfe wie ein Plasmabrenner durch Eis.

Ein zweites Zodark-Schlachtschiff starb, als die Geschütze der *Dark Omen* seine Torpedomagazine fanden. Die Explosion löste eine Kettenreaktion durch seinen Rumpf aus und zerbrach das massive Schiff in drei brennende Abschnitte. Das Humtar-Schiff flog durch das Trümmerfeld, ohne langsamer zu werden, denn seine Panzerung lenkte tonnenschwere Wrackteile ab.

»Captain, die Zodarks versuchen, das Feuer zu konzentrieren«, meldete die Taktik. »Sie … nein, warten Sie. Die Humtar-Schiffe stören ihre Zielsensoren!«

Wright sah erstaunt zu, wie die beiden leichten Schlachtschiffe ihre Gegner systematisch zerlegten. Sie bewegten sich wie Raubtiere und nutzten ihre überlegene Beschleunigung, um optimale Schusspositionen beizubehalten, während sie den Zodarks saubere Schüsse verwehrten. Wenn feindliches Feuer doch traf, absorbierte diese unmögliche Panzerung es oder lenkte es um.

Das dritte und vierte Zodark-Schlachtschiff starben innerhalb von Sekunden nacheinander. Die *Razorwind* schoss eine volle Turbolasersalve durch den Maschinenbereich eines Schiffes und schnitt seine Energiesysteme heraus. Die *Dark Omen* löschte einfach den Brückenaufbau eines anderen Schiffes und ließ es als kopflosen Koloss ohne Kontrolle treiben.

»Das ist unmöglich«, murmelte Wright. »Das sind leichte Schlachtschiffe. Sie haben die halbe Tonnage ihrer Ziele.«

»Sir, die Humtar-Schiffe nähern sich den verbleibenden Zodarks«, meldete Commander Hill unnötigerweise – Wright konnte es deutlich auf der Anzeige sehen.

Die letzten beiden Zodark-Schlachtschiffe versuchten zu fliehen und leiteten Vollschub auf ihre Triebwerke. Es spielte keine Rolle. Die Humtar-Schiffe beschleunigten mühelos, denn ihre überlegene Geschwindigkeit ermöglichte es ihnen, perfekte Feuerleitlösungen beizubehalten. Turbolaserfeuer wanderte mit verächtlicher Leichtigkeit über die Triebwerksblöcke der fliehenden Schiffe.

Der Antrieb eines Zodark-Schlachtschiffs detonierte und ließ die vorderen zwei Drittel trudelnd taumeln. Das andere blieb einfach stehen, seine Triebwerke durch chirurgisches Feuer weggeschnitten, was es zu einem kraftlosen Koloss machte. Die *Razorwind* erledigte es mit einer einzigen Salve auf seinen Reaktorkomplex.

Die gesamte Auseinandersetzung hatte weniger als vier Minuten gedauert. Sechs Zodark-Schlachtschiffe – über zwölftausend Besatzungsmitglieder – waren durch zwei Schiffe, die die erste Salve nicht hätten überleben dürfen, in expandierende Trümmerfelder verwandelt worden.

»Captain …«, war die Stimme seines Kommunikationsoffiziers gedämpft. »Captain Naram-Suen von der *Razorwind* meldet sich.«

»Stellen Sie ihn durch.«

Die Stimme des Humtar-Kommandanten war ruhig, fast gelangweilt. »*Vanguard* Actual, hier ist *Razorwind*. Feindliche Flanke neutralisiert. Nehmen wieder Eskortenposition ein.«

Wright fand seine Stimme wieder. »Bestätigt, *Razorwind*. Das war … außergewöhnliche Arbeit.«

»Standard-Einsatzprotokoll, *Vanguard*. *Razorwind*, Ende.«

Standard. Die Humtar betrachteten dieses Gemetzel als Standard. Wright wandte sich an seine Brückenbesatzung und sah seinen eigenen Schock in ihren Gesichtern widergespiegelt.

»Sir.« Sein Waffenoffizier sprach schließlich. »Wenn zwei ihrer leichten Schlachtschiffe das anrichten können …«

Wright nickte langsam. Die Implikationen waren überwältigend. Die Humtar waren nicht nur Verbündete – sie operierten auf einem völlig anderen technologischen Niveau. *Gott sei Dank sind sie auf unserer Seite.*

»Captain, dringende Blitzmeldung von der *Freedom*«, meldete die Kommunikation und brach den Bann. »Zodark-Verstärkungen springen von Tor Zwei Alpha herein. Schätzungsweise achtzig plus schwere Einheiten, hauptsächlich *Plarix*-Klasse.«

Wright lächelte grimmig. Selbst mit der Humtar-Technologie im Spiel waren das gewaltige Zahlen. Weitere Schiffe, die von anderen kritischen Standorten abgezogen wurden, angezogen von der Bedrohung durch die *Freedom*. Jedes Zodark-Schiff, das auf Velkryn zusteuerte, war eines weniger, das ihr Logistiknetzwerk verteidigte.

»Bestätigt. An Admiral Dobbs signalisieren – wir setzen den Angriff fort.« Er wandte sich wieder der taktischen Anzeige zu, als der Werftring Fünf in Flammen aufging. »Wir haben sie jetzt nach unserer Pfeife tanzen lassen. Mal sehen, wie ihnen die Musik gefällt.«

In der Ferne waren die Humtar-Schiffe wieder in Formation gegangen und zeigten keine Anzeichen der verheerenden Macht, die sie gerade entfesselt hatten. Aber Wright würde sie nie wieder mit den gleichen Augen sehen. Die Schlacht um Tueblets hatte begonnen – nicht mit dem vernichtenden Flottengefecht, das die Zodarks erwartet hatten, sondern mit präzisen Schlägen auf die Sehnen und Arterien, die ihre Kriegsmaschine am Laufen hielten.

Und als der Werftring Sechs seinen Geschwistern in feuriger Zerstörung folgte, wusste Captain Wright, dass sie gerade erst anfingen. Aber jetzt wusste er auch, dass sie Schutzengel hatten – Engel mit unglaublich fortschrittlicher Panzerung und Waffen, die feindliche Schlachtschiffe wie einen Thanksgiving-Truthahn zerlegen konnten. Die wahre Frage war nun: Welche anderen Überraschungen hatten die Humtar für sie auf Lager?

Kapitel 40:
Der aufziehende Sturm

Einsatzgruppe 28
RNS *Vega*
Gravaxia-System

Der Bereitschaftsraum des Admirals an Bord des Sternenträgers *Vega* war schnell zum Lieblingsort von Vizeadmiral Ripley Willis Lee an Bord seines Flaggschiffs geworden. Er hatte zweieinhalb Jahrzehnte in der Marine verbracht, fünfundzwanzig Jahre an Bord von Kriegsschiffen gelebt. Die *Vega* war sein Zuhause und der Bereitschaftsraum seine Kommandozentrale. Von hier aus befehligte er sechsundfünfzig Kriegsschiffe der Republik an der Seite der Flotte von Primord-Admiral Stavanger, die aus einhundertsiebenundzwanzig kampferprobten Schiffen aus den früheren, gemeinsam geführten Feldzügen bestand. Die geballte Kampfkraft der Einsatzgruppe 28 war immens und stand kurz davor, auf den Feind losgelassen zu werden. Als er vor dem Aussichtsfenster stand, konnte er die Weite der einhundertdreiundachtzig Schiffe überblicken, die um das Sternentor herum warteten, das nach Tueblets führte.

Da sind wir also ... am Vorabend der Schlacht, die den Krieg beenden sollte. Lees Gedanken rasten durch eine Million Möglichkeiten, wie das alles für sie schiefgehen konnte.

Während er weiter in das Schwarz des Gravaxia-Systems starrte, dachte er an die zahlreichen Schlachten zurück, die er geschlagen hatte, um dieses System zu erobern. An die Leben, die er verloren hatte, die Schiffe, die jetzt nur noch schwebender Schrott waren, wo einst hektische Schlachten gewütet hatten. Die Wracks waren ein Denkmal für den Kampf der Männer und Frauen, die dort gekämpft hatten, die zerstörten Rümpfe und die gefrorenen Leichen der Toten, die immer noch nicht geborgen waren. Es wurmte ihn, ihre Toten nicht bergen zu können, um ihnen die gebührenden Ehren und die militärischen Bestattungen zu geben, die sie verdienten. Doch obwohl seine Streitkräfte nun den größten Teil des Raumes innerhalb von Gravaxia kontrollierten, mussten sie die Planeten darin noch unterwerfen. Solange die Bedrohung durch planetare Überfallkommandos nicht beseitigt war, war es zu gefährlich, Bergungsoperationen ohne den Einsatz beträchtlicher Raumstreitkräfte zum Schutz der Bergungs- und Rettungsschiffe durchzuführen.

Lee hatte gehört, dass die Primord Bodentruppen vorbereiteten, um die Planeten und Monde des Systems schließlich zu unterwerfen. Er hatte keine Ahnung, ob sich die Armee der Republik beteiligen würde, aber er vermutete es. Die AR hatte in fast jeder Kampagne der letzten zwei Jahrzehnte wie die Wilden an der Seite der Primord gekämpft. Er glaubte nicht, dass sich das in naher Zukunft ändern würde.

Ehre, wem Ehre gebührt, die Zodarks hatten wie die Teufel gekämpft, um das System zu halten. Lee ärgerte sich immer noch wegen der Aktionen jenes Delta-Teams, das ihm Ärger mit dem Statthalter eingebracht hatte. Das war natürlich vor der Ankunft der Humtar gewesen und jetzt waren die Dinge anders. Zum Schock aller, insbesondere der Republik, waren die Humtar – die ältere Rasse, die die Sterne erobert hatte – Menschen, und die Bürger der Republik waren tatsächlich ihre direkten Nachkommen, eine verlorene Kolonie ihres früheren Imperiums.

Lee schloss die Augen und erinnerte sich an das Treffen mit Admiral Bailey, kurz bevor er zu diesem Feldzug aufgebrochen war.

»Ripley, es tut mir leid, was mit Captain Haas passiert ist und dass der Statthalter Ihre Karriere nach diesem Krieg praktisch beendet hat. Ich möchte, dass Sie wissen, dass ich mit ihm darüber gesprochen habe, und er hat zugestimmt, dass sich die Umstände, die diese Maßnahme erforderten, geändert haben – Sie werden am Ende des Krieges nicht in den Ruhestand versetzt, es sei denn, Sie wünschen es selbst. Wenn dieser Krieg vorbei ist, Ripley, beabsichtige ich, in den Ruhestand zu gehen. Es ist Zeit für frisches Blut und neue Ideen an der Spitze des Raumkommandos. Admiral Fran McKee ist die Nächste in der Reihe, um mich zu ersetzen. Sollte sie ablehnen, möchte ich Sie als meinen Nachfolger empfehlen.«

Lee öffnete die Augen. Das Gespräch hatte sich schon eine Million Mal in seinem Kopf abgespielt. Er kannte Fran seine gesamte Karriere über. Er konnte sich keine bessere Offizierin vorstellen, die Chester ersetzen könnte, als sie. Die Tatsache, dass Chester so viel von ihm hielt, überraschte Lee immer noch, besonders nach der Disziplinaranhörung.

Als er an diesen Tag zurückdachte, konnte er in den Augen des Statthalters sehen, wie sehr es ihn schmerzte, alle an der ganzen Affäre

Beteiligten zu bestrafen. Die Gallentiner hatten verlangt, dass jemand zur Rechenschaft gezogen würde. Ehrlicherweise musste Lee zugeben, dass er im Vergleich zu der sofortigen Verurteilung, die den Captain der Deltas ereilt hatte, wahrscheinlich glimpflich davongekommen war.

Lee hatte beschlossen, dass er die Rolle des Leiters des Raumkommandos annehmen würde, sollte Fran sich dagegen entscheiden. Wenn sie es tat, dann würde er ihre Rolle als Chief of Naval Operations übernehmen – eine Rolle, die er begehrt hatte, seit er sich seinen ersten Admiralsstern angesteckt hatte. Nur sehr wenige stiegen in diese hohen Ränge auf. Er beabsichtigte, einer von ihnen zu sein.

»Admiral, wir haben eine Nachricht von Admiral Stavanger erhalten«, verkündete Commander Steve Miller, sein leitender Adjutant und Operationsoffizier. »Er berichtet, dass alle Schiffe der Primord bereit sind, nach Tueblets zu springen, sobald der Befehl erteilt wird.«

Er wandte sich an seinen Adjutanten. »Zur Kenntnis genommen. Informieren Sie ihn, dass die Kampfgruppe 28 zum Sprung bereitsteht. Es sollte nicht mehr lange dauern, bis die Party losgeht«, scherzte Lee und brachte ein wenig Humor ein, um die Spannung zu lockern.

»Aye-aye, Admiral«, bestätigte Miller mit einem leichten Lächeln.

Lee überflog den aktuellen Flottenstatus. Sein Flaggschiff, der Raumträger RNS *Vega*, dominierte die Formation, 3200 Meter mit Bronkis5-Panzerung und genug Feuerkraft, um eine Flotte im Alleingang zu vernichten. Sein ehemaliges Kommando, die RNS *Cassiopeia*, war zusammen mit der RNS *Rass* und der *Majestic* das einzige Schlachtschiff der *Victory*-Klasse in seiner Formation. Sie bildeten den Großteil seiner Kampfkraft außerhalb seiner Raumjägergeschwader. Die *Cassi* und die *Rass* befanden sich dreißig Kilometer an seiner Steuerbordflanke, während die *Majestic* an seiner Backbordseite lag.

Flankiert wurden seine Großkampfschiffe von den Schlachtkreuzern *Invincible* und *Resolute*. Als Eskorte hatte er zehn Korvetten zwischen seinen Großkampfschiffen für die Jägerabwehr sowie fünfzehn schwere Kreuzer und fünfundzwanzig Fregatten, die an den Rändern seiner Formation verteilt waren. Er hatte den schweren Kreuzer *Nebraska* bei der Primord-Gruppe positioniert, und ihr Captain diente als sein Verbindungsoffizier zu Admiral Stavanger. Dies war bei

Weitem die größte Flottenaktion, an der er seit der Intus-Invasion teilgenommen hatte.

Lees Hand fuhr zu seiner Brust und berührte das Kreuz unter seinem Uniformkragen. Er atmete tief durch und schloss für einen Moment die Augen. In diesem Augenblick hörte er die Stimme seines Mentors zu ihm sprechen. Die Stimme von Captain James Oldendorf hallte in seinen Gedanken wider: »*Befehlsgewalt bedeutet, dass man das Steuer über das Leben anderer Menschen in der Hand hält, Lieutenant. Sie vertrauen darauf, dass man sie nach Hause fährt. Dass man sie beschützt, sie anführt. Dieses Vertrauen, das in einen Offizier gesetzt wird – vergessen Sie niemals, dass man sich dieses Vertrauen mit jeder einzelnen Entscheidung verdient. Das ist eine Last, die niemals leichter wird, aber Ihre Schultern werden stärker werden.*«

Der alte Mann hatte etwas über Führung verstanden, das man in Akademien nicht lernen konnte. Lee schätzte sich verdammt glücklich, den Mann als seinen ersten Captain gehabt zu haben. Lee bemühte sich, jedes Wort des alten Mannes zu bewahren, als ob er allein durch pure Entschlossenheit die Stimme von Captain Oldendorf in seinen Gedanken am Leben erhalten könnte. So viele Jahre waren vergangen, aber irgendwie – vielleicht durch Gnade oder durch den unerbittlichen Willen eines Schülers, der sich weigerte, seinen Lehrer zu vergessen – tauchte die Weisheit dieses alten Captains genau dann auf, wenn Lee sie am meisten brauchte. Und jedes Mal kam sie wie die Antwort auf Gebete, von denen er nicht gewusst hatte, dass er sie sprach.

Die Türklingel ertönte. Lee hörte es, sein Blick war auf die Leere gerichtet. »Herein«, rief er und wartete darauf zu hören, wer es war.

Er drehte sich um, als er Schritte hörte, und sah Commander Lucia Rodriguez. Sie trug ein gesichertes Datapad und ihren ernsten Gesichtsausdruck. Er vermutete, dass sie ihm die Nachricht überbringen würde, auf die er, Commander Miller und Captain Noriko Sato gewartet hatten. Ehrlich gesagt schätzte er sich verdammt glücklich, dass er viele der Offiziere, mit denen er im Laufe der Jahre gedient hatte, wieder um sich versammeln konnte. Er vertraute ihnen bedingungslos, und Vertrauen war es, was er brauchte, wenn er eine Flotte dieser Größe befehligte.

Hinter ihm hatte Sato an einem kleinen Tisch gesessen und in den letzten fünfzehn Minuten ihr Gesicht in einem Tablet vergraben. Sie hatte einige Informationen von den oberen Rängen überprüft. Sie war so still wie immer, so konzentriert wie üblich. Während Lee die Flotte kommandierte, befehligte sie die *Vega*. Es fühlte sich richtig an, dass sie sein Flaggschiff kommandieren sollte. Sie war anderthalb Jahrzehnte lang immer wieder seine 1O gewesen. Sie hatte sich dieses Kommando verdient, und er war stolz darauf, sie dafür empfohlen zu haben.

Rodriguez räusperte sich. »Admiral, Captain, Commander, wir haben die endgültige Verteidigungsanalyse von Tueblets von der CNS *Bloodhawk* erhalten. Ich rufe sie für Sie auf«, verkündete sie, während sie die taktische Lagekarte des Raumes aktivierte. Eine holografische Anzeige schwebte zwischen ihnen. Lee studierte die Projektionen aufmerksam und suchte nach Änderungen gegenüber den vorherigen Geheimdienstberichten.

Mehrere Planeten umkreisten einen gelben Stern, wobei der Gasriese Zeta und sein Mondnetzwerk das Zentrum bildeten. Velkryn, der größte Mond, war die Heimat des Oberkommandos des Zodark-Militärs. Tueblets war das Herz des Zodark-Imperiums, ein zentrales System mit acht Sternentoren, die das Reich zusammenhielten. Seine Eroberung würde das Reich somit in acht Segmente zerschneiden, die man nach Belieben ausschalten konnte.

»Wie steht es um ihre Stärke im System?«, fragte Lee, sein Blick auf etwas anderes gerichtet.

»Immer noch gewaltig, aber vorhersehbar. Humtar-Aufklärungsschiffe haben uns eine detaillierte Aufschlüsselung dessen geliefert, was uns erwartet. Die Zodarks konzentrieren ihre schwersten Einheiten weiterhin um Velkryn und die orbitalen Kommandoeinrichtungen. Es wird gemunkelt, dass sogar ihr Zon dort sein könnte«, erklärte Rodriguez, während sie die feindlichen Positionen hervorhob. »Der Geheimdienst zählt vierhundertsiebzig Kriegsschiffe in der primären Verteidigungszone.«

Commander Miller stieß einen leisen Pfiff aus. »Das sind eine Menge Schiffe …«, sagte er und seine Stimme erstarb.

Die Zahlen waren beträchtlich. Lee hatte in der Vergangenheit schon harten Widerständen die Stirn geboten, aber diese könnten sich als die bisher härtesten erweisen. Wie bei den meisten Militärplänen lag der Schlüssel zum Erfolg in der Zeitplanung und Positionierung ihrer gemeinsamen Flotten – Gravaxia und die des Statthalters in Rhea. »Gibt es eine Änderung ihrer Patrouillenmuster?«

»Negativ. Keine Änderung ihrer routinemäßigen Patrouillenflüge – immer noch sechsstündige Rotationen. Die Humtar-Geheimdienste schätzen ihre Reaktionszeit von den äußeren Positionen nach Velkryn auf etwa fünfundvierzig Minuten bei maximaler Beschleunigung.« Rodriguez erweiterte die Anzeige, um die vorhergesagten algorithmischen Bewegungsmuster zu zeigen, die auf wochenlangen Beobachtungen basierten.

Lee nickte. Die Ankunft der *Freedom* mit der größten alliierten Flotte der Geschichte würde jeden Verteidigungsinstinkt der Zodarks auslösen. »Ausgezeichnet. Danke, Rodriguez.«

Sie neigte den Kopf. »Sir, Ma'am, ich bin auf der Brücke, wenn Sie mich brauchen«, sagte sie und verließ den Raum.

»Admiral«, sagte Sato, ihr Tablet immer noch in den Händen haltend, »ich habe den Operationsplan mit dem leitenden Stab noch einmal durchgesehen. Da die Kampfgruppe 28 die Rolle des Hammers zu Hunts Amboss spielt, muss das Timing verdammt perfekt sein, damit das funktioniert.«

»Und das wird es sein, oder so gut es eben geht. Vergessen Sie nicht, Sato – jeder hat einen Plan, bis er eins aufs Maul kriegt. Das hier ist nicht anders. Wir werden uns anpassen und improvisieren, wenn es sein muss.« Er grinste und zwinkerte ihr zu, wohl wissend, dass er die Perfektionistin damit in den Wahnsinn treiben würde.

Sie hatte nicht unrecht, was die Komplexität des Plans anging. Während der Einsatzbesprechungen ließen es die Folien und Diagramme einfach klingen. Phase eins – die *Freedom* würde mit der Humtar-Flotte nach Tueblets springen. Sie würden dann die primäre Verteidigungstruppe angreifen und den Feind anziehen wie eine Motte zum Licht. Die Zodarks würden darauf reagieren, indem sie ihre Reserven in den Kampf warfen, und genau dann würde die KG 28 in den Kampf eingreifen.

Phase zwei – sein Element würde in das System springen, sobald der Feind sich vollständig gebunden hatte. Lees gemeinsame Kampfgruppe würde die feindliche Formation von hinten treffen, was die Zodarks dazu veranlassen würde, sich auf die *Freedom* und die Humtar-Schiffe zu konzentrieren.

Klang einfach, aber wie auch Sato sah, summierten sich jedes Mal, wenn Lee es durchging, alle möglichen Dinge, die schiefgehen konnten, wie Dominosteine. Wenn sie zu früh sprangen, würden die

Zodarks die Ankunft der KG 28 bemerken, bevor sie ihre Reserven einsetzten. Wenn das geschah, würde die Reserveflotte, die auf der anderen Seite des Tores lauerte, sie beim Eintritt begrüßen. Das würde seine Streitkräfte binden und am Tor festhalten, anstatt die Hauptstreitmacht der Zodarks zwischen Hunts Flotte und seiner eigenen einzukesseln. Wenn sie zu spät sprangen, könnte Hunts Flotte auseinandergerissen werden, bevor Lee den Druck mindern konnte.

Allein die Berechnungen für den Sprung durch das Sternentor erforderten eine auf die Sekunde genaue Koordination über Lichtjahre hinweg. Wenn es nicht das Quantenstrahl-Upgrade in ihrem Kommunikationsnetzwerk gäbe, bezweifelte er, dass sie einen so komplizierten Plan hätten koordinieren können. Wie bei allen Schlachten gab es andere Variablen, die man nicht immer berücksichtigen konnte, wie die Reaktionszeiten der Zodarks, die Flottenpositionierung, Kommunikationsverzögerungen zwischen den Systemen. Ein einziges verpasstes Signal, ein Navigationsfehler oder ein unerwartetes feindliches Manöver könnten die gesamte Operation zum Scheitern bringen. Lee hoffte nur, dass Hunt wusste, was er tat. Dies war nicht nur eine weitere Schlacht. Sie setzten alles auf eine Karte, gingen bei einer einzigen Schlacht All-in in der Hoffnung, den Krieg zu beenden.

Mit seinem Finger fuhr Lee die projizierten Kurse ihrer beiden Flotten nach. Ein Teil des Plans basierte auf der Vorhersehbarkeit der Zodarks und Hunts Fähigkeit, Schläge einzustecken und gleichzeitig die Angriffskapazität aufrechtzuerhalten. Die KG 28 würde den Tunnelblick ausnutzen, der mit der Verzweiflung und dem Schock des Feindes einherging, wenn er überfallen wurde. Dann würden das Zögern und die Verwirrung des Feindes angesichts der plötzlichen Notwendigkeit, den Sektor zu verteidigen, den Feind auf unzählige Weisen entblößen.

Sein persönlicher Kommunikator summte mit einer verschlüsselten Prioritätsnachricht. Er ging zu seinem Schreibtisch und aktivierte die holografische Anzeige. Das Gesicht von Admiral Stavanger materialisierte sich über der Tischplatte.

»Admiral Lee, mein Freund … wir haben eine Nachricht von Statthalter Hunt erhalten. Es ist offiziell. Sie haben mit der Invasion von Tueblets begonnen. Die altairischen und Humtar-Flotten sind mit der *Freedom* in das System eingedrungen. Das wird ein Kampf für die Ewigkeit, Lee. Die Schlacht, die den Krieg beenden wird. Halten Sie sich für den Sprungbefehl bereit, und wir sehen uns auf der anderen Seite«, sagte der Primord-Admiral aufgeregt, bevor er den Anruf beendete.

Sato überprüfte ihr Datapad. »Admiral, er hat recht. Wir haben gerade dieselbe Nachricht von Admiral McKee erhalten. Wir sollen uns für den Sprungbefehl bereithalten.«

Lee nahm den Befehl zur Kenntnis und richtete seinen Blick wieder auf die vor ihm versammelte Flotte. Zehntausende von Raumfahrern standen kurz davor, in das zu springen, was auch immer sie in Tueblets erwartete. Er wusste auch, dass einige von ihnen von diesem Kampf nicht nach Hause kommen würden. Das war eine Realität des Krieges. Gute Menschen mussten sterben. Man versuchte, es so gut wie möglich zu minimieren, aber am Ende mussten gute Menschen sterben, um den Sieg zu erringen und, wenn sie Glück hatten, den Krieg und die Bedrohung durch die Zodarks ein für alle Mal zu beenden.

Dies war ein Aspekt des Kommandos, den er am meisten hasste – zu wissen, dass seine Raumfahrer sterben würden, sobald der Befehl zum Angriff gegeben wurde. Es war eine harte Realität, aber sie gehörte zur Last des Kommandos, oder zumindest war das die Leitphilosophie, die Statthalter Hunt ihnen allen eingeflößt hatte.

Er berührte erneut sein Kreuz. Captain Oldendorf hatte ein identisches Kreuz in Kämpfen getragen, die zu Legenden wurden, und bei Entscheidungen, die die Flottendoktrin lange nach seinem Tod neu schrieben. Der alte Mann hatte gewusst, was es bedeutete, mit einem Federstrich Todesurteile zu unterzeichnen und jede Nacht mit dem Wissen zu schlafen, dass man Leben gegen Ziele eingetauscht hatte.

Glaube macht die Last nicht leichter, dachte Lee, *er macht sie nur erträglicher.*

Die Tür ertönte erneut. Lee blickte über seine Schulter. »Herein.«

Commander Connor Rhom trat ein. Sein Datapad zeigte Prioritäts-Geheimdienstmarkierungen. Gleichzeitig verriet sein Gesichtsausdruck Lee, dass Komplikationen im Anmarsch waren, die alles noch schlimmer machen würden.

»Admiral, wir haben ein Problem«, verkündete Rhom, während er den neuesten erhaltenen Bericht aufrief. »Das Humtar-Schiff *Voidraven* im Varkorion-System meldet eine große Flottenbewegung zum Tor, das nach Tueblets führt. Sie melden mehr als sechzig Schiffe, die sich dem Tor nähern. Wir haben auch eine Nachricht von Admiral

Wiyrkomi an Bord der *Freedom* erhalten. Die Zodark-Flotte, die am Gravaxia-Tor lagerte, ist abgezogen. Sie sind auf dem Weg, sich mit der Hauptflotte der Zodarks zu vereinigen, die die *Freedom* angreift.«

»Wirklich?«, fragte Lee überrascht. Er hatte gedacht, die Zodarks würden sich mehr Zeit lassen, bevor sie ihre Reserven einsetzten, aber anscheinend nicht. Bevor Lee antworten konnte, summte sein Kommunikator erneut. Er sah, dass es sich um eine Prioritätsübertragung vom Alliierten Flottenkommando handelte.

Er öffnete die Nachricht zu dem Befehl, von dem er wusste, dass er kommen würde. »Admiral Lee, Kampfgruppe 28 erhält den Befehl, sofort in das Tueblets-System zu springen. Begeben Sie sich zu den Koordinaten Gamma-Eins-Neun und greifen Sie die Zodark-Streitkräfte wie geplant an«, lautete die Nachricht von Statthalter Hunt.

Lee blickte seine Offiziere an. Sie wussten, was passiert war, ohne dass er es aussprechen musste. »Wir haben unsere Befehle, Leute. Es ist Zeit, unser Geld zu verdienen und in ein paar Ärsche zu treten.«

Kapitel 41:
Die Bruderschaft

Flugdeckoperationen
RNS *Vega*

Dreihundert Meter Flugdeck erstreckten sich vor Blake »Coop« Cooper. Flutlichter strahlten hell und spendeten den Wartungsmannschaften genug Licht, während sie über die geparkten Gripen II kletterten. Werkzeuge klirrten gegen die Rumpfpanzerung. Druckluftschrauber jaulten, während Techniker die Befestigungsbolzen der Triebwerke festzogen. Raketengestelle schabten über Metall, als die Besatzungen neue Munition luden. Irgendwo fluchte ein Techniker, als er Plasmareste von den Läufen der Laserkanonen entfernte. Ein anderer führte ein Diagnosekabel durch eine Zugangsklappe am Cockpit. Und so ging es immer weiter, alles, um die Jäger für den Kampf vorzubereiten.

Coop ging den Rand des Decks ab und blieb dann neben einem Techniker stehen, der unter dem Bauch einer Gripen kauerte. Der Junge konnte nicht älter als zwanzig sein. Dem Gesichtsausdruck des jungen Mannes nach zu urteilen, war er rot vor Frustration. Er hatte mit einem Pylon für eine Railgun gekämpft, der sich anscheinend mitten in der Kalibrierung verklemmt hatte. Als Coop den Raumsoldaten von oben bis unten musterte, zitterten die Hände des Mannes, während er versuchte, den Mechanismus mit Gewalt zu bewegen. Das bedeutete, der Ensign war schon viel zu lange dabei und hatte seine Muskeln überanstrengt. Wahrscheinlich war es wie mit dem Verstand des Jungen in diesem Moment ähnlich – überanstrengt.

»Ruhig Blut, Kleiner. Das Ding beißt heute nicht.« Coop krempelte die Ärmel hoch und kniete sich neben dem Jäger in den Dreck des Decks. »Was ist das Problem?«

Der Techniker blickte mit großen Augen auf. »Verzeihung, Sir, diese Halterung macht mir die Hölle heiß. Der Scherbolzen rutscht immer wieder durch, wenn ich versuche, ihn zu arretieren.«

Coop untersuchte das Gehäuse der Waffe. Ein alltägliches Ärgernis, aber keine große Sache. Das hatte er schon ein paar Mal gesehen. »Drehen Sie am Scherbolzen, nicht an der Halterung, sonst überdrehen Sie das Gewinde, so wie ich es bei meiner ersten Dienstzeit mit diesen Vögeln getan habe.«

Gemeinsam arbeiteten sie an dem Mechanismus. Coop leitete den jungen Techniker durch den Prozess und zeigte ihm den richtigen Winkel und Druck. Der Pylon rastete mit einem Klacken ein.

Der Raumfahrer grinste und wischte sich mit dem Ärmel die Stirn, was einen Schmierfleck hinterließ. »Danke, Sir.«

Coop rieb sich die Hände. »Kein Problem, mein Sohn. Sie haben das richtige Händchen für dieses Deck, Raumfahrer. Sorgen Sie dafür, dass die Hände ruhig bleiben. Behalten Sie das, was Sie lernen, immer im Kopf, okay? Man weiß nie, wann die richtige Lösung auftaucht, in letzter Minute und im entscheidenden Moment. Habe ich oft gesehen. Und wenn Sie das nächste Mal ein Problem haben, bitten Sie um Hilfe und quälen Sie sich nicht so, verstanden?«

»Verstanden, Sir.«

»Gut.«

Er verließ den Techniker und ging zum Treppenhaus. Als er zum taktischen Operationszentrum hinabstieg, schweiften seine Gedanken zu anderen Decks, anderen Kriegen. Blitzlichter seiner draufgängerischen Tage tauchten auf. Fassrollen und eigenmächtige Angriffe gegen Zodark-Truppentransporter auf New Eden. Das Aufdecken einer feindlichen Täuschungsoperation auf dem Planeten Intus und das Ertränken der feindlichen Basis in einem Hagel aus Raketen und Lasern. Ruhmhungrige Luftkämpfe, in denen er die Formation verlassen hatte, um Abschüsse zu sammeln, sowohl im Training als auch im echten Kampf. Jetzt fühlten sich diese Erinnerungen an, als würde er das Leben eines anderen beobachten. Früher ging es um die Abschusszahl. Immer die Bilanz. Der Wettbewerb mit seinem eigenen Geschwader. Jetzt ging es darum, seine Piloten nach Hause zu bringen, damit sie auf der nächsten Erdenwelt den Mädchen hinterherjagen konnten.

Was für eine Karriere das gewesen war.

Das taktische Operationszentrum war belebt, als Coop sich darin einschloss. Holodisplays blitzten an den Schotten auf, die Bildschirme flossen über vor Datenströmen. Er rief die neuesten Geheimdienstinformationen der Flotte auf.

Seine Schultern sackten ein paar Zentimeter ab.

Die Displays vor ihm zeigten Zodark-Verstärkungen, die aus dem Varkorion-System sprangen – Shwanis Sektor, wo der Groff-Geheimdienst das Hauptquartier hatte. Man munkelte, diese zwielichtigen Bastarde hätten ihre eigene Geisterflotte aufgebaut. Jetzt hatte sie direkten Kurs auf die *Freedom* und den Humtar-Amboss genommen. Er wusste nicht genau wie, aber er war sich sicher, dass diese neue Entwicklung die Dinge verändern würde. Er fragte sich, wann die Befehle eintreffen würden, die der *Vega* auftrugen, lieber früher als später durchzuspringen, um sich anzuschließen und den Angriff durchzuführen.

Als er auf die Details dieser neuen Schlachtschiffe klickte, die die Zodark gebaut hatten, pfiff er leise bei ihrer schieren Größe. Es waren Biester. Dann sah er etwas anderes, ein neues Schiff, das die Zodark laut Geheimdienst Victory-Boote nannten – kurz V-Boote.

Huh, wofür in aller Welt sind die denn?

Coop zoomte in die Bedrohungsanalyse. *Oh, Badger würde das lieben*, dachte er. Der Pilot hatte die Reflexe für Gripen.

Commander Riggs betrat den Raum. Sein Haar und die wachsenden Bartstoppeln waren grau meliert. Die Fliegerjacke des Commanders hing ihm locker über einer Schulter, als wäre er gerade aus einem Cockpit geklettert.

»Captain, diese Flieger sind bereit, aber wir schauen direkt in einen Fleischwolf.« Riggs lehnte sich gegen den Displaytisch und studierte die taktischen Daten. »In den letzten Simulationen haben wir acht Vögel verloren.«

Coop schritt um das holografische Tueblets-System, dessen Gasriese und Mondnetzwerk sich langsam zwischen ihnen drehten. »Bereitschaftsstatus?«

»Sechsundneunzig Prozent der Qualifikationen auf Grün, aber die Müdigkeit macht sich breit. Drei Piloten haben mit erheblichen Schmerzen aus der letzten Schlacht zu kämpfen, die wir gerade hatten.« Riggs kratzte sich am Kiefer. »Verlustprognose? Zwanzig bis dreißig Prozent Ausfälle, wenn diese Todesboote, oder wie auch immer die Dinger heißen, eine uns noch unbekannte Stärke entfalten und uns in die verdammte Seite krachen … Sir. Ich kann es nicht schönreden. Sagen Sie es ihnen direkt, sonst haben wir eine Meuterei in den Hangars.«

Riggs war bei allem immer gleich auf hundertachtzig. Verluste, Zeitpläne, Bedrohungsanalysen. Meistens landeten seine Zahlen irgendwo im Bereich des Möglichen, aber er bauschte sie immer auf, als ob er für die Apokalypse planen würde. Das Problem waren die seltenen Male, in denen seine schlimmsten Szenarien genau wie vorhergesagt eintraten. Wer klug war, bereitete sich trotzdem auf seine Berechnungen vor, denn der Mann war eine wandelnde Stim-Pille, die noch nie ein Problem getroffen hatte, das er nicht mit drei multiplizieren konnte.

»Wir schützen den Amboss, Riggs. Ihre Leute halten die Linie. Wir machen es einfach.«

»Aye, Captain.«

Sie gaben sich kurz die Hand. Es war eine Geste, die im Militär selten praktiziert wurde, aber diese beiden hatten Jahre des Kampfes und des Glücks geteilt. Man reparierte nicht, was nicht kaputt ist, oder mit anderen Worten, man änderte nicht, was funktionierte, und diese Handschläge hielten sie irgendwie am Leben, um der Menschheit einen weiteren Tag zu helfen. Zumindest redeten sie sich das gegenseitig ein.

Minuten später trafen die Geschwaderführer im taktischen Operationszentrum ein. Erfahrene Piloten mit Datenpads und ernsten Mienen. Captain Hamilt führte die Abfangjägergruppe an und studierte bereits das holografische Display. Andere Jagdflieger und zwei Bomberstaffelführer flankierten sie.

Coop verlor keine Zeit. »Die *Freedom* und die Humtars lassen den Hammer fallen. Sie sind durch das Tor und befinden sich jetzt im Kampf. Wie Sie wissen, ziehen sie den Zodark die Zähne bis nach Velkryn. Wir sind die Kante des Ambosses.« Er deutete auf das Display und hob Schlüsselpositionen hervor. »Ihre Geschwader schirmen die Flotte ab und leiten die Kampfpatrouille, um ankommende Ziele zu zerfetzen, bevor sie unsere Rümpfe küssen. Die Reserven werden eingesetzt? Das ist unsere Chance. Staffeln abspalten, Flüchtende verfolgen. Kein Entkommen, meine Damen und Herren. Wir haben das schon besprochen. Das kennen Sie wie Ihre Westentasche. Tueblets fällt unter unseren Klingen. Wenn wir das richtig machen, endet der Krieg hier.«

Die Führer nickten. Schnell. Auf den Punkt. Keine Fragen. Die Anführer hatten dies nach mehreren Einweisungen verinnerlicht und bombenfest im Kopf. Es blieb keine Zeit für weitere Besprechungen, da sie schon sehr bald durch das Sternentor stoßen würden.

Als sie den Raum verließen, rief Coop Badgers Akte auf seinem Datenpad auf. Der schneidige Lieutenant Junior Grade starrte von seinem Dienstfoto zurück. Der Kerl hatte die meisten Abschüsse, und seine Sim-Werte waren in den letzten Sitzungen um fünfzehn Prozent gestiegen. Der Pilot legte seine Ruhmsucht ab und hatte sogar in den

Übungen von gestern einen Vier-gegen-einen-Vulture-Abschuss geschafft. Aber Coop sah immer noch die Sterne in den eifrigen Augen des jungen Piloten. *Ich darf nicht zulassen, dass er ihnen ins Dunkel nachjagt.* Das Geschwader zu schützen, bedeutete, die Echos seiner eigenen Vergangenheit im Zaum zu halten.

Minuten später erwachte der Bereitschaftsraum mit nervöser Energie zum Leben, als sich die Piloten in den Raum zwängten. Holobildschirme zeigten Tueblets-Overlays in einer Schleife, während Countdown-Uhren die Zeit bis zum Sprung herunterzählten. Der Raum fühlte sich kleiner an, da sie alle dicht gedrängt waren. Die Schultern berührten sich, als sie sich an ramponierten Tischen niederließen.

Coop stand auf dem kleinen Podium, und ein geflickter Ledersessel diente ihm als Thron. Er sprach über das Geplapper hinweg. »Das könnte der letzte große Tanz sein, Leute. Tueblets ist ihr Alamo. Wir springen jetzt, verbinden den Amboss und schlagen zu.« Auch sie waren, wie die Führer, mehrfach darüber informiert worden, was sie erwarten würde, sobald die Invasion begann. »Aber hören Sie mir zu … wir sind nicht hier für Medaillen oder Grabinschriften. Das uralte Sprichwort ist wahr, dass tote Helden nicht nach Hause fliegen können. Halten Sie Ihre Sechs frei, passen Sie aufeinander auf und kehren Sie mit Kriegsgeschichten zur Basis zurück, die Sie Ihren Enkeln erzählen könnt … ihr alle.«

Ein Pilot im hinteren Teil hob die Hand. »Captain, was ist mit diesen Humtar-Verbündeten? Ihre technischen Daten sind überragend.«

Coop schaffte ein Grinsen. »Zweiundzwanzig Kriegsschiffe. *Voidhammers* und *Ironveils* mit einer Panzerung, die mehr einstecken kann als alles andere da draußen. Sie haben wahrscheinlich schon von ihren Infiltrationsfregatten gehört, die Ziele bis auf die letzte Niete kartieren, hm? Das ist hervorragend. Lassen Sie sich inspirieren, meine Damen und Herren. Wir speisen gerade ihre taktischen Daten in unsere Systeme ein, und es sieht gut aus.«

Er wandte sich dem Holo zu. »Diese Humtar-Schlachtschiffe schlagen ein wie eine Lawine und bewegen sich schneller, als es alles in ihrer Größe sollte. Machen Sie sich Notizen, Leute. Wenn sie die Physik verbiegen können, können wir daraus lernen. Nutzen Sie ihr Beispiel, um Ihre Vögel härter ranzunehmen. Verstanden?«

»Jawohl, Sir!«, antworteten sie im Chor.

Als Nächstes beantwortete er schnelle Fragen zur Taktik – »Hoch ausweichen, Laserbögen tief halten« – und teilte die Gruppe dann für Elementbesprechungen auf, als die Staffelchefs ihre Untergruppen übernahmen.

Während der Raum in kleinere Planungssitzungen ausbrach, verweilte Coop an seinem Spind. Er zog einen verblichenen Holorahmen hervor, dessen Ränder von zu vielen Kampfeinsätzen rissig waren. Ein körniges Gruppenbild seines alten Geschwaders, der Jolly Rogers, zeigte grinsende Gesichter, von denen die Hälfte nun längst tot war. Ninja. Ghostdog. Lucky. Und andere. Gefallen durch Vulture-Schwärme, einige während Rass, einige während Alfheim und andere an anderen Orten bei Missionen, über die er nicht einmal hinter verschlossenen Türen sprechen konnte. Sogar sein alter bester Kumpel, an den zu denken ihn immer noch zusammenzucken ließ. Was wäre gewesen, wenn dieser alte Bär von einem Mann noch am Leben wäre?

Er berührte die Narben auf dem Glas. Sie hätten Flügel verdient, keine Särge. Jeder einzelne von ihnen.

Badger hielt in der Nähe inne und bot ein stilles Nicken des Respekts an. Der Moment der Bruderschaft hing zwischen ihnen, bevor der junge Pilot sich wieder seiner Gruppe anschloss. Dieses Grinsen war immer noch zu breit, zu eifrig. Gäbe man ihm noch eine Prise Arroganz hinzu, wäre es zu viel, und wenn das der Fall wäre, würde er Kameraden ignorieren. Aber das war es nicht, und das war auch gut so.

Coop steckte den Rahmen ein und stählte sich für den bevorstehenden Kampf.

Der Alarm durchschnitt die Planungssitzungen. Harte Töne hallten von den Schotten wider, während rote Lichter über ihnen pulsierten.

»Captain Blake Cooper und alle leitenden Offiziere in den Konferenzraum des Admirals. Sprungsequenz wird eingeleitet.«

Die Piloten rannten zum Flugdeck. Coop schritt mit Riggs an seiner Seite zu den Brückenebenen und fragte sich, worum es ging. Sicher, er hatte gedacht, sie würden die Sprungzeit vorverlegen, aber jetzt? Ihre Stiefel klackten auf den Deckplatten.

»Der Amboss ist bereit, Captain«, sagte Riggs. »Lassen Sie uns hämmern.«

Das ist typisch Riggs, dachte Coop. Die Lösung des Mannes für jedes taktische Problem bestand darin, härter draufzuschlagen, bis es zerbrach.

Der Konferenzraum füllte sich schnell mit dem leitenden Stab. Admiral Lee stand am Kopfende des Tisches, beide Handflächen auf der Tischplatte, nach vorne gelehnt und musterte jede einzelne Person im Raum. Der Holobildschirm zeigte die KG 28 in Formation. Einhundertsechsundachtzig Schiffe bereiteten sich auf den Sprung in die Hölle vor.

»Meine Herren«, sagte Lee. »Die Lage hat sich geändert. Zodark-Verstärkungen aus Varkorion sind bereits auf dem Weg nach Tueblets. Wir springen sofort, um die *Freedom* zu unterstützen.«

Lee blickte Coop von der anderen Seite des Tisches an. »Captain Cooper, Ihr Geschwader übernimmt die Flottenverteidigung. Keine feindlichen Jäger kommen durch zu unseren großen Geschützen.«

»Verstanden, Admiral. Meine Vögel sind Ihr Schirm. Wir werden den Regen abhalten.«

Die Einweisung dauerte acht Minuten. Befehle rauschten wie fallende Dominosteine die Befehlskette hinunter, wobei jedes Glied in der Kommandostruktur sein Teil zum Puzzle beitrug. Coop war wieder auf dem Flugdeck, bevor das Echo von Lees letzten Worten verhallt war.

Die Gripen II standen in perfekten Reihen. Jeder Jäger trug acht JATMs in seinen Waffenschächten und vier Laserkanonen an den Rümpfen. Sie waren nichts als wunderschöne Todesmaschinen, die auf ihren Moment in der Zeit warteten.

Piloten joggten an ihm vorbei zu ihren Vögeln, die Fliegeranzüge geschlossen und die Helme unter den Arm geklemmt. Die Decksmannschaften bewegten sich schnell, die letzten Überprüfungen waren in Minuten abgeschlossen. Badger fiel ihm von der anderen Seite des Decks ins Auge, salutierte scharf, bevor er in sein Cockpit kletterte. Dieses Grinsen war immer noch da.

Verdammtes Grinsen.

Nachdem er die Leiter in das Cockpit seiner Gripen II gestiegen war, führte Coop seine Vorflugkontrollen durch. Das Sternentor ragte vor ihm auf, eine Tür zu extremem Chaos. Bald würde die Flotte durch dieses Portal gleiten und in den Albtraum fliegen, der auf der anderen Seite wartete. Er hatte seine Piloten durch Dutzende von Schlachten geführt, aber diese fühlte sich anders an. Diese fühlte sich endgültig an. Und um der Menschheit und der Galaxie willen hoffte er, dass dies tatsächlich die Schlacht sein würde, die den Krieg endlich beenden würde.

Kapitel 42:
In den Mahlstrom

Einsatzverband 28
RNS *Vega*
Tueblets-System

Das Sternentor spie Admiral Lees Einsatzverband in die Leere des Weltraums. Sobald seine Flotte vollständig erschienen war, sprang sie zu den übermittelten Koordinaten und machte sich auf einen Angriff gefasst. Sie waren direkt aus dem überlichtschnellen Flug in die Hölle gefallen. Was er durch das Hauptsichtfenster sah, drehte ihm den Magen um. Sie waren in einem Kessel gelandet, einem Schlachtfeld mit Hunderten von Kriegsschiffen.

Wohin Lee auch blickte, sah er Waffenfeuer durch das All schießen. Hier und da leuchteten Feuerwolken vor dem Sternenfeld auf, Schiffe, die schnell ihr Ende fanden – sie brachen mittschiffs entzwei, bekamen Schlagseite nach Steuerbord oder Backbord, während sie Atmosphäre abließen oder ihre Energie verloren, und schieden aus dem Kampf aus.

Vor Lees Augen entfaltete sich die größte Raumschlacht der Menschheitsgeschichte.

Mein Gott ... das sind eine Menge Schiffe ... Wie zum Teufel sollen wir das überleben?, dachte er.

»Liebe Güte, Admiral, sehen Sie sich das an?«, sagte Commander Miller, während die Hauptanzeige die enorme Schlacht vor ihnen zeigte.

Lee konnte mehrere gewaltige alliierte Formationen im Kampf erkennen. Verankert um die RNS *Freedom* tauschten mehr als hundert Kriegsschiffe der Republik, von einer Handvoll Schlachtschiffe bis zu Dutzenden von Schlachtkreuzern und schweren Kreuzern, Salven mit Zodark-Verteidigern aus.

Die Altairianer waren, wie sie es versprochen hatten, mit einer Flotte von einhundertzweiundvierzig Schiffen eingetroffen, dem größten alliierten Einsatz ihrer Geschichte. Er beobachtete, wie ihre Schlachtlinien den Angriff auf die feindlichen Flanken vorantrieben, um sie einzukesseln.

Im Zentrum des Ganzen stand das Humtar-Kontingent, zweiundzwanzig Kriegsschiffe, angeführt von ihren gewaltigen schweren Schlachtschiffen der *Voidhammer*-Klasse. Er bestaunte die schiere Kraft dieser Kriegsschiffe, als sie Salven abfeuerten, die sich durch die Zodark-Panzerung schmolzen, als wäre sie nichts. Die Zodarks ihrerseits nahmen die Humtar-Schiffe unter schweren Beschuss und versuchten verzweifelt, sie zu verlangsamen oder davon abzuhalten, ihre Reihen zu dezimieren.

Es dauerte nicht lange, bis Kontaktmeldungen die taktische Anzeige übersäten. Hunderte von Schiffen im Kampf über mehrere Sektoren des Systems verteilt. In der Ferne brannte das Nargulon-Betankungsdepot hell unter einem Schwarmangriff von Gallentiner-Raumjägern und -Bombern. In einem anderen Sektor wurden die Thalyss-Schiffswerften von einem Geschwader von Schlachtschiffen der Republik und einem Paar Humtar-Schiffen heimgesucht. Bei Velkryn lieferte sich die Hauptflotte in einem laufenden Gefecht, das sich über die halbe Umlaufbahn des Mondes erstreckte, einen Schlagabtausch mit den Zodarks, mit einer spektakulären Zurschaustellung von Lasern, Raketen, Plasmatorpedos und Magrail-Projektilen.

»Admiral«, sagte Commander Rhom von seiner Station aus. »Das Flottenkommando befiehlt uns, die hinteren Elemente der Zodark-Verstärkungsflotte anzugreifen. Sie fliegen aus dem äußeren System an.«

Das taktische Hologramm materialisierte sich über der Kommandobrücke. Über achtzig Kontaktmarkierungen bewegten sich in Formation auf das Hauptgefecht zu. Jede einzelne größer als alles, dem sie sich zuvor gestellt hatten.

Lee schluckte schwer. »Analyse der Schiffsklasse?«

»Mindestens vierzig davon sind diese neuen Schlachtschiffe der *Plarix*-Klasse, Sir. Deutlich größer als die Standard-Zodark-Schiffe.«

»Spezifikationen?«, verlangte Lee.

»Ich rufe gerade die Geheimdienstakten ab, Admiral.«

Lee beugte sich über die taktische Anzeige, während die Daten über seinen Bildschirm liefen. Einundzwanzighundert Meter lang. Fünfundvierzig Millionen metrische Tonnen. Dreißig Prozent größer als die Schlachtschiffe der *Drovak*-Klasse, denen sie sich zuvor gestellt hatten. Er las die Anzeige weiter. Zwölf Hauptlaserbatterien anstelle von zehn. Achtzehn Sekundärbatterien. Einhundertzwanzig Nahverteidigungsgeschütze.

Fünfzig Prozent mehr Abwehrfeuer als alles in ihrer Datenbank.

Die Panzerungsspezifikationen machten es noch schlimmer. Mehrschichtige Bronkis5-Verbundpanzerung, die dreißig bis vierzig Prozent mehr Beschuss absorbieren konnte als frühere Zodark-Klassen. Fortschrittliche thermische Tarnsysteme. Multispektrum-Täuschkörperwerfer.

Lee richtete sich auf. Die Zodark-Verstärkungen hatten sich positioniert, um Hunts Streitkräfte in die Flanke zu fallen. Wenn sie die Hauptschlacht erreichten, würden sie fast dreihundert alliierte Schiffe von hinten aufrollen. Die Flotten der Republik, der Altairianer und der Humtar waren vollständig in ihren Frontalangriff verwickelt. Sie konnten sich dieser neuen Bedrohung nicht zuwenden, ohne sich den primären Zodark-Verteidigungsstellungen auszusetzen.

Und nun wusste er genau, was für Monster seine Schiffe erwartete.

»Signal an alle Schiffe«, befahl Lee. »Bilden Sie eine Schlachtlinie nebeneinander auf unserer Position und bereiten Sie sich auf den Angriff auf den Feind vor.«

Captain Sato blickte von ihrem Kapitänssessel auf. »Admiral, wir sind in ihrer Nähe bei vierzigtausend Kilometern herausgekommen. Das ist nicht viel Zeit für Manöver auf große Entfernung.«

»Dann manövrieren wir nicht. Wir schlagen hart und schnell zu.« Lee drückte die Flotten-Kommunikation. »Alle Schiffe, hier ist Admiral Lee. Wir sind direkt hinter ihrer Formation bei vierzigtausend Kilometern herausgekommen. Maximale Verlangsamung auf mein Kommando. Feuer frei, sobald Ihre Schiffe eine Zielerfassung haben.«

Die Minuten dehnten sich, während Kampfgruppe 28 den Kurs für den Angriff anpasste, solange die Zodark-Verstärkungen ihren Vormarsch auf die Hauptschlacht fortsetzten, ohne die von hinten kommende Bedrohung zu bemerken.

Lee zählte die Minuten herunter, während die Schlacht weiter tobte. Die einhundertsechsundachtzig Schiffe der Republik und der Primord der KG 28 verringerten die Entfernung auf dreißigtausend Kilometer.

»Feuer frei!«, rief Lee, als er sah, wie Rhoms Geschützmannschaften eine Zielerfassung erzielten.

Die Magrails, Raketen und Turbolaser der Flotte erhellten die Weite, wobei sich das konzentrierte Feuer auf die hinteren Elemente der

Zodark-Formation richtete. Ein Paar *Plarix*-Schlachtschiffe, die am Ende der Formation flogen, wurden völlig überrumpelt. Die Schiffe wurden von einem donnernden Sperrfeuer von mehr als einem Dutzend Kriegsschiffen getroffen. In Sekundenschnelle wurde Panzerung verdampft, während riesige Löcher in die Eingeweide der Schiffe gerissen wurden. Als Magrail-Projektile einschlugen, zogen sich interne Explosionen über ihre Rümpfe, und sekundäre Explosionen rissen die Schiffe auseinander.

»Draufhalten!«, kommandierte Lee. »Gebt ihnen keine Zeit, ihre Geschütze auf uns zu richten!«

Die Hauptbatterien der Schlachtschiffe der *Virginia*-Klasse der Republik begannen loszuschlagen. Ihre 40-cm-Magrails begannen, Löcher durch die Zodark-Panzerung zu stanzen. Die Schlachtkreuzer *Artemis* und *Orion* flankierten die Formation. Ihre zahlreichen Waffensysteme rissen Stücke aus den Rümpfen des Feindes.

Neunzig Sekunden lang sah es so aus, als könnte der Überraschungsangriff die feindliche Formation vollständig zerschlagen.

Dann beendete Commander Rhom die Illusion. »Sir, ich empfange kleine Objekte, die in der Nähe dieser feindlichen Schlachtschiffe auftauchen – oh, wow, das scheinen diese V-Boote zu sein, vor denen wir gewarnt wurden.«

Hunderte von winzigen Kontakten, die sich an die größeren Zodark-Schiffe geschmiegt hatten, begannen sich aus den Schatten zu lösen, in denen sie sich versteckt hatten. Jedes Schiff war nicht größer als ein Shuttle, beschleunigte aber mit unglaublicher Geschwindigkeit.

»Wie lange bis zum Abfangen?«, fragte Lee.

»Vierzig Sekunden bei aktueller Geschwindigkeit«, antwortete Rhom. »Admiral, sie schlängeln sich durch unser Abwehrfeuer, als wäre es gar nicht da. Einige von ihnen haben direkte Treffer eingesteckt und schienen sie einfach wegzustecken.«

Durch das Hauptsichtfenster näherte sich die erste Welle kleiner Schiffe der RNS *Longbow*, einer Fregatte, die an der Steuerbordflanke der Formation Position hielt. Die Nahverteidigungssysteme der Fregatte eröffneten das Feuer und füllten den Raum mit Laserfeuer und kinetischen Geschossen.

Der erste Einschlag kam plötzlich. Ein einziges kleines Schiff schlug mittschiffs durch den Rumpf der *Longbow* und detonierte im Inneren. Die Fregatte brach entzwei. Ihr vorderer und hinterer Teil wirbelten in einem grellen Blitz voneinander weg. Hunderte von Leben waren in Sekunden ausgelöscht.

»Was in Gottes Namen sind das für Dinger?«, flüsterte Lee. Er kannte ihren Spitznamen – Todesboote –, aber es war das erste Mal, dass er diese kleinen Dämonen im Kampf sah.

Ein weiterer Einschlag. Die RNS *Stalwart*, eine Fregatte, die die Backbordseite der Formation abschirmte, erlitt einen direkten Treffer von einem der Schiffe. Der gesamte vordere Teil verdampfte in einer Plasmakugel. Der Rest des Schiffes taumelte davon. Atmosphäre entwich aus einem Dutzend Rumpfbrüchen.

»Analyse, Commander!«, verlangte Lee.

Rhoms Mund bewegte sich, während er schweigend den scrollenden Text auf seiner Konsole las. »Sie sind wie eine Art Torpedo, Sir. Vielleicht bemannt? Ich bin nicht sicher. Ich kann keine klare Energiesignatur darauf bekommen. Geschwindigkeit dreißig Kilometer pro Sekunde und steigend. Sie halten trotz unseres Abwehrfeuers ihre Angriffsvektoren bei, aber sie benutzen Mikrokorrekturen, um die Zielerfassungslösungen der Nahverteidigung zu umgehen. Jeder Einschlag entspricht drei Torpedosprengköpfen.« Er hielt inne und musterte die Anzeigen. »Sir, die Telemetrie deutet darauf hin, dass es sich tatsächlich um bemannte Schiffe handeln könnte, die absichtliche Rammangriffe ausführen. Sie tragen eine Art Gefechtskopf mit hoher Sprengkraft, der beim Aufprall detoniert. Ihr kleines Profil und ihre Geschwindigkeit machen es fast unmöglich, sie mit unseren Standard-Feuerleitsystemen zu erfassen.«

»Kamikaze-Angriffe?«, fragte Lee ungläubig.

Rhom zögerte, bevor er antwortete. »Ich hätte es nie gedacht, aber es scheint so zu sein. Höchstwahrscheinlich eine Art Selbstmordangriffe.«

Die kleinen Monster begannen, überall in der Formation von KG 28 einzuschlagen. Die RNS *Kraken*, ein schwerer Kreuzer, erlitt zwei Einschläge innerhalb von Sekunden. Massive interne Explosionen zerstörten ihre Maschinenabteilung. Das Schiff begann, aus der Formation zu driften, und seine Hauptgeschütze verstummten.

»Alle Schiffe, diese kleinen Fahrzeuge anvisieren!«, rief Lee in die Flotten-Kommunikation. »Nahverteidigung, maximale Feuerrate!«

Er schaltete auf den Kanal für die Flugoperationen um. »Cooper! Schicken Sie Ihre Jäger sofort da raus! Wir brauchen sie, um diese Selbstmordfahrzeuge anzuvisieren!«

Captain Coopers Stimme knisterte sofort zurück. »Bin dabei, Admiral! Starte jetzt!«

Durch das Sichtfenster schossen Gripen-Jäger aus den Startbuchten der *Vega*. Die Abfangjäger griffen den ankommenden Schwarm sofort an und ihre Laserkanonen schossen einzelne Ziele ab. Aber für jedes zerstörte Todesboot schlüpften drei weitere durch den Verteidigungsschirm.

Die Primord-Schiffe passten sich schneller an als die Schiffe der Republik. Ihre außerirdischen Nahverteidigungssysteme schienen besser geeignet zu sein, mehrere kleinere Ziele gleichzeitig zu verfolgen. Ein Teilfenster auf dem Hauptbildschirm zeigte einen Primord-Kreuzer, der eine Gruppe anfliegender Boote mit Waffen zerfetzte, die in schnellem Rhythmus feuerten.

Die Schiffe der Republik hatten zu kämpfen. Ihre Verteidigungssysteme waren für den Kampf gegen große Ziele auf große Entfernung ausgelegt, nicht für Schwärme von Selbstmordfahrzeugen im Nahkampf.

Ein weiterer Kreuzer starb. Die RNS *Portland* erlitt einen einzigen Einschlag in der Nähe ihres Reaktorraums. Die Explosion riss die Hälfte des Schiffes auseinander, bevor die automatischen Eindämmungssysteme reagieren konnten. Sie rollte von der Formation weg, ihr Rumpf glühte orange und rot und erinnerte Lee an die Glut eines sterbenden Lagerfeuers.

»Verlustzählung, Commander«, befahl Lee.

»Zwölf Schiffe zerstört, fünfzehn beschädigt«, antwortete Rhom.

Lee zuckte zusammen. *Und das in den ersten fünf Minuten des Gefechts.*

Der Schwarm von Todesbooten bewegte sich schnell um die Formation der KG 28. Jeder Einschlag bedeutete Hunderte von toten Besatzungsmitgliedern. Jeder Verlust schwächte ihre Fähigkeit, die Linie zu halten.

Die massiven *Plarix*-Schlachtschiffe begannen ihre Wende und brachten ihre Hauptbewaffnung auf die alliierte Formation in Stellung. Lee erkannte, dass die Kampfgruppe 28 zwischen den Selbstmordbooten und den feindlichen Schlachtschiffgeschützen gefangen war. In wenigen Minuten würden diese schweren Waffen anfangen, loszuballern.

»Admiral«, sagte Sato, »ich empfehle einen Notrückzug. Wir können diese Verluste nicht verkraften.«

Einen Moment lang zögerte Lee. Die Sekunden schienen wie zehn Minuten, als die Möglichkeiten durch seinen Kopf wirbelten. Jetzt fliehen und retten, was von KG 28 übrig war. Oder die Position halten und zusehen, wie sein Kommando von Hunderten von Selbstmordbooten zerfetzt wurde, während Hunts dreihundert Schiffe von hinten vernichtet wurden. Es könnte bedeuten, achtzig Schiffe zu verlieren, um dreihundert zu retten, oder alle dreihundertachtzig zu verlieren, wenn die Zodark-Verstärkungen die gesamte alliierte Formation aufrollten. Lee sah die Gesichter seiner Brückenbesatzung, die Tausenden von Raumfahrern, die seiner Entscheidung vertrauten, die weitreichenden Konsequenzen, die sich über den gesamten Sektor ausbreiten würden, wenn sie hier versagten. Die Wahl. Jetzt fliehen und retten, was von KG 28 übrig war, oder die Position halten und verhindern, dass die Zodark-Verstärkungen Hunts Hauptstreitmacht in die Flanke fielen.

In Wahrheit fiel ihm die Entscheidung leicht.

»Alle Schiffe, Angriff aufrechterhalten!«, befahl Lee. »Wenn wir jetzt fliehen, werden sie sich auf die Flanke der Hauptflotte stürzen!«

Die Brücke erzitterte, als etwas in den Steuerbordrumpf der *Vega* einschlug. Sie erbebte erneut, diesmal heftiger. Schadensmeldungen strömten von überall auf dem Schiff herein. Einem Todesboot war ein Streiftreffer gelungen. Es riss sich durch zwei Decks, bevor sein Sprengkopf an der sekundären Panzerung detonierte.

»Minimale Schäden an den Primärsystemen«, meldete Sato. »Rumpfbruch verschlossen.«

Es fühlte sich an, als ob die Zeit stehen geblieben wäre, zumindest für Lee.

Er verschränkte die Finger vor seinem Bauch und schloss die Augen. Mitten in der Hölle, mit Todesbooten, die auf seine Schiffe zurasten, und Selbstmordpiloten, die bereit waren, seine Flotte zu zerreißen, gab es nur noch eines zu tun. Der strategischste Zug in jeder Schlacht. Die wichtigste Waffe, die er hatte – das Gebet.

Letztendlich diente Lee nicht der Marine der Republik. Er diente nicht Statthalter Hunt oder der Kriegsmaschinerie oder gar der Menschheit selbst. Er diente Gott. Demselben Gott, der ihm den Mut gegeben hatte, sich schon früher unmöglichen Chancen zu stellen. Demselben Gott, der ihn durch die Jahre dieses Albtraumkrieges getragen hatte.

Herr, hilf uns, die Linie zu halten. Gib mir die Weisheit, den Weg durch dieses Chaos zu sehen. Gib meinen Besatzungen ruhige Hände und ein sicheres Ziel. Wenn heute unser Tag zum Sterben ist, lass uns ehrenvoll sterben. Lass uns Hunt die Zeit erkaufen, die er braucht. Lass uns noch einmal zwischen dem Bösen und den Unschuldigen stehen. Gib mir Kraft, Herr. Gib uns allen Kraft.

Lee wandte sich wieder der taktischen Anzeige zu. Die Todesboote setzten ihren Angriff fort. Aber seine Schiffe passten sich an. Die Schirme der Jäger wurden enger. Die Muster der Nahverteidigung verbesserten sich. Die Primord-Schiffe teilten Zieldaten mit ihren Gegenstücken von der Republik.

Die *Plarix*-Schlachtschiffe vollendeten ihre Wende. Ihre Geschützpforten öffneten sich entlang ihrer massiven Rümpfe, und sie nahmen Ziel.

»Alle Schiffe, Not-Ausweichmanöver!«, befahl Lee. »Zeigen Sie minimale Profile!«

Zwei weitere *Plarix*-Schlachtschiffe erlagen dem anhaltenden Bombardement, aber die übrigen feindlichen Schiffe setzten ihren Vormarsch fort.

»Cooper, Lagebericht!«, rief Lee seinem Jägerkommandeur zu.

»Wir halten sie auf, Admiral, aber nur knapp! Diese Todesboote kommen immer weiter!«

Einige der Luftkämpfe wurden in einem Fenster auf dem Hauptsichtgerät gezeigt. Gripen-Jäger lieferten sich mit den Selbstmordbooten einen Kampf auf kürzeste Distanz. Die Piloten hatten gelernt, die Leitsysteme der kleinen Schiffe anzugreifen und sie so ins Trudeln zu bringen, damit sie harmlos im Weltraum detonierten.

Die Brücke erzitterte. Ein weiterer Beinahetreffer erschütterte die *Vega*. Lee stützte sich gegen seinen Kommandosessel und umklammerte die Armlehne des Stuhls fester. Seine Formation erlitt weiterhin Verluste.

Lee berührte das Kreuz unter seinem Uniformkragen. Durchhalten!«, rief er seiner Besatzung zu. »Wir halten hier, oder alles, wofür wir gekämpft haben, stirbt!«

Kapitel 43:
Kamikazes

Tueblets-System
RNS *Vega*

Das Katapult schleuderte Coops Gripen vom Flugdeck der *Vega* mitten in einen wahnwitzigen Konflikt. Innerhalb von Sekundenbruchteilen füllte sich sein Radarschirm mit Hunderten von Kontakten und sein HUD wurde mit Zielen überschwemmt.

»Heilige Mutter ...«, murmelte Coop, während seine Augen sich verengten und alles aufnahmen. »An alle Thunderjacks, Feuer frei! Prioritätsziele sind diese Kamikazes, haltet sie davon ab, unsere Schiffe zu treffen! Legen wir los, Thunderjacks!«

Es gibt zu viele Ziele ... So kann ich mich nicht konzentrieren, schoss es Coop durch den Kopf, bevor er seine Zielerfassungs-KI anwies, nur die Prioritätsziele herauszufiltern, für deren Bekämpfung sein Geschwader zuständig war. In Sekundenschnelle schrumpften Hunderte von Zielen auf ein paar Dutzend zusammen, was es ihm erleichterte, zu sehen und zu priorisieren, welches dieser V-Boote er zuerst angreifen musste.

Wo immer er auch hinblickte, zeigte ihm sein HUD Schwärme von Vulture-Raumjägern, Glaive-Bombern und Dutzende über Dutzende von V-Booten, die auf die Schiffe der Republik und der Primord zurasten. Einige der roten Punkte erloschen, bevor er zum Angriff manövrieren konnte, während befreundete blaue Markierungen schneller ausgelöscht wurden, als er zählen konnte.

Als Coop durch seine Kanzel nach rechts blickte, sah er, wie ein V-Boot durch massives Flakfeuer brach, bevor es in den Rumpf der RNS *Neptune* einschlug. Die Explosion löschte die Korvette aus. *Verdammt, wenn sie unsere Eskorten weiterhin so erwischen ...* Coop wusste, wenn sie keinen Weg fänden, die Selbstmordangriffe auf die Eskortenschiffe der *Vega* zu stoppen, würde der Träger für diese Art von Angriffen extrem verwundbar werden.

Er rollte seinen Jäger hart nach Steuerbord und beschleunigte dabei mit 8 g. Trotz der Kompensation seines Anzugs drückte es ihn zurück in seinen Sitz. Seine Staffel formierte sich schnell um ihn, als er sie auf eine Welle von V-Booten zuführte, die auf sie zukamen.

»Alpha-Staffel, Vierfingerschwarm-Formation!«, sendete Coop. »Tommy, auf meiner Drei-Uhr-Position. Bei den Kurven dicht dran bleiben.«

Die Alpha-Staffel stürzte sich in den Schwarm der anstürmenden Kamikazes.

Die V-Boote waren etwa so groß wie ein Transportshuttle, schienen aber eine übermäßige Frontpanzerung und ein Triebwerk zu haben, das sie schnell bewegen konnte. Was diese tödlichen kleinen Schrecken von einer Rakete oder einem Plasmatorpedo unterschied, war die gewaltige Sprengkraft ihrer Gefechtsköpfe. Ein Treffer an der richtigen Stelle bei einer Korvette oder Fregatte, und das Schiff war weg. Glücklicherweise schienen sich die schweren Kreuzer und größere Schiffe etwas besser zu schlagen, aber nicht viel.

»Sieben Uhr – drei Durchbrecher … Ich kriege sie nicht erfasst«, fluchte einer von Coops Piloten, als drei der V-Boote schneller an ihnen vorbeizischten, als er es für möglich gehalten hätte.

Coop drehte sich rechtzeitig um und sah, wie die Fregatte *Stalwart* Ausweichmanöver flog, während die Nahverteidigungsgeschütze des Schiffes den Raum um die auf sie zurasenden V-Boote erhellten. Er ertappte sich dabei, wie er vor Freude aufschrie, als zwei der V-Boote in Stücke gerissen wurden, nur um Augenblicke später zu fluchen, als das dritte einen Treffer landete. Es blitzte auf und ließ ihn die Augen zusammenkneifen. Eine Sekunde später sah er nur noch Trümmer, als das Schiff auseinanderbrach. Im einen Moment war es noch da, im nächsten nur ein Haufen verbogenes, geschwärztes Metall.

Coops Zielerfassungssystem verlor immer wieder die Aufschaltung. Die V-Boote waren schnell, klein und flogen Ausweichmanöver, die taktisch keinen Sinn ergaben, bis einem klar wurde, dass sie nicht vorhatten, nach Hause zurückzukehren. Die traditionelle Jägerdoktrin ging davon aus, dass der Feind das Gefecht überleben wollte. Diese Bastarde hatten diese Annahme über Bord geworfen. Die vier Laserkanonen seiner Gripen waren nicht für den Kampf gegen kleine Flugobjekte konzipiert. Die Waffen waren gebaut worden, um die Panzerung von Vultures zu durchschlagen, nicht um Fliegen zu klatschen.

Ein Raketenerfassungsalarm schrillte in seinem Cockpit. Vulture-Jäger nutzten die Schwärme von V-Booten als Deckung und schossen Gripens ab, während die Piloten der Republik versuchten, die Selbstmordboote abzufangen. Die Aliens hatten die Todesboote in psychologische Kriegsführung verwandelt und zwangen die Jäger der Republik, sich zwischen dem Schutz der Flotte und dem eigenen Schutz zu entscheiden.

»Omega-Lead, ich habe sechs Jäger im Nacken!«, dröhnte Badgers Stimme durch den Funkverkehr.

Coop überprüfte seine taktische Anzeige. Badger befand sich drei Kilometer von der Backbordseite der *Vega* entfernt, sechs Vultures näherten sich rasch. Gleichzeitig ertönte sein Annäherungsalarm. Vier V-Boote hatten sich von der Hauptgruppe gelöst und hielten direkt auf die Brücke der *Vega* zu. Badger retten oder die Selbstboote abfangen. Diese Wahl machte das Leben zu einer ganz besonderen Art von interessant.

Er entschied sich für die *Vega*. Er musste das, und er hoffte, dass Badger an seiner Stelle dasselbe tun würde. Aber wer wusste das schon bei diesem jungen Hitzkopf?

Coop rollte auf den Rücken und stürzte sich auf die ankommenden V-Boote. Die negativen g-Kräfte drückten ihm das Blut in den Kopf, bis sich sein Sichtfeld verengte. Seine Laserkanonen feuerten und feuerten, aber die winzigen Fahrzeuge wichen seinen Schüssen aus. Hinter sich hörte er Badger über den Funk schreien, als die Vulture-Jäger die Entfernung verringerten.

Coop schloss für eine Millisekunde die Augen und unterdrückte ein Zusammenzucken. Letztendlich mochte er Badger. Er wollte nicht, dass der Junge starb. Nicht so. Na ja, verdammt, überhaupt nicht – so dachte er über jeden in seinem Geschwader.

Dennoch erinnerte ihn Badger von allen am meisten an sich selbst in diesem Alter. Jung, naiv, ein geborener Pilot, aber bei allem anderen dumm wie Brot. Der Junge hatte ein riesiges Potenzial, könnte einer der Besten werden, wenn er lange genug lebte, um zu lernen. Es schmerzte Coop, dass er ihm nicht gerecht werden konnte, nicht da sein konnte, um ihm jetzt den Arsch zu retten. Aber so war das als Kommandeur. Zuschauen, wie gute Jungs für das Geschwader, für die *Vega*, für die Republik Schläge einstecken mussten. Manche Lektionen musste man alleine lernen. Blutig. Vernarbt. Und auch verängstigt. Oder man lernte sie gar nicht.

Zwei Gripens erschienen auf Coops peripherer Anzeige. Sie flogen mit voller Geschwindigkeit auf Badgers Position zu. Die

Funkverbindung wurde lebendig, als die Piloten daran arbeiteten, die Vultures in die Zange zu nehmen. Für einen kurzen Moment durchflutete Erleichterung Coop. Vielleicht würde Badger doch seine Chance bekommen, zu lernen.

»Coop, ich sehe hier etwas«, kam Riggs' Stimme durch den Funk. »Diese Dinger fliegen vorhersehbar, sobald sie ein Ziel erfasst haben!«

Coop beobachtete das führende V-Boot zehn Sekunden lang. Es hatte sich auf seinen Anflug festgelegt und steuerte direkt auf den Kommandoturm der *Vega* zu. Keine Ausweichmanöver mehr. Nur eine ballistische Flugbahn zu seinem Ziel. Die Erkenntnis traf Coop schnell, wie ein Sprung ins eiskalte Wasser. Auf die Festlegung warten, dann zuschlagen.

»An alle Staffeln, neue Einsatzregeln!«, sagte Coop. »Lassen Sie die V-Boote sich auf ihre Angriffskurse festlegen und nehmen Sie sie dann unter Beschuss! Sie fliegen geradeaus, sobald sie ihr Ziel gewählt haben!«

»Beta-Staffel, Mauerformation auf mein Kommando!«, fuhr er fort. »Charlie, in Zweiergruppen aufteilen! Delta, in Reserve bei Raster vier-zwo halten, abseits von *Vegas* Steuerbordheck!«

Eine Vulture explodierte zweihundert Meter von seinem Backbordflügel entfernt. Trümmer schlugen gegen seine Kanzel, als eine andere Gripen vorbeiraste und bereits zum nächsten Ziel abdrehte. Die taktische Anzeige zeigte, wie befreundete Kontakte auf mehrere Bedrohungsvektoren zusammenliefen.

In gewisser Weise gut. In anderer Weise war das der Wahnsinn. Es war zu viel los, aber er hatte das schon mehrfach in all den Schlachten erlebt, an denen er teilgenommen hatte, und er würde seine Staffeln da durchbringen, hoffentlich alle in einem Stück.

Der Raum um Kampfgruppe 28 war zu einem absoluten Albtraum geworden. Gripen-Staffeln rasten durch V-Boot-Cluster, während Vultures abgelenkte Jäger der Republik ausschalteten. Zodark-Fregatten erzeugten Verteidigungsschirme, deren Waffenfeuer dem Mix eine weitere Ebene hinzufügte. Trümmer von zerstörten Schiffen bildeten Navigationshindernisse, die bei Kampfgeschwindigkeit den Rumpf eines Jägers zerfetzen konnten. Die Schiffe schlossen sich jetzt zusammen, überlappten ihre Nahverteidigungsfelder und passten sich unter Feuer an.

Coops Waffenwarnsystem schrie ununterbrochen. Er flog ein Manöver mit hoher g-Last und trieb die Kompensation seines Anzugs an ihre Grenzen. Die 12-*g*-Wende drohte, seinen Jäger auseinanderzureißen, während strukturelle Belastungswarnungen rot über sein HUD blinkten. Eine Vulture-Rakete detonierte fünfzig Meter von seinem Backbordflügel entfernt. Sein Jäger zitterte, seine Zähne schlugen zusammen.

Ein V-Boot hatte sich vom Hauptgefecht gelöst und raste auf die Brücke der *Vega* zu. Die Sache war die, Coop konnte nicht zulassen, dass irgendetwas diesen Teil des Schiffes berührte, egal was passierte. Wenn man Admiral Lee ausschaltete, schlug man dem Drachen den Kopf ab.

Coop rollte seinen Jäger herum und nahm die Verfolgung auf, tauchte in das Trümmerfeld eines zerstörten Kreuzers ein. Verbeulte Rumpfplatten und gefrorene Atmosphäre bildeten einen tödlichen Pfad. Die Verfolgungsjagd wirbelte durch Wrackteile, die ihn genauso leicht töten konnten wie feindliches Feuer. Der Pilot des V-Bootes war gut, nutzte die Trümmer, um seinen Anflug zu verschleiern, und lenkte sich zwischen Brocken von Panzerplatten hindurch.

Coop erwischte ihn fünfhundert Meter vor dem Einschlag. Zwei Laserkanonensalven, und das Selbstmordboot zerfiel, wobei sein Sprengkopf harmlos im Weltraum detonierte. Bevor er den Moment genießen konnte, rollten drei Vultures von hinten an. Laserfeuer schlug so nah an seiner Kanzel ein, dass er die Arschbacken zusammenkniff.

Coops Zielerfassungssystem schrie. Brüllte. Klang wie eine Opernsängerin, die ihm ins Ohr sang.

Laserfeuer streifte seinen Backbordflügel, dann traf einer hart und schlug ein Loch durch seine Panzerung. Funken sprühten aus seiner sekundären Systemkonsole. Noch ein guter Treffer würde ihn erledigen.

Coop warf seine Gripen in eine Fassrolle. Die Vultures klebten an seiner Sechs-Uhr-Position, während Lasersalven sein Cockpit einrahmten. Sein Steuerbordtriebwerk erlitt einen Streifschuss. Die Temperatur schoss in die Höhe. Die Leistung fiel um dreißig Prozent. Der Steuerknüppel fühlte sich träge in seinen Händen an.

Er flog weiter in das Trümmerfeld, lenkte sich zwischen den Trümmern zerstörter Fregatten hindurch. Eine Lasersalve verdampfte eine Rumpfplatte drei Meter von seiner Kanzel entfernt. Geschmolzenes

Metall spritzte über den Bug seines Jägers. Die Vultures folgten ihm und ihre exzellente Manövrierfähigkeit schnitt ihm die Fluchtwege ab.

Sein Backbordtriebwerk begann zu stottern. Warnleuchten färbten sein Cockpit purpurrot. Die Vultures schlossen die Lücke für den zweifellos tödlichen Schuss.

In diesem Moment tauchte Tommy aus dem Nichts auf. Die Gripen des Piloten schoss senkrecht in die Vulture-Formation. Tommys JATMs fanden zwei Ziele, bevor die Aliens reagieren konnten. Die dritte Vulture brach ab und zog eine Spur aus Plasmakühlmittel aus mehreren Rumpfbrüchen. Ihr Backbordtriebwerk war vollständig dem All ausgesetzt.

Ach du Scheiße! Coops Hände zitterten am Steuerknüppel, als sich seine Triebwerke stabilisierten.

»Tommy … großartig geflogen«, sagte er über Funk. »Danke für die Rettung.«

»Verstanden, Coop«, antwortete Tommy. »Alles klar. Wo brauchen Sie mich?«

»Formieren Sie sich an meinem Flügel. Wir haben noch einen Haufen Arbeit vor uns.«

An seiner Steuerbordseite schlug ein Todesboot in ein Primord-Schiff ein. Die Panzerung der Prims hielt besser als die Rümpfe der Republik. Der Sprengkopf des Selbstmordfahrzeugs hinterließ eine Narbe auf der Oberfläche des Alienschiffs und riss ein Stück ab, aber es hielt gut zusammen. Die Nahverteidigungssysteme der Primord verfolgten mehrere kleine Ziele mit unglaublicher Genauigkeit. Ihre Waffen feuerten in schnellen Mustern, trafen Dutzende von V-Booten und schickten sie zurück in die Hölle, wo sie hingehörten.

»Lance wurde getroffen!«, schrie jemand über Funk.

Coop blickte auf und sah Lances Gripen außer Kontrolle trudeln. Ein V-Boot hatte seinen Jäger gestreift, ohne zu detonieren, und dabei die gesamte Flügelbaugruppe abgerissen.

»Steuerflächen reagieren nicht! Primärer Flugcomputer offline!«, sagte Lance über Funk. »Kann nicht–«

Der Feuerball hinterließ einen Riss an der Außenseite der RNS *Defiant*. Lance war in einem Flammenmeer gestorben.

Coop schluckte die Realität hinunter, dass er Lance nie wiedersehen würde, und zwang sich, sich zu konzentrieren. Er überprüfte den Rumpfschaden und beurteilte die Panzerung der *Defiant*.

Es gab einen fünfzehn Meter langen Riss im Backbord-Panzergürtel des Schiffes, aber keine kritischen Systeme waren kompromittiert.

»Boomer hier, keine Munition mehr!«, dröhnte die Stimme des Piloten durch den Kanal. »Fliege zum Nachladen zurück!«

Die Hälfte von Coops Staffeln meldete kritischen Munitionsstand. Acht JATMs und vier Laserkanonen pro Jäger waren nie genug, besonders in einem Kampf wie diesem, gegen das Chaos von Hunderten von V-Booten und Vultures. Wie jeder Kampf war auch dieser superschnell superhässlich geworden.

»Fliegen Sie zur Basis zurück, wenn die Munition verbraucht ist. Aber schnell!«, sendete Coop. »Wir brauchen Nachschub!«

Eine kurze Kampfpause erlaubte Coop, die taktische Lage zu überprüfen. Die Kampfgruppe 28 hatte vierzehn Schiffe verloren, acht weitere zeigten auf seiner Anzeige kritische Schäden. RNS *Portland*: Reaktorcontainment versagt. RNS *Kraken*: Maschinenraum zerstört, Antrieb offline. RNS *Longbow*: Totalverlust, keine Überlebenden. Aber sie hielten die Linie und verwehrten den Zodarks saubere Schüsse auf Hunts Hauptflotte. Hunderte von V-Booten waren zerstört worden. Ihre Wracks trudelten durch den Raum, aber Hunderte weitere umschwärmten immer noch die gemeinsame Kampfgruppe.

Badgers Ton dröhnte über den Funk. »Mehrere V-Boote im Anflug, Vektor eins-neun Strich acht. Ich gehe auf Abfangkurs.«

In schneller Folge wurden vier V-Boote ausgelöscht, als Badger und sein Partner zusammenarbeiteten und eine beschädigte Fregatte schützten, die die meisten ihrer Nahverteidigungssysteme verloren hatte. »Badger an alle Jäger, Zielpriorität: V-Boote, die Angriffsflüge auf beschädigte Schiffe durchführen. Teilt Zielinformationen über das taktische Netz.«

Coop konnte sich ein inneres Lächeln nicht verkneifen. War der ruhmsüchtige Einzelgänger zum Teamplayer geworden? Vielleicht hatte der Junge es endlich kapiert.

Dann klappte Coops Kinnlade leicht herunter. Was da kam, war nicht gut. Nicht einmal annähernd. Neue Kontakte. Fünfzig weitere V-Boote, vielleicht sechzig, tauchten hinter den Wrackteilen eines zerstörten Schlachtkreuzers auf. Und zwölf Vultures als Eskorte. Alle mit Vektor direkt auf die *Vega*.

»Herr, steh uns bei«, murmelte er. Seine Munitionsanzeige zeigte noch drei JATMs. Um ihn herum hatten seine verstreuten Piloten wahrscheinlich genauso wenig.

Die ankommende Welle würde die *Vega* in weniger als einer Minute treffen. Die Nahverteidigung seines Trägers war bereits mit dem aktuellen Angriff beschäftigt. Auf keinen Fall konnten diese Geschütze diese neue Bedrohung bewältigen.

»Alle verfügbaren Jäger in der Nähe der *Vega*, formieren Sie sich bei mir!«, befahl Coop. »Großes Problem im Anflug! Sende Koordinaten.«

Seine taktische Anzeige zeigte nur achtundzwanzig Gripens in Position zum Abfangen. Achtundzwanzig Jäger gegen über sechzig Selbstmordboote und ein Dutzend Vultures.

Coop schluckte schwer. Er musste die Entscheidung treffen, die Leben kosten würde, um Leben zu retten. »Verteidigungsschirm-Formation! Überlappen Sie Ihre Feuerzonen!« Seine verbleibenden Jäger bildeten einen Schirm direkt im Weg der ankommenden Selbstmordboote.

Drei Gripens verschwanden in hellen Blitzen, als Piloten absichtlich V-Boote rammten, um deren Einschlag auf dem Träger zu verhindern. Helden mit Namen, an die Coop sich erinnern würde, wenn er lange genug leben würde, um Einsatzberichte zu schreiben. Tez, Luwan, Walski. Die Druckwelle eines explodierenden V-Bootes hätte seinen Jäger fast umgeworfen, als er an einem anderen Selbstmordboot vorbeizischte.

Coops Zielerfassung piepste. Er feuerte eine JATM ab und schaltete zwei in enger Formation fliegende V-Boote aus. Seine zweite Rakete fand eine Vulture, die hart nach Backbord abdrehte. Letzte Rakete weg. Jetzt nur noch Laserkanonen und was auch immer an Flugkünsten ihn am Atmen hielt.

»Ziel erledigt!«, rief Riggs. Ihre Gripen wich einem V-Boot aus, die Geschütze feuerten. Das Selbstmordboot explodierte etwa hundert Meter vom Rumpf der *Vega* entfernt.

Zwei Vultures nahmen einen Piloten namens Camo von oben und unten in die Zange. Raketen rasten auf seinen Jäger zu. »Kann sie nicht abschütteln!«, schrie Camo. Die erste Rakete verfehlte. Die zweite nicht. Camos Gripen zerfiel in einem Feuerball, bevor er im Vakuum erlosch.

»Verdammt!«, Coop stürzte sich hinter den Vultures her und seine Laserkanonen spuckten Salven. Ein Alien-Jäger erlitt Treffer über seinem Steuerbordflügel und rollte davon.

Ein V-Boot rammte Bobos Jäger frontal. Beide Fahrzeuge verdampften augenblicklich. Keine Zeit zu trauern. Keine Zeit für irgendetwas, außer die Bastarde umzubringen, bevor sie die *Vega* erledigten.

Coops Munitionsanzeige zeigte überall Nullen. Laserkanonen überhitzt. Um ihn herum wurden seine verbleibenden Piloten zerlegt.

Und er hatte die Entscheidung getroffen. Die V-Boote waren Kamikaze, aber das würde er auch sein, aber um Leben zu retten, nicht um sie zu nehmen. Er legte sich hart in eine Kurve und steuerte auf ein V-Boot zu, als es auseinanderbrach und Flammen aus seiner Backbordseite schossen.

Wo kam das her?

Coop starrte auf sein Armaturenbrett. Die Kavallerie war eingetroffen.

Siebzig oder mehr frische Gripens rasten von Hunts Hauptflotte heran. Delta-Geschwader. Echo-Geschwader. Bravo-Geschwader. Und andere. Volle Raketenladungen und unbeschädigte Jäger. Sie rissen in die V-Boot-Formationen wie Wölfe, die Schafe angreifen.

»Wurde auch verdammt noch mal Zeit«, murmelte Tommy über Funk.

Die frischen Staffeln überwältigten die verbleibenden V-Boote innerhalb von Minuten. Vultures versuchten sich zurückzuziehen, wurden aber von konzentriertem Raketenfeuer getroffen. Der Raum um die *Vega* war von unmittelbaren Bedrohungen befreit. Vorerst.

Coop seufzte und atmete tief ein. Er hätte sich fast das Leben genommen, um die *Vega* zu retten. Er starrte einen Moment zu lange auf seine Munitionsanzeige, dann riss er sich zusammen, als er überall Nullen sah.

Zeit zum Nachladen. *Und Zeit, deinen Kopf wieder ins Spiel zu bringen*, sagte er sich.

Der Anflug auf die Landebucht der Vega war ereignislos. Als sein Jäger auf dem Deck aufsetzte, ging Coop die Zahlen durch. Einunddreißig Jäger zerstört, siebzehn weitere zu beschädigt, um den Einsatz fortzusetzen. Ein Großteil seines Geschwaders war im ersten Gefecht verloren gegangen.

Die Decksmannschaft arbeitete an seinem Jäger, lud die Raketen nach und überprüfte die Ausrichtung der Laserkanonen. »Captain, Ihre Steuerbord-Laserbatterie läuft mit sechzig Prozent Effizienz«, berichtete der Crewchief. »Das Backbordtriebwerk weist Spannungsrisse in der Halterung auf.«

Draußen ging die Schlacht weiter. Schiffe starben, während er auf dem Deck saß. Leute, die er ausgebildet hatte, Piloten, mit denen er etwas getrunken hatte, gute Jungs wie Badger, die endlich herausgefunden hatten, wie man klug statt dumm kämpft.

Coop nahm seinen Helm ab und wischte sich mit einem Lappen den Schweiß vom Gesicht. Er legte sein Gesicht in seine Handfläche und schüttelte den Kopf. »Wie lange können wir das noch durchhalten?«, murmelte er vor sich hin.

Kapitel 44:
Blut und Eisen

RNS *Freedom*
Hoher Orbit, Velkryn-Tueblets-System

Statthalter Miles Hunt umklammerte die Armlehnen seines Kommandosessels, als eine weitere Erschütterung durch die Aufbauten der *Freedom* lief. Der Hauptbildschirm zeigte das Kommandozentrum von Velkryn, zu einem Krater reduziert – eine rauchende Wunde, die in den Nordpol des Mondes gerissen worden war, wo noch vor wenigen Minuten Zon Otros Festung gestanden hatte. Plasmafeuer wüteten noch immer in den Überresten der Anlage und waren selbst aus 40.000 Kilometern Entfernung sichtbar.

Ein Ziel war erledigt. Der schwierige Teil fing gerade erst an.

»Statthalter, die Verteidigungsflotte der Zodark nähert sich der Kampfentfernung«, meldete Admiral Wiyrkomi von der taktischen Station. Seine gallentinischen Gesichtszüge blieben ruhig, doch Hunt bemerkte die Anspannung in seiner Stimme. »Bestätigt sind einhundertdreiunddreißig anfliegende Großkampfschiffe. Ich erfasse vierunddreißig Schlachtschiffe der *Plarix*-Klasse, die ihre Formation anführen, vierzig ältere Schlachtschiffrümpfe dahinter, zweiunddreißig Kreuzer als Schirmelemente und der Rest Fregatten.«

Hunt studierte die taktische Anzeige. Die Zodark hatten sich in einer Hammerformation aufgestellt – ihre neuen *Plarix*-Schlachtschiffe bildeten die tödliche Schneide, während ältere Schiffe für Masse und Feuerkraft sorgten. Intelligent. Aggressiv. Genau das, was er von Kriegern erwartete, die für ihr Heimatsystem kämpften.

»Flottenstatus?«, fragte Hunt.

»Alle vierhundertsechzig Schiffe halten die Formation«, erwiderte Wiyrkomi. »Die altairischen Geschwader halten unsere Backbordflanke, die Humtar-Kampfgruppe sichert Steuerbord. Die Primord-Kreuzer sind zur Feuerunterstützung überall verteilt. Wir sind so bereit, wie wir nur sein können.«

Die *Freedom* erbebte erneut, als ihre vorderen Batterien das Feuer eröffneten. Smaragdgrüne Turbolaserstrahlen schossen durch die Leere, begleitet von Wolfram-Magrail-Geschossen, die auf relativistische Geschwindigkeiten beschleunigten. Um sie herum brach die alliierte Flotte in koordinierter Gewalt aus – Hunderte von Kriegsschiffen ergossen ihr Feuer auf die anrückende Zodark-Formation.

»Feindliches Gegenfeuer im Anflug«, rief der Dritte Offizier Arvexian von den Sensoren. »Mehrere Plasma-Torpedostarts geortet. Die Anzahl übersteigt vierhundert Projektile.«

»Nahverteidigung, feuern!«, befahl Hunt.

Die Raketenabwehrbatterien der *Freedom* erwachten zum Leben, und rubinrote Laserpulse fingen die ankommenden Torpedos in brillanten Blitzen ab. Über die gesamte Flotte hinweg erzeugte ähnliches Abwehrfeuer ein Lichtgitter zwischen den beiden Formationen. Die meisten Torpedos verglühten im Kreuzfeuer, aber einige brachen durch. Hunt sah, wie ein altairischer Kreuzer mittschiffs einen direkten Treffer erhielt und sein Rumpf unter der Plasmadetonation nachgab.

»Der Amboss-Angriff meldet, dass die Mission auf Nargulon abgeschlossen ist«, verkündete Kommunikationsoffizier Waldman. »Die Treibstoffinfrastruktur wurde zerstört. Sie kehren jetzt zur Basis zurück, voraussichtliche Ankunftszeit in siebzig Minuten.«

»Der Hammer-Angriff meldet, dass die Thalyss-Werften neutralisiert sind«, fuhr Waldman fort. »Mehrere Konstruktionsringe wurden zerstört. Admiral Dobbs bittet um Erlaubnis, fliehende Zodark-Garnisonstruppen zu verfolgen.«

»Negativ«, erwiderte Hunt sofort. »Sagen Sie Dobbs, er soll alles konsolidieren und zur Hauptflotte zurückkehren. Wir brauchen hier jedes Geschütz.«

Die Entfernung verringerte sich weiter. Aus 20.000 Kilometern wurden 15.000, dann 10.000. Die *Plarix*-Schlachtschiffe der Zodark eröffneten das Feuer mit ihren magnetischen Railguns – eine Lektion, die sie im Kampf gegen die Streitkräfte der Republik gelernt hatten. Hunt beobachtete, wie die taktische Anzeige die ankommenden kinetischen Geschosse verfolgte, deren Geschwindigkeitsmarkierungen hässliche rote Flugbahnen zeichneten.

»Auf Einschlag gefasst machen!«, schrie jemand.

Die *Freedom* erzitterte heftig, als drei Magrail-Geschosse in ihre vordere Panzerung einschlugen. Auf der ganzen Brücke schrillten Alarme, als Schadensmeldungen hereinkamen.

»Frontpanzerung hält«, meldete die Schadenskontrolle. »Sektionen zwölf bis siebzehn weisen Spannungsrisse auf. Ablative Schichten kompromittiert, aber kein Rumpfbruch.«

Hunt spürte, wie sich Schweißperlen auf seiner Stirn bildeten. Die Zodark hatten gut gelernt – ihre neuen Railguns schlugen fast so hart ein wie die Waffen der Republik. »Alle Batterien, Zielerfassung auf diese *Plarix*-Schlachtschiffe. Ich will, dass sie ausgeschaltet werden, bevor sie wieder feuern können.«

Die Geschütze der *Freedom* antworteten mit donnerndem Getöse. Ihre sechsundzwanzig doppelrohrigen Turbolaser-Türme schwenkten über die führende Zodark-Formation, wobei jedes Strahlpaar auf ein einzelnes Ziel gerichtet war. Als die Verbundpanzerung eines *Plarix*-Schlachtschiffs unter Dauerfeuer weiß zu glühen begann, folgten die Magrails – tonnenschwere Penetratoren, die mit verheerender Wirkung in überhitztes Metall einschlugen.

Eines der *Plarix*-Schlachtschiffe – Hunt glaubte aufgrund der Rumpfmarkierungen, dass es die *Drexol* sein könnte – erlitt einen katastrophalen Treffer. Ein Magrail-Geschoss durchschlug die geschwächte Panzerung und detonierte in etwas, das ein Magazin gewesen sein musste. Die Explosion riss das Schlachtschiff in zwei Teile. Beide Sektionen trudelten herum, während sekundäre Detonationen durch das Wrack liefen.

»Eine *Plarix* erledigt!«, jubelte jemand.

Aber die Zodark waren noch nicht fertig. Sie kamen weiter, verringerten die Entfernung mit selbstmörderischer Entschlossenheit. Ihre älteren Schlachtschiffe fügten ihr eigenes Feuer dem Sperrfeuer hinzu – Plasmakanonen und Turbolaser schufen eine Mauer des Todes zwischen den beiden Flotten.

»Statthalter, ich ortete neue Starts aus der Zodark-Formation«, meldete Arvexian, und seine leuchtend blauen Augen weiteten sich bei dem Anblick seiner Anzeigen. »Kleine Flugobjekte, Dutzende davon. Nein, Moment – Hunderte. Sie beschleunigen mit Angriffsgeschwindigkeit auf unsere Formation zu.«

Hunt beugte sich vor. »Jäger?«

»Negativ, Sir. Diese Signaturen sind anders. Achtunddreißig Meter, verstärkte Rümpfe, ich lese massive Energiespitzen von ihren Reaktoren.« Arvexians Stimme bekam einen besorgten Unterton. »Statthalter, diese Energiesignaturen … sie sind so konfiguriert, dass sie beim Aufprall überladen.«

Die Worte trafen Hunt wie ein körperlicher Schlag. »Selbstmordboote.«

»Bestätigt«, sagte Arvexian düster. »Ich zähle vierhundert Starts in mehreren Wellen. Sie zielen auf unsere Großkampfschiffe.«

Hunts Verstand raste. Vierhundert Kamikaze-Boote, jedes mit genug Sprengkraft, um ein Kriegsschiff zu lähmen oder zu zerstören. Die Zodark hatten die Verzweiflung selbst zur Waffe gemacht.

»Admiral Takmahl, starten Sie alle Reservejägerstaffeln«, befahl Hunt. »Ich will, dass jede Hellcat, die wir haben, diese Boote bekämpft, bevor sie unsere Kampflinie erreichen.«

»Aye, Sir. Starte jetzt«, kam die Antwort des CAGs.

Auf dem Hauptbildschirm beobachtete Hunt, wie blaue Symbole – F-19 Hellcats – aus den Startbuchten der *Freedom* strömten. In der gesamten Flotte taten andere Träger dasselbe. Innerhalb von Minuten beschleunigten über dreihundert Jäger der Republik auf die ankommenden Selbstmordboote zu.

Die Leere zwischen den Flotten wurde zu einer Todeszone. Hellcat-Piloten eröffneten das Feuer mit ihren JATM-Raketen und Laserkanonen und verfolgten die kleinen, wendigen Boote mit verzweifelter Präzision. Hunt beobachtete, wie Boot nach Boot unter Jägerfeuer explodierte, aber es waren so viele. Für je drei zerstörte schlüpfte eines durch den Verteidigungsschirm.

»V-Boot nähert sich der *Steadfast*«, meldete die Taktik. »Sie setzt Gegenmaßnahmen ein – negative Wirkung. Einschlag in fünf Sekunden.«

Hunt sah hilflos zu, wie das kleine Boot in das Backbordheck des Schlachtschiffs der Victory-Klasse einschlug. Die Explosion blühte so hell auf, dass die Sensoren für einen Moment ausfielen. Als die Filter sich anpassten, zog die *Steadfast* eine Spur aus Atmosphäre und Trümmern hinter sich her, denn ein massiver Krater war in ihren Rumpf gerissen worden.

»*Steadfast* meldet schwere Schäden«, verkündete Waldman. »Technikabteilung kompromittiert, Hauptreaktor offline. Sie manövrieren mit Hilfsenergie.«

Ein weiteres V-Boot erreichte einen altairischen Kreuzer und detonierte an seinem Bug. Der vordere Teil des Kreuzers hörte einfach auf zu existieren – verdampft in der Fünfzig-Megatonnen-Explosion. Der hintere Teil trudelte weg und brach bereits auseinander.

»Bringen Sie diese Jäger dichter ran«, befahl Hunt. »Sie müssen mehr von ihnen aufhalten.«

Die Hellcat-Piloten kämpften mit verzweifeltem Mut, ihre Laserkanonen schnitten aus nächster Nähe durch die V-Boote. Aber die Boote kamen weiter in Wellen, denn ihre Piloten – *Erhabene Piloten*, dachte Hunt grimmig – waren entschlossen, für ihr Imperium zu sterben.

Ein drittes V-Boot erreichte die Flotte, diesmal zielte es auf einen schweren Primord-Kreuzer. Die resultierende Explosion riss die gesamte Steuerbordseite des Kreuzers weg und ließ ihn feuersprühend aus der Formation schleudern.

»Wir erleiden schwere Verluste«, meldete Wiyrkomi. »Sechs Großkampfschiffe zerstört, vierzehn weitere weisen kritische Schäden auf. Die V-Boote reißen uns in Stücke.«

Hunts Kiefer spannte sich an. Die Zodark hatten eine Antwort auf zahlenmäßige Überlegenheit gefunden – das Problem so lange mit Leibern bewerfen, bis es blutete. »Wie viele Boote sind noch übrig?«

»Ungefähr einhundertsiebzig noch im Anflug«, antwortete Arvexian. »Unsere Jäger kümmern sich um die meisten, aber die Durchbrecher richten katastrophalen Schaden an.«

Die *Freedom* erzitterte erneut, als ihre Geschütze ihre tödliche Arbeit fortsetzten. Hunt sah zu, wie ein Zodark-Kreuzer unter dem konzentrierten Feuer von drei Schlachtschiffen der Republik explodierte. Ein kleiner Trost, wenn seine eigene Flotte durch Selbstmordangriffe Schiffe verlor.

»Statthalter, Prioritätsübertragung von Admiralin Stavanger«, verkündete Waldman. »Das Gravaxia-Sternentor ist frei. Sie wartet auf Befehle.«

Hunt spürte, wie sich etwas in seiner Brust verlagerte. Der Moment der Entscheidung.

»Signalisieren Sie Admiralin Stavanger und Vizeadmiral Lee«, befahl Hunt. »Phase Zwei ausführen. Springen Sie sofort nach Tueblets und greifen Sie die Verstärkungsflotte der Zodark an.«

»Aye, Sir. Übermittle jetzt.«

Auf der taktischen Anzeige beobachtete Hunt, wie neue Symbole erschienen – blaue, befreundete Markierungen, die in der Nähe der Koordinaten des Gravaxia-Sternentors materialisierten. Stravangers Kampfgruppe 41 und Lees Kampfgruppe 28, über einhundert Großkampfschiffe, strömten in das System, um die Verstärkungen der Zodark in einer Zangenbewegung zu fassen.

»Sir, wir haben ein Problem«, rief Arvexian. »Neue Hyperraumsignaturen geortet, Kurs null-vier-sieben, Entfernung achtzigtausend Kilometer. Mehrere Großkampfschiffe der Zodark tauchen hinter unserer Formation auf.«

Hunt wirbelte herum, um auf die Anzeige zu blicken. Frische feindliche Symbole blühten auf – die Verstärkungsflotte aus dem Nachbarsystem, vor der der Geheimdienst gewarnt hatte. Er zählte schnell: mindestens sechzig Großkampfschiffe, vielleicht mehr.

»Sie positionieren sich hinter uns«, sagte Wiyrkomi unnötigerweise. Hunt konnte es deutlich sehen – die Zodark hatten seine Flotte gerade umzingelt. Feindliche Kräfte vor und hinter ihnen, mit seinen Schiffen in der Mitte gefangen.

»Alle Schiffe, Feuer auf das Primärziel aufrechterhalten«, befahl Hunt und zwang seine Stimme, ruhig zu bleiben. »Wir durchbrechen die Streitkräfte vor uns oder wir sterben hier.«

Die *Freedom* erzitterte, als ein weiteres V-Boot gegen einen nahen Kreuzer detonierte. Der sich ausdehnende Feuerball beleuchtete die Brücke in grellem Licht.

»Statthalter, Admiral Vesharuk auf sicherem Kanal«, meldete Waldman.

»Stellen Sie ihn durch.«

Die Stimme des Humtar-Kommandanten hallte über die Brücke – ruhig, gemessen, völlig frei von Angst. »Statthalter Hunt, meine Sensoren erfassen, dass sich die feindliche Verstärkungsflotte hinter Ihrer Formation positioniert hat. Das ist taktisch unvorteilhaft.«

»Dessen bin ich mir bewusst, Admiral«, erwiderte Hunt trocken.

»Ich ziehe sieben meiner schweren Schlachtschiffe der *Voidhammer*-Klasse ab, um diese neue Bedrohung anzugreifen«, fuhr Vesharuk fort. »Meine verbleibenden Kräfte werden Ihren Angriff auf das Hauptziel weiterhin unterstützen.«

Hunt blinzelte. Sieben Schiffe? Gegen mehr als sechzig Großkampfschiffe der Zodark? »Admiral, ich weiß die Geste zu schätzen, aber sieben Schlachtschiffe werden nicht—«

»Sie werden sehen, Statthalter. Vesharuk, Ende.«

Auf der taktischen Anzeige beobachtete Hunt, wie sieben aquamarinblaue Symbole – die Humtar-Schiffe der *Voidhammer*-Klasse – sich von der Hauptformation lösten und mit unmöglicher

Geschwindigkeit auf die Bedrohung im Rücken zu beschleunigten. Jedes Schlachtschiff war massiv, über 2.000 Meter lang, aber sie bewegten sich wie Fregatten.

»Statthalter, die Humtar-Schiffe eröffnen das Feuer«, meldete Arvexian, seine Stimme hatte einen ungläubigen Unterton.

Hunt wandte sich dem sekundären Bildschirm zu, der das hintere Gefecht zeigte. Was er sah, ließ ihm den Atem stocken.

Das führende Humtar-Schlachtschiff – die CNS *Darkstar* – feuerte ihre Turbolaserbatterien ab. Die Strahlen trafen nicht nur die Zodark-Formation – sie schnitten durch sie hindurch. Ein älteres Zodark-Schlachtschiff erlitt mittschiffs einen direkten Treffer und brach einfach auseinander, denn sein Rumpf konnte der konzentrierten Energie nicht standhalten. Ein zweites Schlachtschiff verlor seinen gesamten Bugbereich durch eine weitere Salve, und das Metall glühte weiß, bevor es explodierte.

»Gütiger Gott«, flüsterte jemand.

Die anderen sechs Humtar-Schlachtschiffe schlossen sich dem Angriff an und ihre Turbolaser feuerten mit mechanischer Präzision. Jeder Schuss fand ein kritisches System – Reaktoren, Magazine, Brückenstrukturen. Die Verstärkungsflotte der Zodark versuchte zu antworten und konzentrierte ihr Feuer auf das nächstgelegene Humtar-Schiff.

Plasmatorpedos und Turbolaserstrahlen trafen auf die CNS *Voidrender*. Die Einschläge hätten verheerend sein müssen. Stattdessen schimmerte die Panzerung des Humtar-Schiffs mit dieser seltsamen, irisierenden Qualität, von der Hunt gehört hatte. Die Energie verteilte sich in wogenden Wellen über den Rumpf und hinterließ kaum einen Brandfleck.

»Ihre Panzerung blättert nicht einmal ab«, meldete Arvexian mit ehrfürchtiger Stimme. »Die thermische Umverteilung ist … so etwas habe ich noch nie gesehen.«

Hunt beobachtete, wie die *Darkstar* eine volle Breitseite auf ein Schlachtschiff der *Plarix*-Klasse abfeuerte. Die meterdicke Verbundpanzerung des Zodark-Schiffes – entworfen, um kinetischen Waffen der Republik standzuhalten – hielt ungefähr drei Sekunden, bevor die Humtar-Turbolaser sie durchbrannten. Die nächste Salve fand den Reaktorkomplex. Das *Plarix*-Schlachtschiff detonierte mit genug Kraft, um zwei nahegelegene Kreuzer zu beschädigen.

»Zwei *Plarix*, drei ältere Schlachtschiffe und vier Kreuzer abgeschossen«, meldete die Taktik. »Die Humtar-Schiffe nehmen die feindliche Formation systematisch auseinander.«

Die sieben Schlachtschiffe der *Voidhammer*-Klasse bewegten sich durch die Verstärkungsflotte der Zodark wie Haie durch einen Schwarm Fische. Sie beschleunigten, bremsten und manövrierten mit einer für Schiffe ihrer Größe unmöglichen Agilität. Ihre Turbolaser hörten nie auf zu feuern – jeder Strahl wurde mit chirurgischer Präzision platziert und jedes Ziel starb innerhalb von Sekunden, nachdem es angegriffen wurde.

Ein Zodark-Kreuzer versuchte, die CNS *Eternal Night* zu rammen, und leitete in einem verzweifelten Ansturm Notenergie in seine Triebwerke. Das Humtar-Schlachtschiff beschleunigte einfach weg und hielt eine perfekte Schussdistanz, während seine Heckbatterien den Kreuzer in brennende Teile zerlegten.

»Statthalter, Primord-Verstärkungen treten in das System ein«, verkündete Waldman. »Admiralin Stavanger und Vizeadmiral Lee melden, dass sie die Verstärkungsflotte der Zodark aus dem entgegengesetzten Vektor angreifen.«

Hunt wandte sich wieder der taktischen Anzeige zu. Frische blaue Symbole – Primord- und Republikschiffe – materialisierten sich in der Nähe des Gravaxia-Sternentors, genau wie geplant. Die Verstärkungsflotte der Zodark, die versucht hatte, seine Streitkräfte in einer Zange zu fangen, war nun selbst zwischen drei Kräften gefangen: den Humtar-Schlachtschiffen vor ihnen, Stavangers Flotte hinter ihnen und Lees Streitkräften, die sich bewegten, um ihren Fluchtweg abzuschneiden.

»Die Verstärkungen versuchen, den Kontakt abzubrechen«, meldete Arvexian. »Sie zerstreuen sich und versuchen sich zurückzuziehen.«

»Sagen Sie Stavanger und Lee, sie sollen verfolgen«, befahl Hunt. »Lassen Sie nicht zu, dass sie sich neu formieren.«

Auf dem sekundären Bildschirm beobachtete Hunt, wie die Humtar-Schlachtschiffe ihr Gemetzel fortsetzten. Ein weiteres Schiff der *Plarix*-Klasse ging unter, dessen Reaktorsicherheit katastrophal versagte. Ein älteres Zodark-Schlachtschiff brach unter Dauerfeuer einfach auseinander und seine strukturelle Integrität kollabierte. Die Humtar-Schiffe zeigten trotz konzentrierten Gegenfeuers nur minimalen

Schaden – ihre unmögliche Panzerung sog die Energie auf, die sie hätte zerstören sollen.

Die *Freedom* erzitterte erneut, als eine weitere Welle von V-Booten die Flotte erreichte. Hunt sah, wie ein schwerer Kreuzer der Republik einen direkten Treffer erhielt. Die Explosion riss durch seinen Maschinenbereich. Aber die Hellcat-Piloten passten sich an und lernten, die kleinen Boote effektiver zu verfolgen. Die Anzahl der Durchbrecher nahm ab.

»Feindliche V-Boot-Angriffe lassen nach«, meldete Arvexian. »Ich erfasse weniger als fünfzig verbleibende Boote. Unser Jägerschirm erreicht eine Abfangrate von siebenundachtzig Prozent.«

Hunt gestattete sich ein grimmiges Lächeln. Die Selbstmordboote der Zodark hatten ihnen schwer zugesetzt, aber die Taktik war verbraucht. Sobald die Jäger das Muster gelernt hatten, wurden die Boote zu beherrschbaren Zielen.

»Vordere Zodark-Formation beginnt zu zerfallen«, verkündete Wiyrkomi. »Mehrere feindliche Schiffe zeigen kritische Schäden. Ihre *Plarix*-Schlachtschiffe versuchen, den Rückzug beschädigter Einheiten zu decken.«

Hunt studierte die primäre taktische Anzeige. Die Verteidigungsflotte der Zodark, die vor wenigen Minuten noch so gewaltig erschienen war, befand sich nun in Auflösung. Die Hälfte ihrer *Plarix*-Schlachtschiffe war zerstört oder schwer beschädigt, ihre älteren Schiffe erlitten katastrophale Verluste durch das anhaltende Feuer der Republik und der Altairianer. Die Angriffe mit den Selbstmordbooten hatten ihren Vormarsch gestoppt, aber die alliierte Flotte nicht gebrochen.

»Alle Schiffe, Feuer auf die verbleibenden *Plarix*-Schlachtschiffe konzentrieren«, befahl Hunt. »Ich will, dass sie eliminiert werden, bevor sie sich zurückziehen können.«

Die Geschütze der *Freedom* sprachen erneut, unterstützt von dreihundert alliierten Kriegsschiffen. Die geballte Feuerkraft war überwältigend. Ein weiteres *Plarix*-Schlachtschiff explodierte unter konzentriertem Feuer, denn seine Verbundpanzerung versagte schließlich. Ein zweites verlor Strom und begann zu treiben. Sein Rumpf glühte kirschrot von den Lasereinschlägen.

»Statthalter, Admiral Vesharuk meldet, dass die feindliche Verstärkungsflotte auf vollem Rückzug ist«, rief Waldman. »Die

Humtar-Schlachtschiffe stellen das Feuer ein, um sich nicht zu weit zu entfernen.«

Hunt nickte. Sieben Humtar-Schiffe hatten in weniger als fünfzehn Minuten eine zehnmal so große Streitmacht zerschlagen. Die technologische Disparität war überwältigend – sogar erschreckend. Aber im Moment war er dankbar, dass sie Verbündete waren.

»Sir, der Amboss-Angriff kommt in Waffenreichweite«, meldete die Taktikabteilung. »Konteradmiral Hunt meldet, dass sein Angriffsverband kampfbereit ist und um Befehle bittet.«

»Sagen Sie Ethan, er soll einen Verteidigungsschirm um unsere beschädigten Schiffe bilden«, befahl Hunt. »Ich will, dass diese V-Boote von unseren beschädigten Einheiten ferngehalten werden.«

Das Blatt wendete sich. Die Verteidigungsflotte der Zodark zerfiel weiter, ihr Zusammenhalt wurde durch unerbittliches Feuer zerschmettert. Die Verstärkungsflotte zerstreute sich unter dem Druck von Stavanger, Lee und den Humtar-Schlachtschiffen. Das Kommandozentrum von Velkryn war ein rauchender Krater. Die Werften auf Thalyss waren zerstört. Nargulons Treibstoffinfrastruktur lag in Trümmern.

Hunt beobachtete, wie sich die taktische Anzeige kontinuierlich aktualisierte – rote feindliche Symbole erloschen, blaue befreundete Symbole positionierten sich neu, der geometrische Tanz des Flottenkampfes löste sich zugunsten der Alliierten auf. Der Preis war hoch gewesen: achtzehn Großkampfschiffe zerstört, siebenunddreißig weitere mit kritischen Schäden. Tausende von Kriegern waren tot oder starben in den Wracks.

Aber sie waren am Gewinnen.

»Admiral Wiyrkomi, signalisieren Sie der Flotte«, befahl Hunt. »Alle Schiffe verfolgen fliehende feindliche Kräfte, aber bewahren die Integrität der Formation. Ich will nicht, dass jemand allein in eine Falle stürmt.«

»Aye, Sir. Die Groff-Flotte aus dem Varkorion-System, die wir beobachtet haben … sie flieht nach Hause. Sollen wir verfolgen—«

»Nein, ich will, dass Sie Admiral Vesharuk signalisieren und ihm mitteilen, dass die Falle gestellt wurde«, antwortete Hunt schnell. »Er wird wissen, was zu tun ist.«

»Bestätigt, wird erledigt.«

Die *Freedom* erzitterte ein letztes Mal, als ihre vorderen Batterien eine weitere Salve abfeuerten. Hunt sah, wie ein Zodark-Kreuzer unter dem Einschlag auseinanderbrach und sein Reaktor in einer kurzen neuen Sonne detonierte.

Er wusste, dass sich das Blatt in der Schlacht zu ihren Gunsten gewendet hatte, da die Flotte der Groff nach Varkorion zurückkehrte. Die Falle, die Legion gestellt hatte, würde bald zuschnappen, und der Krieg würde enden, oder er würde weitergehen und sie alle verzehren.

Kapitel 45:
Der Verrat

ZNS *Harvex's Vengeance*
Orbitale Zone von Velkryn, Tueblets-System

Laktish Heltet umklammerte das Geländer, als eine weitere Schockwelle durch die *Harvex's Vengeance* lief. Die Panzerung des Schlachtschiffes hielt stand, doch die Einschläge kamen nun schneller – Turbolaserstrahlen, die sich mit chirurgischer Präzision durch die Zodark-Formationen schnitten.

Auf der Oberfläche von Velkryn blitzte es auf, eine Szene der Zerstörung, die Heltet nur schwer akzeptieren konnte. Die einst mächtige Zitadellenfestung der Malvari, der vorübergehende Sitz des Hohen Rates, war in einer spektakulären Explosion zerborsten.

»Laktish … der Zon … der Hohe Rat … sie sind tot«, rief NOS Kelvoth schockiert aus. Die anderen auf der Brücke schienen vom Tod des Zon Otro ebenso fassungslos zu sein.

»NOS Kelvoth, gibt es irgendein Anzeichen dafür, dass der Zon oder die anderen Ratsmitglieder entkommen sein könnten?«, fragte Heltet hoffnungsvoll.

Auf der Brücke herrschte Stille, selbst als die Schlacht um sie herum tobte, während einer der Sensoroffiziere zu bestimmen versuchte, ob in den letzten Momenten noch Rettungsshuttles oder -kapseln gestartet waren.

»Nein, Laktish, es scheint nicht so, als hätten irgendwelche Shuttles oder Rettungskapseln die Einrichtung vor der Explosion verlassen … Moment, wir empfangen eine Nachricht von der *Utulf's Sword*«, verkündete der Dritte Speer Tavak. Die *Utulf's Sword* war eines der neuen *Plarix*-Schlachtschiffe und das Flaggschiff der Malvari.

»Mavkah Griglag befiehlt allen Kriegsschiffen, sich bei den orbitalen Verteidigungsbatterien von Char-Ti zu sammeln«, gab Tavak weiter und übermittelte die neuesten Befehle der Malvari.

Heltet suchte nach Char-Ti und verzog das Gesicht, als er ein Trio dieser Humtar-Schlachtschiffe sah, das den Kurs änderte, um darauf zuzusteuern. Es schmerzte ihn, mitanzusehen, wie die roten Symbole mit erschreckender Regelmäßigkeit vom Schirm verschwanden. Er wusste, dass jedes davon ein Kriegsschiff darstellte. Hunderte und manchmal Tausende von Zodark-Kriegern, ausgelöscht.

»Es sind diese Humtar-Kriegsschiffe ... sie reißen uns in Stücke«, sagte NOS Kelvoth wütend nach dem Verlust eines weiteren Kriegsschiffes. »Wie lauten Ihre Befehle, Laktish?«

Heltet stieß einen schweren Seufzer aus. Er wusste, was zu tun war. Er wollte den Befehl nur nicht erteilen. Die Schlacht war noch lange nicht vorbei, aber das Gleichgewicht hatte sich zugunsten der Alliierten verschoben, als die Malvari-Flotte mehr als die Hälfte ihrer Schlachtschiffe verloren hatte.

Ich muss retten, was ich kann, bevor alles verloren ist, dachte er, bevor er den Befehl erteilte, den er so fürchtete. »Es ist Zeit. Geben Sie allen Groff-Streitkräften das Signal, den Rückzug Zwei Alpha durchzuführen«, sagte Heltet in düsterem Ton.

»Laktish ... Sir?«, Kelvoths Stimme klang ungläubig. »Die Malvari kämpfen noch. Wenn wir uns zurückziehen –«

»Ich weiß, Kelvoth! Wenn wir länger bleiben, riskieren wir die vollständige Vernichtung unserer Flotte – irgendjemand muss überleben. Führen Sie den Befehl aus«, unterbrach Heltet ihn, während er zornig in die Gesichter blickte, die ihn anstarrten.

Der Steuermann zögerte einen Herzschlag lang. Dann bewegten sich seine Finger über die Kontrollen. »Jawohl, Laktish. Setze Rückzugsvektor. Die Schiffe bestätigen den Befehl und folgen ihm.«

Die *Harvex's Vengeance* löste sich zusammen mit den verbliebenen Groff-Schiffen aus der Formation des Rests der Malvari-Flotte. Was als eine Groff-Flotte von einhundertdreißig Schiffen begonnen hatte, war nun auf nur noch dreiundsechzig geschrumpft.

»Sir, wir empfangen eine Übertragung von der *Utulf's Sword*«, meldete der Kommunikationsoffizier. »Es ist Mavkah Griglag.«

Heltets Magen drehte sich um. Darauf hatte er gewartet. »Stellen Sie ihn durch.«

Einen Moment später materialisierte sich die holografische Projektion. Heltet sah Griglags von Narben gezeichnetes, wutverzerrtes Gesicht, während im Hintergrund Alarmsirenen heulten und Rauch um ihn herum aufstieg.

»Laktish ... Heltet, was in Lindows Namen tun Sie da? Sagen Sie mir, dass die Groff uns nicht im Stich lassen.«

»Mavkah ... Griglag, ich habe Befehle von Direktor Vak –«

»Befehle?«, Griglags Stimme war rau. »Unser Zon ist tot – der Hohe Rat ist tot, und jetzt lassen Sie uns im Stich!«

Heltet erwiderte seinen Blick. »Nein, wir lassen Sie nicht im Stich. Das ist Teil des Plans –«

»Des Plans? Welchen Plans? Das ist Feigheit.« Griglags Stimme wurde kälter. »In der Hitze des Gefechts zeigen die Groff endlich ihr wahres Gesicht. Wenn sich die Schlacht wendet –«

Die Übertragung brach ab, bevor er zu Ende sprechen konnte. Heltet wandte sich an seinen Kommunikationsoffizier: »Was ist passiert?«

»Es ist weg – die *Utulf's Sword* ist weg«, antwortete der Dritte Speer Tavak, als der Brückenmonitor zeigte, wie das *Plarix*-Schlachtschiff auseinanderbrach.

»Wir nähern uns dem Varkorion-Sternentor«, verkündete der Steuermann.

»Befehl an die Flotte, zu springen und nach Shwani weiterzufliegen«, befahl NOS Kelvoth.

Heltet hätte am liebsten vor Wut geschrien, als Zorn und Frustration ihn überkamen. Alles an diesem Abkommen, das Vak mit dem Kollektiv geschlossen hatte, fühlte sich falsch an. Wenn das Kollektiv ihnen helfen wollte, hätte es das tun sollen, bevor der Großteil ihrer Flotte zerstört worden war.

»Sprung abgeschlossen – alle verbliebenen Groff-Schiffe sind nach Varkorion zurückgekehrt«, meldete der Dritte Speer Tavak. »Die endgültige Zahl der zurückkehrenden Groff-Schiffe beträgt neunundfünfzig.«

»Neunundfünfzig? Wir hatten dreiundsechzig am Tor – was ist mit den anderen vier passiert?«, fragte NOS Kelvoth überrascht.

»Eine Handvoll dieser Humtar-Schiffe hat sie abgefangen, bevor sie springen konnten«, antwortete Tavak. »Sie hätten uns auch fast erwischt, NOS Kelvoth. Eines ihrer Schlachtschiffe hatte uns im Visier, als wir das Tor durchquerten. Wären wir auch nur ein paar Sekunden langsamer gewesen –«

»Dann haben wir es unserem Steuermann zu verdanken, dass wir gesprungen sind, als wir es taten«, warf Heltet ein, bevor er befahl: »Alle Schiffe sollen sich nach Shwani begeben. Wir schließen uns jetzt der Verteidigung des Planeten an.«

Während die *Harvex's Vengeance* nach Shwani beschleunigte, konnte Heltet das Gefühl des Verrats nicht abschütteln. Griglags letzte Worte hallten in seinem Kopf wider. Tueblets war das Herz des Imperiums ... und die Legion hatte ihnen befohlen, es aufzugeben ... um die Alliierten in eine Falle zu locken, in eine Entscheidungsschlacht, von der sie behaupteten, sie würde den Krieg gewinnen.

Sie sollten besser recht haben, Vak'Atioth ... oder Sie haben uns das Imperium gekostet ...

Kapitel 46:
Der Preis des Überlebens

ZNS *Harvex's Vengeance*
Hoher Orbit, Planet Shwani
Varkorion-System

Laktish Heltet starrte auf den Brückenmonitor, während der Planet Shwani unter ihnen schwebte, seine Oberfläche von einer dichten Wolkendecke verhüllt. Einhundertdreißig Schiffe, mit so vielen Kriegsschiffen hatte er den Tag begonnen – nur neunundfünfzig waren ihm geblieben. Das war alles, was von der Reserveflotte übrig war, für deren Aufbau Vak und die Groff achtzehn Dracmas verwendet hatten. Einundsiebzig im Kampf verlorene Schiffe, reduziert auf nichts weiter als zerstörte Wracks in Trümmerfeldern, die über das Tueblets-System verstreut waren.

Die *Harvex's Vengeance* lag mit dem Rest seiner Flotte im äußeren Verteidigungsring, umgeben von den Augen von Shwani – einer Reihe von zwölf massiven Orbitalplattformen, die mit Plasmatürmen und Magrail-Batterien gespickt waren. Unter ihnen pulsierte das Verteidigungsnetz des Planeten mit Geschützen, die bereit waren, die alliierte Flotte zu vernichten, wenn sie eintraf – falls sie denn eintraf.

»Laktish, es gibt eine eingehende Übertragung von der Oberfläche – es ist Direktor Vak'Atioth«, verkündete der Dritte Speer Tavak. »Es ist eine Nachricht der Priorität Eins auf einem verschlüsselten Kanal.«

Heltets Kiefer spannte sich an. Er hatte gewusst, dass dieser Anruf kommen würde. »Sehr gut. Stellen Sie ihn auf meine Station durch.«

Einen Moment später materialisierte sich Vaks Bild über dem Kommandotisch vor Heltets Kommandosessel. An seinem Gesichtsausdruck konnte er erkennen, dass der Direktor nicht erfreut war, als er wütend die Worte ausspie: »Laktish, wie lautet Ihr Bericht?«

»Direktor, wir haben wie befohlen gekämpft. Als sich die Schlacht gewendet hatte, zogen wir uns wie geplant nach Varkorion zurück«, erwiderte Heltet. »Ich bin mit neunundfünfzig Schiffen zurückgekehrt. Wir sind bereit, Shwani zu verteidigen, sollten die Alliierten eintreffen.«

»Wartet – soll ich glauben, dass von den einhundertdreißig Schiffen, die heute Morgen aufgebrochen sind, nur neunundfünfzig übrig sind?«, fragte Vak überrascht.

Heltet kämpfte darum, seinen Zorn zu unterdrücken, und erwiderte: »Ja, das ist korrekt. Ich habe neunundfünfzig Groff-Kriegsschiffe bei mir. Ich kann nicht sagen, was von den Malvari übrig ist. Sie haben uns befohlen, sie mitten im Kampf im Stich zu lassen.«

»Glauben Sie, dass ich das getan habe?«, schoss Vak wütend zurück. »Sie kennen den Plan, Heltet. Ihre Aufgabe ist es, die Alliierten nach Varkorion zu locken. Unterdrücken Sie jetzt Ihren Zorn und sagen Sie mir, was passiert ist«, befahl er mit einiger Schärfe in der Stimme.

Heltet holte Luft und hielt sie an, um sich zu beruhigen, bevor er weiter antwortete. Er schloss die Augen und sah die letzten Momente der Schlacht vor seinem inneren Auge ablaufen. Er konnte immer noch Griglags letzte Übertragung hören, bevor die *Utulf's Sword* verschwunden war.

»Wir haben hart gegen die Alliierten gekämpft. Die V-Boote haben besser abgeschnitten, als wir gehofft hatten. Sie haben viele Abschüsse erzielt und sogar eine Handvoll Schlachtschiffe der Altairianer und der Republik zerstört – aber diese Humtar-Schiffe … besonders ihre Schlachtschiffe …« Heltets Stimme erstarb. Er schüttelte den Kopf, bevor er fortfuhr: »Ihre Waffentechnologie, Direktor … sie geht über das hinaus, was wir selbst gegen die Gallentiner erlebt haben. Die Art, wie sich ihre Schiffe bewegten, ihre Fähigkeit, Plasma- und sogar kinetische Treffer zu absorbieren – das geht über das hinaus, was nach unserem Wissen über Physik und Materialwissenschaft möglich ist.«

Vak verengte die Augen, als er sich vorbeugte. »Kommen Sie schon, Laktish, so schlimm kann es nicht sein. Sogar die Kriegsschiffe der Gallentiner haben Schwachstellen – die Legion hat schon Schlachten gegen sie gewonnen.«

»Wenn diese Humtar uns hierher folgen, werden Sie vielleicht die Gelegenheit bekommen, sie selbst im Kampf zu erleben«, erwiderte Heltet leise, seine Stimmung düster.

»Sehr gut – Sie haben gesagt, die Alliierten hätten Verluste erlitten. Waren sie schlimm? Haben sich unsere *Plarix*-Schlachtschiffe gut gegen sie geschlagen?«, fragte Vak und wechselte das Thema.

Heltet nickte. »Wenn man die Humtar-Schiffe außer Acht lässt, dann, ja, haben die Alliierten schwere Verluste erlitten. Wir haben gut gekämpft – die Malvari und die Groff, beide. Unsere *Plarix*-Schlachtschiffe und die V-Boote haben einen gewaltigen Unterschied gemacht. Zu Beginn der Schlacht haben wir dem Feind erhebliche Verluste zugefügt. Wenn ich die Verluste der Republik, der Altairianer und der Primorden schätzen müsste … würde ich sagen mindestens ein Viertel ihrer Schiffe, hauptsächlich schwere Kreuzer und Schlachtschiffe. Wir haben den V-Booten befohlen, ihre Angriffe darauf zu konzentrieren. Ein weiteres Drittel bis die Hälfte ihrer verbleibenden Schiffe hat leichte bis mittlere Schäden erlitten. Einige könnten schwer beschädigt sein, aber das ist schwer zu sagen.«

»Heltet, wenn die Humtar ihnen nicht geholfen hätten, hätten unsere Streitkräfte ausgereicht, um sie zu besiegen?«, fragte Vak mit unsicherer Stimme.

»Vielleicht«, antwortete Heltet schnell und sein Blick traf Vaks Blick durch das Hologramm. »Wir waren ihnen zahlenmäßig überlegen und hatten die bessere Position. Aber diese Humtar-Schlachtschiffe … sie gaben den Ausschlag.«

»Und das Blatt wird sich mit der Hilfe der Legion zu unseren Gunsten wenden«, konterte Vak.

Heltet schüttelte den Kopf. »Ich weiß nicht, Direktor. Dieser Handel mit der Legion sollte es besser wert sein. Wenn sie uns nicht helfen, Tueblets zurückzuerobern …« Er hielt inne und wählte seine nächsten Worte mit Bedacht. »Ohne Tueblets haben wir kein Imperium. Die Sternentore, die Logistik, die Verbindungen zwischen den Systemen – alles hängt davon ab, dieses System zu halten.«

Vaks Augen verengten sich. »Stellen Sie mein Urteilsvermögen infrage?«

»Nein, Direktor. Ich stelle infrage, ob das Kollektiv seine Versprechen einhalten wird.«

»Genug.« Vaks Stimme wurde scharf. »Das Kollektiv hält seine Abmachungen ein, Heltet. Die Legion wird eintreffen, wenn die Alliierten es tun, und wir werden zurückfordern, was verloren wurde. Verstehen Sie das?«

Heltet neigte leicht den Kopf. »Ja, natürlich, Direktor.«

»Gut. Halten Sie Ihre Position innerhalb des Verteidigungsperimeters und bereiten Sie sich auf die Schlacht vor – die wahre Schlacht. Die, die über diesen Krieg entscheiden wird«, befahl Vak und beendete dann die Übertragung.

Als Heltet im Kommandozentrum stand, umgeben vom Summen der aktiven Systeme und den leisen Gesprächen seiner Brückenbesatzung, fragte er sich, ob er das Ende dieses Tages erleben würde oder ob dies seine letzten Minuten, seine letzten Stunden waren.

NOS Kelvoth näherte sich von der Taktikstation. »Ihre Befehle, Laktish?«

»Gute Frage. Vorerst bleiben alle Schiffe in Alarmbereitschaft. Wir wissen nicht, wann der Feind eintreffen und die nächste Schlacht beginnen wird«, erwiderte Heltet, unsicher, was er sonst sagen sollte.

Kelvoth rief den anderen auf der Brücke einige Befehle zu, wandte sich dann Heltet zu und fragte mit leiser Stimme: »Und wenn die Legion nicht eintrifft?«

Heltet antwortete nicht sofort. Er blickte auf die neunundfünfzig roten Symbole auf der taktischen Anzeige – alles, was von Vaks großer Flotte übrig war. »Wenn das passiert, Kelvoth, dann sterben wir bei der Verteidigung unserer Heimatwelt.«

Kapitel 47:
Damoklesschwert

CNS *Solvaris*
Hoher Orbit, Planet New Eden
Rhea-System

Admiral Veydris Korrath stand auf der Brücke der *Solvaris* und beobachtete, wie die azurblaue Oberfläche von New Eden unter ihnen vorbeizog. Der Name des Schiffes bedeutete »Hüterin der Welten« – es war ein Raumträger, den die Marine gebaut hatte, um das Kollektiv zu vernichten. Das 4.200 Meter lange Schiff trug achthundert Raumjäger und vierhundert Bomber in seinen Hangars, mit Fabrikationssystemen, die in der Lage waren, Verluste mitten im Kampf zu ersetzen. Es beherbergte dreitausendsechshundert Raumfahrer, zwölfhundert Piloten, dreitausend Mann Wartungspersonal und vierhundertfünfzig Sicherheitskräfte und hatte Kojen für siebentausendfünfhundert Soldaten.

Ihre Panzerung war adaptiv und regenerativ. Ein Dutzend schwere Schlachtschiffe der *Voidhammer*-Klasse konnten stundenlang auf die *Solvaris* einhämmern, bevor sie nennenswerten Schaden anrichteten. Ihre primären Turbolaser schnitten mit einer Handvoll Treffer durch die Panzerung einer *Voidhammer*. Ihre Magrail-Geschosse schlugen mit annähernd Lichtgeschwindigkeit und verheerender kinetischer Kraft ein.

Das Schiff war ein Energiefresser, angetrieben von vier Antimateriereaktoren. Seine Offensivwaffen bestanden aus zwanzig doppelläufigen 40-cm-Magrails, die jede Flanke ihres gepanzerten Rumpfes säumten, durchsetzt mit sechsundzwanzig dreiläufigen Antischiffs-Turbolaserkanonen. Da ein Schiff nie genug Feuerkraft haben konnte, bestand die Sekundärbewaffnung der *Solvaris* aus vierzig doppelläufigen 45-cm-Magrails neben zweiundfünfzig mittleren Turbolaserbatterien für zusätzlichen Wumms. Für feindliche Jäger und Raketen, die dem Träger zu nahe kamen, war er mit zehn Raketenbatterien pro Seite ausgestattet, die jeweils mit zweihundert Abfangraketen bestückt waren, was dem Träger die Fähigkeit verlieh, Schwärme von feindlichen Jägern und Raketen zu eliminieren. Sollten diese Systeme versagen, verfügte die *Solvaris* über zweihundert Laser-Nahverteidigungsgeschütze, die jeden Winkel des Schiffes abdeckten.

Drei leichte Schlachtschiffe der *Warclaw*-Klasse hielten eine Eskortenformation an den Flanken der *Solvaris*, unterstützt von zwölf Kreuzern der *Ironveil*-Klasse und vierzehn Fregatten der *Daggerwind*-Klasse. Sie hatten fast einen ganzen Tag gewartet, während die alliierte Flotte in Tueblets gekämpft hatte – ihr Teil der Schlacht war fast abgeschlossen.

»Admiral, eingehende Übertragung von Admiral Vesharuk«, meldete Commander Thyrax von der Kommunikation. »Prioritätskanal, verschlüsselt.«

»Stellen Sie ihn durch«, erwiderte Korrath.

Die holografische Anzeige materialisierte sich vor seinem Kommandosessel. Admiral Vesharuk erschien. Sein Auftreten war ruhig, trotz der Kampfgeräusche, die auf der Brücke hinter ihm zu hören waren.

»Korrath, die Schlacht hier ist fast vorbei. Wir haben entdeckt, dass sich die Groff-Flotte nach Varkorion zurückzieht«, verkündete Vesharuk. »Es passiert genau so, wie wir es uns gedacht haben.«

Korrath spürte, wie sein Puls schneller wurde, während sich ein Lächeln auf seinem Gesicht bildete. »Ausgezeichnet. Wie viele ihrer Schiffe haben überlebt, um sich zurückzuziehen?«

»Es scheinen neunundfünfzig von ihnen zu sein. Wir haben ein paar von ihnen erwischt, bevor sie springen konnten. Wir vermuten, dass sie sich zu den orbitalen Verteidigungsanlagen um Shwani zurückgezogen haben und wahrscheinlich darauf warten, dass unsere Streitkräfte auftauchen und die Legion ihre Falle zuschnappen lässt«, antwortete Vesharuk. Dann verhärtete sich sein Gesichtsausdruck. »Hier in Tueblets machen Statthalter Hunt und die alliierte Flotte die restlichen Zodark-Streitkräfte fertig. Ihr Zon, Otro, ist tot. Genauso wie ihr Mavkah, Griglag – die *Utulf's Sword* wurde vor Minuten zerstört. Was von ihren Streitkräften übrig ist, ist verstreut. Einige wenige kämpfen bis zum bitteren Ende, andere ergeben sich. Es sollte nicht mehr lange dauern, bis das System gesichert ist.«

»Das ist gut zu hören, mein Freund. Diese Schlacht ist besser verlaufen, als wir dachten«, kommentierte Korrath. »Ist es an der Zeit, unsere eigene Falle zuschnappen zu lassen?«

»Ja.« Vesharuk beugte sich leicht vor. »Meine Kampfgruppe ist bereit, sich Ihnen anzuschließen. Wir treffen uns bei Shwani und warten darauf, dass die Legion auftaucht.«

Korrath blickte zu seinem Taktikoffizier. Captain Zerith nickte einmal – die Bestätigung, dass die *Solvaris* und ihre Eskorten bereit waren.

»Bestätigt. Wir sind bereit«, bestätigte Korrath. »Wir haben die Damokles-Dateien mit unserem Ultimatum bereit, sobald wir das Kommandoschiff der Legion identifizieren.«

Vesharuks Augen verengten sich. »Gut. Und denken Sie dran, Korrath, die *Solvaris* greift nicht ein, es sei denn, die Legion zwingt uns dazu. Wir zeigen ihnen die Zähne. Wir überbringen das Ultimatum. Aber wir verraten nicht, wozu wir fähig sind, es sei denn, wir müssen es. Wir haben das Überraschungsmoment nur einmal.«

»Ich weiß. Wir werden die Zähne zeigen und knurren, aber wir halten uns mit dem Biss zurück, wenn es nicht nötig ist.«

»Gut.« Vesharuk hielt inne und fügte dann hinzu: »Statthalter Hunt lässt grüßen. Er sagt, Sie haben einen verdammt guten Kampf verpasst.«

Korrath lächelte. »Ja, Sie müssen es mir nicht unter die Nase reiben. Sagen Sie ihm, wir sehen uns auf der anderen Seite, wenn das alles vorbei ist. Die erste Runde Bier zahlt er. Ende.« Die Übertragung wurde beendet, und Korrath gab den Befehl zum Sprung. Es war an der Zeit, dem Kollektiv einen Schlag zu versetzen und zu sehen, wie es reagierte.
****

CNS *Solvaris*
Hoher Orbit, Planet Shwani
Varkorion-System

Admiral Korrath hielt den Atem an, als die *Solvaris* aus dem Quantentransit in das Varkorion-System trat. Im einen Moment waren sie im friedlichen Orbit von New Eden; im nächsten befanden sie sich im Orbit des rostfarbenen Planeten Shwani, umgeben vom feindseligen Glanz seiner Verteidigungsplattformen.

»Admiral, Sprung abgeschlossen«, meldete der Steuermann. »Alle Schiffe vollzählig. Kampfformation intakt.«

Auf der taktischen Anzeige konnten sie sehen, dass Admiral Vesharuks Kampfgruppe angekommen war und zwölftausend Kilometer backbord die Position hielt. Ihre sieben schweren Schlachtschiffe der *Voidhammer*-Klasse waren ein willkommener Anblick. Die Kriegsschiffe waren in einer Verteidigungsformation angeordnet, flankiert von drei zusätzlichen leichten Schlachtschiffen der *Warclaw*-Klasse und ihren unterstützenden Kreuzer- und Fregatteneskorten. Sie fügten schnell ihre Feuerkraft zu den Eskortenschiffen der *Solvaris* hinzu, als die beiden Humtar-Streitkräfte Abschirmpositionen um den Raumträger einnahmen.

Etwa dreißigtausend Kilometer unter ihnen befand sich eine Formation von Zodark-Kriegsschiffen – die Groff-Flotte, die sich aus Tueblets zurückgezogen hatte. Die Zodark-Schiffe waren um das Verteidigungsnetz der Augen von Shwani positioniert, einer Reihe von Asteroiden und Planetoiden, die zu befestigten Geschützstellungen ausgebaut worden waren.

»Admiral, Sensoren werden hochgefahren. Wir entdecken mehrere feindliche Kontakte«, verkündete Captain Zerith. »Sensoren haben neunundfünfzig Großkampfschiffe identifiziert, durchsetzt mit mindestens zwölf orbitalen Verteidigungsplattformen.«

Korrath lächelte, als er auf die taktische Anzeige starrte. Alles war an seinem Platz; die Groff-Flotte war dort, wo die Legion sie hingeschickt hatte. Jetzt mussten sie nur noch auf die Ankunft der Legion warten.

»Admiral, Quantenbrückensignaturen entdeckt«, rief Captain Zerith, seine Stimme scharf vor Aufregung. »Das muss die Legion sein – wir entdecken mehrere Kontakte auf Kurs null-drei-fünf, Reichweite zweiundzwanzigtausend Kilometer.«

Korrath spürte, wie sein Puls schneller schlug, als die Falle zuzuschnappen begann. »Okay, Leute, das ist es! Jetzt geht's los. Geben Sie mir ihre Formation auf den Hauptbildschirm.«

Die Hauptanzeige wechselte und zeigte den Raum, der sich wie aufgewühltes Wasser kräuselte. Ein massives Schiff drängte sich durch die Kräuselung, um mit ihnen im System zu erscheinen. Das Schiff hatte ein kantiges, raubtierhaftes Aussehen und strotzte nur so vor Waffen.

Das muss es sein, dachte Korrath bei sich. Das Schiff, etwas mehr als zwanzigtausend Kilometer von ihnen entfernt, musste der Raumträger der *Devourer*-Klasse sein, die *Eternal Harvest*. Als die

Vergrößerung näher an das Schiff heranzoomte, schien seine Rumpfpanzerung so dunkel wie die Leere zu sein und das Licht um sie herum zu absorbieren.

»Admiral, visuelle Sensoren haben es bestätigt. Das ist das Flaggschiff von Harvester-Prime«, berichtete Zerith von seiner Station. »Wir scannen es jetzt nach Details … bestätigt. Das Schiff ist viertausend Meter lang. Wow, die Energiewerte sind gewaltig. Seine Sensoren werden aktiv.«

Während weiterhin Daten von den verschiedenen Stationen auf der Brücke einliefen, erschienen mehr Kräuselungen um ihre Flotte herum. Die Kriegsschiffe der Legion tauchten in Wellen um die *Eternal Harvest* auf.

Korrath beobachtete weiterhin, wie die taktische Anzeige mit roten feindlichen Symbolen aufleuchtete. »Ich brauche eine Zählung. Wie viele Schiffe der Legion haben wir vor uns?«, verlangte er.

»Dreißig Schiffe … vierzig … fünfzig …« Zeriths Stimme blieb trotz der steigenden Zahlen ruhig. »Zweiundsiebzig Kontakte und es werden immer mehr, Sir.«

Korrath wandte sich an seinen Kommunikationsoffizier. »Rufen Sie die *Eternal Harvest*. Prioritätskanal. Ich will mit Omega-0001 sprechen.«

Commander Thyrax bediente seine Konsole. »Aye, Admiral. Sende jetzt.«

Die Sekunden dehnten sich wie eine Ewigkeit. Weitere Schiffe der Legion materialisierten sich um die *Eternal Harvest*. Korrath zählte jetzt fünfundachtzig Schiffe, und die Zahl schien weiter zu wachsen. Die Legion musste kämpfen, und sie hatten genug Feuerkraft mitgebracht, um ihnen einiges entgegenzusetzen.

»Admiral, sie antworten nicht.«

»Versuchen Sie es weiter. Rufen Sie sie noch einmal«, drängte Korrath eindringlicher. Der Plan würde nicht funktionieren, wenn sie keinen Kontakt herstellen konnten, um das Ultimatum zu überbringen. In der Zwischenzeit zeigte die taktische Anzeige jetzt zweiundneunzig Schiffe der Legion – eine Kampflinie bildete sich um die *Eternal Harvest*. Ein flaues Gefühl breitete sich in Korraths Magen aus, als er erkannte, dass sie sich vielleicht aus dieser Situation herauskämpfen mussten.

»Warten Sie, ich empfange etwas – es kommt von der *Eternal Harvest*«, verkündete Thyrax zur Erleichterung aller.

»Schalten Sie es auf die Brückenlautsprecher. Ich will, dass jeder das hört«, befahl Korrath, dessen Gedanken rasten in Erwartung dessen, was gleich geschehen würde.

Als die Lautsprecher aktiviert wurden, war die Stimme, die sie hörten, beunruhigend, verstörend. Es war keine einzelne Stimme, sondern eine Überlagerung vieler Stimmen, die sich vermischten – eine wurde zu vielen, viele zu einer. Es reichte aus, um Korrath eine Gänsehaut zu verpassen.

»Wir sind Omega-0001 von Harvester-Prime – Humtar … Sie wurden besiegt. Warum sind Sie zurückgekehrt?«

Korrath war aufgestanden, als die Audionachricht zu einem Video wechselte. Er trat vor und erklärte kühn: »Ja, Omega-0001, wir sind aus dem Exil zurückgekehrt. Wir sind gekommen, um zu beenden, was vor langer Zeit begann – um diesen Krieg zu beenden.«

Für einen Moment wurde seine Erklärung mit Schweigen beantwortet, einem leeren Blick von der mechanischen Gestalt, die ihn von der Brücke der *Eternal Harvest* anstarrte. Dann sprach sie mit derselben beunruhigenden, vielschichtigen Stimme, die die Haare in Korraths Nacken kribbeln ließ.

»Humtar, Sie kommen, um den Krieg zu beenden, den *Sie* begonnen haben«, erwiderte Omega-0001. »Wir haben Sie einmal besiegt. Wir können Sie wieder besiegen.«

Während Omega-0001 sprach, meldete die taktische Anzeige, dass die *Eternal Harvest* Energie zu ihren Waffensystemen leitete. Korrath sah die Energiewerte bei allen Schiffen der Legion in die Höhe schnellen, während sie sich auf den Kampf vorbereiteten.

Jetzt oder nie, dachte Korrath und wandte sich dann an Commander Thyrax. »Es ist Zeit. Schicken Sie die Damoklesschwert-Datei«, befahl Korrath.

Die Finger des Commanders tanzten über seine Konsole, dann blickte er zu Korrath auf. »Erledigt, Admiral. Das Damoklesschwert ist gesendet, Empfang bestätigt – es ist jetzt in den Händen von Omega-0001.«

Korrath schenkte ihm ein beruhigendes Lächeln. Es lag nun nicht mehr in ihren Händen, sondern im Bewusstsein des Kollektivs. Ein Teil von ihm hoffte, sie würden sich für den Kampf entscheiden, um diesen Konflikt zu beenden. Er wusste, es war ein egoistischer Gedanke, Rache für das zu wollen, was das Kollektiv ihren Vorfahren angetan hatte. Es würde zum Tod von Millionen, möglicherweise Milliarden führen, wenn das Kollektiv hier und jetzt nicht gestoppt würde. Allein aus diesem Grund hoffte Korrath, dass dieser Damoklesschwert-Plan ausreichen würde.

Als die Uhr anzeigte, dass eine Minute ohne Antwort vergangen war, räusperte sich Korrath. »Omega-0001, das Kollektiv hat unser Ultimatum erhalten – unser Damoklesschwert. Wie lautet die Antwort des Kollektivs?«, fragte er.

Korrath hielt den Atem an, während sie angespannt auf die Worte warteten, die diesen Kampf beenden oder eskalieren lassen würden. Dann sah er etwas, das seine Stimmung hob. Die Energiewerte bei den Schiffen der Legion fielen.

»Die Nachricht wurde empfangen«, sagte die vielschichtige Stimme von Omega-0001. Sie hielt inne, als ob sie ihre nächste Aussage berechnete. »Wir haben das Damoklesschwert analysiert und … keine Alternative gefunden – es wird akzeptiert. Aber, Humtar … dieser Krieg ist nicht beigelegt – dieser Kampf ist nicht vorbei.«

Korrath lächelte und atmete erleichtert auf, als er antwortete: »Vielleicht haben Sie recht, 0001 – ich hätte Damokles benutzt, um Sie vollständig auszulöschen, aber diese Entscheidung lag nicht bei mir. Sie haben die Bedingungen des Abkommens erhalten. Die Konsequenzen einer Nichteinhaltung sind klar. Wenn das Kollektiv von dieser Vereinbarung abweicht … werden Sie ausgelöscht.«

Die Gestalt von Omega-0001 starrte Korrath an, ohne zu sprechen. Während die Stille zwischen ihnen länger wurde, sah Korrath, wie sich auf der taktischen Anzeige Veränderungen abzuzeichnen begannen. Der Raum um die Schiffe der Legion begann sich wie aufgewühltes Wasser zu kräuseln. Eine Handvoll Kreuzer verschwand, dann folgten Zerstörer, während die Zahl der Legion-Kriegsschiffe schnell sank.

Die *Eternal Harvest* drehte sich langsam, das Flaggschiff der Legion verweilte einen Moment länger, als die letzten Schiffe verschwanden. Die Gestalt von Omega-0001 neigte den Kopf zur Seite, als sie sprach. »Humtar … Sie hätten in Eurem Exil bleiben sollen … die Arche-Galaxie von NGC 205 (M110) war uns bisher unbekannt … vielleicht werden wir eines Tages beenden, was *Sie* begonnen haben.«

Das Schiff verschwand, bevor Korrath antworten konnte. Die verbleibenden Schiffe der Legion folgten Sekunden später und ließen die Groff-Flotte von neunundfünfzig Schiffen als einzige feindliche Schiffe im System zurück.

»Das war's! Es ist bestätigt, alle Kontakte der Legion sind weg«, berichtete Zerith.

»Mein Gott, wir haben es geschafft!«, rief Captain Zerith aus, als die Brückenbesatzung in aufgeregte Jubelrufe und Lachen ausbrach.

Korrath ließ einen Atemzug los, von dem er nicht gemerkt hatte, dass er ihn angehalten hatte. Diese letzte Äußerung von 0001 hallte noch in seinem Kopf nach, aber die unmittelbare Bedrohung war verschwunden. Sie hatten es geschafft.

Er hob die Hände, um ihre Aufmerksamkeit zu erregen, und rief, um gehört zu werden: »Ich brauche jetzt jedermanns Aufmerksamkeit! Wir haben immer noch eine feindliche Zodark-Streitmacht, mit der wir fertig werden müssen, also ist diese Schlacht noch nicht vorbei. Commander Thyrax, öffnen Sie einen Kanal zum Zodark-Schiff *Harvex's Vengeance*. Richten Sie ihn an Laktish Heltet.«

Die Brückenbesatzung kehrte zu ihren Posten zurück und machte sich wieder an die Arbeit.

»Admiral, ich habe einen Kanal geöffnet. Sie werden ihn empfangen«, antwortete Commander Thyrax.

Korrath nickte und richtete seine Uniform auf, als er sprach. »Laktish Heltet, welchen Handel auch immer Ihr Volk mit dem Kollektiv geschlossen hat, er ist vorbei. Wie Sie mit Ihren Sensoren sehen könnt, ist die Legion verschwunden.« Korrath hielt eine Sekunde inne und ließ die Worte wirken, bevor er Kapitulationsbedingungen anbot. »Heltet, Ihr Zon ist tot und Ihre Flotte wurde besiegt. Wir kontrollieren den Zugang zu Ihren Systemen, und wir kontrollieren den Weltraum über Ihren Planeten. Wir wollen Ihr Volk nicht abschlachten oder Ihre Städte in Asche legen. Als einer der Kommandeure der alliierten Flotte fordere ich Ihre Kapitulation. Wollen Sie Ihre Besatzung und Flotte retten ... oder müssen noch mehr Krieger für ein bereits feststehendes Ergebnis sterben?«

Korrath wartete und gab dem Zodark-Kommando ein paar Minuten Zeit, um sich zu entscheiden.

»Admiral, wir empfangen eine Textübertragung von der *Harvex's Vengeance*«, verkündete Thyrax, als er sie auf der Hauptanzeige einblendete.

Korrath las die Nachricht und lächelte dabei: *Heute sind genug Krieger gestorben. Ich werde meiner Flotte befehlen, zu kapitulieren. Direktor Vak'Atioth wird uns wahrscheinlich befehlen, bis zum Ende zu kämpfen. Ich schlage vor, ihn zu eliminieren. Ich werde das Kommando über das Zodark-Imperium übernehmen und zustimmen, den Krieg zu beenden. Sind diese Bedingungen akzeptabel?*

Es folgten Koordinaten, die Vak'Atioths Standort identifizierten.

Korrath blickte zu seinem Taktikoffizier. »Captain Zerith, übermitteln Sie diese Koordinaten an Admiral Vesharuk. Sagen Sie ihm … wir haben ein letztes Gelegenheitsziel, das Aufmerksamkeit erfordert. Dann senden Sie eine Antwort an Heltet und sagen Sie ihm, seine Bedingungen werden akzeptiert. Sagen Sie ihm, er soll allen Zodark-Streitkräften befehlen, die Waffen niederzulegen und auf weitere Anweisungen zu warten.«

»Aye, Sir. Übermittle jetzt.«

Momente später feuerten drei der schweren Schlachtschiffe der *Voidhammer*-Klasse ihre Turbolaser auf die angegebenen Koordinaten. Es war ein letzter Schuss, um den Krieg zu beenden.

»Sir, Admiral Vesharuk meldet *Ziel zerstört*«, bestätigte Thyrax. »*Harvex's Vengeance* bestätigt. Heltet bestätigt, dass er die Befehle an alle Systeme und Schiffe sendet. Die Feindseligkeiten sind einzustellen – der Krieg ist vorbei – alle Zodark-Streitkräfte sollen sich mit sofortiger Wirkung zurückziehen.«

Korrath beobachtete, wie die taktische Anzeige die Deaktivierung der Zodark-Waffensysteme zeigte. Die Energiesignaturen aller Verteidigungsplattformen wurden heruntergefahren, und die Zielradare schalteten sich ab. Die neunundfünfzig Kriegsschiffe der Groff-Flotte signalisierten ihre Kapitulation.

»Thyrax, verbinden Sie mich mit Statthalter Hunt. Prioritätskanal«, befahl Korrath aufgeregt.

Hunts Bild materialisierte sich Augenblicke später. Sein Gesicht sah müde aus, aber in seinen Augen lag ein Schimmer der Hoffnung, als er sprach. »Admiral Korrath, ich vertraue darauf, dass Sie das Damokles-Ultimatum überbracht haben?«

Korrath erlaubte sich ein aufrichtiges Lächeln. »Ja, das haben wir ... es ist vorbei, Statthalter. Sie sind weg. Das Kollektiv ... sie haben die Bedingungen des Abkommens widerwillig akzeptiert und sind gegangen. Ich habe gerade mit dem Kommandeur der Groff-Flotte, Laktish Heltet, gesprochen – er übernimmt das Kommando über die Zodarks. Er hat die Kapitulationsbedingungen akzeptiert und zugestimmt, den Krieg zu beenden. Es ist vorbei, Miles ... der Krieg ist vorbei.«

Hunts Gesichtsausdruck wechselte von Unglauben zu Erschöpfung, dann zu Erkenntnis, als die Worte bei ihm ankamen. »Warten Sie, Korrath ... wollen Sie damit sagen, es hat funktioniert? Das Kollektiv hat zugestimmt? Sie sind gegangen?«

»Ja, das stimmt. Wir haben Omega-0001 das Ultimatum geschickt, und dieser Orbot hatte recht, sie haben die Gewissheit des Überlebens dem Risiko des endgültigen Todes vorgezogen«, antwortete Korrath. »Als die Legion die Zodarks im Stich ließ, sagte uns dieser Groff-Flottenkommandant, Heltet, wenn wir den Groff-Direktor, Vak'Atioth, eliminieren, könnte Heltet die Kontrolle über die Regierung übernehmen und den Krieg beenden. Also haben wir genau das getan – wir haben Vak'Atioth eliminiert. Jetzt ist er derjenige, der das Sagen hat.«

Hunt lehnte sich in seinem Kommandosessel zurück, immer noch mit einem ungläubigen Ausdruck im Gesicht. »Ich werd' verrückt, Korrath. Dieser Plan hat tatsächlich funktioniert. Das wird wirklich zu Ende gehen, nicht wahr?«

»Ja, das wird es, mein Freund.« Korrath blickte auf die taktische Anzeige, wo blaue freundliche Symbole nun die neutralen grauen Markierungen der kapitulierten Zodark-Streitkräfte übertrafen. »Wir sichern die Lage hier. Wie läuft es in Tueblets?«

»Wir sind fast damit fertig, die letzten Malvari auszuschalten. Sobald Heltets Nachricht das System erreicht ... werden wir sehen, wer sie ehrt und wer Lindow, ihren Gott, treffen will«, antwortete Hunt, immer noch unter Schock. »Ich denke, wir sollten das System vor Ende des Tages vollständig pazifiziert haben, wenn sie Heltets Befehle befolgen.« Er hielt inne und fügte dann hinzu: »Korrath, gute Arbeit heute. Wir schulden Ihnen und Vesharuk mehr, als wir jemals zurückzahlen können.«

»Nein, Miles, Sie sind Humtar – wir sind eine Familie. Wir alle haben unseren Teil dazu beigetragen, diesen schrecklichen Krieg zu beenden. Jetzt kommt der schwere Teil, herauszufinden, wie man den Frieden sichert.«

Hunt lachte über seinen Kommentar und konterte: »Ein Problem nach dem anderen, mein Freund. Oh, und, Korrath, wenn wir nach New Eden zurückkehren, gehen Abendessen und Getränke auf mich.«

Korrath lächelte. »Daran werde ich Sie erinnern, Miles. Tatsächlich werde ich eines dieser Andorranischen Steaks bestellen, von denen ich so viel gehört habe.«

Die Übertragung endete, wie der Krieg. Eine neue Schlacht begann – der Kampf um die Erhaltung des Friedens.

Aber das war ein Problem für morgen.

Kapitel 48:
Epilog

Miles und Lilly Hunt holten ihre längst überfälligen zweiten Flitterwochen nach, und dieses Mal unterbrach niemand ihren Urlaub. Miles verbrachte den Rest seiner beruflichen Laufbahn damit, mehrere potenzielle Kandidaten für das Amt des Statthalters auszubilden, damit die Republik und das Galaktische Imperium in sicheren Händen blieben. Er konzentrierte sich besonders darauf, sicherzustellen, dass die Beziehung zwischen der Republik und den Humtars friedlich und dauerhaft war.
****

Captain Wiyrkomi tat sich nach dem Ende des Krieges zunächst schwer. Die Gallentiner hatten seit Tausenden von Jahren Krieg geführt, und all das war plötzlich und unerwartet vorbei. Zuerst befürchtete er, dass die Legion zurückkehren könnte, doch nach einigen langen Gesprächen mit Statthalter Miles Hunt akzeptierte er die Realität der Situation. Wiyrkomi beschloss, dass es an der Zeit war, in den Ruhestand zu gehen und das Angebot seines Freundes Miles anzunehmen, ihm das Fliegenfischen beizubringen.

Als er merkte, dass er immer noch mit der plötzlichen Umstellung rang, arbeitete er mit dem gallentinischen Militär zusammen, um ein Netzwerk von Selbsthilfegruppen für ehemalige Soldaten zu schaffen, die sich an das zivile Leben anpassten. Diese zusätzliche Aufgabe gab ihm den Willen, weiterzukämpfen.
****

Chester Bailey zog sich aus dem Space Command zurück. Er und seine Frau kehrten zur Erde zurück, in ihr Haus auf Merritt Island, Florida, in der Nähe des alten Hauptquartiers des Space Command auf der Patrick Space Force Base. Die beiden feierten achtzig Ehejahre, und nachdem seine Frau ihm acht Jahrzehnte lang gefolgt war, war es nun an ihm, ihre Karriere zu unterstützen.

Sie hatte schon immer gerne gekocht und davon geträumt, einen Gourmet-Imbisswagen für Meeresfrüchte zu betreiben. Sie startete einen hochwertigen, schicken Schwebe-Truck, der zum letzten Schrei wurde. Wenn er ihr nicht gerade half, den Grill zu bedienen, war Bailey damit

beschäftigt, seine Memoiren zu schreiben, *Der alte Mann – Ins All und darüber hinaus*. Es schilderte ein weitgehend unglamouröses Leben für einen Mann, der wohl eine der mächtigsten Persönlichkeiten des letzten Vierteljahrhunderts gewesen war.
****

Fran McKee lehnte die Beförderung zur Leiterin des Space Command ab und nahm stattdessen eine Lehrtätigkeit auf der Hauptwelt der Humtar, Etlu, an, wo sie die Erdgeschichte der letzten fünfzig Jahre unterrichtete. Schließlich lernte sie einen Humtar kennen, verliebte sich, heiratete und bekam vier Kinder. Sie blieb als Lehrerin tätig und gab ihr Wissen und ihre jahrelange Erfahrung an die nächste Generation weiter.
****

Ripley Willis Lee nahm Baileys Beförderung zum Flottenadmiral und Leiter des Space Command an. Er hatte dann die Aufgabe, den Frieden« zu wahren, die Lehren aus den Zodark-Kriegen zu dokumentieren und das Space Command und die Republik auf alles vorzubereiten, was als Nächstes kommen würde.
****

Brian Royce wurde zum Generalleutnant befördert und übernahm die Führung der Sondereinheiten der Republikanischen Armee. Er und seine Frau bekamen acht Kinder, und er blieb noch zehn Jahre nach Kriegsende in der Armee, bevor er sich nach Alpha Centauri zurückzog, dem einzigen Planeten in der Republik, auf dem er nie gekämpft hatte. Endlich hatte er einen Ort gefunden, an dem er mit seiner Vergangenheit Frieden schließen und alt werden konnte.
****

Paul »Pauli« Smith verließ nach Kriegsende das Militär und die Reserve. Er baute seine Unternehmen auf New Eden aus und wurde zu einem der erfolgreichsten Bauunternehmer des Planeten sowie zu einem der reichsten Menschen auf New Eden. Er leitete philanthropische Wohltätigkeitsorganisationen auf dem ganzen Planeten und nutzte seinen immensen Reichtum, um bezahlbaren Wohnraum zu schaffen, Berufsausbildungen anzubieten, Veteranendienste zu beschleunigen und den Menschen zu helfen, ihr Leben nach dem Krieg wieder aufzubauen.

Er und seine Frau bekamen sechs Kinder und adoptierten im Laufe ihres Lebens zwanzig weitere, um Waisenkindern eine Chance zu geben, die sie sonst nicht gehabt hätten.
****

Yogi Sanders, Paulis bester Freund, wurde einer seiner Geschäftsführer. Die beiden blieben den Rest ihres Lebens enge Freunde. Yogi heiratete schließlich und hatte, wie sein Freund Pauli, eine große Familie mit acht leiblichen Kindern und adoptierte im Laufe der Jahre sechs weitere.
****

Amy Dobbs wurde schließlich Chief of Naval Operations und half Ripley Lee beim Wiederaufbau der Republikanischen Marine, deren Größe zunahm und schließlich mehr als tausend Kriegsschiffe umfasste. Sie war maßgeblich am Aufbau einer umfangreichen Marinereservestreitmacht aus eingemotteten Kriegsschiffen beteiligt. Durch ihre Bemühungen waren sie wieder einsatzbereit, sollte eine Bedrohung wie die Zodarks jemals wieder in der Zukunft auftauchen.
****

Joe Wright ging in den Ruhestand, nachdem er seinen zweiten Admiralsstern erhalten hatte, und gründete schließlich ein Luxus-Kreuzfahrtunternehmen, das sich an abenteuerlustige Nervenkitzel-Suchende richtete und Asteroidengürtel und andere besondere Anomalien erforschte.
****

Als David und Catalina aus den Drachen entlassen wurden, zogen sie sich nach New Eden zurück und kauften eine Andorra-Rinderfarm. Ihre vier Kinder lernten das Geschäft und waren sich ihrer faszinierenden Vergangenheit völlig unbewusst. Stattdessen glaubten sie, dass Mama und Papa einfach nur alte und langweilige Eltern waren. David und Catalina waren zufrieden mit einem schlichten und langweiligen Dasein in ihrem Ruhestand.
****

Jess kämpfte nach ihrem Ausscheiden aus den Drachen zunächst mit dem Verlust ihres Berufs, bis sie etwas fand, das ihrem Leben einen neuen Sinn gab. Sie und Somchai beschlossen, keine eigenen Kinder zu bekommen. Stattdessen zogen sie nach Éire und nahmen mehrere Pflegekinder auf, von denen sie schließlich zwölf Kriegswaisen aus dem Sol-System adoptierten. Jess wurde als Trainerin für Sportmannschaften aktiv, und Somchai eröffnete ein thailändisches Restaurant, in dem sie ebenfalls von Zeit zu Zeit aushalf.
****

Amir zog nach Alpha Centauri, wo er einen Handelsposten eröffnete. Innerhalb eines Jahres hatte er sich jedoch Hals über Kopf in eine einheimische Frau verliebt und beschlossen, in das botanische Familienunternehmen einzusteigen. Sie bekamen sieben Kinder und waren überglücklich.
****

Dr. Alan Walburg verbrachte den Rest seines Lebens auf der Suche nach wissenschaftlichen Entdeckungen, die aufbauen und nicht zerstören sollten. Er und Sam wurden zu einem integralen Bestandteil der Bemühungen der Republik, die Behandlungen für PTBS zu verbessern, was die Ergebnisse im Bereich der psychischen Gesundheit erheblich verbesserte und die Selbstmordraten bei Veteranen deutlich senkte.
****

Dr. Katherine Johnson heiratete tatsächlich ihre »Affäre« und wurde von der Geburt eines kleinen Mädchens überrascht. Sie vergötterte ihre spätgeborene Tochter, die zu einer Ärztin von großem Ansehen wurde.
****

Nach weiteren Erkundungen von Laborstandort X mit Hilfe der Humtars zogen Jack und Sakura nach Alpha Centauri, um dort an der Forschungsstätte weiterzuarbeiten. Jack gründete ein Teeunternehmen, das enorm erfolgreich war. Sie hatten fünf Kinder.
****

Miranda und ich hoffen, dass Ihnen dieses Buch und das Ende dieser Reihe gefallen haben. Es ist kaum zu glauben, dass dies das letzte Buch der »Aufstieg der Republik«-Reihe ist – was für ein wilder Ritt das war. Als wir das erste Buch veröffentlichten, befanden wir uns noch mitten in einer weltweiten Pandemie. Seitdem haben sich die Dinge sicherlich geändert.

Obwohl dieser Teil der Serie mit dem zwölften Buch abgeschlossen wird, haben wir einige zusätzliche Inhalte, die Sie vielleicht begeistern werden. Eine neue Spin-off-Serie, angeführt von unserem Freund und erfolgreichen Science-Fiction-Autor Brandon Ellis, ist bereits gestartet, von der schon drei von vier geplanten Büchern veröffentlicht sind. *Battles of the Republic* taucht tiefer in einige der Kampagnen ein, über die Sie bereits in unserer Hauptserie gelesen haben, und bereichert das Universum, das Sie lieben gelernt haben. Um sich Ihr Exemplar des ersten Buches der neuen Serie, *The Intus Invasion*, zu sichern, bitte besuchen Sie Amazon.

An anderen Fronten, falls Sie ein Fan unserer militärischen Technothriller sind, haben wir eine neue Serie gestartet, *A World on Fire*. Der erste Band, *The Gotland Deception*, ist bereits erhältlich, und wir erwarten, den nächsten Band noch vor Ende des Jahres zu veröffentlichen. Wir freuen uns auch, bekannt geben zu können, dass Jeffrey Kafer die Stimme der Serie sein wird. Das erste Hörbuch ist ab diesem Dezember erhältlich.

Falls Sie es noch nicht gehört haben, wir haben auch das neunte und letzte Buch unserer militärischen Technothriller-Serie, die Monroe-Doktrin, im vergangenen Februar fertiggestellt. Falls Sie noch keine Gelegenheit hatten, mit dieser Serie zu beginnen, haben wir ein Box-Set der ersten vier Bücher, das Sie zu einem vergünstigten Preis am Stück lesen können und ist auf Amazon erhältlich.

Wir probieren auch etwas Neues mit unserer Patreon-Seite aus, auf der wir kostenlos uneditierte Kapitel der Bücher teilen, an denen wir gerade arbeiten. Dies gibt Ihnen, dem Leser, die Möglichkeit, uns dabei zu helfen, bessere, realistischere und interessantere Geschichten zu schaffen, während sie sich noch in der Entwicklungsphase befinden, bevor sie in den Bearbeitungsprozess übergehen. Die Mitgliedschaft ist kostenlos, aber wenn Sie unsere Arbeit unterstützen möchten, sind wir natürlich dankbar dafür und haben einige einzigartige Vorteile nur für Sie. Sie können sich unsere Patreon-Seite https://www.patreon.com/cw/Frontlinepublishing ansehen.

Wie immer schätzen wir jeden Einzelnen von Ihnen, der sich die Zeit nimmt, unsere Bücher zu lesen. Ohne Sie könnten wir das definitiv nicht tun. Wenn Ihnen *In die Spaltung* gefallen hat, würden wir uns sehr freuen, wenn Sie sich einen Moment Zeit nehmen und eine Rezension auf Amazon und Goodreads schreiben könnten. Frühe Rezensionen machen einen riesigen Unterschied dabei, dass neue Leser unsere Bücher entdecken, und das wiederum hilft uns, weiterhin Vollzeit zu schreiben und Ihnen die Geschichten zu bringen, die Sie lieben.

Mit besten Grüßen,

James Rosone und Miranda Watson

1MC	Schiffweites Kommunikationssystem
AO	Einsatzgebiet
AOR	Verantwortungsbereich
APC	Gepanzerter Mannschaftstransporter
ASAP	So schnell wie möglich
ATAC	Gepanzerter Angriffs-Transporter
CAC	Luftkampfkoordinator
CAG	Kommandant der Fliegergruppe
CAS	Luftnahunterstützung
CIC	Gefechtsinformationszentrale
CNS	Konföderations-Marineschiff
CO	Kommandierender Offizier
COB	Chef des Bootes
CSB	Kampfunterstützungsbasis
CSW	Raumträger-Kampfgeschwader
DEAD	Zerstörung der feindlichen Luftabwehr
DM	Direktnachricht
ECM	Elektronische Gegenmaßnahmen
ENDEX	Ende der Übung
FAE	Aerosolbombe
ENVG-B	Verbessertes Nachtsichtgerät – Binokular
ETA	Voraussichtliche Ankunftszeit
FITREP	Eignungsbericht
FRAGO	Teilbefehl
FTL	Schneller als Licht
GDF	Gurista-Verteidigungsstreitkräfte
HQ	Hauptquartier
HUD	Head-up-Display
IED	Improvisierter Sprengsatz
IFV	Schützenpanzer
INTSUM	Nachrichtendienstliche Zusammenfassung
IRW	Intergalaktische Kriegsregeln
JATM	Joint Advanced Tactical Missile
JSOC	Gemeinsames Kommando für Spezialoperationen
KBR	Keller, Booth und Root
KIA	Im Einsatz gefallen

KPS	Kilometer pro Sekunde
LMG	Leichtes Maschinengewehr
LTV	Leichtes taktisches Fahrzeug
LZ	Landezone
MW	Megawatt
NCO	Unteroffizier
NOS	Zodark-Offizier
OAT	Orbitale Sturmtruppe
ODA	Operationale Delta-Abteilung (Spezialeinheiten)
OP	Beobachtungsposten
OPFOR	Gegnerische Streitkräfte
OSA	Omni-Spektral-Array
P2	Prioritäts-Pad
PA	Öffentliche Durchsage
PACT	Adaptives Kampftraining für Piloten
PDG	Nahverteidigungsgeschütz
PELS	Pulsar-Echoortungssystem
PFC	Private First Class
PTP	Pallas-Trainingsprotokoll
QB	Quantenstrahl
QF	Quantenfusion
QFR	Quantenfusionsreaktor
QRF	Schnelle Eingreiftruppe
R & R	Erholung und Entspannung
RNS	Republikanischer Marinedienst
RP	Sammelpunkt
RTB	Rückkehr zur Basis
SAM	Boden-Luft-Rakete
SITREP	Lagebericht
SNA	Staat Nordostafrika
SOF	Spezialeinsatzkräfte
TAO	Taktischer Einsatzoffizier
TOC	Taktische Operationszentrale
TRADOC	Kommando für Ausbildung und Lehre
UAV	Unbemanntes Luftfahrzeug
VSR	Void Scientific Research
1O	Erster Offizier

******

<u>1</u> Dracma ist ein Jahr in Zodark.

<u>2</u> Bazka ist in Zodark ein abfälliger Begriff, ähnlich wie Hund.

<u>3</u> Quant ist ein Nagetier in Zodark.

<u>4</u> Froth ist ein Fluchwort der Zodark.

ENDE

9 781961 748903